KRISTEN CALLIHAN

Sweet Enemy

Kristen Callihan

SWEET ENEMY

Roman

Ins Deutsche übertragen von Anika Klüver

LYX

LYX in der Bastei Lübbe AG
Dieser Titel ist auch als E-Book erschienen.

MIX
Papier aus verantwortungsvollen Quellen
FSC www.fsc.org
FSC® C014496

Die Originalausgabe erschien 2021 unter dem Titel »Make It Sweet«
bei Montlake, Seattle, www.apub.com

Textredaktion: Mona Gabriel
Umschlaggestaltung: © Zero Werbeagentur, München unter
Verwendung eines Motivs von © Marina Grau / shutterstock.com
Satz: Greiner & Reichel, Köln
Gesetzt aus der Adobe Caslon
Druck und Verarbeitung: GGP Media GmbH, Pößneck
Printed in Germany
ISBN 978-3-7363-1577-8

1 3 5 7 6 4 2

Sie finden uns im Internet unter lyx-verlag.de
Bitte beachten Sie auch: luebbe.de und lesejury.de

Für diejenigen, die das Bedürfnis nach ein wenig mehr Trost und Fürsorge verspüren.

PROLOG

Lucian

Ich war fünf Jahre alt, als ich meinen Eltern erzählte, dass ich fliegen wolle. Wie ich mittlerweile herausgefunden hatte, waren meine Eltern bereit, alles erdenklich Mögliche zu tun, um mich glücklich zu machen. Sie nahmen meine Bitte sehr ernst und arrangierten für uns einen Ausflug mit einem kleinen Flugzeug.

»Und?«, fragte mein Dad, als wir auf dem Rücksitz des lauten, bebenden Fliegers saßen. »Wie fühlt es sich an, zu fliegen?«

Es war ganz nett, aber ich saß einfach nur da. Das Flugzeug flog, nicht ich. Ratlos ließen sie die Sache auf sich beruhen. Aber ich tat das nicht. Ich sehnte mich so sehr danach, zu fliegen. Tief in meinem Inneren brauchte ich es, auch wenn ich nicht sagen konnte, warum das so war. Das Problem war nur, dass ich nicht wusste, wie ich dieses Ziel erreichen sollte.

Zwei Jahre später meldete mich mein Dad aus einer Laune heraus fürs Eishockeytraining an. Ich zog ein Paar Schlittschuhe an und lernte. Ich wurde stärker, besser, schneller.

Das war der Moment, in dem ich es begriff. Ich würde nicht in der Luft fliegen können. Sondern auf dem Eis.

Eis.

Ich liebte das Eis. Für mich war das Eis eine Geliebte: grausam, kalt, wunderschön, brutal, unentbehrlich. Ich war aufs Engste mit ihr vertraut – ich kannte ihren frischen Geruch, ihre unbarmherzige Kälte, die diversen Geräusche, die sie von sich gab, sowie die geschmeidige Unterstützung, die sie bot, wenn ich über ihren Körper wirbelte und glitt.

Ich liebte sie sofort, vom ersten Gleiten auf Schlittschuhen an. Sie befreite mich und gab mir ein Lebensziel.

Wenn ich auf dem Eis war, flog ich. Es war kein schwebendes, abgekoppeltes Fliegen, sondern eine Geschwindigkeit, die so glatt und schnell war, dass man nicht länger aus Fleisch und Blut bestand, sondern zu etwas anderem wurde: zu einem Gott.

Ich liebte es so sehr, über das Eis zu fliegen, dass ich beinahe eine andere Laufbahn eingeschlagen und vielleicht Eisschnellläufer geworden wäre. Und manchmal, wenn ich frei hatte, zog ich los und tat genau das – ich sauste schneller und immer schneller auf dem Eis herum.

Aber einfach nur Schlittschuh zu laufen verschaffte mir nicht die Herausforderungen, die ich brauchte. Dafür war Eishockey nötig.

Gott, ich liebte Eishockey. Einfach alles daran. Das Klappern meines Schlägers auf dem Eis, das Echo, das entstand, wenn ich den Puck berührte. Das Spiel sprach zu mir und flüsterte mir sogar dann noch ins Ohr, wenn ich schlief – mein Körper summte dann immer, als befände ich mich nach wie vor auf dem Eis.

Ich sah die Muster, die Spielzüge. Ich ließ sie geschehen, lockte sie hervor. Wenn Schlittschuhlaufen Fliegen war, dann war Eishockey ein Tanz. Ich hatte fünf Tanzpartner. Und wenn wir alle zusammenarbeiteten, dann war das verdammte Poesie. Ein wahrhaft schöner Anblick.

Nichts auf der Welt fühlte sich so an, wie den Puck über das Eis zu schieben, sich einen Weg durch die gegnerischen Spieler zu bahnen und die Scheibe dann mit einem kleinen Stoß direkt ins Netz zu befördern. Spontane Glückseligkeit. Jedes. Mal.

Das Eishockey definierte meine Persönlichkeit. Mittelfeldspieler. Mannschaftskapitän. Zweimaliger Stanley-Cup-Gewinner – beim ersten Mal als einer der jüngsten Kapitäne, die ihren Namen je in dieses riesige, wunderschöne Monster von einem Pokal eingraviert bekamen. Gewinner der Calder Memorial Trophy, der Art Ross Trophy … ich könnte noch ewig so weitermachen.

Worauf ich hinauswill, ist, dass Eishockey mein Leben war.

Und mein Leben war verdammt gut. Meine Mannschaft war eine gut geölte Maschine, und unter uns befanden sich keine Schlitzohren und keine Draufgänger, die uns alle in den Untergang hätten reißen können. Wir waren in den Play-offs und wollten uns erneut den Stanley Cup sichern. Der Sieg stand uns zu.

Die Jungs wussten es. Es lag etwas in der Luft – ein elektrisches Knistern, das auf der Haut kribbelte, in die Gelenke eindrang und sie alle nervös machte. So hatten wir uns schon mal gefühlt. Und wir hatten gewonnen.

Brommy war besonders fröhlich, als wir unsere Ausrüstung anlegten. Er legte seine große Hand auf meinen Kopf und zerzauste mein Haar gründlich. »Da wächst dir ja ein hübscher Salatkopf, Ozzy. Brauchst du noch ein Dressing dazu?«

In der Anfangszeit nannten mich alle Ozzy. Wegen meines Nachnamens: Osmond. Dann wurde es zu Oz verkürzt – so wie in *Der Zauberer von Oz*. Denn wenn ich den Puck bekam, ging die Magie los.

Ich ignorierte die weißen Lichter, die vor meinen Augen flackerten, und die Art, wie Brommys grobe Behandlung meines Kopfes den Raum – für einen Augenblick – zum Wanken brachte, und versetzte ihm ebenfalls einen Schlag auf den Kopf. »Nicht jeder von uns frisiert sich so fein, Goldlöckchen. Andererseits brauchst du sämtliche Schönheitshilfe, die du kriegen kannst.«

Ein paar der Jungs schnaubten belustigt. Brommy grinste breit und zeigte seine Zähne samt der Lücke, wo ein Schneidezahn fehlte. Wenn ich einen Zahn verloren hätte, hätte ich mich einer Operation unterzogen, um die Sache wieder in Ordnung zu bringen. Aber Brommy gab gerne damit an. Der bullige Linksverteidiger fand, dass er so einschüchternder wirkte.

Außerdem erzählte er Frauen gerne, dass er einen Puck mit seinem Helmgitter abgefangen und dabei den Zahn verloren hatte. Das brachte ihn jedes Mal zum Lachen. Die Frauen fielen auf sein albernes Getue herein, also konnte ich nichts gegen seine Methoden sagen.

»Wir können nicht alle so hübsch sein wie du, Käpt'n.« Er griff nach dem Anhänger, auf dem der Heilige Sebastian abgebildet war und den er um den Hals trug, küsste ihn zweimal und schob ihn dann zurück unter seine Ausrüstung. Ich konnte ihm wegen dieses Rituals keinen Vorwurf machen. Ich umwickelte meinen Schläger mit Klebeband. Wenn das irgendjemand anders für mich übernahm … Nun ja, ich war nicht bereit, diese Aufgabe jemand anders zu überlassen. Oder zuzulassen, dass jemand außer mir vor einem Spiel meinen Schläger anrührte. Das war keine Option.

»Bitte. Linz ist hier der Schönling.« Weswegen wir ihn Hackfresse nannten. So war das eben.

»Aber Linz hat keine umwerfende Frau, die verspricht, ihn für immer zu lieben.« Brommy stieß mich grinsend an.

Ich musste gegen mein eigenes Grinsen ankämpfen. »Das stimmt.«

Cassandra, meine Verlobte, war tatsächlich umwerfend. Sie liebte Eishockey und hatte in jeglicher Hinsicht den gleichen Geschmack wie ich. Wir stritten uns nie. Mit ihr zusammen zu sein war leicht. Sie kümmerte sich um alles, damit ich mir um nichts anderes als das Spiel Gedanken machen musste. Das waren ihre Worte. Aber ich wusste sie zu schätzen.

Ich hatte nicht vorgehabt zu heiraten. Aber Cassandra war so pflegeleicht, dass ich mir, als sie mich fragte, ob wir unsere Beziehung je offiziell machen würden, dachte: Warum nicht? Schließlich würde ich niemanden finden, der entspannter mit allem umging. Cassandra war das Sahnehäubchen auf dem perfekten Eisbecher meines Lebens.

Die Jungs tauschten weitere Beleidigungen aus. Ich beklebte meinen Schläger zusammen mit Jorgen, lauschte Marios Hymne »Under Pressure«, die er vor einem Spiel immer zum Besten gab, und hielt mich so weit wie möglich von unserem Torwart Hap fern. Wenn man sich vor einem Spiel mit ihm anlegte, konnte man sich ebenso gut sein eigenes Grab schaufeln.

Geistig war ich bereit. Körperlich waren meine Fähigkeiten bis zur Perfektion verfeinert worden. Aber hinter allem lag ein neues Flüstern, die leiseste Andeutung eines Geräuschs, das ich nicht hören wollte. Ich hatte diese nagende Stimme seit meiner letzten Gehirnerschütterung ignoriert. Sie klang sehr nach meinem Arzt. Ich hasste diesen Kerl.

Ich wusste, dass ich die Leute, die mir nur helfen wollten, nicht hassen sollte. Aber so war es nun mal. Denn was zum Teufel wusste er schon? Ich kannte meinen Körper besser als jeder andere. Mein Leben war perfekt. Nichts und niemand würde das ändern.

Also drängte ich diese hinterhältige kleine Stimme zurück in die Schatten, wo sie hingehörte.

Ich war schon immer gut darin gewesen, Dinge, die keine Rolle spielten, zu verdrängen. *Konzentriere dich auf den Preis. Konzentriere dich auf das Spiel.* Allein darum ging es. *Behalte einen klaren Kopf, und sorge für einen starken Körper.*

Darauf konzentrierte ich mich, als das Spiel losging. Ich erhielt diese Einstellung bei jedem Spielzug aufrecht.

Erst als ich in der Offensive war und der Puck an der Bande landete, hörte ich diese Stimme wieder. Zum ersten Mal in meinem Leben verspürte ich echte Angst. Sie weckte mich auf. Mein ganzer Körper war fast unerträglich aufmerksam. Ein kurzer Moment. Es blieben kaum zwei Sekunden zwischen dem Leben, wie ich es kannte, und der Katastrophe.

Ich hatte gehört, dass sich in den schlimmsten Augenblicken angeblich alles verlangsamte. Bei mir war das nicht der Fall.

In der einen Sekunde kämpfte ich um den Puck und hatte meine Schulter fest gegen die Bande gedrückt, um mich zu schützen. Und in der nächsten ... Der erste Aufprall ließ mich herumwirbeln. Der zweite, ein Verteidiger, der mit Vollgas auf mich zustürmte – eine knapp zwei Meter große, hundert Kilo schwere Wand aus Muskeln –, rammte mich mit voller Wucht.

Mein Schädel knallte gegen das Plexiglas. In meinem Kopf explodierte eine Bombe. Und dieses Flüstern? Nun war es ein lautes Schreien, das nur eine einzige Sache verkündete: *Das Spiel ist vorbei.*

Dann gingen sämtliche Lichter aus.

Emma

Das Leben war gut. Durfte ich das sagen? Manchmal war ich mir nicht sicher, ob ich das sollte. So als könnte die Bestätigung, dass ich glücklich war und alles, was ich mir je gewünscht hatte, nach und nach in Erfüllung ging, einen Fluch über mich bringen. Aber verdammt noch mal: Das Leben *war* gut.

Jahrelang hatte ich mich abgerackert, um es als Schauspielerin zu etwas zu bringen. Gott, diese eine Rolle in diesem Werbespot, in dem ich eine Frau mit Durchfall spielen musste – so verzweifelt war ich. Versucht mal, das bei einer Verabredung beiläufig zu erwähnen, und schaut dann, was passiert. Nun hatte ich endlich eine Hauptrolle in einer angesagten Fernsehserie ergattert. *Dark Castle*. Die Fans waren ganz verrückt danach. Und mit dieser Rolle wurde ich schlagartig berühmt.

Wie gern ich mich an das erste Treffen mit der kompletten Besetzung zurückerinnerte. Die meisten von uns waren unbekannte Neulinge gewesen – so eifrig und aufgeregt, dabei zu sein. Unsere Regisseurin, Jess, hatte sich umgeschaut. Ihr Blick war ernst gewesen, aber in ihren Augen hatte auch ein Schimmer von … *etwas* gelegen. Tja, ich wollte es nicht »Stolz« nennen, weil sie uns zu diesem Zeitpunkt noch nicht kannte, aber »warmherziges Verständnis« war vielleicht ein geeigneter Ausdruck. Und sie warnte uns.

»Nutzt die Zeit, bevor wir auf Sendung gehen, und geht aus. Tut all die Dinge, die euch Spaß machen. Denn wenn die Welt diese Serie gesehen hat, werden eure Leben nicht mehr dieselben sein. Privatsphäre wird für euch nicht mehr existieren. Wann immer ihr euch in der Öffentlichkeit blicken lasst, wird es jemand bemerken.«

Mein Filmpartner, Macon Saint, hatte angesichts dieser Warnung geschnaubt. »Nur gut, dass ich ein Eremit bin.«

Der Mann sah auf barbarische Weise absolut umwerfend aus – was vermutlich der Grund dafür war, dass man die Rolle des Kriegerkönigs Arasmus mit ihm besetzt hatte –, aber die unnahbare Kälte in seinen Augen sorgte dafür, dass ich ihm glaubte.

Dann hatte er sich verliebt. Und der mürrische Griesgram Macon Saint hatte sich verwandelt. Nun lächelte er jeden an und lachte regelmäßig, als könnte er sein Glück einfach nicht für sich behalten. Es war gleichermaßen liebenswert und nervtötend.

Nervtötend war es vor allem deshalb, weil ich keine Ahnung hatte, wie sich diese Art von überdrehter »Ich bin ganz verrückt nach meinem Partner, mit dem ich regelmäßig schlafe, und es ist absolut spektakulär«-Beziehung anfühlte. Ich wollte es wissen. Glaubt mir, das wollte ich. Aber bislang hatte sich mir diese Erfahrung entzogen.

Jess hatte recht behalten: Unsere Leben veränderten sich dramatisch. Privatsphäre wurde kostbar, etwas, das ich nur noch mit Vorausplanung und ein wenig Glück erreichen konnte. Hin und wieder konnte ich noch ausgehen, aber es gab keine Garantie, dass man mich in Ruhe lassen und mich nicht fotografieren würde.

Andererseits vergötterten mich die Fans, und oft baten mich niedliche Kinder um ein Foto, was ein bisschen seltsam war, wenn man bedachte, was in *Dark Castle* so alles passierte. Aber ich ging davon aus, dass sie der Prinzessinnenaspekt meiner Rolle als Prinzessin Anya mehr interessierte als der Sex und die Enthauptungen.

Weniger niedlich waren die gruseligen Typen, die mir gern ein wenig zu nah kamen, während sie nach einem Selfie mit mir fragten. Ich hatte gelernt, dass ich ihnen zuvorkommen und meine Hand auf ihre Schultern legen musste, bevor sie es tun konnten, damit ich sie weit genug von mir weg positionieren und »versehentliches« Betatschen verhindern konnte.

Mein Leben veränderte sich auch noch in anderer Hinsicht. Ich lernte Greg kennen, einen total heißen und entspannten Footballspieler, der mich zufälligerweise auch noch verehrte – seine Worte. Greg unterstützte mich, belagerte mich aber nicht und beschwerte sich auch nicht über meine aufreibenden

Arbeitszeiten. Seine Arbeitszeiten waren ebenso schlimm wie meine, da er während der Saison oft unterwegs war. Aber wir bekamen es irgendwie hin.

Gegen Ende meines dritten Jahrs bei *Dark Castle* fühlte ich mich zufrieden und wohl mit meiner Rolle. Prinzessin Anya war unglaublich beliebt. Die Leute fragten entweder Saint oder mich ständig, wann seine Figur, Arasmus, und Anya heiraten würden. Wir hofften, ihnen die Antwort während des Staffelfinales geben zu können. Die Chancen standen gut. Sie hatten die Zitadelle erreicht, und er hatte ihr endlich einen Antrag gemacht.

Nun musste Anya ihn nur noch annehmen, und dann konnte die Hochzeit stattfinden. Das Nervtötende an der Arbeit an *Dark Castle* war, dass die Produzenten und Autoren sowohl die ersten als auch die letzten Folgen vor ihren Schauspielern geheim hielten, weil sie, was die Geheimhaltung betraf, total paranoid waren, und zwar trotz der Tatsache, dass wir alle Vertraulichkeitsvereinbarungen unterschrieben hatten.

»Bist du bereit hierfür?«, fragte mich Saint, als wir uns mit den Drehbüchern in der Hand an den Tisch setzten.

»So bereit, wie ich es je sein werde, Geliebter.«

Er schnaubte gut gelaunt. Trotz Saints mürrischer Art arbeitete ich wirklich gern mit ihm zusammen. Er war nie egoistisch und versuchte nie, eine Szene an sich zu reißen. Alle meine Schauspielkollegen waren toll. Die Arbeit war fordernd, aber wir alle wuchsen daran und verstanden uns wie eine Familie. Nun ja, eine Familie, die ihr Bestes tat, um sich auf dem Bildschirm gegenseitig abzumurksen.

Sobald alle bereit waren, fingen wir mit der Leseprobe für unsere jeweiligen Rollen an. Erst als wir uns dem Ende des Drehbuchs näherten, wich mir langsam das Blut aus dem Gesicht, und meine Finger wurden eiskalt. Denn mit jeder

Seite wurde immer deutlicher, dass Anya in Kürze sterben würde.

Ich saß da und sagte wie betäubt meinen Text auf. Der mitleidigen Blicke meiner Kollegen war ich mir nur allzu bewusst. Ich ließ das Drehbuch seinen Lauf nehmen, bis der letzte Moment eintrat, in dem Anyas und Arasmus' größter Feind ihr mit einer Axt den Kopf abschlug.

Doch erst nachdem ich den Raum verlassen hatte, um allein in meinem Trailer zu sitzen, den ich in der nächsten Staffel nicht mehr brauchen würde, wurde mir das ganze Ausmaß der Ereignisse klar. Ich war arbeitslos. Das, was mich glücklich machte, existierte nicht länger. Meine Traumrolle war zu Ende.

Ich war tief betrübt, und es gelang mir nur mit Mühe, die Angst vor dem Unbekannten auf Abstand zu halten. In diesem Zustand ging ich nach Hause. Ich hatte vorübergehend eine Wohnung in der kleinen isländischen Stadt gemietet, in der wir drehten. Greg war mit mir dort, weil seine Saison vorbei war und das Trainingslager noch nicht angefangen hatte.

Ich freute mich auf ein ausgiebiges Bad in der winzigen Sitzwanne der Wohnung und danach eine Runde Kuscheln mit Greg. Ich könnte mich an seiner Schulter ausweinen, und er würde mir versichern, dass alles wieder in Ordnung kommen würde.

Nur dass das nicht sein sollte. Ich war so sehr mit meinem Kummer beschäftigt, dass ich die Geräusche, die aus dem Inneren der Wohnung kamen, erst richtig wahrnahm, als ich praktisch über sie stolperte. Und mit »sie« meine ich Greg und die junge Kellnerin, die uns vor zwei Abenden das Essen serviert hatte.

Das war wirklich ein seltsamer Anblick: der nackte Hintern meines Freunds, der zwischen weit gespreizten Schenkeln ruckartig vor- und zurückwippte. Sah er so etwa aus, wenn er auf mir lag? Denn ich muss sagen, dass er recht lächerlich wirkte, während er wie ein wild gewordenes Karnickel rammelte. Andererseits hatte mir diese spezielle Methode, die er anwandte, nie besonders gut gefallen. Ich war nur selten zum Höhepunkt gekommen, wenn er mich wie ein Stück Fleisch bearbeitet hatte. Seine aktuelle Partnerin schien dieses Problem jedoch nicht zu haben. Entweder täuschte sie es vor oder sie liebte es. Aber ihre recht begeisterten Quieklaute der Freude verstummten schlagartig, als sie mich entdeckte und ihr sämtliches Blut aus dem Gesicht wich.

Traurigerweise brauchte Greg ein wenig länger, um zu erkennen, dass sie unter ihm erstarrt war. Greg war schon immer ein etwas egoistischer Liebhaber gewesen. Als er es schließlich bemerkte, war er so lässig wie immer. Er betrachtete mich über seine verschwitzte Schulter hinweg und machte keinerlei Anstalten, von der Frau abzulassen.

Stille legte sich über das Zimmer wie ein Hammerschlag. Oder vielleicht wie ein Axthieb. Warum nicht? Eine Axt konnte heute mehr als eine Sache durchtrennen. Greg schluckte zweimal und ließ den Blick über mich wandern, als könnte er nicht so recht glauben, dass ich dort stand. In meinem eigenen Zuhause.

Als er schließlich sprach, war seine Stimme ein wenig zittrig. »Du bist früh dran.«

Ich hätte so viel sagen können. Vielleicht schreien? Weinen? Aber ich war wie betäubt. Vollkommen betäubt. Also sagte ich das Einzige, was ich über die Lippen bringen konnte. »Witzig, ich habe den Eindruck, dass ich genau rechtzeitig gekommen bin.«

Und einfach so zerfiel das sorgfältig aufgebaute Leben, auf das ich so stolz war, zu Staub.

1. KAPITEL

Lucian

Eine Wahrheit, die ich früh im Leben gelernt hatte, lautete: Die zärtliche Fürsorge einer Frau, die dich liebt, ist die beste Zuflucht, wenn deine Seele leidet. Natürlich war ich nicht davon ausgegangen, dass die Frau, bei der ich Zuflucht suchen würde, meine Großmutter sein würde. Ja, sie liebte mich. Und ja, ihr Haus, *Rosemont*, war ein ausgezeichneter Zufluchtsort. Aber die traurige Wahrheit war, dass es für mich keinen anderen Platz mehr gab. Meine Verlobte war weg, meine Karriere war beendet, und ich war am Ende.

Was bedeutete, dass ich in *Rosemont* war. Und offensichtlich tanzte ich dort nach der Pfeife meiner Großmutter. Wenn man mit ihr zusammenwohnte, gab es so etwas wie Privatsphäre nicht. »Einmischung« war zwar nicht ihr zweiter Vorname, hätte es aber sein sollen.

Ihre eigenartige, musikalische Stimme schaffte es, sich über den Lärm meines Hämmerns zu erheben. »Es gibt da diese wundervolle Erfindung namens ›Nagelpistole‹, Titou. Zumindest habe ich mal davon gehört.«

Ich unterdrückte ein Seufzen, legte den Hammer weg und drehte mich zu ihr um. Sie stand unten am Fuß der Leiter, hatte die Hände in die breiten Hüften gestemmt und ein liebevolles, aber leicht vorwurfsvolles Lächeln auf den schmalen roten Lippen.

»Ich mag meinen Hammer.«

Ihre glasgrünen Augen blitzten. »Ein Mann sollte sein Werkzeug nicht so liebgewinnen, dass er den Rest der Welt aussperrt.«

Ich schwöre bei Gott. Das hier war jetzt mein Leben – ich musste die Zähne zusammenbeißen und die sexuellen Anspielungen meiner wenig schuldbewussten Großmutter ertragen.

»Wolltest du irgendetwas von mir, Mamie?«

Da es ihr nicht gelungen war, mir eine Erwiderung zu entlocken, seufzte sie und ließ die Schultern nach unten sacken. Sie trug einen ihrer Seidenkaftane, und wenn sie verärgert mit den Händen herumwedelte, sah sie wie ein kleiner Kopf aus, der oben auf einem flatternden orange-blauen Vorhang steckte.

Ich verkniff mir ein Grinsen. Denn dann wäre sie davongehuscht und für den Rest des Tages eingeschnappt gewesen.

»Erinnerst du dich an Cynthia Maron?«

»Das kann ich nicht unbedingt behaupten.«

»Sie ist eine sehr liebe Freundin von mir. Du bist ihr einmal begegnet, als du fünf warst.«

Das war typisch für Mamie, die jede Gesellschaft wie ein Schmetterling bereicherte und sich perfekt an jeden erinnerte, dem sie je begegnet war. Ich machte mir nicht die Mühe, sie darauf hinzuweisen, dass nicht jeder über dieses Talent verfügte. »Okay.«

Außerdem hatte ich keine Ahnung, worauf sie hinauswollte, aber ich wusste, dass sie irgendwann auf den Punkt kommen würde.

»Cynthia hat eine Enkelin. Emma.« Mamie schnalzte leise mit der Zunge. »Die arme Kleine hat es in letzter Zeit nicht leicht gehabt und braucht dringend ein wenig Erholung.«

»Sie kommt her, nicht wahr?« Das hier war nicht mein Haus. Mamie konnte einladen, wen auch immer sie zu Besuch haben wollte. Aber verdammt – ich war hier, um allem zu entkommen. Das schloss auch Gäste ein.

»Aber natürlich«, schnaubte Mamie. »Wovon sollte ich denn sonst reden?«

Es war kleinlich von mir, mich zu beschweren.

Rosemont war schon immer ein sicherer Hafen für jene gewesen, die einen brauchten. Das gewaltige Anwesen im spanischen kolonialen Revival-Stil, das über zahlreiche Gästehäuser verfügte, lag am Fuß des Santa-Ynez-Gebirges in Montecito. Das gewaltige Grundstück, das ins goldene Licht der kalifornischen Sonne getaucht war und nach betörenden Rosen und frischen Zitronen duftete, bot einen wundervollen Ausblick auf den Pazifik. In *Rosemont* zu sein bedeutete, dass man von Anmut und Schönheit umgeben war. Für mich war es immer ein Zufluchtsort gewesen. Ein Ort zum Heilen. Im Laufe der Jahre hatten dort andere, auf Mamies Einladung hin, ebenfalls Heilung gefunden.

»Es war nur eine Frage«, murmelte ich und kam mir sofort wie der wütende vierzehnjährige Junge vor, der ich gewesen war, als ich zum ersten Mal hergekommen war, um hier zu leben.

Sie gab ein weiteres verärgertes Schnalzen von sich, fegte mein rüpelhaftes Verhalten dann aber mit einer Handbewegung beiseite. »Sie kommt heute an. Ich dachte mir, dass wir gegen vier Kaffee und Kuchen servieren könnten.«

Ich wusste sofort, wohin das hier führen sollte. Aber ich stellte mich dumm. Zum Teil, weil ein Anflug von Angst über meinen Rücken huschte, und zum Teil, weil es meine Großmutter ärgern würde. Ah, die Spielchen, die wir spielten. Die Erkenntnis, dass es die einzige Art von Spiel war, die ich überhaupt noch spielen *konnte*, ließ meine Laune schneller sinken als einen Stein, der in einen kalten, dunklen Brunnen fiel.

»In Ordnung.« Ich stieg von der Leiter herunter. »Soll ich aufhören zu arbeiten, während du dein Kaffeekränzchen veranstaltest?«

Ein Schwall gedämpfter französischer Flüche folgte. Dann kniff sie mich schmerzhaft in die Seite, sodass ich beinahe aufschrie.

Mamie zog die Augen zu frostigen grünen Schlitzen zusammen. »Oh, in letzter Zeit stellst du meine Geduld wirklich auf die Probe, Titou.«

Ich wusste, dass ich das tat. Bedauern stieg in mir auf. Ich war wirklich keine angenehme Gesellschaft. Mamie war die Einzige, die mich noch ertragen konnte. Das alles wusste ich. Das Problem bestand darin, dass ich irgendwie nicht in der Lage zu sein schien, mich wieder in den Griff zu bekommen. Mein ganzes Leben war *den Bach runtergegangen*. An den meisten Tagen musste ich mich enorm zusammenreißen, um nicht zu schreien und zu toben, bis mir die Stimme versagte.

Nur dann zu sprechen, wenn es absolut notwendig war, schien mir die beste und sicherste Lösung zu sein.

Ich konnte meiner Großmutter nicht mal eine Entschuldigung anbieten. Sie steckte als dicker Klumpen mitten in meiner Brust fest.

Wieder seufzte sie. Sie starrte mich mit diesen kühlen grünen Augen an, die genau den gleichen Farbton wie meine hatten. Die Leute sagten oft, dass sie das Gefühl hätten, in einen Spiegel zu starren, wenn sie in die Augen meiner Großmutter schauten, weil sie so abweisend waren, dass sie alles, was auf sie traf, reflektierten. Diese Augen konnten einen Menschen mit einem einzigen Blick in Fetzen schneiden. An dieser Behauptung war durchaus etwas dran, denn jetzt gerade fühlte ich mich zerfetzt.

Für einen kurzen Augenblick liebkoste sie mit ihren kühlen, knorrigen Fingern meine Wange, und ich kämpfte gegen den Drang an zurückzuzucken. Ich konnte es im Moment nicht leiden, wenn mich Menschen anfassten. Kein bisschen.

Sie ließ die Hand sinken und formierte sich sichtlich neu. »Also dann. Ich erwarte von dir, dass du dich uns anschließt.«

»Nein.«

Sie zog ihre perfekt gezupften Augenbrauen hoch. »Nein?«

Ich kam mir vor, als wäre ich zwei Jahre alt. Und genauso bockig. Ich rieb mit einer Hand über mein Gesicht und versuchte es erneut. »Ich würde deinen Gast nur versehentlich beleidigen oder es auf ähnliche für dich peinliche Weise verbocken.«

Das war nicht gelogen. Ich hatte meine Fähigkeit, andere Menschen mit meinem Charme für mich einzunehmen, verloren. Sie war aus mir herausgesickert und nie zurückgekehrt. An manchen Tagen fragte ich mich, was es damit auf sich hatte, wie ich mich so sehr und so schnell hatte verändern können, dass ich mich in meiner eigenen Haut nicht mehr wohlfühlte.

»Ich denke, dass unser Gast in der Lage sein wird, mit Leuten wie dir umzugehen«, sagte Mamie trocken.

Lass dich davon nicht ködern.

»Und warum ist das so?«

Ich ließ mich ködern. Verdammt.

Ihr Lächeln war süffisant und siegessicher. »Es ist Emma Maron. Du hast von ihr gehört, nicht wahr?«

Emma Maron. Der Name tanzte in meinem zutiefst misshandelten Hirn herum. Ich kannte diesen Namen. Aber woher? Emma – ein Bild weit auseinanderstehender großer Rehaugen, die wie indigoblaue Tinte schimmerten, und eines üppigen Schmollmundes tauchte vor meinem geistigen Auge auf. Ein ovales Gesicht, das von weißem Haar mit grellblauen Spitzen eingerahmt wurde.

Die Erkenntnis traf mich wie ein unvorbereiteter Schlag. Prinzessin Anya. Emma Maron war einer der Stars aus *Dark Castle*. Die zierlich-schöne, aber brutal-grimmige Prinzessin Anya, die an der Seite ihres Geliebten Arasmus, dem Kriegerkönig, Armeen anführte. Okay, ich war ein Fan. Der Serie. In der es mindesten vier Haupthandlungsstränge gab. Trotzdem konnte ich nicht fassen, dass ich so lange gebraucht hatte, um ihren Namen zuzuordnen. Andererseits war mein Gehirn in letzter Zeit zu nichts mehr zu gebrauchen.

»Du hast eine Schauspielerin hierher eingeladen?«

»Ich habe gehört, dass berühmte Leute es vorziehen, ihre Wunden in einer privaten Umgebung zu lecken«, sagte Mamie ungerührt.

Punkt für Mamie.

»Warum muss sie ihre Wunden lecken?« Ich musste die Frage einfach stellen. »Sie ist ein Star der beliebtesten Serie im Kabelfernsehen.«

»Nicht mehr, die arme Kleine. Offenbar wurde sie aus der Serie herausgeschrieben. Irgendein böser Zauberer trennt ihr am Ende der Staffel den Kopf mit einer Axt vom Körper.«

»Scheiße, im Ernst?« Ich war ehrlich schockiert. Anya war unfassbar beliebt. Das Staffelfinale war noch nicht ausgestrahlt worden, aber ich vermutete, dass es einen Aufschrei geben würde, sobald die Leute es sahen.

»Achte auf deine Ausdrucksweise, Titou.«

»Entschuldige, Mamie.« Die Frau hatte ein dreckigeres Mundwerk als ich, wenn sie sauer wurde, aber sie war immer noch meine Großmutter.

»Hmm.« Sie beäugte mich für eine Sekunde. »Ich habe zu viel gesagt. Diese Information ist streng geheim. Sie könnte in Schwierigkeiten geraten, falls das herauskommt.«

»Wem sollte ich es denn erzählen?« Ich deutete vage auf

das Grundstück rund um das Anwesen, das vollkommen menschenleer war und aktuell mein ganzes Sozialleben darstellte.

»Ja, das stimmt. Und jetzt verstehst du sicher, warum das hier der perfekte Ort für sie ist. Wir haben hier vollkommene Privatsphäre.«

»Wenn sie Privatsphäre braucht, dann ist das sogar ein noch besserer Grund dafür, dass ich ihr aus dem Weg gehen sollte.«

Zeit mit einer hübschen blonden Schauspielerin zu verbringen war das Letzte, was ich brauchte.

»Ach was.« Sie wedelte mit einer Hand.

»Mamie«, begann ich erschöpft. Ich war die ganze Zeit über so verflucht erschöpft. »Die Antwort lautet Nein. Ich werde keine Kontakte pflegen. Ich werde euch in Ruhe lassen und mit dem Hämmern aufhören, während ihr esst, in Ordnung?«

Wir starrten einander an. Eine Biene summte an uns vorbei, und der Laut vibrierte in meinem Ohr. Ich zuckte nicht zusammen. Was auch immer Mamie in meiner Miene sah, sorgte dafür, dass sie mit einem leichten Kopfschütteln nachgab. »Also gut. Ich werde allein die Gastgeberin spielen. Auch wenn ich ganz sicher keine Ahnung habe, was in aller Welt ich sagen könnte, um eine junge Frau zu unterhalten.«

Meine Großmutter war die schillerndste und lebhafteste Person, der ich je begegnet war. Und das wollte angesichts meines Berufs schon etwas heißen. Schmerz durchbohrte mein Herz. Angesichts meines *ehemaligen* Berufs.

Ich lehnte mich vor und gab Mamie einen Kuss auf die Wange. »Ich bin mir sicher, dass dir etwas einfallen wird.«

Sie summte – ein langer, gezogener Laut, der besagte, dass ich das Offensichtliche ausgesprochen hatte – und warf mir dann einer ihrer flehenden Blicke zu. »Wir werden Leckereien zum Kaffee brauchen …«

Mamie konnte selbst die Besten manipulieren, aber sie machte es vollkommen offen. Meine Lippen zuckten. »Ich werde mich darum kümmern.«

Ich stellte meinen Fuß gerade wieder auf die untere Sprosse der Leiter, als sie ihren letzten Angriff startete.

»Oh, und du musst Emma vom Flughafen abholen.«

Und das war der Beweis. Ich wusste ohne jeden Zweifel, dass meine sich einmischende Großmutter die Kupplerin spielte. Wir beide wussten es. Der Unterschied lag darin, dass Mamie tatsächlich dachte, dass sie eine gute Chance auf Erfolg hatte. Wie falsch sie damit doch lag. Sie könnte mir die perfekteste Frau der Welt vor die Nase setzen, und es würde keine Rolle spielen. Nicht mehr.

»Mamie …«

»Ihr Flugzeug landet um zehn …«

»Nein.«

»Also musst du schon bald los.«

»Mamie …«

Grünes Feuer blitzte in ihren Augen auf. »Fordere meine Geduld nicht noch weiter heraus, Lucian. Ich habe Emma bereits versprochen, dass sie jemand abholen wird. Du wirst fahren.«

Wenn meine Großmutter auf diese Weise sprach, gehorchte man. Da gab es keine Ausnahmen.

»In Ordnung, Mamie. Ich werde fahren.«

Das zufriedene Schimmern in ihren Augen entging mir durchaus nicht. »Gut. Sie landet in Oxnard.«

»Oxnard«, rief ich beinahe. »Warum zum Teufel ist sie nicht nach Santa Barbara geflogen?«

Sie zuckte unbeeindruckt mit den Schultern. »Dort findet

irgendeine Art von Gewerkschaftsstreik statt, und die Fluglinie hat die Flüge umgeleitet.«

»Toll.« Oxnard war eine Stunde entfernt, und das auch nur, wenn der Verkehr mitspielte. Was er nie tat.

»Du bist ein Held, *mon ange.*«

Ja. Klar. Ein Held.

Ich sagte kein Wort, sondern räumte einfach nur meine Werkzeuge zusammen. *Lass sie denken, dass sie gewonnen hat.* Ich würde Prinzessin Emma vom Flughafen abholen. Ich würde so höflich wie möglich sein, und dann würde ich mich verdammt noch mal von ihr fernhalten. Und meine Großmutter würde einfach mit der Enttäuschung leben müssen.

Emma

Der Kerl an der Gepäckausgabe fiel mir sofort auf. Hauptsächlich deswegen, weil er umwerfend war. Auf diese arrogante Art und Weise. Es gab zwei Typen von umwerfenden Männern. Den makellosen Schönling, von dem man ein Foto machen wollte, damit man es sich an die Wand hängen und bewundern konnte.

Und den wilden Kerl, der sexuelle Energie ausstrahlte, sodass man weiche Knie bekam und einem ganz flau im Magen wurde. Eben der arrogante Typ. Und dieser Kerl dort hatte eine Menge Arroganz zu bieten.

Sie lag allein schon in seinem lässigen, selbstbewussten Gang, als er in meine Richtung kam. Ich beobachtete, wie er sich mir näherte, und konnte einfach nicht so tun, als würde ich ihn nicht bemerken. Wie hätte er mir nicht auffallen können? Er war mindestens eins neunzig groß und hatte breite Schultern, schmale Hüften, einen flachen Bauch sowie muskulöse

Oberschenkel. Sein tintenschwarzes Haar bildete einen Kontrast zu seiner olivfarbenen Haut und fiel ihm unordentlich und zerzaust in die Stirn.

Er war immer noch zu weit entfernt, als dass ich die Farbe seiner Augen hätte erkennen können, aber ich konnte sehen, dass sie hell waren und unter strengen dunklen Brauen saßen, von wo aus sie mich anstarrten.

Du meine Güte.

Eine weitere Welle der Anziehung rauschte durch meinen Körper. Sie war so stark, dass ich mir beinahe eine Hand auf den Bauch presste, um mich zu sammeln. Aber ich fing mich gerade noch rechtzeitig und schüttelte sie ab. Denn egal wie heiß dieser Kerl war, egal wie attraktiv seine selbstsichere Haltung war, jeder Moment, in dem sich mir heutzutage jemand näherte, war ein Grund zur Vorsicht. Seit ich mich damals dazu entschlossen hatte, Schauspiel zu studieren, war ich dem Ruhm nachgejagt. Ich brauchte seinen Schutz und seine Macht, damit ich die Rollen bekommen konnte, die ich haben wollte. Nun, da ich es geschafft hatte, hatte ich Schwierigkeiten mit den Einschränkungen, die der Ruhm mit sich brachte. Ich konnte nicht länger allein draußen rumlaufen, ohne unangenehme Begegnungen mit der Presse oder mit einem Fan zu riskieren, der kein Verständnis für persönliche Grenzen hatte. Als es zum ersten Mal passiert war, war ich vollkommen verängstigt gewesen. Nun war ich einfach nur vorsichtig.

Für einen flüchtigen Augenblick bedauerte ich die Tatsache, dass ich diesmal auf die Personenschützer verzichtet hatte, mit denen ich sonst immer reiste, seit *Dark Castle* so beliebt geworden war. Aber das ließ sich nun nicht mehr ändern. Ich war auf mich allein gestellt, und er kam definitiv in meine Richtung.

Vielleicht wollte er mich nur nach dem Weg fragen oder so was. Wenn das der Fall war, würde ich ihm nicht weiterhelfen können. Wie Tausende andere Passagiere sollte ich gar nicht hier sein. Mein Flug von Island über San Francisco hätte eigentlich in Santa Barbara landen sollen. Wir wurden nach Oxnard umgeleitet, und an diesem Flughafen herrschte ein regelrechtes Chaos.

Aufgrund der geänderten Ankunft hatte man mir mitgeteilt, dass mein Fahrer mich abholen, sich aber vielleicht ein wenig verspäten würde. Also hatte ich mich in der Nähe einer Sitzreihe positioniert und Ausschau nach jemandem in einer Uniform gehalten, der ein Schild mit der Aufschrift MARIA bei sich trug. Maria war mein Codename, wenn ich reiste. Nicht sehr einfallsreich, aber er erfüllte seinen Zweck.

Hinter dem sicheren Schutzschild, den meine große, weiß umrandete Sonnenbrille darstellte, beobachtete ich, wie der attraktive Kerl immer näher kam.

Er versuchte nicht, mich mit einem Lächeln oder auch nur einem netten Gesichtsausdruck freundlich zu stimmen. Um die Wahrheit zu sagen, wirkte er leicht genervt. Er hatte seine strengen, geraden Augenbrauen dicht zusammengezogen und den Mund fest zusammengepresst. Das tat seiner Attraktivität jedoch keinen Abbruch. Kein bisschen, verdammt.

Wenn überhaupt, lief ich ernsthaft Gefahr, wie ein verknallter Teenager zu kichern, während er auf mich zumarschierte und weit genug entfernt stehen blieb, um höflich zu sein, aber trotzdem nah genug an mich herankam, dass ich weitere Einzelheiten erkennen konnte.

Sein Haar war nicht schwarz, sondern von einem sehr intensiven dunklen Braun. Seine Gesichtszüge waren offen und scharf umrissen – auf eine Art, die ein alter Meisterbildhauer bewundert hätte. Auf der Mitte seines hohen Nasenrückens war eine Beule, so als wäre seine Nase irgendwann mal gebrochen gewesen. In diesem Gesicht lag nicht der kleinste Anflug von Weichheit, abgesehen von seinem Mund, der großzügig war und üppig hätte sein können, wenn er mal damit aufgehört hätte, seine Lippen zu einer grimmigen Linie zusammenzupressen.

Das wirklich Umwerfende an ihm waren jedoch seine Augen. Oh verdammt, seine Augen. Ich starrte sie mit offenem Mund an. Ich konnte einfach nicht anders, sie waren hinreißend. Sie saßen tief unter den wütenden Balken seiner Augenbrauen und wurden von langen, dichten Wimpern eingerahmt. Ihre Farbe war ein unheimliches, eisiges Grün.

Wenn es ums Aussehen ging, war ich eine Spätentwicklerin gewesen. Auf der Highschool hatten mich die Jungs wegen meiner zu großen Augen und meines scharfkantigen dünnen Gesichts »Maus« oder »Kaninchen« genannt. Ich hatte das gehasst und mich deswegen lange in der Gesellschaft von Männern unwohl gefühlt. Aber die Zeit und die Schauspielerei hatten alles verändert.

Ich befand mich ständig in der Nähe umwerfender, charmanter Männer. Das brachte mein Beruf so mit sich. Attraktivität war einfach nur eine weitere Ware. Trotzdem war ich Männern gegenüber anfangs oft blauäugig und naiv gewesen. Aber ich hatte noch nie beim bloßen Anblick eines Mannes weiche Knie bekommen. Keiner von ihnen hatte mich je so sprachlos werden lassen wie dieser Mann mit seinen finster dreinblickenden Augen.

Ich war mir nicht mal sicher, ob mein plötzlicher atemloser Zustand von Anziehung oder bröckelnden Nerven herrührte. Schließlich erlebte man es nicht jeden Tag, dass ein unfassbar umwerfender Typ mit einer so selbstsicheren Ausstrahlung auf einen zukam und einen mit einem Blick anschaute, der besagte, dass er gerade lieber an jedem anderen Ort auf der Welt wäre. Ich hatte wirklich keine Ahnung, was er für ein Problem hatte. Ich war versucht, einen Blick über meine Schulter zu werfen, um sicherzugehen, dass hinter mir kein Kamerateam stand, um diese Begegnung für irgendeine Sendung zu filmen, in der Prominente auf den Arm genommen wurden.

Er kam mir irgendwie seltsam bekannt vor, so als ob ich ihn schon oft gesehen hätte. Aber das konnte nicht stimmen. An einen Kerl mit diesem Aussehen hätte ich mich erinnert. Ich hätte mir im Geiste eine Notiz über ihn gemacht und sie zweimal unterstrichen.

Und dann wurde es noch viel schlimmer. Weil er sprach. Und verdammt noch mal, hatte dieser Mann eine Stimme. Ich spürte diese Stimme tief in meiner Kehle und bekam sofort noch weichere Knie.

»Sind Sie Emma Maron?«

Ich ließ diese tiefe, grollende Stimme über mich hinwegrollen und genoss die reine Freude, ihr einfach nur zu lauschen, bevor mir klar wurde, was er gerade gesagt hatte. Er wusste, wer ich war.

Ein Fan.

Enttäuschung stieg in mir auf. Ich hatte die strenge Regel, mich niemals auf Dates mit Fans einzulassen. Das wäre einfach zu seltsam und … Warum zum Teufel dachte ich überhaupt an Dates? Ich war nicht hier, um jemanden kennenzulernen. Ich war hier, um mich zu erholen, ein paar Bücher zu lesen, vielleicht den ganzen Tag zu schlafen und in aller Abgeschiedenheit meine Wunden zu lecken. Und dieser Mann hatte mir schließlich nur eine Frage gestellt.

Und er wartete auf eine Antwort. Offenbar sehr ungeduldig, denn er musterte mich, als wäre ich ein kniffliges Problem, das er lösen musste. Was keinen Sinn ergab, denn er war schließlich auf mich zugekommen.

Er verlagerte sein Gewicht. Seine langen, festen Muskeln bewegten sich unter seinen abgetragenen Jeans. Ich brachte einen Hitzeschub unter Kontrolle und konzentrierte mich. Vielleicht genierte sich dieser Kerl. Ja, das musste es sein.

Ich schenkte ihm mein öffentliches Lächeln. Höflich. Freundlich, aber nicht zu freundlich. »Ja, ich bin Emma.«

Sein Nicken war flüchtig, und er schickte sich an, sein Handy hervorzuholen. »Ich …«

Oh verflucht. Er wollte ein Foto. Das passierte in letzter Zeit ständig, und normalerweise ließ ich mich gerne darauf ein. Allerdings hatte ich gerade einen dreizehnstündigen Flug hinter mir und war zerzaust und müde. Sogar mein Haar schmerzte. Und was noch wichtiger war: Es würde Aufmerksamkeit auf uns ziehen. Aufmerksamkeit, mit der ich allein nicht umgehen konnte, wenn mich viele Leute bedrängten. Ich hatte diese Art von Erfahrung schon einmal durchgemacht und hatte furchtbare Angst davor, dass sich dieses Erlebnis wiederholen könnte.

»Ich fürchte, dass ich außerhalb von organisierten Veranstaltungen nicht für Selfies posiere«, sagte ich schnell, bevor seine Bitte die ganze Situation noch unangenehmer machen konnte. »Aber ich gebe Ihnen gern ein Autogramm, falls Sie einen Stift dabeihaben.«

Meine Worte ließen ihn mitten in der Bewegung erstarren. Er war immer noch damit beschäftigt, das Handy aus seiner Hosentasche zu ziehen. Doch dann blinzelte er, und der Geist eines verwirrten Lächelns blitzte in den Mundwinkeln seiner wohlgeformten Lippen auf. »Sie denken, dass ich ein Autogramm von Ihnen will?«

Ein scharfes Prickeln blanken Entsetzens explodierte auf meiner Haut.

»Ich … äh …« *Mist.* »Nein?«

»Nein.« Er zog sein Handy hervor und schaltete es ein. »Ich bin hier, um Sie abzuholen. Für Amalie Osmond.« Es gelang ihm nicht ganz, dieses winzige arrogante Lächeln zu verbergen, als er mir das Handy reichte. »Ich wollte Ihnen nur die Bestätigungsmail zeigen.«

Oh Gott, bitte mach, dass sich der Boden unter mir auftut und mich verschlingt, damit ich einfach verschwinden kann. »Das … Es tut mir leid. Ich ging davon aus …«

»Das dachte ich mir.«

Vielleicht bildete ich mir das amüsierte Schimmern in diesen frostgrünen Augen nur ein, denn der Rest seiner Züge blieb hart wie Granit. Was mich noch nervöser machte.

»Es ist nur … wenn Leute heutzutage auf mich zukommen, wollen sie normalerweise ein Autogramm oder ein Foto.«

»Das verstehe ich.« Seine Mundwinkel zuckten. Einmal. »Das kommt vor.«

Ich konnte mit Gewissheit sagen, dass dieses spezielle Szenario mir so noch nie passiert war. Zum ersten Mal seit Jahren fühlte ich mich wieder wie das ungelenke, schüchterne Mädchen, das ich so lange gewesen war. Dabei hatte ich so lange darum gekämpft, diese Identität hinter mir zu lassen. Nun hatte ich eine Wahl. Ich konnte entweder der Verlegenheit nachgeben und mich zurückziehen oder all meinen Mut zusammennehmen und ein bisschen Spaß haben. Ich riss mich zusammen und rang mir ein Lächeln ab, von dem ich hoffte, dass es kess wirkte. »Sie haben ja keine Ahnung.«

Seltsamerweise brummte er, so als würde es ihm schwerfallen, sich einen Kommentar zu verkneifen. Eine unangenehme Pause pulsierte zwischen uns. Dann kam mir ein Gedanke, und ich stellte mich ein wenig aufrechter hin. »Moment. Sie haben nicht den richtigen Namen benutzt.«

Er zog gebieterisch die Augenbrauen hoch. Ich war mir sicher, dass ihm diese Geste schon oft dabei geholfen hatte, seinen Willen zu bekommen. Heute nicht, Freundchen. Ich erwiderte den Blick mit gleicher Intensität.

Er senkte die Augenbrauen ein kleines Stück, und sein Mund zuckte definitiv. »Also ... sind Sie nicht Emma Maron?«

Sehr witzig.

Ich zog die Brauen zusammen. »Es gibt einen speziellen Codenamen, den meine Fahrer benutzen, wenn sie mich abholen.«

Es gefiel ihm eindeutig nicht, als »mein Fahrer« bezeichnet zu werden. Aber wie sollte ich es sonst erklären? Technisch gesehen war er meine Mitfahrgelegenheit. Oder vielleicht auch nicht. »Das ist eine einfache Sicherheitsmaßnahme.«

Die Härte um seine Augen herum ließ ein wenig nach. »Sie haben recht. Sicherheit ist wichtig.« Er richtete den Blick nach innen, während er sich mit offensichtlicher Nervosität den Nacken rieb. »Mist ... ich erinnere mich nicht an irgendeinen ... ah! Richtig.« Seine wintergrünen Augen fixierten mich mit einem triumphierenden Blick. »Maria.«

Erleichterung durchflutete mich. Ich wollte nicht, dass dieser Kerl ein potenzieller Stalker oder Mörder oder was auch immer war. Die Wahrheit war, dass ich es schön gefunden hätte, mir um nichts davon Gedanken machen zu müssen. Ja, ich liebte die Schauspielerei und die Tatsache, dass ich es so weit gebracht hatte, aber es gab Zeiten, in denen ich mir nichts sehnlicher wünschte, als diese Haut abstreifen und einfach wieder mein unscheinbares altes Ich sein zu können, das niemand kannte oder bemerkte.

Nun, da er meinen Test bestanden hatte, richtete er seine Aufmerksamkeit auf das Gepäckförderband und blickte wieder finster drein. »Haben Sie Gepäck dabei?«

»Ich gehe mal davon aus, dass das eine rhetorische Frage war.«

Er zog eine Augenbraue hoch, verzog aber ansonsten keine Miene.

Schwieriges Publikum.

»Okay …« Ich atmete aus. »Ähm, tut mir leid, aber wie heißen Sie?«

Mr Grüblerisch blinzelte, so als wäre er schockiert, dass er vergessen hatte, mir seinen Namen zu nennen. »Ich bin … Lucian.«

»Sind Sie sich da sicher?« Okay, ich konnte einfach nicht anders. Er war so ernst, und zu sehen, wie seine mürrische Fassade an den Rändern ein wenig bröckelte, verschaffte mir einen seltsamen kleinen Nervenkitzel.

Lucian zog ruckartig die dunklen Augenbrauen zusammen. »Denken Sie, dass ich nicht wüsste, wie mein eigener Name lautet?«

»Sie haben gezögert.«

Lucian brummte und stemmte die großen Hände in seine schmalen Hüften.

»Und ich weiß nicht … Sie sehen nicht aus wie ein Lucian.«

»Ernsthaft?«

Irgendwie machte es Spaß, ihn zu necken. Er war so ein leichtes Opfer.

»Jemand, der Lucian heißt, trägt weiße Leinenanzüge und Slipper. Er bietet anderen Leuten einen Mint Julep an und verkauft ihnen dann einen antiken Garderobenschrank.«

»Dieser Typ klingt zum Totlachen. Aber dann verraten Sie mir doch mal, wie mein Name lauten sollte?«

»Sie sind eher ein Brick. Ein mürrischer ehemaliger Spitzensportler mit einem gewaltigen Komplex, der sich vor der Welt versteckt und seinen Schmerz im Alkohol ertränkt.«

Er blinzelte erneut und zuckte kaum merklich mit dem Kopf, so als hätte ich mit diesem Satz einen direkten Treffer gelandet.

Andererseits war das vielleicht nur meine Einbildung, denn er warf mir bloß einen weiteren ausdruckslosen Blick zu, und diese wundervolle, samtweiche Stimme erklang auf die gleiche gedehnte und überhebliche Art. »Ich würde wirklich gerne mehr über diese Wiederaufführung von *Die Katze auf dem heißen Blechdach* hören, die Sie geplant haben, Maggie, aber da kommt gerade das Gepäck an.«

Meine Wangen wurden heiß. Gott, er hatte mich durchschaut. Wenn ich nervös wurde, neigte ich dazu, mir die Welt als ein Theaterstück oder einen Film vorzustellen. Ich hatte die Verfilmung von *Die Katze auf dem heißen Blechdach* seit einer Weile nicht mehr gesehen, aber Lucian hatte wirklich etwas von diesem mürrischen und doch so attraktiven Verhalten, das Paul Newman darin an den Tag legt. Wer konnte einer Frau einen Vorwurf daraus machen, dass sie unter diesen Umständen ein wenig abgelenkt war?

»Klar.« Ich unterdrückte ein Seufzen und ging auf das Gepäckförderband zu. Er blieb an meiner Seite, und seine gleichmäßigen Schritte passten sich an meine schnelleren an. Ich würde ihn eindeutig nicht abhängen können, also ging ich langsamer, und meine Absätze klapperten auf dem glänzenden Linoleum.

»Welche Koffer sind Ihre?«

»Oh, ich kann das schon …« Sein beharrlicher Blick ließ mich mit einem Seufzen verstummen. »Die Aluminiumkoffer von Fendi mit den roten Gurten.«

Ohne ein Wort drehte sich Lucian – und er war wirklich viel zu groß und brummig, um ein Lucian zu sein – herum und machte sich daran, meine Koffer von dem Förderband zu hieven. Als er den letzten von ihnen abgestellt hatte, warf er mir einen weiteren Blick zu.

»Sind das *alle* Ihre Koffer?«, fragte er, als hätte ich eine Aussteuertruhe mitgebracht. Es waren nur vier.

»Sofern ich nicht plötzlich an Amnesie leide, sind das alle, ja.«

»Hmm.«

Zwei Brummlaute und ein »Hmm«. Reizend.

»Ich bin gerne vorbereitet«, fühlte ich mich genötigt zu erklären.

Er warf mir einen listigen Blick von der Seite zu. »Aber Sie hatten keinen Stift griffbereit.«

»Einen Stift?«

»Für dieses Autogramm, das ich wollte.«

Verflucht.

»Wenn Sie jemanden um ein Autogramm bitten wollen, Brick, dann sollten Sie mit einem Stift in der Hand an diese Person herantreten.«

»Das werde ich mir merken.«

Tja, das würde eine lustige Fahrt werden.

2. KAPITEL

Lucian

War ja klar, dass Emma Maron in natura noch schöner und eindrucksvoller sein würde. Obwohl ihr Haar jetzt honiggold statt weiß und blau war, hatte ich sie sofort erkannt und mich umgehend zu ihr hingezogen gefühlt. Vor einem Jahr hätte ich gleich von Anfang an meinen Charme spielen lassen und bereits geplant, sie in mein Bett zu locken. Ich wäre äußerst erfreut darüber gewesen, dass Mamie sie mir vor die Nase gesetzt hatte. Nun ja, das alles wäre der Fall gewesen, wenn ich damals nicht verlobt gewesen wäre. Die Tatsache, dass ich komplett vergessen hatte, dass ich überhaupt mal verlobt gewesen war, war beunruhigend.

Diese Frau war eine wandelnde Ablenkung. In letzter Zeit kam ich nicht gut mit Ablenkungen zurecht. Vor allem nicht mit solchen, die auf zuckersüße Art lächelten und über das Selbstvertrauen eines erstklassigen Scharfschützen verfügten – der Himmel wusste, dass ihre verbalen Schüsse perfekt gezielt waren. Diese Kombination hätte nicht sexy sein sollen. Aber das war sie.

Mein ganzer Körper stand unter Spannung, als ich die Beifahrertür meines Pick-up-Trucks öffnete und darauf wartete, dass sie einstieg. Für eine kurze Sekunde hielt sie inne und sah mich mit diesen großen indigoblauen Augen an, als würde sie darauf warten, dass ich ihre Hand ergriff und ihr mit vollem

Körpereinsatz ins Auto half. Sofort wurde die Anspannung in mir zu einem ausgewachsenen Krampf.

Ich wollte sie nicht anrühren. Es fühlte sich gefährlich an. Wie ein linkischer Junge fürchtete ich mich vor Körperkontakt mit dieser Frau, so als könnte er mich so sehr verwirren, dass ich ihrer fröhlichen Überschwänglichkeit sogar noch dämlichere Erwiderungen entgegenschleudern würde als ohnehin schon.

Doch dann ließ sie einfach nur ein kurzes, atemberaubendes Lächeln aufblitzen und sprang mit überraschender Leichtigkeit in den Wagen. Mit einem erleichterten Seufzen schloss ich die Tür. Aber diese Erleichterung währte nur kurz. Die Fahrt dauerte über eine Stunde. Ich saß für mehr als eine Stunde mit der beliebtesten Barbarenprinzessin der Welt im beengten Führerhaus eines Autos fest.

Nicht dass sie so aussah, als hätte sie genug Kraft, um einen Marienkäfer zu verletzen. Natürlich verfügte sie in *Dark Castle* über magische Fähigkeiten und konnte glücklosen Seelen die Gesichter vom Schädel schmelzen. Fiktion oder nicht, diese Vorstellung sorgte dafür, dass man sich in ihrer Nähe lieber vorsichtig bewegte.

Ich drehte meinen Hals, um einen Muskelkrampf zu lösen, und stieg in den Truck. Und sofort traf mich ihr Duft. Sie saß seit gerade mal fünf Sekunden in dem verdammten Fahrzeug, und schon war das ganze Ding von ihrem Geruch durchzogen: satt und süß wie pochierte Birnen in Crème Anglaise. *Nein, denk nicht an Creme für Gebäckfüllungen. Oder daran, sie aufzulecken.*

Meine Reaktion auf sie war verflucht beunruhigend. Ein Jahr lang hatte ich nicht mal einen Funken sexuellen Verlangens verspürt und mich zu niemandem hingezogen gefühlt. Ich hatte es nicht mal vermisst – was ebenfalls Anlass zur Besorgnis gab. Doch ich hatte mich mit meinem teilnahmslosen Zustand abgefunden. Und nun hatte Emma Maron meinen Körper ebenso effektiv zum Leben erweckt, als hätte sie einen Stecker in eine Steckdose geschoben. Und das gefiel mir nicht.

»Also, wie weit ist es bis zum Haus?«, fragte sie, als ich den Truck anließ.

Zu weit. Die Fahrt dauerte ewig.

»Etwa eine Stunde.«

Die kleine Sorgenfalte, die auf ihrer Stirn erschien, entging mir nicht. Aber sie glättete sie schnell wieder und lehnte sich zurück. Wir schafften es immerhin aus dem Flughafen heraus, bevor sie die Stille brach. »Das wird ein Spaß.«

Der trockene Sarkasmus löste in mir den ungewohnten Drang zu lächeln aus. Ich schluckte ihn hinunter. »Oh, definitiv.«

»Was für ein Wort benutzten Sie vorhin noch gleich?« Sie verzog die üppigen Lippen zu einem verschmitzten Lächeln. »Zum *Totlachen*, war es das?«

»Zum Totlachen und zum Brüllen komisch«, erwiderte ich trocken und brachte sie damit zum Lachen. Herrgott, ihr Lachen. Es war rauchig und unbeschwert. Ein Schlafzimmerlachen. Ich rutschte auf meinem Sitz herum und konzentrierte mich auf die Straße.

Aber ich konnte mich einfach nicht davon abhalten, einen Blick in ihre Richtung zu werfen. Das war ein Fehler.

Gott, sie war umwerfend. Rein und makellos schön. Von den gerundeten Kuppen ihrer Wangen bis hin zur elegant geschwungenen Kieferpartie hatte sie die Art von Gesicht, die Bildhauer in Marmor verewigten und der Rest von uns über Jahrhunderte hinweg anstarrte.

Natürlich war sie schön. Sie war Schauspielerin. Sie war dazu bestimmt, auf dem Bildschirm angehimmelt zu werden.

Emma Maron, auch bekannt als Prinzessin Anya, die zukünftige Königin und Eroberin in *Dark Castle*. Die Jungs und ich hatten die Serie immer geschaut, wenn wir zwischen den Spielen unterwegs gewesen waren. Anya war eine enorm beliebte Figur. Vor allem seit …

Ich hatte ihre Brüste gesehen. Die Erkenntnis traf mich wie ein Puck gegen den Helm, und meine Ohren klingelten. Ich hatte diese perfekten cremefarbenen Brüste gesehen, die je eine gute Handvoll ergaben und mit süßen, rosigen Spitzen versehen waren, die sich keck nach oben reckten, der Schwerkraft zu trotzen schienen und darum bettelten, dass man an ihnen saugte. Ich hatte sie auf Händen und Knien gesehen, und ihre Brüste waren auf- und abgewippt, während Arasmus sie von hinten genommen hatte.

Ich errötete tatsächlich. Ich. Der Kerl, dem sich seit der Highschool jeden Abend Dutzende von Frauen an den Hals geworfen hatten. Ich hatte schon so oft und auf so viele verschiedene Arten Sex gehabt, dass alles zu einer verschwommenen Erinnerung zusammengeflossen war. Nichts konnte mich in Verlegenheit bringen oder war mir peinlich. Und doch wurde mir unter dem Kragen meines Hemds langsam warm, und meine Wagen brannten. Nachdem ich fast ein Jahr lang keinerlei Interesse an jeglichen sexuellen Dingen gehabt hatte, beschloss mein Schwanz nun, seine Anwesenheit zu verkünden, indem er sich erhob. Ausgerechnet jetzt. Jetzt, da ich in diesem verdammten Truck festsaß und weniger als einen Meter von einer Frau entfernt war, bekam ich endlich einen verdammten Ständer. Wundervoll.

Ich kam mir wie ein verfluchter Lustmolch vor.

»Wenigstens ist es eine schöne Strecke«, sagte sie und riss mich damit aus meinen hitzigen Gedanken an cremefarbene Brüste mit zuckerwattepinken Brustwarzen.

»Hmm«, war alles, was ich hervorbrachte.

Aber sie hatte recht. Wir würden eine ganze Weile an der Küste entlangfahren, und obwohl manche Leute, die hier lebten, den Pazifik irgendwann nicht mehr beachteten, bezweifelte ich, dass es Emma Maron so ergehen würde. Was gut war. Sie konnte sich auf die Aussicht konzentrieren, und ich würde mich aufs Fahren konzentrieren. Anstatt auf sie. Nicht dass sie mir das leicht machte. Sie verstand mein Schweigen nicht als Hinweis.

»Nehmen Sie es mir nicht übel …«

»Was bedeutet, dass Sie jetzt etwas sagen werden, das ich Ihnen übel nehmen werde«, fiel ich ihr trocken ins Wort.

»Aber Sie wirken nicht wie der typische Chauffeur«, beendete sie ihren Satz mit einem amüsierten Tonfall.

»Ich dachte, dass ich der mürrische ehemalige Sportler wäre, der seinen Schmerz gerne im Alkohol ertränkt.« Obwohl ich einfach nur mit ihrer vorherigen Beobachtung konterte, zog sich tief in meinem Magen etwas auf unangenehme Weise zusammen. Mit dieser Aussage hatte sie den Nagel viel zu sehr auf den Kopf getroffen. Ich trank nicht. Aber der Rest stimmte.

Ihr sanftes Schnauben lenkte mich ab. »Tja, ich kann mir kaum vorstellen, dass der gute alte Brick anbieten würde, irgendjemanden vom Flughafen abzuholen. Vor allem dann nicht, wenn dieser Flughafen eine Stunde mit dem Auto entfernt ist.«

Da hatte sie mich erwischt. Ich umklammerte das Lenkrad ein wenig fester. »Amalie ist meine Großmutter.«

»Ah.« In dieser einen Silbe lag eine ganze Welt des Begreifens. Sie schaute aus dem Fenster, bevor sie weitersprach. »Ich bin ihr nie begegnet.«

»Und doch sind Sie jetzt hier, um sie zu besuchen?«

Sie lächelte ironisch. »Seltsam, nicht wahr?«

»Ich werde nicht über Sie urteilen.«

Das entlockte ihr ein Schnauben, aber es klang gutmütig. Ich riskierte einen kurzen Blick in ihre Richtung, und unsere Blicke trafen sich. Wir teilten ein kleines Lächeln, so als wollten wir sagen, dass wir beide Schwachsinn redeten. Doch dann zuckte sie mit den Schultern.

»Ich … mache gerade eine schwere Zeit durch und hab meine eigene Großmutter angerufen. Sie hat mir von diesem wundervollen Anwesen namens *Rosemont* erzählt und ihrer äußerst charmanten Freundin, der es gehört.« Emma warf mir einen schüchternen Blick zu, bevor sie fortfuhr. »Sie sagte, dass es der perfekte Ort für mich sei, um mich zu verstecken und wieder zu mir selbst zu finden.«

Daraufhin zog sie die Schultern hoch, als würde sie sich innerlich auf meinen Hohn vorbereiten. Den würde sie von mir jedoch nicht bekommen. Die Tatsache, dass sie sich gerade zur Zielscheibe für den möglichen Spott eines vollkommen Fremden gemacht hatte, rief in mir einen unerwarteten Beschützerinstinkt hervor. Also gab ich ihr im Gegenzug etwas von mir.

»Meine Eltern sind bei einem Autounfall ums Leben gekommen, als ich vierzehn war.« Sofort wollte sie mir mitfühlende Worte anbieten, doch ich winkte ab. »Amalie wurde für mich gleichzeitig Großmutter und Mutter. Ihr zweiter Ehemann, Frank, hatte gerade *Rosemont* gekauft. Also lebten wir während des Schuljahrs dort. Es ist ein guter Ort, um …«

Zu heilen. Zu trauern.

Ich umklammerte das Lenkrad und gab mir einen Moment Zeit, um die Erinnerungen an dieses verlorene, wütende Kind zu verdrängen, das ich einst gewesen war. Sie kamen trotzdem. »Ich würde nicht so weit gehen zu sagen, dass es eine Art magischer Ort ist …« *Klar, deswegen bist du auch dorthin gerannt, sobald du konntest.* »Aber es ist ein schönes und abgeschiedenes Anwesen. Und Amalie wird sich definitiv um Sie kümmern.«

Dieser Gedanke im Besonderen machte mich froh und löste gleichzeitig Unbehagen in mir aus. Emma sollte jemanden haben, der sich um sie kümmerte. Aber warum musste es ausgerechnet hier sein, wo ich ihr nicht entkommen konnte? Schon jetzt hatte ich in wenigen Minuten mehr mit dieser Frau geredet als seit Monaten mit irgendjemandem sonst.

Zum Glück nickte Emma einfach nur und schaute nachdenklich aus dem Fenster auf die Gebirgskette, die an uns vorbeizog.

»Ich helfe ihr dabei, das Anwesen auf Vordermann zu bringen«, fühlte ich mich genötigt zu sagen, allerdings hatte ich keine Ahnung, warum ich diesen Drang verspürte. Sie musste das nicht wissen. Und trotzdem wollte mein Mund keine Ruhe geben. »Hauptsächlich die Gästehäuser. Sie sind im Laufe der Jahre ein wenig heruntergekommen. Ihres ist allerdings gerade frisch renoviert.«

Halt die Klappe, Oz, du Idiot.

»Daran habe ich nie gezweifelt«, murmelte sie.

Gnädige Stille senkte sich über uns. Für etwa zehn Sekunden.

»Sie sind also Bauunternehmer?«

Ein Teil von mir wollte lachen. Ein Teil von mir wollte in die Leere hineinheulen. Das war aus mir geworden. Einem Mann, der einst Fans gehabt hatte, die ihn bewundert und nach einem Spiel in Scharen vor dem Stadion herumgelungert hatten, weil sie hofften, ein Autogramm von ihm zu ergattern. Einem Mann, von dem die Eishockeywelt erwartet hatte, dass er seiner Mannschaft einen weiteren Stanley-Cup-Sieg einbringen würde. Und nun war dieser Mann nicht mehr als ein Kerl, der für seine Großmutter arbeitete und eine berühmte Schauspielerin durch die Gegend kutschierte, die keine Ahnung hatte, wer er war.

Nicht dass ich erwartet hätte, dass sie ein großer Eishockeyfan wäre. Aber sie schien mich nicht mal ansatzweise zu erkennen. Ich hatte schon internationale Werbekampagnen für Energydrinks, einen Uhrenhersteller, Sportwagen und Fitnessriegel gemacht. Verdammt, vermutlich verbrachte sie mindestens einen Teil des Jahres in Los Angeles. Eine fünfzehn Meter hohe Plakatwand, auf der ich meinen Schläger in der Hand hielt und nicht viel mehr als enge rote Retroboxershorts und ein Lächeln trug, hing sowohl über dem Sunset Boulevard als auch über Los Feliz.

Der Gedanke an dieses dämliche Billboard, von dem Kopien in Städten auf der ganzen Welt hingen, und die Erinnerung daran, wie sich die Jungs darüber lustig gemacht hatten, dass der Lüsterne Luc seine Kronjuwelen vor aller Welt zur Schau stellte, ließ mich innerlich schaudern.

Vielleicht war es besser, dass sie mich nicht erkannte. Vielleicht hatte ich auf ihre Frage nach meinem Namen deswegen mit Lucian geantwortet. Abgesehen von meinen Eltern hatte mich nie jemand Lucian genannt. Ich war immer Oz oder Luc gewesen.

Neben mir gab die neugierige, kleine Emma einen Laut von sich, ein winziges »Hallo? Erde an Lucian«-Räuspern, um mich daran zu erinnern, dass ich ihre Frage noch nicht beantwortet hatte. War ich Bauunternehmer?

»So was in der Art.«

Ich schaltete das Radio ein. Die Wahrheit war, dass ich absolut nicht den Wunsch verspürte, dass sie mich erkannte. Das würde nur zu Fragen und der unausweichlichen Erkenntnis führen, dass ich die eine Sache, die ich im Leben am meisten liebte, nicht länger tun konnte.

Mit bleischwerem Magen fuhr ich in grimmigem Schweigen weiter. Und ausnahmsweise bedrängte mich Emma mal nicht mit ihrem Bedürfnis nach höflichem Geplauder. Der Pazifik lag als endlose blaue Fläche vor uns. Sonnenlicht funkelte auf dem Wasser und warf goldene Flecken in die Luft, die blitzten und schimmerten. Ich griff nach meiner Sonnenbrille und setzte sie auf, während Emma staunende Laute von sich gab.

»Ich verbringe den Großteil des Jahres in L.A.«, sagte sie mit einem schwachen Lächeln. »Aber ich werde es einfach nicht leid, diesen Ozean zu betrachten.«

Einst hatte ich das Gleiche gedacht. Der Pick-up wand sich die Straße entlang, an der staubige braun-grün eingefärbte Berge lagen, die wie die Füße uralter Dinosaurier aussahen, die ins Meer stapften. Zumindest hatte ich das als Kind mal zu Mamie gesagt. Die Erinnerung half kaum dabei, die Anspannung in meinem Nacken und meiner Stirn zu lösen.

Ich atmete gleichmäßig, murmelte ein knappes »Er ist schön« und fuhr weiter. Trotz der zunehmenden Kopfschmerzen konnte ich die Schönheit nicht leugnen, die auf Emma Maron eine solch starke Wirkung hatte. Die kalifornische Küste war beeindruckend und löste beim Betrachten Demut aus. Der Ozean krachte und schäumte gegen die Granitklippen und wirbelte in Strudeln um kleine goldene Strände herum.

Genau wie Emma war ich nach Kalifornien zurückgekehrt, um das Land in meine angeschlagene Seele sickern zu lassen. Um Frieden zu finden. Aber ich verspürte ihn nicht. Der Frieden entzog sich mir. Der Schmerz in meinem Kopf nahm zu und bohrte sich mit stechenden Fingern einen Weg zur Rückseite meiner Augen. Und mit dem Schmerz kam die Übelkeit, dick und fettig. Zum Teufel noch mal. Ich hatte seit Wochen keinen Migräneanfall mehr gehabt. Warum jetzt?

Doch ich kannte den Grund. Der Arzt hatte mir erklärt, dass ich unter plötzlichem Stress Kopfschmerzen bekommen könnte. Es lag an ihr. Ohne es überhaupt darauf anzulegen, hatte sie mich direkt aus meinem schönen, sicheren Kokon aus Taubheit gezerrt. Dabei wollte ich gar nicht aufgeweckt werden.

Ich ließ das Fenster ein Stück herunter und weigerte mich, dem Schmerz und der Übelkeit nachzugeben. Neben mir sang Emma leise ein Lied von Fiona Apple mit. Ich bezweifelte, dass ihr überhaupt bewusst war, dass sie es tat, aber das machte mir nichts aus. Ihre Stimme war sanft und süß. Eine angenehme Ablenkung.

Die Sonne stieg höher, und ihr Licht wurde greller. Meine Kopfschmerzen nahmen entsprechend zu. Mittlerweile bedeckte ein dünner Schweißfilm meine Haut. Das Licht spiegelte sich auf dem Ozean, und die Straße verschwamm zu einem großen funkelnden Fleck.

Bislang hatte ich noch nie am Steuer einen Migräneanfall bekommen. Demütigung kämpfte gegen gesunden Menschenverstand an. Die Straße war kein Ort, an dem man im Namen des männlichen Stolzes unnötige Risiken eingehen sollte. Ich musste anhalten. Ich musste ihr erzählen, dass ich gerade nicht in der Lage war weiterzufahren. Ich atmete langsam aus und bereite mich darauf vor, es Emma zu beichten.

Doch sie sprach zuerst. »Macht es Ihnen was aus, wenn wir an dem Aussichtspunkt da vorne kurz anhalten? Die Aussicht ist einfach so schön, und ich will ein paar Fotos für meinen Instagram-Account machen.«

Ich würde mich nicht beschweren und bestätigte ihren Vorschlag mit einem knappen Nicken, das dafür sorgte, dass mein geschwächtes Hirn in der Schmerzsuppe herumschwappte, die in meinen Schädel eingedrungen war. Sofort explodierte Licht vor meinen Augen. Ich biss die Zähne zusammen und versuchte, durch es hindurchzuatmen.

Die ganze Situation machte mich wütend. Ich war mit Muskelrissen, aufgeplatzten Lippen und einer gebrochenen Nase über das Eis gelaufen. Ich hatte meinen Schläger mit gebrochenen Fingern festgehalten, die ich für ein Viertel einer ganzen Saison notdürftig getapt hatte. Aber das hier konnte ich nicht meistern. Das hier war die eine Sache, die mich in die Knie zwang.

Nachdem ich auf einen halbrunden geschotterten Aussichtspunkt abgebogen war, parkte ich den Truck so bald wie möglich und stolperte praktisch hinaus. Emma bemerkte es nicht, hüpfte leichtfüßig nach draußen und rannte förmlich zum Rand des Aussichtspunkts.

Das Meer war hier türkis und rollte mit brodelnder Gischt ans Ufer. Ein Stück weiter die Küste runter paddelten Surfer auf ihren Brettern und lauerten auf eine gute Welle. Emma neigte den Kopf nach hinten und atmete die frische Meeresluft tief ein. Das Sonnenlicht fiel auf die goldenen Strähnen ihres Haars und verlieh ihrer Haut die Farbe einer perfekten Brioche. Für eine klare Sekunde vergaß ich meinen pochenden Kopf vollkommen. Ich vergaß verdammt noch mal, wie man atmete.

Sie war umwerfend. In dem weißen Sommerkleid, das sie trug, fror sie bestimmt. Die Luft war frisch, und der Wind brachte Feuchtigkeit mit sich. Doch sie ließ es sich nicht anmerken. Stattdessen breitete sie die Arme weit aus, als wollte sie die ganze Welt umarmen, und das Sonnenlicht ließ ihr weißes Baumwollkleid durchscheinend werden und enthüllte die Umrisse ihres süßen, kleinen Körpers als Silhouette.

Ich hatte kein Recht, diese Dinge zu bemerken, schon gar nicht bei ihr. Und doch konnte ich irgendwie nicht anders. Emma Maron konnte man unmöglich ignorieren. Nicht nur wegen ihrer Schönheit, sondern aufgrund der Art, wie sie Freude aufsaugte, als wäre bloßes Atmen für sie schon ein Geschenk. Vielleicht war es das, aber in diesem Augenblick fühlte es sich nicht so an.

Mit einem stummen Fluch richtete ich den Blick aufs Wasser und folgte ihrem Beispiel. Ich atmete tief ein und versuchte, die Migräne mit bloßer Willenskraft zu vertreiben. Doch sie zeigte mir einfach nur den Stinkefinger und überrollte mich mit solcher Wucht, dass ich den Würgereiz unterdrücken musste.

»Das ist herrlich, nicht wahr?«, fragte Emma.

»Ja.«

»Ich habe viele Monate bei den Dreharbeiten in Island verbracht, wo es wirklich umwerfende Landschaften gibt«, plapperte Emma im Hintergrund meiner Höllenschmerzen. »Ein paar von ihnen waren regelrecht unheimlich, wie eine Mondlandschaft, aber der Pazifik versetzt mich immer noch in Erstaunen. Er sorgt dafür, dass ich auf die Knie sinken und ein Dankgebet sprechen will oder so was.«

Ich wolle ebenfalls auf die Knie sinken. Aber nicht vor irgendeinem Ozeangott. Vielleicht vor den Schmerzgöttern, wenn ich geglaubt hätte, dass sie mich dann für einen Augenblick in Frieden lassen.

Ich bemerkte nicht, dass sie sich mir näherte, bis sie neben mir stand. Selbst dann war sie hauptsächlich ein verschwommener Fleck aus Farbe und warm duftender Haut. Aber ich hörte sie deutlich.

»Hören Sie, Lucian, ich wollte Sie fragen …« Sie hielt inne und stieß ein halbes schnaubendes Lachen aus, so als würde sie darum ringen, die richtigen Worte zu finden. »Das ist irgendwie peinlich …«

Ich bin neuerdings Experte in Peinlichkeit, Schätzchen.

Meine Sicht klärte sich ausreichend auf, sodass ich sehen konnte, wie sie schwach lächelte und die Hände rang – *Gott, bitte lass nicht zu, dass sie mich ausgerechnet jetzt erkennt.*

»Es ist nur so, dass mir durch die Autofahrt ein ganz klein wenig übel geworden ist … Das passiert mir manchmal nach langen Flügen, nach denen ich direkt in ein Auto steigen muss.«

Bestimmt nahm sie mich auf den Arm. Sicher wusste sie, dass ich aus dem letzten Loch pfiff, und das hier war ihre Lösung. Ich konzentrierte mich und betrachtete sie kritisch. Sie war ein bisschen grün um die Nase, und die Muskeln in ihrer Kehle bewegten sich, so als könnte sie nicht richtig schlucken.

»Ihnen ist schlecht?«, lautete meine clevere Erwiderung.

Sie wurde noch grüner, und auf ihrer weichen Haut schimmerte ein feiner Schweißfilm. »Es ist albern …«

»Das ist nicht albern. Das kann passieren.«

Ihr liebliches Gesicht verspannte sich ein wenig. »Ich dachte, dass es helfen würde, kurz anzuhalten, aber …« Sie zwang sich eindeutig dazu, mir in die Augen zu schauen. »Würde es Ihnen etwas ausmachen, mich für eine Weile fahren zu lassen?«

Sie ballte die Finger zur Faust. Gott, wir waren wirklich zwei Helden.

Wenn man bedachte, dass ich nicht in der Lage war, Auto zu fahren, und da sie es nun schon anbot …

»Okay«, brachte ich hervor. »Klar, wenn Ihnen das hilft.«

Ihre erfreute Miene löste in meiner Brust ein seltsames Gefühl aus. »Ich danke Ihnen so sehr. Und … wollen wir vielleicht zum Du übergehen? Schließlich werden wir uns für die nächste Zeit auf demselben Anwesen aufhalten und uns wahrscheinlich öfter über den Weg laufen.«

»Meinetwegen. Der Schlüssel steckt im Zündschloss«, informierte ich sie mit einem schwachen Nicken und bewegte mich dann in Richtung Beifahrersitz.

»Toll. Nur noch eine Sekunde.« Sie ging auf einen weiteren parkenden Pick-up zu, der am Rand des Aussichtspunkts stand. Ein alter Mann saß auf einem ramponierten Gartenstuhl neben der Ladefläche und verkaufte Wasserflaschen aus einer Kühlbox.

Emma kaufte ein paar, lud sie in ihre Arme und kehrte damit zu mir zurück. Den Schwung in ihren Schritten hatte ich mir vielleicht bloß eingebildet, denn als sie mir in die Augen schaute, war es, als würde sie eine Welle aus Übelkeit überkommen. Doch sie trotzte ihr mit einem tiefen, zittrigen Atemzug und reichte mir dann die eisgekühlten Flaschen.

»Ich habe festgestellt, dass mir das auch immer hilft. Bedien dich, falls du Durst hast.«

Wasser *würde* helfen. Sehr. Ich musterte die kalten Flaschen auf meinem Schoß und dann die Frau, die um die Vorderseite des Trucks herumging. Hatte sie das für mich getan? Ich konnte es nicht beurteilen. Was ärgerlich war. Nervtötend.

Verwirrt öffnete ich je eine der Flaschen für sie und für mich. Dann verstaute ich die restlichen in dem großen Aufbewahrungsfach zwischen den Sitzen. Emma ließ sich auf den Fahrersitz gleiten und machte sich sofort daran, alles so einzustellen und anzupassen, wie sie es brauchte.

War es seltsam, dass ich das ebenfalls sexy fand? Vermutlich. Aber ich war so erschöpft, dass mich das nicht kümmerte. Ich neigte meinen Sitz gerade weit genug nach hinten, um ein wenig Druck von meinem Kreuz zu nehmen. Dann nahm ich meine Flasche und trank einen großen Schluck. Und dann weinte ich beinahe vor Erleichterung, als das kalte Wasser meine Kehle hinunterfloss.

»Kennst du den Weg?«, fragte ich sie, obwohl sie zweifellos wusste, in welche Richtung wir unterwegs waren. Und ich konnte ihr sagen, wann sie abbiegen musste.

Ihr Tonfall machte deutlich, wie überflüssig meine Frage war, aber sie sagte einfach nur: »Wir wollen nach Montecito, richtig?«

»Richtig.«

Emma lenkte den Wagen mit ruhiger Effizienz zurück auf die Straße. Sobald wir unterwegs waren, öffnete sie die Fenster ein wenig, um die Brise hereinzulassen. Dann schaltete sie die Klimaanlage ein. Mit einem Blick in meine Richtung erklärte sie: »Das hilft ebenfalls gegen die Übelkeit, weißt du?«

Ja, das wusste ich.

Ich brummte und schloss hinter dem Schutz meiner Sonnenbrille die Augen. Ich trank mein Wasser und ließ die frische Luft auf mich wirken. Emma summte leise eine Melodie, und ich brauchte eine Minute, um zu erkennen, dass es sich um das Lied »Maria« aus *The Sound of Music* handelte.

Aus irgendeinem Grund sorgte das dafür, dass ich lachen wollte. Nicht über sie oder das Lied, sondern weil es so typisch für sie wirkte. Stattdessen trank ich noch mehr Wasser, während sie entspannt weiterfuhr.

»Du bist eine gute Fahrerin«, sagte ich plötzlich und überraschte mich damit selbst.

Ein kleines Schmunzeln huschte über ihre Lippen. »Hast du etwa an mir gezweifelt?«

»Das habe ich nicht gesagt. Ich dachte mir, dass du zumindest kompetent sein müsstest, wenn du darum bittest, ans Steuer zu dürfen.«

»Ich hätte verblendet sein können«, konterte sie süßlich. »Voller Arroganz und doch gefährlich inkompetent.«

»Dir sind schon viele solche Leute begegnet, was?«

Um ihre Augenwinkel herum bildeten sich kleine Fältchen. »Ein paar.«

»Hmm.«

Sie fuhr an einem langsameren Auto vorbei. »Die Wahrheit ist, dass ich Autofahren liebe. Vor allem auf landschaftlich schönen Strecken. In Island haben ein paar von uns an unserem freien Tag immer Sportwagen gemietet, und dann sind wir zu zweit durch die Landschaft gefahren.« Sie wirkte gedankenverloren und melancholisch.

»Prinzessin Anya hat diese Serie groß gemacht.«

Ihr überraschtes Zusammenzucken war sichtbar und schnell.

Mist.

Dann wandte sie sich mit einem breiten Grinsen in meine Richtung. »Du schaust *Dark Castle*?«

Doppelmist.

»Es ist eine gute Serie. Ich hab sie …« Unterwegs zwischen den Spielen geschaut. »Manchmal.«

Selbstgefälligkeit stand Emma Maron gut. Obwohl ich langsam den Verdacht hegte, dass Emma alles gut stand.

»Also mochtest du Anya, ja?«

Anya. Nicht sie. Anya war eine Figur in einer Serie. Eine Figur, die ich nackt gesehen hatte und … verdammt noch mal. Doppelt und dreifach verdammt noch mal.

Ich zog mein Bein ein wenig höher, um meinen anschwellenden Schwanz zu verbergen. Aber ich konnte einfach nicht aufhören, mir ihre nackten Brüste vorzustellen. Verdammt. Ich war wirklich der absolut schlimmste Perversling.

»Ich mochte sie lieber, als sie noch einen Kopf auf den Schultern hatte«, murmelte ich, was mir ein trällerndes Lachen von Emma einbrachte.

»Ja, ich auch.« Sie sagte es mit einem Lächeln, aber es verblasste schnell, und ich wusste, dass ich einen Nerv getroffen hatte. »Ich vermute, dass Amalie es dir erzählt hat.«

»Sie hat mich zur Geheimhaltung verpflichtet. Nicht dass es jemanden gäbe, dem ich es erzählen könnte.«

Das schien sie zu beschwichtigen. Doch dann sackten ihre schmalen Schultern nach unten. »Irgendwann wird es ausgestrahlt werden. In einem spektakulären Finale.«

Das Finale würde in sechs Monaten laufen. »Wusstest du es? Dass du ähm …«

»Dass ich die Axt zu spüren bekommen würde?«, schlug sie vor und wackelte mit den Augenbrauen.

Das entlockte mir ein Glucksen. »Ja, das.«

Die Serie war dafür berüchtigt, dass sie Handlungswendungen nicht nur vor den Fans, sondern auch vor den Schauspielern verbarg.

»Nein«, sagte sie nüchtern. »Ich hab es erst bei der Leseprobe für die Folge erfahren.«

Ich kannte diese Stimme, diesen bitteren Schmerz, unter den sich Verwirrung mischte, so als würde sie sich fragen: Ist diese Katastrophe, die mir da zugestoßen ist, wirklich passiert? Ich kannte das Gefühl nur zu gut.

Sie haben ihre Figur ohne Vorwarnung umgebracht. Vor den Augen ihrer Kollegen.

»Das ist wirklich beschissen, Em.«

Sie schwieg für einen Augenblick, bevor sie erwiderte: »Ja, das ist es, Lucian.«

3. KAPITEL

Emma

Nachdem ich viele Monate in Island verbracht hatte, war die Fahrt durch Kalifornien wie ein Übergang in eine andere Welt. Sonne, Meer und Berge. Viele Küsten wiesen ganz ähnliche Merkmale auf. Doch obwohl ich nur für einen Teil des Jahres in Kalifornien lebte, fühlte sich irgendetwas an dem goldenen und warmen Licht, dem endlosen Strom aus Autos und den Surfern, die wie Korken auf dem Wasser wippten, bevor sie eine Welle erwischten, nach Heimat an.

Ich warf einen Blick aufs Wasser und verspürte einen Kloß im Hals. Hier zu sein erinnerte mich daran, dass L.A. auf mich wartete und damit auch all meine Ängste und Zweifel. Wenn ich nicht bald eine neue Rolle an Land zog, war ich erledigt. Das Problem bestand darin, dass ich den Besetzungschefs nicht erzählen durfte, dass Anya tot war. Das konnte ich erst offenbaren, wenn das Finale ausgestrahlt worden war. Das bedeutete, dass ich bis dahin so tun musste, als wäre alles in Ordnung. Also war ich jetzt hier und ließ es so wirken, als würde ich mir nach den anstrengenden Dreharbeiten eine Pause gönnen. Laut meinem Agenten Dan und meiner Managerin Carrie gehörte das alles zum Plan. Ich sollte die Welt denken lassen, dass mein Leben völlig normal weiterlief.

Natürlich war das eine Lüge. Dass man mich aus *Dark Castle* herausgeschrieben hatte, hatte meiner fragilen Welt deutliche Risse verpasst. Ich musste Dan und Carrie glauben, wenn sie mir versicherten, dass ich mir keine Sorgen machen sollte und dass schon bald jede Menge Angebote für neue Rollen reinkommen würden. Allerdings hatte ich im Gegensatz zu meinen Kollegen in den Drehpausen der Serie keine anderen Rollenangebote erhalten. Langsam machte ich mir schon Gedanken darüber, dass man mich auf einen bestimmten Typ festgelegt hatte.

Der Tod einer Hollywoodkarriere konnte ebenso schnell kommen wie die Axt, die Anya enthauptet hatte. Wenn sich herumsprach, dass niemand mit mir arbeiten wollte, dann würde auch niemand das Risiko eingehen, mir eine Rolle anzubieten. Es war wie eine schreckliche selbsterfüllende Prophezeiung des Untergangs.

Ich umklammerte das Lenkrad mit kalten und klammen Händen und richtete meine Aufmerksamkeit wieder aufs Fahren und auf den Mann, der zusammengesackt auf dem Sitz neben mir saß. Die Sonnenbrille, die er trug, verdeckte seine Augen, aber das gleichmäßige Auf und Ab seiner breiten Brust verriet mir, dass er eingeschlafen war. Ich warf einen weiteren verstohlenen Blick auf ihn und lächelte ganz leicht. Selbst im Schlaf war sein üppiger Mund verkniffen und an den Mundwinkeln nach unten gezogen, so als wollte er dem Frieden nicht nachgeben.

Mein Lächeln verblasste. Wenn man mal von seiner Sturheit absah, hatte die Tatsache, dass er nicht einmal im Schlaf in der Lage war, sich vollkommen zu entspannen, etwas Herzzerreißendes an sich. Hatte er Schmerzen? War es das? Ich wollte eine Hand ausstrecken und damit über seine starke Kieferpartie streichen, die momentan von einem Bartschatten verdunkelt wurde. Aber er gehörte mir nicht, und ich würde gruselig wirken.

Also fuhr ich weiter. Schon bald verlief die Strecke nicht mehr direkt am Wasser entlang. Die Straße wies immer mehr Abzweigungen auf und links und rechts von ihr befanden sich Industriegelände und Einkaufszentren. Ich wusste, dass wir nach Montecito unterwegs waren, aber ich hatte keine Ahnung, wo die genaue Adresse lag. Als wir uns einer Ausfahrt näherten, bog ich ab und fuhr auf den Parkplatz eines Fast-Food-Restaurants.

Lucian regte sich. Da er zuerst zuckte und sich dann ruckartig aufsetzte, erkannte ich, dass ihm nicht klar gewesen war, dass er eingenickt war. Ich unterdrückte ein Lächeln, da ich wusste, dass ihn diese Tatsache vermutlich ärgern würde. Der arme Kerl hatte mehr Stolz als die meisten Leute. Ebenso klar war die Tatsache, dass er vorhin einen Migräneanfall erlitten hatte.

Ich kannte die Anzeichen – die Art, wie er versucht hatte, seine Augen vom Licht abzuschirmen, sein Bedürfnis nach frischer Luft sowie die Blässe seiner eigentlich gebräunten Haut. Er hatte gelitten, hatte das aber nicht zugeben können. Bezüglich meiner plötzlichen Übelkeit von der Autofahrt war er sichtlich misstrauisch gewesen – und das aus gutem Grund –, aber ich wollte verdammt sein, wenn ich keine ausgezeichnete Schauspielerin war. Und wenn meine kleine Einlage dafür gesorgt hatte, dass er sich ausruhen konnte, während ich uns sicher an unser Ziel brachte, dann sollte das eben so sein. Nicht dass ich dachte, dass er das Risiko eingegangen wäre, aber es war ihm nicht gut gegangen und er hatte dennoch nicht zugeben wollen, dass er nicht länger fahren konnte.

Also hatte ich das Problem gelöst.

Nun schaute er sich allerdings verwirrt auf dem Parkplatz um. »Was ist los? Hast du Hunger?«

Dass er sich sofort um mein Befinden sorgte, war süß. Ich parkte den Pick-up. Er war ein hübsches Fahrzeug, gut gepflegt und sauber. Da er mir erzählt hatte, dass er Amalies Anwesen renovierte, wusste ich, dass er es nicht aus Angeberei, sondern aus pragmatischen Gründen fuhr.

»Nichts ist los. Ich dachte, dass ich dich nun wieder fahren lassen sollte, da wir schon ganz in der Nähe von Montecito sind.«

Denn ich wusste noch etwas instinktiv. Ihm wäre bestimmt nicht recht, wenn seine Großmutter sah, dass ich am Steuer saß, wenn wir auf das Anwesen fuhren. Diese Wahrheit dehnte sich zwischen uns aus wie klebriges Karamell und war ebenso hartnäckig. Das machte mich nervös. Und wenn ich nervös war, redete ich zu viel.

»Natürlich nur, wenn du dich wieder besser …« Mist. »Ähm, ich meine, wenn das für dich in Ordnung ist.«

Der Motor tickte, während er mich anstarrte. Mein kleiner Versprecher war ihm eindeutig nicht entgangen.

Lucian zog eine Grimasse, verbarg sie aber, indem er sich mit einer großen Hand das Gesicht rieb. Das kratzende Geräusch seiner Stoppeln erklang in der Stille. »Ich werde fahren.«

Doch keiner von uns regte sich. Wir starrten einander einfach nur weiter an, drehten uns dann gleichzeitig um, als hätten wir uns abgesprochen, öffneten unsere jeweiligen Türen und stiegen aus dem Truck. Ich ging um die Vorderseite des Wagens herum, hielt jedoch auf halbem Weg an, als ich Lucian begegnete.

Er war so groß, dass er das Kinn nach unten neigen musste, um mir in die Augen zu schauen. Herrgott, er war wirklich ein schöner, großer Mann. Mit seinen wintergrünen Augen sah er mich mit solcher Eindringlichkeit an, dass mir ganz warm wurde. Unter diesem Blick konnte ich mich weder bewegen noch denken.

»War dir wirklich übel?«

Diese samtige Stimme zwang mich dazu, die Wahrheit zu sagen. Ich musste dagegen ankämpfen. Und gegen diese verdammten Augen. Ich blinzelte ihn an und tat ganz süß und unschuldig.

»Lucian, bezichtigst du mich etwa der Lüge?«

»Ja.«

Tja dann.

Seine steinerne Miene änderte sich nicht, aber in seinem frostigen Blick blitzte etwas auf, das mir verriet, dass er nicht unbedingt wütend auf mich war. Er wollte nur die Wahrheit wissen. Das Spiel konnte man auch zu zweit spielen.

»Verrate mir eins, Brick. Hättest du zugegeben, dass du einen Migräneanfall hattest, wenn ich dich danach gefragt hätte?«

Seine fest zusammengepressten Lippen zuckten, und nun wirkte er plötzlich belustigt. »Irgendwann schon.«

»Hmm.«

Er zog die dunklen Augenbrauen hoch. »Hmm? Das ist deine Erwiderung?«

Ich zuckte mit den Schultern. »Warum nicht? Du benutzt sie oft genug.«

Seine zuckenden Mundwinkel drohten, sich in ein ausgewachsenes *halbes* Lächeln zu verwandeln. Aber er bekam sie gerade noch rechtzeitig unter Kontrolle. »Nur damit wir uns richtig verstehen.«

»Ich schätze, dass das der Fall ist.« Das hätte mich nicht mit aufgeregter Vorfreude erfüllen sollen. Doch das tat es. Mit einem geschäftsmäßigen Nicken ging ich an ihm vorbei, doch er hielt mich auf, indem er sich zu mir vorbeugte.

Obwohl seine Lippen mein Ohr nicht berührten, fühlte ich sie dort wie einen heißen Luftzug auf meiner Haut. Ich erschauerte fast, als seine Stimme in einem düsteren Flüstern aus seinem Mund grollte. »Danke, Emma. Du hast mich vor meinem männlichen Stolz bewahrt.«

Ich hätte mein Lächeln selbst dann nicht verbergen können, wenn ich es versucht hätte. Es überkam mich wie Sonnenschein und wärmte mich von meinen Wangen bis zu den Spitzen meiner kribbelnden Zehen. »Gern geschehen, Lucian.«

Er brummte – oh, wie ich es liebte, wenn dieser Mann brummte – und nahm dann auf dem Fahrersitz Platz.

Wir sprachen nicht, als er vom Parkplatz fuhr. Doch er schaltete das Radio wieder ein und wirkte am Steuer wieder ganz entspannt. Ich hätte schwören können, dass ich einen Hauch von Vanille wahrnahm, der von ihm ausging. Nicht die schwere Süße einer Duftkerze, sondern die dunkle, blumige Note von echter Vanille. Ich konnte mir nicht vorstellen, dass ein Kerl wie Lucian Duftwasser auflegte, aber der Geruch war so verlockend, dass ich versucht war, mich in seine Richtung zu lehnen und zu schnuppern.

Das würde ganz sicher nicht gut ankommen. Der Mann war auch so schon verschlossen genug, ohne dass ich meine Nase in seinen Kragen steckte.

»Sind wir bald da?«, fragte ich, um mich abzulenken.

»Ja.« Er warf mir einen Seitenblick zu. »Ich entschuldige mich dafür, dass ich eingeschlafen bin.«

»Ich habe hin und wieder auch Migräne. Schlaf hilft am besten dagegen.«

»Hmm.«

»Du wirst mich jedes Mal zum Lachen bringen, wenn du so brummst, weißt du?«

Er war so kurz davor, wirklich zu lächeln. »Und das ist schlecht, weil?«

Wusste er, dass er flirtete? Wusste ich es?

Es war auf keinen Fall klug. Ich würde nur für eine Weile hier sein und mit dem Enkel von Granny Cynthias bester Freundin zu schlafen, war nicht nur idiotisch – es war, als würde man darum betteln, verletzt zu werden. Mit zwanglosen Affären kam ich nicht gut zurecht. Und irgendwie wusste ich, dass Lucian nicht der Typ war, der länger blieb. Wahrscheinlich würde es damit enden, dass er mir aus dem Weg ging und ich mir wie ein Trottel vorkam.

Ich war so sehr in Gedanken versunken, dass ich beinahe nicht mitbekam, wie wir den Highway verließen und auf eine extrem schmale Straße abbogen, die sich durch die Landschaft schlängelte. Plötzlich war ich froh, dass ich für diesen Abschnitt der Reise nicht mehr am Steuer saß. Es hätte uns nicht weitergebracht, wenn ich vom Weg abgekommen wäre, während Lucian noch schlief. Durch die Bäume erhaschte ich immer wieder einen kurzen Blick auf den funkelnden blauen Ozean. Hier und da sah ich die Dächer gewaltiger Häuser, die hinter hohen Toren versteckt lagen. Diese Gegend war ein üppiger und sonniger Garten Eden.

Lucian fuhr auf ein schmiedeeisernes Doppeltor zu, das endlose weiße Stuckmauern durchbrach. Über die Mauern wucherten Glyzinien und Bougainvillea. Ein schmiedeeiserner Bogen überspannte das Tor, und der Name *Rosemont* schmückte in goldenen Buchstaben seine Mitte.

»Willkommen in *Rosemont*«, sagte Lucian ohne großes Trara.

Unter dem Schatten der Olivenbäume fuhren wir auf das Anwesen zu. Jetzt waren wir so langsam, dass ich das Fenster herunter- und frische Luft hereinlassen konnte.

»Gott, ich schwöre, dass ich Zitronen riechen kann«, sagte ich und atmete tief ein.

»So ist es. Auf dem Anwesen stehen viele verschiedene Zitrusfruchtbäume.«

»Zitronen erinnern mich an Glückseligkeit.«

»Glückseligkeit?«, wiederholte Lucian und klang verblüfft.

»Ich weiß nicht, wie ich es sonst erklären soll.« Ich zuckte mit den Schultern und lachte leise. »Ich rieche Zitronen und fühle mich glücklich. Hoffnungsvoll.«

Er brummte.

Die Straße ging in eine runde Einfahrt über. Das Haupthaus lag in anmutiger Ruhe da. Es war teils Villa im italienischen Stil, teils Hazienda und ganz und gar kalifornisch. Rote und pinkfarbene Rosen rankten sich an cremefarbenem Stuck empor und wanden sich um schmiedeeiserne Geländer.

»Das ist absolut umwerfend«, brachte ich staunend hervor.

»Ja, das ist es.« Ausnahmsweise klang Lucian nun sanft, aber er schaute nicht zum Haus. Er parkte den Wagen und warf dann einen Blick auf sein Handy. Als er las, was dort stand, zog er den Mund zusammen. »Mamie musste noch etwas erledigen, aber sie wird in etwa einer Stunde zurück sein.«

»Mamie?«

»Amalie. Ich nenne sie Mamie. Das ist mein Wort für ›Großmutter‹.«

»Das ist so süß.«

»Du willst mich ärgern, oder?«

»Es ist so einfach. Du könntest es wenigstens ein bisschen herausfordernder machen, damit ich mich anstrengen muss.«

Lucian schaute mir tief in die Augen, und mir stockte der Atem. Hitze köchelte tief in meinem Bauch, während ich über all die Möglichkeiten nachdachte, mit denen er mich dazu bringen könnte, mich mehr anzustrengen. Vielleicht dachte er das Gleiche, denn seine wintergrünen Augen waren nun alles andere als kalt. Doch dann blinzelte er, und jeder Anflug von sinnlicher Neckerei verschwand.

Ohne ein weiteres Wort stieg er aus und machte sich daran, mein Gepäck aus dem Auto zu laden. Ich folgte ihm, doch er wies all meine Versuche, ihm dabei zu helfen, ab. Ehrlich gesagt war es schon ein wenig beeindruckend, wie er ohne erkennbare Mühe vier große Koffer transportierte.

»Du bist im *Cyrano* untergebracht«, sagte er und trat auf einen gewundenen Gartenpfad, den ausladende Palmen, Zitronenbäume und kletternde Bougainvilleas beschatteten.

»Hat das was mit Cyrano de Bergerac zu tun?«

»Genau. Mamie benennt die Gästehäuser gern nach bekannten Namen aus der französischen Literatur. Das *Dumas* ist beinahe fertig. Danach werde ich am *Baudelaire* arbeiten.«

»Cyrano ist eine meiner Lieblingsfiguren.«

»Das Haus trägt nur den Namen. Die Einrichtung orientiert sich nicht daran.« Er hielt vor einem Bungalow inne, der wie eine Miniatur des großen Hauses aussah. »Erwarte keine Büsten von großnasigen Männern oder so was.«

»Jetzt bin ich enorm enttäuscht.«

»Du wirst es überleben.« Lucian ließ mich hinein. Ich liebte die bogenförmigen Durchgänge, die wolkenweißen Stuckwände und die dunklen Holzbalken. Eine hohe Doppeltür aus Glas ließ das goldene kalifornische Licht herein.

»Das Schlafzimmer ist dort.« Er deutete in Richtung einer Tür, die von dem gemütlichen Wohnzimmer abging. »Es verfügt über ein eigenes Bad. Darin findest du Handtücher und frische Bettwäsche. Die Küche ist voll ausgestattet und gut gefüllt. Und … was noch?« Lucian kratzte sich am Nacken, während er sich mit kritischem Blick in dem kleinen Bungalow umschaute. »Oh, auf dem Esszimmertisch liegt eine Liste mit Nummern, unter denen du Amalie und das Haupthaus erreichen kannst.«

»Es ist bezaubernd, Lucian. Danke.«

Er brummte. Wie erwartet. Ich kämpfte gegen ein Lächeln an. Der Mann bebte förmlich, weil er sich so dringend zurückziehen wollte. Ich vermutete, dass ihn die Tatsache, dass er eine Stunde mit einer Fremden verbringen und währenddessen auch noch einen Migräneanfall überstehen musste, an seine Grenzen getrieben hatte.

Ich stellte meine Handtasche auf einen niedlichen Lehnstuhl im spanischen Stil. »So langsam macht sich bei mir der Jetlag bemerkbar. Ich glaube, ich mache ein Nickerchen.«

»Ich werde dich in Ruhe lassen. Ruf einfach im Haus an, wenn du irgendwas brauchst. Sal wird dir helfen, falls Mamie nicht reagiert.«

Ich machte mir nicht die Mühe zu fragen, wer Sal war. Lucian eilte bereits aus dem Haus, als stünde es im Flammen. Ich wollte lächeln. »Dann bis später, Lucian.«

Er blinzelte, und seine langen Wimpern verfingen sich in den Strähnen seines mahagonifarbenen Haars. »Genieß dein Nickerchen, Emma.«

Damit war er verschwunden. Und das Haus fühlte sich seltsam leer an.

Nachdem ich mir ein Glas von der Limonade eingeschenkt hatte, die ich im Kühlschrank fand, ging ich ins Schlafzimmer und kletterte auf das hohe, große Bett, um meine Freundin Tate anzurufen.

»Bist du gut angekommen?«, fragte sie ohne Vorrede. Ich hatte bei unseren letzten Telefonaten oft genug geweint, sodass sie sich nun ständig Sorgen um mich machte.

»Ja. Der Flug war in Ordnung. Das Anwesen ist wunderschön. Ich werde mich demnächst mal ein wenig umsehen. Die Fahrt hierher war … interessant.« Sobald ich die Worte ausgesprochen hatte, wollte ich sie zurücknehmen. Ich wollte nicht über Lucian reden, aber er hatte einen Eindruck bei mir hinterlassen, der so frisch war, als wäre er tatsächlich mit seinen Händen über meinen Körper gefahren, und ich konnte dieses Gefühl nicht für mich behalten.

Wie befürchtet wurde Tates Stimme neugierig. »Inwiefern interessant?«

Ich hätte lügen oder Ausflüchte machen können, aber ich hatte meine große Klappe nun schon aufgerissen. »Wo soll ich anfangen? Ich dachte, dass mein Fahrer ein Fan wäre, der mich um ein Selfie bitten wollte.« Während sie laut lachte, erzählte ich ihr den Rest und verzog bei der Erinnerung das Gesicht. »Tatsächlich ist er Amalies Enkel.«

»Er ist heiß, oder?«

»Das habe ich nie gesagt.«

»Deswegen weiß ich, dass er es ist.«

Ich rümpfte die Nase und trank einen Schluck Limonade. Sie war überraschend gut und frisch. »Okay, er ist heiß. Aber er ist vollkommen verschlossen …«

»Da mache ich ihm keinen Vorwurf, Miss ›Keine Fotos‹.«

»Du kannst mich nicht sehen, aber ich zeige dir gerade den Stinkefinger.«

»Das war nur ein Witz. Hey, das kommt vor. Man geht in den Selbstschutzmodus und plötzlich sieht man in jedem eine potenzielle Bedrohung.« Tate war ebenfalls Schauspielerin und spielte in einer schon lange laufenden und extrem beliebten Sitcom im Kabelfernsehen mit. Ihr Tonfall wurde neckend. »Obwohl ich das noch nie mit einem heißen Kerl erlebt habe, in dessen Nähe ich meinen kompletten Urlaub verbringen werde.«

»Gott. Ich komme mir wie eine totale Idiotin vor. Er war eindeutig hin- und hergerissen und konnte sich nicht entscheiden, ob er sich totlachen oder aus dem Flughafen abhauen sollte.«

»Sieh es als Herausforderung an. Sobald du ihm dein wahres Ich zeigst, wird er nicht länger in der Lage sein, dir zu widerstehen.«

Ich war bereits ich selbst gewesen. Und ich wollte ganz sicher keine Herausforderung aus Lucian machen – oder aus irgendeinem anderen Mann.

»Das spielt wirklich keine Rolle«, sagte ich mit erzwungener Leichtigkeit. »Männer stehen nicht auf meiner To-do-Liste für den Urlaub.«

»Männer sollten immer auf deiner To-do-Liste stehen, Ems. Du solltest dir wenigstens einen kleinen Flirt gönnen, vor allem im Urlaub.«

»Ich habe kein Interesse daran, mit jemandem etwas anzufangen. Ich erhole mich immer noch von der Sache mit Greg.« Allein seinen Namen auszusprechen sorgte dafür, dass sich alles in mir auf unangenehme Weise verkrampfte. Nachdem ich ihn in flagranti erwischt hatte, hatte er den nächsten Flug zurück nach L.A. genommen. Ich hatte einen Monat gebraucht, um mich in Island um alles zu kümmern. Und dann hatte ich keine Bleibe mehr, weil Greg und ich uns in Los Angeles ein Haus geteilt hatten, und ich wollte auf gar keinen Fall dorthin zurückkehren, solange er sich dort aufhielt.

Ich musste mir eine andere Unterkunft suchen. Ich musste mein Leben wieder auf die Reihe bekommen. Der Wunsch, mich einfach nur einzuigeln und hierzubleiben, war ganz und gar nicht typisch für mich. Normalerweise stolzierte ich durchs Leben und war immer fest entschlossen, es bei den Hörnern zu packen und mir zu eigen zu machen. Doch nachdem mir meine Großmutter von *Rosemont* erzählt hatte, erschien mir die Vorstellung davon plötzlich wie ein Rettungsring. Etwas in mir beharrte darauf, dass dies der Ort war, an dem ich sein musste. Vielleicht war das dumm. Aber nun war ich hier, und auch wenn mich meine Begegnung mit dem mürrischen und viel zu heißen Lucian Osmond ein wenig hibbelig gemacht und in mir die Vorfreude auf unser nächstes Zusammentreffen geweckt hatte, fühlte ich mich gut.

»Greg war ein Arschloch«, sagte Tate und zog mich damit in die Unterhaltung zurück. »Aber schreib deswegen nicht gleich alle Männer ab.«

»Du weißt, dass ich das niemals tun würde.« Ich runzelte die Stirn und zupfte an meinem Sommerkleid herum. »Aber das ist es gar nicht. Es ist … Dieser Kerl« – aus Gründen, mit denen ich mich nicht genauer beschäftigen wollte, konnte ich Lucians Namen noch nicht laut aussprechen – »schreit förmlich ›lass mich in Ruhe‹. Ich bin noch nie jemandem begegnet, der mehr Mauern um sich herum hatte.« Und doch hatte er mit mir geflirtet. Das hatte ich mir nicht eingebildet. Er hat mit mir geflirtet, aber die Tatsache, dass er das getan hat, gefiel ihm nicht. »Und hier kann ich ihm nicht aus dem Weg gehen. Kannst du dir vorstellen, wie unangenehm es am nächsten Tag sein würde? Nein danke. Ich werde mich zurücklehnen und meine Einsamkeit genießen.«

»Einsamkeit ist ätzend, Ems.«

Ich verkniff mir ein Lächeln. »Das kann nur eine extrovertierte Person sagen.«

»Sagt die introvertierte Person.«

Wir kicherten beide.

»Also dann«, sagte sie. »Tu, was du tun musst, um dich besser zu fühlen, und dann komm zurück nach Hause. Ich vermisse dich.«

»Ich vermisse dich auch.«

Mit einem traurigen Lächeln legte ich auf. Ich vermisste Tate wirklich. Aber ich wollte nicht zurück nach Hause. Die Wahrheit war, dass ich nun kein Zuhause mehr hatte. Dieser

Gedanke war beunruhigend, und ich kuschelte mich auf dem Bett zusammen und legte die Arme um diese schmerzende Leere, die sich in meiner Brust einnistete.

Wie sich herausstellen sollte, hatte ich das Nickerchen dringend nötig. Die Fenster standen einen Spaltbreit offen, um die süße, nach Glyzinien duftende Brise hereinzulassen, und ich lag zusammengerollt auf dem weichen Bett mit den seidigen Decken und schlief ganz ruhig und entspannt und sorglos. Es war herrlich. Als ich aufwachte, fühlte ich mich erholt und munter.

Nachdem ich eine lange, heiße Dusche genommen und mir ganz in Ruhe die Haare geföhnt hatte, kehrte ich ins Wohnzimmer zurück und fand dort einen Umschlag vor, den jemand durch den Briefschlitz geschoben hatte.

Es war eine Einladung zu Kaffee und Kuchen um vier. Auf cremefarbenem Velinpapier mit richtiger Kalligrafiehandschrift. Ein strahlender Schmetterling in Regenbogenfarben und mit geprägtem Goldrand schmückte die untere Ecke der Botschaft direkt neben der schwungvoll zu Papier gebrachten Unterschrift: AMALIE.

Das war so wundervoll altmodisch und schön. Ich befestigte die Botschaft an der kleinen Pinnwand aus Kork, die neben der Hintertür in meiner Küche hing, und machte mich fertig. Und dann wurde ich plötzlich nervös. Sollte ich vor vier Uhr eintreffen? Oder genau pünktlich? Zu spät durfte ich auf keinen Fall kommen – das wäre unhöflich.

Um zwanzig vor vier beschloss ich, nicht länger Zeit zu schinden und einfach loszugehen. Draußen war die Luft frisch, aber nicht kalt. Ich folgte dem gewundenen Pfad aus moosumrandeten Schieferplatten bis zum großen Haus. Die Anweisung in der Einladung hatte besagt, dass ich mich zur nördlichen Terrasse begeben sollte, wo auch immer die war. Als der Pfad abzweigte, folgte ich ihm in Richtung eines Tors, das offen stand.

Mit jedem Schritt, den ich machte, wurde die Aufregung in meinem Bauch stärker. Das verwirrte mich. Ich begegnete jeden Tag neuen Leuten. Als Schauspielerin hatte ich andauernd mit geselligen Runden zu tun. Aber ich wusste, dass das nicht der Grund dafür war, warum sich mein Körper angespannt und warm anfühlte oder warum mein Herz ein klein wenig schneller schlug. Er war der Grund dafür. Ich wollte ihn wiedersehen und fragte mich, ob das passieren würde.

Dass mir dieser brummende Lucian in weniger als zwei Stunden so sehr unter die Haut gegangen war, war mehr als beunruhigend. Es war regelrecht alarmierend. Vor allem da ich wusste, dass er sein Bestes tun würde, um mich zu meiden wie die Pest. Das strahlte er mit jeder Faser seines großen, schönen und angespannten Körpers aus.

»Komm gefälligst darüber hinweg. Du bist Schauspielerin. Gib dich einfach gelassen«, murmelte ich vor mich hin.

»Reden Sie mit sich selbst?«, fragte jemand gedehnt direkt hinter mir. »Dann werden Sie hier gut reinpassen.«

Die Erkenntnis, dass ich nicht allein war, erschreckte mich so sehr, dass mir das Herz bis zum Hals schlug. Ich wirbelte herum und entdeckte einen großen hispanischen Mann mit einer unglaublichen Elvis-Schmalztolle, der mich anlächelte. In seiner Miene lag keinerlei Bosheit. Er wirkte fröhlich amüsiert.

»Hallo.« Er streckte mir eine perfekt manikürte Hand entgegen. Lange rote Nägel schimmerten im fleckigen Sonnenlicht. »Ich bin Salvador. Aber alle nennen mich Sal.«

Ich ergriff seine Hand und schüttelte sie. »Hallo, Sal. Ich bin Emma.«

»Oh, ich weiß, wer Sie sind.« Er lächelte breit. Ich war ganz hingerissen von seinem tiefroten Lippenstift. »Ich habe die Einladung durch Ihren Briefschlitz geworfen.«

»Richtig. Lucian sagte, dass ich Sie kontaktieren solle, falls ich irgendetwas bräuchte.« Als ich seinen Namen erwähnte, erwachte in mir eine sprudelnde Vorfreude zum Leben, die ich dringend zu Staub zermahlen musste. Andererseits wäre es vielleicht besser zu wissen, ob er hier auf dem Anwesen wohnte oder bloß hier arbeitete und abends nach Hause ging, um ... Gott, war er verheiratet? Mit jemandem liiert? Er hatte mit mir geflirtet, aber das taten eine Menge Idioten, die in festen Beziehungen waren. Nein, ich würde jetzt nicht an dieses Arschloch Greg denken. Trotzdem gab es eine Menge Dinge, die ich nicht über Lucian wusste. Und die ich unbedingt in Erfahrung bringen wollte.

Ich biss mir auf die Unterlippe und versuchte herauszufinden, wie ich die Fragen, die in mir brannten, stellen konnte, ohne total neugierig zu wirken. »Haben Sie ... ähm ... Ich wollte fragen ...« Was es mit Lucian auf sich hatte, was mich jedoch nichts anging. Ich ärgerte mich über meine eigene Neugier und sagte schnell das Erste, was mir in den Sinn kam. »Wie heißt diese fantastische Lippenstiftfarbe, die Sie da tragen?«

Er zwinkerte mir zu und stupste mich an. »Velvet Ribbon. Sie ist sehr schwer zu bekommen. Allerdings habe ich noch einen davon in Reserve, falls Sie daran interessiert sind.«

»Ist das Ihr Ernst?«

Er nickte und streckte seinen Arm in Richtung des offenen Tors aus. »Natürlich. Wir sind doch jetzt bis auf Weiteres Nachbarn.«

Als ich durch das Tor trat, hakte sich Sal bei mir unter und führte mich über den Weg. »Ich wohne mit Amalie im großen Haus. Ich bin ihr Assistent und Stylist.«

Sal sprach mit bewunderndem Respekt und tiefer Zuneigung von ihr, und ich hatte plötzlich das Gefühl, als sollte ich wissen, wer Amalie war, abgesehen von Granny Cynthias alter Freundin. Die einzigen Leute mit eigenen Stylisten, die ich kannte, waren entweder berühmt oder mit einer berühmten Person zusammen. Ich warf einen Blick auf Sals tadellos geschneiderte schwarze Hose und das Versace-Hemd aus goldfarbener Seide, von dem ich wusste, dass es mehr kostete als die monatliche Miete der meisten Menschen. Sein Stil ließ sich wohl am ehesten mit »Miami trifft auf Nashville« beschreiben, aber bei ihm funktionierte das irgendwie.

»Amalie will Sie schon seit einer ganzen Weile kennenlernen«, fuhr Sal fort.

»Ich gebe zu, dass ich nicht viel über sie weiß.« Wir passierten einen Springbrunnen mit der Statue eines nackten Manns, der einen Dreizack in der Hand hielt. »Granny sagte, dass sie bezaubernd sei und genau den richtigen Ort für mich habe, um mich für eine Weile zu entspannen.«

»Ihre Granny hatte mit beiden Aussagen recht.« Sal führte mich durch den mittleren Bogen eines Säulengangs und in einen Innenhof hinein, in dessen Mitte ein weiterer Springbrunnen stand. Dieser war mit einer Statue von Aphrodite geschmückt, die den Wellen entstieg.

Sal nahm mich mit über einen Seitenweg, der zu einer großen Rasenfläche führte. Hier breitete das Haupthaus seine Flügel in zwei ausladende Bereiche aus. Ich schaute mich um und erhaschte durch mehrere Glastüren Blicke auf das Innere des Hauses.

Vor dem Haus lag ein Pool, der von einer säuberlich gepflegten geometrischen Gartenanlage umgeben war. Auf der anderen Seite des Rasens begann am Fuß eines gewaltigen Eukalyptusbaums ein weiterer Pfad und wand sich in eine

Hügellandschaft hinauf, in der sich ein weiterer Bungalow befand.

»Das ist ein wirklich beeindruckendes Anwesen«, platzte es aus mir heraus.

»*Rosemont* ist einzigartig«, sagte Sal. »Es ist umwerfend, nicht wahr?«

Wir blickten beide auf den dunkelblauen Ozean hinaus, auf dem tief unter uns winzige goldene Flecken aus Sonnenlicht funkelten. Dann stieß Sal ein zufriedenes Seufzen aus und deutete auf einen Tisch unter einem großen Säulengang, der einmal komplett am Haus entlanglief. Der runde Tisch und die vier Stühle sahen aus, als wären sie von einer festlichen Hochzeit entwendet worden – eine schimmernde pinkfarbene Tischdecke, ein komplettes Set aus altem grasgrünem Porzellan, Kristallgläser sowie flache Gestecke aus üppigen rosa angehauchten Pfingstrosen. Es gab sogar einen Kerzenständer aus Kristallglas.

»Wow.«

»Wir mögen ein wenig Theatralik auf unseren Partys«, sagte Sal.

»Das hier ist eine Party?« Nein, ich würde nicht nach *ihm* Ausschau halten.

»Schätzchen, jede Mahlzeit sollte eine Party sein – finden Sie nicht auch?«

»Ja, Sal, da haben Sie recht.«

»Nehmen Sie Platz. Amalie wollte Sie willkommen heißen, aber sie erhielt einen Anruf aus Frankreich.« Sal warf mir ein schiefes Lächeln zu. »Verwandtschaft. Die kann man nicht ignorieren.«

»Das ist schon in Ordnung.« Du meine Güte, auf jedem Teller lag ein zierlicher Kristallschmetterling. Zwischen den Flügeln eines Schmetterlings klemmte eine kleine Karte, auf der mein Name geschrieben stand. Wer war diese Frau?

Die restlichen Schmetterlinge hatten keine Namenskärtchen, also nahm ich den mir zugewiesenen Platz ein. Nun waren noch drei weitere frei. Und nein, ich würde mich nach wie vor nicht fragen, ob *er* dazukommen würde.

So ist es richtig, Em. Vergiss es einfach.

Sobald ich saß, stürzte sich Sal auf mich. »Möchten Sie etwas trinken? Weißwein? Champagner? Sodawasser?«

»Danke, aber ich werde auf Amalie warten.«

»Ich sage ihr, dass Sie hier sind.« In einem Schwall aus Gold rauschte Sal zum Haupthaus zurück.

Mittlerweile war ich ein einziges Nervenbündel. Vier Jahre lang hatte ich mich abgerackert, um es in der Schauspielwelt zu etwas zu bringen. Ich hatte eine Menge Mist ertragen, der mir Gänsehaut machte, auch wenn ich mich immer geweigert hatte, Dinge zu tun, zu denen ich mich einfach nicht durchringen konnte. Ich hatte sehr oft über mein Leben nachgedacht, und es kam mir surreal vor, so als bestünde es aus Glas oder Zuckerwatte.

Meine Finger zuckten in den Falten meines Kleids, während Angst und Nervosität in mir herumwirbelten. Ich wollte nicht übers Versagen nachdenken. Oder über Verlust. Aber es war schwer, hier auf diesem wilden und einsamen Flecken Erde zu sitzen und nicht das Gefühl zu haben, als wäre es der letzte Atemzug meines geborgenen Lebens.

»Ah, da sind Sie ja«, ertönte eine heisere, aber sehr weibliche Stimme.

Eine elegante brünette Frau, die vom Alter her überall zwischen fünfzig und siebzig liegen konnte, stolzierte mit einem breiten Lächeln auf den strahlenden pinkfarbenen Lippen auf mich zu. Sie trug einen kaugummipinken seidenen Hosenanzug und mit silbernen Strasssteinen besetzte Slipper, was lächerlich hätte aussehen sollen, aber irgendwie einen nostalgischen Schick verströmte. Sie war umwerfend schön. Und ihre Augen hatten genau die gleiche Farbe wie Lucians. Doch während seine größtenteils kalt und arrogant waren, funkelten in ihren verschmitzte Listigkeit und ironischer Humor.

Ich mochte sie auf Anhieb. »Hallo.«

Ich stand auf, um sie zu begrüßen, und sie zog mich in eine warme Umarmung und eine Wolke aus Chanel N° 5, bevor sie mich auf beide Wangen küsste.

»Es ist so wunderschön, Sie kennenzulernen, meine Liebe.« Sie trat zurück, hielt meine Handgelenke fest und musterte mich mit strahlenden Augen. »Sie sehen genau wie Ihre Großmutter aus.«

»Das höre ich öfter. Danke, dass ich hier wohnen darf, Mrs Osmond.«

»Nennen Sie mich Amalie. Und sehr gern geschehen.« Sie deutete auf unsere Stühle und nahm selbst Platz. »Um die Wahrheit zu sagen, tun Sie mir ebenfalls einen Gefallen. Dieses Haus braucht ein wenig frischen Wind. Sal und ich waren in letzter Zeit ziemlich gelangweilt.«

Kein Wort über Lucian. Aber ich würde – konnte – sie nicht nach ihm fragen. Sie war seine Großmutter. Und etwas sagte mir, dass sie sich sofort auf mich stürzen würde, wenn ich auch nur das geringste Interesse an seinem Aufenthaltsort zeigte – entweder um mir davon abzuraten, mich auf ihn einzulassen, oder um die Kupplerin zu spielen.

»Dieses Anwesen ist wirklich absolut umwerfend«, sagte ich.

»Nicht wahr?« Sie schaute sich mit einem zufriedenen Seufzen um. »Es gehörte meinem zweiten Ehemann Frank. Er war Risikokapitalanleger. Was bedeutet, dass er viel Geld verdiente, aber auch viel zu viel Stress ausgesetzt war. Vor drei Jahren machte dann sein Herz schlapp. Der arme Schatz.«

»Das tut mir leid.«

»Mir auch. Er war ein netter Mann. Nicht die Liebe meines Lebens, aber ein guter Gefährte.«

Ich versuchte, mir vorzustellen, wie es wäre, jemanden nur der Gesellschaft wegen zu heiraten, und stellte entsetzt fest, dass ich mit einem Mann zusammengelebt hatte, den ich als Person zwar toleriert, aber hauptsächlich wegen seines Aussehens gewollt hatte. Wenigstens hatte sich Amalie für jemanden entschieden, den sie mochte. Ich hatte mich von einem attraktiven Gesicht und einem ähnlich berühmten Hintergrund blenden lassen. Ich war zu *dieser* Art von Person geworden. Und das gefiel mir nicht.

Nie wieder. Ich würde mich nicht in einen Mann verlieben, nur weil ich bewunderte, wie gut sich sein Hintern in seinen Jeans machte. Da musste noch mehr im Spiel sein. Eine Verbindung, die über das Körperliche hinausging. Was definitiv bedeutete, dass ich kein jadegrünes Augenpaar unter strengen Brauen anschmachten durfte.

Amalie schaute auf das riesige Grundstück hinaus. »Eigentlich ist das ein viel zu großes Anwesen für eine einzelne Frau. Es ist wirklich lächerlich. Aber *Rosemont* hat etwas an sich, das tief in die Knochen sickert und das Herz beruhigt. Außerdem habe ich hier jede Menge Platz für Gäste.« Sie lachte angesichts der offensichtlichen Untertreibung, und ich lächelte.

»Also, meine Liebe« – sie legte ihre kühle Hand auf meine – »bleiben Sie so lange, wie Sie wollen. Nehmen Sie sich die Zeit, die Sie brauchen, um zu heilen.«

Ihre Freundlichkeit löste einen unerwarteten Schwall aus Emotionen in mir aus, und ich musste plötzlich hektisch blinzeln. »Sie sollten mich nicht in Versuchung führen. Was wäre, wenn ich nie wieder gehen würde?« Denn in diesem Moment wollte ich für immer bleiben. Mich hier wie ein Kind verstecken.

Sie lächelte breit und wissend. »Etwas sagt mir, dass Sie nie lange am Boden bleiben.«

Bevor ich antworten konnte, kam Sal aus dem Haus. Er rollte einen Servierwagen vor sich her, der mit Tabletts mit silbernen Abdeckhauben und einem Kaffeeservice beladen war. Ich sprang auf, um ihm zu helfen, und er versuchte, mich zu verscheuchen. »Ich komme zurecht.«

»Ja, aber lassen Sie mich Ihnen trotzdem helfen«, erwiderte ich.

Er warf Amalie ein Grinsen zu. »Liebst du sie nicht jetzt schon, Ama?«

Amalies Augen, die auf so nervtötende Weise Lucians ähnelten, strahlten. »Ja, ich glaube, das tue ich.«

Hitze rauschte in meine Wangen. Ich konnte nicht gut mit Komplimenten umgehen, was ungünstig war, wenn man bedachte, dass die Leute es liebten, berühmte Schauspielerinnen damit zu überschütten. Nicht dass Amalie und Sal versuchten, mir zu schmeicheln. Sie wirkten aufrichtig erfreut darüber, mein wahres Ich kennenzulernen. Aber Unsicherheiten ließen sich nur schwer abschütteln.

»Ich könnte mich als kreischende Harpyie herausstellen«, fühlte ich mich genötigt zu sagen.

Amalie lachte. »Du meine Güte, ich will doch hoffen, dass Sie hin und wieder ein wenig Temperament an den Tag legen. Ich hege den Verdacht, dass Sie es schon bald benötigen werden.«

Damit zückte sie ein Handy mit einer schimmernden, mit Strasssteinen besetzten Hülle, tippte eine Nachricht und ließ es zurück in ihre Tasche gleiten. »Also dann, wo waren wir?«

Amalie wirkte viel zu zufrieden mit sich. Ich musste mich nicht fragen, was der Grund dafür war, denn schon wenige Augenblicke später kam ihr mürrischer Enkel um die Ecke geeilt.

Er sah gehetzt aus, als wäre er zu einem Notfall gerufen worden. Als er seine Großmutter entdeckte, die mit einem freundlichen Lächeln am Tisch saß, wurde er langsamer und zog die wintergrünen Augen verärgert zusammen. Ich wusste sofort, dass sie ihn irgendwie ausgetrickst hatte.

Aber er machte nicht gleich auf dem Absatz kehrt, um wieder zu verschwinden. Er riss sich sichtlich zusammen und marschierte vorwärts. Das Schimmern in seinen Augen versprach Vergeltung.

4. KAPITEL

Lucian

Ich hätte es wissen müssen. Wirklich. Als mir Mamie eine Textnachricht schrieb, um mir mitzuteilen, dass sie mich brauche und dass ich mich beeilen solle, tat ich genau das. Ich ließ bei dem Projekt, an dem ich gerade arbeitete, alles stehen und liegen und eilte ihr zu Hilfe. Ich wusste, dass sie um diese Uhrzeit Kaffee und Kuchen mit Emma zu sich nehmen wollte. Aber ich konnte nur noch daran denken, dass sich Emma womöglich verletzt haben könnte. Vielleicht war sie gefallen oder – verdammt – einen Hügel hinuntergestürzt.

Lächerlich. Ich war so ein Idiot.

Als ich praktisch auf die Terrasse rannte und meine Großmutter, Sal und Emma in offensichtlicher Sicherheit und Zufriedenheit am Tisch sitzen sah, wurde mir alles klar. Emma schaute mich an und wandte sich dann ab, als wäre sie verlegen. Vermutlich war sie es – meinetwegen. Weil allen Anwesenden klar war, dass mich meine clevere Großmutter ausgetrickst hatte.

Und genau darin lag das Problem. Ich konnte es offensichtlich machen und mich umdrehen und gehen, aber das würde Emma die Botschaft vermitteln, dass ich nicht in ihrer Nähe sein wollte. Und das konnte ich einfach nicht tun. Ich konnte ihr zwar aus dem Weg gehen, aber ich konnte nicht unhöflich sein.

Sich dem Tisch zu nähern, war regelrecht schmerzhaft. Die Frau hatte irgendwie einen Schalter in mir umgelegt und dafür gesorgt, dass ich jeden Zentimeter ihres Körpers bewusst wahrnahm. Sie atmete, und ich bemerkte es, verdammt.

»Mamie«, sagte ich zu meiner listigen Großmutter. »Du hast mir geschrieben.«

Sie schämte sich kein bisschen. »Ah, ja. Es ist Zeit fürs Kaffeetrinken. Nimm Platz.«

Mit einem Klacken biss ich die Backenzähne aufeinander, und meine Kiefergelenke schmerzten ein wenig, während ich mir meinen Ärger verkniff und mich auf den leeren Stuhl sinken ließ, der Emma gegenüberstand. Mamie war klug genug, mich nicht neben ihr zu platzieren, wo ich so hätte tun können, als wäre sie nicht da. Stattdessen saß ich nun genau dort, wo ich sie sehen konnte. Und sie *wollen konnte*, verdammt noch mal.

Emma hingegen ließ den Blick umherschweifen, als würde sie die Szene einschätzen und herausfinden wollen, wie sie sich zu verhalten hatte. Ich machte ihr keinen Vorwurf. Es war immer unangenehm, in jemandes manipulative Pläne hineingezogen zu werden.

Meine Großmutter war böse. Das hatte ich schon immer gewusst. Verdammt, früher hatte es mich amüsiert, wenn sie diese bösen Kräfte gegen andere angewandt hatte, was vermutlich der Grund dafür war, warum ich jetzt dieses Kaffeekränzchen aus der Hölle erdulden musste. Karma war scheiße.

Ich warf einen Blick auf den Pfad, der mich von hier wegbringen würde. Das konnte ich mir jetzt abschminken.

Mamie richtete ihre Adleraugen auf mich. »Titou, deine Tasse.«

Ich unterdrückte ein Seufzen und reichte ihr die zerbrechliche Porzellantasse, die zu klein für meine Hände war und bei einer falschen Bewegung zersplittern würde.

Indigoblaue Augen richteten sich auf mich, und goldene geschwungene Augenbrauen wanderten elegant nach oben. »Titou? Ist das dein Spitzname? Du siehst nicht wie ein Titou aus.«

Sal kicherte und verschluckte sich an einem Mundvoll Kaffee, und Emma – verdammt, sogar ihr Name war niedlich – verzog das Gesicht, als wäre ihr gerade aufgefallen, dass sie womöglich unhöflich gewesen war.

Mamie stieß ein freundliches und sanftes Lachen aus. »Durch die Blume bedeutet das ›kleiner Junge‹.«

Emma riss die Augen auf und ließ den Blick über meinen Körper wandern. Eine Flamme entzündete sich in meiner Brust. Ich ignorierte sie. Aber die leichte Heiserkeit in ihrer Stimme konnte ich nicht ignorieren. »*Kleiner* Junge?«

Verdammt.

Mamie lächelte nachsichtig. »Nun ja, damals war er noch klein.«

»Da muss er zwei gewesen sein«, sagte Sal leise.

Ich warf ihm einen finsteren Blick zu, und er zwinkerte mir zu und schickte dann einen Luftkuss in meine Richtung.

»Zwei?« Mamie schüttelte den Kopf und trank dann einen Schluck von ihrem Kaffee. »*Non.* Mein Titou war sehr lange klein. Erst als er anfing …« Sie unterbrach sich so schnell, dass sie sich beinahe verschluckte, und ihre papierene Haut wurde bleich.

In mir verkrampfte sich alles, und mir wurde schwindelig. Ich war beinahe schon an das Gefühl gewöhnt, weil es in letzter Zeit so oft eintrat. Aber »beinahe« machte es nicht mal ansatzweise besser.

Eine kleine Falte erschien zwischen Emmas Augenbrauen, als sie bemerkte, dass etwas nicht stimmte.

Doch Mamie erholte sich schnell und setzte ein breites, künstliches Lächeln auf. »Als er anfing zu spielen, herumzulaufen und so weiter. Das muss ihm einen Appetit aufs Wachsen gemacht haben. Und da wir gerade von Appetit reden, lasst uns essen. Emma, meine Liebe, Sie müssen einfach etwas hiervon probieren.«

Mamie mochte eine große Auswahl an Leckereien, also gab es verschiedene Macarons, einen Teller mit Butterkeksen, die zur Hälfte mit zartbitterer Ganache bedeckt waren, Kardamomküchlein mit kandierten Orangen und meine persönliche Lieblingsnascherei: ein Paris-Brest mit einer Füllung aus Krokantcreme und Himbeeren.

Emma zögerte und schaute auf die zahlreichen Tabletts, die überall auf dem Tisch verteilt waren. Ihre Augen wurden glasig, und sie öffnete die rosigen Lippen, um sanft auszuatmen. Dieser Gesichtsausdruck vereinte Sehnsucht und Lust in sich. Und sofort war ich wieder erregt.

Herrgott. Würde dieses Kaffeekränzchen jemals enden?

»Oh, ich sollte nicht …« Emma druckste herum und rang eindeutig mit ihrem Verlangen nach Süßigkeiten. Ich verstand das. Während der Saison und der Trainingszeit schrieb man uns bis ins kleinste Detail vor, was wir essen durften und was nicht. Fitness war alles, und die Trainer hatten genaue Vorstellungen davon, wie man sie erreichen konnte. Ich machte mir da keine Illusionen: In Hollywood herrschte ein furchtbarer und anspruchsvoller Standard, vor allem für Frauen.

Mamie legte eine Hand auf Emmas schlankes Handgelenk. »Ich war früher Model, wussten Sie das?«

»Wirklich?« Emma schüttelte leicht den Kopf. »Das überrascht mich nicht. Sie sind wunderschön.«

Mamie war schon immer schön gewesen und war in Bezug darauf kein bisschen bescheiden, aber sie war gut darin, so zu tun, als wäre sie es. »Wie süß Sie sind.«

»Ich stelle nur eine Tatsache fest.«

Von einer umwerfenden Frau zur anderen, vermutete ich.

»Das war in den Sechzigern und Siebzigern.« Mamie griff nach einem Kardamomküchlein und legte es behutsam auf die Mitte ihres Tellers, als wäre es ein Kunstwerk. »Jeder musste spindeldürr sein. Man erwartete von uns, dass wir von Wasser und Zigaretten lebten«, sagte Mamie mit einer gewissen Schroffheit, aber in ihrer Stimme lag auch ein neckender Tonfall.

Übertreibung gehörte zu ihrem Wortschatz. Einige Leute kamen damit nicht zurecht, weil sie nie wussten, ob sie es ernst meinte oder nicht. Diese Leute bekamen nie eine zweite Einladung.

Emma grinste jedoch. »Die Zigarettendiät habe ich noch nicht ausprobiert. Ich bin mir nicht sicher, ob meine Lunge das aushalten würde.«

»Ganz sicher nicht. Achten Sie darauf, dass sie rosig und gesund bleibt, Schätzchen.«

»Ich werde es versuchen.«

Ich wollte über nichts Rosiges und Gesundes an Emma Körper nachdenken. Mit einem Brummen griff ich nach einem Vanille-Kirsch-Macaron. Emma bemerkte es – wie es schien, war sie sich meiner Anwesenheit ebenso übermäßig bewusst wie ich mir ihrer – und wandte sich dann schnell ab. Genau wie ich versuchte sie, das Problem zu ignorieren. Irgendwie machte es das nur noch schlimmer.

»Aber was ist das Leben ohne Essen?«, fuhr Mamie mit einem Schulterzucken fort. »So will ich nicht leben. Also …« Sie schlug mit einer Hand auf den Tisch. »Sie werden jetzt Folgendes machen. Sie wählen eine Sache aus, die Sie probieren wollen, und genießen sie. Sie essen Ihre Leckerei langsam und lassen die Geschmäcker über Ihre Zunge tanzen. Und morgen?« Ihr Schulterzucken war unbekümmert. »Wenn Sie das

Gefühl haben, dass Sie unbedingt etwas unternehmen müssen, legen Sie eine extralange Joggingrunde den Hügel hinauf ein. Oder vielleicht stellen Sie sich auch einfach nur vor, dass Sie das tun, und genießen den Tag, was das ist, was ich tun würde.«

Emma lachte. Und jedes Haar an meinem Körper stellte sich auf. Herrgott, ihr Lachen machte mich jedes Mal fertig, wenn ich es hörte. Ein Schlafzimmerlachen. Die Sorte, die man zu hören erwartete, nachdem man sich einen ganzen Morgen lang träge geliebt hatte, wenn alles erschöpft und warm war und man einfach nur lachte, weil es Spaß machte.

Ich schluckte einen Mundvoll Macaron hinunter, und der Bissen blieb mir beinahe im Hals stecken. Ich hatte keine Ahnung, warum mir ausgerechnet diese Analogie in den Sinn gekommen war. Ich hatte einen solchen Morgen ganz sicher noch nie erlebt. Ich war noch mit niemandem entspannt genug gewesen, um diesen Zustand zu erreichen.

Doch das Bild blieb. Ich sah sie im Sonnenlicht. Ihr goldenes Haar war auf meinem zerknautschten Kissen ausgebreitet, und ihre Lippen waren geschwollen und weich. Ich rieb mit einer Hand über mein Gesicht und versuchte, mich zusammenzureißen. Ich würde diese Gedanken *nicht* zulassen. Sals Blick traf auf meinen, und er sah aus, als wäre er nur zwei Sekunden davon entfernt, sich kaputtzulachen. Ja. Er wusste sehr genau, wie schlimm es mich erwischt hatte.

»Ich soll es mir also vorstellen, ja?«, erwiderte Emma und lächelte immer noch.

Ich wusste, dass sie vom Joggen redete, aber mein notgeiler neu entdeckter Sextrieb verstand es anders und stellte sich weiterhin vor, wie wir beide miteinander im Bett waren. *Verdammt.*

Mamie zuckte erneut mit den Schultern. »Genau wie das Leben sollte man auch das Essen genießen. Man sollte sich nicht dagegen sträuben, denn diesen Kampf gewinnt man nur selten.«

Emmas Lächeln war so strahlend wie die Sonne.

Ich wandte mich ab und konzentrierte mich auf Mamie. Sie ermutigte Emma dazu, ein Gebäck auszuwählen. Zum ersten Mal seit … Nun ja, zum ersten Mal überhaupt machte sich in meinem Magen Nervosität breit. Die Leute aßen mein Essen schon seit Jahren. Mir war vollkommen egal, was sie davon hielten. Backen und Kochen waren Hobbys, die ich für mich machte – und für niemanden sonst. Und doch saß ich nun hier und wollte diese Frau mit dem, was ich gebacken hatte, beeindrucken.

Emma kaute von innen auf ihrer Wange herum, und dadurch entstand ein kleines Grübchen in ihrer Wange. Dieser Gesichtsausdruck ließ sie beinahe wie ein Kind wirken. »Mmm. Ich weiß nicht. Das sieht alles so gut aus.« Sie riss den Blick von den Leckereien los und schaute uns alle an. »Was würden Sie empfehlen?«

Sal sprach sich für die Kekse aus. Mamie machte sich daran, die Küchlein anzupreisen.

»Den Brest.« Es kam als geknurrter Befehl aus meinem Mund, sodass es kaum zu verstehen war.

Mist.

Emma riss die Augen auf. »Tut mir leid? Brust?«

Sal kicherte.

Ich rutschte auf meinem Stuhl herum und kämpfte gegen den Drang an, aufzuspringen und die Flucht zu ergreifen.

Denk unter gar keinen Umständen an ihre nackten Brüste, du Arschloch.

Tja, zu spät.

»Den Paris-Brest.« Mit einem ruckartigen Nicken deutete ich in Richtung des Gebäcks, das wie ein Rad geformt war. »Das ist ein Nachtisch, der zu Ehren eines Radrennens gegen Ende des neunzehnten Jahrhunderts so benannt wurde.«

»Ah.« Sie lief knallrot an. Das war so niedlich. »Klar. Der *Brest.*«

»Er ist ausgesprochen köstlich«, sagte Mamie, der es äußerst geschickt gelang, ihre Belustigung zu verbergen. »Ein Brandteiggebäck – Sie wissen schon, wie bei einem Éclair. Gefüllt mit einer Krokantcreme und mit frischen Himbeeren verziert.«

»Oh, ja bitte.«

Bevor Mamie nach dem Vorlegemesser greifen konnte, tat ich das. Ich konnte einfach nicht anders. Wenn Emma etwas essen würde, das ich zubereitet hatte, würde ich es ihr auch servieren.

Auch wenn es mich irgendwann umbringen würde, ihr beim Essen zuzusehen.

Sie umklammerte die Tischkante, als versuchte sie, sich davon abzuhalten, verfrüht nach dem Teller zu greifen. Gieriges Mädchen.

Mein Schwanz befürwortete das. Viel zu sehr.

So ruhig ich konnte, servierte ich ihr ein Stück und fügte noch ein paar Himbeeren hinzu. Dann bediente ich Sal, damit meine Hände beschäftigt waren. Sie fühlten sich ohnehin schon zu groß und schwerfällig an. Diese kleine, zierliche Frau sorgte dafür, dass ich mir absolut unbeholfen vorkam.

All meine Bemühungen, Emma zu ignorieren, waren geheuchelt. Sobald sie den Löffel hob, schnappte ich nach Luft und beobachtete, wie sie die rosigen Lippen öffnete. Dabei erhaschte ich einen Blick auf ihre Zunge. Das mit Creme gefüllte Gebäckstück rutschte in ihren Mund, und sie stöhnte.

Das Geräusch wickelte sich um meinen Schwanz und umklammerte meine Hoden mit heißen Händen. Beinahe stöhnte ich ebenfalls. Ich kannte den Geschmack in ihrem Mund. Ich wusste, wie samtig sich diese sahnige Creme auf ihrer Zunge anfühlte. Das war meine Creme. Ich hatte sie hergestellt. Meine Hände hatten ihr Lust verschafft, ob sie es nun wusste oder nicht. Sie stöhnte meinetwegen.

Der Rausch dieses Gefühls spülte über mich hinweg, und mir wurde ein wenig schwindelig.

Sie ließ einen weiteren Bissen in ihren Mund gleiten. Langsam. Genüsslich. Sie senkte die Lider. Ihre Wimpern flatterten, während sie seufzte.

Oh du meine Güte.

Stille legte sich über den Tisch, und Emma hielt inne und schaute sich verlegen um. Sie leckte sich einen verbliebenen goldenen Teigkrümel aus dem Mundwinkel – sie würde mich definitiv umbringen. »Tut mir leid. Das ist nur wirklich lecker.«

Zufriedenheit überkam mich, so rein und kühl wie frisches Eis. Ich wollte ihr diesen Löffel aus der Hand nehmen und sie eigenhändig füttern. Sie immer und immer wieder zum Stöhnen bringen. Mist.

Brummend nahm ich mir ein Kardamomküchlein. Wenn ich jetzt ein Stück von dem Brest aß, würde ich vermutlich in meiner Hose kommen.

»Wo haben Sie dieses Gebäck gekauft?«, fragte Emma Mamie.

»Oh, ich habe es nicht gekauft«, sagte Mamie. »Es ist selbst gemacht.«

»Wirklich?« Emma schob sich eine Himbeere in den Mund. »Sie sind eine wundervolle Bäckerin.«

Ich warf Mamie einen schnellen, warnenden Blick zu, also trank sie einfach nur ihren Kaffee und summte vage. Ja, ich war ein Feigling, weil ich nicht wollte, dass Emma erfuhr, dass sie mein Essen aß. Aber so war es eben. Was das anging, war ich … schüchtern geworden.

Sal beobachtete uns die ganze Zeit über und fand mein Unbehagen offensichtlich verflucht komisch. Doch statt mich vor den Bus zu stoßen, warf er mir eine Rettungsleine zu – vermutlich weil er auf dem Anwesen lebte und nicht genötigt sein wollte, beim Schlafen ein Auge offen zu lassen.

»Amalie hat viele Talente.« Er stellte seine leere Kaffeetasse ab und griff nach der Champagnerflöte. »Sie ist diejenige, die mir einst das Nähen beigebracht hat.«

»Das stimmt«, sagte Mamie. »Er war dieser niedliche, kleine Junge, der sich immer wieder in mein Ankleidezimmer schlich, um mit meinen Kleidern zu spielen, während sein Vater hier war, um zu arbeiten.«

»Papi ist Amalies Geschäftsführer«, erklärte Sal.

»Eines Tages«, sagte Mamie, »zerriss Salvador versehentlich ein Kleid von Halston.«

»Oje«, jammerte Sal und bedeckte sein Gesicht mit seinen Händen. »Es war ein echtes Vintageabendkleid aus Goldlamé.«

Ich hatte keine Ahnung, was das war, aber Emmas schmerzerfüllter und mitfühlender Blick ließ mich vermuten, dass sie sich mit so etwas auskannte.

Mamie lachte liebevoll. »Er war deswegen so aufgebracht, dass ich ihm beibrachte, wie man den Riss flicken konnte.«

»Und danach war es um mich geschehen.« Sal grinste. »Zu meinem sechzehnten Geburtstag hat sie mir das Halston-Kleid geschenkt.«

Emma stützte ihr Kinn auf ihre Hand. »Und haben Sie es getragen?«

»Traurigerweise war ich damals noch nicht mutig genug, um das zu tun. Und als ich es dann endlich war, bekam ich das verdammte Ding nicht mehr über die Hüften. Aber es hängt immer noch in meinem Schrank. Man wird es mir aus meinen kalten, toten Händen zerren müssen, um es zu bekommen.«

Wieder lachte Emma. Und ich stopfte mir einen weiteren Macaron in den Mund. Vermutlich würde ich den Tisch mit

Kopfschmerzen verlassen, weil ich so viel aß, aber ich konnte entweder Süßkram futtern oder Emma wie ein liebeskranker Trottel anstarren.

»Ich war froh, jemanden zu haben, mit dem ich meine Liebe zur Mode teilen konnte«, sagte Mamie. »Leider interessierte sich mein Titou nicht für so etwas.«

»Woher willst du das wissen, Mamie?« Ich nahm mir einen weiteren Macaron. »Du hast es mir nie angeboten.«

»Tja, vielleicht hole ich das jetzt nach.« Sie schlug spielerisch nach meinem Arm.

Ich zog einen Mundwinkel hoch. »Zu spät. Ich bin beleidigt und nicht länger interessiert.«

»Launischer Bengel.« Mamie kicherte und rümpfte dann die Nase.

Emma beobachtete uns aufmerksam. »Ihr beide steht euch sehr nah«, sagte sie, als sich unsere Blicke trafen.

»Das war sogar schon vor dem Tod meiner Eltern so.«

Falls Mamie überrascht war, dass ich Emma von meinen Eltern erzählt hatte, ließ sie es sich nicht anmerken. Sie warf mir einfach nur einen liebevollen, verklärten Blick zu, in dem große Zuneigung lag. Dieser Blick hätte mich erweichen können. Doch dann erinnerte ich mich, wie sie mich ausgetrickst hatte. Ich warf Mamie einen Seitenblick zu. »Als ich klein war, hat sie mir immer Gutenachtgeschichten vorgelesen.«

Mamie war plötzlich sehr an den klobigen Ringen an ihren Fingern interessiert. Hatte sie wirklich gedacht, dass ich ihre kleine List, mit der sie mich hergelockt hatte, vergessen würde?

Ich richtete meine Aufmerksamkeit wieder auf Emma. »Meine Lieblingsgeschichte war *Der Hirtenjunge und der Wolf.*«

Emmas Lippen zuckten, und ein Licht trat in ihre Augen. Ich stellte fest, dass ich darauf reagierte, als würde diese Leichtigkeit bis in meine Brust vordringen und sich in dem leeren

Hohlraum ausbreiten. Ich kämpfte gegen ein Lächeln an, und ich musste wirklich sehr kämpfen, denn ich wollte unbedingt breit grinsen und mit ihr lachen.

»Sie hat mir furchtbare Angst eingejagt«, sagte ich regungslos. »Ich habe nie wieder irgendeine arme Seele hinters Licht geführt.«

»Oh, ist ja schon gut«, schnauzte Mamie humorvoll. »Betrachte mich als getadelt. Und nun halt den Mund und iss deinen Kuchen. So ist es brav, mein Junge, nicht wahr?«

Ein Kichern stahl sich aus meinem Mund, bevor ich es unter Kontrolle bringen konnte. Aber es fühlte sich gut an. Es fühlte sich sogar noch besser an, als ich einen Blick auf Emma erhaschte, die die Lippen staunend geöffnet hatte, während ihre blauen Augen funkelten. Und dann lächelte sie mich an, als hätte ich ihr den Tag versüßt, indem ich einfach nur gelacht hatte.

Das Lächeln spießte mich auf, mitten durchs Herz, und für eine Sekunde wusste ich nicht mehr, wie man atmete. So hatte ich mich sonst immer nur gefühlt, wenn ich über das Eis geflogen und den Verteidigern ausgewichen war, um den Puck dann mit einer schnellen, kleinen Bewegung des Handgelenks ins Tor zu befördern.

Trauer und Verlustgefühle brachen kalt und dunkel über mich herein. Sie verschlugen mir das Lachen, und ich stand so ruckartig auf, dass das Geschirr klapperte. Blut rauschte in meinen Ohren, und meine Kehle war wund und verkrampft. Meine Stimme klang, als käme sie aus großer Ferne, als ich eine lahme Ausrede murmelte. »Entschuldigt mich. Ich muss zurück an die Arbeit.«

Und dann ergriff ich so schnell wie möglich die Flucht. Ich wusste, dass sie mich alle anstarrten und ich mich gerade zum Narren gemacht hatte. Doch in diesem Moment brachte ich nicht die Kraft auf, um mich darum zu kümmern. Eins war sicher: Ich musste mich unter allen Umständen von Emma Maron fernhalten.

Mamie spürte mich eine Stunde später auf. Ich war in der Küche. Da Eishockey kein Teil meines Lebens mehr war, war die Küche zu meinem Zufluchtsort geworden. Sie war der eine Bereich, der sich immer noch vertraut und rein anfühlte. Hier hatte ich die volle Kontrolle. Hier war ich immer noch der König.

Ich war gerade damit beschäftigt, eine Meyer-Zitrone auszupressen, und schaute nicht auf. Früchte zu malträtieren war in gewisser Weise befriedigend.

»Was machst du?«, fragte sie und kam zu mir an die lange Arbeitsplatte aus Marmor. Ich hatte fast alles von Mamies Vater, meinem Urgroßvater, gelernt, und sie wusste sehr genau, wie viel mir das Backen bedeutete und wie dringend ich mich wieder damit hatte beschäftigen müssen. An dem Tag, an dem ich niedergeschlagen und völlig am Ende in *Rosemont* eingetroffen war, hatte sie mich förmlich in die Küche geschubst und mir mitgeteilt, dass ich mich an die Arbeit machen solle. Seitdem kochte ich für sie und Sal.

»Zitronentartes.«

Mamie warf einen Blick auf die zwölf kleinen Tarteformen, die ich vorbereitet hatte. »*Petites tartelettes*. Köstlich.«

Ich brummte. Ich würde die Tartes machen und dann den Teig zubereiten, den ich über Nacht im Kühlschrank ruhen lassen wollte. Ich hatte mit Frühstücksbrötchen experimentiert, und diese Methode schien gut zu funktionieren. Andererseits war Teig immer eine launische Geliebte. Was an einem Tag funktionierte, mochte an einem anderen vollkommen schiefgehen.

Trotzdem hätte ich es momentan vorgezogen, mit Teig zu arbeiten, um etwas von dieser … Energie loszuwerden. Aber die Tartes … Nun ja, sie mussten zubereitet werden.

»Ich entschuldige mich für meinen plötzlichen Aufbruch.« Das auszusprechen schmerzte, aber bei manchen Dingen war das immer der Fall.

Mamie schnalzte leicht und kritiklos mit der Zunge. »Ich verstehe schon. Auch wenn das unserem Gast womöglich anders geht.«

Unserem Gast. Mein Magen verkrampfte sich unangenehm. Ich war ein gut eins neunzig großer, hundert Kilo schwerer Muskelberg. Männer fürchteten sich davor, sich mit mir anzulegen. Und doch war ich wie von der Tarantel gestochen vor einer etwas über einen Meter sechzig großen Frau davongelaufen, die ich mit einem Arm hochheben könnte.

Was musste sie von mir denken? Ich schnappte mir eine weitere Zitrone, schnitt sie auf und zerdrückte sie mit der bloßen Hand über dem Sieb. Köstlicher, frischer Zitrusduft überfiel meine Sinne. Sie mochte den Geruch von Zitronen. Sie hatte gesagt, dass er sie an Glückseligkeit erinnere.

Die Küche war von der Hitze der Öfen, in denen ich Baguettes backte, ganz warm. Auf dem Herd köchelte das heutige Abendessen vor sich hin und verströmte eine duftende Mischung aus in Wein geschmortem Gemüse und Thymian. Normalerweise bereiteten mir diese Dinge Freude, aber heute war das nicht der Fall.

»Du bist der Ansicht, dass ich mich bei ihr entschuldigen sollte. Ist es das?«, presste ich hervor.

Mamie sah mich sehr lange an und seufzte dann. »Nur wenn du es willst. Unaufrichtige Entschuldigungen sind wertlos.«

»Ich werde es tun«, sagte ich und konzentrierte mich auf meine Zitronen. »Aber ich will es nicht tun.«

Sie lachte und legte ihre kühle Hand auf meinen Arm. »Ach, Titou, deine unverblümte Ehrlichkeit ist etwas Wundervolles. Bleib immer so, wie du bist.«

»Hmm.«

»Lass es fürs Erste gut sein. Vielleicht später …«

»Mamie.« Ich legte die Zitrone ab und drehte mich zu ihr herum. »Du musst diese Kuppelei sein lassen.«

»Kuppelei?«

Ich warf ihr einen langen Blick zu. »Ich meine es ernst. Ich bin nicht bereit für eine Beziehung.«

Bei der Vorstellung, mich überhaupt irgendjemandem zu öffnen, ganz zu schweigen von jemandem, der mir das Herz stehlen und es mir deswegen auch brechen könnte, drehte sich mir der Magen um.

Tatsache war, dass ich mich von Frauen ferngehalten hatte, seit mich Cassandra weniger als einen Monat nach dem Ende meiner Eishockeykarriere einfach so verlassen hatte. Sie hatte mir unmissverständlich klargemacht, dass meine Position auf dem Eis das Einzige gewesen war, was sie an mir geschätzt hatte. Andererseits war ich damals so niedergeschlagen gewesen, dass ich mir ebenfalls einen Teil der Schuld geben musste. Ich war wirklich keine angenehme Gesellschaft mehr. Als sie gegangen war, war ich verbittert gewesen, aber ich vermisste sie nicht, was ziemlich aufschlussreich war. Ich war zu *dieser* Person geworden. Ich hatte diese Frau oberflächlich gewollt, weil sie mir das Leben so angenehm leicht gemacht hatte. Ihre inneren Werte waren mir vollkommen egal gewesen.

»Wer hat denn etwas von einer Beziehung gesagt?«, konterte Mamie, als wäre das nicht genau das, was sie geplant hatte. »Ich denke einfach nur, dass du ein wenig Gesellschaft von jemandem in deinem Alter vertragen könntest.«

»Sal ist in meinem Alter«, sagte ich, nur um sie zu ärgern.

»Und wenn du tatsächlich Zeit mit ihm verbringen würdest, würde ich mir vielleicht keine so großen Sorgen machen.«

»Wir verbringen genug Zeit miteinander. Er teilt mir mit, was er essen will, und ich sage ihm, dass er seine Schuhe nicht am Pool stehen lassen soll.« Ich war schon so oft über diese verfluchten lilafarbenen Clogs gestolpert, dass ich ihm wahrscheinlich einen davon an den Kopf werfen würde, wenn es noch mal passieren sollte.

»Oh ja, ihr führt wirklich höchst tiefsinnige Unterhaltungen.« Sie schnaubte und wischte dann über die Arbeitsfläche, als würde sie versuchen, sie zu reinigen. Mein Arbeitsbereich war *makellos*. »Emma ist anders.«

Was sie nicht sagte.

»Vielleicht kannst du ihre Situation nachvollziehen.«

»Ihre Situation nachvollziehen?«

»Ja genau.« Mamie schniefte. »Sie ist ebenfalls ein wenig vom Weg abgekommen.«

»Mamie …« Ich rieb mir mit einer müden Hand übers Gesicht. »Ich bin nicht *ein wenig* vom Weg abgekommen. Ich bin …« Gebrochen. Meine Kehle schnürte sich zu, und ich schnappte mir einen Karton Eier und eine Schüssel. »Ich bin nicht mehr der Mann, der ich mal war. Er ist einfach … weg. Und das, was an seiner Stelle geblieben ist, ist nichts, was eine Frau, die auch nur einen Funken Verstand im Leib hat, wollen würde.«

Ich tippte das Ei gegen den Rand der Schüssel und schlug es behutsam auf. Dabei konzentrierte ich mich darauf, das durchsichtige Eiweiß von dem tiefgelben Dotter zu trennen. »Kopfschmerzen, Frustration, Wut, Gleichgültigkeit. Ich versuche, diese Dinge zu kontrollieren, aber sie sind trotzdem immer da. Dräng sie nicht in meine Richtung. Sie verdient etwas Besseres als alles, was ich ihr je anbieten könnte, Mamie.«

Ich sah nicht, wie sich meine Großmutter bewegte, aber plötzlich hatte sie ihre zerbrechlichen Arme um meine Taille geschlungen und umarmte mich von hinten, indem sie ihren Kopf an meinen Rücken legte. »Titou. *Mon ange.*«

Ich schloss die Augen und hatte das furchtbare Gefühl, jeden Moment in Tränen auszubrechen. Ich weinte *nicht.* Ich hatte nicht mal geweint, als man mir mitgeteilt hatte, dass ich nie wieder Eishockey spielen würde. Aber ich musste dafür sorgen, dass sie es verstand. »Ich habe alles verloren, was mir etwas bedeutete.«

Mamie drückte mich überraschend fest und heftig. »Du bist *hier.* Du lebst.« Sie zog sich zurück und funkelte mich mit wütenden Augen an. »Das mag sich für dich gerade nach nichts anfühlen. Aber du lebst. Und das ist alles, was zählt.«

Das war das Problem. Ich hätte mit meinem ganzen Herzen bei dem Sport bleiben können, den ich liebte. Und das Risiko eingehen können zu sterben. Ich hatte mich für das Leben entschieden, aber es fühlte sich nicht so an. In ein paar Wochen fing das Trainingslager an. Dieses Wissen prangte wie ein schwarzes Loch in meiner Brust.

Ich atmete geräuschvoll aus und schlug ein weiteres Ei auf. »Ich bin hier«, stimmte ich zu. »Und das wird fürs Erste genügen müssen.«

Sie summte, und der Laut ähnelte auf unangenehme Weise meinen eigenen unverbindlichen Geräuschen. »Ich werde dich nicht weiter bedrängen, Titou. Vergiss nur nicht, dass hier eine junge Frau ist, die ebenfalls allein und in Bezug auf ihr Leben unsicher ist.«

Als könnte ich das vergessen.

5. KAPITEL

Emma

Nach Lucians abruptem Aufbruch – besser gesagt, nachdem er regelrecht vom Tisch geflohen war – hatte ich für den Rest unseres Kaffeekränzchens unbeholfen mit Amalie und Sal Konversation gemacht.

Keiner von ihnen hatte sich für Lucians Verhalten entschuldigt, und das hatte ich auch nicht erwartet. Offensichtlich hatte er ein persönliches Problem. Es stand mir nicht zu, das in Ordnung zu bringen – oder ihn. Aber das hielt mich nicht davon ab, ihn kennenlernen zu wollen. Was beunruhigend war.

Ich machte einen langen Spaziergang durch die Gartenanlagen mit Blick auf das in der Ferne sichtbare Meer. Als ich damit fertig war, versank die Sonne bereits wie eine Kugel aus flüssigem Feuer hinter einem indigoblauen Ozean. Ich beobachtete, wie sie unterging und legte dabei die Arme um meinen Körper, um mich zu wärmen. Dann ging ich zurück zu meinem Haus.

Ich hatte Amalie erzählt, dass ich vorhatte, zum Abendessen zu Hause zu bleiben, und als ich zurückkehrte, fand ich einen gefüllten Schmortopf auf meinem Herd vor. Dazu gab es eine Flasche Rotwein und ein knuspriges Baguette. Das Essen entpuppte sich als eine unfassbar gute Portion Coq au Vin, die ich vor dem Feuer genoss, während ich Brotstücke in die reichhaltige, dunkle Soße tunkte und köstlichen Cabernet trank.

Eins war sicher. Ich würde hier mit einer Menge gutem Essen verwöhnt werden. Beinahe hätte ich die kleine weiße Schachtel in meinem Kühlschrank übersehen. Ich bemerkte sie erst, als ich ihn öffnete, um die Reste zu verstauen. Neugierig zog ich die Schachtel heraus und löste das rote Band, das sie verschlossen hielt.

Darin befand sich eine goldgelbe Tarte, deren Cremefüllung so glatt und glänzend war, dass sie im Licht der Küche wie eine kleine Sonne schien. Die Mitte der Tarte schmückte ein winziges Herz aus Schlagsahne, und in dessen Mitte steckte wiederum ein einzelner Rosmarinzweig.

Entzückt nahm ich die Tarte aus der Schachtel und legte sie auf einen Teller. Sie war fast zu hübsch, um sie zu essen, und mein Speiseplan brauchte ganz sicher nicht noch mehr Süßigkeiten, aber ich erinnerte mich an die leckeren Köstlichkeiten aus Karamell und Sahne, die es an diesem Nachmittag zum Kaffee gegeben hatte, und konnte nicht widerstehen.

Die Creme ließ sich mit meinem Löffel sauber durchtrennen, und die Kruste zerbröselte nur ein ganz klein wenig. Ich schloss die Augen, schob den Löffel in meinen Mund und stöhnte. Der Geschmack herbsüßer Zitrone, strahlend wie die Morgendämmerung, spielte mit köstlicher sahniger Creme und einer buttrigen Kruste. Alles war perfekt aufeinander abgestimmt, während es über meine Zunge glitt wie ein Kuss, neckend an den Seiten spielte und mich dazu aufforderte, einen weiteren Bissen zu nehmen.

Ich lehnte über der Theke und aß diese Tarte mit geschlossenen Augen, einen köstlichen Bissen nach dem anderen. Ich ließ zu, dass sie alle meine Sinne ausfüllte.

So emotional auf einen Nachtisch zu reagieren war nicht normal, doch ich merkte, wie mir die Tränen kamen. Diese Tarte schmeckte auf seltsame Weise nach Hoffnung. So als würde vielleicht alles wieder in Ordnung kommen, wenn solche Dinge auf der Welt existierten.

Jemand hatte all sein Können und all seine Sorgfalt in etwas gesteckt, das nicht dazu bestimmt war, lange zu halten, sondern in einem Augenblick genossen werden sollte. Bei diesem Gedanken fühlte ich mich geborgen.

Mein Löffel traf auf den leeren Teller und ich öffnete die Augen mit einem Wimmern. Ich weigerte mich, den Teller abzulecken. Doch dann knickte ich ein und fuhr mit dem Finger darüber, um den letzten Rest Creme zu erwischen. Ich saugte an meinem Finger und stellte den Teller in die Spüle. Dann schnappte ich mir den dicken Wickelpullover, den ich auf dem Stuhl liegen gelassen hatte.

Nach einem solchen Nachtisch brauchte ich frische Luft. Immer noch emotional, aber auch zufrieden trat ich nach draußen auf den Balkon vor meinem Schlafzimmer. Von hier aus konnte ich ganz deutlich den Pool direkt unter mir sehen.

Da die Beleuchtung des Pools eingeschaltet war, glühte er in der Dunkelheit in einem tiefen Türkis. Kleine Dampfschwaden stiegen vom Wasser auf und machten deutlich, dass der Pool beheizt war, und ich spielte kurz mit dem Gedanken, nach unten zu gehen, um eine Runde zu schwimmen. Aber ich war zu satt, um mich zu bewegen.

Die Aussicht war bezaubernd. Laternen säumten die Wege, die sich durch die Gartenanlagen wanden. Édith Piafs klagende und bittersüße Stimme driftete in die milde Nacht hinaus. Ich legte meine Arme auf das Geländer und lauschte »La Vie en Rose«, und es fühlte sich fast so an, als befände ich mich in einem Filmklassiker. Ich konnte das Drehbuch förmlich vor mir sehen.

WEITLÄUF. ALTES KALIFORNISCHES ANWESEN – NACHT

Eine junge Frau blickt wehmütig in die Nacht hinaus. Ein Pullover hängt über ihren Schultern, um sie in der kühlen Luft zu wärmen.

Ich war so sehr in meiner Fantasie gefangen, dass mir die Bewegung in den Schatten am Pool beinahe entging. Ein Mann trat ins Licht und sah aufs Wasser. Er trug Jeans und ein dunkles langärmeliges Hemd und hatte mir den Rücken zugewandt. Doch ich erkannte seine Größe und diese breiten starken Schultern sofort. Lucian.

Er stellte einen Werkzeugkasten neben der Leiter des Pools ab und holte einen Schraubendreher hervor, um die Schrauben an der Unterseite festzuziehen. Als er das erledigt hatte, stellte er den Werkzeugkasten beiseite, stand auf, um seine Muskeln zu dehnen, und ließ dann die Arme sinken.

Während ich ihn beobachtete, starrte er aufs Wasser, als könnte ihm das eine Antwort liefern. Ich hatte keine Ahnung, worauf, aber ein besorgtes Kribbeln huschte über meinen Rücken. Denn er wirkte verloren. Ich mochte mich in Bezug darauf komplett irren, aber zu meinem Beruf gehörte auch das Studium von Körpersprache. Seine schrie förmlich Mutlosigkeit.

Er stellte sich ein wenig aufrechter hin, und ich fragte mich, ob ich nach ihm rufen sollte. Aber was sollte ich sagen? Ich hatte keine Ahnung. *Ich sollte ihn in Ruhe lassen.* Und genau das wollte ich in diesem Moment auch tun.

Doch dann bewegte er sich.

Jegliche Gedanken verschwanden schlagartig aus meinem Kopf, als er sich das Hemd über den Kopf zog und seinen elegant geschwungenen Rücken entblößte. Feste Muskeln bewegten sich unter seiner glatten Haut. Seine Arme waren gemeißelt wie die eines Gottes. Er griff damit nach unten und …

»Oh, lieber Herr im Himmel«, murmelte ich inbrünstig.

Er streife seine Jeans ab und präsentierte mir einen nackten Hintern, der ehrlich gesagt spektakulär war. Seine festen Pobacken spannten sich an, als er die Jeans mit einem langen Bein beiseitetrat.

Wende dich ab. Verschwinde von hier. Ich sollte nicht hinsehen. Ich war ganz versessen auf meine Privatsphäre, und doch saß ich nun hier und schaute ganz ungeniert dabei zu, wie sich Lucian nackt auszog. Er verdiente ebenfalls seine Privatsphäre. Aber ich konnte nicht mal blinzeln. Ich konnte mich nicht bewegen. Er war … prachtvoll. Ich krallte die Finger um das Geländer und hielt mich fest.

Das Licht des Pools verlieh seiner Haut einen fremdartigen grünlichen Schimmer. Er ließ seine Schultern kreisen … *uff* … und sprang dann hinein. Das Wasser schwappte hinter ihm in kleinen Wellen an den Rand. Ich erschauerte tatsächlich vor Lust, während ich seine Bewegung am Grund des Pools entlang verfolgte. Er sah aus wie ein blasser Pfeil aus Fleisch, der durch das türkise Glühen schoss.

Lautlos tauchte er am anderen Ende des Pools wieder auf. Dann drehte er sich mühelos herum, um Bahnen zu schwimmen. Seine Haltung war perfekt. Mit seinen langen, starken Armen vollführte er saubere, gleichmäßige Züge.

Édith Piaf sang weiter, während Lucian ein gleichmäßiges, aber brutales Tempo vorlegte. Er schwamm eine Bahn nach der anderen. All die unanständigen Gedanken an sein Durchhaltevermögen lösten bei mir Schwindel aus. Die Nacht war kühl, aber mein Körper war heiß. Gott, dieses Wasser sah so gut aus. Ich konnte praktisch spüren, wie es über meine fiebrige Haut lief.

Mein Herz hämmerte im Rhythmus seiner Arme, die das Wasser teilten. Ich blinzelte nicht. Ich redete mir ein, dass ich über ihn wachen müsse. Dass ich dafür sorgen müsse, dass es ihm gut ging.

Es war eine äußerst dürftige Ausrede. Aber die Art, wie er von dem Wasser Besitz ergriff und seinen Körper darin bewegte, konnte ich einfach nicht ignorieren.

»Non, je ne regrette rien« setzte ein, als er schließlich innehielt und seine Arme am näheren Ende des Pools auf dem Rand ruhen ließ. Er trieb dort ein paar Sekunden lang, vielleicht um zu Atem zu kommen. Wasser tropfte von seinem Haar in sein Gesicht.

Ich sollte gehen. Ich muss gehen.

Gleich.

Musik waberte durch die Nacht – stolz, hoffnungsvoll, bittersüß.

Sie erklang überall um mich herum. Überall um ihn herum. Und in diesem Augenblick hatte ich Mitleid mit Lucian. Ich wusste nicht, warum er litt oder was ihn antrieb. Aber ich wollte meine Arme um seine breiten Schultern legen und ihn festhalten.

Dann legte er seine großen Hände auf den Rand des Pools und hievte sich mit einer mühelosen Bewegung aus dem Wasser.

»Du liebe Güte …« Ich bekam weiche Knie und musste mich am Geländer festklammern, um nicht umzufallen. *Oh, Edith, ich bereue ebenfalls nichts.*

Sein Körper war wie eine zum Leben erwachte Statue von Bernini – Triton, der auf uns bloße Sterbliche herabblickte. Wasser floss über bebende Landschaften aus Muskeln, rann über Vertiefungen wie gemeißelte Furchen und lief direkt in Richtung …

Seines Schwanzes. Selbst aus dieser Entfernung war er beeindruckend. Lang und dick mit einer breiten Eichel und prallen Hoden. Mein Mund klappte auf, Hitze rauschte in meine Wangen, und meine Brustwarzen versteiften sich.

Lucian fuhr mit den Händen durch sein tropfnasses Haar und strich die glänzende dunkle Masse aus seinem klaren, starken Gesicht. Er war nicht hübsch oder so gut aussehend wie ein Model. Dafür war er zu ungehobelt. Sein Gesicht wies viele harte Züge und Spuren von Aggression auf. Aber er war trotzdem wunderschön.

Und niedergeschlagen. Meine Erregung ließ nach. Seine Miene war vollkommen trostlos. Kalt wie Eis. Ich könnte die ganze Nacht lang in den blumigsten Ausdrücken von seinem Aussehen schwärmen, aber es würde nichts daran ändern, dass dieser Mann letztendlich ein Fremder für mich war. Ein Fremder, der in sich gekehrt und verschlossen wie eine gefrorene Mauer war. Ich war mit Männern aufgewachsen, die diese Miene zur Schau gestellt hatten. Ich war vor diesen Männern davongelaufen. Und heute war er förmlich vor mir davongelaufen. Das durfte ich nicht vergessen. Ich musste auf Abstand bleiben.

Langsam zog ich mich zurück. Unter mir bewegte sich Lucian, aber ich hatte keine Ahnung, ob er seine Kleidung einsammelte oder noch eine Runde schwamm. Ich schaute nicht nach. Ich hätte von Anfang an nicht hinschauen sollen. Ich hätte mich nicht in dieser Fantasie von ihm verlieren dürfen.

6. KAPITEL

Emma

Mein kleines Haus hatte eine Küche, aber ich fragte mich langsam, ob ich sie je würde benutzen müssen. Ich erwachte aus einem überraschend erholsamen Schlaf – insbesondere angesichts der Tatsache, dass in meinen Träumen ein gewisser nackter Mann endlose Bahnen schwamm. Die Sonne begrüßte mich, und meine Laune war bestens. Als jemand an die Tür klopfte, zog ich mir einen Morgenmantel über und machte auf. Draußen stand Sal mit einem großen geflochtenen Picknickkorb.

»Frühstück«, verkündete er fröhlich.

»Das wäre nicht nötig gewesen«, sagte ich und nahm ihm den Korb ab.

»Süße, sagen Sie unter keinen Umständen Nein zur hauseigenen Küche.« Er hob neckisch die Augenbrauen. »Vertrauen Sie mir: Ihnen würde etwas entgehen.«

Wenn der köstliche Duft von frisch gebackenem Brot, der aus dem Korb strömte, ein Hinweis war, so zweifelte ich nicht an seinen Worten. »Würden Sie gerne mit mir essen? Ich kann Kaffee machen.«

»Klar. Aber im Korb ist auch Kaffee. Das Haus hält nichts von Filterkaffee.«

»Wow.« Kein Wunder, dass der Korb eine Tonne wog.

»Und ich habe eine Bedingung«, fuhr Sal fort. »Wir verzichten von nun an auf das Sie, in Ordnung?«

»Gerne«, erwiderte ich lächelnd.

Ich ließ ihn rein, und gemeinsam räumten wir den Inhalt des Korbs auf die Küchentheke. Es gab Kaffee aus einer Cafetière und frische Sahne, einen Topf mit dickflüssigem Honigjoghurt, einen Teller mit schimmerndem Obst – Wasser- und Honigmelone sowie Kirschen –, ein kleines Glas mit Erdbeerkonfitüre und süß duftende Brötchen.

»*Pain aux raisins*«, informierte mich Sal. »Amalies Lieblingssorte.«

»Sie riechen köstlich.« Ich lehnte mich ein wenig vor und senkte die Stimme. »Verrate es ihr nicht, aber ich hasse Rosinen. Also kannst du sie haben.«

»Oh, ich werde Amalie kein Sterbenswörtchen verraten«, versprach Sal feierlich. »Aber das Haus hat seine Methoden, um herauszufinden, was du magst.«

»Du sagst das, als wäre das Haus ein eigenständiges Wesen.«

»Wenn es um die Küche geht, könnte es das ebenso gut sein.«

Ich lachte und machte mich daran, unsere Leckereien auf das silberne Tablett zu stellen, das sich mit im Korb befunden hatte. »Hat sie einen launischen Koch?«

»Sehr launisch. Aber du musst dir seinetwegen keine Gedanken machen. Falls sich eure Wege kreuzen sollten, bin ich mir sicher, dass er in deiner Nähe so harmlos wie ein Kätzchen sein wird.«

»Nein danke. Ich habe in meinem Beruf schon mit mehr als genug großen Egos zu tun.«

Sal musste sichtlich gegen ein Grinsen ankämpfen, doch er nahm einfach nur das Tablett, und ich schnappte mir die silberne Kaffeekaraffe und zwei hübsche Porzellantassen.

Wir trugen unser Frühstück nach draußen auf den Balkon und stellten es auf den kleinen Tisch. Ein Teil von mir wollte diesen Ort, der einen perfekten Ausblick auf den Pool bot, meiden, aber das wäre feige gewesen. Außerdem lag er verlassen da. Ich versuchte, deswegen nicht enttäuscht zu sein. Oder mich schuldig zu fühlen.

»Also …« Sal aß ein Stück Melone. »Was hast du heute vor?«

»Ich will absolut gar nichts tun.«

»Guter Plan.«

Ich probierte den Joghurt und stöhnte beinahe. Herrgott, alles hier war spektakulär. Reichhaltig und cremig mit nur einem Hauch von Honig schmolz er auf meiner Zunge und erweckte meine Geschmacksknospen zum Leben. Ein Schluck Kaffee mit ganz leichten Noten von Schokolade und Karamell entlockte mir ein anerkennendes Seufzen. »Wenn ich so darüber nachdenke, werde ich definitiv ein wenig Sport machen müssen, sonst werde ich bald nicht mehr in meine Klamotten passen.«

»Dafür kannst du Amalies neuem Koch die Schuld geben. Ich habe allein diesen Monat viereinhalb Kilo zugenommen.« Er tätschelte etwas, das ein kleiner Bauchansatz zu sein schien, den er unter einer wogenden Seidenbluse mit einem lebhaften blau-lila Muster verbarg.

»Ist die von Pucci?«, fragte ich und stürzte mich dann wieder auf meinen Joghurt.

»Du kennst dich wirklich mit Mode aus.«

»Alice, eine der Kostümdesignerinnen, hat ununterbrochen über Mode geredet.« Meine gute Laune verflüchtigte sich, als mir klar wurde, dass ich keine Ahnung hatte, ob ich sie je wiedersehen würde.

Sal musste es bemerkt haben, denn er musterte mich mit freundlichen Augen. »Du wirst die Serie vermissen, wenn die Staffel endet, nicht wahr?«

Er wusste nicht, dass ich nie wieder ans Set zurückkehren würde. Ich wollte es ihm erzählen, aber ich konnte es nicht.

Das bedeutete jedoch nicht, dass ich nicht ein paar Dinge zugeben konnte.

»Ja. Bei jeder Staffel denke ich, dass es mir schon nicht so schwerfallen wird …« Meine Augen wurden glasig, und ich blinzelte heftig. »Es ist wirklich albern. Das Leben eines Schauspielers besteht darin, von Rolle zu Rolle zu ziehen. Wir erledigen unsere Arbeit und gehen danach nach Hause … Aber wir haben alle eine so tolle Chemie miteinander, dass ich … sie wirklich vermisse, wenn die Staffel vorbei ist.«

»Nur weil alle guten Dinge einmal ein Ende haben müssen, bedeutet das nicht, dass wir nicht um sie trauern dürfen.«

»Du hast recht.« Der Himmel wusste, dass ich trauerte.

»Außerdem wirst du doch nächstes Jahr wieder am Set sein.« Sal löffelte mir ein wenig Obst auf den Teller. »Hier, probier die Melonen. Die sind fantastisch.«

Die Melonen waren tatsächlich fantastisch.

Nachdem Sal gegangen war und darauf bestanden hatte, die Teller und den Korb für mich zurück in die Küche des Haupthauses zu bringen, kuschelte ich mich auf den tiefen, kleinen Sessel neben dem leeren Kamin und versuchte zu lesen. Aber meine Gedanken schweiften immer wieder ab und wurden von Erinnerungen an breite Oberschenkel und straffe Bauchmuskeln ablenkt.

Ich hatte keine Ahnung, was zum Teufel mit mir los war. Ich hatte zuvor schon nackte Männer gesehen. Verdammt, Saint hatte den Körper eines Gottes, und wir hatten endlose Szenen miteinander gedreht, in denen wir beide halbnackt gewesen waren, ohne dass ich mit der Wimper gezuckt hatte. Soweit es mich betraf, war er nur ein Teil der Kulissen. Greg, das Arschloch, hatte ebenfalls einen spektakulären Körper, den ich durchaus zu schätzen gewusst hatte – nun ja, bevor ich herausgefunden hatte, dass darin ein Blödmann wohnte, der fremdging.

Aber diese heiße, pochende Erinnerung an den nackten Lucian verstörte mich zutiefst. Ich wollte ihn berühren. Ich wollte mit meiner Zunge über seine Bauchmuskeln fahren, um die Wassertropfen abzulecken. Ich wollte meinen Mund auf seine feste Brustwarze pressen und sie necken. Ich wollte ihn zum Stöhnen und zum Erschauern bringen.

»Oh, um Himmels willen!«, rief ich aus, warf meinen E-Reader beiseite und stand auf. Das mit dem Lesen konnte ich vergessen. Ich brauchte frische Luft.

Da ich Lucians Bild einfach nicht aus meinem Kopf bekommen konnte, würde ich es austreiben, indem ich mich dem Tatort stellte: Ich würde schwimmen gehen. Vielleicht würde mich eine Runde im kühlen Wasser von der Sünde des Voyeurismus reinwaschen.

Ich beschloss, die Bikinis, die ich mitgebracht hatte, zu ignorieren, und zog stattdessen einen konservativen hellblauen Retroeinteiler an. Darin konnte ich schwimmen, ohne mir Sorgen machen zu müssen, dass irgendetwas verrutschte. Mir war durchaus bewusst, wie scheinheilig es von mir war, dass ich meinen Körper nicht irgendwelchen potenziellen Beobachtern präsentieren wollte, obwohl ich in der vergangenen Nacht selber so eifrig gegafft hatte. Aber ich war nicht auf der Suche nach Aufmerksamkeit. Ich wollte schwimmen.

Klar willst du das, Em. Rede dir ruhig weiter ein, dass das alles ist, was du willst.

Ich sagte meiner inneren Stimme, dass sie verdammt noch mal die Klappe halten solle, und streifte mir ein gelbes Sommerkleid über den Kopf. Nachdem ich mich gründlich mit Sonnencreme eingerieben und mir einen Schlapphut auf den Kopf gesetzt hatte, schnappte ich mir meine Pooltasche und machte mich auf den Weg.

Das Grundstück rund um das Haupthaus war verlassen. In

der Ferne hörte ich das Geräusch eines Rasenmähers oder vielleicht auch einer Heckenschere, was bedeutete, dass hier irgendwo in der Nähe Leute waren. Sal hatte mir erzählt, dass er geplant hatte, den Tag damit zu verbringen, in Santa Barbara Stoffe einzukaufen. Ich hatte keine Ahnung, was Amalie vorhatte, aber ich wollte mich ihr nicht aufdrängen. Und was *ihn* betraf, er hatte gesagt, dass er die anderen Gästehäuser renovierte. Ich hatte zwei von ihnen auf der anderen Seite des Grundstücks entdeckt. Sie lagen sehr viel weiter abseits als meins. Also war er vielleicht dort.

Es spielte keine Rolle. Ich war auch nicht wegen Lucian hier. Trotzdem wurde ich immer nervöser, als ich mich dem Pool näherte. Die Absätze meiner Riemchensandalen klapperten auf den Terrakottaplatten. Der Pool lag still und tiefblau in der Sonne. Und obwohl ich hier war, um zu schwimmen, schlich ich mich daran vorbei, als könnte Lucian jeden Moment aus seinen Tiefen auftauchen und mich finster anstarren. Was lächerlich war, denn das Wasser war glasklar – hier war weit und breit kein heißer Mann zu sehen.

Am anderen Ende des Pools befand sich ein Poolhaus mit Säulen im italienischen Stil und einer mit Glyzinien umrankten Terrasse. Die gläsernen Türen zum Poolhaus standen offen. Ich konnte nicht anders, als einen Blick hineinzuwerfen. Das hübsche Wohnzimmer war im französischen Landhausstil eingerichtet – gedämpfte hellblaue Wände, Sisalteppiche, ausgeblichene gelbe Leinencouches und hübsche Alabasterlampen mit blauen Schirmen, die hier und da verteilt waren.

An einer Seite befand sich eine kleine Küche, und hinter einem Paar zurückgezogener blauer Damastvorhänge war ein weißes eisernes Bettgestell, das sich ein wenig versteckt in einer Nische am anderen Ende befand. Auf dem Boden standen mehrere Kunstwerke, die an die Wand gelehnt waren. Daneben gab es eine Kiste mit kleinen Vasen und diversen anderen Dekogegenständen.

Entweder richtete sich hier jemand gerade noch ein oder das Poolhaus wurde ausgeräumt. Dann bemerkte ich ausgeblichene Jeans, die zusammengeknüllt am Ende des Betts lagen. Neben ihnen lagen abgenutzte Arbeitsstiefel, die achtlos auf den Boden geworfen worden waren.

Blut rauschte in meine Fingerspitzen und dann zurück in meine Wangen. Ich kannte diese Jeans.

Das war sein Zimmer. Mist, Mist, *Mist*.

Mit hämmerndem Herzen wirbelte ich herum, um die Flucht zu ergreifen, und prallte beinahe gegen eine breite Brust. Doppelmist. Hitze brannte in meinen Wangen, während ich das Gesicht verzog und mich von diesem Ort fortwünschte. Aber das sollte nicht sein.

Das tiefe, mürrische Grollen seiner Stimme schnitt durch die angespannte Stille. »Kann ich dir irgendwie helfen, Em?«

Ich schluckte meine Würde hinunter, hob mein Kinn an – weil er so verdammt groß war – und stellte mich ihm.

Ein Schauer überkam mich, als ich die Kälte in seinen hellgrünen Augen sah. Er betrachtete mich, als hätte er in seinem Zimmer eine Ratte entdeckt.

Ich leckte über meine trockenen Lippen und versuchte zu sprechen. Die Worte kamen als schrille, abgehackte Frage aus meinem Mund. »Nein?«

Er zog die eisigen Augen zusammen. »Du weißt es nicht? Ist das etwas, worüber wir diskutieren müssen? Deine Neigung dazu, auf Fragen mit einem ungewissen ›Nein‹ zu antworten?«

Uff. Dieser Mann würde kein Weichei aus mir machen. Ich hob mein Kinn noch weiter an, was unglücklicherweise dafür sorgte, dass sich meine Brüste vorreckten – nicht dass er das zu bemerken schien. »Ich wollte gerade schwimmen gehen.«

Gott, das klang lächerlich.

Seine Augenbraue zuckte nach oben, als sähe er das ähnlich. »Der Pool ist da hinten, Em.«

Em. Ich mochte es, wie er meinen Namen sagte – so viel Gefühl in einer einzigen Silbe. Doch der arrogante Humor in seinen Augen gefiel mir nicht. »Das ist mir bewusst.«

»Also was? Hast du beschlossen, vorher noch hier herumzuschnüffeln?«

Wenn ich mittlerweile nicht die Farbe einer Tomate hatte, dann war ich zumindest nah dran. *Egal. Zieh es einfach durch.* »Nein, ich habe nicht beschlossen ›herumzuschnüffeln‹. Ich bin um den Pool herumspaziert, habe die offene Tür gesehen und …«

»Herumgeschnüffelt.«

Ich knurrte. Zumindest klang es wie ein kleines Knurren. Lucian blinzelte überrascht, aber seine passive, unbeeindruckte Miene blieb erhalten.

»Wenn du sagst, dass ich herumgeschnüffelt habe, unterstellst du mir damit, dass ich deine Sachen durchwühlt habe. Ein kurzer Blick in ein Zimmer ist aber eher so was wie …« Meine Stimme verstummte, während ich erfolglos nach dem richtigen Wort suchte.

Mit einem skeptischen Brummen verschränkte er die muskulösen Arme vor der Brust und warf mir einen Blick zu, der eindeutig besagte, dass er wusste, dass ich Schwachsinn redete, es aber genoss, mir dabei zuzusehen, wie ich versuchte, mich aus der Situation herauszuwinden.

Verdammt. Ich stieß den Atem aus. »In Ordnung. Ich entschuldige mich dafür, dass ich hier ›herumgeschnüffelt‹ habe. Das war nicht meine Absicht. Es ist nur ein sehr hübsches Zimmer.« *Zu hübsch für dich*, fügte ich im Stillen hinzu.

Seltsamerweise war ich mir ziemlich sicher, dass er die lautlose Kritik gehört hatte. Seine Lippen zuckten und zogen meine Aufmerksamkeit auf sich. Sie wirkten im Vergleich zu den dunklen Bartstoppeln an seinem unrasierten Kiefer und Kinn blass. Blass und breit. Tate hätte diesen Anblick als beweglichen Mund bezeichnet. Die Art von Lippen, die ausdrucksstark war und zum Küssen einlud.

Außer wenn er sie flach zusammenpresste. Ich erschrak, als mir klar wurde, dass ich ihn anstarrte.

»Bist du fertig?«

Diese unverblümte Frage ließ mich zusammenzucken. Gott, war ich das? Ich wollte seine Lippen erneut anschauen. Was schrecklich war, schließlich war er wütend und mürrisch und wollte ganz offensichtlich, dass ich verschwand.

Bleib einfach cool. »Womit?«

Ja, sehr lässig, Em. Sehr lässig.

Er seufzte langsam und gedehnt, als hätte er es mit einer Schwachsinnigen zu tun. Zugegebenermaßen kam ich mir mittlerweile ein wenig wie eine vor.

»Bist du fertig damit, dich hier umzuschauen?« Er klang höflich, so als könnte er mir jeden Moment Tee anbieten.

Verdammt, ich spielte eine knallharte Prinzessin. Eine, die nie in Verlegenheit geriet. *Besinn dich auf diese ferne Würde, Em.* »Ja, ich bin fertig.«

»Hast du kein Verlangen nach einer Führung?«

Oh, jetzt legte er es aber wirklich drauf an.

»Nein danke. Ich habe genug gesehen.«

Seltsamerweise rührte er sich nicht vom Fleck. Ich würde um ihn herumgehen müssen, um nach draußen zu gelangen. Nicht dass ich mich dieser Demütigung aussetzen würde. Ich zog die Augenbrauen hoch und ließ die Frage in meinen Augen aufsteigen. Würde er mir jetzt endlich aus dem Weg gehen, oder was?

Er tat es nicht. Er starrte mich streng und unnachgiebig an. Doch dann senkte er den Blick für den bloßen Bruchteil einer Sekunde auf meinen Körper. Ich spürte es bis in meine Zehen. Als hätte ihn sein kleiner Ausrutscher verärgert, brummte er und starrte mich wieder finster an, doch er schien wütender auf sich selbst als auf mich zu sein.

Trotzdem fühlte ich mich in diesem Augenblick nicht besonders nachsichtig. »Bist *du* fertig?«

»Fertig?«

Ich lächelte süßlich. »Mit Starren.«

Er hielt für eine Sekunde inne, und diese absurd langen Wimpern huschten über seine Wangen, als er blinzelte. Dann war es so, als wäre ihm plötzlich ein Licht aufgegangen, und ein langsames, entspanntes Lächeln breitete sich auf seinem Gesicht aus. Es verwandelte ihn. Von einem grüblerischen Rohling in einen wunderschönen Mann.

Das Eis schmolz aus seinem Blick und verwandelte die grünen Augen in durchscheinendes Meerglas. Dieser Blick nahm mich gefangen. Es war unmöglich, sich davon abzuwenden, auch wenn in meinem Nacken der Hauch einer Warnung prickelte – denn ich durfte dieses böse Lächeln nicht vergessen.

Dann sprach er mit einer tiefen, honigsüßen Stimme. »Wie sieht das akzeptable Zeitlimit aus? Wie lange hast du mich gestern Nacht angestarrt?«

Oh, nein, nein, nein.

Sämtliches Blut rauschte mit heißem, prickelndem Entsetzen aus meinem Gesicht. Ein erstickter Laut kam über meine Lippen.

Lucian lehnte sich so weit vor, dass ich einen Hauch von Zartbitterschokolade und süßen Orangen erhaschte. Warum musste er nach einem Nachtisch riechen? Er klang sogar noch besser – wie heiße Sahne und Honig. »Hat dir gefallen, was du gesehen hast?« Die Frage waberte über meine Haut und sank in meine Knochen wie eine sanfte Liebkosung, die mich dazu herausforderte, mit Ja zu antworten.

Bevor ich das tun konnte, fuhr er fort, und in die weiche Stimme mischte sich scharfer Zynismus. »Oder bist du einfach nur eine unverbesserliche Schnüfflerin?«

Ich riss die Augen auf. Mir war nicht klar gewesen, dass ich sie geschlossen hatte. Oder dass er mir so nah gekommen war. Ich hätte die Hand ausstrecken und ihn berühren können, wenn ich gewollt hätte. Ich hätte mit den Händen über seine feste Brust reiben können ... Dann kam bei mir an, was er gesagt hatte. Die Verachtung. Die Abfälligkeit.

Ein Schwall aus reiner Wut kochte in mir hoch. Denn nun wurde mir noch etwas anderes vollkommen klar. »Du wusstest von Anfang an, dass ich dort war.«

Er verzog keine Miene. »Ja, ich wusste es.«

Ich wollte das nicht erregend oder heiß finden. Aber das tat ich. Verdammt.

Doch ich war Schauspielerin. Ich konnte so tun, als ließe mich das vollkommen kalt.

»Tja, dann muss ich dich wohl fragen, ob du tatsächlich erwartet hast, dass ich mich von einer so großzügig angebotenen Vorstellung abwenden würde.« Als er überrascht blinzelte, gab ich einen tadelnden Laut von mir. »Wer hätte gedacht, dass du ein Exhibitionist bist? Verrate mir eins: Hat es dich erregt, dass ausgerechnet ich dich beobachtet habe? Oder hätte es jeder andere auch getan?«

Lucian stieß ein schnaubendes Lachen aus, als könnte er meine Unverfrorenheit nicht fassen, aber als würde sie ihm irgendwie gefallen. Er senkte die Lider und ließ den Blick zurück zu meinem Mund wandern. Und alles verschwamm, und die Luft zwischen uns wurde schwer. Das Grollen seiner Stimme waberte über meine Haut und kroch an meinen bebenden Oberschenkeln hinauf.

»Soll ich das wirklich beantworten, Em? Obwohl ich weiß, dass dir meine Antwort vielleicht nicht gefallen wird?«

Oh, diese Arroganz. Ich holte tief Luft und bereitete mich darauf vor, ihm die Meinung zu geigen. In seinen Augen schimmerten heiße Funken, so als wollte er, dass ich auf ihn losging, als wäre das die Ausrede, die er brauchte, um das Gleiche zu tun.

Doch ich stellte mir keine Gewalt vor. Sondern Sex. Wild, verschwitzt, wütend …

Eine trällernde, amüsierte Stimme drang in meine zerfaserten Gedanken ein. »Wie wundervoll es ist, zu sehen, dass ihr zwei euch so gut versteht.«

Als hätte man uns einen Stromschlag verpasst, stellten wir uns beide kerzengerade hin und drehten uns gleichzeitig zu der Stimme um.

Amalie stand wie eine dunkelhaarige Hexe in der offenen Tür und hatte ihre schmalen pinkfarbenen Lippen zu einem kleinen Lächeln verzogen. »Hör auf, unseren Gast anzuschmachten, Titou.«

Als er tief in seiner Kehle knurrte, lächelte sie noch breiter. »Meine Güte, ihr seid wirklich aufgebracht. Vielleicht würde euch beiden eine kleine Abkühlung im Pool guttun.«

Damit drehte sie sich um und schlenderte davon. Wir blieben zurück und wechselten noch einen langen, verstörten Blick, bevor Lucian davonstapfte. Sobald er fort war, ließ ich die Schultern nach unten sacken und holte zitternd Luft. Der Mann hatte deutlich zu viel Charisma. Und Amalie hatte recht: Ich brauchte wirklich eine lange Abkühlung im Pool.

7. KAPITEL

Lucian

Was sagte man noch gleich über die sorgfältigsten Pläne? Meinen Plan, mich von Emma fernzuhalten, hatte ich ordentlich vergeigt. Und was noch schlimmer war: Mamie hatte uns beim … Diskutieren … erwischt und gedacht, dass sie etwas wüsste, wovon sie wirklich keine Ahnung hatte. Nun würde sie keine Ruhe mehr geben.

Ich schob meinen Teig zusammen und knetete ihn. Ich walkte ihn mit den Handballen und schob die kühle, elastische Masse immer wieder mit den Fingern zusammen. Es war hypnotisch. Notwendig.

Damals, als Eishockey noch mein Leben gewesen war, hatte ich meine Frustrationen auf dem Eis ausgelassen. Selbst wenn ich mir bloß die Schlittschuhe angezogen hatte und allein ein paar Runden gelaufen war. Ich hatte Stunden auf dem Eis verbringen und einfach fliegen können.

Ich konnte nicht anders. Ich schloss die Augen und erinnerte mich an diese Zeit zurück. Beinahe konnte ich die frostige Luft auf meinem Gesicht spüren und fühlen, wie meine Kufen sanft über das Eis glitten. Beinahe konnte ich das Klappern meines Schlägers auf dem Eis hören und wahrnehmen, wie es sich anfühlte, den Puck zu treffen.

Meine Brust verkrampfte sich. Heftig.

Verdammt.

Ich öffnete die Augen und machte mich wieder daran, den Teig zu kneten. Ich hob ihn auf und klatschte ihn fest auf die Arbeitsfläche. Ich hatte beschlossen, ein schönes Sauerteigbrot für Sandwiches zu machen, weil ich genau wusste, dass der Teig sehr lange geknetet werden musste.

Das war jetzt meine Therapie. Backen und, in einem geringeren Maße, Kochen. Die Genauigkeit und Konzentration, die man benötigte, um etwas wirklich Außergewöhnliches zu erschaffen, füllten mein Gehirn aus und ließen keinen Platz für all die anderen dunklen und verdrehten Gedanken. Zumindest für eine Weile.

Aber ich konnte Emma Maron nicht aus meinem Kopf vertreiben. Was ein Problem darstellte. Es war meine eigene Schuld, weil ich mich immer wieder auf Gespräche mit ihr einließ. Aber was sollte ich denn tun, wenn ich meine vorübergehende Unterkunft betrat und dort eine Feenprinzessin vorfand, die sich mit großen blauen Augen umschaute? Ich musste sie aus meiner Wohnung vertreiben. Ich hatte gedacht, dass sie schnell Angst bekommen und davonlaufen würde.

Stattdessen hatte sie mich durchschaut und dafür gesorgt, dass ich mich nun heftig nach ihr sehnte. Sie hatte wissen wollen, ob es für mich eine Rolle spielte, wer mich nackt sah. Als ob es in Bezug darauf irgendwelche Zweifel gäbe.

Ich hatte sie gestern Nacht auf dem Balkon entdeckt, sobald ich an den Pool herangetreten war. Es war ein kleiner Schock gewesen, aber er hatte nicht ausgereicht, um mich aufzuhalten. Zu wissen, dass sie mich beobachtete, hatte mir einen gewissen Kitzel verschafft, eine kleine Aufregung in meinem ansonsten ereignislosen Leben. Ich hatte es sogar drauf ankommen lassen und war so aus dem Pool gestiegen, dass sie alles hatte sehen können. Es hatte mich nicht wirklich erregt. Mein Herz war gestern Nacht zu sehr mit alten Erinnerungen belastet gewesen. Aber es war etwas anderes gewesen, etwas, das außerhalb der köchelnden Wut und Frustration lag, die ich normalerweise mit mir herumtrug.

Als ich aufgeschaut und festgestellt hatte, dass sie verschwunden war, war ich seltsam enttäuscht gewesen. Das war dumm. Trotz unserer hitzigen Auseinandersetzung würde ich bei Emma nichts versuchen. Ich wollte einfach nur meine Ruhe haben.

Ja, ich führte mich auf wie Greta Garbo. Außerdem war ich ein Lügner.

Die Wahrheit hatte sich in meinem Kopf kaum kristallisiert, als Sal hereingeschlendert kam. Er trug einen lila-blauen Seidenkaftan, der mit dem identisch war, den Amalie heute trug.

»Du musst damit aufhören, dich genau wie Mamie zu kleiden«, sagte ich anstelle einer Begrüßung. »Das treibt mich in den Wahnsinn.«

Er blieb auf der anderen Seite der Küchentheke stehen. »Erzähl mir nicht, dass du ein Problem mit Männern hast, die einen fabelhaften Modegeschmack haben.«

»Bitte. Wer hat dir denn dieses überteuerte bananengelbe Wickelkleid gekauft, das du unbedingt haben musstest, als wir vor fünf Jahren in Paris waren? Ob das fabelhaft war, ist mehr als fraglich.«

Sals angewiderter Blick entlockte mir beinahe ein Lächeln. »Nur du kannst ein umwerfendes Couturekleid von Tadashi Shoji als ›überteuertes bananengelbes Wickelkleid‹ bezeichnen. Wirklich, Luc, diese Respektlosigkeit.«

»Es ließ sich wickeln und war gelb.«

»Ach.« Sal seufzte theatralisch und sah mich an. »Ich kleide mich *nicht* wie Amalie.«

»Doch, das tust du. Haargenau, wie Amalie sagen würde.« Ich warf ihm einen Blick zu, bevor ich mich wieder meinem Teig widmete. »Du trägst sogar exakt die gleiche Farbe Lippenstift, die sie heute aufgelegt hat.«

Sal musterte sich in der Spiegelung eines herunterhängenden Kupfertopfes und runzelte dann die Stirn. »Mist. Du hast recht. Wir verschmelzen miteinander.«

»Ich kann gerade nicht zwei Mamies ertragen. Eine ist mehr als genug.«

Sein Lachen war selbstironisch, weil wir beide Mamies Macht kannten. Ohne die geringste Mühe gelang es ihr, jeden in ihre Welt zu ziehen. »Schön. Ich werde die Pucci-Sachen Amalie überlassen. Aber meine Kollektionen von Dolce oder Chanel werde ich nicht aufgeben.«

»Abgesehen von Chanel weiß ich nicht, was das alles für Sachen sind.«

»Aber immerhin kennst du Chanel.«

»Kennt das nicht jeder?« Ich machte mir nicht die Mühe zu erwähnen, dass Cassandra so gut wie alles von Chanel geliebt hatte – zum Glück jedoch nicht Amalies bevorzugtes Parfüm –, aber ich hatte genug Rechnungen für sie bezahlt, um das Modelabel zu kennen und zu fürchten. Cassandra hatte gerne eingekauft. Viel.

Erleichtert stellte ich fest, dass ich sie nicht vermisste. Nicht mal die Vorstellung von ihr. Ich klatschte den Teig mit einem befriedigenden Geräusch auf die Theke und schaute dann zu Sal. Mittlerweile kannte ich ihn schon mein halbes Leben lang, doch während ich zu einem Schatten der Person wurde, die ich einst gewesen war, kam er nun voll und ganz zur Geltung und schien seine Bestimmung gefunden zu haben.

Ich versenkte die Finger in der weichen, elastischen Teigmasse. »Du kennst und magst dich genau so, wie du bist, Sallie. Das ist eine seltene Gabe.«

Sobald ich die Worte ausgesprochen hatte, fühlte ich mich entblößt. Ungeschützt. Ich verkniff mir eine Grimasse und konzentrierte mich auf meine Aufgabe. Aber ich spürte sein stummes Mitleid auf meiner Haut. Es kroch in meine Lunge wie der saure Gestank verdorbener Milch.

Doch als ich aufschaute, stellte ich fest, dass in seinen Augen Verständnis und aufrichtige Zuneigung schimmerten. Mir wurde klar, dass wir mehr wie Brüder waren, als wir beide es je anerkannt hatten.

»Luc, ist dir je in den Sinn gekommen, dass ich dieses Selbstbewusstsein teilweise auch deinetwegen gefunden habe?«

Geschockt schüttelte ich hölzern den Kopf.

Sal lächelte schwach. »Diesem schwulen Jungen bedeutete es viel, dass ihn ein großer, bulliger Eishockeyspieler einfach so akzeptierte. Es bedeutete etwas, dass du bereit warst, dich für mich einzusetzen, sobald mich auch nur jemand schief anschaute.«

Ich schluckte schwer. »Manche Leute sind Arschlöcher. Ich konnte nicht einfach dastehen und zusehen, wie dich jemand beleidigte.«

»Ich weiß. Genau das meine ich, Luc. Keiner von uns lebt in einem Vakuum. Manchmal müssen wir die Unterstützung anderer annehmen.«

Verdammt.

Ich starrte auf die Theke und wusste nicht, was ich sagen sollte.

Der Augenblick dehnte sich aus und zerbrach dann so sauber, dass es sich anfühlte, als hätten wir nichts gesagt. Sal summte wieder vor sich hin und beobachtete, wie ich den Teig bearbeitete.

»Wolltest du irgendwas?«, fragte ich und wusste, dass er und Amalie beschlossen hatten, mich in Bezug auf das Thema Emma abwechselnd in die Mangel zu nehmen.

Als wollte er mir beweisen, dass ich recht hatte, zuckte Sal mit den Schultern und zupfte dann an den Ärmeln seines Kaftans herum, bevor er sagte: »Ich dachte, dass du vielleicht wissen wolltest, wie das Frühstück heute Morgen gelaufen ist.«

Das Frühstück, das Sal mit Emma verbracht hatte. Gegen meinen Willen schlug mein Herz schneller.

»Das will ich nicht.«

Sal bedachte diese Lüge mit dem Respekt, den sie verdiente. »Dein Mädchen mochte die *Pains aux raisins* nicht.«

»Sie ist nicht mein … Sie mochte die Brötchen nicht?« Das sollte mich nicht bestürzen. Geschmack war subjektiv. Jeder Mensch mochte andere Dinge. Aber … sie mochte sie nicht.

Sal stibitzte sich einen Cracker mit Gouda und Rosmarin von einem Backblech, das ich gerade abkühlen ließ. »Sie mag keine Rosinen. Aber sie hat den Joghurt mit einer Leidenschaft verschlungen, die beinahe orgiastisch war.«

Mein Unterleib verkrampfte sich als Reaktion darauf, und mir wurde ganz warm. Plötzlich nahm ich es Sal übel, dass er derjenige war, der das hatte beobachten dürfen. Aber es war meine eigene verdammte Schuld. Ich hatte ihn mit dem Frühstückskorb losgeschickt, statt ihn selbst auszuliefern.

Ich konzentrierte mich auf den Teig und die nichtorgiastische Information, die mir Sal mitgeteilt hatte. »Also keine Rosinen.«

Was dann? Croissants? *Pain au chocolat*? *Chaussons aux pommes*?

»Das Obst fand sie auch lecker«, sagte Sal und riss mich damit aus meinen Gedanken. Er schmunzelte und kaute auf dem Cracker herum. »Auch wenn du dafür wohl kaum den Ruhm einheimsen kannst.«

Warte nur ab, Kumpel.

Ich hatte dieses Obst gepflückt, gesäubert und auf genau die richtige Dicke geschnitten. Das war mein Obst. Für jeden Bissen, den sie sich in den Mund gesteckt hatte, für jedes lustvolle Stöhnen, das sie dabei von sich gegeben hatte, war ich verantwortlich. Und verdammt, das erregte mich so sehr, dass meine Hände zitterten.

Sie mochte Obst. Dann würde ich es mit den *Chaussons aux pommes* versuchen. Ich wäre schockiert, wenn sich herausstellen sollte, dass die Frau keine Apfeltaschen mochte.

»Du planst wohl schon deine nächste Form der kulinarischen Verführung, was?« Sal stibitzte sich einen weiteren Cracker.

»Hör auf, die zu futtern. Sie sind fürs Mittagessen.«

»Oh, und was gibt es dazu?«

»Geschnittene Äpfel und Birnen, Lavendelhonig und verschiedene Käsesorten. Tomatensuppe …« Ich erhaschte einen Blick auf Sals selbstzufriedenes Gesicht und funkelte ihn böse an. »Weißt du was? Besorg dir dein eigenes Mittagessen.«

»Da ist aber jemand schlecht gelaunt.«

»Hmm.«

»Vielleicht solltest du eine Runde schwimmen gehen.«

»Vielleicht solltest du …«

»Gemach, gemach, mein Großer.« Dieses Mal schnappte sich Sal eine Birne. »Wir wissen beide, dass du schlechte Laune hast, weil du rollig bist.«

»Man gewinnt tatsächlich den Eindruck, dass dir dein Leben nicht das Geringste wert ist.«

»Amalie würde dich umbringen, wenn du mir auch nur ein einziges Haar auf meinem schönen Kopf krümmst, also denke ich, dass ich in Sicherheit bin.«

»Verlass dich nicht drauf.«

Sal verdrehte die Augen und wirkte kein bisschen eingeschüchtert. »Gib es auf. Im Inneren bist du ganz weich, Oz. Niemand, der so backt wie du, könnte etwas anderes als ein gutes Herz besitzen.«

Mit einem angewiderten Knurren klatschte ich den Teig auf die Theke und zählte stumm bis zehn. *Rosemont* sollte ein Zufluchtsort sein, der mich vor Stress bewahrte. Bislang hatte ich hier eine Großmutter, die versuchte, mich zu verkuppeln, eine Schauspielerin, die mich zum Exhibitionismus trieb, und einen Modestylisten, der mir den letzten Nerv raubte.

Sal warf die Birne von einer Hand in die andere wie einen Ball. »Warum leugnest du, dass du sie willst?«

Ich schnappte mir die Birne mitten aus der Luft und legte sie auf die Theke. »Habe ich es denn je geleugnet?«

Das ließ ihn verwirrt innehalten. »Tja, verdammt. Was ist dann das Problem?«

Es gab so viele Probleme.

»Diese Frau ist der Typ, mit dem man zusammenbleibt.« Für immer. »Daran bin ich nicht interessiert. Und glaub mir, sie ist auch nicht an dem interessiert, was ich zu bieten habe.«

»Also wirst du einfach die ganze Zeit hierbleiben und Teig kneten?«

»Sehr witzig.« Die Küche fühlte sich plötzlich zu klein an. Ich lockerte meine steifen Schultern, aber sie wollten sich nicht entspannen. Verdammt. »Wollen wir mal hier raus? Irgendwo was trinken?«

Sal zog seine perfekt gezupften Augenbrauen hoch. »Es ist schon fast Zeit fürs Mittagessen.«

Ich löste den Knoten am Band meiner Schürze, nahm sie ab und hängte sie an den Haken neben der Vorratskammer. »Wir zwei essen heute außer Haus zu Mittag. Amalie und Emma können sich sicher selbst bedienen.«

Beim bloßen Gedanken daran, dass diese kleine Schnüfflerin in meine Küche eindringen könnte, wurde mir so heiß, als hätte ich gerade die Ofenklappe geöffnet. Ich bewegte erneut die Schultern. »Kommst du?«

8. KAPITEL

Lucian

Eine Lektion hatte ich heute gelernt: Man durfte Sal niemals unterschätzen. Er war so aalglatt wie seine Elvis-Tolle.

Wir befanden uns auf dem Weg, der zur Vorderseite des Hauses führte, als wir Emma begegneten. Sie hatte ihre Schwimmrunde beendet – ich hatte mir große Mühe gegeben, *nicht* weiter darüber nachzudenken – und war auf dem Weg zurück zu ihrem Bungalow. Aber hielt das Sal davon ab, sie zu uns zu rufen? Kein bisschen. Und dabei konnte er seine Schadenfreude kaum verbergen.

Es hielt ihn auch nicht davon ab, sie dazu einzuladen, mit uns zu Mittag zu essen. Der Mann wusste verdammt gut, dass ich versucht hatte, mich von ihr fernzuhalten. Aber ich würde nicht unhöflich sein oder protestieren. Als ihr tiefblauer Blick zu mir flackerte und deutlich zu erkennen war, dass sie daran zweifelte, dass ich ihre Gesellschaft wünschte, fühlte ich mich genötigt, mich zusammenzureißen und darauf zu bestehen, dass sie sich uns anschloss.

Und so waren wir jetzt hier, an meinem liebsten Burger- und Milchshakestand mit Blick auf den hellen Sandstrand und den strahlend blauen Ozean dahinter. Umgeben von Strandbesuchern und Surfern fiel Emma auf wie eine Miniatursonne. Sie zog lüsterne und neugierige Blicke auf sich. Sie schien sie gar nicht zu bemerken. Ich wusste nicht, ob die Leute sie überhaupt erkannten. Sie trug eine große, weiß umrandete Sonnenbrille und einen Schlapphut mit gelben Gänseblümchen. Diese Kombination hätte lächerlich aussehen sollen, aber genau wie Sal hatte sie einen Stil, der für sie perfekt funktionierte.

Sal konnte ich allerdings mit Leichtigkeit ignorieren. Es war jedoch so gut wie unmöglich, Emma zu ignorieren. Ich spürte ihre Anwesenheit mit meinem ganzen Körper, so als würde sie unablässig mit ihrer zierlichen Hand über meine Haut streichen. Das war verdammt beunruhigend.

Meine Haut prickelte, als sie ihr Tablett auf den Tisch stellte und sich neben mich setzte, um mit einem zufriedenen Seufzen auf den Ozean hinauszuschauen.

»Ich habe Südkalifornien vermisst.«

»Wann warst du das letzte Mal hier?«, fragte ich, ohne darüber nachzudenken.

»Vor acht Monaten.« Sie verzog ironisch den sinnlichen Mund. »Ich weiß, dass das keine lange Zeit ist. Aber es fühlt sich so an.« Ich konnte ihre Augen hinter der Sonnenbrille nicht sehen, aber ich spürte ihren Blick trotzdem auf mir. »Was ist mit dir? Kommst du ursprünglich aus Kalifornien?«

Über mein früheres Leben zu sprechen, war immer ein wenig heikel. Aber sie hatte offensichtlich keine Ahnung, wer ich war, und zu wissen, wo ich wohnte, würde daran nichts ändern. »Ich bin in Evanston, Illinois, aufgewachsen. Mein Dad, Amalies Sohn, war Kurator für das Art Institute in Chicago. In seinem ersten Jahr dort lernte er meine Mom kennen. Sie restaurierte Gemälde.«

»Wow.«

»Ja.« Ich war umgeben von Kunst und Schönheit aufgewachsen. Meine Eltern hatten erwartet, dass ich in ihre akademischen Fußstapfen treten würde. Und trotzdem hatten sie nicht mal mit der Wimper gezuckt, als deutlich geworden war, dass Eishockey mein Leben werden würde. Sie hatten mich dazu ermutigt, weil ich meine Leidenschaft gefunden hatte.

»Ich habe hier und dort gewohnt. Während der letzten paar Jahre war ich in Washington, D.C.«

»Das ist eine ganz schöne Veränderung.«

Ich wusste, worauf das hinauslief. Warum hatte ich die Stadt verlassen? Was machte ich hier? Ich kam diesen Fragen so gut ich konnte zuvor. »Es war an der Zeit. Amalie brauchte Hilfe.« *Das ist eine dicke, fette Lüge, Oz.* Ich brauchte Amalie sehr viel dringender, als sie mich brauchte.

Ich war achtundzwanzig Jahre alt und zu meiner Großmutter gelaufen, um meine Wunden zu lecken.

Zum Glück bekam Sal endlich seine Bestellung und schloss sich uns an.

»Burger und Bier.« Er ließ sein Tablett mit einem Scheppern auf den Tisch fallen. »Wenn man bedenkt, dass wir stattdessen Tomatensuppe und eine kunstvoll angerichtete Käseplatte hätten haben können.«

»Du hättest nicht mitkommen müssen.« Ich warf ihm einen vielsagenden Blick zu.

Den er ignorierte. »Und das alles hier verpassen?«

»Das alles« unterstrich er, indem er mit einer Hand zwischen mir und Emma hin- und herwedelte und dann sehr schwach auf das Essen deutete. Subtilität war nicht Sals Stil.

Emma runzelte die Stirn. Offenbar fiel ihr der offene Krieg der finsteren Blicke, der sich zwischen Sal und mir abspielte, nicht weiter auf. »Für uns war ein Mittagessen geplant? Jetzt fühle ich mich schlecht. Alles, was ich in *Rosemont* gegessen habe, ist so köstlich gewesen, dass ich nur ungern irgendetwas davon verderben lassen würde.«

Na, war das nicht wahnsinnig befriedigend? Ich verspürte

den Drang, unsere Burger in den Müll zu werfen und sie zurück nach Hause zu zerren, damit ich sie dort füttern konnte.

Ich brummte und trank einen Schluck aus meiner Bierflasche. »Amalie wird es essen.«

Emma wirkte ein wenig besänftigt. Aber die kleine Furche zwischen ihren zarten Brauen blieb. »Ich habe gehört, dass der Koch recht launisch sein soll.«

Sal verschluckte sich an seinem Burger. Ich musste keine Vermutungen darüber anstellen, wer Emma diesen kleinen Informationsschnipsel verraten hatte.

Ich warf ihm einen bösen Seitenblick zu, bevor ich erwiderte: »Manchmal ist er das.«

»Bist du ihm schon mal begegnet?«

Das wäre jetzt der Zeitpunkt, um alles aufzuklären. Allerdings würde sie womöglich mein Essen nicht mehr haben wollen, sobald sie Bescheid wusste. Ich war nicht gerade ihre Lieblingsperson.

»Ich wohne auf dem Anwesen. Natürlich bin ich ihm schon mal begegnet.«

»Wie ist er so?« Sie malte sich definitiv alle möglichen Dinge in ihrem Kopf aus.

»Launisch.«

Sie klappte den Mund zu und funkelte mich böse an – ja, ich spürte diesen finsteren Blick sogar durch die riesigen Gläser ihrer Sonnenbrille. »Du bist nervtötend.«

Ich prostete ihr mit meinem Bier zu. Sie runzelte die Stirn und warf eine zusammengeknüllte Serviette in meine Richtung. Sie verfehlte meinen Teller um gute dreißig Zentimeter, und ich kicherte.

Emma schüttelte den Kopf, als wäre ich nicht mehr als ein unbedeutendes Ärgernis, griff nach einer Fritte und tunkte sie in ihr Ketchuphäufchen. »Aus irgendeinem Grund fällt es mir schwer, mir vorzustellen, dass sich Amalie mit schwierigem Personal abgeben würde.«

Das stimmte. Ich war überrascht, dass Emma meine Großmutter bereits so gut durchschaut hatte. Andererseits sollte es mich vielleicht nicht überraschen. Emma war viel zu aufmerksam.

Ich täuschte ein gelangweiltes Schulterzucken vor. »Sie hat eine Schwäche für ihn.«

»Oh, sind sie …?« Ihr Gesicht hellte sich auf, als sie lächelte. »Du weißt schon, miteinander verbandelt?«

Dieses Mal verschluckte sich Sal so heftig an seinem Burger, dass er kleine Stücke davon ausspuckte, was ihn enorm entsetzte. »Ich werde Albträume haben«, murmelte er und wischte den Tisch hektisch mit seiner Serviette ab. Allerdings wusste ich, dass er nicht über die Sauerei redete.

»Nicht alles dreht sich um Sex, Schnüfflerin.«

»Ich denke gar nicht, dass sich alles um … Wie hast du mich gerade genannt?« Sie nahm ihre Sonnenbrille ab. Funken der Empörung schossen aus ihren Augen. Dieser Ausdruck stand ihr gut. »Hast du mich gerade wirklich Schnüfflerin genannt?«

Ich grinste und fühlte mich leichter als den ganzen Morgen über. »Gefällt dir Spannerin vielleicht besser?«

»Nicht mal ein bisschen, Magic Mike.«

»Mike war Tänzer. Kein Schwimmer.«

Prinzessin Anya reckte ihre kecke Nase ein wenig höher. »Er hat eine gewisse Schau abgezogen. Darauf will ich hinaus.«

»Eine Art von Schau, die du dir offenbar gerne ansiehst.«

Ihre Wangen liefen rot an, während sie immer wütender wurde. Ich gluckste erneut, doch dann erhaschte ich einen Blick auf Sal, der sein Handy gezückt hatte und es nun auf uns richtete. »Was zum Teufel machst du da?«

Ich hatte ihn ganz vergessen. Was in Emmas Gegenwart zugegebenermaßen allzu leicht war.

»Ich filme das hier für Amalie. Sie wird so entzückt sein.«

»Sal!«, zischte Emma entsetzt.

Er hatte Mitleid mit ihr und legte das Handy mit dem Display voran auf den Tisch. »Ich mache doch nur Spaß. Ich werde Amalie nichts schicken. Das wäre eine fürchterliche Verletzung der Privatsphäre.«

Ich schnaubte, und er warf mir ein versöhnliches Lächeln zu. »Ich werde es einfach für später speichern, wenn ich Oz ärgern will.«

»Dafür brauchst du kein Video, Sal.«

Sal zeigte mir den Stinkefinger, und sein greller pinkfarbener Nagel wirkte dabei wie ein Ausrufezeichen. Doch dann lachte er und lehnte sich zurück, um seinen Shake zu trinken. »Er ist schnell, Emma. Sehr schnell.«

Ich wusste, dass er mich neckte. Aber der Kommentar traf mich trotzdem, denn er erinnerte mich daran, wie mich die Jungs immer Seine Schnelligkeit genannt hatten.

Schnelle Füße, schnelle Hände.

Ich konnte sie in meinem Kopf hören. Meine Jungs.

Seine Schnelligkeit macht das schon. Ziehst du jetzt deine rubinroten Schuhe an und nimmst uns mit in die Smaragdstadt, Oz?

Das war alberner Kram gewesen. Dinge, die wir gesagt hatten, um uns anzustacheln und uns gegenseitig den Druck zu nehmen. Ich vermisste jede verdammte Sekunde davon.

»Jetzt hast du ihn schon wieder grummelig gemacht, Sal«, sagte Emma, die meinen plötzlichen Stimmungswechsel falsch deutete. Meine Laune hob sich leicht, zusammen mit der Geschwindigkeit meines Herzschlags, als sie eine Hand ausstreckte und meinen Unterarm tätschelte. »Keine Sorge, Honigkuchen, das wird schon wieder.«

»Honigkuchen?« Meine Stimme klang viel zu rau.

Sie zuckte elegant mit einer Schulter. »Das hat meine Großmutter immer zu mir gesagt, wenn sie mich bockig fand. ›Keine Sorge, Honigkuchen, die Welt wird sich weiterdrehen.‹«

»Hat dich das wütend gemacht, wenn sie das sagte? Oder hast du ihr geglaubt?«

Emma grinste breit und präsentierte mir dieses strahlende Lächeln, das die Fans und die Presse gleichermaßen verehrten. »Ein wenig von beidem.«

Gott, ich wollte dieses Lächeln erwidern. Ich wollte eine Menge Dinge. Ihr Aussehen zu mögen, war eine Sache. *Sie* zu mögen, war eine ganz andere. Und ich mochte sie. Ich mochte sie sehr.

»Ihr zwei seid so süß«, sagte Sal.

Emmas Lächeln verblasste. »Und du bist ein schrecklicher Plagegeist. Hör auf, Lucian zu quälen.«

»Wenn du mich fragst, braucht er noch mehr von diesen Quälereien.« Er stieß sich vom Tisch ab. »Ich werde mir eine Cola light holen, um diesen Shake runterzuspülen. Will sonst noch jemand was?«

Als wir beide den Kopf schüttelten, verschwand er, und zwischen Emma und mir breitete sich für einen Augenblick Schweigen aus.

»Warum nennt er dich Oz?«, fragte sie ganz unvermittelt.

Ich hatte gehofft, dass ihr das entgangen wäre. Doch Emma entging nur sehr wenig.

»Mein Nachname ist Osmond. Manche Leute nennen mich Oz.« Ich lächelte süffisant. »Wirst du mir jetzt erzählen, dass ich überhaupt nicht wie ein lustiger, kleiner Zauberer aussehe?«

Sie lachte. »Gerechterweise muss man sagen, dass an dir nichts klein ist.«

Hitze schoss in meinen Unterleib. »Absolut gar nichts, Süße.«

»Ganz sicher nicht dein Ego.«

»Es ist kein Ego, wenn es wahr ist.«

Emma verdrehte die Augen und griff nach ihrem Wasser, um einen Schluck zu trinken. Ihr Blick wanderte zu Sal, der in der Schlange anstand. »Hast du auch Eindruck, dass Sal und Amalie versuchen, uns miteinander zu verkuppeln?«

»Das ist dir also aufgefallen, was?«

Sie rümpfte die Nase. »Sie gehen dabei nicht gerade subtil vor.«

Sie klang nicht verärgert – eher verlegen. Ich war mir nicht sicher, was ich davon halten sollte, also machte ich mir nicht die Mühe, weiter darauf einzugehen.

»Nein.« Ich trank einen Schluck Bier. »Das tun sie nicht.«

Emma legte ihren Unterarm auf den Tisch und lehnte sich dicht an mich heran. So dicht, dass ich ihren leichten, süßen Duft wahrnehmen konnte. »Keine Sorge. Ich werde mich von dir fernhalten.«

Und da wurde es mir plötzlich klar. Es ging ihr einzig und allein um mein Wohlbefinden. Am Ende würde sie noch abreisen, weil sie dachte, dass ich das wollte. Die Wahrheit stand ihr direkt ins ausdrucksstarke Gesicht geschrieben.

»Tu das nicht.« Die Worte kamen ohne meine Erlaubnis über meine Lippen.

Was zum Teufel soll das, Oz?

Sie runzelte verwirrt die Stirn. »Was?«

Du kannst das immer noch in Ordnung bringen. Mach einen Rückzieher, du Trottel. Einen Rückzieher.

»Halte dich nicht von mir fern.«

Idiot.

Überraschung stand in ihrer Miene, während sie ihren indigoblauen Blick über mein Gesicht huschen ließ und versuchte, mich zu durchschauen. Ich hatte keine Ahnung, wie sie mich durchschauen könnte, wenn es mir doch nicht mal selbst gelang.

»Das wäre lächerlich«, platzte es aus mir heraus. »Wieso sollten wir einander aus dem Weg gehen, nur weil ihnen langweilig ist und sie zu viele Folge von *Der Bachelor* geschaut haben?«

Belustigung funkelte in ihren Augen. »Meinst du nicht eher *Die Bachelorette*?«

Ich verbarg mein Lächeln, indem ich einen weiteren Schluck trank. »Ich sagte, was ich meinte.«

»Dann hast du was falsch verstanden. Ich bin hier definitiv der Hauptgewinn.«

Ja, das bist du.

»Was immer du sagst, Schnüfflerin.«

Sie lachte. Es war ein wundervoller Laut, der direkt über meinem Herzen tanzte und mir den Atem aus der Lunge zog. Ein Mann konnte sich dazu überreden lassen, dumme Dinge zu tun, nur um dieses Lachen immer und immer wieder zu hören.

Offenbar war ich nicht der Einzige, auf den dieses Lachen Auswirkungen hatte. Immer mehr Leute drehten sich zu uns herum, und das war der Augenblick, in dem es passierte.

Emma

Ich mochte Lucian. Das war besorgniserregend, weil er trotz seiner Neckereien und schnellen Auffassungsgabe ein sehr verschlossener Mann war. Doch er brachte mich zum Lachen, selbst wenn er so tat, als wäre er mürrisch. Und er tat tatsächlich nur so, denn er amüsierte sich ganz offensichtlich.

Das merkte man nicht so sehr an seinem Verhalten, sondern eher an den kleinen Fältchen rund um seine jadegrünen Augen, die entstanden, wenn er sich ein Lachen verkniff. Außerdem entspannten sich seine breiten Schultern merklich, je mehr wir uns spielerisch kabbelten. Ich wusste, dass er es sogar genoss, von Sal aufgezogen zu werden. Die beiden führten eine seltsame Freundschaft, denn keiner von ihnen schien sie eingestehen zu wollen. Bei Lucian lag das daran, dass er eindeutig nicht zugeben wollte, dass ihn irgendetwas glücklich machte. Sals Grund dafür war rätselhafter. Ich fragte mich, ob er trotz seines extravaganten Äußeren womöglich ein wenig schüchtern war.

Oder vielleicht war das alles Schwachsinn und ich bildete mir nur Dinge ein, die nicht real waren.

Die Art, wie mich Lucian nun anschaute, bildete ich mir allerdings nicht ein. Seine strenge Stirn entspannte sich, und er riss die Augen ein klein wenig weiter auf, als wäre er schockiert, während er die Lippen öffnete. Er wirkte ... überwältigt. Offenbar vom Geräusch meines Lachens.

Diese Überwältigung verblüffte mich. In meinem Inneren kribbelte alles auf eine Art, wie ich schon seit Ewigkeiten nicht mehr empfunden hatte. Nicht mehr seit ich sechzehn gewesen war und mich Michael Benton, ein gefühlvoller Künstler und mein Highschoolschwarm, angelächelt hatte. Und selbst auf diesen Augenblick war kein heftiger Tritt gegen mein Brustbein gefolgt, wie es nun geschah, als mein Herz förmlich anfing zu rasen.

Das passierte, wenn sich die Sympathie, die man für jemanden empfand, mit Anziehung vermischte. Das Gefühl war ungewollt, aber stark und rein. Ich wusste nicht, wie ich es verbergen oder verdrängen sollte. Ich konnte Lucian nur gleichermaßen überwältigt anstarren. Ich hatte geschworen, mich von oberflächlicher Anziehung fernzuhalten, aber was sollte ich jetzt hiermit anfangen? Mit ihm?

Mein Gelächter hatte die Aufmerksamkeit der Leute auf uns gezogen. Das wusste ich instinktiv, denn meine Wahrnehmung für derartige Dinge hatte sich enorm verbessert, seit mich der Ruhm mit seinem Licht geschmückt hatte. Und obwohl das ein Zeichen dafür war, dass meine Karriere erfolgreich verlief, konnte öffentliche Aufmerksamkeit auch furchtbar nerven, wenn ich einfach nur meine Ruhe haben wollte.

Ich wappnete mich innerlich, als ein paar junge Männer auf unseren Tisch zukamen. Lustigerweise tat Lucian das offenbar ebenfalls, obwohl sie sich am Rand seines Sichtfelds befanden. Ich war überrascht, wie bewusst er sich der Situation zu sein schien. Andererseits hatte er vielleicht nie vergessen, wer ich war.

Diese Vorstellung gefiel mir nicht. Ruhm war ein seltsames Phänomen. Man jagte ihm nach, aber sobald man ihn hatte, fühlte man sich nie sicher. Man wurde paranoid, fragte sich bei jedem Menschen, der einem begegnete, was er wohl für Hintergedanken haben könnte, und befürchtete ständig, dass man nie gut genug, nie beliebt genug sein würde. Ich ballte die Hände auf meinem Schoß zu Fäusten und hasste mich dafür, dass ich mir um irgendetwas davon überhaupt Gedanken machte.

Doch der Ruhm ließ einen seltsamerweise auch oft genug als Trottel dastehen. Das wurde mir unangenehm bewusst, als die drei jungen Männer an mir vorbeigingen, ohne mich eines Blickes zu würdigen, und direkt auf … Lucian zuhielten.

Und er wusste es. Sein ganzer Körper war angespannt, so als würde er mit einem Aufprall rechnen. Ich konnte nur dasitzen und starren, während er von Leuten umringt wurde, bei denen es sich eindeutig um ihn bewundernde Fans handelte.

»Oz! Ich kann nicht glauben, dass du das bist!«

Oz. Sie nannten ihn Oz, genau wie Sal es getan hatte. Wer zum Teufel war der Mann?

Lucian versuchte tapfer, eine entspannte Miene aufzusetzen, aber ich kannte ihn mittlerweile gut genug, um zu erkennen, dass sein Lächeln absolut falsch war. »Hey, Leute.«

»Oh Mann, das ist total cool«, sagte der Blonde. »Was machst du hier, Oz?«

»Ich esse zu Mittag.«

Sie alle ließen das unsichere Lachen jener vernehmen, die wussten, dass sie das Offensichtliche ausgesprochen hatten. Aber die Begegnung mit dem Ruhm hatte sie so sehr gepackt, dass sie keine wirkliche Verlegenheit an den Tag legten.

»Dumme Sache das mit dem Cup.«

»Ohne dich sind sie nicht mehr dieselben.«

»Du hörst doch nicht wirklich für immer auf, oder?«

Die Fragen prasselten auf Lucian ein wie Geschosse, und seine Miene wurde mit jedem Treffer entrückter. Sal kam herbeigeeilt. Er wirkte mehr als nur ein wenig panisch. Die Jungs bemerkten es nicht. Sie waren zu sehr damit beschäftigt, ihr Idol anzustarren.

»Dieser Aufprall, Mann. Gott, das sah übel aus.«

»Das muss verflucht wehgetan haben. Erinnerst du dich noch daran?«

Lucian stand abrupt auf. Seine Bewegungen wirkten hölzern, so als wäre jeder Zentimeter von ihm innerlich eingefroren. Ich hatte keine Ahnung, wovon sie redeten, aber alle anderen wussten eindeutig Bescheid. Ich stand ebenfalls auf, da ich nicht länger in der Lage war, einfach dazusitzen, während Lucian kurz davorstand, die Flucht zu ergreifen.

»Ich muss jetzt los, Leute.« Seine Stimme klang wie ein zu straff gezogener Faden.

»Schade, Mann.«

»Können wir noch ein Selfie mit dir machen?«

Für eine Sekunde dachte ich, dass er ausrasten würde. Doch er lächelte – es war eher eine Grimasse – und presste ein knappes »Klar« hervor.

Ohne dass man ihn darum gebeten hätte, trat Sal in Aktion und nahm das Handy, das ihm einer der Jungs hinhielt, entgegen, als wäre er sehr erfahren darin, das zu tun. Ich stand betäubt und verwirrt da. Die jungen Männer posierten für ein paar Fotos mit Lucian »Oz«, und immer mehr Leute scharten sich um ihn. Das Murmeln der Menge wurde immer lauter. Warum zum Teufel kannten ihn alle? Warum kannte ich ihn nicht?

Sein Gesicht war mir durchaus bekannt vorgekommen, als ich ihn zum ersten Mal gesehen hatte. Aber ich war nicht in der Lage gewesen, ihn einzuordnen. Und dann hatte er den Mund aufgemacht und war ganz brummig und schnippisch gewesen und war für mich einfach zu Lucian geworden – diesem heißen, aber verschlossenen Mann, der gerne spät abends nackt schwamm und mich gegen meinen Willen zum Lachen brachte.

Sobald die Fotos gemacht waren, verabschiedete sich Lucian mit einer Endgültigkeit, die höflich, aber klar war, von den Jungs. Er schnappte sich sein Tablett, ohne in meine Richtung zu schauen, entsorgte es und marschierte wie in Trance davon. Sal und mir blieb nichts anderes übrig, als ihm hinterherzueilen oder zurückzubleiben.

»Was zum Teufel war das?«, zischte ich Sal zu, während wir ihm folgten. Vor uns stapfte Lucian zielgerichtet voran. Sein großer Körper war steif wie ein Holzklotz.

Sals Miene wirkte angespannt und unglücklich. »Diese Geschichte muss er dir erzählen. Du solltest nur wissen … dass er nun für eine Weile schwierig sein wird.«

Schwierig? Das war der Mann doch schon.

Lucian schloss seinen Truck auf, beachtete uns aber nicht, als er einstieg. Der Pick-up hatte vier Türen, aber ich würde Sal nicht auf den Rücksitz verbannen, nur damit ich Fragen stellen konnte. Ich sprang auf den Rücksitz und hoffte, Lucians Blick im Rückspiegel zu erhaschen. Doch er schaute nicht einmal in meine Richtung.

Er war schon oft still, grüblerisch und sarkastisch gewesen, aber bislang hatte er mich noch nie ignoriert. Ich war schockiert, wie sehr mich das mitnahm. Es war, als wäre ich unter seiner Aufmerksamkeit voll und ganz zum Leben erwacht und nun, da er sie mir wieder genommen hatte, verblasste ich. Niemand sollte eine derartige Macht über mich haben. Allerdings fühlte ich mich kein bisschen unterdrückt. Es fühlte sich richtig und real an, und zwar auf eine Weise, die mir Angst einjagte.

Viel schlimmer war jedoch meine Sorge um ihn, weil er litt. Die Begegnung hatte ihn erschüttert.

Die Rückfahrt verlief in angespanntem Schweigen. Ich nahm mir die Zeit, tief und ruhig zu atmen. Das war etwas, das ich während meiner Arbeit am Set gelernt hatte, um mich zu erden. Bei *Dark Castle* herrschte ein gutes Arbeitsumfeld vor, doch hin und wieder kochten Gemüter und Egos hoch. Gott, aber ich vermisste es jetzt schon. Oder vielleicht vermisste ich auch die Sicherheit eines geregelten Jobs. Denn ehrlich gesagt war die Serie unter anderem für ihre Sexszenen bekannt, und ich war mehr als froh, nie wieder auch nur eine weitere Nacktszene drehen zu müssen. Saint war immer ein perfekter Gentleman gewesen, aber die Nachmittage, an denen wir diese Szenen gedreht hatten, waren trotzdem unangenehm gewesen.

Diese Gedanken lenkten mich so lange ab, dass Lucian in der Zeit das Anwesen erreichen und in die Einfahrt einbiegen konnte, die zur Seite des Hauses führte. Ohne Vorwarnung parkte er den Truck und stieg aus.

Sal und ich wechselten einen Blick, und dann straffte ich die Schultern und folgte ihm. Ihn einzuholen war nicht leicht. Der Mann hatte lange Beine und war fest entschlossen, mich abzuhängen. Aber ich war ein echter Speedwalkingprofi – wie mein Hintern bezeugen konnte.

Lucian wurde nicht langsamer und schaute auch nicht in meine Richtung. Aber er wusste, dass ich da war.

»Nicht jetzt, Em.«

Ich sprang über eine Steinplatte und lief so schnell, dass ich beinahe ins Keuchen geriet. »Wenn nicht jetzt, wann dann?«

»Wie wäre es mit nie?«

»Tja, das wird nicht funktionieren.«

Er schnaubte verärgert. »Du glaubst offenbar, dass ich dir irgendetwas schulde. Das ist nicht der Fall.«

Er war definitiv gereizt.

»Und ich hab dir nichts geschuldet, als du mich nach *Dark Castle* gefragt hast. Aber ich habe dir trotzdem erzählt, wie ich mich deswegen fühle.«

»Das ist deine Sache.«

Wir bogen um eine Ecke und gingen auf den Tennisplatz zu. Ich hatte keine Ahnung, wo er hinwollte. Vielleicht dachte er einfach, dass er mich erschöpfen könnte und ich dann aufgeben würde.

»Du hast recht.« Ich blieb stehen und ließ die Arme an die Seiten fallen, während ich nach Luft schnappte. Zum Teufel damit. Ich musste keinem Mann hinterherlaufen, der nicht belästigt werden wollte.

Seltsamerweise blieb nun auch Lucian stehen, als hätte ich ihn dazu gezwungen. Er drehte sich halb zu mir herum, um mich über seine breite Schulter hinweg finster anzustarren.

Sein Körper blieb angespannt und bereit, jederzeit wieder die Flucht zu ergreifen.

»Wir schulden einander nichts«, sagte ich und hob die Stimme, um mich über die drei Meter, die uns trennten, verständlich zu machen. »Aber niemand lebt in einer kompletten Leere. Deine Großmutter und Sal behandeln dich so vorsichtig wie ein rohes Ei.«

Oh, das zeigte Wirkung. Sein Hals lief rot an, und er kam in meine Richtung gestapft und blieb so dicht vor mir stehen, dass ich ihn hätte berühren können. »Du weißt nichts über sie. Oder über mich.«

Ja, das tat weh. Es hätte nicht wehtun sollen, aber das tat es.

»Ich weiß genug. Sie machen sich Sorgen um dich. Sie lieben dich.«

Lucian blähte die Nasenflügel. »Ich meine es ernst, Emma. Ich reagiere nicht gut darauf, wenn mir jemand Schuldgefühle einreden will.«

»Wenn du dich schuldig fühlst, dann liegt das an dir.«

Er drehte den Kopf und blickte finster drein. Aber er ging nicht weg.

Dass er mir trotz seiner Wut und trotz der Tatsache, dass ich nicht wirklich das Recht hatte, ihm eine Standpauke zu halten, zuhörte, sorgte dafür, dass ich meinen Tonfall milderte. »Also gut, ich bin neugierig. Eine Schnüfflerin. Schön. Ich gebe es zu. Aber erzähl mir nicht, dass du nicht auch Fragen stellen würdest, wenn unsere Situation umgekehrt wäre.«

Lucian spannte den Kiefer an und ich wusste, dass er die Zähne zusammenbiss. Dieser sture Esel.

»Wer zum Teufel bist du?«, platzte es aus mir heraus.

Daraufhin lachte er, aber es klang überhaupt nicht fröhlich. »Ich bin Brick, erinnerst du dich? Der mürrische ehemalige

Spitzensportler, der hier gestrandet ist und sich in dem großen Haus versteckt.«

»Meinetwegen. Dann benimm dich eben wie ein Arschloch.« Ich wandte mich zum Gehen, als er erneut das Wort ergriff. Seine Stimme klang so scharf und gebrochen wie Glasscherben.

»Du bist der Wahrheit so nah gekommen, Em.« Augen aus mattem Meerglas trafen auf meine. »Die Welt kennt mich als Luc Osmond. Als Oz, den Großen und Mächtigen. Als einen der besten Eishockeymittelstürmer, die je das Eis beherrschten, zumindest hat man mir das erzählt.«

Ein Hauch von Erkennen erwachte flackernd in mir zum Leben. Ich sah diesen spektakulären Körper in knappen Retroboxershorts vor mir. Sein Gesicht lächelte auf mich herab, während ich durch den Verkehr von L.A. fuhr. »Du bist auf einer Plakatwand.«

Er verzog das Gesicht. »Von all den Dingen, an die du dich hättest erinnern können …«

»Das ist eine ziemlich beeindruckende Plakatwand.«

Er schluckte den Köder nicht und lächelte auch nicht, sondern zuckte nur kaum wahrnehmbar mit den Schultern. Gott, wieso hatte ich ihn nicht erkannt? Er hatte in Werbespots mitgespielt. In zahlreichen. Sein grüblerisches Gesicht hatte mir von Zeitschriftencovern sowie von Werbeanzeigen für Uhren und Duftwasser entgegengestarrt. Ich war mir sogar ziemlich sicher, dass ich ihn schon mal spielen gesehen hatte. Dabei hatte ich neben Greg gesessen und gelesen, während er sich das Spiel angeschaut hatte.

»Du hast für Washington gespielt.«

»Ja.«

Aber etwas war passiert. Was hatten diese Jungs gesagt? Etwas über einen üblen Aufprall.

»Wurdest du verletzt?«

Er wirkte nicht verletzt. Er bewegte sich absolut geschmeidig und kraftvoll.

Lucian atmete geräuschvoll aus. In diesem kurzen Laut steckte eine ganze Welt aus Emotionen. Eine Welt voller Bedauern und Verzweiflung. »Das könnte man so sagen.« Er schluckte schwer, und seine Kehle arbeitete heftig, während er wieder in die Ferne starrte. Die starken Umrisse seines Profils waren angespannt. »Postkommotionelles Syndrom. Ich habe mir den Schädel einmal zu oft angestoßen.«

Sämtliches Blut rauschte aus meinem Kopf und sammelte sich am unteren Ende meiner Wirbelsäule. Also hatte nicht nur seine Gesundheit auf dem Spiel gestanden, sondern sein Leben. Die Vorstellung, dass dieser stolze, intelligente, zuverlässige Mann nicht länger hier sein könnte … sorgte dafür, dass alles in mir entsetzt aufschrie und sich meine Arme danach sehnten, ihn zu halten.

Was mehr als dumm war. Wir kannten uns kaum. Er wollte nicht, dass ich mich in sein Leben einmischte.

»Also bin ich jetzt hier«, fuhr er mit tonloser Stimme fort. »Ich kann kein Eishockey mehr spielen und renoviere das Anwesen meiner Großmutter.« Er richtete diesen feurigen Blick auf mich, der wütend und verletzt zugleich war. Er schnitt durch meine empfindliche Haut. »Reicht dir das? Oder soll ich dir auch noch all meine Symptome aufzählen?«

»Nein.« Ich schluckte um den Kloß in meinem Hals herum.

»Bist du sicher?« Er trat mit wilden Augen näher an mich heran. »Willst du nichts über die leichte Reizbarkeit hören? Über die Gedächtnisausfälle? Über die Kopfschmerzen? Tja, verdammt, über die weißt du ja bereits bestens Bescheid, nicht wahr? Ich kann nicht mal eine Frau vom Flughafen abholen, ohne einen Anfall kriegen.«

»Lucian …«

»Nenn mich Oz. Ich bin der alte Mann hinter dem Vorhang, der vorgibt, etwas zu sein, das er nicht ist.«

Nun erging er sich in Selbstmitleid. Er hatte guten Grund dazu. Aber es half ihm nicht. Kein bisschen.

»Nein. Du hast mir gesagt, dass ich dich Lucian nennen soll.«

»Weil ich mich versteckt habe«, presste er hervor. »Damit du nicht erfahren würdest, was für ein verdammtes Wrack ich bin.«

»Du bist *kein* Wrack.«

Wenn überhaupt, regte ihn das nur noch mehr auf. Seine Haut wurde vor lauter Verdruss und Frustration dunkler. »Bemitleide mich nicht.«

»Schrei mich nicht an«, schnauzte ich zurück. »Ich werde dich so sehr bemitleiden, wie ich will.«

»Was?« Ihm stand vor Empörung der Mund offen. »Du gibst tatsächlich zu, dass du Mitleid mit mir hast?«

Wir standen fast Nase an Nase da und schrien uns gegenseitig an wie Kinder. Das hielt mich jedoch nicht davon ab, meine Meinung zu äußern. »Warum nicht, wenn du dich so mitleiderregend verhältst, davonstapfst, um zu schmollen, oder auf jeden losgehst, der es wagt, sich um dich zu kümmern?«

Ein zorniges Knurren kam über seine Lippen, und er wirkte, als könnte er jeden Moment die Beherrschung verlieren. Mit einer zuckenden, groben Bewegung hob er seine Hand. Und das war der Augenblick, in dem es passierte. Ich zuckte zurück. Heftig.

Wir erstarrten beide.

Die ganze Szene stand schmerzhaft klar vor mir. Meine Bewegung entsetzte mich, weil ich nicht wollte, dass mein erster Instinkt in einem Zurückzucken bestand, wenn ein Mann seine Hand hob. Aber das war nun einmal eindeutig meine Reaktion gewesen, und nun hing sie zwischen uns in der Luft wie eine Leuchtreklame. Rückblickend betrachtet war es sogar noch schlimmer, denn daran, wie er den nun vor Schock erstarrten Arm angewinkelt hatte, konnte ich zweifellos erkennen, dass er sich nur vor Frustration mit der Hand durchs Haar hatte fahren wollen.

Er hatte meine Reaktion gesehen. Das ließ sich nicht leugnen.

Schließlich durchbrach er die angespannte Stille. »Du dachtest, dass ich dich schlagen würde.«

Es war keine Frage. Wir wussten es beide.

Ich hasste die Tatsache, dass ich zurückgezuckt war und dass ich mich für meine Reaktion schämte. Ich hasste die Tatsache, dass ein grundlegender Teil von mir verändert worden war. Das war noch etwas, was man mir ohne meine Erlaubnis genommen hatte. Aber ich konnte es nicht ändern. Ich *war* zurückgezuckt, und nun musste ich dazu stehen.

Ich hob das Kinn an, weil ich mich auf keinen Fall entschuldigen würde. »Du bist ein großer Kerl, der sehr dicht vor mir steht und sich mit mir streitet. Und du hast recht – ich kenne dich kaum. Also ja, natürlich bin ich unter diesen Umständen auf der Hut.«

Als Lucian sprach, war seine Stimme sanft und sorgfältig beherrscht.

»Wenn du dich damit wohler fühlst, werde ich mich für den Rest deines Aufenthalts hier von dir fernhalten. Ich will auf jeden Fall, dass du dich sicher fühlst, also kann ich dir etwas erklären?«

Als ich nickte, fuhr er fort.

»Ich bin schon in eine Menge Schlägereien verwickelt gewesen. Auf dem Eis. Und einmal auch abseits davon. Aber meine

Gegner waren immer Kerle, die ihren Mann stehen und sich angemessen wehren konnten. Diese Narbe« – er deutete auf eine blasse Linie unter seiner linken Augenbraue – »verdanke ich einem linken Haken, den ich nicht habe kommen sehen. Ich erwiderte den Gefallen und brach dem Kerl die Nase. Ich erzähle dir das, weil ich nicht lügen werde, indem ich behaupte, dass mir Gewalt fremd ist.«

Ich blinzelte nicht und zögerte auch nicht, ihm in die Augen zu schauen. »Aber du? Du könntest mich ohrfeigen, mich schlagen, mir in die Eier treten, mich beschimpfen und sogar Mamie verunglimpfen, die ich mehr als jeden anderen Menschen auf der Welt liebe, und ich würde trotzdem niemals die Hand gegen dich erheben. Weil ich keine Frauen und generell keine Personen schlagen, die schwächer sind als ich. Niemals.«

Er hielt inne und ließ seinen besorgten Blick über mein Gesicht huschen. »Ich entschuldige mich dafür, dass mein Verhalten dafür gesorgt hat, dass du dich bedroht gefühlt hast. Das war nicht meine Absicht. Wenn du mir irgendetwas glauben willst, dann glaub mir, dass ich immer der Kerl sein werde, der für dich einsteht, und niemals der, der sich gegen dich stellt.«

Als wäre damit alles gesagt, schickte er sich an davonzugehen.

»Das alles würde ich niemals tun«, sagte ich. Als er verwirrt eine Augenbraue hochzog, stellte ich klar: »Ich würde dich niemals schlagen oder Amalie verunglimpfen. Ich bin nämlich auch kein Mensch, der andere misshandelt.«

Er starrte mich verblüfft an, als wüsste er nicht, was er von mir halten sollte. »Okay.« Das war alles.

Doch dann hielt er inne, als wäre ihm noch etwas anderes eingefallen. »Nur damit das klar ist: Wenn du Mamie wehtust oder versuchst, sie auszunutzen, werde ich dich nicht schlagen, aber ich werde eigenhändig dafür sorgen, dass du für immer von diesem Anwesen verschwindest.«

Dann wandte er mir erneut den Rücken zu und marschierte davon.

»Idiot«, schnauzte ich.

»Das habe ich gehört«, rief er, ohne stehen zu bleiben.

»Gut«, erwiderte ich und hob dabei die Stimme, damit er mich laut und deutlich verstehen würde. »Denn ich habe nie gesagt, dass ich dich nicht beschimpfen würde.«

Sein Schnauben war die einzige Reaktion. Er war fast außer Sichtweite und kurz davor, in den ausgedehnten Gartenanlagen des Anwesens zu verschwinden.

»Lucian!«

Ich hatte nicht damit gerechnet, dass er stehen bleiben würde, doch das tat er.

»Mir tut es auch leid«, sagte ich zu seinem steifen, breiten Rücken. »Dass ich gesagt habe, dass du dich mitleiderregend verhältst.«

Er regte sich nicht, aber ich wusste, dass er mir aufmerksam zuhörte.

»Das tust du nicht. Ich bemitleide dich nicht. Du machst mich nur wütend.«

Ich konnte ihn nicht hören, aber ich sah, wie er das Kinn senkte und den Kopf leicht zur Seite neigte und wusste, dass er geschnaubt hatte. Ob vor Belustigung oder Verärgerung war eine ganz andere Frage. »Gut zu wissen, Schnüfflerin.«

Dieses Mal war ich diejenige, die sich umdrehte und davonging. Es fühlte sich nicht wirklich gut an, war aber dennoch ein kleiner Sieg.

9. KAPITEL

Emma

Den Rest des Tages und einen Großteil des nächsten Morgens verbrachte ich in meinem Bungalow. Es war angenehm, nirgendwohin zu müssen und nichts zu tun zu haben. Ich war fest entschlossen, entspannt zu bleiben.

Nun ja, so entspannt, wie ich eben sein konnte, während mir ein gewisser heißer, nervtötender ehemaliger Eishockeyspieler im Kopf herumspukte. Gott, ich musste die ganze Zeit über gegen den Drang ankämpfen, ihn zu googeln. Es juckte mir in den Fingern, ihn spielen zu sehen. Aber ich wusste, dass das ein Fehler wäre. Wenn ich ihn erst einmal in dieser klobigen Eishockeykluft gesehen hätte, würde ich in seiner Gegenwart nicht mehr richtig funktionieren. Ich war kein Fan, aber ich wusste, dass ich einer werden würde, sobald ich Lucian spielen sah.

Ich war ziemlich stolz auf mich, weil es mir bislang gelungen war, der Versuchung zu widerstehen. Der Versuchung, die all die wundervollen Mahlzeiten darstellten, die mir die Küche schickte, widerstand ich allerdings nicht. Das Frühstück bestand aus grazilen, handtellergroßen Apfeltaschen, etwas, auf das ich normalerweise verzichtet hätte, denn die, die ich in der Vergangenheit probiert hatte, waren immer zu süß und zu mächtig gewesen. Aber ich wusste aus Erfahrung, dass man das Essen hier nicht ignorieren sollte.

Der erste Bissen Apfeltasche war mein Untergang. Das Gebäck war nicht schwer oder fettig, sondern leicht und fluffig. Die goldenen Teigschichten knackten beim ersten Bissen und zergingen dann auf der Zunge. Die Füllung bestand aus geschnittenen und zart gebackenen Apfelscheiben, und ihr herbsüßer Saft harmonierte perfekt mit der reichhaltigen Kruste. Es war himmlisch.

Ehrlich gesagt war ich mir nicht sicher, was passieren würde, wenn ich diesen Ort wieder verlassen musste. Vermutlich würde ich Entzugserscheinungen bekommen. Zum ersten Mal beneidete ich Amalie ernsthaft darum, dass sie einen so unglaublichen Koch hatte. Gebäck konnte man in Bäckereien kaufen. Klar, das Gebäck hier war das beste, das ich je gekostet hatte, aber ich konnte sicher etwas finden, das nah an diese Perfektion heranreichte, wenn ich es wollte. Nur dass es eben nicht das Gleiche wäre. Hier verwöhnte man mich mit einem genauen Blick fürs Detail, was dazu führte, dass ich mich rundum umsorgt fühlte.

Die Tatsache, dass es dieses Mal keine Rosinenbrötchen gab, ließ mich vermuten, dass Sal geplaudert hatte und dass das Haus tatsächlich zugehört und versucht hatte, mich auf andere Weise zufriedenzustellen. Vielleicht hätte ich peinlich berührt oder aufgebracht sein sollen, weil Sal es dem Koch verraten hatte, aber ich konnte mich einfach nicht dazu durchringen – nicht wenn die Ergebnisse so köstlich waren. Ich würde der Küche definitiv eine Dankeskarte zukommen lassen, sobald ich etwas zum Schreiben fand.

Nun, da das Frühstück vorbei war, stellte ich fest, dass ich dringend etwas unternehmen wollte. Irgendetwas. Die Einsamkeit traf mich wie eine unerwartete Welle. Das Blöde an meiner Situation war, dass ich keinen meiner Freunde anrufen konnte. Sie wollten alle unbedingt erfahren, was im Finale passieren würde, und das konnte ich ihnen nicht verraten. Ich hätte Zeit mit ein paar meiner Schauspielkollegen verbringen können, aber es schmerzte immer noch zu sehr. Bloßer Stolz drängte mich dazu, mich zu verstecken und meine Wunden zu lecken.

Mit diesem deprimierenden Gedanken wusch ich das Geschirr ab und räumte es zurück in den Korb. Ein Klopfen an der Tür ließ mich in den Eingangsbereich eilen. Das Haus war in Bezug auf die Frühstückslieferung und -abholung wirklich effizient. Mit dem Korb in der Hand öffnete ich die Tür. Und fand Lucian vor, der in voller Pracht auf meiner sonnigen Schwelle stand und frisch geduscht aussah.

Er war hier. Er war *hier*.

Er beäugte den Korb. »Willst du ein Picknick machen?«

»Du weißt, dass das der Korb für die Essenslieferungen ist.« Ich war geradezu lächerlich froh, ihn zu sehen, aber fest entschlossen, mir das nicht anmerken zu lassen, weil ich nicht wie ein hechelndes Hündchen wirken wollte. Verdammt, der Mann war aber auch wirklich unverschämt gut aussehend, wie er so auf seine verführerisch arrogante und gleichzeitig lässige Art dastand.

»Ich bekomme kein Essen geliefert. Dieser Service ist nur für Gäste.« Er schien das lustig zu finden. Ich hielt es für eine Tragödie.

»Dann entgeht dir was.«

Lucians Mund zuckte. »Wenn es so gut ist, warum bist du dann hier und willst es zur Tür hinauswerfen?«

Ich war mir ziemlich sicher, dass er mich auf den Arm nehmen wollte. Aber ich ließ mich darauf ein, weil mir das gefiel. »Der Korb ist leer, Honigkuchen. Ich dachte, du wärst hier, um ihn abzuholen.«

»Soll ich jetzt etwa dein Geschirr für dich transportieren?«

»Du willst mich ärgern, oder?«, erwiderte ich mit genau denselben Worten, die er bei unserer ersten Begegnung mir gegenüber benutzt hatte.

Er grinste breit. Die Bewegung kam so schnell und sah bei ihm so umwerfend schön aus, dass mir der Atem stockte. »Es ist so einfach«, erwiderte er, genau wie ich es damals getan hatte. »Du könntest es wenigstens ein bisschen herausfordernder machen, damit ich mich anstrengen muss.«

»Keine Sorge, das werde ich.«

Das ließ ihn blitzartig verstummen. Er blähte die Nasenflügel, und sein entspanntes Lächeln verwandelte sich in etwas Dunkleres, etwas, hinter dem ein Versprechen lag. Hitze sammelte sich um meine Oberschenkel herum, und zwischen ihnen breitete sich ein beharrliches Pochen aus.

Als hätte er meine Reaktion körperlich gespürt, blinzelte er und schluckte schwer. Doch dann setzte er wieder seine neutrale Miene auf und war einmal mehr der typische ernste und finstere Lucian. Er räusperte sich. »Eigentlich bin ich hergekommen, um dich zu fragen, ob du mit mir wandern gehen willst.«

Verblüfft starrte ich ihn mit offenem Mund an wie ein Fisch, den man aus dem Wasser geholt hatte. Das war das absolut Letzte, was ich von ihm erwartet hätte. Und der zunehmenden Röte an seinem Hals nach zu urteilen, wusste er das.

Er verlagerte sein Gewicht und starrte mich mit gesenktem Blick an. »Ich bringe dich in Verlegenheit, nicht wahr? Mist.«

»Nein.« Ich hob eine Hand, damit er nicht sofort die Flucht ergriff. »Ganz und gar nicht. Du hast mich nur überrascht.«

Das war eine Untertreibung. Unsere letzte Begegnung war nicht besonders gut ausgegangen, und er hatte sehr deutlich gemacht, dass er seine Ruhe wollte. Ich hatte mir fest vorgenommen, ihm aus dem Weg zu gehen. Aber nun stand er hier, und ich hatte ihn vermisst. Unser letztes Treffen war noch nicht mal einen Tag her, und doch hatte ich den Klang seiner Stimme vermisst und mich danach gesehnt, mich wieder mit ihm zu unterhalten.

Er senkte den Kopf und schüttelte ihn ironisch. »Ich habe mich selbst überrascht.«

»Tatsächlich?«, fragte ich, und es war schwierig, mein Lachen zu unterdrücken. Denn ich wollte lachen. Ich wollte verdammt noch mal die Arme ausstrecken und mit ungetrübter Heiterkeit loslachen.

Er schaute durch seine dichten Wimpern erneut zu mir. »Ich dachte mir, dass du dich vielleicht langweilen könntest. Und gestern war ich …« Er verzog das Gesicht und umfasste seinen Nacken, was hübsche Dinge mit seinen muskulösen Unterarmen anstellte. »Ein Arschloch.«

»Ja, das warst du«, sagte ich feierlich – das Lächeln, das sich auf meine Lippen schlich, ruinierte den Effekt jedoch. »Allerdings war ich auch nicht gerade freundlich.«

Er lächelte nicht, doch in seinen Augen schimmerte Heiterkeit. Wir starrten einander an und teilten einen Blick, der besagte, dass wir beide genau wussten, wie albern wir uns verhalten hatten. Dann neigte Lucian den Kopf in Richtung des Grundstücks. »Und? Willst du mitkommen?«

Ich erholte mich immer noch von dem Schock, dass er mich tatsächlich einlud, etwas mit ihm zu unternehmen, schüttelte ihn jedoch schnell ab. Denn wo auch immer er war, wollte ich ebenfalls sein, was mich hätte erschrecken sollen, aber seltsamerweise dafür sorgte, dass ich mich stärker fühlte. Momentan war nichts in meinem Leben sicher, weder meine Karriere noch meine Wohnsituation und ganz bestimmt nicht mein Liebesleben. Doch wenn Lucian und ich zusammen waren, fühlte ich mich ganz und gar wie ich selbst und nicht wie die

»Alles ist perfekt, bitte gehen Sie weiter«-Fassade, die ich der Welt präsentierte.

»Klar. Ich ziehe mir nur schnell was an. Rühr dich nicht vom Fleck!« Ich überreichte ihm den Essenskorb, hielt dann inne und errötete. »Tut mir leid. Komm rein. Ich werde nur …« Ich stolperte über einen Schuh, den ich auf dem Boden liegen gelassen hatte. »Ja …«

Sein Glucksen folgte mir ins Schlafzimmer, wo ich mich mit der überdrehten Aufregung eines vorpubertären Mädchens umzog. Ich hatte keine Ahnung, wie ich durch den Tag kommen sollte, ohne mich entweder noch mehr zum Narren zu machen, ihn zu erwürgen oder ihn zu besteigen. Keine dieser Optionen wirkte auf mich besonders ansprechend – nun ja, die letzte schon, aber dieser Versuchung konnte ich nicht nachgeben. Es spielte keine Rolle. Ich würde mitgehen.

Lucian

War es ein Fehler, Emma zum Wandern einzuladen? Vermutlich. Aber ich stellte fest, dass mich das nicht kümmerte. Ich hatte mich gestern unmöglich verhalten. Ich hatte alles zu sehr an mich herangelassen und zugelassen, dass mich die Trauer um das, was ich verloren hatte, überwältigte. Das Problem war, dass ich immer wütend wurde, wenn ich trauerte. Die Ärzte hatten mich gewarnt, dass ich Schwierigkeiten haben könnte, mit gewissen Situationen umzugehen – dass sich meine Persönlichkeit ein wenig verändern könnte.

Ein wenig. Klar. Mein ganzes Leben lang war ich entspannt gewesen – ich war immer derjenige gewesen, der mit dem Strom schwamm und sich nicht um irgendwelchen Schwachsinn scherte. Nun war ich mir selbst fast fremd. Meine Haut passte nicht mehr richtig über meine Knochen. Es gab Zeiten, in denen es sich anfühlte, als würde ein Schwarm Hornissen summend und stechend meinen Kopf angreifen.

Und dann schlug ich um mich.

Die Erinnerung daran, wie Emmas hübsches Gesicht blass geworden und ihr ganzer Körper zurückgezuckt war, so als würde sie einen Schlag erwarten, beschämte mich zutiefst. Sie hatte Angst vor mir gehabt. Für eine schreckliche Sekunde hatte sie gedacht, dass ich ihr wehtun würde. Diese Vorstellung löste bei mir regelrecht Übelkeit aus, aber erst in der Dunkelheit meines Zimmers hatte ich die ganze Last dieser Reue gespürt.

Nun konnte ich mich ebenso wenig von ihr fernhalten, wie ich aufhören konnte zu atmen. Sie brauchte mehr als nur eine knappe Entschuldigung. Sie brauchte Beruhigung und Fürsorge.

Ich war mir nicht sicher, ob eine Wanderung in den Bergen ausreichen würde, aber sie wirkte zufrieden, als ich den Truck auf einem Parkplatz in der Nähe des Wanderpfads abstellte.

»Ich habe einen Rucksack dabei«, sagte ich und griff danach. »Ich kann tragen, was immer du brauchst.«

»Was hast du da drin?« Sie stellte sich auf die Zehenspitzen und versuchte, einen Blick hineinzuwerfen, wodurch sie mir sehr viel näher kam, als mir lieb war. Ich senkte die Lider, als ich einen Hauch ihres süßen Dufts erhaschte. Ich hätte schwören könnten, dass darin eine ganz leichte Apfelnote lag. Was hatte sie von den *Chaussons aux pommes* gehalten? Sie wusste mein Essen eindeutig zu schätzen, aber ich war gierig. Ich wollte Einzelheiten wissen. Und doch konnte ich mich nicht dazu durchringen, sie danach zu fragen.

Ich hob den Rucksack hoch, brachte ihn aus ihrer Reichweite und neckte sie damit, weil ihr Gesicht dann auf eine Weise aufleuchtete, nach der ich schnell süchtig wurde. »Ganz ruhig. Schnüfflerin. Ich habe alles Notwendige dabei.«

Sie zog die indigoblauen Augen zusammen. »Hast du Sonnencreme dabei?«

»Natürlich habe ich … verdammt. Nein, habe ich nicht.«

Emma schnaubte und schüttelte angesichts meines ungeheuerlichen Fehlers den Kopf, während sie eine Flasche aus ihrer sackartigen Handtasche zog. »Daran denken Männer nie«, murmelte sie. »Würde es euch umbringen, euch um eure Haut zu kümmern?«

»Hey, ich wasche mir das Gesicht.« Das tat ich immer, wenn ich mich rasierte, was ich jeden verdammten Tag tun musste, weil mein Bart so schnell wuchs.

Emma schnaubte erneut und murmelte weiter vor sich hin. »Und diese lästigen Kleinigkeiten wie Hautkrebs, vorzeitige Falten und Altersflecken bedeuten wohl gar nichts, was?«

»Tja, nein, ich meine, ich dachte nicht …«

Ich verstummte. Denn Emma machte sich daran, ihr Gesicht und die weiche goldene Haut ihrer nackten Arme und ihres Nackens mit Creme einzureiben. Sie trug ein eng anliegendes weißes Trainingstanktop und dazu eine dunkelblaue Stretchhose. Beides betonte jede prachtvolle Kurve ihres Körpers.

Ihr Körper. Er war unfassbar niedlich, obwohl sie das wahrscheinlich nicht hören wollte. Ihr Scheitel war kaum auf der Höhe meiner Schulter. Sie war nicht zierlich, aber verglichen mit mir wirkte sie definitiv so. Sie hatte hübsch gerundete Arme, kecke Brüste, die perfekt in meine Handflächen passen würden, eine schmale Taille, die in einen fantastischen Hintern überging, der wippte, wenn sie lief, und kurvige Schenkel und Beine.

Ich kannte die miesen Standards, die Hollywood seinen Schauspielerinnen aufzwang, um dafür zu sorgen, dass sie immer ein wenig zu dünn blieben. Emma war schlank und fit, aber diesen Hintern und diese Schenkel könnte sie zum Glück nur durch Hungern loswerden, und das würde ich zu verhindern wissen.

Es juckte mir in den Fingern, nach diesem süßen Hintern zu greifen. Aber ich wollte mir keine Ohrfeige einfangen und war ein erwachsener Mann, der wusste, was sich gehörte. Ich zwang meinen Blick nach oben. Mich auf ihr Gesicht zu konzentrieren half nicht wirklich. Sie hatte die Art von Lippen, die immer frisch geküsst aussahen. Sie waren rosig und üppig, und die Oberlippe war ein klein wenig größer als die Unterlippe. Wann immer ich ihren Mund zu lange anschaute, wollte ich ihn küssen. Verdammt, wann immer ich auch nur an ihren Mund dachte, wollte ich ihn küssen.

Verdammt. Das war eine dumme Idee.

Ich wandte den Blick ab und blinzelte ins Sonnenlicht, von dem Emma behauptete, dass es langsam meine Haut ruinierte.

»Hier.« Sie hielt mir das Sonnenschutzmittel vor die Nase und zog damit wieder meine Aufmerksamkeit auf sich. »Creme dich damit ein.«

Ich würde nicht widersprechen. Ich verteilte die Creme, so gut ich konnte. Wenigstens war sie kühl und roch nicht unangenehm. Das war eine positive Überraschung. Das ganze Zeug, das Cassandra benutzt hatte, hatte nach vergammelten Blumen oder künstlichen Früchten gestunken.

Emma gab einen weiteren verärgerten Laut von sich und trat vor mich. Trotz ihrer Empörung über meine offenbar unzureichende Hauptpflegeroutine wirkte ihr Blick zärtlich, als sie zu mir hinaufschaute.

»Du hast überall noch Cremereste«, tadelte sie mich und runzelte dann die Stirn. »Du bist zu groß.«

Du bist genau richtig.

»Dafür wirst du meinen Eltern die Schuld geben müssen, Em.«

Sie verzog die Mundwinkel nach oben.

»Beug dich nach unten, ja?« Sie streckte bereits die Hände nach mir aus.

Wie ein Reh im Scheinwerferlicht tat ich, was sie verlangte. Mein Gesicht war wie erstarrt, und mein Blick war fest auf sie gerichtet. Mit sanften, aber geschickten Bewegungen strich sie mit den Fingerkuppen über meine Haut, über meinen Nasenrücken und an den Seiten meiner Wangen entlang. Ich unterdrückte ein Stöhnen, senkte die Lider und atmete tief ein. Es waren einfache Berührungen, sie tat nicht mehr, als mich mit Sonnenschutz einzureiben. Und es fühlte sich so gut an, dass ich schnurren und wimmern wollte. Ich wollte etwas tun. Irgendetwas, um sie dazu zu bringen, damit weiterzumachen.

Doch sie ließ von mir ab, sobald sie ihre Aufgabe erledigt hatte. Mir blieb nichts anderes übrig, als mich wieder aufzurichten und mich zusammenzureißen.

»So.« Sie setzte ihre Sonnenbrille auf. »Jetzt sind wir bereit.«

Ja, ich wollte sie küssen. »Toll. Meine Haut fühlt sich jetzt schon sicherer.«

»Gegen deinen Sarkasmus bin ich immun, Honigkuchen.«

Man hatte mir schon mein ganzes Leben lang Spitznamen aufgedrängt. Manche waren schrecklich, andere witzig. Doch bislang hatte keiner von ihnen Freude in mir ausgelöst. Wenn mich Emma »Honigkuchen« nannte, verspürte ich jedes Mal ein vergnügtes Kribbeln in meiner Brust. Aber heute wurde es von Enttäuschung gedämpft.

Denn sie hatte aufgehört, mich Brick zu nennen, wenn sie mich neckte. Ich wusste, dass das ein Ergebnis meines Anfalls von Wut und Selbstmitleid vom Vortag war, in dem ich ihr gestanden hatte, dass ich tatsächlich ein abgewrackter Sportler war. Ihre Rücksichtnahme tat weh. Das hätte nicht der Fall sein sollen, aber so war es eben. Ich wollte, dass sie sich in meiner Gegenwart frei und unbeschwert fühlte. Aber ich hatte das Fundament unserer aufkeimenden … was auch immer das mit uns war … zerstört. Ich konnte mir nur selbst die Schuld dafür geben. Aber ich würde es wieder aufbauen. Das erschien mir inzwischen unerlässlich, wenn auch auf eine Weise, die ich wirklich nicht genauer unter die Lupe nehmen wollte.

Wir gingen los und legten ein straffes Tempo vor. Emma war gut in Form, und ich musste meine übliche Geschwindigkeit nur ein ganz kleines bisschen drosseln. Der Pfad führte durch süß duftendes Gras und raschelnde Bäume immer weiter nach oben. Wir sprachen nicht, sondern liefen einfach in angenehmem Schweigen nebeneinander her. Das mochte ich an Emma. Ja, sie zögerte nicht, mich zusammenzustauchen, aber sie war nie grausam und verspürte auch nicht das Bedürfnis, die Stille zu füllen, wenn sie nichts zu sagen hatte.

Wir erreichten einen Bachlauf, der von Wasser gespeist wurde, das den Berg hinunterlief. Momentan war der Bach nur ein kleines Rinnsal, aber Emma ging langsamer, um ihn zu bewundern. Mit einem sonnigen Lächeln schaute sie in meine Richtung. »Danke, dass du mich hierzu eingeladen hast. Das habe ich gebraucht.«

Langsam wurde mir klar, dass ich sie an jeden Ort mitnehmen würde, an den sie wollte. Was auch immer sie brauchte, ich würde mein Bestes tun, um es ihr zu beschaffen. Das war verflucht beunruhigend, aber manche Dinge waren es einfach nicht wert, gegen sie anzukämpfen.

Mamie hatte recht: Ich war hier. Und Emma ebenfalls. Und Tatsache war, dass ich in ihrer Nähe sein wollte, ob das nun eine kluge Idee war oder nicht. Sie sorgte dafür, dass ich aus mir herauskam und mich an einen Ort begab, an dem nicht jeder Gedanke von Wut oder Bedauern befleckt war. Ich ließ mich nicht zu der Illusion hinreißen, dass mich Emma Maron wieder in Ordnung bringen könnte. Das konnte niemand. Aber ich genoss die Augenblicke, die ich in ihrer Nähe verbringen durfte, und das war mehr, als ich gehabt hatte, bevor sie so unerwartet in mein Leben getreten war. Selbst als ich noch Eishockey gespielt hatte, hatte ich nie eine so starke Verbindung zu einer anderen Person gespürt.

Ich brachte ein gemurmeltes »Gern geschehen« hervor, aber sie war schon wieder unterwegs, und ich folgte ihr. Erneut sprachen wir nicht, bis wir eine Stunde später eine Lichtung mit Blick auf das Tal erreichten. Ein feiner Schweißfilm schimmerte auf Emmas Haut, als sie das Gesicht zur Sonne hob und die Brise über sich hinwegwehen ließ.

Ich tat es ihr nach und zog mein T-Shirt aus, um den Wind richtig zu spüren. Der Klang von Emmas kaum unterdrücktem überraschtem Gurgeln zauberte mir beinahe ein Lächeln aufs Gesicht, aber ich hielt die Augen geschlossen und meine Miene neutral. Ich hatte nicht wirklich darüber nachgedacht, als ich mir das T-Shirt ausgezogen hatte. Aber ihr gefiel, was sie sah. Das wusste ich schon, seit ich sie damit konfrontiert hatte, dass sie mich beim Nacktschwimmen beobachtet hatte. Damals war es klar und deutlich in ihrem Gesicht zu lesen gewesen.

Nun spürte ich ihren bewundernden Blick wie ein Brandeisen auf mir. Womöglich nutzte ich die Situation noch ein wenig aus, indem ich meine Brust- und Bauchmuskeln anspannte, bevor ich die Arme über dem Kopf ausstreckte.

»Vorsichtig«, erklang ihre ausdruckslose Stimme. »Wenn du so weitermachst, zerrst du dir vielleicht noch was.«

Ich ließ die Arme sinken und warf ihr einen finsteren Blick zu. »Bezeichnest du mich etwa als alten Mann, Schnüfflerin?«

»Ich bezeichne dich als Angeber, Honigkuchen«, konterte sie und zahlte es mir dann mir gleicher Münze heim, indem sie sich vorbeugte, um ihre Zehen zu berühren, und dabei ihren perfekten Pfirsichhintern in meine Richtung reckte.

Verdammt.

Sie wippte gerade genug auf und ab, um meinen Schwanz zum Leben zu erwecken. Fluchend wandte ich mich ab, um mein T-Shirt anzuziehen. Dann wühlte ich im Rucksack herum, während sie ein leises Lachen vernehmen ließ.

»Du bist eine böse Frau, Em.« Ich reichte ihr eine Wasserflasche.

Sie grinste. »Das hattest du nicht anders verdient, Lucian.«

»Ja, das stimmt.« Ich erwischte mich dabei, wie ich trotz des schmerzhaften Verlangens in meinem Unterleib lächelte. Ich mochte Emma, aber ich *liebte* die Art, wie sie mich neckte. Es erinnerte mich an das Gefühl der Kameradschaft, das ich beim Umgang mit meinen Jungs immer gehabt hatte, nur dass das hier besser war. Meine Mannschaftskameraden hatte ich nie auf meinen Schoß ziehen wollen, um mich dann über ihre Münder herzumachen. Diese Mischung aus gieriger Lust und Spaß war seltsam berauschend.

Ich zog eine weitere Wasserflasche aus dem Rucksack und trank einen großen Schluck, bevor ich ihr einen Energieriegel anbot. Wir fanden einen breiten, glatten Felsbrocken, der im Schatten lag und auf den wir uns setzen konnten, um den Rest unseres Wassers zu trinken. Emma zog die Knie dicht an ihre Brust heran und legte die Arme darauf. Sie wirkte so zufrieden, dass ihr Profil ganz weich erschien.

Und diese Zufriedenheit musste ich jetzt zerstören.

»Tut mir leid, dass ich dir gestern Angst eingejagt habe.«

Emma versteifte sich, und ich verfluchte mich stumm dafür, dass ich das Thema angesprochen hatte. Doch dann drehte sie den Kopf in meine Richtung. Sie ließ die ruhigen, blauen Augen über mein Gesicht wandern, als versuchte sie, mich einzuschätzen. Ich hielt ganz still und tat so, als würde ich nicht den Drang verspüren, von dem verdammten Felsbrocken zu springen.

»Du hast mir keine Angst eingejagt«, sagte sie leise und vorsichtig. »Nicht wirklich.«

Doch, das hatte ich. Ich war ja dabei gewesen. Ich hatte ihre Angst gesehen. »Ich bin … laut, wenn ich die Beherrschung verliere«, sagte ich und kam mir dabei wie ein Arschloch vor. Ich hätte meine Beherrschung in Gegenwart dieser Frau gar nicht verlieren dürfen. »Früher war ich mal …« Besser. Ausgeglichener. »Ruhiger. Jedenfalls war das unverzeihlich und ich …«

Sie legte eine Hand warm und ruhig auf meinen Unterarm.

»Lucian. Nicht. Du hast keinen Grund, dich zu entschuldigen. Wir haben gestritten. Das kommt vor.«

»Aber …«

»Mein Dad hat mich geschlagen.«

Was auch immer ich hatte sagen wollen, blieb mir im Hals stecken, und ein roter Nebel legte sich über mein Sichtfeld. Sie war geschlagen worden. Ich ballte die Hände zu Fäusten. Ich wollte … verdammt. Ich wollte sie in den Arm nehmen. Sie festhalten.

Sie rümpfte die Nase, während sie mit den Fingern am Saum ihrer Hose entlangstrich. »Das war seine bevorzugte Erziehungsmethode, wenn man es denn so nennen kann.« Sie verzog das Gesicht und wandte sich ab. »Manchmal zucke ich zusammen, auch wenn mir die Logik sagt, dass es keine wirkliche Bedrohung gibt.«

Ich schluckte zweimal, bevor es mir gelang, meine Stimme wiederzufinden. »Das ist verständlich. Angst ist größtenteils instinktiv.«

Wenn du mich darum bittest, werde ich dich festhalten. Ich werde dich erst wieder loslassen, wenn du dich sicher fühlst. Bitte mich darum, Em.

Emma runzelte die Stirn und zuckte mit den Schultern, so als könnte sie das alles einfach abschütteln. »Es ist mir peinlich. Dieses schwache und verängstigte Mädchen bin ich schon lange nicht mehr.«

Nein, sie war stark, unverwüstlich und schön. Und doch schämte sie sich. Das war grundlegend falsch.

»Du denkst, dass es ein Zeichen von Schwäche ist, wenn man körperlich misshandelt wird?«

Emma zog den Kopf ein, und das Sonnenlicht schimmerte auf ihrem Haar wie ein Heiligenschein. »Ich … nein. Keine Ahnung. Ich schätze, dass sich ein Teil von mir immer fragt, ob es auch passiert wäre, wenn ich stärker und größer gewesen wäre.«

Das verstand ich. Nur zu gut. Was-wäre-wenn-Szenarien quälten mich ständig. Ich ließ mir ihre Sorgen durch den Kopf gehen und dachte gründlich darüber nach, bevor ich mit wohlüberlegten Worten antwortete. »Ich habe da diesen Kumpel. Er ist ein riesiger Kerl, knapp zwei Meter groß, und besteht nur aus Muskeln. Niemand, der auch nur einen Funken Verstand im Leib hat, würde sich mit ihm anlegen wollen.« Mit dem Daumen flitschte ich ein kleines Steinchen von der Kante des Felsbrockens. »Er hatte mal eine Freundin. Sie waren seit der Highschool zusammen.«

Emma runzelte die Stirn. »Und er schlug sie?«

»Nein. Sie schlug ihn.«

Sie riss die Augen auf. »Was?«

Ich zuckte mit den Schultern. »Sie bekam grundlos diese Wutanfälle. Sie schrie und tobte, warf ihm Sachen an den Kopf, ohrfeigte ihn und zerkratzte seine Haut. Er nahm es einfach hin, machte einfach zu und ließ sie ausrasten.«

Die Erinnerung sank wie ein Stein in meinen Magen. Ich sah alles wieder vor mir: den toten Ausdruck in Hals Augen und die Art, wie er sich immer versteift und von allen anderen ferngehalten hatte.

»Das war so etwas, das man nicht glauben konnte, bis man es mit eigenen Augen gesehen hatte«, sagte ich zu Emma. »Und dann fragte man sich, warum er bei ihr blieb. Er brauchte Jahre, um sie zu verlassen. Sie war alles, was er kannte, und irgendwie hatte sie ihn davon überzeugt, dass das alles seine Schuld war.«

»Gott.« Das Mitgefühl in Emmas Stimme legte sich wie eine sanfte Hand um mein Herz. Ich lehnte mich ein klein wenig näher an sie heran.

»Ich will damit auf Folgendes hinaus: Er war ein großer Kerl, stark und kräftig. Ein gut gezielter Hieb von ihm hätte ausgereicht, um sie bewusstlos zu schlagen. Aber er hätte niemals seine Hand gegen sie oder irgendeine andere Frau erhoben. Denn er kannte seine Kraft und ging verantwortungsvoll mit ihr um.«

Ich schaute in Emmas tiefblaue Augen. »Natürlich gibt es Männer, die schlagen und die es erregt, ihre Kraft zu benutzen, um anderen wehzutun. Aber wenn man es mal ganz grundlegend betrachtet, geht es bei Missbrauch nicht um die körperlich Starken gegen die körperlich Schwachen. Das Ganze ist ein geistiges Machtspiel, das darauf abzielt, einem anderen Menschen die Würde und das Selbstvertrauen zu nehmen.«

Sie betrachtete mein Gesicht, und wir starrten einander an. Und ich gewann den Eindruck, dass sie über das, was ich gesagt hatte, nachdachte. Langsam wie eine herannahende Flut öffnete sich ihre Miene, und sie schenkte mir ein winziges Lächeln. Es rauschte in all die dunklen Ecken meines Herzens, und ich musste mich innerlich zusammenreißen.

»Du hast recht«, sagte sie.

Ich räusperte mich und nickte ihr feierlich zu. »Das habe ich meistens.«

Sie brauchte eine Sekunde. Dann lachte sie schnaubend. »Oh mein Gott, du bist schrecklich.« Sie klang jedoch amüsiert, als sie mich mit ihrer Schulter anstupste.

Ich erwiderte das Stupsen – ich konnte entweder das tun oder sie auf meinen Schoß ziehen. »Das ist kein Geheimnis, Honigbienchen.«

»Honigbienchen?«, wiederholte sie mit einem warnenden Tonfall in der Stimme.

Ich verkniff mir ein Grinsen. »Wenn ich der Honigkuchen sein soll, dann ergibt es nur Sinn, dass du die Biene bist.«

Sie senkte unheilvoll die Augenbrauen. »Warum? Weil ich hinter deinem Honig her bin?« Sie schnaubte lang und laut, und ich musste lachen. Wenn hier irgendjemand hinter Honig her war, dann war ich das.

»Bienen machen Honig, Em.« Ich stupste sie erneut an, dieses Mal fest genug, um sie ins Wanken zu bringen und ihr ein quiekendes Lachen zu entlocken. »Und du scheinst fest entschlossen zu sein, mich süß zu machen.«

10. KAPITEL

Emma

Ich sollte Lucian Osmond süß machen? Ich vermutete, dass er es schon immer gewesen war und es einfach nur nicht wusste.

Auf der Rückfahrt nach *Rosemont* hatte ich lächerlich gute Laune. Obwohl er dazu neigte, für lange Zeitspannen zu schweigen, und manchmal schroff war, gab Lucian gute Gesellschaft ab. Das Schweigen machte mir nichts aus. Ich neigte zu Tagträumereien und verlor mich dann ohnehin in meinen eigenen Welten. Und die Schroffheit, das Brummen und das Schnauben waren irgendwie entzückend. Nicht dass ich ihm das verraten würde. Oder vielleicht sollte ich es tun. Vermutlich würde er es dann noch öfter machen.

Die Sache war die: Ich wusste nicht, was zwischen uns vor sich ging. Ich mochte ihn. Und der Himmel wusste, dass ich ihn wollte. Und wenn er das nicht wusste, wusste er doch zumindest, dass ich ihn attraktiv fand. Ich war nicht komplett ahnungslos. Ich hatte ebenfalls gesehen, wie er mich angeschaut hatte. Seine Blicke waren nie lüstern oder zu verweilend. Aber ihm schien das, was er sah, ebenfalls zu gefallen.

Wenn er seine Wachsamkeit für einen Moment aufgab, flirtete er. Aber er wehrte sich eindeutig dagegen. Was klug war. Unsere beruflichen Leben hingen beide in der Schwebe. Er verarbeitete eindeutig ein größeres Trauma, und ich … hatte mich genau genommen gerade frisch von meinem

Freund getrennt, mit dem ich zusammengewohnt hatte. Und an den ich seit Tagen nicht mehr gedacht hatte. Greg war nur eine weitere Enttäuschung in einer langen Reihe aus Enttäuschungen. Entweder hatte ich einen wirklich schlechten Geschmack oder einfach nur ein schlechtes Urteilsvermögen. Wie dem auch sein mochte, es war sicher das Beste, sich für eine Weile von jeglichen Beziehungen fernzuhalten. *Ich sollte mich darauf konzentrieren, ein besserer Mensch zu werden und all das. Das mit mir und Lucian sollte eine einfache Freundschaft bleiben.*

Dann erhaschte ich einen Blick auf seinen großen Körper auf dem Fahrersitz neben mir. Er trug ein abgewetztes Captain-America-T-Shirt, das über seinen breiten Schultern spannte, aber locker über seinem flachen Bauch hing. Dazu trug er Cargoshorts, die ihm gerade so bis zu den Knien reichten.

Sollten Männerknie sexy sein? Oder Männerwaden? Ein Blick auf Lucians knochiges Knie, muskulösen Oberschenkel und harte Wade, die leicht mit dunklem, gekräuseltem Haar bedeckt war, sorgte dafür, dass ich eine Hand ausstrecken und sein Bein streicheln wollte. Ich wollte meine Hand unter diese Shorts gleiten lassen, um das zu umfassen, von dem ich wusste, dass es fest und fleischig und … verdammt.

Meine Hände bei mir und meine Gedanken aus seiner Hose heraus zu halten, würde schwer werden. Was seltsam war. Ich liebte Männer und Sex, aber ich war von beidem nie besessen gewesen. Bis ich ihm begegnet war.

Als wir in die Einfahrt von *Rosemont* einbogen, ließ ich das Fenster herunter. »Ich verhungere. Was wird es wohl zum Mittagessen geben?«

»Keine Ahnung. Ich wollte mir ein Sandwich machen.« Lucian schaute zu mir, und seine hellen jadegrünen Augen funkelten. »Du rümpfst die Nase. Hast du etwa keinen Respekt vor dem bescheidenen Sandwich, Em? Oder haben dich die aufwendigen Mahlzeiten aus der Küche verdorben?«

»Ich habe nicht wegen deines Sandwichs die Nase gerümpft.« Na ja, vielleicht doch. Seine hochgezogene Augenbraue verriet mir, dass er mich wie ein offenes Buch lesen konnte. Ich lachte schnaubend. »Okay, schön. Die Hausküche verwöhnt mich nach Strich und Faden. Ich sollte dem Ganzen so bald wie möglich ein Ende machen und den zuständigen Mitarbeitern sagen, dass sie mir keine Mahlzeiten mehr schicken sollen.«

»Jetzt übertreib nicht gleich«, murmelte er und richtete den Blick wieder auf die Straße. »Du wirst Amalie beleidigen. Sie ist sehr stolz auf ihre Küche.«

»Das war eine leere Drohung. Ich bin regelrecht süchtig nach diesem Essen.«

Um seine Augen herum bildeten sich kleine Fältchen. »Wenn es dir schwerfällt, dir dein eigenes Essen zuzubereiten, kann ich dir ein Sandwich machen.«

»Hey. Ich bin keine Prinzessin. Ich kann mir mein eigenes Sandwich machen – besten Dank auch.« Allerdings hatte die Vorstellung, dass Lucian mir eins machen könnte, durchaus etwas für sich. Vor allem könnte ich auf diese Weise noch mehr Zeit mit ihm verbringen.

Er warf mir einen herausfordernden Blick zu. »Kannst du das wirklich?«

»Du brauchst gar nicht so skeptisch zu gucken. Also gut … ich gebe zu, dass ich eine furchtbar schlechte Köchin bin. Alles, was ich mache, ist entweder fad oder trocken. Aber ich kann Erdnussbutter auf eine Scheibe Brot schmieren.«

Seine Miene verriet mir alles, was ich über seine Gedanken bezüglich meiner Sandwichzubereitungsfähigkeiten wissen musste. »Keine Sorge, Honigbienchen. Das Mittagessen wird für dich bereitstehen. Regelmäßige Mahlzeiten sind eine Sache, auf die man sich in *Rosemont* verlassen kann.«

»Schnüfflerin, Honigbienchen … Ich bin mir nicht sicher, ob es mir gefällt, dass du so viele Namen hast, mit denen du mich aufziehen kannst.« Das war gelogen. Ich liebte es. Aber das musste er nicht wissen.

Doch sofort schlich sich wieder dieses Funkeln in Lucians Augen, auch wenn er sie auf die Straße gerichtet hielt. »Du kannst ja wieder damit anfangen, mich Brick zu nennen, dann sind wir quitt.«

Mein Herz setzte einen Schlag aus. Er hatte bemerkt, dass ich den Spitznamen nicht mehr benutzte. Ich fühlte mich schrecklich, weil ich ihm einen Namen verpasst hatte, der ihn so tief traf. Und doch forderte er mich nun dazu auf, ihn wieder zu benutzen. Vielleicht lag eine gewisse Macht darin, das, was man als Schwäche ansehen könnte, zu akzeptieren und es sich zu eigen zu machen. Oder vielleicht waren Männer auch einfach nur seltsame Kreaturen, die ich niemals ganz verstehen würde.

Wie dem auch sein mochte, ich zuckte mit den Schultern, als würde mich das alles nicht kümmern. »Wie wäre es mit Dickkopf? Das scheint zumindest die halbe Zeit über zuzutreffen.«

Lucian gluckste und fuhr auf seinen Parkplatz im Schatten eines hoch aufragenden Eukalyptusbaums. »Klingt passend.«

Seine gute Laune verflüchtigte sich, als er die beiden SUVs entdeckte, die auf dem Parkplatz standen.

»Siehst so aus, als hätte Amalie Besuch.«

Lucian brummte. Dann stieg er aus und musterte die Fahrzeuge. Er wartete, bis ich den Pick-up umrundet und mich neben ihn gestellt hatte. Zusammen mit mir ging er auf den Weg zu, der zum Grundstück und zu meinem Bungalow führte. Schweigen legte sich über uns, und ich konnte die Anspannung spüren, die von ihm ausging.

Ich wusste nicht, wie er früher gewesen war, aber diese Version von Lucian Osmond mochte keine unerwarteten Gäste. Hätte ich raten müssen, ich hätte vermutet, dass er gern verschwunden wäre, bis sie wieder weg waren.

Andererseits war ich davon ausgegangen, dass es Amalies Gäste waren. Doch als wir um die Ecke bogen, die uns zur Terrasse des großen Hauses führte, geriet Lucian ins Straucheln. Ein leises und wütendes »Verdammte Scheiße« kam über seine Lippen, als er die Leute entdeckte, die an einem der Tische saßen und Drinks zu sich nahmen.

In seinem Tonfall lag eine unterschwellige, aber klare Panik, und ich fühlte mich genötigt, kurz seinen Arm mit meinem zu streifen und meine Finger über seine zur Faust geballte Hand wandern zu lassen. Er schaute ruckartig in meine Richtung. Seine hellen Augen wirkten gequält, panisch und ein wenig überrascht. Doch er hatte meine Berührung gespürt und hakte seinen kleinen Finger für einen Augenblick um meinen, um die Geste anzuerkennen.

»Sind das Freunde von dir?«, murmelte ich.

»Das könnte man so sagen.« Lucian bewegte sich gerade genug, um ein wenig Abstand zwischen uns zu bringen.

Einer der Männer stand auf und rief ein fröhliches: »Hey! Ozzy!«

Lucian riss sich sichtlich zusammen und schleppte sich vorwärts. Theoretisch hätte ich mich zu meinem Bungalow zurückziehen können. Aber das wäre unhöflich gewesen. Und was noch viel wichtiger war: Damit hätte ich Lucian im Stich gelassen, und dann hätte er sich dem, was auch immer das hier war, allein stellen müssen.

Vielleicht will er dich nicht dabeihaben, damit du nicht mitbekommst, was hier vorgeht, zischte meine innere Stimme. Doch es war zu spät. Wir hatten bereits den Tisch erreicht.

Es waren drei Gäste, die alle etwa in unserem Alter waren. Der, der nach Lucian gerufen hatte, war aufgestanden, hatte die gewaltigen Arme ausgebreitet und freute sich eindeutig, ihn zu sehen. Er war ein Bär von einem Mann, ein paar Zentimeter größer als Lucian, aber bestimmt gut zehn Kilo schwerer. Er hatte struppiges sandfarbenes Haar und einen dichten Bart, der ein Lächeln einrahmte, das von einem fehlenden Schneidezahn auf der rechten Seite durchbrochen wurde. Der Mann kam auf Lucian, dessen Miene zu Stein erstarrt war, zugestürmt, und zog ihn in eine Umarmung, die aussah, als könnte sie ihm diverse Knochen brechen.

»Oz«, sagte er und hob Lucian förmlich hoch. »Du Mistkerl. Monatelang lässt du kein Wort von dir hören, und dann finde ich heraus, dass du dich die ganze Zeit über im Paradies versteckt hast.«

Lucian gab ein Geräusch von sich, das eher wie der Geist eines Lachens klang. »Also hast du beschlossen, hier einzufallen, was?«

»Du hast mir keine andere Wahl gelassen, nicht wahr?« Der Mann lächelte immer noch, als er Lucian losließ, aber jetzt wirkte es angespannt. Sofort wusste ich, dass er sich unsicher war, ob er hier willkommen war. Ich verspürte einen schmerzhaften Stich im Herzen, denn dieser Mann hielt eindeutig sehr große Stücke auf Lucian.

Er richtete seine blauen Augen auf mich und hielt inne. »Hallo …« Ich wurde Zeugin eines weiteren lückenhaften, aber charmanten Lächelns. »Und Sie sind … heilige Scheiße.« Seine donnernde Stimme brach. »Sie sind Emma Maron, oder?«

Sofort stand ich im Mittelpunkt aller Aufmerksamkeit. Ich spürte es jedes Mal. Mein Lächeln wollte automatisch in den Öffentlichkeitsmodus übergehen. Ich widerstand dem Drang. Das hier war Lucians Freund. »Ja.«

Lucian brummte und neigte dann den Kopf. »Emma, dieser Trottel ist Axel Bromwell. Wir nennen ihn Brommy.«

»Wir Eishockeyspieler lieben unsere Spitznamen.« Brommy streckte eine Bärenpranke aus, und ich schickte mich an, sie zu schütteln. Doch er hob meine Hand an und küsste die Luft über meinen Knöcheln. »Prinzessin Anya. Es ist mir eine Freude.«

»Bitte nennen Sie mich Emma.« Die ganze Situation war schon unangenehm genug, weil Lucian die ganze Zeit über stocksteif an meiner Seite stand.

»Herrgott, Brom, lass den Quatsch«, schimpfte Lucian. »Sie ist nicht die Figur, die sie spielt.«

Brommy verdrehte die Augen. »Das weiß ich doch. Hast du dir deinen Schläger in den Hintern geschoben, oder was?« Ihm schien das alles jedoch nichts auszumachen. Er nahm meine Hand und hakte sich bei mir unter. »Tut mir leid, Emma. Ich war nur für einen Augenblick vom Ruhm geblendet. Aber jetzt habe ich mich im Griff.«

Ich kicherte, und er zwinkerte mir mit fröhlichen Augen zu. »Aber zögern Sie nicht, die Peitsche zu zücken, falls ich mich noch mal danebenbenehme.«

Prinzessin Anya hatte *tatsächlich* gut mit einer Peitsche umgehen können.

Hinter mir knurrte Lucian einen unverständlichen Fluch. Brommy ignorierte ihn und führte mich an den Tisch, an dem zwei weitere Neuankömmlinge warteten. Der Mann fiel mir sofort auf. Ich konnte ihn gar nicht übersehen. Er war eine leicht verwaschene Version von Lucian – er hatte den gleichen Körperbau, auch wenn seine Nase schlanker und eleganter und sein Gesicht ein wenig schmaler war.

Sein Haar war nicht von diesem tiefen Zartbitterschokoladenbraun mit kirschfarbenen Strähnen, sondern einfach nur mittelbraun. Er hatte grüne Augen unter geraden Brauen, doch während Lucians und Amalies Augen atemberaubend hell waren und wie mattierte Jadesteine wirkten, waren seine von einem wärmeren Weintraubengrün. Sie waren auf ihre eigene Weise schön und wirkten irgendwie berechnend.

Das Schlimmste daran war, dass er bemerkte, wie ich ihn musterte. Und es schien ihm zu gefallen. Wahrscheinlich ging er jetzt davon aus, dass ich an ihm interessiert war. Das war ich nicht. Der Mann war umwerfend, aber ich verspürte nicht mal einen Hauch von Anziehung. Das hielt ihn jedoch nicht davon ab, aufzustehen und meine Hand zu küssen, so wie Brommy es getan hatte. Doch während mich Brommy damit zum Lachen gebracht hatte, sorgte dieser Kerl dafür, dass ich meine Hand so schnell wie möglich aus seinem Griff ziehen wollte.

»Hallo, meine Schöne«, sagte er. »Ich bin Anton.«

»Sind Sie Lucians Bruder?«

Hinter mir gab Lucian einen Laut von sich, der vielleicht so etwas wie »von wegen« bedeuten sollte.

Antons Lächeln war durchtrieben. »Cousin ersten Grades. Ich habe die guten Gene abbekommen.«

»Hmm.« Ich richtete meine Aufmerksamkeit auf die Frau, die ebenfalls aufgestanden war und vor lauter Ungeduld praktisch von einem Fuß auf den anderen hüpfte. Sie war vermutlich ein paar Jahre jünger als ich und verflucht niedlich.

Sie hatte ebenfalls braunes Haar, allerdings war ihres gelockt und umrahmte ihr ovales Gesicht wie ein fröhlicher Heiligenschein. Und ebenfalls diese weintraubengrünen Augen.

»Tina«, platzte es aus ihr heraus, während sie Anton beiseiteschubste. Entweder war sie verdammt stark, oder er war daran gewöhnt, von ihr aus dem Weg geschoben zu werden. Vermutlich traf beides zu. »Ich bin Antons Schwester und Lucs Cousine. Und oh mein Gott, ich werde mich genauso idiotisch verhalten wie Brommy, denn ich liebe, liebe, liebe *Dark Castle* einfach, und ich kann nicht fassen, dass Mamie uns nicht vorgewarnt hat, dass Sie hier sind. Hätte ich das gewusst, hätte ich mir etwas Hübscheres angezogen, mir die Nägel machen lassen, irgendwas, um dieses denkwürdige Ereignis zu feiern …«

»Atme, Tiny«, mischte sich Lucian amüsiert ein.

Sofort stieß sie einen langen Atemzug aus und rümpfte die Nase. »Mist. Ich bin so eine dumme Gans.«

Lächelnd schüttelte ich ihre Hand. »Nein, Sie sind wundervoll.«

Das entlockte Tina ein Grinsen. »In einer Sekunde habe ich mich beruhigt, versprochen.«

»Gut, schließlich will ich nicht meine Peitsche rausholen müssen.«

Lucian brummte – es war das Brummen, das, wie ich mittlerweile wusste, »Himmel hilf« bedeutete. Ich warf ihm einen Seitenblick zu, aber seine Miene blieb ausdruckslos. Er stand auf meiner rechten Seite ziemlich dicht bei mir, aber es war, als würde sich sein ganzer Körper in Richtung des Poolhauses lehnen. Er wollte fliehen. Unbedingt. Doch er stand wie angewurzelt da.

Ich konnte nachempfinden, wie er sich fühlte. Vor allem als alle ihre Plätze einnahmen und Tina einen Stuhl für mich zurückzog, wodurch nur ein weiterer leerer Stuhl neben meinem für Lucian blieb. Er zögerte. Dies waren sein Cousin und seine Cousine und ein guter Freund. Noch mochte er die Möglichkeit gehabt haben, die Flucht zu ergreifen, doch dann kam Amalie aus dem Haus. Ihr blutroter Kaftan flatterte, und sie hatte ein strahlendes Lächeln auf dem Gesicht. Und ich wusste, dass Lucians Chance, den Rückzug anzutreten, verflogen war.

Offenbar wusste er das ebenfalls. Mit einem Seufzen ließ er sich auf den Stuhl sinken.

»Ah, gut, ihr zwei seid zurück.« Amalie grinste und ihr roter Mund lächelte sehr breit, als sie am Tisch Platz nahm wie eine Königin am Hof. »Dann können wir ja zu Mittag essen.«

Da das hier *Rosemont* war, hatte sie die Worte kaum ausgesprochen, als auch schon Personal mit Tellern erschien. Mir entging nicht – und Lucian vermutlich auch nicht –, dass sie genau die richtige Menge an Essen mitbrachten, um uns alle ganz individuell zu versorgen.

Ich war extrem gespannt, wie sich diese ganze seltsame Wiedervereinigung entwickeln würde, aber ich hatte auch furchtbaren Hunger, und als der Teller vor mir abgestellt wurde und ich das genau auf meine Bedürfnisse zugeschnittene Stück Quiche und den Beilagensalat aus jungem Blattgemüse entdeckte, knurrte mein Magen.

Lucian warf mir zwischen seinen unverschämt langen Wimpern hindurch einen Blick zu, und seine Mundwinkel zuckten. Er hatte es gehört.

»Ich habe dir doch gesagt, dass ich Hunger habe«, murmelte ich in seine Richtung.

Wieder zuckten seine ausdrucksstarken Lippen. »Wir werden härter daran arbeiten müssen, dich mit Essen zu versorgen, Bienchen.«

Er sagte es leise und bewegte dabei kaum seinen Mund, sodass ich mir sicher war, dass nur ich es hören konnte. Doch Anton beobachtete uns aufmerksam und sein Blick huschte zwischen uns hin und her. »Also, Luc, du triffst dich jetzt mit einer Prinzessin. Nicht schlecht.«

Ich zog die Brauen zusammen.

Lucian lehnte sich in eine entspannte Haltung zurück, die die deutliche Warnung in seiner Stimme Lügen strafte. »*Emma* ist Mamies Gast, Ant. Vergiss das nicht, ja?«

Antons finsterer Blick ließ mich vermuten, dass er diesen

Spitznamen nicht mochte, doch bevor er etwas erwidern konnte, nickte Amalie und vollführte eine elegante Winkbewegung mit der Hand.

»Das stimmt. Ihr Jungs haltet Emma besser aus euren Streitereien heraus.«

Was so gut wie garantierte, dass ich ab sofort im Mittelpunkt dieser Streitereien stehen würde.

Ich wandte mich an Tina, die die Augen immer noch weit aufgerissen hatte. »Sie streiten oft, nicht wahr?«

Tina wirkte amüsiert, aber gleichgültig. »Seit sie Kinder waren. Und es ist nicht hilfreich, dass sie beide im Mittelfeld spielen.«

»Du meinst wohl, dass beide im Mittelfeld *gespielt haben*«, korrigierte Anton wie ein Arsch. »Ich bin noch nicht im Ruhestand. Zum Glück.«

Seine Aussage fiel auf den Tisch wie eine Bleikugel. Und sofort hatte ich wieder Mitleid mit Lucian. Sogar Anton schien zu merken, wie schrecklich er sich verhalten hatte. Er verzog das Gesicht und zeigte aufrichtige Reue. »Mist, tut mir leid, Luc.«

Lucian hätte ebenso gut aus Granit bestehen können. »Kein Problem.«

Brommy, der zwei Stücke Quiche bekommen hatte, lehnte sich vor und schaute mir in die Augen. »Ant ist nur so sauer, weil wir ihn in den Ausscheidungsspielen immer fertigmachen. Ist es nicht so, Ant-Man?«

Anton schmunzelte. »Letztes Jahr habe ich dich fertiggemacht, nicht wahr, Langweiler?«

»Das lag nur daran, dass wir ohne … Mist. Tut mir leid, Oz.« Er zog den Kopf ein und schaufelte sich ein großes Stück Quiche in den Mund.

Lucian spielte nicht mehr für sie. Er musste den letzten Teil der Saison verpasst haben.

Plötzlich schnaubte Lucian. »Tja, das ist wirklich ein Spaß.«

Brommy hob den Kopf und zwinkerte. »Genau wie in alten Zeiten.«

Lucian presste ein schwaches Lachen hervor und fing an zu essen. Ich entspannte mich genug, um es ihm nachzutun. Das Essen war, wie erwartet, köstlich.

»Was ist in dieser Quiche?«, fragte ich und versuche, mein Stöhnen zu überspielen.

»Getrocknete Tomaten und Gouda«, antwortete Amalie.

»Hast du heute gekocht, Mamie?«, fragte Anton mit einem listigen Blick.

»Einen Ofen anzuschalten ist keine große Sache, oder?« Die Kälte in ihrem Blick warnte ihn davor, etwas anderes zu behaupten, und ich lächelte mit vollem Mund.

»Also«, sagte Tina zu mir. »Ich weiß, dass Sie uns keine Einzelheiten verraten können, aber werden wir das Finale lieben?« Ihre grünen Augen leuchteten vor Aufregung. »Ich kann es kaum erwarten.«

Unterm Tisch berührte Lucians Fuß meinen. Ein bisschen Unterstützung. Es war nur eine kleine Geste, und doch bedeutete sie mir in diesem Moment alles.

»Tja«, begann ich diplomatisch. »Die Leute werden definitiv darüber reden, das kann ich garantieren.«

»Oh, ich wusste es!« Sie lehnte sich dicht an mich heran. »Sie müssen es mir verraten – wie ist es, mit Macon Saint zu arbeiten? Er ist umwerfend. Dieser Körper. Gott.«

»Hey«, mischte sich Brommy ein. »Direkt hier am Tisch sitzen auch attraktive Männer.«

»Oh, ist das so?« Tina zog die Augen zusammen und schaute sich suchend um. »Ich habe Schwierigkeiten, sie auszumachen.«

»Lehn dich noch ein Stück weiter vor, Süße, dann geb ich dir eine Führung.«

Nachdem sie eine Grimasse in Brommys Richtung geschnitten hatte, wandte sie sich wieder an mich. »Erzählen Sie mir alles über Saint.«

»Ja«, sagte Lucian und schaute mir endlich in die Augen. Sein Blick war in diesem Moment durchdringend und ein klein wenig bösartig. »Ist er im echten Leben auch so traumhaft?«

Tina warf ihre Serviette nach ihm.

Ich schenkte ihm ein nichtssagendes Lächeln. »Ja, das ist er.«

Das wischte die Belustigung von Lucians Gesicht.

»Er ist wundervoll«, erzählte ich Tina wahrheitsgemäß. »Ein Gentleman mit einem sehr trockenen Sinn für Humor. Als Schauspieler ist er extrem großzügig und drängt sich in einer Szene nie in den Mittelpunkt. Im Laufe der Jahre sind wir sehr vertraut miteinander geworden.«

Lucian grunzte.

Ich behielt den Blick auf Tina gerichtet. »Außerdem ist er verlobt.«

Brommy lachte. »Die heißen Typen sind schnell vom Markt, Tiny.«

»Also gibst du endlich zu, dass du nicht heiß bist?«, konterte sie bissig.

»Wir wissen beide, dass das eine Lüge wäre. Ich habe jede Menge Angebote, aber ich bin klug genug, mich nicht einfangen zu lassen.«

Tina vollführte mit einer Hand eine »Ja klar«-Geste und verdrehte die Augen in meine Richtung. Ich bemerkte ihren Blick und grinste.

Anton beobachtete unser Zusammenspiel und wandte sich dann an Lucian. »Da wir gerade davon sprechen, ich habe letztens Cass gesehen. Wie es scheint, ist sie jetzt mit Cashon zusammen.«

Es war, als wäre sämtliche Luft aus der unmittelbaren Umgebung gesaugt worden, was beeindruckend war, wenn man bedachte, dass wir draußen saßen. Lucian lief rot an, und sein Kiefer verkrampfte sich.

Amalie murmelte etwas, das sehr nach *imbécile* klang, und fluchte dann leise auf Französisch weiter, während sie Anton böse Blicke zuwarf.

Ich wusste, dass ich nicht nachhaken sollte. Ich wusste es instinktiv. Und doch formte mein dummer Mund aus irgendeinem Grund trotzdem die Worte. »Wer ist Cass?«

Alle schauten einander an, als versuchten sie herauszufinden, wer die Frage beantworten sollte. Doch Lucian, der seine Aufmerksamkeit auf sein Essen gerichtet behielt und so mechanisch aß, als würde er es kaum schmecken, erwiderte vollkommen emotionslos: »Meine ehemalige Verlobte.«

Und das war der Moment, in dem mir alles klar wurde: Lucian hatte sehr viel mehr als nur seinen Beruf verloren.

11. KAPITEL

Lucian

»Hast du Lust auf Gesellschaft?« Brommy wartete meine Antwort nicht ab, sondern setzte sich einfach auf den leeren Platz neben mir. Wir befanden uns auf der kleinen Veranda mit Blick auf den fernen Ozean.

In Anbetracht der Größe des Anwesens war es beeindruckend, dass er mich aufgespürt hatte, aber Brommy hatte ein Händchen für solche Dinge. Ich schob eine Hand in die kleine Kühlbox neben mir und zog eine Flasche Bier für ihn heraus.

»Danke.« Ein Zischen ertönte, als er sie öffnete.

Die Sonne war schon fast hinter dem Ozean versunken, und nur ein strahlender Goldstreifen war noch zu sehen. Innerhalb eines Augenblicks war auch dieser verschwunden, und der Himmel verdunkelte sich zu einem weichen, rauchigen Blau, das mich an Emmas Augen erinnerte. Was furchtbar kitschig war, aber trotzdem stimmte.

Brommy lehnte sich mit einem ausgiebigen Seufzen zurück und neigte den Kopf nach hinten, um zu den Sternen hinaufzuschauen, die nach und nach im samtenen Zwielicht auftauchten. Eine Brise wehte über uns hinweg.

»Mann, ich liebe dieses Wetter«, sagte er.

»Es ist toll. Wenn man die Dürreperioden, die grassierenden Waldbrände, die Schlammlawinen und die Erdbeben ignoriert.«

Er lachte leise. »Das ist immer noch besser als die elende Luftfeuchtigkeit in D. C.«

»Wir waren nicht wegen des Wetters dort, Brom.«

Das ließ ihn verstummen, und ich kam mir wie ein Idiot vor, weil ich es ausgesprochen hatte. Brommy sagte eine Weile lang nichts – er trank einfach nur sein Bier und starrte in die Nacht hinaus. Als er schließlich wieder das Wort ergriff, klang sein normalerweise so fröhlicher Tonfall ernst.

»Ant ist ein Arschloch.«

»Er kann in meiner Gegenwart nicht anders.« Ich trank einen Schluck. »Wir haben schon immer das Schlimmste im anderen hervorgelockt. Und als wir dann beide mit dem Eishockey angefangen haben, wurde es noch schlimmer.«

Aber diesen speziellen Wettbewerb hatte er gewonnen, oder? Ich mochte der bessere Spieler gewesen sein, aber er zog sich immer noch Schlittschuhe an.

»Dieser Mist, den er über Cass gesagt hat …«

»Das ist mir wirklich vollkommen egal«, fiel ich ihm ins Wort und schaute ihn dann an. Brommy wirkte skeptisch. »Das ist mein Ernst. Willst du wissen, was das stärkste Gefühl ist, das ich empfinde, wenn ich an Cassandra denke? Erleichterung.«

»Mann …« Er schüttelte den Kopf und schien das auf düstere Art amüsant zu finden.

»Es ist schrecklich, nicht wahr? Ich hatte vor, diese Frau zu heiraten, und war zu selbstgefällig, um zu bemerken, dass ich sie nicht liebte. Verdammt, ich mochte sie nicht mal richtig.«

Manchmal konnte ich immer noch nicht glauben, wie kurz ich davorgestanden hatte, etwas zu tun, was sich im Nachhinein als einer der größten Fehler meines Lebens herausgestellt hätte. Und was noch schlimmer war: Ich hatte Cassandra – sie hatte nie gewollt, dass ich sie Cass nannte – glauben lassen, dass ich sie liebte. Das war etwas, das man niemandem antun sollte.

»Ein süßes Lächeln und ein hübsches Paar Brüste können einen Mann blind machen.«

»Ich würde gerne denken, dass ich besser bin als das.«

»Das geht uns allen so, mein Freund.« Er hob seine Flasche, um mir ironisch zuzuprosten. Dann trank er sein Bier aus. »Du musst dich nicht schlecht fühlen, weil du es nicht gemerkt hast. Sie ist ein Profi. Ein totales Puck-Bunny.«

»Lass das nicht Tina hören. Wir sollen diesen Ausdruck doch nicht benutzen, erinnerst du dich?«

Tina würde sagen, dass er sexistisch und geschmacklos war. Damit hatte sie recht. Andererseits lag auch Brommy nicht ganz falsch: Es gab Frauen, die es sich zur Aufgabe machten, einen Profi-Eishockeyspieler an Land zu ziehen. Die meisten von uns liebten die Aufmerksamkeit, die sie uns zukommen ließen, also war das im Grunde genommen ein fairer Tausch. Ich war nur nicht daran interessiert, mein Leben einer solchen Beziehung zu widmen.

Brommys Schnauben war vielsagend, doch dann wurde er ernst. »Ich habe dich vermisst, Mann.«

Sofort hatte ich einen faustgroßen Kloß im Hals. Ich vermisste ihn auch. So sehr, dass ich mich manchmal dabei erwischte, wie ich mich umdrehte, um einen Witz zu machen, und dann erst bemerkte, dass er nicht da war. Keiner meiner Jungs war da. Mir waren nur ihre Geister geblieben.

Ich wollte mich dafür entschuldigen, dass ich ihn nicht angerufen, dass ich seine Anrufe und Textnachrichten ignoriert hatte. Aber wie sollte ich ihm erklären, dass alles, was mit Eishockey zu tun hatte, er eingeschlossen, zu viel für mich war? Wenn ich dem Spiel zu nah kam, fühlte ich mich wie ein Süchtiger auf Entzug. Meine Finger zitterten, und mein Herz raste, weil ich den hartnäckigen Drang verspürte, aufs Eis zurückzukehren.

Ich konnte ihm nicht erzählen, dass es für mich in Bezug auf Eishockey alles oder nichts sein musste. So saß ich in der Dunkelheit neben meinem besten Freund und konnte nur auf meine zu Fäusten geballten Hände starren, die auf meinen Oberschenkeln ruhten.

Er sprach langsam und vorsichtig. »Ich werde nicht so tun, als wüsste ich, wie es sich anfühlt, Oz. Ich will nur … verdammt. Ich weiß nicht, was ich sagen soll, abgesehen davon, dass ich für dich da bin, wenn du mich brauchst.«

Der Kloß wurde noch größer und drückte sich gegen meinen Gaumen. Ich schluckte krampfhaft. »Ich hätte dich anrufen sollen.«

»Du musst nichts tun, was du nicht tun willst.«

»Ich habe mich in Selbstmitleid gesuhlt.«

»Von wegen«, widersprach Brommy hitzig. Er sah aus, als wollte er mir jeden Moment in den Hintern treten.

Das entlockte mir ein Lächeln, aber es hielt nicht lange an. »Doch, Brom, so ist es. Nein, lass mich das sagen.« Wenn ich es jetzt nicht aussprach, würde ich es vielleicht niemals tun. »Es ist nun mal so, dass sich jeder Sportler dem Tag stellen muss, an dem sein Körper die Leistung, die seine Sportart von ihm verlangt, nicht mehr erbringen kann. Das wusste ich von Anfang an – auch wenn ich nie darüber nachdenken wollte.«

Brommy brummte zustimmend. Wir alle wussten das. Wir wollten uns nur nicht ausführlicher mit dem Gedanken befassen.

»Nichts hält ewig. Das weiß ich. Aber diese Sache mit meinem Kopf?« Ich fuhr mir mit einer unsicheren Hand durchs Haar. Ich spürte die Meeresfeuchte in meinem zerzausten Schopf. »Es wird besser. Es heilt langsam.«

»Das ist gut«, sagte Brommy leise.

»Ja, das ist es. Aber du verstehst nicht. Abgesehen von meinem Kopf ist mein Körper in Topform. Ich stehe in der Blüte meines Lebens, Brom. Ich war ein verdammter Meister dieses Spiels. Und diese eine Sache hat mir das genommen. Wenn ich aufwache, denke ich manchmal, dass ich auf dem Eis bin.«

Ich lehnte mich vor. Mein Magen verkrampfte sich, und ich presste die Hände aneinander. »Ich wünschte mir fast, dass ich mir das Knie oder irgendetwas anderes Spürbares verletzt hätte. Dann würde ich wenigstens nicht …« Ich atmete geräuschvoll aus. »Ich weiß nicht, was ich hier rede. Ich kann es nur nicht ertragen, dass mein Kopf das Einzige ist, was mich zurückhält.«

Brommy sprach nicht, als ich fertig war. Vielleicht wusste er, dass ich eine Minute brauchte. Vom Haus her ertönte das Gelächter einer Frau. Die abendliche Brise trug den Laut zu uns herüber. Mein Unterleib zog sich zusammen, als ich erkannte, dass es Emmas Lachen war. Ich wollte bei ihr sein, ihr Lachen aufsaugen, sie so lange necken, bis sie auch mich zum Lachen brachte. Ich drehte den Kopf zur Seite, als könnte ich so alles abblocken.

»Das ist Mist, Oz«, sagte Brommy. »Es ist wirklich verflucht ätzend. Aber vielleicht siehst du das alles ganz falsch.«

Ich warf ihm einen bösen Blick zu, und er hob seine riesige Hand.

»Hör mir zu. Du sagst, dass es besser gewesen wäre, wenn du dir das Knie verletzt hättest.« Er nickte langsam. »Klar, mit einem zertrümmerten Knie kann man nicht mehr gut spielen. Aber was dich so großartig gemacht hat, was dich zu einer Legende machte, ist dein Gespür fürs Eishockey.«

Er lehnte sich vor und fixierte mich mit einem durchdringenden Blick. »Dein Hirn, Oz, ist das, was dich zu dem Mann macht, der du bist.«

Ich senkte den Kopf und schloss die Augen. »Ich weiß.«

»Ich weiß, dass du das weißt, Mann. Aber ich werde es trotzdem sagen. Ein Mann mag auf einem zertrümmerten Knie herumhumpeln, aber er ist immer noch er selbst. Doch wenn es das Hirn erwischt, dann geht das Licht aus.«

Meine Kehle arbeitete in der Dunkelheit. Ich wollte sprechen, konnte es aber nicht.

»Wenn ich ehrlich bin«, sagte er, »bewundere ich dich über alle Maßen. Weil wir beide wissen, dass einige dumme Idioten immer noch auf dem Eis sind, die dort wirklich nicht mehr sein sollten. Du hast es verlassen und hast immer noch einen intakten Kopf. Buchstäblich.«

Sein Tonfall nahm mir jeglichen noch verbliebenen Kampfeswillen. Ich war ihm wichtig. Sehr. Und das war keine Kleinigkeit. Nun wusste ich mehr als je zuvor, was unerschütterliche Freundschaft und Unterstützung in diesem Ausmaß wert waren.

»Tut mir leid. Dass ich mich wie ein Arschloch verhalten habe.«

Er lachte schnaubend. »Verdammt, daran bin ich gewöhnt.«

Ich warf ihm einen trockenen Blick zu und sprach weiter. »Ich meine es ernst. Ich habe mich … zurückgezogen und bin jähzornig geworden.«

»Geworden?« Er zog seine sandfarbenen Augenbrauen hoch und lachte wieder. »Ich sage es dir ja nur ungern, Oz, aber du warst schon immer jähzornig.«

»Von wegen.«

»Oh doch«, konterte er. »Du hattest schon immer diese Launen, und dann hast du dich zurückgezogen und jeden ausgesperrt und dich wie ein mürrischer Mistkerl aufgeführt. Erinnerst du dich etwa nicht, dass das während jeder verdammten Endspielserie so war?«

Blinzelnd starrte ich ihn an. Er meinte es ernst. »Ich war witzig.«

»Ja, das warst du. Aber du warst auch ein ehrgeiziges Arschloch, das sich unter extremem Druck zu sehr anspannte.«

Schockiert ließ ich mich auf meinen Stuhl zurücksinken. »Tja, was sagt man dazu?«

Die Erschöpfung und den Stress hatte ich vollkommen vergessen. Diesen Teil hatte ich gehasst. Wirklich gehasst. Wie zum Teufel hatte ich das vergessen können?

»Jetzt flipp nicht gleich aus.« Er schlug mir mit seiner großen Pranke auf die Schulter. »Wie sehen uns nie ganz so, wie wir wirklich sind. Ja, du bist jetzt ein bisschen angespannter. Was hast du denn erwartet? Dein Hirn heilt. Du trauerst und bist gestresst. Lass es einfach gut sein, Oz.«

»Ich nehme es zurück. Es tut mir kein bisschen leid, du Arschloch.«

Er lachte und schnappte sich ein weiteres Bier. Dann bot er mir ebenfalls eins an. Da ich nicht vorhatte, in nächster Zeit irgendwohin zu gehen, nahm ich es an. Wir tranken schweigend, während ich mir alles, was er gesagt hatte, noch einmal durch den Kopf gehen ließ. Ich fühlte mich nicht leichter, aber auf eine seltsame Art entspannter.

»Also«, sagte Brommy gedehnt und riss mich damit aus meinen Gedanken. »Prinzessin Anya, was?«

»Nenn sie nicht so.«

»Du bist ganz schön empfindlich. Damit erweise ich ihr meinen Respekt«, protestierte er, als ich ihn böse anfunkelte. »Ich liebe sie in dieser Rolle.«

Und das war Teil des Problems. Mir war nur zu bewusst, wie sehr Brommy Emma als Anya liebte. Meine Erinnerungen daran, wie ich zusammen mit den Jungs *Dark Castle* geschaut hatte, waren glasklar, und sie taten mir keine Gefallen.

Nicht wenn der ganze Mist, den sie von sich gegeben hatten, durch meinen Kopf rauschte. Wie sie gestöhnt und dabei gerufen hatten: »Schaut euch nur mal an, wie diese süßen Titten hüpfen.« Wie sie Arasmus angefeuert hatten, weil er sie hart und schnell genommen hatte.

Verdammt. Ich war nie so weit gegangen, irgendetwas davon laut auszusprechen, so wie Brommy und die anderen es getan hatten. Aber auch ich hatte zugesehen und war erregt gewesen und hatte diese Szenen unglaublich genossen. Ich hatte Emma als Objekt gesehen und nun, da ich darüber nachdachte, quälte mich die Vorstellung. Ich hatte sie sogar noch vor unserer ersten Begegnung enttäuscht. Sie war witzig, klug, einfühlsam und liebevoll. Und sie war auf das reduziert worden, was man auf dem Bildschirm von ihr sah.

Zu wissen, dass meine Freunde sie so gesehen hatten, machte mich fertig. Und ich wusste nur zu gut, was in Antons Kopf vorgegangen war, als er sie »Prinzessin« genannt hatte. Das sorgte dafür, dass sich mein Blut schneller aufheizte als durch einen billigen Bodycheck auf dem Eis. Ich wollte Emmas Nacktheit aus meiner Erinnerung tilgen. Was falsch war. Sie war stolz auf ihre Arbeit, und das sollte sie auch sein.

»Sie ist mehr als nur eine Rolle«, teilte ich Brommy mit – und damit auch mir selbst. Denn es konnte sicher nicht schaden, sich das noch einmal in Erinnerung zu rufen. Gerade jetzt, da ich meinen Freund am liebsten verprügelt hätte, nur weil er solche Sachen von ihr wusste.

Er schaute mich kurz an und grinste dann breit. »Diese Sexszenen machen dich fertig, oder? Nicht dass ich dir einen Vorwurf mache …«

»Brommy, ich schwöre bei Gott, wenn du sie auch nur schief anschaust …«

Er lachte laut und aus vollem Hals los. »Mist. Du bist total in sie verschossen.«

»Verdammt.« Ich rieb mit einer Hand übers Gesicht. »Würdest du gefälligst die Klappe halten?«

»Das kann ich nicht. Das ist zu gut.« Er deutete mit einem Finger auf mich. »Du bist ihr gegenüber viel beschützerischer, als du es bei Cassandra je warst. Das ist dir doch klar, oder?«

Nein. Ja.

»Sei still.«

»Nur zu, schnapp sie dir, Mann. Sie ist süß, witzig und scheint sich nicht an deiner mürrischen Art zu stören.«

»Sie ist nur zu Besuch hier.«

»Und?«

»Und nichts. Ich lasse mich nicht auf Mamies Gäste ein. Und wenn ich Sex haben will, werde ich …« *Meine Hand benutzen, so wie ich es schon seit fast einem Jahr mache.* »In irgendeinen Club gehen und mir eine Frau für einen One-Night-Stand suchen.«

Brommy musterte mich mit einem langen amüsierten Blick. »Du weißt doch, dass ich es immer merke, wenn du Schwachsinn redest.«

Das wusste ich tatsächlich. Es hielt mich jedoch nicht davon ab, sein Starren mit meinem eigenen ausdruckslosen Blick zu erwidern. »Scher dich zum Teufel, Brommy.«

»Wird erledigt«, versprach er und legte sich eine Hand aufs Herz. »Aber wenn du irgendwann einknickst, werde ich mich köstlich amüsieren.«

Ich war froh, dass wenigstens irgendjemand Spaß daran haben würde.

12. KAPITEL

Emma

Nach dem katastrophalen Mittagessen kehrte ich in meinen Bungalow zurück und tauchte unter. Ich musste etwa ein Dutzend E-Mails durchgehen, und keine von ihnen war inspirierend oder in der Lage, die gedrückte Stimmung zu bessern, die schwer auf meinen Schultern lastete. Als das Festnetztelefon klingelte, schreckte ich zusammen, aber es war nicht Lucian.

Stattdessen lud mich Amalie zum Abendessen und Kartenspielen ins Haupthaus ein. Ich konnte mich nicht dazu durchringen abzulehnen. Außerdem würde ich nur grübeln, wenn ich hierblieb. So wie Lucian.

Gott, ich wollte zu ihm gehen und nachsehen, ob es ihm gut ging. Ich wollte versuchen, ihm sein kleines, aber sexy Lächeln zu entlocken. Aber das waren alles dumme Gedanken. Er war ein großer Junge. Er war in seinem Leben ganz wunderbar zurechtgekommen, bevor ich hineingestolpert war. Er brauchte mich nicht, und anzunehmen, dass ich sein Leben in irgendeiner Form verbessern könnte, war der Gipfel der Arroganz.

Und ich weigerte mich absolut, über die Tatsache nachzudenken, dass ich vielleicht ihn brauchen könnte.

»Nein.« Ich schloss die Tür meines Bungalows und marschierte auf das Haus zu. »Du klammerst dich nur an ihn, weil dein Leben ungewiss ist und du ein Projekt brauchst.«

Ich würde Lucian nicht zu einem Projekt machen.

Ich folgte den Anweisungen, die Amalie mir gegeben hatte, und fand sie und Tina in der Küche vor. Es war ein umwerfender Raum mit Schränken aus gealterter Eiche, Arbeitsflächen aus Carrara-Marmor, sorgfältig verputzten Wänden und einer mit dunklen Balken versehenen Decke. Tina saß auf einem Barhocker an der gewaltigen mittleren Kücheninsel, während Amalie an einem Herd mit acht Kochplatten herumhantierte.

»Willkommen«, sagte Amalie und warf mir über ihre Schulter hinweg ein Lächeln zu. »Das Abendessen ist fast fertig.«

Was auch immer sie gekocht hatte, es roch fantastisch. Ich nahm neben Tina Platz, die mir Wein anbot. Wir hatten uns beim Mittagessen ein wenig miteinander angefreundet.

»Wo ist Sal?«, fragte ich. Ich hatte Amalie bislang noch nie ohne Sal im Schlepptau gesehen, doch seit der Besuch da war, schien er verschwunden zu sein.

»Er ist die Woche über nach L.A. gefahren, um einzukaufen.« Amalie zwinkerte mir zu. »Was eigentlich bedeutet, dass er wusste, dass meine anderen Enkelkinder kommen und er uns aus dem Weg gehen wollte.«

»Würde er denn im Weg sein?«

»*Non.*« Sie wedelte mit einer beringten Hand in der Luft herum. »Aber …«

»Er versteht sich nicht mit Anton«, mischte sich Tina ein.

»Ich frage mich, warum«, murmelte ich unwillkürlich, und Tina lachte.

»Wir Osmonds können ein schwieriger Haufen sein. Anton und Sal hassen einander schon seit Jahren, weil Ant mal den Fehler gemacht hat, Sal als den ›Hausangestellten‹ zu bezeichnen.«

Das war eine schreckliche Bemerkung, und ich wäre genauso stinkwütend gewesen.

»Oh, wow. Hat Sal ihm dafür eine reingehauen?« Ich meinte es nur halb scherzhaft.

»Nein.« Tina strahlte. »Das hat Luc gemacht.«

Der starke Lucian. Natürlich hatte er das gemacht. Ich konnte es mir problemlos vorstellen und lächelte. Verdammt, ich vermisste ihn. Und ich hatte ihn erst vor ein paar Stunden noch gesehen. Ich trank einen Schluck Wein und ärgerte mich über mich selbst.

»Wir werden dort draußen essen.« Tina nickte in Richtung der geöffneten Glastüren, vor denen sich eine kleine Terrasse befand, die von Lavendel und raschelnden Olivenbäumen umgeben war. »Könntest du mir dabei helfen, den Tisch zu decken?«

»Klar.«

Während wir den Tisch deckten, brachte Amalie eine gusseiserne Pfanne heraus und stellte sie in die Mitte. Darin befanden sich gebratene Tomaten, die mit gekräuterten Brotstückchen bedeckt waren. Das Ganze brutzelte vor sich hin und duftete himmlisch. »Bitte sehr.«

Tina holte noch ein wenig französisches Brot aus der Küche, und schon bald langten wir kräftig zu.

»Das ist köstlich, Amalie«, sagte ich. »Danke.«

Sie zuckte mit den Schultern. »Ich koche in letzter Zeit nicht mehr so häufig. Aber dieses Gericht habe ich früher immer für meine Kinder und Enkel gemacht.«

»Es erinnert mich an meine Kindheit«, sagte Tina mit einem glücklichen Seufzen.

Amalie nahm einen kleinen Bissen. »Das war dein Lieblingsessen, nicht wahr?«

»Ja. Die Jungs liebten Coq au Vin. Aber ich wollte immer das hier.«

»Ich hatte letztens Coq au Vin zum Abendessen«, warf ich ein und lächelte Amalie an. »Es war wundervoll.«

Sie zuckte vage mit den Schultern. »Wir essen gern gut. Das ist gut fürs Herz.«

Ohne Vorwarnung dachte ich an Lucian, der irgendwo dort draußen war, und fragte mich, ob er traurig war. Und obwohl ich mir gern einbildete, dass mein Gesicht nicht leicht zu lesen war, runzelte Amalie die Stirn, als wüsste sie, dass ich an ihn gedacht hatte.

»Ich entschuldige mich für meinen Enkel«, sagte sie.

Schnell schüttelte ich den Kopf. »Da gibt es nichts zu entschuldigen. Ich wäre auch früh gegangen.«

Lucian war nicht davongestapft. Nein, er hatte in beharrlichem Schweigen seinen Teller geleert und war dann einfach aufgestanden und hatte den Frauen am Tisch einen schönen Tag gewünscht. Vollkommen höflich. Es war eine Qual gewesen, es mit anzusehen.

Amalie verzog in sanfter Belustigung die blutroten Lippen. »*Non*, ich meinte Anton. Er war …«

»Ein Arschloch«, beendete Tina den Satz, was ihr einen tadelnden Blick von Amalie einbrachte. »Was denn? Es gibt kein besseres Wort, um ihn zu beschreiben, Mamie.«

»Meinetwegen. Dann eben ein Arschloch.« Dank ihres leichten Akzents nahm das Wort eine hübsche Betonung an, die mir gegen meinen Willen ein Grinsen entlockte. Amalie gab einen missbilligenden Laut von sich. »Die meiste Zeit über meint er es gut.«

»Anton wusste ganz genau, was er tut.« Tina setzte eine finstere Miene auf und schaufelte eine weitere Tomate auf ihren Teller. »Und dann auch noch dieses Miststück zur Sprache zu bringen. Er wollte Luc wütend machen.«

Neugier blubberte in mir hoch, aber ich kämpfte heftig dagegen an. Wenn Lucian wollte, dass ich etwas über seine Ex erfuhr, würde er mir von ihr erzählen.

»Also, welches Kartenspiel werden wir spielen?«, fragte ich fröhlich.

Tina und Amalie verstanden die Botschaft glücklicherweise und steuerten die Unterhaltung von Lucian weg. Wir räumten den Tisch ab und machten es uns dann gemütlich, um Karten zu spielen und noch mehr Wein zu trinken.

Amalie reichte Tina einen Satz Karten. »Wirst du den Sommer über hierbleiben, *ma fille?*«

Offenbar hatte Tina im Frühling ihren Abschluss an der UCLA gemacht und befand sich nun immer noch in einer Orientierungsphase, um herauszufinden, was sie mit ihrem Leben anfangen wollte. Ich konnte das gut nachempfinden. Tina zuckte so mit den Schultern, wie es alle Osmonds taten. Ihr schimmerndes dunkles Haar glitt ihr über die schlanke Schulter. »So weit habe ich noch nicht vorausgedacht, aber wenn das für dich in Ordnung ist, dann bleibe ich sehr gerne.«

Amalies strenger Blick wurde von einem sanften Schmunzeln ihrer schmalen Lippen abgemildert. »Da musst du doch nicht fragen.« Sie berührte kurz die Wange ihrer Enkelin.

Tina erhaschte meinen Blick und rümpfte ironisch die Nase. »Du hast dein Leben so gut im Griff, dass es dir vermutlich lächerlich vorkommt, dass ich nicht weiß, was ich mit meinem anfangen soll. Ich weiß, dass ich etwas Aufregendes erleben und ein Leben voller Abenteuer haben will. Aber ich fühle mich nicht mutig. Stattdessen fühlt sich meine Zukunft wie eine große unbekannte Leere an, die mir einfach nur … Angst macht.«

Ich war siebenundzwanzig Jahre alt und kam mir angesichts ihrer Annahme, dass mein Leben sicher und geordnet war, plötzlich uralt vor. »Ich bin Schauspielerin – ich bin gut darin, der Welt das zu zeigen, von dem ich will, dass sie es sieht. Aber mein Leben ist nicht perfekt.« In diesem Augenblick traf ich die Entscheidung, Tina die Wahrheit anzuvertrauen, und erzählte ihr von meinem Rauschmiss aus der Serie.

Ihr Mund klappte entsetzt auf. Ich lächelte angespannt. »Bitte erzähl es niemandem. Wenn Informationen über das Finale an die Öffentlichkeit gelangen, werde ich eine Menge Ärger bekommen.«

Sie setzte sich aufrechter hin. »Niemals. Ich fühle mich geehrt, dass du mir das anvertraut hast. Und ich denke, dass die Entscheidung der Produzenten, dich rauszuwerfen, verflucht dumm war. Anya und Arasmus mochte ich an der Serie immer am liebsten!« Sie ergriff meine Hand. »Was wirst du jetzt machen?«

»Keine Ahnung. Eine neue Rolle finden.« Ich schaute sowohl Tina als auch Amalie an und verzog das Gesicht. »Das gehört zu meinem Beruf, aber ich fühle mich trotzdem ganz schön verloren – oder vielleicht eher so, als stünde ich an einem Scheideweg.«

»So ist das Leben, meine Liebe.« Amalie goss noch ein wenig mehr Wein in mein leeres Glas. »Das Leben bleibt nie gleich. Es verändert und entwickelt sich, und wir müssen uns mit ihm verändern. Was nichts Schlechtes ist. Wie langweilig wäre es, wenn es nie irgendwelche Veränderungen gäbe?«

»Ich dachte immer, dass ich Veränderungen mag, aber jetzt gefallen sie mir nicht mehr so sehr. Nicht wenn sie mit Misserfolg zu tun haben.«

Amalie lehnte sich zurück und betrachtete mich mit einem zärtlichen Blick. »Ein Misserfolg ist einfach nur eine verborgene Chance. Ich kenne keine einzige Erfolgsgeschichte, die nicht zwischendurch auch ein paar Misserfolge hinnehmen musste. Wir probieren uns aus, wir wachsen und manchmal versagen wir auch. Entweder zerbricht man dann daran und hört auf, sein Leben zu leben, oder man rappelt sich auf und nutzt die Erfahrung, um einen neuen Kurs einzuschlagen.«

Ihre Worte rauschten durch meinen Körper und erweckten etwas zum Leben, das sich stark nach Hoffnung anfühlte.

Amalie richtete den Blick nach innen. »Leben bedeutet, sich anzupassen. Wir erfinden uns ständig neu. Habt keine Angst vor Misserfolgen oder Veränderungen, meine Lieben. Das alles bedeutet nur, dass ihr am Leben seid.«

Unbewusst wanderten meine Gedanken zu Lucian, und mein Herz verkrampfte sich. Denn ich wusste, dass Amalie in diesem Augenblick an ihn dachte und sich Sorgen machte. Ich wollte mir nicht ebenfalls Sorgen um Lucian machen, aber das tat ich. Er versteckte sich vor dem Leben, sogar noch mehr, als ich es tat. Aufgrund der wenigen kurzen Blicke, die ich auf sein wahres Ich hatte werfen dürfen, wusste ich, dass dieser Mann das Leben eigentlich in vollen Zügen genießen sollte. Denn Lucian lebte vollständig im Moment und sorgte damit dafür, dass auch ich mich absolut lebendig fühlte.

Für den Rest des Abends erfreuten mich Amalie und Tina mit alten Geschichten und lustigen Anekdoten. Tina beruhigte sich so weit, dass sie mich nicht mehr alle paar Sekunden anstarrte und schlug mich gekonnt beim Poker. Und obwohl ich lachte und mich entspannte, lungerte Lucian immer noch in meinem Hinterkopf herum und ließ mich einfach nicht los.

Weswegen ich mir später trotz all meiner besten Absichten meinen Bikini anzog und in der nächtlichen Dunkelheit zum Pool hinausging.

Ich war nicht besser als eine Teenagerin, die sich in der Hoffnung, dass ihr Schwarm sie hören und auftauchen würde, aus dem Haus schlich. Ich wusste das und tadelte mich selbst dafür, und trotzdem schlüpfte ich aus meinen Sandalen und nahm den Sarong ab, den ich mir um die Hüften geschlungen hatte. Meine Hände zitterten tatsächlich vor Nervosität, als ich meine Sachen auf eine Liege legte.

Das Poolhaus war dunkel, die Glastüren fest verschlossen. Vielleicht schlief er. Vielleicht hatte er das Grundstück verlassen. Doch das Poollicht brannte und sorgte für ein sanftes Glühen.

Mit so viel Anmut, wie ich aufbringen konnte, tauchte ich ins Wasser ein. Es war warm genug, um meiner Haut zu schmeicheln, und trotz meiner ursprünglichen Mission begann ich zu schwimmen und ergab mich dem Rhythmus der Bewegungen.

Als ich die fünfte Bahn hinter mich brachte und das Ende des Pools erreichte, zog der Klang von Édith Piafs Stimme meine Aufmerksamkeit auf sich. »La Vie en Rose.« Mein Herz setzte einen Schlag aus, und ich hielt inne und drehte mich um. Lucian stand am anderen Ende des Beckens. Das wabernde Licht des Pools warf Schatten auf sein Gesicht. Ich hätte nicht überrascht sein sollen. Schließlich hatte ich gewollt, dass er auftauchte. Doch trotzdem rausche ein Adrenalinschub wie eine Droge durch meinen Körper, und die triste Nacht funkelte plötzlich vor Verheißungen.

Ich war so sehr in diesen Mann verknallt, dass es nicht mal mehr witzig war.

Er verzog die Lippen zu einem kleinen Lächeln. »Ich dachte mir, dass du den vollen Effekt erleben und Edith lauschen solltest, während du schwimmst.«

»Sollte ich nicht nackt sein, wenn ich den vollen Effekt einer nächtlichen Runde im Pool mit Edith erleben will?« Ja, ich war schamlos.

Seine zusammengezogenen Augen verrieten mir, dass er das ähnlich sah. Aber er ergriff nicht die Flucht. Nein, er starrte mich mit durchdringenden Augen an. »Ich werde dich sicher nicht aufhalten. Aber ich sollte dich warnen. Brommy und Anton sind hier irgendwo in der Nähe.«

Dieser kluge Lucian. Wenn ich meine Drohung nun wahr machte, würde ich damit aussagen, dass es mir nichts ausmachte, wenn mich irgendjemand nackt sah. Wenn ich es nicht tat, hieße das, dass nur er mich so sehen sollte.

Ich legte die Ellbogen auf dem Rand des Pools ab und trat mit den Beinen langsam Wasser. »Warum schließt du dich mir nicht an?«

»Ich werde nicht nackt mit dir schwimmen, Schnüfflerin.« Sein Lächeln war kurz, aber breit. »Wie ich schon sagte: Brommy und Anton laufen hier irgendwo herum.«

»Und du willst nicht, dass sie dich nackt sehen«, sagte ich, als würde das irgendeinen Sinn ergeben.

»Ich bin sehr prüde.«

»Klar bist du das.« Ich trat mit meinem Fuß ins Wasser und schickte kleine Wellen in seine Richtung. »Aber ich meinte normales Schwimmen.«

Er trug ein abgenutztes T-Shirt, dessen Farbe nicht mehr so genau zu erkennen war, und eine Sporthose, die tief und locker auf seinen schmalen Hüften saß.

Ich beäugte ihn von oben bis unten und genoss die Tatsache, dass er sich offenbar sehr anstrengen musste, um nicht herumzuzappeln. »Hör auf rumzueiern und komm rein.«

Lucian blickte finster drein. »Du bist ganz schön herrisch.« Doch er zog sein T-Shirt aus, was genauso heiß war wie beim letzten Mal, als er es getan hatte – eigentlich war es sogar noch heißer, weil ich es jetzt aus der Nähe und in allen Einzelheiten mitansehen durfte.

Er zog eine Augenbraue hoch, als wollte er sagen: »Du hast es ja nicht anders gewollt.« Dann sprang er auf der tiefen Seite ins Becken.

Mein Bauch verkrampfte sich, als er unter Wasser in meine Richtung geschossen kam. Ein kleines Stück von mir entfernt tauchte er auf. Er war nass und umwerfend und lächelte mit seinen Augen. Wenn ich mich nicht bereits im Wasser befunden hätte, wäre ich bei diesem Anblick zu einer Pfütze aus Lust zerschmolzen.

Lucian strich sich das tropfnasse Haar mit den Fingern zurück und trat vor mir Wasser. »Bist du aus einem bestimmten Grund schwimmen gegangen, Em?«

»Sollte es dafür einen Grund geben?« Ich ließ den Rand los und bewegte mich in seine Richtung.

Sofort wich Lucian zurück und hielt den Abstand zwischen uns aufrecht. »Ich hätte dich nicht für eine nächtliche Schwimmerin gehalten.«

Ich bewegte mich langsam weiter vorwärts. »Bei dir sah das so gut aus. Ich fand, dass ich es auch mal versuchen sollte.«

Es war zu dunkel, um es zu beurteilen, aber ich hätte schwören könnten, dass er errötete. Doch dann zog er die Brauen zusammen. »Du flirtest.«

»Tue ich das?« Natürlich tat ich das. Ich konnte einfach nicht anders. Lucian war irgendwie entzückend, wenn er auf meine unverhüllten Annäherungsversuche reagierte, als wäre er verwirrt, aber gleichzeitig fasziniert. Er brachte mich mit seiner kühlen Strenge so oft aus dem Gleichgewicht. Es war äußerst befriedigend, den Gefallen nun zu erwidern.

Da Lucian der geborene Wettkämpfer war, fing er sich schnell wieder. Er stellte die Füße auf den Boden des Pools – er war groß genug, um darin zu stehen, ohne unterzutauchen. »Du weißt, dass du es tust.« Lucian musterte mich argwöhnisch, so als versuchte er, meine Gedanken zu lesen. »Du versuchst doch wohl nicht, mich dazu zu bringen, dass ich mich besser fühle, oder?«

Ich hielt inne und ließ mich auf der Stelle treiben, während sich mein Herz heftig verkrampfte. »Ich flirte mit dir, weil es mir Spaß macht. Ich weiß nicht, was du sagen wirst, und normalerweise bringt es mich zum Lachen.«

»Ah. Also soll ich den Hofnarren für dich spielen.«

»Versuchst du absichtlich, mich wütend zu machen? Willst du, dass ich gehe?«

Seine Augen funkelten. »Ich will nicht, dass du gehst.«

»Also versuchst du, mich zu ärgern.«

Sein Lachen war warm und jagte ein kleines lustvolles Kribbeln durch meinen Körper. »Ich halte dich nur auf Trab, Em.«

Damit konnte ich arbeiten. Ich schoss vor und wollte losschwimmen, und er bewegte sich hastig zur Seite, als würde er denken, dass ich ihn anfallen könnte. Ich verdrehte die Augen und schwamm in einem trägen Kreis um ihn herum. »Du bist heute Abend ganz schön nervös.«

»Nervös.« Offensichtlich gefiel ihm diese Feststellung nicht.

»Mmm. So als ob du nicht wüsstest, ob du abhauen sollst oder nicht.«

»Das hast du richtig erkannt. Diese Unterhaltung führt mich immer mehr in Versuchung, sofort die Flucht zu ergreifen.«

Witzig.

Ich zog weiter meine Kreise, doch er folgte mir und behielt mich im Blick.

»Liegt es daran, dass wir einander schon mal nackt gesehen haben?«, fragte ich.

Lucian zuckte so heftig zusammen, dass er sich mit Wasser bespritzte. »Herrgott, Em.«

Ich kämpfte gegen ein Grinsen an. »Was denn? Es stimmt doch. Du hast mir erzählt, dass du *Dark Castle* geschaut hast.«

»Anya war nicht vollkommen nackt …«

»Aber so gut wie. Abgesehen von diesem kleinen Dreieck aus Haaren …«

»Gott …«, stöhnte er gedehnt.

»… habe ich im Grunde genommen alles gezeigt.«

»Du versuchst, mich umzubringen. So ist es doch, oder?«

Seine raue Stimme entlockte mir ein Lächeln.

»Sei nicht so prüde.«

»Wenn du wüsstest, was mir gerade durch den Kopf geht, würdest du mich niemals als prüde bezeichnen.«

Mein Herz setzte einen Schlag aus, und ich erwischte mich dabei, wie ich wieder Wasser trat. »Immer raus damit.«

»Nein, vergiss es.« Irgendwie war er dichter an mich herangetrieben und hatte mich in eine Ecke gedrängt. »Und jetzt lass den Quatsch. Prinzessin Anya halb entkleidet auf einem Fernsehbildschirm zu sehen und dich nackt zu sehen, ist ein gewaltiger Unterschied.«

Er schien in meinem Namen so gründlich darüber empört zu sein, dass ich ihn nur staunend anstarren konnte.

»Ich begreife nicht, warum.«

Er zog die dunklen Brauen so dicht zusammen, dass sie sich in der Mitte fast berührten. »Zuerst einmal warst das nicht du. Das war Anya, die Figur. Sie ist nur ausgedacht. Du bist real.«

Das Kribbeln in meinem Bauch bewegte sich in Richtung meiner Brust. »Das ist … süß.«

Als hätte er mich nicht gehört, fuhr Lucian im Vortragsmodus fort. »Und zweitens kann ich nicht durch einen Bildschirm greifen und diese hübschen Brüste berühren.«

Ich verlor das Gleichgewicht und ging beinahe unter. Das Kribbeln verwandelte sich in einen Sturm, und ich musste mich am Rand des Pools festklammern, um nicht zu ertrinken. Als ich sprach, klang meine Stimme zittrig. »Das bedeutet, dass man etwas berühren muss, um es real zu machen.«

Etwas hatte sich verändert – er war nicht länger nervös. Er war entschlossen und kam mir immer näher, bis uns nur noch wenige Zentimeter trennten. Wasser schimmerte auf seinen kantigen Gesichtszügen und ließ diese ausdrucksstarken, festen Lippen ganz feucht erscheinen. Ich wollte sie ablecken, mich um seinen starken, harten Körper schlingen und ihn festhalten.

Seine Augen, die so hell und blass wie der leuchtende Pool waren, nagelten mich an Ort und Stelle fest. In ihnen lag so viel Hitze. Hitze und Verlangen und ein Schatten von Frustration, so als gefiele ihm nicht, dass er mich wollte. Er senkte die Stimme bis sie so dickflüssig wie warme Sahne war. »Em, wenn du vor mir nackt bist, wird es zu Berührungen kommen.«

Ja, bitte. Jetzt wäre gut.

»Das ist ziemlich überheblich von dir, Honigkuchen.«

Lucian, dieser hinterlistige Mistkerl, lächelte und behielt seinen glühenden Blick fest auf mein Gesicht gerichtet. »Wer hat gesagt, dass du die Person bist, die ich berühren würde?«

»Was?« Ich konnte kaum denken. Seine Nähe sorgte dafür, dass mir schwindelig wurde.

»Ich bin mir nicht zu fein dafür, selbst Hand anzulegen, wenn das die einzige Option ist.«

Ich stellte mir vor, wie er die Hand um diesen … Umfang legte, und bekam sofort weiche Knie.

»Oh, ein cleverer Zug …«

Das Wasser bewegte sich, und plötzlich war er da und umzingelte mich mit seinem großen Körper. Sein Mund war nur wenige Zentimeter von meinem entfernt. »Nur damit das klar ist«, murmelte er. »Wenn du vor mir nackt bist, wurde ich lieber dich berühren.«

Er war mir so nah, dass ich ihn ganz intensiv wahrnahm. Er war auf köstliche Weise schön. Ich senkte die Lider und öffnete die Lippen, weil ich den Drang verspürte, seine zu fühlen. Ich wollte ihn. *Ich wollte ihn.*

Unsere Beine streiften sich unter Wasser, und ein Schauer huschte an meinen Schenkeln entlang nach oben. Lucian umklammerte den Rand des Pools, um sich abzustützen, und nahm mich mit seinen Armen gefangen, was es noch schlimmer machte. Wassertropfen schimmerten auf den Wölbungen und Vertiefungen seiner Schultern und Arme. Sie zogen meine Aufmerksamkeit auf die schiere Kraft seines Körpers und darauf, wie gut es sich anfühlen würde, ihn zu berühren.

Er sagte kein Wort. Das musste er nicht. Seine Nähe reichte aus, um mich ganz kribbelig zu machen. Mein Mund war plötzlich trocken.

Ich musste die Kontrolle über diese Situation zurückbekommen. »Du würdest gern mal einen Blick riskieren, nicht wahr?«

Über dem leisen Geräusch des plätschernden Wassers hörte ich ihn schlucken. Überraschung flackerte in seinem Blick auf, kurz bevor er ihn auf meine Brüste senkte. Seine Stimme wurde deutlich leiser. »Wirst du mir einen gewähren?«

Reine und heiße Lust tobte in mir. Ich liebte Sex – den Tanz, der dazu führte, die Körperlichkeit des Ganzen, die Erlösung. Doch der Ruhm hatte Sex für mich verändert. Männer erwarteten nun eine Fantasie. Sie sahen mich entweder als eine jungfräuliche Prinzessin, der man mit Ehrfurcht begegnen musste, oder als Kerbe in ihrem Bettpfosten: *Ich habe Anya flachgelegt.*

Lucian hatte deutlich gemacht, dass er nicht Anya sah, wenn er mich anschaute. Das allein war Grund genug, dass ich ihm mehr zeigen wollte.

Das Wasser war kühl, aber innerlich brannte ich, während ich eine Hand langsam zum Saum meines Bikinioberteils wandern ließ. Lucians Blick wurde immer andächtiger. Er öffnete die Lippen und atmete flach aus. Gott, dieser Blick. Er sorgte dafür, dass sich alles in mir zusammenzog. Meine Brüste wurden schwer und schwollen vor träger Lust an. Ich war mir seiner Anwesenheit und auch mir selbst vollkommen bewusst, während ich am Saum meines Bikinis entlangstrich und mit dem Gedanken spielte, den Stoff zur Seite zu ziehen.

Lucian blinzelte nicht. Er bewegte sich auch nicht, schien mir aber irgendwie noch näher gekommen zu sein. Meine Brustwarzen versteiften sich, drängten sich gegen den dünnen Stoff und flehten darum, von ihm gesehen zu werden. Ich hakte eine Fingerspitze unter das Oberteil und zog es langsam zur Seite, wobei ich spürte, wie sich der Stoff dehnte.

Lucian knurrte leise und lang, so als könnte das Geräusch meine Bewegungen beschleunigen. Die Reaktion in meinem Körper war köstlich – zwischen meinen Beinen zog sich alles zusammen. Ich drängte mich gegen den Laut, und meine Lider flatterten, als ich das Oberteil noch weiter zur Seite zog und erst aufhörte, als ich an den Rand der Brustwarze gelangte. Er zuckte, und das Wasser wurde aufgewühlt.

»Em …« Das Flehen kam heiser über seine Lippen. »Baby …«

Die Muskeln in seinen Armen spannten sich an, als er den Rand des Pools umklammerte, so als würde er versuchen, sich zurückzuhalten.

Oh, er wollte diesen Blick riskieren. In mir baute sich eine beinahe schmerzhafte Sehnsucht auf. Millionen Menschen hatten meine Brüste gesehen. Aber Lucian hatte recht, das war nicht ich gewesen. Hier, jetzt, das war ich. Und das war er, der *mich* sehen wollte.

Mit der Fingerspitze beschrieb ich einen heißen Pfad entlang der Wölbung meiner Brust – vor und zurück. Und er sah zu wie ein Mann, der kurz vorm Verhungern stand. Ich leckte mir über die Lippen und hielt inne. Wie schienen beide den

Atem anzuhalten. Und dann rutschte das Oberteil mit einem ganz leichten Ziehen über die steife Knospe meiner Brustwarze.

Lucian stöhnte. Der Laut hatte etwas beinahe Animalisches an sich. Ich drückte als Reaktion darauf den Rücken durch. Sein Verlangen zog mich magisch an, und ich brachte meine entblößte Brust immer dichter an seinen breiten Oberkörper heran. Ich wollte seine Haut an meiner spüren.

Doch er bewegte sich nicht. Er umfasste die Kante des Pools fester und atmete so schwer, dass sein ganzer Körper bebte. »Verdammt«, flüsterte er. Sein blasser Blick flackerte zu meinem, und zwischen seinen Brauen entstand eine Furche. »Ich will eine Kostprobe. Bitte. *Gott.* Bitte, Em.«

Dass er so vollkommen fertig war, sorgte beinahe dafür, dass ich mich unter Wasser gleiten ließ. Aber das Verlangen in seinen Augen entlockte mir ein Wimmern. Mit vor Lust schweren Lidern nickte ich und er schluckte schwer. Etwas Wildes schlich sich in seine Miene.

»Nur eine Kostprobe«, sagte er, als wollte er sich selbst zügeln. Ich wimmerte erneut, und sein heißer Blick traf auf meinen. Etwas huschte über seine Miene – Entschlossenheit, Bestätigung, ich konnte es nicht beurteilen. Lust und Verlangen hatten alle vernünftigen Gedanken zerschlagen. »Nur eine Kostprobe«, sagte er erneut.

»Nimm sie dir«, flüsterte ich und war kaum in der Lage, die Worte zu bilden.

Lucian stieß den Atem aus, und sein Mund kam näher. »Verdammt. Em … komm mir mit dieser Süße entgegen.«

Ich atmete geräuschvoll aus, und alles in mir zog sich auf köstlichste Weise zusammen. Mit einer zitternden Hand umfasste ich meine Brust und hob sie aus dem Wasser. Ich bot mich ihm an.

Mit einem Stöhnen senkte er den Kopf. Seine heiße, flache Zunge bewegte sich feucht über meine kalte Haut. Ich stieß einen Schrei aus, während Lust durch meinen Körper schoss.

Er gab einen Laut von sich, der reinen Hunger ausdrückte, und küsste mit den Lippen sanft die Spitze, bevor er sie tief in seinen Mund saugte …

»Wer als Letzter im Pool ist, ist ein Trottel!« Auf Tinas Ruf folgte ein gewaltiges Platschen, als sie sich ins Wasser stürzte.

Lucian wich zurück, als hätte man ihn geschlagen, und drehte sich dann herum, um mich zu verdecken, während ich hastig mein Bikinioberteil zurück an seinen Platz zerrte.

Die Überraschung auf Tinas Gesicht ließ keinen Zweifel daran, dass sie uns bis zu diesem Augenblick nicht bemerkt hatte. Ebenso deutlich verrieten mir Brommys langsames Schlendern in Richtung Poolkante und das Grinsen auf seinem Gesicht, dass er uns sehr wohl bemerkt hatte.

Was auch immer der Fall war, die Stimmung war effektiv zerstört. Ich schaute Lucian in die Augen, aber er hatte seine Mauern wieder hochgezogen und schüttelte kaum merklich den Kopf. Mit einem inneren Seufzen schwamm ich zu der verlegenen Tina hinüber und tat so, als wäre nichts passiert.

Ich konnte es nicht bereuen, dass ich Lucian so sehr gereizt hatte, bis er den Spieß schließlich umgedreht hatte. Aber ich würde definitiv zweimal darüber nachdenken, bevor ich mich erneut auf diese Weise auf ihn einließ. Denn er schien diesen Augenblick der Schwäche durchaus zu bereuen.

13. KAPITEL

Lucian

Nachdem ich mich gerade noch davon abgehalten hatte, im Pool wie ein Verhungernder über Emma herzufallen, hielt ich mich von ihr fern und verbrachte meine Zeit mit Brommy. Das gelang mir ganze zwei Tage lang. Und ich vermisste sie.

Es war irrational, nervtötend und unsinnig. Man sollte niemanden vermissen, den man kaum kennt. Man sollte sich nicht nach dem Anblick dieser Person sehnen und auch nicht nach dem Klang ihrer Stimme oder dem Duft ihrer Haut. Nicht so. Verflucht noch mal, ich hatte ihre süße, rosige Brustwarze in meinem Mund gehabt. Ich konnte ihre Form auf meiner Zunge spüren wie ein lustvolles Phantom, das nur existierte, um mir den Verstand zu rauben.

Ich schob es auf die Tatsache, dass ich geistig geschwächt war, weil ich monatelang in sexueller Enthaltsamkeit gelebt hatte.

Mein einziges Zugeständnis bestand darin zu backen. Für sie.

Backen war für mich immer etwas sehr Privates gewesen, etwas, das ich von meinem Urgroßvater gelernt hatte. Aber ich hatte nie darüber nachgedacht, mehr daraus zu machen. Jetzt war es allerdings zu gleichen Teilen eine Herausforderung und unglaublich befriedigend geworden, mir neue Möglichkeiten auszudenken, um Emma in Versuchung zu führen und zu erfreuen. Emma mit Essen zu versorgen, gab irgendwie auch meiner Seele Nahrung.

Sie wusste nicht, dass ich die Brioches in ihrem Frühstückskorb mit meinen Händen geformt hatte. Sie wusste nicht, dass die Macarons – jeden Abend schickte ich ihr zwei in einer kleinen Schachtel – ebenfalls von mir waren. Aber ich wusste es.

In schwachen Momenten schloss ich die Augen und versuchte mir vorzustellen, wie sie ihre weichen Lippen für die bunten Leckereien öffnete und mit ihrer rosigen Zunge die Aromen kostete, die ich erschaffen hatte – kreiert durch die seltsame Alchemie aus geschlagenem Eiweiß, Sahne und püriertem reifem Obst und dann zusammengemischt, um eine intensive Geschmacksexplosion zu erzielen.

Was hatte sie lieber gemocht: die Sorte mit tintenschwarzer Chicoréeschokolade oder die mit reichhaltigem, buttrigem Karamell und flambierter Birne? Oder stöhnte sie angesichts der saftigen Köstlichkeit der Sorte mit Grapefruit und Honig oder der mit Blutorange und Rose?

Die Vorstellung allein reichte aus, um einen Mann hart werden zu lassen.

Und sich nach einem Blick auf das zu sehnen, was er nicht haben durfte.

Deswegen machte ich damit weiter. Vielleicht wollte ich erwischt werden. Ich hätte der Frau einfach erzählen können, dass ich derjenige war, der ihr Essen zubereitete und ihr kleine Leckereien hinterließ, die niemand sonst in *Rosemont* erhielt. Aber Emma Maron hatte etwas an sich, das mich wieder in den ungelenken, tollpatschigen Sonderling verwandelte, der ich in der Schule gewesen war.

Mamie hatte nicht übertrieben, als sie gesagt hatte, dass ich als Kind klein gewesen war. Klein und schüchtern. Wenn ich nicht auf dem Eis war, hatte ich meistens versucht, nicht aufzufallen. Eishockey hatte mich zu jemandem gemacht, der frech, kontaktfreudig und lebensfroh war. Ich mochte diese Version von mir, aber nun, da ich kein Eishockey mehr spielen konnte, wurde mir klar, dass dieser Teil von mir nur eine Rolle gewesen war, die ich gespielt hatte.

Ich war mir nicht mehr sicher, wer ich wirklich war, aber ich wusste, dass ich nicht bereit war, mit einem Kuchen in der Hand zu Emmas Bungalow zu marschieren.

So viel wie möglich für mich zu bleiben, schien mir der sicherere Plan zu sein.

Weil auf Nummer sicher zu gehen ja das ist, was dich im Leben so weit gebracht hat.

Bei dem Nachtisch, den ich heute für Emma zubereitet hatte, war ich nicht auf Nummer sicher gegangen. Und ich bereute es bereits. Die Wahl war reiner Überheblichkeit geschuldet gewesen. In diesem Nachtisch war zu viel von mir – *von uns*. Aber es war zu spät, ich konnte ihn nicht mehr zurücknehmen.

Emma

Der Kuchen gab den Ausschlag. Und die Krönung des Ganzen war, dass ich es nicht mal kommen sah. Ich hätte es kommen sehen sollen. Die Anzeichen waren alle da. Aber ich hatte nicht aufgepasst. Ich hatte über einen gewissen mürrischen, heißen Mann nachgedacht, den ich so sehr wollte, dass es längst nicht mehr gut für mich war.

Ein Mann, der mir offensichtlich aus dem Weg ging. Ich hatte ihn seit zwei Tagen nicht mehr gesehen. Einmal hatte ich ihn von hinten erblickt, als er um eine Ecke gebogen war. Seine Schritte – dieser arrogante Gang, der mich an Sex und

Sünde denken ließ – waren entschlossen gewesen, so als wollte er nicht beim Herumlungern erwischt werden.

Es war meine Schuld. Ich hatte ihn bedrängt und mit ihm geflirtet, obwohl er sich offensichtlich dagegen gewehrt hatte. Andererseits war er derjenige gewesen, der es so weit getrieben hatte, dass ich immer noch erschauerte, wenn ich daran zurückdachte, wie ich ihn näher an mich herangezogen hatte und er dabei auf meinen Mund gestarrt hatte, als wollte er ihn verschlingen. Als wollte er mich verschlingen.

»Uff.« Ich ließ mich nach hinten auf das Sofa fallen. »Hör auf, an ihn zu denken.«

Vielleicht sollte ich abreisen. Mir einen anderen Ort suchen, an dem ich mich verstecken kann.

Mein Magen verkrampfte sich. Ich wollte hier nicht weg.

Das Mittagessen kam und unterbrach meine grüblerischen Gedanken. Ein weiterer Korb – diesmal brachte ihn eine Frau namens Janet, die mir mitteilte, dass sie zum Hauspersonal gehöre.

War es besorgniserregend, dass ich bereits sabberte wie ein pawlowscher Hund? Vermutlich. Aber das änderte nichts an der aufgeregten Vorfreude, die in mir aufstieg. Die täglichen Mahlzeiten waren für mich immer ein Grund zu übermäßiger Freude.

In dem Korb befanden sich ein Salat aus jungem Blattgemüse und ein Behälter mit Suppe. Eine beiliegende Karte, die mit einer stark geneigten Handschrift beschrieben war, informierte mich darüber, dass sich dieses Gericht Avgolemono nannte: eine griechische Suppe aus Ei und Zitrone. Dazu hatte ich die Wahl zwischen einem gekühlten Chardonnay und Eistee.

Und dann entdeckte ich den Behälter mit dem Nachtisch. Von dem köstlichen Essen einmal abgesehen war er jedes Mal das Highlight meines Tages. Diese kleinen Leckereien, die sich anfühlten, als wären sie allein für mich gemacht. Oh, mir war klar, dass jeder hier den gleichen Nachtisch bekam. Aber ich ließ mich immer glauben, dass er für mich allein war, wenn auch nur für eine kleine Weile.

Vorfreude rauschte durch meine Adern, als ich das goldene Band abzog. Im Inneren der Schachtel befand sich eine karamellfarbene Tarte von der Größe meiner Hand. Dunkelgoldene Puddingcreme war in der Form einer Blume aufgespritzt worden. Und direkt daneben, so als würde sie sich darauf niederlassen, um davon zu kosten, befand sich eine winzige Honigbiene aus Zucker.

Mir stockte der Atem, und ich richtete meine ganze Aufmerksamkeit auf diese Biene. Ich verzichtete auf eine Gabel, hob die Tarte mit bloßen Händen aus der Schachtel und nahm einen großen, beinahe wütenden Bissen davon. Und in diesem Augenblick wurden mir einige Dinge klar. Es war keine Tarte, sondern ein Kuchen. Und es war kein Karamell. Es war Honig.

Sanfte, blumige Noten von köstlichem, süßem Honig durchzogen die seidige Puddingcreme. Dieser Nachtisch war dekadent, aber leicht, süß und doch reichhaltig. Ein Honigkuchen, mit Liebe gemacht. Die winzige Zuckerbiene saß immer noch auf dem Rand der blättrigen Kruste und verhöhnte mich.

Diese kleine Biene naschte an ihrem Honigkuchen.

Sofort rauschte reine Hitze zwischen meine Beine und breitete sich in meinen Oberschenkeln aus. Kurz darauf erreichte sie auch meine Brustwarzen. Ich stopfte mir ein weiteres großes Stück in den Mund und genoss den Geschmack. Ich wollte … ihn.

Das hier war sein Werk. Er hatte es mit seinen eigenen Händen erschaffen, mit seinem Können, mit seinem Verstand. Mein mürrischer Mann mit der Fähigkeit, auf die unerwartetste Weise etwas Süßes zu kreieren.

Irgendwie hatte ich es tief im Inneren von Anfang an gewusst. Aufgrund der Art, wie er mir regelrecht befohlen hatte, seinen Brest zu probieren. Wie er mit diesem seltsam konzentrierten Ausdruck auf dem Gesicht zugesehen hatte, wie ich ihn gegessen hatte. Stolz. Das war es. Er war stolz auf seine Arbeit.

Ich aß den Honigkuchen, ohne innezuhalten, und verschlang ihn regelrecht, bis nur noch eine klebrige Paste an meinen Fingern und ein paar buttrige Krümel an meinen Lippen übrig waren. Stöhnend leckte ich meine Haut sauber, wie eine Katze es tun würde. Ich hätte schwören können, dass ich in meinen Fingern Krallen spürte, die sich danach sehnten, ausgefahren zu werden.

Denn er hatte es gewusst und ich nicht. Fand er das etwa lustig? Was hatte er noch gesagt? Dass der Koch launisch war. Oh, wie er insgeheim darüber gelacht haben musste.

Mit einem Knurren wusch ich mir die Hände und ging zur Tür. Die eine Hälfte von mir war erregter, als ich es in meinem ganzen Leben je gewesen war, und die andere Hälfte war ganz und gar darauf aus, den nervtötendsten Mann, dem ich je begegnet war, zu zerfleischen.

Er brauchte eine Stunde, um zurückzukehren, und kam mit Tüten voller Lebensmittel herein. Ich saß in der hinteren Ecke der großen Küche, wo ich bequem auf der Theke hockte und einen weiteren Honigkuchen aß – dieser war leider nicht mit einer süßen Biene verziert. Offenbar war sie nur für mich gewesen.

Er bemerkte mich nicht, was genau das war, was ich beabsichtigt hatte, denn wenn er mich jetzt sah, würde dieser hinterhältige Kerl nur so tun, als würde er die Sachen für den »Koch« des Hauses abliefern.

Gott, er sah wirklich gut aus. Obwohl ich wütend auf ihn war, saugten meine Augen seinen Anblick förmlich in sich auf. Sein dunkles Haar war vom Wind zerzaust, und seine üppigen Lippen waren zu diesem mürrischen Schmollmund verzogen. Seine glatte, olivfarbene Haut bildete einen starken Kontrast zu dem weißen T-Shirt, das er trug, und wirkte dadurch noch dunkler. Die kurzen Ärmel des T-Shirts spannten über seinen Oberarmmuskeln, die sich anspannten und stärker hervortraten, als er die schweren Tüten abstellte.

Niemand würde je daran zweifeln, dass dieser Mann ein Sportler war. Er bewegte sich mit der Sicherheit von jemandem, der seinen Körper wie eine Maschine einsetzte – effizient, elegant, stark.

Er drehte sich herum, um im Kühlschrank herumzustöbern, und die festen Backen seines spektakulären Hinterns pressten sich gegen seine abgenutzten Jeans. Lautlos stellte er eine Flasche Sahne ab und griff dann nach oben zu der Reihe aus hängenden Töpfen, um einen Soßentopf herunterzuholen. Dabei rutschte sein T-Shirt ein wenig nach oben und entblößte einen schmalen Streifen seiner durchtrainierten Bauchmuskeln.

Herr im Himmel, ich könnte tatsächlich einen Orgasmus davon bekommen, diesen Mann beim Arbeiten in seiner Küche zu beobachten. Bislang hatte ich nicht mal gewusst, dass ich auf so was stand. Vielleicht lag es auch nur an Lucian. Als er sich daranmachte, mit einer geschmeidigen Bewegung seines Handgelenks ein Ei zu trennen, wusste ich mit Sicherheit, dass das der Fall war. Er war das, worauf ich stand. Verdammt noch mal.

»Du machst das so gut.« Meine Stimme hallte durch die Stille, und er sprang förmlich in die Luft und riss seine frostgrünen Augen vor Schreck weit auf. »Du musst Jahre gebraucht habe, um dieses Handwerk zu erlernen.«

Für eine Sekunde sprach keiner von uns. Zumindest nicht mit Worten. Unsere Augen jedoch führten eine komplette Unterhaltung.

Oh, ich habe dich dermaßen durchschaut, Freundchen.
Offensichtlich.
Du hättest es mir erzählen sollen.
Offensichtlich.
Hast du sonst nichts dazu zu sagen?
Offensichtlich nicht.
Du bist umwerfend.

Das war mir so rausgerutscht.

Er atmete scharf ein und blähte die Nasenflügel. Und sein panischer Blick wurde heiß und konzentriert.

»Es war der Honigkuchen, nicht wahr?« Seine Stimme war in der stillen Küche kaum mehr als ein heiseres Keuchen.

Ich schob die Überreste des Kuchens, den ich gegessen hatte, beiseite und leckte mir die Fingerspitzen sauber. Mir gefiel, wie er sich sofort auf diese Bewegung konzentrierte. Ein Knurren grummelte tief in seiner Brust und löste in mir ein lustvolles Kribbeln aus. Ich ignorierte es.

»Die Wahl war vielleicht ein wenig zu wörtlich.« Ich sprang von der Theke. »Aber köstlich.«

Ich starrte ihn finster an und ging auf die Kücheninsel zu. Er setzte eine wachsame Miene auf, und seine breiten Schultern versteiften sich, so als würde er sich auf einen Kampf vorbereiten. Ich grinste, denn ich wollte ihn aus der Fassung bringen. Der Himmel wusste, dass er mir tagelang das Gleiche angetan hatte.

»Eishockeyspieler« – ich zählte die Worte an meinen Fingern ab – »Zimmermann, launischer Koch, Bäcker, Konditor …« Ich blieb vor ihm stehen, und seine schiere Körperlichkeit überwältigte mich einmal mehr. Wenn ich in Lucian Osmonds Nähe stand, *wollte* ich ihn. »Vielleicht sollte ich dich als Universalgenie bezeichnen. Wie sieht es aus, Brick, malst du auch?«

Er legte eine seiner großen langfingrigen Hände auf die marmorne Arbeitsplatte. Die Muskeln in seinem Arm bewegten sich, als er sich ein Stück vorlehnte. »Ja, aber nur auf Pâtisseries.«

Oh verflucht, er hatte es auf Französisch gesagt, mit einem Akzent, der nach sinnlichem Sex klang. Mir stockte der Atem. Und er bemerkte es. Er kniff die Augen zusammen und senkte den Blick langsam auf meinen Mund. Dann hob er ihn wieder, um mir in die Augen zu schauen.

»Bist du sauer?« Eine Herausforderung.

»Kommt drauf an«, erwiderte ich ein wenig zu atemlos. Verdammt. »War das alles ein Witz für dich?«

»Honigbienchen, wenn es um Pâtisseries geht, mache ich niemals Witze.«

Gott. Sag das noch mal. Sag noch mehr. Hauche deine Worte auf meine Haut.

Ich schluckte schwer. »Ich will keine Ausflüchte hören, Lucian. Nicht jetzt.«

Mit einem Seufzen ließ er die Schultern sinken. »Nein, es war kein Witz. Ich habe nichts gesagt, weil …« Er wedelte mit einer Hand herum, als würde er nach dem Grund suchen, und hob sie schließlich resigniert in die Höhe. »Es fühlte sich zu persönlich an. So als würde ich zu viel von mir preisgeben.«

»Das verstehe ich.« Er war Künstler. Ich hatte seine Sorgfalt und seine Bedächtigkeit in jedem Bissen gespürt, den er erschaffen hatte. Aber noch stärker zeigten sie sich im Aussehen seiner Gebäckkreationen, in der Art, wie er sie präsentierte. »Du bist unglaublich talentiert, Lucian.«

Das war ein schwaches Lob. Aber ich wollte es ihm trotzdem zukommen lassen.

Wie erwartet drehte er sich um und machte sich daran, die Eierschalen in die Spüle zu werfen. »Es ist nur etwas, das ich mache, um mich zu entspannen und was zu tun zu haben.«

Ich wollte in diesem Moment nicht an Greg denken, aber erst als ich angefangen hatte, mit ihm auszugehen, hatte ich wirklich erfahren, wie das Leben eines Profisportlers aussah. Ich hatte gedacht, dass es wie meins sein würde, aber als Schauspieler gab es viele Zeiten, in denen man einfach nur auf die nächste Aufnahme wartete oder sich zwischen zwei Rollen befand, was viel Freizeit bedeutete. Bei Sportlern sah das vollkommen anders aus. Ihre Leben waren extrem strukturiert und ihre Tage waren mit Training, Übungen, Spielen, Interviews und Reisen ausgefüllt. Ihnen blieb kaum Zeit zum Ausruhen. Den meisten Profisportlern verschaffte das einen Kick. Dieses Leben allein genügte ihnen als Adrenalinrausch.

Wie musste es sein, wenn einem dieses Leben plötzlich entrissen wurde, bevor man dazu bereit war? Nicht gut.

Mein Herz verkrampfte sich, und plötzlich wollte ich nichts lieber tun, als meine Arme um ihn zu schlingen und ihn einfach zu drücken. Wenn irgendein Mann eine Umarmung brauchte, dann war es Lucian. Aber er würde es nicht erlauben. Es würde ihm nicht gefallen.

Er verlagerte sein Gewicht und wurde auf diese Weise unruhig, die bedeutete, dass er in den Verteidigungsmodus überging. Jeden Moment wurde er sich abschotten und sich in seine eigene geschützte Welt zurückziehen.

Du kannst mich reinlassen. Ich werde dir nicht wehtun.

»Hat Amalie dir das beigebracht?«, fragte ich.

Er hob ruckartig das Kinn – offenbar überraschte ihn mein plötzlicher Themenwechsel. »Ja«, sagte er nach einem Augenblick mit grollender Stimme. Er räusperte sich. »Nun ja, Amalie hat mir das Kochen und das Brotbacken beigebracht. Du weißt schon, die Rezepte, die sie als Kind gelernt hat.«

Während er sprach, holte er eine Küchenwaage und Mehl hervor. Er wirkte jetzt entspannter. »Von meinem Urgroßvater, Jean Philipe, habe ich alles über die Herstellung von Feingebäck gelernt. Er war in Frankreich sehr bekannt. In seinen Küchen tummelten sich regelrechte Armeen aus Assistenten und alle sagten immer: ›*Oui*, Chef.‹ Aber für mich war er einfach nur mein *Arrière-grand-père*, der mir alles beibringen wollte. Wenn wir Kinder den Sommer in Frankreich verbrachten, spielten Anton und Tina immer draußen und ich blieb in der Küche.«

Ein Lächeln schlich sich auf meine Lippen. »Ich gebe zu, dass es mir schwerfällt, mir das vorzustellen.«

Um seine Augen herum bildeten sich kleine amüsierte Fältchen. »Mamie hat nicht übertrieben, als sie gesagt hat, dass ich als Kind klein war. Ich war regelrecht mickrig. Und schüchtern.«

»Du?«, neckte ich. Aber ich konnte es vor mir sehen. Etwas an Lucian würde immer zurückhaltend sein.

Er warf mir einen Seitenblick zu, verzog aber belustigt die Lippen. »Ja, ich. Ein mickriger Sonderling. Der nicht dumm war. Denn wenn ich mich in der Küche aufhielt, bekam ich immer etwas zu essen. Eine Menge. Außerdem …« Er zuckte mit Schultern, die definitiv nicht mickrig waren. »… gefiel es mir dort. Ich hatte schon immer Probleme, mich zu konzentrieren, es sei denn, etwas zog meine ganze Aufmerksamkeit auf sich. Zu Hause hatte ich das Eis. In Frankreich hatte ich das Kochen, das Backen und Pâtisseries. Es entspannt mich.«

Mich persönlich würden die Genauigkeit und Konzentration, die man zum Backen brauchte, in den Wahnsinn treiben. Aber ich verstand ihn.

Wir standen nebeneinander, und ich war mir seiner Wärme nur allzu bewusst. Er roch nach Honig und Sonnenschein. Ich wollte mein Gesicht in dieser duftenden Wärme vergraben und sie in mich aufsaugen.

»Wirst du nun, da ich es weiß, damit aufhören?«, fragte ich besorgt.

Er zog seine geraden Augenbrauen zusammen. »Warum sollte ich das tun?«

»Keine Ahnung.« Ich zuckte mit den Schultern und fuhr mit dem Finger an der Kante der Arbeitsplatte entlang. »Du hast gesagt, dass es zu persönlich wäre, wenn ich es wüsste.« Ich schaute ihm in die Augen. »Deswegen habe ich mich gefragt, ob du nun vielleicht nichts mehr für mich backen willst.«

Lucians sanfter Tonfall strafte seine strenge Miene Lügen. »Honigbienchen, ich werde dir alles backen, was du haben willst.«

Das Versprechen glitt über meine Haut wie warmes Karamell. Alles, was ich haben wollte. Ich wusste, dass er das tun würde.

Ich ballte die Finger zur Faust, um mich davon abzuhalten, die Hand nach ihm auszustrecken. »Überrasch mich.«

Sein Lächeln war breit und strahlend. Frei. »Geht klar.«

14. KAPITEL

Emma

Die Küche wurde schnell zu meinem Lieblingsort auf dem Anwesen. Zumindest wenn Lucian sich dort aufhielt. Sie war sonnig und warm und von köstlichen Gerüchen wie backendem Brot oder reichhaltiger Schokolade erfüllt. Dieser Raum fühlte sich gleichzeitig sicher und glücklich an. Es war eine Freude, es sich auf der tiefen gepolsterten Bank gemütlich zu machen, die an einer Wand entlang verlief und einen Blick auf die Kücheninsel und den Herd bot, wo Lucian arbeitete.

In den letzten paar Jahren war ich so sehr mit *Dark Castle* beschäftigt gewesen, dass ich nie wirklich dazu gekommen war, mir Koch- oder Backsendungen anzuschauen. Nun zog ich sie jedoch tatsächlich in Betracht. Zu beobachten, wie sich Lucian voller Selbstvertrauen und lässiger Eleganz durch die Küche bewegte, war für mich der reinste Porno. Es war verrückt, aber die Art, wie sich seine muskulösen Unterarme bewegten, während er zackig Eiweiß oder Sahne schlug – denn der Mann benutzte für so etwas nie einen Mixer –, erregte mich so sehr, dass ich meine Schenkel unter dem Schutz des abgenutzten Holztischs zusammenpressen musste.

Und wenn er Teig knetete? Gütiger Gott. Er gab jedes Mal ein kleines Knurren von sich, wenn er seine Handballen in die elastische Masse presste. Wenn er hingegen seinen ganzen straffen Körper nach vorn gegen die Arbeitsplatte beugte, war es ein tiefes grollendes Knurren. Und dann war da noch der Rückzug, bei dem er einatmete und seine breiten Schultern in einem gleichmäßigen Rhythmus rollte.

Knurren. Stoßen. Atmen. Ziehen.

Es war ein Wunder, dass ich nicht auf der Stelle einen Orgasmus bekam, während ich ihn dabei beobachtete.

»Ich kann deinen Blick auf mir spüren«, sagte Lucian ungerührt, ohne seinen Rhythmus zu unterbrechen.

Ich wette, dass du das kannst.

»Es ist hypnotisierend.«

Er gab ein weiteres Knurren von sich. Dieses Mal war es eins, von dem ich wusste, dass es bedeutete: »Was auch immer für dich funktioniert, Em.«

Ich lächelte. »Ich könnte das filmen und damit sofort einen Hit landen.«

Er schaute in meine Richtung. In seinen kühlen wintergrünen Augen blitzte Ärger – doch das leichte Lächeln, das an seinen Mundwinkeln zupfte, strafte sie Lügen. »Ehemalige Eishockeyspieler, die backen?« Er richtete seine Aufmerksamkeit wieder auf den Teig. »Ich vermute, dass das auf seine Art irgendwie spektakulär ist.«

»Du unterschätzt wirklich den Reiz des Ganzen, Brick.«

Mit einem abfälligen Schnauben formte er den nun glatten Teig zu einer ordentlichen Kugel und legte diese dann in eine große Schüssel, bevor er sie mit einem feuchten Tuch abdeckte. Dann wusch er sich die Hände und ging zum Kühlschrank.

»Was kommt als Nächstes?«, fragte ich und lehnte mich gespannt vor.

»Die Kruste für die Tomatentartes, die es zum Abendessen gibt.« Seine Lippen zuckten. »Du kannst gerne jederzeit helfen.«

»Wir wissen beide, dass es für alle Beteiligten besser ist, wenn ich das nicht tue.«

Lucian ließ ein halbes Lachen vernehmen. »Kein Kommentar.«

Er versuchte immer noch, mir alles Mögliche beizubringen, aber bislang hatte ich mich in der Küche als absolut unfähig erwiesen. Falls es ein Kochgen gab, hatte ich es eindeutig nicht abbekommen. Während Lucian einen großen Klumpen Butter auf die Theke legte und sich das Mehl schnappte, lächelte ich und las ein paar E-Mails, die auf meinem iPad aufgetaucht waren.

Abgesehen von dem, was ich als den »Poolzwischenfall« bezeichnete, hatten wir die Anziehungskraft zwischen uns weitestgehend ignoriert. Aber sie war da und wurde immer stärker und hitziger. Und trotzdem war da auch noch unsere Freundschaft. Ich mochte ihn, verdammt. Mehr, als gut für mich war. Anziehung konnte zunehmen und abebben, aber echte Sympathie für eine andere Person bedeutete, dass es umso schmerzhafter werden würde, sie zu verlieren.

Da ich Lucian nicht für immer in meinem Leben haben würde, bereitete mir das Sorgen. Dennoch konnte ich nicht die Zufriedenheit leugnen, die ich empfand, wenn ich seinen geliebten Arbeitsplatz mit ihm teilte. Jeden anderen verscheuchte er regelrecht aus seiner Küche, wenn er sich darin befand. Nur Amalie und manchmal Tina durften ihm einen schnellen Besuch abstatten, aber selbst sie schob er nach ein oder zwei Minuten sanft zur Tür hinaus.

»Warum grinst du so?«, fragte er mit einem düsteren, amüsierten Grollen.

Das war die andere Sache, wenn ich mit Lucian in der Küche war: Er bemerkte alles, was ich tat, selbst wenn ich dachte, dass er seine ganze Konzentration auf die Zubereitung des Essens richtete.

»Das muss dich nicht kümmern.«

Er summte.

Ich rief meine E-Mails auf und entdeckte eine von meinem Agenten. Mein Lächeln wurde breiter und ein wenig zittrig.

»Jetzt musst du mir aber wirklich erzählen, was los ist«, sagte Lucian trocken.

Ich blickte auf und stellte fest, dass er mich anschaute. Er hatte eine seiner dunklen Augenbrauen nach oben gezogen und wirkte dadurch auf herrische Weise ungeduldig. Ich schnaubte. »Wieso nennst du mich eigentlich Schnüfflerin, wenn du derjenige bist, der so verflucht neugierig ist?«

»Ich bin nur in Bezug auf dich neugierig. Du schnüffelst jedem hinterher.«

Mein Magen kribbelte, als er gestand, dass er nur mehr über mich erfahren wollte. Ich ließ es mir jedoch nicht anmerken und verdrehte die Augen, bevor ich ein wenig mehr von der E-Mail las. »Diese E-Mail ist von meinem Agenten. Ein paar Besetzungschefs haben ihm Drehbücher geschickt, die vielversprechend sein könnten.«

»Überrascht dich das?«

»Seit *Dark Castle* sind mir nicht mehr viele Rollen angeboten worden. Also ist das … unerwartet. Gut.«

»Gut.« Sein knappes Lächeln war breit und schön, und es zu sehen verschlug mir den Atem. Dann, als wäre ihm plötzlich klar geworden, dass er fröhlich grinste, brummte er und machte sich wieder daran, die Butter für seine Kruste in Stücke zu schneiden. »Warum bist du Schauspielerin geworden?«

Ich hätte ihm meine einstudierte Standardantwort geben können, aber zwischen uns sollte Ehrlichkeit herrschen. »Ich wollte berühmt werden.«

Lucian hielt inne und hob ruckartig den Kopf.

Ich senkte den Blick und betrachtete meine schlanken Hände und Handgelenke, die sich plötzlich zerbrechlich anfühlten. »Ich war vierzehn und mein Dad hatte … eine seiner Launen. Im Fernsehen lief die Oscarverleihung, also verkrochen meine Mom und ich uns im Arbeitszimmer, um sie zu schauen. Und da waren sie, all diese wohlhabenden, schönen und lächelnden Frauen.«

Ich schaute auf und bemerkte Lucians besorgten Blick. Ich setzte das Lächeln auf, das ich schon viel zu lange benutzte, um Männer zu beschwichtigen, doch unter seinem ruhigen Schweigen verblasste es schnell. Denn in seiner Gegenwart musste ich keine Zugeständnisse machen, um den Frieden zu wahren, und mich auch nicht verstellen. Ich schluckte schwer. »Für mich bedeutete das Macht. Und ich dachte, dass ich sicher wäre, wenn ich diese Macht, diese Art von Reichtum und Ruhm erreichen könnte. Ich dachte, dass ich dann frei wäre.«

Der vorheizende Ofen tickte in der dröhnenden Stille. Lucians Miene wirkte verkniffen, und ich wusste, dass er mich trösten wollte. Aber damit konnte ich in diesem Augenblick nicht umgehen.

»Erst als ich mich tatsächlich an der Schauspielerei versuchte, merkte ich, wie sehr ich es liebte. Das Schauspielern ist eine Herausforderung, macht Spaß und bietet mir eine sichere Möglichkeit, meine Gefühle auszudrücken. Ich hatte mir in meinem Kopf schon immer Geschichten zurechtgesponnen. Dieser Beruf gab mir die Möglichkeit, auf andere Weise Geschichten zu erzählen.«

Er nickte langsam, und eine dunkle Haarsträhne fiel ihm in die Stirn. »Du machst das gut, Emma.«

Emma. Nur er konnte meinen Namen so klingen lassen, dass er sich wie ein Samthandschuh anfühlte, der über meine Haut glitt.

»Danke.« Erfolg war eine launische Angelegenheit. Er konnte jeden Moment wieder verschwinden. Aber ich wollte, dass er meine bestmögliche Leistung sah. Was bedeutete, dass ich mich zusammenreißen und aufhören musste, mir so viele Sorgen zu machen, damit ich wieder in den Sattel steigen konnte.

Seltsam energiegeladen leckte ich mir über die Lippen und richtete meine Aufmerksamkeit wieder auf die große, mit Marmor belegte Kücheninsel. »Du hast gesagt, dass du backst, weil es dich entspannt, aber ist das der einzige Grund?«

Er neigte den Kopf zur Seite und verzog seine vollen Lippen. »Werden wir jetzt persönlich?«

»Das würde ich schon sagen, wenn man bedenkt, was ich dir gerade erzählt habe.«

Sein neckischer Blick wurde ernst. »Du ehrst mich mit deinen Geheimnissen – das weißt du, nicht wahr?«

Vielleicht wurde dieses Gespräch langsam tatsächlich ein wenig zu intensiv, denn ich verspürte den Drang, zu weinen oder mich in seine Arme zu werfen. »Wirst du mir diese Ehre ebenfalls zuteilwerden lassen?«

Er schnaubte, aber es klang selbstironisch. »Es ist die Herausforderung. Man braucht Genauigkeit, Konzentration und Planung. Und obwohl die Technik beim Backen eine große Rolle spielt, ist Kreativität für das endgültige Ziel genauso wichtig.« Lucian zuckte mit den Schultern. »Auf den ersten Blick mag es nicht viel mit Eishockey zu tun haben, aber es fordert sowohl den Geist als auch den Körper, die beide im Einklang zusammenarbeiten müssen. Außerdem muss man vollen Einsatz bringen, um das gewünschte Ergebnis zu erzielen.«

»Hast du je darüber nachgedacht, es beruflich zu machen?«

Daraufhin wandte er sich wieder seiner Arbeit zu und runzelte konzentriert die Stirn. »Nein.«

»Hmm. Und doch hat dich dein Urgroßvater ausgebildet. Wollte er, dass du diese Karriere verfolgst?«

Das entlockte ihm ein Lächeln, doch es war nur ein schwacher Geist, der über sein attraktives Gesicht huschte. »Tatsächlich wollte er das nicht. Er wollte, dass ich meinen Traum verfolge und Eishockeyspieler werde.« Das gequälte Lächeln wurde an den Rändern scharf. »Er sagte, dass eine Person nie wahren Frieden und Glück finden würde, bis sie ihrer Leidenschaft und ihrer Liebe folgt. Ich vermute, dass er es genau wusste. Er liebte es, Koch zu sein.«

Die Tatsache, dass Lucian von seinem Urgroßvater in der Vergangenheit sprach, verriet mir, dass er nicht länger unter uns weilte. Aber ich konnte einfach nicht anders, als zu fragen: »Hat er dich je professionell spielen sehen?«

Lucians Miene wurde verschlossen. »Ein Mal. Aber er … Nun ja, ich war mir nie sicher, ob er es wirklich verstand.«

»Ich weiß nicht … Was meinst du damit?«

Lucian stieß langsam den Atem aus, als hätte er Schmerzen. »Vor sieben Jahren wurde er in Paris von einem Auto erfasst, als er eine Straße überquerte.« Er schluckte schwer. »Jean Philipe überlebte, aber sein Gehirn hatte beträchtlichen Schaden genommen. Danach war er nicht mehr derselbe Mann – er hielt mich für meinen Vater, vergaß Wörter und Erinnerungen und verlor gewisse motorische Funktionen. Mit der Zeit wurde es immer schlimmer. Amalie kümmerte sich um ihn. Vor drei Jahren ist er an einer Lungenentzündung gestorben.«

»Oh Lucian. Das tut mir so leid.« Ich wollte ihn so dringend umarmen, dass ich die Hände auf dem Tisch nach vorn schob, doch jede angespannte Linie seines Körpers riet mir, mich zurückzuhalten.

»Mir auch.« Er blinzelte auf die marmorne Arbeitsplatte hinunter und breitete seine großen Hände darauf aus. »Ich weiß nicht, ob es einfach nur Pech war, aber danach ging es los, dass ich immer wieder Gehirnerschütterungen kassierte. Amalie hatte furchtbare Angst. Ich beschwichtigte sie stets. Körperliche Verletzungen gehörten zu dem Leben, das ich führte. Doch bei diesem letzten Mal verlor ich das Bewusstsein. Mein Gehirn wurde zu einer Belastung. Ich kann mich nicht an alles erinnern, was damals passiert ist. Die Bilder in meinem Kopf sind an den Rändern verschwommen. Doch das Entsetzen zu wissen, dass ich, wenn ich nicht aufpasse, wie mein Urgroßvater enden könnte, war glasklar.«

»Also hast du das Eishockey aufgegeben.«

»Also hab ich das Eishockey aufgegeben«, wiederholte er und stieß dann ein humorloses Lachen aus. »Beinahe hätte ich es nicht getan. Ich wollte nicht hören. Erst als ich aufwachte und Amalie, Ant und Tina an meinem Bett sitzen sah und fünf Minuten lang nicht wusste, wer sie waren, nahm ich Vernunft an. Immer und immer wieder fragte ich sie, was mit mir passiert sei, und konnte mich nicht daran erinnern, dass sie mir diese Frage schon mehrfach beantwortet hatten. Das gab schließlich den Ausschlag.«

»Luc…«

»Als sich mein Gehirn genug beruhigt hatte, um wieder ein wenig klarer denken zu können«, fuhr er fort, als müsste er alles mit einem Mal rauslassen, »war ich nicht mehr in der Lage, mich meiner Familie zu verweigern, als sie mich anflehten, an meine Gesundheit zu denken. Die Angst davor, mich selbst zu verlieren, half ganz sicher dabei, mir die Entscheidung, mich dauerhaft vom Eishockey zu verabschieden, ein wenig leichter zu machen. Aber ich hadere jeden Tag damit.«

Ich sah, wie dieses Wissen durch seinen großen Körper fuhr und dafür sorgte, dass er sich anspannte, so als würde er sich innerlich zusammenkauern.

Ich wusste nicht, was ich sagen sollte, um diesen Schmerz zu lindern. Vielleicht war nichts dazu in der Lage. Manche Dinge musste man einfach selbst verarbeiten. Aber ich konnte ihn nicht allein mit seinen Gedanken in der Dunkelheit lassen. Ich befürchtete, dass alle anderen genau das getan hatten – sie hatten ihm den Raum gegeben, von dem sie dachten, dass er ihn brauchte, und hatten ihn damit unbewusst im Stich gelassen.

»Was war sein Lieblingsnachtisch?«

Lucian blinzelte, als käme er aus einem Nebel. Seine dunklen Brauen zuckten über diesen eisigen Augen, und für einen Moment dachte ich, dass er mir vielleicht nicht antworten würde. Doch schließlich sprach er, und seine Stimme war ein wenig rauer. »Er war für seinen Erfindungsreichtum bekannt, aber sein Lieblingsnachtisch war immer der klassische *Gâteau Saint-Honoré*.«

»Würdest du den für mich zubereiten?«

Er wusste, was ich tat. Aber er warf mir einfach nur einen verschmitzten Blick zu. »Du versuchst ständig, eine Kostprobe von meinen Cremes zu erhaschen, nicht wahr, Emma?«

Er wollte mich necken und mich eindeutig zum Erröten und zum Stammeln bringen. Aber nun wurde ich das Bild nicht mehr los, wie ich sahnige Creme von jedem köstlichen Zentimeter seines Körpers leckte. Gott, das wollte ich wirklich sehr. So sehr, dass mir beinahe das Wasser im Mund zusammenlief.

Ich erwiderte seinen Blick mit der gleichen Intensität. »Pass lieber auf, Honigkuchen. Eines Tages werde ich all deine kaum verhüllten zweideutigen Cremeanspielungen womöglich wörtlich nehmen.«

Zu meiner Überraschung errötete er heftig. Doch er hielt meinem Blick stand. »Vielleicht ist das ja genau meine Absicht.«

Diese wohlüberlegten Worte erwischten mich wie ein heftiger Tritt in die Magengrube. Doch ich kam nicht mehr dazu, etwas zu erwidern, weil plötzlich Ant, Tina, Brommy und Sal eintrafen. Sie alle fielen auf der Suche nach Snacks in die Küche ein, was Lucian sehr ärgerte. Er versuchte, sie zu verscheuchen, aber sie ließen nicht locker, und so saßen wir schließlich alle an dem großen Holztisch, während ein finster dreinblickender, aber nicht wirklich wütender Lucian eine Fuhre Madeleines zubereitete, nur damit »alle die Klappe halten« würden.

Sie waren köstlich. Aber noch mehr sehnte ich mich nach den schnellen, durchdringenden Blicken, die er alle paar Minuten in meine Richtung warf. Ob ich es mir nun eingestehen wollte oder nicht, das Problem bestand darin, dass Greg meinem Selbstvertrauen eine gewaltige Delle verpasst hatte. Ich hatte geglaubt, dass das zwischen uns etwas Echtes war, nur um dann auf die unangenehmste Weise überhaupt zu erkennen, dass ich in meinem Kopf einmal mehr Luftschlösser gebaut hatte. Ich wollte etwas Echtes, jemanden, dem ich vertrauen konnte. Und obwohl ich Lucian sehr mochte, wusste ich nicht, ob er derjenige war, der mir das geben könnte.

Lucian

Brommy meldete sich freiwillig, um mir dabei zu helfen, die neuen Küchenschränke in eins der kleineren Gästehäuser einzubauen. Wir waren schon eine ganze Weile damit beschäftigt, als Emma uns aufspürte und in den Raum gerauscht kam wie der Sommerhimmel. Ich saugte ihren Anblick förmlich in mich auf.

Seit sie mir auf die Schliche gekommen war, hatte Emma beschlossen, ihren niedlichen Hintern in meiner Küche zu parken und mir beim Kochen oder Backen zuzusehen. Jeden Tag. Während ich jeden anderen kurzerhand hinausgescheucht hätte, freute ich mich über ihre Anwesenheit. An manchen Tagen ging ich sogar so weit, sie zu meiner stellvertretenden Küchenchefin zu ernennen. Doch Emmas Konzentration war furchtbar und sie zog es vor zu plaudern, statt Zutatenmengen richtig abzumessen. Diese Frau war dazu bestimmt, meine Kreationen zu essen, aber nicht dazu, mir dabei zu helfen, sie zuzubreiten.

Was für mich vollkommen in Ordnung war. Ich würde nie genug davon bekommen, sie dabei zu beobachten, wie sie meine süßen Leckereien kostete. So sehr ich auch versucht war, sie im Gegenzug ebenfalls zu kosten, war es mir bislang gelungen, meine Hände bei mir zu behalten – wenn auch nur mit Mühe. Offenbar war ich ein kleiner Masochist, wenn es um Emma ging.

»Ich wusste es«, sagte sie und lächelte zu Brommy und mir hoch, während wir einen schweren Hängeschrank zwischen uns balancierten. »Ich musste nur dem lauten Geknalle folgen, und schon würde ich euch Männer finden.«

Brommy lachte erstickt auf. »Dem lauten *Hämmern*, wenn ich bitten darf, Miss Emma. Jemanden zu überraschen, wenn er gerade mit Knallen beschäftigt ist, ist eine vollkommen andere Angelegenheit.«

»Warum …?« Eine kleine Falte tauchte für eine Sekunde zwischen ihren Brauen auf. Dann verschwand sie, und Emma lief puterrot an. »Ah ja, ich verstehe, warum man das …« Sie gab auf und ließ ihr volles, heiseres Lachen vernehmen, das mich jedes Mal umhaute.

Auch bei Brommy zeigte es Wirkung. Er starrte sie mit einem Ausdruck an, der an Ehrfurcht erinnerte. Doch dann blinzelte er, und die Spitzen seiner Ohren liefen rot an. Ich hatte noch nie gesehen, wie ihn eine Frau in einen errötenden

Trottel verwandelte. Es war beeindruckend. Andererseits war Emma eben beeindruckend.

»Genau genommen«, sagte ich, bevor Brommy ihrem Zauber vollständig erliegen konnte, »bohren wir.« Ich hielt als Beweis meine Bohrmaschine hoch.

Sie lächelte breit. »Du bist schrecklich.«

Meine Arme wurden langsam müde, und ich drehte mich, um den Schrank mithilfe der Bohrmaschine sicher an der Wand zu befestigen. Dann sprang ich von der Leiter und schnappte mir ein Handtuch, um mir den Staub von der Stirn zu wischen. »Brauchst du irgendwas, Em?«

Sie schaute kurz zu Brommy, sah dann aber wieder mir in die Augen. Entweder bildete ich es mir ein, oder Emma Maron war nervös. »Ich wollte mit dir reden, falls du eine Minute hast.«

Brommy begriff schnell und sprang ebenfalls von der Leiter. »Ich werde uns mal fix was zu trinken besorgen.« Er nahm die Kühlbox, die wir mitgebracht hatten, und tippte dann an einen imaginären Hut, um sich von Emma zu verabschieden. »Miss Emma.«

Sie verzog den üppigen Mund zu einem kleinen Lächeln. »Du kannst mich Prinzessin nennen, Brommy. Ich weiß, dass du es willst.«

Er grinste, und ich starrte ihn finster an. Nicht dass sie es bemerkt hätten.

»Dann bis später, Prinzessin.«

»Brommy.«

Sie nickten einander zu wie königliche Freunde, und dann ging er davon und pfiff dabei eine fröhliche Melodie. Emma schaute ihm kurz nach, richtete den Blick dann wieder auf mich und sah meine finstere Miene. Doch ihr Lächeln wurde nur noch breiter. In diesem Augenblick hätte ich alles gegeben, um zu erfahren, ob sie gerade an diesen Abend im Pool dachte und ob sie bedauerte, wie er geendet hatte. Wir hatten nie darüber gesprochen. Aber ich hatte es nicht vergessen. Wenn überhaupt, fing die Erinnerung daran langsam an, schmerzhaft scharfe Kanten zu entwickeln.

Konzentriere dich, Oz.

Sie spazierte weiter ins Zimmer hinein und schaute sich um. »Ich habe das zuvor noch nie erwähnt, aber du leistest gute Arbeit.

»Hmm.«

Mein Brummen ließ Emma innehalten, und ihre Augen funkelten belustigt. »Hast du Spaß an Bauarbeiten?«

Ich zuckte mit den Schultern. »So habe ich etwas zu tun.«

Ich wurde schon wieder ganz verschlossen und schien irgendwie nichts dagegen tun zu können. Ich wusste, dass sie etwas sagen wollte. So viel war klar. Und es war etwas, von dem sie dachte, dass es mir nicht gefallen würde. Sie hatte mich noch nicht nach Cassandra gefragt. Ich hatte es erwartet, mir aber gedacht, dass sie auf den richtigen Zeitpunkt wartete. Vielleicht war dieser Zeitpunkt jetzt gekommen. Falls dem so war, würde ich sie nicht bitten, den Mund zu halten, und auch nicht andeuten, dass ich nicht damit umgehen konnte, mit ihr über meine gescheiterte Beziehung mit Cassandra zu reden.

Doch sie sprach das Thema nicht an. Stattdessen lehnte sie sich auf die halbfertige Küchentheke und schaute mich an, als wäre ich eine in Aussicht stehende Immobilie, an der sie Interesse hatte. Sofort wurde ich aufmerksam.

»Ich habe ein Problem«, sagte sie.

Oh, die schmutzigen Möglichkeiten, wie ich ihre Probleme lösen könnte, die mir in diesem Moment durch den Kopf gingen. Ich drängte sie zurück in die Gosse meines Verstands, wo sie hingehörten.

»Haben sich sämtliche Mitglieder deiner Familie zu einem Besuch angekündigt und sind fest entschlossen, dich in den Wahnsinn zu treiben?«, bot ich an, um Zeit zu schinden.

Um ihre Augenwinkel herum entstanden kleine Fältchen. »Nein, das ist dein Problem.«

»Tja, ich hoffe, dass du nicht eifersüchtig bist. Denn eins kann ich dir verraten: Es ist nicht so lustig, wie es aussieht.«

Sie schüttelte ironisch den Kopf. »Wenn sie wieder weg sind, wirst du sie vermissen, Brick.«

Der Spitzname stach in meinem Herzen. »Bitte sie zu gehen, dann werden wir sehen.«

»Könntest du mal ernst sein?« Sie klang nicht allzu verärgert. In ihrer Stimme lag ein Trällern. Ich wollte mehr davon.

»Das war mein Ernst.«

»Lucian.«

»Mir gefällt es besser, wenn du mich Honigkuchen nennst.«

Schnaubend verdrehte sie die Augen, doch sie konnte ihr Lächeln nicht verbergen. »Lieber, süßer Honigkuchen, würdest du mal den Mund halten und mir zuhören?«

»Wenn du mich so nett darum bittest.« Die Wahrheit war, dass ich so gut wie alles für diese Frau tun würde.

Vermutlich wusste sie das, denn sie setzte eine siegreiche Miene auf. »Ich bin an diesem Wochenende zu einer Hochzeit in Malibu eingeladen …«

Verdammt. Ich wusste, was jetzt kommen würde. Meine Haut fühlte sich plötzlich zu eng an, und die Luft um mich herum war zu dick zum Atmen.

»Wenn du eine Modeberatung brauchst, ist das eher Sals und Amalies Zuständigkeitsbereich.«

»Das werde ich im Hinterkopf behalten. Wirst du als mein Begleiter mitkommen?«

Und damit war es raus. Ein Teil von mir wollte etwas Erwachsenes machen, wie eine Faust in die Luft recken, weil sie mich um eine Verabredung gebeten hatte. Dieser Teil wurde jedoch von dem störrischen Idioten übertönt, der unter gar keinen Umständen an irgendeiner Veranstaltung teilnehmen wollte, die Unterhaltungen und Interaktionen mit anderen Menschen erforderte.

»Em …«

»Bevor du Nein sagst, sollte ich noch erwähnen, dass die Hochzeit in einem sehr kleinen Kreis stattfinden wird. Es ist die meines Schauspielkollegen Macon Saint.«

»Und du dachtest, dass es eine gute Idee wäre, mich dorthin mitzunehmen?«

Ich hegte keinen Zweifel daran, dass sie wusste, was ich meinte. Ich war nicht charmant. Ich war kaum gesellig.

Emma zuckte mit den Schultern, und der Träger ihres hellblauen Sommerkleids rutschte ein wenig über die golden gebräunte Wölbung ihrer Schulter. »Ich könnte allein hingehen. Aber das will ich nicht. Eine Frau, die allein auf eine Hochzeit geht, muss zehn Millionen Fragen beantworten, und keine davon ist gut. Ich hätte lieber einen großen, knurrigen Berg von Mann an meiner Seite, der auf mich aufpasst.«

Sie braucht dich. Sag Ja, du Idiot.

»Brommy könnte dich begleiten.«

Volltrottel.

Sie zog anmutig eine Augenbraue hoch. »Du willst, dass ich Brommy frage?«

Ich ließ niedergeschlagen die Schultern sinken. »Nein.«

»Hmm.«

»Das ist mein Text, Schnüfflerin.«

Das Schimmern in ihren Augen war zurück. »Aber diese Äußerung funktioniert so gut, dass ich sie stehle, um sie selbst zu benutzen.«

Gott, sie war so niedlich. Perfekt. Ich wollte meine Hände um ihre Taille legen und sie auf einen der Schränke setzen, damit ich mich angemessen um ihren Mund kümmern konnte. Doch ich hielt mich zurück und köderte sie weiterhin. Wie ein Idiot.

»Ich bin überrascht, dass du nicht damit gedroht hast, ansonsten Anton zu fragen.«

Emma tat so, als würde sie darüber nachdenken. »Das könnte ich tun. Er macht optisch ziemlich was her.« Sie lächelte, als ich brummte. »Aber ich hege den Verdacht, dass er daraus schließen würde, dass ich an ihm interessiert bin.«

»Und das bist du nicht.« Ich konnte mich nicht dazu durchringen, es als Frage zu formulieren. Die bloße Vorstellung war schon schlimm genug. Falls sie doch an ihm interessiert war, würde ich … verdammt, ich wusste auch nicht, was ich dann tun würde. Vermutlich würde ich mich irgendwo verkriechen und weinen.

Doch sie rümpfte die Nase. »Nicht mal ein bisschen, Honigkuchen.«

Die Frau wusste, wie sie mich fertigmachen konnte – das musste ich ihr lassen. Außerdem war sie verflucht aufmerksam und als ich vor Erleichterung die Schultern nach unten sacken ließ, zog sie die Brauen zusammen. »Werden wir je darüber reden?«

Nein. Oder besser gesagt: *Verdammt nein.* »Worüber reden?«

In der Sekunde, in der ich die Frage stellte, wusste ich, dass ich in Schwierigkeiten steckte. Emma war nicht der Typ Frau, die mein dummes Getue einfach so hinnehmen würde.

Sie verzog mit düsterer Belustigung die üppigen Lippen. »Du hast an meiner Brustwarze geleckt, Lucian.« Ich verschluckte mich beinahe an meiner eigenen Spucke, und mein ganzer Körper war sofort in höchster Alarmbereitschaft. Doch das hielt sie nicht davon ab hinzuzufügen: »Vielleicht leckst du ständig an den Brustwarzen irgendwelcher Frauen, aber ich neige dazu, dieses Privileg nur ein paar wenigen Auserwählten zu gewähren.«

Verdammt, ich fühlte mich tatsächlich privilegiert. Sogar dankbar. Dieser Augenblick war nach wie vor der Höhepunkt meiner erotischen Träume, die ich seit diesem Abend hatte.

Meine Stimme wurde heiser und angespannt. »Ich mache das nicht ständig. Es ist eine Weile her.« Mit hochrotem Gesicht räusperte ich mich. »Es war eine vorübergehende Schwäche, die der Tatsache geschuldet war, dass …« *Ich dich unbedingt will. Ich würde alles geben, nur um noch ein weiteres Mal an dieser süßen Brustwarze zu lecken.* »… wir im Pool herumgealbert haben.«

Das Licht in ihren Augen verriet mir, dass sie sich große Mühe geben musste, um nicht zu lachen oder mich zu erwürgen. Vielleicht beides. »Das ist also deine Erklärung?«

»Ja?« Nein. Ich hatte verdammt noch mal keine Ahnung. Die Frau hatte mich am Wickel. Ich wollte sie. Sie jagte mir eine Heidenangst ein. Ich wollte ihr erklären, was für eine schlechte Partie ich war. Wir beide wussten, dass sie einen besseren Mann bekommen konnte. Aber ich konnte meinen Mund nicht dazu bringen, die Worte zu bilden. Und dann war der Moment, den ich dafür hätte nutzen können, auch schon wieder vorbei.

»Hmm« war alles, was sie sagte.

Ich stand stoisch und gefasst da. Und kam mir wie ein Trottel vor. Ich hätte mich umdrehen und davongehen sollen. Ich hätte ihr mitteilen sollen, dass es das Beste wäre, wenn wir uns für die Dauer ihres weiteren Aufenthalts ignorieren würden. Aber das tat ich nicht. »Diese Sache mit der Hochzeit ist dir also wichtig?«

Sie zog überrascht die Augenbrauen hoch. Sie machte keine Ausflüchte, so wie ich es getan hatte. »Ja.«

Und damit war für mich alles klar. Ich konnte versuchen, meine Hände bei mir zu behalten. Ich konnte versuchen, mein Verlangen nach dieser Frau zu unterdrücken. Aber ich konnte es nicht ertragen, sie zu enttäuschen.

»Also gut, Süße. Ich werde auf dieser Hochzeit dein männlicher Berg sein.« Ich wischte mir die Hände mit dem Lappen sauber, wenn auch nur, um mich davon abzuhalten, sie nach ihr auszustrecken. »Aber ich muss dich warnen. Ich werde weder charmant noch gesprächig noch sonst irgendetwas sein. Falls jemand versuchen sollte, mich zu belagern, um mit mir über Eishockey zu reden, werde ich die Flucht ergreifen.«

Sobald ich mit meiner Ankündigung fertig war, kam ich mir wie ein Idiot vor. Doch Emma lächelte einfach nur, so als hätte sie nichts anderes von mir erwartet. »Ach, Brick, das sagst du nur, weil du Macon Saint noch nicht begegnet bist.«

Was auch immer das bedeutete.

15. KAPITEL

Lucian

»Erzähl mir von dieser Hochzeit und davon, was mich dort erwartet.«

Aus Respekt vor Emmas außergewöhnlichen Fähigkeiten als Fahrerin und wegen meiner Neigung zu Migräneanfällen während längerer Autofahrten saß sie am Steuer, und ich lümmelte mich bequem auf dem Beifahrersitz.

Wäre ich lieber selbst gefahren? Tatsächlich nicht. Auf diese Weise hatte ich die perfekte Ausrede, um Emma so lange zu beobachten, wie ich wollte. Sie bot einen besseren Anblick als die Pazifikküste vor meinem Fenster. Bei Weitem.

Sie zog ihre Stupsnase kraus, wenn sie sich konzentrierte, was verflucht niedlich war.

»Mal sehen. Saint, den du als Arasmus kennst, ist ein extrem zurückgezogener Mensch. Ich glaube nicht, dass er das hier machen würde, wenn Delilah nicht wäre.« Emma schaute in meine Richtung, und ihre Augen schimmerten im Sonnenlicht wie Saphire. »Sie war während der Dreharbeiten für die letzte Staffel bei uns am Set und hat sich mit dem ganzen Team angefreundet.«

»Auch mit dir?« Ich versuchte, mir vorzustellen, wie es sein musste, entspannt dabei zuzusehen, wie meine Frau Liebesszenen mit jemand anders drehte. Und hatte ernsthafte Schwierigkeiten damit. Nicht dass Emma meine Frau war. Und natürlich war das alles Schauspielerei. Aber das änderte nichts an der Tatsache, dass der Mann, den ich gleich kennenlernen würde, seine Hände an Emmas Brüsten gehabt hatte. Und dass er sie zahlreiche Male geküsst hatte.

Vielleicht merkte man mir meinen Unmut an, denn Emma warf mir einen dieser »Du machst niemandem etwas vor, aber du amüsierst mich«-Blicke zu. »Tatsächlich hat es ihr sogar geholfen, mich kennenzulernen. So konnte sie sich persönlich davon überzeugen, dass zwischen Saint und mir abseits des Bildschirms absolut keine Funken sprühen.«

»Davon war ich auch nie ausgegangen.«

»Klar. Delilah auch nicht. Nicht wirklich. Aber diese finalen Filmszenen aus dem Kopf zu bekommen, kann ziemlich schwierig sein. Vor allem, wenn sie heiß wirken sollen.« In Emmas Augen blitzte ironischer Humor. »Es hilft, wenn man sieht, wie ungelenk das Ganze in Wirklichkeit ist und wie dabei ein komplettes Filmteam am Set herumlungert.«

»Macht es dir etwas aus? Diese Szenen zu drehen?«

»Wegen der Nacktheit? Ja und nein. Ich fühlte mich am Set immer sicher und respektiert. Die Produzenten haben dafür gesorgt, dass während dieser Szenen immer nur die wirklich notwendigen Leute zugegen waren. Aber es war trotzdem nie eine komplett angenehme Erfahrung. Und dann ist da natürlich noch ein gewisser Gruselfaktor in Bezug auf manche Fans, der mir nicht gefällt.«

In mir sträubte sich sofort alles, und zwar so schnell, dass es ein Wunder war, dass ich nicht knurrte. Die Vorstellung, dass sie jemand belästigen könnte, sorgte dafür, dass ich mit bloßen Händen etwas zerreißen wollte. »Du wurdest doch nicht … verletzt oder …«

»Nein«, versicherte sie mir sanft, so als müsste sie mich beruhigen, obwohl eigentlich ich derjenige sein sollte, der ihr Trost spendete. »Nichts dergleichen. Nichts, was über gelegentliche anzügliche Blicke und die anfängliche dumme Entscheidung, die Kommentare in den sozialen Medien zu lesen, hinausgehen würde.« Sie lachte kurz auf. »Diese Lektion habe ich schnell gelernt. Ein für alle Mal.«

Ich hasste die Tatsache, dass sie scheußliche Dinge gesehen hatte. Aber ich nickte verständnisvoll und mitfühlend. »Man darf niemals die Kommentare lesen, Em.«

Sie warf mir einen Seitenblick zu. »Ich wette, dass du noch Schlimmeres erlebt hast.«

»Ich weiß nicht, ob es schlimmer war. Aber ich habe akzeptiert, dass Kritik zu dieser Art Leben dazugehört.« Ich zuckte mit den Schultern. »Eishockeyfans sind ziemlich toll. Dämlichen Sportkommentatoren zuzuhören, die dachten, dass sie wüssten, was mir während des Spiels durch den Kopf ging, war deutlich ärgerlicher, um ehrlich zu sein.«

»Darauf würde ich wetten.« Emma fuhr vom Highway ab und steuerte den Wagen auf eine kleinere Straße, die zum Meer führte. »Wie dem auch sei, bei meinen zukünftigen Rollen werde ich mich nicht mehr auf Nacktszenen einlassen, es sei denn, es gibt einen wirklich guten Grund dafür, der etwas mit der Entwicklung der Figur zu tun hat.«

Mein Brummen brachte mir ein Lächeln ein, was auch meine Absicht gewesen war. Emma fuhr auf das Tor zu einem Anwesen zu, und man öffnete es und ließ uns auf das Grundstück. Vielleicht hatte es etwas mit der Hochzeitsgesellschaft zu tun, dass uns in der Einfahrt ein Parkwächter erwartete. Doch die Haustür öffnete Macon Saint persönlich. Er verzog die Miene zu einem liebevollen Lächeln, als er Emma erblickte.

»Du hast es geschafft.« Er zog sie in eine gewaltige Umarmung von der Sorte, die ich normalerweise für Tina reservierte, und ließ sie dann los, um mich mit eindeutigem Vorbehalt in Augenschein zu nehmen.

Der Kerl war ein gutes Stück größer als ich und wie Brommy gebaut – wuchtig und muskulös. Aber ich konnte es mit ihm aufnehmen. Ich war schnell und hatte einen Schlag wie ein Hammer und … Tja, verdammt, er war Emmas Freund. Kein Gegner auf dem Eis. Das hielt mich jedoch nicht davon ab, sein Starren mit einem ungerührten Blick zu erwidern.

Doch seltsamerweise verschwand sein Misstrauen plötzlich und er lächelte. »Luc Osmond?«

»Der bin ich.«

»Heilige Scheiße, Mann.« Er streckte mir seine Hand entgegen. »Ich bin ein riesiger Fan.«

Solche Dinge hatten mir früher immer einen Kick verschafft. Bewundernde Fans. Das Wissen, dass jemand mich und meine Mannschaft unterstützte. Nun kam ich mir wie ein Hochstapler vor. Doch ich schüttelte trotzdem seine Hand. »Gleichfalls.«

»Mann, dieses Spiel gegen Toronto …«

»Wo ist deine bezaubernde Braut, Saint?«, mischte sich Emma fröhlich ein und spielte sehr überzeugend die Rolle von jemandem, der wirklich nicht dabei zuhören wollte, wie sich zwei Kerle über Sport unterhielten. Dabei gab sie sich vollkommen ahnungslos. Ich wusste jedoch, dass sie versuchte, mich zu beschützen.

Jemanden an meiner Seite zu haben, der mich so gut lesen konnte, war ein seltsames Gefühl. Ich war mir nicht sicher, ob es mir gefiel oder ob ich befürchtete, dass ich es niemals zurückbekommen würde, wenn sie irgendwann aus meinem Leben verschwand. Wie dem auch sein mochte, Saint verstand die Botschaft und trat zurück, um uns weiter in den luftigen Eingangsbereich des Hauses treten zu lassen.

»In der Küche, wo sie das Cateringpersonal terrorisiert.«

»Das habe ich gehört«, ertönte eine Stimme mit einem gedehnten Südstaatenakzent. Eine Sekunde später kam eine kurvige Frau mit hellbraunem Haar und Augen, die die Farbe von Crème brûlée hatten, auf uns zugeschlendert. Sie warf Saint einen tadelnden Blick zu, doch die Zuneigung in ihren Augen blieb. »Ich habe mein Personal nicht terrorisiert.«

Er legte einen Arm um ihre Taille und zog sie dicht an sich. »Was immer du sagst, Kartoffel.«

Die Frau schürzte die Lippen und richtete ihre Aufmerksamkeit auf Emma. »Hey! Ich bin so froh, dass du hier bist.«

Sie umarmten sich, und Emma stellte sie mir vor. »Lucian, das ist Delilah. Dee, das ist Lucian Osmond.«

»Luc Osmond«, informierte Saint Delilah mit Nachdruck. »Eishockeyspieler für Washington.«

Delilah warf ihm einen Blick zu, der besagte, dass sie keine Ahnung hatte, warum er den Drang verspürt hatte, das zu erwähnen, und ich verkniff mir ein Lachen.

Ich ergriff ihre Hand. »Freut mich sehr, euch beide kennenzulernen. Danke, dass ich an eurer Hochzeit teilnehmen darf.«

»Wir freuen uns, dich als Gast zu haben.« Delilah spulte die komplette Südstaatengastgeberinnennummer ab und schenke mir ein breites, höfliches Lächeln. Doch ihr Blick blieb kühl. Ich hatte keine Ahnung, was sie in mir sah, aber sie und Saint hegten Emma gegenüber eindeutig große Beschützerinstinkte. Da ich ebenso empfand, hatte ich nichts dagegen, selbst wenn sich ihr Misstrauen im Moment gegen mich richtete.

Delilah wandte sich an Macon. »North sucht nach dir. Ich werde Emma und Luc …« Sie schaute zu mir. »Oder soll ich dich lieber Lucian nennen?«

»Luc ist in Ordnung«, erwiderte ich automatisch, da mich die Leute schon für den Großteil meines Erwachsenenlebens

Luc nannten. Doch ich bemerkte, wie sich Emma neben mir versteifte – weil sie mich Lucian nannte. Ich schaute nicht in ihre Richtung. Nicht jetzt, während ihre Beschützer um uns lauerten.

»Ich werde Emma und Luc in ihr Zimmer bringen.«

Ihr Zimmer. Sie hatte *ihr Zimmer* gesagt. Einzahl. Das hatte ich mir nicht eingebildet.

Nein, nein, das hatte ich nicht. Denn schon bald wurde ich in ein gut ausgestattetes Zimmer mit Blick auf den Pazifik geführt. Licht schien herein und fiel quer über das einzelne große Bett, das an der Wand stand. Benommen hörte ich, wie Delilah und Emma miteinander sprachen und Delilah sagte, dass wir es uns bequem machen sollten. Auf dem Bett? Dem verdammten einzigen Bett?

Die Tür schloss sich, und ich blinzelte und war plötzlich mit Emma allein. In unserem Zimmer.

Verdammt.

Emma

»Ich habe diese Sache irgendwie nicht richtig durchdacht.«

Ich stellte meine Tasche neben dem Bett ab und wandte mich an einen finster dreinblickenden Lucian. »Was stört dich denn jetzt schon wieder?«

Ich wusste natürlich, was ihn so aufwühlte, und irgendwie liebte ich es, dass er die halbe Zeit über so mürrisch war, aber ich würde nie damit aufhören, ihn deswegen aufzuziehen.

Sein Blick war wie grünes Eis, aber sein ausdrucksstarker Mund zuckte. »Ich habe nicht darüber nachgedacht, dass wir hier übernachten würden.«

»Ah.« *Abwarten, gleich kommt es.*

Lucian ließ den Blick durchs Zimmer schweifen. Es war ein sehr hübsches Zimmer – sogar bezaubernd – mit Blick auf den Ozean und einem großzügigen eigenen Bad. »Und ich habe definitiv nicht daran gedacht, dass wir uns ein Zimmer teilen würden.«

Nun war es raus.

»Ich wusste, dass du deswegen meckern würdest.«

»Meckern«, wiederholte er, als wäre das Wort eine Schlange.

»Meckern.« Ich ließ mich auf das weiche Bett fallen und schüttelte meine Sandalen ab. »Fairerweise muss ich sagen, dass auch ich nicht damit gerechnet habe, dass wir nur ein Zimmer bekommen.«

Er stieß ein widerwilliges schnaubendes Lachen aus. Dann verschränkte er die muskulösen Arme vor der Brust und zog eine Augenbraue hoch, während ich fortfuhr.

»Aber sofern wir unsere Gastgeber nicht in Verlegenheit bringen wollen – was ich nicht will –, indem wir losziehen, um uns irgendwo ein Hotel zu suchen – was weniger Privatsphäre bieten wird –, sitzen wir hier fest. Also können wir uns ebenso gut wie Erwachsene verhalten und uns einfach zusammenreißen.«

»Dann ist das hier für dich also in Ordnung?« Er starrte auf das Bett herunter, als könnte es jeden Moment aufspringen und nach ihm schnappen.

»Wirst du versuchen, dich ohne meine Erlaubnis an mich heranzumachen?«

»Nein«, spuckte er aus. Eindeutig widerte ihn bereits die bloße Vorstellung an, dass er so etwas je tun könnte.

Ich kämpfte gegen ein Lächeln an. »Denkst du, dass ich versuchen könnte, mich ohne Erlaubnis an dich heranzumachen?«

Er zog die Brauen zusammen. »Ich verstehe, worauf du hinauswillst, Em.«

Ich ließ meiner Belustigung freien Lauf. »Das ist ein riesiges Bett. Und ja, du bist ein großer Kerl, aber hier drin ist jede Menge Platz.«

Lucian dehnte die Schultern und machte sich daran, seine Tasche an der Wand am anderen Ende des Zimmers abzustellen. »Wie unglaublich erwachsen von dir.«

»Das will ich doch meinen.«

»Hmm.« Der Seitenblick, den er in meine Richtung warf, jagte einen Blitz aus Hitze und Nervosität direkt in meine verlogene Seele. Denn ich log tatsächlich, was das Zeug hielt. Die Vorstellung, mir ein Bett mit Lucian Osmond zu teilen, war beängstigend. Womöglich würde ich mich im Schlaf herumrollen und mich an ihn klammern wie ein Äffchen. Ich konnte nicht darauf vertrauen, dass mein instinktgesteuertes Selbst ihn nicht berühren würde. Wenn ich ganz ehrlich war, traute ich mir ja selbst wenn ich wach war kaum zu, nicht die Hände nach ihm auszustrecken.

Ich hatte diese Sache eindeutig auch nicht besonders gut durchdacht. Aber ich war Schauspielerin. Ich konnte so tun, als wäre alles in Ordnung. Doch ich glaubte nicht, dass ich Lucian erfolgreich etwas vorgemacht hatte. Der Mann hatte die Fähigkeit, mich direkt zu durchschauen. Das war wirklich verflucht unpraktisch.

Gegen meinen Willen glitt mein Blick für einen kurzen Augenblick über den Rest des Betts. Es war ein großes weißes Gestell mit flauschigen Kissen und einer Daunendecke. Die Versuchung, Lucians Hand zu packen und zu sagen: »Zum Teufel damit, nimm mich einfach, bitte, ich flehe dich an«, war so groß, dass mein ganzer Körper bebte und meine Brüste unter meinem Oberteil schwer wurden.

Würde er es tun? Würde er all seine Mauern und Blockaden senken und mir die Erleichterung verschaffen, nach der ich mich so sehr sehnte? Oder würde er mir diesen Blick zuwerfen, der besagte, dass er fand, dass ich mich lächerlich aufführte, und dann fluchtartig das Zimmer verlassen?

Auch jetzt warf er mir einen Blick zu, der vorsichtig, aber auch nachdenklich war. Worüber genau er nachdachte, wusste ich nicht. Und das war der Teil, der mich in den Wahnsinn trieb.

Es gab Momente, in denen ich das Gefühl hatte, diesen Mann auf intimste Weise zu kennen, obwohl wir uns erst vor Kurzem begegnet waren. Irgendetwas an Lucian ergab für mich einen Sinn. Ich konnte es nicht genauer erklären. Und doch hatte er Delilah und Saint gesagt, dass sie ihn Luc nennen sollten.

Plötzlich fühlte ich mich verlegen. Ich wusste nicht mal, wie er gerne genannt wurde. Das fühlte sich furchtbar und seltsam an. Es erinnerte mich daran, dass ich diesen Mann, mit dem ich mir ein Zimmer teilen würde, kein bisschen kannte.

»Sollte ich dich vielleicht nicht mehr Lucian nennen?«, platzte es aus mir heraus. Meine Stimme klang flehentlich und unsicher.

Er runzelte ganz leicht die strenge Stirn. »Ich habe dir doch gesagt, dass du mich so nennen sollst.«

»Du hast mir auch gesagt, dass ich dich Oz nennen soll. Und Dee und Saint sollen dich Luc nennen.«

»Ich weiß.« Er legte eine Hand auf seine schmale Hüfte und wischte sich mit der anderen über den Mund. »Ich klinge hohlköpfig.«

»Hohlköpfig«, wiederholte ich mit einem Lächeln.

Sein Grinsen war schnell und strahlend und verschlug mir ein wenig den Atem. »Ein Ausdruck, den Mamie gerne benutzt.«

»Ah.«

Sein Grinsen verblasste. »Die Leute haben mich immer entweder Oz oder Luc genannt. Daran bin ich gewöhnt. Aber in deinem Fall …« Er hielt inne. Seine Lippen waren geöffnet, und das Stirnrunzeln kehrte zurück. Es wirkte widerspenstig und verärgert. Er zuckte mit den Schultern, eigentlich war es eher eine rollende Bewegung, so als versuchte er, die Anspannung in ihnen zu lösen. »Du hast mich von Anfang an Lucian genannt. Das klingt richtig.«

Wärme breitete sich in mir aus wie langsam fließender Honig.

Unsere Blicke trafen sich und verschmolzen miteinander, während zwischen uns etwas brodelte. Lucian senkte träge die Lider und schaute mich prüfend an. Er beäugte meinen Körper auf dem Bett. Mir entging nicht, wie er beim Einatmen die Nasenflügel blähte und wie seine Haut ein wenig dunkler wurde. In meinem Hals pochte ein gleichmäßiger, heftiger Puls.

»Lucian …« Sein Name glitt über meine Zunge wie Sahne.

Honig und Sahne. Ich wollte beides auf seine festen Bauchmuskeln gießen und es einfach ablecken.

Vielleicht wusste er das, denn er wurde stocksteif. Sein Kiefer zuckte, und seine wintergrünen Augen befahlen mir, mich zu benehmen. Aber das wollte ich nicht. Ich wolle ihn necken und in Versuchung führen, genauso wie er mich in Versuchung führte.

Ich musste mir eine Nacht lang ein Bett mit Lucian teilen. Ich befürchtete, dass ich das nicht überleben würde.

16. KAPITEL

Lucian

Dieses Bett. Dieses verdammte Bett. Es würde für die nächsten vierundzwanzig Stunden der Fluch meiner Existenz sein. Das und das Bild von Emma, die auf der Kante saß und dieses teuflische Lächeln auf dem Gesicht hatte, das mich regelrecht dazu herausforderte, sie nach hinten aufs Bett zu stoßen und in die weiche Decke zu vögeln.

Wenn sie so tun wollte, als wäre die Tatsache, dass wir uns ein Bett teilen mussten, mit keinerlei Versuchung verbunden, dann sollte sie das meinetwegen durchziehen. Aber ich sah diese leichte Röte auf ihren Wangen, als sie zu mir aufschaute. Ich sah, wie sie die Lippen öffnete, als wollte sie mich dazu einladen, sie zu kosten. Und das machte es nur noch schlimmer. So viel schlimmer. Wenn ich auch nur für eine Sekunde gedacht hätte, dass sie kein Interesse an mir hatte, könnte ich die Zähne zusammenbeißen und die Nacht im Bett mit ihr durchstehen, ohne einen weiteren Gedanken daran zu verschwenden, auch wenn ich dabei leiden würde.

Aber zu wissen, dass sie ebenfalls leiden würde, war eine ganz andere Sache. Für mich fühlte es sich wie eine körperliche Notwendigkeit an, ihr Verlangen und damit auch meins zu lindern. Und was dann? Wir würden immer noch dieselben Leute sein. Ich würde immer noch ein Leben haben, das nirgends hinführte, während Emma zahllose Möglichkeiten offenstanden.

Früher, als ich noch ein großspuriger Mistkerl gewesen war, hätte mich das, was danach kommen mochte, nicht gekümmert. Ich hätte mir genommen, was ich wollte, und mich nicht um die Konsequenzen geschert. Nun fühlte sich jedoch alles zu zerbrechlich an, zu real. Es bestand eine gute Chance, dass ich mich an Emma klammern würde wie an einen Rettungsring. Und die Demütigung, die mit dieser Vorstellung einherging, war einfach zu viel, denn ich wusste, dass sie schon bald weiterziehen würde.

Ich hatte noch ein wenig Stolz in mir. Daran würde ich mich stattdessen klammern. Und so würde ich der Versuchung widerstehen.

Klar wirst du das, Ozzy, mein Junge.

In einem Versuch, mich Emma gegenüber anständig zu verhalten, hatte ich auf meine übliche Kombination aus Jeans und T-Shirt verzichtet und ein gutes Hemd sowie eine Anzughose aus feinem Wollstoff angezogen. Das war die Art von Kleidung, die ich normalerweise für Interviews trug. Nun bereute ich diese Entscheidung. Der Kragen des Hemds war zwar nicht bis obenhin zugeknöpft, schnürte mir aber trotzdem die Luft ab. Und die Hose saß zwar locker, fühlte sich aber dennoch irgendwie zu eng an. Mist, alles ziepte und zerrte an mir. Ich brauchte Luft. Jede Menge Luft.

Emma saß immer noch auf dem Bett und hatte ein Bein unter ihren Körper gezogen. Das andere baumelte über den Rand und schwang langsam hin und her wie ein Pendel. Wann immer sich ihr Unterschenkel schaukelnd bewegte, spannten sich die Muskeln in ihrem Oberschenkel an, um sich dann wieder zu entspannen. Die Bewegung war hypnotisierend. Ich wollte meine Hand auf ihr Bein legen und dieses feste goldene Fleisch fühlen.

»Was willst du jetzt machen?«, fragte sie. So unglaublich unschuldig. Das Bein baumelte weiter.

Teufelsweib.

»Ich brauche frische Luft.« Ohne eine Erwiderung abzuwarten, floh ich aus dem verdammten Zimmer.

Emmas leises Lachen folgte mir. »Viel Spaß auf deiner Entdeckungstour.«

Ja. Sie wusste Bescheid. Das würde die Hölle werden.

Im Flur war es still. Zumindest für den Moment war es hier wie ausgestorben. Ich lehnte mich an die Wand und versuchte, meine Atmung unter Kontrolle zu bekommen. Das half jedoch nicht dabei, meine Erektion zu lindern. Sie drückte sich von innen gegen meine Hose und bildete eine Beule, die sogar ich unanständig fand. Emma musste sie gesehen haben. Gott, sie war wirklich gut darin, mich auf Touren zu bringen. Ich hatte absolut keine Ahnung, was sie darüber dachte. Ich wollte kehrtmachten und sie fragen.

Verdammt, ich wollte kehrtmachen und es ihr zeigen. Ich wollte sie anflehen, mir Erleichterung zu verschaffen. Es würde gut sein. Ich würde den Gefallen vielfach erwidern. Gott, ich wollte das so sehr. Ich *wollte* einfach nur.

Nein. Darum geht es an diesem Wochenende nicht, und das wird nicht passieren. Benimm dich, Oz.

Angesichts der Tatsache, dass ich die Stimme in meinem Kopf mittlerweile hasste und immer noch einen Ständer hatte, der dazu führen würde, dass man mich wegen Erregung öffentlichen Ärgernisses verhaftete, fuhr ich mit dem Handballen über die anstößige Länge. Fest. Ein Stöhnen kam über meine Lippen, und meine Bauchmuskeln verkrampften sich. Ich wiederholte die Bewegung und neigte meinen Körper in Richtung der Wand, während ich die freie Hand auf die kühle Oberfläche legte.

Verdammt, ich wollte mich an irgendetwas reiben. Nein, ich wollte sie. Feucht und eng. Sie würde sich so gut anfühlen. Ich konnte mir lebhaft vorstellen, wie sie auf mir saß und ihre süßen, kleinen Brüste für mich hüpfen ließ.

»Verdammt«, zischte ich. Das Blut rauschte durch meinen Körper, und meine Hüften zuckten unfreiwillig vor. Ich lief ernsthaft Gefahr, in meiner Hose zu kommen.

Das Entsetzen, das diese Vorstellung mit sich brachte, reichte aus, um meine Erektion zu bezwingen. Ich atmete geräuschvoll aus und richtete mich auf. Meine Bauchmuskeln schmerzten, als hätten sie einen Schlag eingesteckt. Aber wenigstens konnte ich jetzt wieder normal laufen. Und ich ging nach unten und folgte den Geräuschen von Aktivität und dem Duft nach Essen in eine gut ausgestatte Küche. Ich war überrascht, als ich darin die Braut vorfand, die inmitten eines halben Dutzends Cateringmitarbeiter stand. Ihr Haar war zerzaust und ihre Haut gerötet. Sie gab einen Laut der schieren Verzweiflung von sich und hielt ihr Handy umklammert, als würde sie das Leben aus ihm herauspressen wollen. Es war zu spät, um sich zurückzuziehen – sie hatte mich bereits entdeckt.

»Brauchst du etwas, Luc?«, fragte sie höflich, aber auf eine dennoch leicht angespannte Weise, die deutlich machte, dass sie insgeheim hoffte, dass ich verschwinden würde. Ich konnte das nachempfinden.

Ich hob eine Hand. »Ich vertrete mir nur ein wenig die Beine. Mach dir um mich keine Gedanken.«

Sie lächelte – dünn, gequält – und nickte dann, bevor sie die Schultern nach unten sacken ließ. Die Frau sah vollkommen fertig auf. Dann fiel mir wieder ein, dass sie Köchin war. Offenbar eine ziemlich gute. Hatte sie sich etwa vorgenommen, das Menü für ihre eigene Hochzeit zuzubereiten? Die Idee klang für mich wie der reine Wahnsinn.

Bevor ich auch nur ein Wort sagen konnte, kam Macon Saint in die Küche marschiert. Die Miene des großen Kerls war vor Sorge ganz angespannt. »Was ist los?«, fragte er Delilah und zog sie an sich, bevor sie antworten konnte.

Delilah gab einen langen Klagelaut von sich und klammerte sich an ihn. »Es gab einen Unfall auf der 101.«

Saint wurde blass. »Ist jemand verletzt? Wer?«

»Nein«, sagte sie. »Es gibt keine Verletzten. Es sei denn, du zählst unsere Hochzeitstorte dazu.«

»Herrgott, Kartoffel. Du hast mir einen furchtbaren Schreck eingejagt. Ich dachte schon, dass es etwas Ernstes wäre.«

Delilah funkelte Saint böse an. »Das ist etwas Ernstes!«

Saint zuckte zusammen, und innerlich tat ich das ebenfalls. Der arme Kerl war direkt in die Falle getappt. »Ich meinte so was wie einen Todesfall ... Mist, okay. Es ist ernst.«

Delilah massierte ihren Nasenrücken und atmete schwer. »Meine Torte. Sie liegt zermatscht auf dem Asphalt. Wie soll ich es bei allem, was ich zu tun habe, schaffen, nun auch noch rechtzeitig eine Torte fertig zu bekommen?«

»Ich kann das übernehmen.« Hatte ich da gerade gesprochen?

Sie drehten sich beide in meine Richtung. Ja, offenbar hatte ich gesprochen. Verdammt, ich hatte mich selbst überrascht. Aber zu sehen, wie Delilah in Panik geriet und Hilfe brauchte, die ich ihr anbieten konnte, hatte in mir einen Adrenalinschub ausgelöst, den ich einst nur auf dem Eis erlebt hatte. Das hier war eine Herausforderung, auf die ich mich stürzen konnte, etwas Sinnvolles – etwas Nützliches –, das ich tun konnte.

Saint setzte sofort eine Miene auf, die besagte: »Jetzt muss ich mich auch noch um diesen verdammten Spinner kümmern.« »Das ist nett von dir ...«

»Er meint es ernst«, erklang Emmas Stimme an meinem Ellbogen. Ich sprang vor Schreck beinahe in die Luft. Die Frau bewegte sich wie auf Samtpfoten.

Nun, da ich sie bemerkt hatte, gerieten all meine anderen Gedanken aus dem Gleichgewicht. Ich konnte mich nur noch auf ihren warmen Arm konzentrieren, der meinen streifte. Es war schwer genug, sie anzuschauen, ohne dass verbotene Gedanken durch meinen Kopf huschten. Was würde sie tun, wenn ich mich vorlehnte und an ihr leckte?

»Wirklich«, beharrte sie und durchbrach damit meine Benommenheit. »Seine Gebäckkreationen sind die besten, die ich je probiert habe.«

Stolz sorgte dafür, dass mein Hals und meine Wangen rot anliefen. Irgendwann war ihre Meinung zu der geworden, die mir am meisten bedeutete.

Delilah zog die Augenbrauen hoch. »Ernsthaft?«

Ich konnte das. Ich wollte das machen.

»Tja, ich weiß nicht, ob meine Gebäckkreationen wirklich die besten überhaupt sind«, sagte ich. »Aber ich weiß, wie man eine Torte backt. Ich verspreche, dass ich nichts tun würde, um euch den Tag zu ruinieren.«

»Er ist zu bescheiden.« Emma stupste mich an, als wollte sie sagen: »Erzähl ihr ruhig, was du kannst, du Depp.« Doch sie ließ mich nicht zu Wort kommen. »Saint, erinnerst du dich and diese Woche, die wir in Lyon drehten? An diesen einen Abend, an dem wir dort ausgegangen sind?«

Saints Miene hellte sich auf. »Oh verdammt. So gut?«

»Besser. Aber ich könnte parteiisch sein.«

Ich hatte keine Ahnung, wovon sie redeten, und für Delilah galt eindeutig das Gleiche. Doch sie lächelte und wirkte vorsichtig hoffnungsvoll. Was gut war. Ich wollte nicht mitansehen, wie diese arme Frau wegen einer Tortenkatastrophe zusammenbrach. Außerdem war es mir mehr als recht, mich in der Küche verkriechen zu können. Auf diese Weise müsste ich mich nicht unter die anderen Gäste mischen und hätte auch nicht ständig damit zu kämpfen, dass ich Emma am liebsten von hier wegzerren würde, um schmutzige Dinge mit ihr anzustellen.

Saint warf einen Blick auf seine Braut. »Was meinst du, Kartoffel?«

Delilah fixierte mich mit ihrem Blick und war plötzlich zu hundert Prozent Chefköchin. »Was kannst du?«

»Das kommt darauf an, was du haben willst. Was für eine Torte hattest du bestellt?«

»Eine Haselnussbiskuittorte mit Vanille-Mango-Mousse und Vanillebuttercreme mit einem Überzug und Blumen aus Fondant.«

Sofort huschten Ideen durch meinen Kopf und lösten einmal mehr diesen berauschenden Schwall aus Aufregung und Herausforderung aus. Ich konnte das. Ich mochte das. »Wie viele Gäste müssen versorgt werden? Vierzig?«

»Fünfundvierzig. Sicherheitshalber fünfzig.«

»Willst du eine traditionelle mehrstöckige Torte mit Buttercreme? Denn dann könnte es zeitlich knapp werden. Vor allem wenn du irgendeine aufwendige Verzierung erwartest.«

»Die Torte fühlt sich jetzt schon verflucht an.« Delilahs finstere Miene entlockte mir ein Lächeln. Es war, als fühlte sie sich von ihrem Pech persönlich beleidigt, was ich verstehen konnte.

»Ich könnte eine Croquembouche machen. Die geht relativ schnell und kommt immer gut an. In Bezug auf die Cremefüllung gibt es endlose Möglichkeiten.« Meine Finger zuckten, weil sie sich danach sehnten, endlich anzufangen. »Hast du irgendwelche Lieblingsgeschmacksrichtungen? Lebensmittelallergien?«

Während wir redeten, begann Delilah zu lächeln.

»Keine Lebensmittelallergien. Du bist engagiert.«

»Ich mache es umsonst.« Ich ging weiter in den Raum hinein und schaute mich um. Die Küche war ebenso gut wie die, die ich zu Hause hatte. Delilah war professionelle Köchin, und ich bezweifelte nicht, dass sie über die Utensilien verfügte, die ich brauchte. Aber zur Not könnte ich immer noch einen schnellen Abstecher in den Laden einlegen. »Was soll es sein?«

Delilah schaute zu Saint, der mit den Schultern zuckte. »Was immer du willst, Kartoffel.«

»Kannst du in der Croquembouche Mangocreme verarbeiten?«

Mangos mussten eine besondere Bedeutung für die beiden haben, denn Saint grinste.

»Natürlich. Wie wäre es mit zwei Croquembouches und vielleicht noch *Glace au beurre noisette* dazu?«

»Ich denke, dass du mein Held bist«, sagte Delilah mit einem erleichterten Lachen.

»Dein Nachtischheld«, korrigierte Saint, aber auch er lächelte auf eine zurückhaltende Art, die mich zu sehr an mich selbst erinnerte. »Danke, Mann. Ernsthaft.«

»Das ist kein Problem.«

»Was war das Letzte, das du erwähnt hast?«, fragte Emma. Ihre Augen wirkten ein wenig glasig. Die Frau liebte ihre Nachtische wirklich sehr.

»Nussbuttereiscreme. Wenn man die knappe Zeit bedenkt, werde ich sie jedoch eher als *Semifreddo* servieren.«

»Herr, erbarme dich meiner.« Sie fächelte sich Luft zu.

Ich sollte der Versuchung, die Emma Maron darstellte, aus dem Weg gehen. Aber ich konnte nicht verbergen, wie sehr es mich freute, sie so lüstern zu sehen. Dann kam mir ein Gedanke. »Es macht dir doch nichts aus, wenn ich dich für eine Weile allein lasse, oder?«

Verdammt. Darüber hatte ich nicht nachgedacht. Ich war hier, um zu verhindern, dass sie jemand belästigte, und nicht um Nachtisch zuzubereiten.

Doch Emma starrte mich mit offenem Mund an, als würde ich mich albern verhalten. »Soll das ein Witz sein? Delilah hat recht: Du bist ein Held, weil du das für sie machst.«

Meine Ohren fühlten sich heiß an. Ich zuckte mit den Schultern und wandte mich wieder an Delilah. »Ich werde mir anschauen, was du da hast, und dann zum Laden fahren.«

»Das werde ich dir nicht zumuten«, widersprach Delilah. »Du machst eine Liste mit allem, was du brauchst, und ich werde jemanden losschicken, der es besorgt. Außerdem werde ich dir ein paar meiner Küchenmitarbeiter zur Verfügung stellen, damit sie dir assistieren.«

»In Ordnung. Überlass mir deine Küche, dann fange ich an.«

17. KAPITEL

Emma

»Liebste Emma«, sagte Dougal, der einst für meine Garderobe am Set zuständig gewesen war, gedehnt. »Ich muss sagen, dass ich deinen neuen Mann liebe.«

Damit schob er sich einen Windbeutel in den Mund und stöhnte theatralisch, während er sich eine Hand auf die Brust legte.

Ich lachte schnaubend. Es fühlte sich gleichermaßen seltsam und schön an zu hören, wie jemand Lucian als »meinen Mann« bezeichnete. Natürlich war er es nicht, aber es war nett zu wissen, dass ihn die Leute, mit denen ich Tag für Tag zusammengearbeitet hatte, für gut befanden. Ich war stolz auf Lucian. So viel war sicher. Er hatte heute großen Eindruck gemacht, indem er nicht nur zwei Türme aus Croquembouche, die mit schimmernden, hauchfeinen Zuckerfäden umsponnen waren, hergestellt hatte, sondern auch noch verführerische Eiscreme, zu der köstliche Butterkekse und Mangos gereicht wurden, die so geschnitten waren, dass sie wie blühenden Lilien aussahen.

Und das alles hatte ihm offenbar noch nicht einmal nennenswert Mühe bereitet. Im Gegenteil, als er sich gerade noch rechtzeitig zu Beginn der Zeremonie neben mich gesetzt hatte, hatte er sowohl zufrieden als auch entspannt gewirkt.

»Er ist gut, nicht wahr?«, sagte ich zu Dougal und tauchte meinen Löffel in die Eiscreme.

»Ich werde mal davon ausgehen, dass du von mir redest«, sagte Lucian direkt an meinem Ohr, und ich zuckte zusammen.

»Für einen so großen Mann bewegst du dich wirklich wie auf Samtpfoten«, murrte ich.

Er lachte darüber, dass er mir offensichtlich einen kleinen Schreck eingejagt hatte, und nahm Platz. »Witzig, das Gleiche habe ich über dich gedacht.«

»Dass ich mich für jemanden, der so groß ist, überraschend leise fortbewege?«

Er warf mir einen tadelnden Blick zu. »Dass du gut darin bist, dich an mich anzuschleichen.«

Ein langer Tisch, der sich einmal am ganzen Haus entlang erstreckte, war auf Delilahs und Saints Terrasse aufgestellt worden. Teelichter und Spitzkerzen schimmerten auf der cremefarbenen Leinentischdecke. Darüber prangte ein geflochtenes Netzwerk aus Lichterketten, frischen weißen Blumen und grünem Blattwerk.

Nun, da das Abendessen vorbei war, standen die Leute auf und unterhielten sich in kleinen Gruppen oder verschlangen Lucians Nachtische.

»Du hast wirklich tolle Arbeit geleistet«, sagte ich wahrheitsgemäß.

»Hmm.« Er schaute auf meine kleine Schüssel mit Eiscreme. »Du hast die Croquembouche nicht probiert.«

Ich rümpfte die Nase. »Verrate es nicht Delilah, aber ich hasse Mangos. Ich hasse sie wirklich.«

Lucian schaute mich einen Augenblick lang an, während Dougal unseren Austausch mit großem Interesse beobachtete. Dann brummte er, stand auf und ging davon.

»Oh, oh«, sagte Dougal lachend. »Du hast den Koch verärgert.«

Hatte ich das? Er wirkte nicht wie der Typ, der einen Wutanfall bekam, wenn jemand sein Essen nicht mochte. Aber er war davongestapft. Ich warf Dougal einen hilflosen Blick zu und fragte mich, ob ich … Tja, ich würde mich nicht entschuldigen. Nicht dafür. Wenn er unbedingt schmollen wollte, dann sollte er das meinetwegen ruhig tun.

Doch bevor ich weiter darüber nachdenken konnte, kehrte er zurück und brachte einen Teller mit diesen hübschen, mit Karamell überzogenen Windbeuteln mit, aus denen die Croquembouche bestand. Mein Zorn nahm noch ein wenig zu, als er sich mir gegenüber so auf den Stuhl setzte, dass die Lehne vorne war und er sie mit den Beinen umschloss, wie Männer das offenbar so gerne machten.

»Ich meine es ernst, Brick. Ich mag keine Mangos. Und ich werde nichts mit Mangos essen, nur um dein Ego zu …«

»Ich weiß, dass du keine Mangos magst.« Sanfter Humor umspielte seine Lippen.

»Das weißt du?« Woher? Wie konnte er das wissen?

»Ich verköstige dich schon seit einiger Zeit, erinnerst du dich?« Seine heiße, buttrige Stimme ließ das irgendwie schmutzig und verboten klingen.

»Ich erinnere mich.« Ich klang viel zu atemlos.

Er hatte es eindeutig bemerkt, denn dieses kleine Lächeln blitzte nun auch in seinen Augen auf. »Die Mangostücke lässt du immer übrig, wenn ich sie zu irgendwelchen Mahlzeiten hinzufüge.«

Nun begriff ich endlich. Und ich erinnerte mich daran, dass sich bei den ersten zwei Malen zwar Mangos unter der Obstauswahl fürs Frühstück befunden hatten, sie danach aber nicht mehr dabei gewesen waren. Mit weit aufgerissenen Augen starrte ich ihn stumm an.

Mit seinen langen, geschickten Fingern hob Lucian behutsam einen Windbeutel vom Teller. »Deswegen habe ich ein paar von diesen hier mit Vanille-Ingwer-Sahne zubereitet.«

Wenn ich vorher schon verblüfft aus der Wäsche geschaut hatte, klappte mein Mund jetzt erst recht auf. Hinter mir hörte ich Dougal seufzen, als wäre er beeindruckt. Doch ich konnte nur Lucian anstarren, der selbstzufrieden, aber irgendwie auch seltsam schüchtern wirkte.

»Das hast du für mich gemacht?«, krächzte ich.

Seine breiten Schultern bewegten sich unter seinem Jackett. »Ja, aber die Kombination aus Vanille, Ingwer und Mango spiegelte auch das wider, was Delilah und Saint in ihrer ursprünglichen Torte haben wollten.«

Ich könnte mich glatt in diesen Mann verlieben. Heftig. Vielleicht hatte ich das bereits, denn mein Herz fühlte sich zu groß an und schlug zu schnell. Er ließ ein weiteres kleines, kaum wahrnehmbares Lächeln aufblitzen, und in seinen hellen Augen schimmerte etwas Weiches und Entschlossenes.

»Komm schon, Honigbienchen«, murmelte er. »Probier etwas von meiner Sahne.«

Ich spuckte ein schockiertes Lachen aus, und mein Gesicht lief knallrot an, doch ich öffnete den Mund, wie er es mir befohlen hatte.

Lucian blähte die Nasenflügel. Seine Hand zitterte ein wenig, als er den Windbeutel hob und ihn an meine Lippen hielt. Ich öffnete den Mund noch weiter und ließ die Zunge hervorschnellen, um eine erste süße Kostprobe zu nehmen.

Ich schmeckte reichhaltiges, beinahe nussiges Karamell, eine leicht knackige Gebäckkruste und dann eine Explosion aus samtiger, leichter Sahnecreme mit einem Hauch von Vanille und Ingwer. Langsam kaute ich und behielt den Blick dabei fest auf seinen gerichtet. Mein Körper war angespannt, und mein Mund war im Himmel. Er blieb bei mir und fütterte mich mit einem weiteren Happen, wobei etwas von der Sahne auf seinen Daumen geriet.

Ich ließ meine Zunge über die stumpfte Kuppe gleiten, und er knurrte. Heftig.

»Herrgott«, sagte Dougal und durchbrach damit den Zauber. »Macht das gefälligst in eurem Zimmer.«

Ertappt drehten wir uns beide zu ihm um. Der große kahlköpfige Mann mit der winzigen rotbraunen Brille mit den runden Gläsern und dem perfekt rasierten Ziegenbärtchen war so heftig errötet, dass seine braune Haut die Farbe von Palisanderholz angenommen hatte. »Manche von uns sind ohne Begleitung hier. Es ist wirklich nicht nötig, dass ihr uns mit diesem Vorspiel zu schmutzigem Sex verspottet.« Dougal fächelte sich Luft zu. »Bei allen Göttern der Unterwelt, ich brauche einen Drink.«

Wir sahen zu, wie er davonging und mein Gesicht brannte vor Scham. Ich war nur zwei Sekunden davon entfernt gewesen, an Lucians Daumen zu lutschen und um mehr zu flehen. Lucian hingegen wirkte vollkommen unbeeindruckt. Er leckte einfach nur über seinen feuchten Daumen und warf mir einen verruchten Blick zu.

»Idiot«, murmelte ich und entlockte ihm damit ein Kichern, ein köstlich grollendes Geräusch, das reine männliche Zufriedenheit ausdrückte.

Der flirtende Lucian war gefährlich. Und umwerfend. Irgendwann zwischen der Zubereitung des Nachtischs und der Hochzeit hatte er sich einen gut geschnittenen rauchgrauen Anzug mit einem blütenweißen Hemd und einer silberblauen Krawatte angezogen. Die Farbkombination verwandelte seine Haut in Bronze und seine Augen in altes Meerglas.

Er hielt inne und zog fragend die dunklen, dichten Augenbrauen hoch. »Warum siehst du mich so an?«

Weil ich dich will.

Ich fuhr mit einem Finger über einen verirrten Tropfen Sahne auf dem Teller, leckte ihn auf und genoss es, wie aufmerksam und interessiert er mir dabei zusah. »Ich kann einfach nicht anders, Brick. Dieser Anzug steht dir wirklich gut.«

Wenn ich es nicht besser wüsste, hätte ich gedacht, dass ihn dieses Lob in Verlegenheit brachte. Seine Stimme kam als tiefes Grollen über seine Lippen. »Du wirkst überrascht.«

Ich war nicht im Geringsten überrascht. Der Mann hätte sogar in einem lilafarbenen Trainingsanzug aus Velours gut ausgesehen. »Ich habe dich bisher nur in Jeans gesehen. Ich war mir nicht sicher, ob du überhaupt einen Anzug besitzt.«

Er gluckste, als würde ihn das alles insgeheim amüsieren. »Süße, ich habe Dutzende davon. Alle maßgeschneidert.« Er lehnte sich zurück und zeigte mir damit, wie tadellos sein perfekt geschnittener Anzug an seinem langen, schlanken Körper saß. »Schließlich bin ich Eishockeyspieler.«

»Ich sehe da wirklich keinen Zusammenhang.«

»Am Spieltag und unterwegs tragen Eishockeyspieler Anzüge oder Ausgehkleidung. Als Zeichen des Respekts und des Mannschaftszusammenhalts.« Er winkte beiläufig mit einer Hand. »Um zu zeigen, dass wir zumindest oberflächlich betrachtet Gentlemen sind.«

Das war … unfassbar sexy. »Und ich dachte schon, dass es euch nur um blutige Kämpfe auf dem Eis geht.«

Wieder ließ er dieses gefährliche, umwerfende Lächeln aufblitzen. »Das auch. Allerdings hat das in den letzten Jahren deutlich abgenommen. Man hat uns gemäßigt.«

»Aber das ist bestenfalls eine Fassade, was?« Gott, das war ebenfalls sexy. Obwohl ich vermutete, dass es das nicht sein sollte.

»Für dich, Honigbienchen, werde ich immer ein Gentleman sein.« Er lachte sanft, so als würde er mir ein Geheimnis anvertrauen. »Es sei denn, du willst, dass ich es nicht bin.«

Daraufhin hätte ich die Augen verdrehen sollen, weil er mich mit diesem kitschigen Spruch zweifellos ködern wollte, aber er war auch eindeutig entspannt und amüsierte sich so sehr, dass ich nicht anders konnte, als zu lächeln.

»Ich werde es dich wissen lassen«, teilte ich ihm mit. »Und bis dahin solltest du einfach dasitzen und für mich hübsch aussehen, okay?«

Er schnaubte, und das Lächeln schimmerte immer noch in seinen Augen. Dann schüttelte er leicht den Kopf, als wollte er sagen: »Was soll ich mit dieser Frau nur machen?« Ich sah das genauso. Ich wusste ebenfalls nicht, was ich in seiner Gegenwart machen sollte. Auf seinen Schoß zu springen und ihn anzuflehen, mich weiter mit diesen Windbeuteln zu füttern, fühlte sich wie die beste Option an.

»Du siehst übrigens schön aus«, sagte er und riss mich damit aus meiner lustvollen Trance. Er ließ den Blick über mich wandern und betrachtete das trägerlose lavendelblaue A-Linien-Kleid aus Seide, das ich trug. Doch das Kleid fesselte seine Aufmerksamkeit nicht lange. Schon bald richtete er den Blick wieder auf mein Gesicht, so als würde das ihn am meisten faszinieren. »Vermutlich hörst du das dauernd.«

Das stimmte. Und da ich eine Frau war, hatte man mir schon sehr früh beigebracht, dass ich mich mit Lob nicht wohlfühlen durfte. Was wirklich verkorkst war, denn man brachte uns ebenfalls bei, uns nach Lob und Anerkennung zu sehnen. Aber das alles hielt mich nicht davon ab, angesichts der Tatsache, dass mich Lucian schön fand, eine warme Zufriedenheit und Freude zu spüren.

Er senkte die Stimme und sprach nun eindringlicher. »Bei

unserer ersten Begegnung machte es mich wütend, dass ich bemerkte, wie schön du warst.«

»Was?« Das Wort kam als verwirrtes Krächzen aus meinem Mund.

Lucians Lächeln war ironisch und angespannt. »Du warst Amalies Gast. Ich hatte kein Recht, dich so anzuschauen.«

Dem musste ich widersprechen. Aber er gab mir keine Gelegenheit dazu.

»Es ist nur so: Je besser ich dich kennenlerne, desto schöner wirst du für mich.«

Oh. Verdammt.

Ich stieß ein heftiges Seufzen aus, und mein Herz schwoll in meiner plötzlich zu engen Brust schmerzhaft an.

»Ich mag, wer du bist, Em«, sagte er, als würde ihm jemand dieses Geständnis entreißen und als würde er es nur ungern preisgeben. Doch er blinzelte nicht und verzog auch sonst keine Miene, als ich überrascht den Mund öffnete. Ich schluckte schwer.

»Ich mag auch, wer du bist.«

Daraufhin drehte Lucian den Kopf und präsentierte mir sein kantiges Profil. Er konnte eindeutig ebenso schlecht mit Lob umgehen wie ich. Sein Pech. Er brauchte es. Er musste erfahren, dass er wertvoll war. Aber man hatte uns entdeckt, und unsere empfindliche Privatsphäre wurde gestört, als Delilah auf uns zukam.

»Luc!«, quietschte sie förmlich und lächelte strahlend. »Ich muss dich jetzt einfach mal umarmen.«

In ihrem Hochzeitskleid – einem Etuikleid aus Spitze und Seide – sah sie wunderschön aus. Ihr Haar war mit Orangenblüten geschmückt. Die einzigen Farbtupfer bildeten ihr roter Lippenstift und ihre ebenfalls roten Absatzschuhe, bei deren Anblick Saint während der Zeremonie so strahlend und breit gelächelt hatte, dass ich einen kleinen Stich im Herzen verspürt hatte.

Jetzt kam sie auf Lucian zu, der sofort aufstand und ihre Umarmung würdevoll über sich ergehen ließ.

Saint folgte ihr. Er grinste zwar nicht so breit wie Delilah, schien aber zufriedener und glücklicher zu sein, als ich ihn je gesehen hatte. Die Ehe tat dem Mann gut. Sobald Delilah mit ihrer Umarmung fertig war, streckte Saint eine Hand aus, um Lucians zu schütteln. »Tolle Arbeit, Mann. Ernsthaft.«

»Es war mir eine Freude zu helfen«, sagte Lucian und wirkte angesichts ihres Lobs beinahe ebenso unbehaglich wie nach meinem.

Delilah zog sich einen Stuhl zurück, um sich zu setzen, doch Saint kam ihr zuvor, nahm selbst darauf Platz und zog sie dann auf seinen Schoß. Sie schlang die Arme um seine Schultern und schmiegte sich seufzend an ihn. »Ich bin vollkommen erledigt.«

Saint kicherte. »Dabei sind wir noch nicht mal beim Tanzen angelangt, obwohl du so sehr darauf bestanden hast.«

»Oh, wir werden tanzen, Freundchen. Glaub ja nicht, dass du versuchen kannst, dich darum zu drücken.« Sie musterte den Teller mit den Windbeuteln, den Lucian auf den Tisch gestellt hatte. »Ich brauche nur vorher eine kleine Pause.«

Lucian bemerkte ihren Blick und schob den Teller in ihre Richtung. »Willst du einen?«

»Ja!« Sie schnappte sich einen Windbeutel und nahm stöhnend einen großen Bissen davon, bevor sie den Rest an Saint verfütterte. »Die sind so gut.«

Delilah musterte Lucian. »Und du hast nie beruflich gebacken?«

»Nein. Nur zu Hause. Oder für meine Mannschaftskameraden.«

»Sein Urgroßvater war Jean Philipe Osmond«, warf ich in der Hoffnung ein, dass Delilah als Köchin wissen würde, wer das war. »Er hat Lucian alles beigebracht.«

Lucian warf mir einen tadelnden Blick zu, schien aber nicht wirklich sauer zu sein. Er wirkte eher überrascht, dass ich ihn hochjubelte. Ich zog eine Augenbraue hoch, als wollte ich sagen: »Was denn? Du bist immer so bescheiden.«

Delilah riss die Augen auf. »Ernsthaft? Heilige Scheiße.«

»Ich komme offenbar nicht ganz mit«, sagte Saint.

Sie drehte sich um und wischte behutsam einen kleinen Krümel aus seinem Mundwinkel. »Jean Philipe Osmond war einer der besten Konditoren der Welt. Ich habe zwei seiner Kochbücher. Er war ein Semester lang Thema auf der Kochschule.«

Saint zog die Augenbrauen hoch. Ich ebenfalls.

Ich wandte mich an Lucian. »Das hast du mir gar nicht erzählt!«

Er zuckte mit den Schultern. »Ich habe gesagt, dass er in Frankreich sehr bekannt war.«

»Du bist ein Meister der Untertreibung, weißt du das?«

Er ließ ein schnelles Grinsen aufblitzen, das mein Herz zum Stolpern brachte.

»Tja, das erklärt einiges.« Delilah starrte Lucian an und schnappte sich dann einen weiteren Windbeutel. »Ich weiß nicht, wie viel dir Emma von mir erzählt hat, aber ich eröffne in ein paar Monaten ein Restaurant. Es ist direkt die Straße runter.«

»Das hat sie mir erzählt. Und auch, dass du eine außergewöhnlich gute Köchin bist.«

Delilah warf mir einen erfreuten Blick zu, und dann sagte sie zu Lucian: »Ich habe Schwierigkeiten, einen guten Konditor zu finden.«

Es war offensichtlich, in welche Richtung dieses Gespräch ging, und Lucian lehnte sich zurück, als ob er sich von der ganzen Idee distanzieren wollte. »Ich habe keine professionelle Ausbildung.«

»Du bist genauso gut«, konterte sie. »Das ist mit das beste Gebäck, das ich je probiert habe, und ich glaube, du musstest dich dafür nicht mal anstrengen.«

»Nein, aber …«

»Nachtische spielen eine große Rolle bei dem, was ich zu sagen versuche«, fiel sie ihm ins Wort. »Ich brauche jemanden, der sich mit Geschmacksrichtungen auskennt und keine Angst davor hat, mit seiner Kreativität auch mal etwas zu wagen. Eine Menge professionelle Konditoren, die ich getroffen habe, sind zu steif oder stets besorgt zu versagen.« Sie zog ihre goldenen Augen abschätzig zusammen. »Irgendwie glaube ich nicht, dass du dich von Kritikern einschüchtern lassen würdest.«

Lucian zuckte mit den Schultern. »Entweder mögen die Leute mein Essen oder eben nicht. Das ist nicht mein Problem.«

»Genau«, rief sie mit einem kleinen Lachen. »Du bist ein Raufbold. Das brauche ich.«

Er gab einen amüsierten Laut von sich, aber unter dem Schutz des Tischs sah ich, wie er die Finger verkrampfte, als wollte er die Flucht ergreifen. Doch das tat er nicht. »Ich habe noch nie darüber nachgedacht, so etwas zu machen.«

»Babe«, murmelte Saint, der Lucians Widerwillen ebenfalls bemerkte.

Delilah ignorierte ihn. Sie hatte die Augen flehend aufgerissen. »Ich verstehe das – ich mute dir damit völlig aus dem Nichts eine Menge zu. Und es wäre eine gewaltige Veränderung deines Lebensstils. Aber würdest du es in Betracht ziehen, dir mal meine Speisekarten anzuschauen, um zu sehen, ob das irgendein kreatives Interesse in dir auslöst?«

Lucian blinzelte. Ihr Eifer überraschte ihn eindeutig. Mich überraschte er nicht. Ich hatte genug Zeit mit Delilah verbracht und wusste, wie leidenschaftlich sie in Bezug auf Kochen und Essen war. Da war es nicht weiter verwunderlich, dass sie aufgeregt war, jemanden zu treffen, der das gleiche Talent und die gleiche Leidenschaft für den Umgang mit Lebensmitteln an den Tag legte. Das Seltsame war nur, dass Lucian nicht zu verstehen schien, wie viel von sich selbst er durch seine Arbeit preisgab. Delilah hatte recht: Er war ein Kämpfer. Aber er war auch ein bedächtiger Künstler, der mithilfe seines Essens Gefühle hervorrief. Seine Gerichte waren auf eine Weise sinnlich, die ihm meiner Ansicht nach gar nicht bewusst war.

Delilahs unnachgiebiger Hundeblick ließ ihn schließlich einknicken. Sein Mund zuckte, so als wollte er sich weiter dagegen wehren, hätte aber nicht die Energie, um gegen ihre Willenskraft anzukämpfen. »In Ordnung. Ich gebe dir meine E-Mail-Adresse, dann kannst du mir die Speisekarten schicken.«

»Ja!« Sie reckte eine Faust in die Luft, was Saint dazu bewegte, sie lachend nach hinten an seine breite Brust zu ziehen. Sie wirkten so ungezwungen miteinander, so verliebt, dass ich ein ganz kleines bisschen neidisch wurde. Delilah strahlte ihn an, bevor sie mir ein glückliches und entspanntes Lächeln zuwarf. »Er ist viel besser als Greg, Em. So viel besser.«

Schlagartig wurde es still am Tisch. Delilah wusste eindeutig, dass sie eine unpassende Bemerkung gemacht hatte und setzte eine zerknirschte Miene auf. Sie begriff, dass es zu offensichtlich wäre, mir einen entschuldigenden Blick zuzuwerfen, aber ich wusste, dass es ihr trotzdem leidtat. Saint, der einfühlsamer war als die meisten Menschen, die ich kannte, nahm seine Frau in einer beeindruckenden Zuschaustellung von Stärke in die Arme, stand auf und hob sie dabei mit hoch.

»Wenn ihr uns entschuldigen würdet«, sagte er mit ihr in den Armen. »Ich muss mir ein paar Tänze sichern.«

Sie ließen uns mit Gregs Gespenst, das wie eine übelriechende Wolke über uns hing, allein. Ich holte sofort zu einem Präventivschlag aus. »Ich will nicht darüber reden.«

Lucian betrachtete mich mit raubtierhafter Reglosigkeit, und ich bereitete mich innerlich vor und fragte mich, mit welcher Methode er versuchen würde, mir die Informationen zu entlocken.

»In Ordnung.«

Seine einfache Akzeptanz sorgte dafür, dass ich mich klein statt erleichtert fühlte. Aber ich hielt den Mund und fummelte am zerknitterten Saum der Tischdecke herum. Leute wurden ständig von ihren Partnern betrogen. Dafür musste man sich nicht schämen. Die Schuld lag allein bei dem, der fremdging. Trotzdem kroch die Erinnerung an Greg, der zwischen den Schenkeln einer Fremden hockte, über meine Haut und nistete sich in meiner Brust ein. Konnte man mich wirklich so einfach verlassen?

»Irgendwie bezweifle ich das«, sagte Lucian. Und mir wurde sehr zu meinem Ärger klar, dass ich die Frage laut gestellt hatte.

Ich zog den Kopf ein und zupfte einen verirrten Krümel von meinem Kleid, der auf die blauen Stofffalten gefallen war. »Können wir so tun, als hätte ich das nicht gesagt?«

»In Ordnung.«

»Ich bin nur ein bisschen … wund.«

Instinktiv wusste ich, dass er das verstehen würde. Lucian war in Bezug auf viele Dinge ebenfalls wund. Angespannte Stille breitete sich zwischen uns aus und wurde immer wieder vom Gelächter der Hochzeitsgäste um uns herum unterbrochen. Hier am Tisch befanden wir uns jedoch in unserer eigenen kleinen Blase.

»Ich denke an dich.« Lucians raues, aber leises Geständnis sorgte dafür, dass ich den Kopf hob.

»An mich?« Doch ich wusste, was er meinte. Die Kraft seines Blicks erzählte die Geschichte. Er schien sich förmlich in meine Richtung zu recken, obwohl er vollkommen reglos dasaß.

Entschlossene und grimmige Falten umgaben seinen sinnlichen Mund, als würde er es bedauern, überhaupt gesprochen zu haben. Doch dann fuhr er fort und die Worte rollten wie eine heiße Welle über meine Haut. »Ich denke darüber nach, dich noch mal zu berühren, dich zu kosten. Wenn ich einschlafe, habe ich deinen Namen auf meiner Zunge und deinen Duft auf meiner Haut.«

Ich konnte nicht atmen. Ich konnte mich nicht mal bewegen, weil mich das drängende Pochen seiner Worte gefangen hielt.

»Ich wache hart und voller Sehnsucht auf und erinnere mich daran, wie sich deine süße, kleine Brustwarze für mich aufgestellt hat. Ich denke darüber nach, dass ich erneut an ihr saugen will, dass ich mich verdammt noch mal an dir laben will.«

Wir starrten einander an. Hitze und Spannung bauten sich zwischen uns auf wie lebendige Wesen, zerrten an meinen Brustwarzen und raubten mir den Atem. Seine Brust hob und senkte sich vor Erregung, und seine hohen, wie gemeißelten Wangen erröteten.

Ich wollte ihn. Ich wollte ihn so sehr.

Er schluckte hörbar. »Du verfolgst mich, Emma. Jede verdammte Kleinigkeit an dir verfolgt mich.«

Ich ballte die Finger zur Faust, während Blut durch meine Adern rauschte. »Ich denke auch an dich. Ich habe dich nackt gesehen, durfte dich aber nie berühren. Ich will es.«

Lucian knurrte. Es war ein gequälter Laut des Begehrens.

Meine Worte kamen atemlos über meine Lippen. »Ich denke nachts daran, wenn ich allein bin.«

Er schloss die Augen, als hätte ich ihm einen Schlag verpasst. Als er sie wieder öffnete, brannte das frostige Grün strahlend hell. »Du hast keine Ahnung, was das mit mir anstellt, Süße.«

»Erzähl es mir.«

Eine dunkle Haarsträhne fiel ihm in die Stirn, als er ruckartig den Kopf drehte und mir sein starkes Profil zuwandte. »Ich fühle mich besessen. Von dir. Und es gefällt mir.«

Ich atmete aus, und in mir drehte sich alles.

Doch seine Miene wurde härter, und seine markante Kieferpartie spannte sich an. »Und das sollte es nicht, Em. Das sollte es nicht.«

Ich wich zurück und blinzelte hektisch, denn das hatte ich nicht erwartet. Mein Stolz schrie mich an, dass ich den Mund halten sollte, doch ich stellte die Frage trotzdem. »Warum nicht?«

»Weil du etwas Besseres als mich verdienst.« Er verzog das Gesicht, wich meinem Blick aber nicht aus. »Du verdienst alles.«

»Lucian …«

Doch bevor ich auch nur ein weiteres Wort sagen konnte, stürzten sich fünf meiner ehemaligen Kollegen im Pulk betrunken und fröhlich auf mich.

»Emma, Liebes! Da bist du ja!«, rief Danny, der die Spannung, die zwischen mir und Lucian summte, gar nicht wahrzunehmen schien.

Lucian schaute mir noch einen Moment länger in die Augen und seine verdunkelten sich vor Bedauern und bitterer Akzeptanz. Dann stand er auf und hielt nur inne, um meine Schulter ganz leicht mit den Fingerspitzen zu berühren. Seine sanft gemurmelten Worte drifteten inmitten des Lärms zu mir herunter. »Es tut mir leid, Em.«

Die Worte drangen in meine Brust ein wie ein Dolch und hinterließen ein hohles Loch, als er davonging und mich mit etwas zurückließ, das sehr viel schlimmer als ein Gespräch über meinen fremdgehenden idiotischen Exfreund war. Ich musste auf qualvolle Weise in Erinnerungen schwelgen, während meine Freunde und Kollegen beschlossen, mir unbedingt alles ins Gedächtnis rufen zu müssen, was ich verloren hatte.

Wundervoll. Einfach wundervoll.

18. KAPITEL

Emma

»Da hast du dir einen Guten ausgesucht, Emma.« Delilah lehnte sich mit einem Seufzen und einem Glas Champagner in der Hand auf dem weißen Korbstuhl zurück. Die Lichterketten über unseren Köpfen tauchten den Bereich in ein sanftes Licht, aber das war nichts im Vergleich zu dem strahlenden Leuchten ihres Lächelns.

»Ich würde sagen, dass du dir einen Guten ausgesucht hast.« Ich hob mein Glas, um ihr zuzuprosten.

Sie erwiderte die Geste, ließ sich aber nicht von ihrer Meinung abbringen. »Willst du etwa nicht über deinen neuen Mann reden? Ich würde es wollen. Er ist umwerfend, talentiert und eindeutig total in dich verschossen.«

Der letzte Punkt machte mich fertig. Delilah wusste nicht, dass er nicht wirklich mein Mann war. Lucian und ich hatten beschlossen, dass es einfacher wäre, das für uns zu behalten.

Und das tat weh. Denn ich wusste ohne jeden Zweifel, dass ich in Lucian »verschossen« war. Ich hatte mich bereits ein klein wenig in ihn verliebt, als ich ihn zum ersten Mal gesehen hatte. Es war dumm, dumm, dumm. Er dachte, dass er mich nicht verdiente und wandte sich deswegen von mir ab, obwohl wir beide dieses überwältigende Begehren verspürten, das überkochte, wann immer wir auch nur in die Nähe des anderen kamen. Das Gefühl seines Munds auf meiner Brustwarze war tagelang geblieben und hatte mich mit Verlangen und Lust erfüllt. Doch wo das Fleisch schwach war, war der Geist es nicht. Lucian würde nicht nachgeben. Das hatte er unmissverständlich klar gemacht.

Und was bedeutete das für mich? Ich könnte ihm hinterherhecheln und mich zum Narren machen. Doch ich hatte meinen Stolz. Und meine Würde.

Ich trank einen größeren Schluck Champagner, und er lief kribbelnd meine Kehle hinunter und ließ mich warm und schläfrig werden. »Das mit Lucian und mir ist nichts Ernstes. Wir kennen uns kaum.«

Delilah nahm diese Teillüge gelassen hin. »Du hast ihn mit hergebracht. Das ist was Besonderes.«

»Das war dämlich, Dee.« Mit einem Seufzen dehnte ich meinen steifen Nacken und blinzelte zu den Lichtern hinauf. »Er sträubt sich gegen jegliche Beziehung.«

»Aber er ist mit dir hergekommen …«

»Das war ein Gefallen.« Ich verzog das Gesicht. »Und wenn das Wochenende vorbei ist, werden wir wieder getrennte Wege gehen – sozusagen.« Schließlich konnte ich ihm nicht wirklich aus dem Weg gehen, solange ich bei Amalie wohnte. Ich würde *Rosemont* und all seine Versuchungen wohl tatsächlich verlassen müssen. So schnell wie möglich ins echte Leben zurückzukehren, war eine kluge und vernünftige Entscheidung.

»Ich weiß, dass ich mich damit in deine Angelegenheiten einmische«, sagte Delilah langsam. »Und ich werde nicht beleidigt sein, wenn du mir sagst, dass ich dich damit in Ruhe lassen soll. Aber Greg konnte dich niemals mit einem einzigen Blick so zum Strahlen bringen, wie Luc es tut. Und du siehst es vielleicht nicht, aber dieser Mann erwacht in deiner Nähe zum Leben.«

»Zu dumm, dass es da dieses eine kleine Detail gibt …« Ich

hielt meinen Daumen und meinen Zeigefinger ein paar Zentimeter weit auseinander. »Er ist emotional zurückgezogen und instabil.«

Delilah seufzte und schüttelte den Kopf. »Manchen Leuten fällt es schwer, anderen zu vertrauen. Selbst wenn sie es insgeheim wollen.«

»Redest du von Saint?«, neckte ich sie.

Sie verzog die Lippen. »Nein. Von mir selbst. Ich hab mich mit Zähnen und Klauen dagegen gewehrt, mich auf Macon einzulassen. Weil ich Angst davor hatte, mich irgendwem gegenüber zu öffnen, ganz zu schweigen von jemandem, der mich ernsthaft verletzen könnte, wenn er es wollte.«

»In meinem Fall ist es vermutlich besser so.« Ein Schmerz in meiner Brust brachte mich dazu, eine Hand zu heben, um darüberzureiben, doch ich widerstand dem Drang und ließ die Hand zurück in meinen Schoß sinken. »Ich treffe eindeutig furchtbar schlechte Entscheidungen, wenn es um die Liebe geht. Vor Greg war ich mit Adam zusammen – einem totalen Idioten –, der nicht nur fremdging, sondern mich auch noch ständig kleinmachte. Und dann war da noch Eric, ein aufgeblasener Arsch, der vermutlich ebenfalls fremdging, den ich aber nie erwischt habe.« Ich rümpfte die Nase. »Das Beste, was ich sagen kann, ist, dass mir wenigstens keiner von ihnen eine sexuell übertragbare Krankheit angehängt hat und dass ich allein wahrscheinlich besser dran bin.«

Sie kicherte und kippte ihr Glas nach hinten, um es zu leeren. Dann stellte sie es mit einem entschlossenen Klirren auf den Tisch. »Hoffnungsvoll zu sein ist nie eine schlechte Entscheidung. Wenn wir die Hoffnung aufgeben, was bleibt uns dann noch?«

»Unsere Vibratoren.«

Darüber lachten wir beide. Und dann ergriff sie meine

Hand. »Ich werde dich am Set vermissen.« Delilah lächelte. Ihr schien nicht bewusst zu sein, wie sehr es mich schmerzte, darüber zu reden. Vermutlich weil sie gerade zu betrunken und zufrieden war. »Dich aus der Serie rauszuschreiben war eine idiotische Entscheidung.«

Mein Lächeln erstarb. »Danke. Ich werde dich auch vermissen.«

»Verrate es niemandem, aber Macon verlässt die Serie.«

»Was?« Ich lehnte mich so weit vor, dass wir im Flüsterton miteinander sprechen konnten. »Warum?«

»Er will nicht auf einen bestimmten Typ festgelegt werden. Er will sich anderen Projekten widmen.«

»Glaub mir, das kann ich nachempfinden.«

»Und genau deshalb mag dieser Schnitt jetzt schmerzen, aber er wird heilen, und danach wirst du stärker sein.«

»Ja«, sagte ich, obwohl es sich noch nicht so anfühlte. Aber ich wollte es spüren. »Das werde ich.«

Eine tiefe Stimme drang in unsere kleine private Unterhaltung ein. »Was tuschelt ihr zwei denn da?« Saint kam auf uns zu und lächelte Delilah mit großer Zuneigung an.

Sie schmunzelte in seine Richtung. »Wenn wir wollten, dass du das erfährst, hätten wir nicht getuschelt.«

Er beugte sich nach unten, um sie zu küssen. Als er sich zurückzog, war sie rot angelaufen und grinste. »Ich liebe dein freches Mundwerk, Kartoffel.«

Delilahs Blick wurde glasig. »Schaff mich ins Bett, du toller Hengst.«

»Wechselst du sonst das Revier?«

Ich verdrehte die Augen, konnte mir das Lächeln aber nicht verkneifen. »Wenn ihr zwei unbedingt *Top Gun* zitieren müsst, dann macht das wenigstens in der Abgeschiedenheit eures Schlafzimmers.«

Saint warf mir einen Blick zu und zwinkerte. »Guter Punkt. Würde es dir etwas ausmachen, wenn ich jetzt meine Braut entführe, Em?«

»Nur zu. Entführt, plündert und zitiert nach Herzenslust kitschige, alte Filme.«

Er gluckste und hob Delilah mit beeindruckender Anmut in seine Arme.

Sie schrie kurz auf, legte aber die Arme um seinen Hals. »Du Tier.«

»So ist es.« Er nickte in meine Richtung. »Gute Nacht, Emma. Danke, dass du heute Abend hier gewesen bist.«

»Danke für die Einladung. Ich freue mich so für euch zwei. Und nun geht mir aus den Augen, bevor mich das ganze Liebesgesülze würgen lässt.«

Lachend ging Saint davon, und Dee winkte mir zum Abschied über seine Schulter zu. Ich winkte zurück und lächelte breit, doch innerlich fühle sich meine Brust eng und kalt an. Ich beneidete sie. Sie beide. Mit einer Kleinlichkeit, die mich erschütterte. Ich wollte Liebe. Ich wollte Zuneigung und Geborgenheit. Ich wollte wissen, wo mein Platz in der Welt war, und die Gewissheit haben, dass ich für jemanden immer an erster Stelle stand.

Ich musste mein Leben in Ordnung bringen. Und das würde nicht passieren, solange ich einem Mann nachtrauerte. Doch während ich allein am Tisch saß und Lucian nirgends zu sehen war und meine ehemaligen Kollegen in kleinen Gruppen lachten und plauderten, überkam mich ein überwältigendes Gefühl von Niedergeschlagenheit. Trotz dieser aktuellen Rückschläge führte ich ein Leben, um das mich andere beneideten. Ich war gesund und ich hatte Freunde. Und doch fühlte ich mich vollkommen allein. Und ich hatte keine Ahnung, wie ich das ändern konnte.

Lucian

Ich fand sie an den Klippen mit Blick aufs Meer. *Rosemont* lag so weit oben in den Hügeln, dass der Pazifik von dort aus nur ein ferner blauer Schimmer war. Hier krachte er dagegen heftig gegen die Küste und sandte Gischt und den Geruch von Salzwasser in die Luft.

Als ich Emma das letzte Mal gesehen hatte, war sie von Kollegen umringt gewesen, die über ihre besten Erlebnisse am Set redeten. Dann hatten mich North, der Stuntkoordinator war, und ein paar Jungs, deren Namen ich schnell wieder vergessen hatte, beiseitegezogen, um über Eishockey zu reden. Es war überraschend schmerzfrei gewesen, über den Sport zu sprechen, den ich geliebt und verloren hatte. Vielleicht lag es daran, dass wir über alles Mögliche geredet hatten, nur eben nicht über mich. Doch Emma hatte glücklich gewirkt und auf ihre typische strahlende Art gelacht.

Nun sah sie nicht glücklich aus.

Nur von den Lichtern des Hauses und dem sanften Glühen der Lampen, die im Zwielicht flackerten, erhellt, wirkte sie verletzlich und klein. Ich schlenderte vorsichtig näher, da ich sie nicht erschrecken wollte. Etwas an der Art, wie sie dastand, so als hätte sie Schwierigkeiten, sich aufrecht zu halten, sorgte dafür, dass sich meine Brust verkrampfte. Ich hatte seit Jahren niemanden mehr geschlagen, aber für sie würde ich gegen die ganze Welt kämpfen.

Doch dann kam mir der Gedanke, dass mein unbedachtes Geständnis und meine ungeschickte Ablehnung der bloßen Vorstellung von uns als Paar für ihren jetzigen Zustand verantwortlich sein könnten. Hätte ich mir selbst in den Hintern treten können, ich hätte es getan.

»Alles in Ordnung?«, fragte ich und blieb neben ihr stehen.

Am Haus hatten die Leute damit angefangen, sich zu Paaren zusammenzufinden, und lachten miteinander. Doch hier war es dunkel und einsam.

Sie nickte dumpf, schlang dann jedoch die Arme um ihren Körper. »Ja … nein. Nicht wirklich.«

»Em.« Ich zog mein Jackett aus und legte es um ihre Schultern. »Liegt es an dem, was ich gesagt habe …?«

»Nein.« Ihre Erwiderung hallte wie ein Peitschenknall durch die Nacht. Sie seufzte, als würde sie versuchen, sich zusammenzureißen, und sprach dann leiser weiter. »Nein, das ist es nicht. Ich habe mich mit der Vorstellung abgefunden, dass das mit uns wahrscheinlich ein gewaltiger Fehler wäre.«

Das hätte nicht wehtun sollen. Ich hatte es selbst viele Male gesagt. Meine Brust verkrampfte sich trotzdem, als hätte mich jemand geschlagen. Denn es fühlte sich falsch an, wie ein Verrat an allem, was in meinem Leben gut und echt war. Doch Emma litt, was bedeutete, dass ich mich auf sie konzentrierte. »Was ist dann los?«

Mit einem weiteren Seufzen neigte sie den Kopf zurück und starrte zum Himmel hinauf. »Ich wusste nicht, dass es so schwer sein würde, in ihrer Nähe zu sein.«

Sie meinte ihre ehemaligen Kollegen.

Sie lachte humorlos. Es war ein schwacher Laut, den der Wind schnell davontrug. »Es ist dumm. Das Leben geht weiter und all das.«

»Es ist nicht dumm.« Ich berührte ihren Arm, und sie drehte sich herum, um mich mit dunklen Augen anzusehen. »Wenn das, was dir im Leben wichtig war, ohne dich weitergeht, tut das weh.«

Sie nickte und biss sich auf die Unterlippe. »Ich komme mir wie eine Idiotin vor, weil ich wegen einer verlorenen Rolle schmolle, während es dich so viel schlimmer getroffen hat. Das erscheint mir zickig.«

Ich stieß ein schnaubendes Geräusch aus – den Geist eines Lachens. »Glaubst du, ich würde das denken? Nein, Emma. Nicht mal ein bisschen.«

Emma schüttelte den Kopf, aber ich glaubte nicht, dass sie mich wirklich gehört hatte. Düstere Gedanken hatten sie zu tief nach unten gezogen. »Die Serie ist für ihre Unvorhersehbarkeit und ihre unkonventionellen Entwicklungen bekannt. Dafür, dass Figuren jederzeit sterben können. Aber ich frage mich trotzdem ständig, warum es ausgerechnet mich getroffen hat. War das wirklich zum Wohl der Geschichte, oder habe ich etwas falsch gemacht? Habe ich das Publikum gelangweilt?«

»Die Leute schauen diese Serie deinetwegen«, sagte ich mit einer Nachdrücklichkeit, von der ich hoffte, dass sie sie wahrnahm. »Herrgott, Em. Du warst der Star. Du strahlst. Nichts wird das je ändern.«

Sie schaute mir in die Augen. Sie wirkte immer noch ein wenig benommen, hörte mir aber zu. Ein kleines Lächeln umspielte ihre Lippen. »Das ist der Stolz. Oder besser gesagt das Ego. Meins hat einen ordentlichen Dämpfer kassiert, und ich war nicht darauf vorbereitet.«

»Das sind wir nie, Bienchen.«

Ihr Lächeln wurde wärmer. »Nein, ich schätze, das sind wir nicht. Aber so etwas passiert immer wieder, und irgendwie scheine ich mich nicht davon erholen zu können.«

Verdammt. Das war zum Teil meine Schuld. Ich hatte ihr gestanden, dass ich sie wollte, weil ich gesehen hatte, wie die Erwähnung dieses Greg – wer auch immer das war – sie verletzt hatte. Sie war zusammengezuckt, und das Licht war aus ihren hübschen Augen gewichen. Ich konnte das nicht ertragen und wollte sie einfach nicht weiter denken lassen, dass sie unbedeutend war, denn sie war … alles. Dann hatte ich es verbockt.

Diese Frau brachte mich völlig durcheinander, und sie war wertvoll und musste es begreifen.

Musik driftete vom Rasen aus herüber. Schön und langsam, ein Lied über Liebe und Sehnsucht. Oben beim Haus tanzten Paare miteinander unter Lichterketten. Ich streckte meine Hand aus. »Tanz mit mir, Em.«

Sie betrachtete verwirrt mein Gesicht, so als wäre sie sich nicht sicher, ob sie mich richtig verstanden hatte. Wollte ich je in der Öffentlichkeit tanzen? Nein. Aber für sie, mit ihr … würde ich es tun.

Und als sie ihre Hand in meine gleiten ließ, machte etwas tief in meiner Brust klick. Sie passte so perfekt zu mir wie ein Schlüssel in ein Schloss. Ich zog sie in den Schutz meiner Arme und war zufrieden damit, einfach nur hier im Halbdunkel mit ihr zu tanzen. Sie schien nichts dagegen zu haben und schmiegte sich seufzend an mich. Ihr Kopf ruhte an meiner Brust, als könnte sie ihn nicht länger aufrecht halten.

Das war in Ordnung. Ich konnte die Last für uns beide tragen. Ich ließ meine freie Hand an ihrem Nacken hinauf und in die Wärme ihres Haars gleiten. Und sie seufzte und schmiegte sich noch fester in meine Umarmung. Ich schloss die Augen und neigte den Kopf gerade weit genug, um ihren Kopf unter meiner Wange zu spüren. »Alles kommt wieder in Ordnung.«

Ihr gebrochenes Flüstern traf mich wie ein Dolch ins Herz. »Woher weißt du das?«

»Weil ich an dich glaube.«

Ihr Körper zuckte, bevor sie seufzte. »Ich glaube auch an dich, Lucian.«

Gott. Warum tat das so weh? Ich wollte mich dieser Frau gegenüber anständig verhalten und mich ihr von meiner besten Seite zeigen. Sie sollte nicht nur die zerbrochenen Kanten sehen. Ich erwiderte nichts, sondern hielt sie einfach nur fest.

Wir bewegten uns kaum und schwankten nur ganz leicht hin und her, um es wie einen Tanz wirken zu lassen. Emma ließ meine Hand los und kuschelte sich dichter an mich. Sie schlang die Arme um meine Taille. Sofort hatte ich einen Kloß im Hals. Ich tat es ihr nach, legte meinen Arm um ihre schlanke Taille und hielt sie fest. Ich hielt sie einfach nur fest.

Es war kein Tanz. Es war eine Umarmung. Weil sie sie brauchte. Und obwohl mein Verstand die Einzelheiten wahrnahm – ihre Brüste, die sich an meine oberen Bauchmuskeln pressten, die Art, wie ihre Oberschenkel meine berührten, die Wärme ihres Körpers –, fühlte es sich nicht rein sexuell an. Es fühlte sich wie eine Erlösung an. Ich umarmte sie, doch sie veränderte mich von innen heraus. Es war ein einsames Jahr gewesen, leer und kalt, aber hier in der Dunkelheit fühlte ich mich vollkommen. Ich umarmte sie, weil ich es ebenfalls brauchte.

Diese entblößten Gefühle waren beinahe zu viel. Wie eine offene Wunde, in der man herumstocherte. Aber es fühlte sich zu gut an, um es aufzugeben. Und ich war es leid, mich zu widersetzen. Ich war einfach alles leid – bis auf sie.

Wir wiegten uns zu Fiona Apples heiserer Stimme, die »I Know« sang, und als das Lied endete und ein neues begann, das ein wenig lebhafter war, blieb Emma, wo sie war.

»Danke«, sagte sie schließlich und neigte den Kopf ein wenig zurück, um mir in die Augen zu schauen.

Ihr Gesicht bestand aus Licht und Schatten, und ihre Augen leuchteten in der Dunkelheit. Ich wollte ihre Wange berühren, um herauszufinden, ob sie so kühl und weich war, wie sie aussah, aber irgendwie schien ich sie nicht loslassen zu können. Sie ließ den Blick über mein Gesicht wandern, und ich spürte den genauen Augenblick, in dem sie wieder zu denken anfing. Ihr Körper spannte sich gerade stark genug an, um einen Hauch von Abstand zwischen uns zu bringen. Ich wollte diesen Abstand überwinden, doch ich hielt still und achtete darauf, dass meine Stimme ruhig blieb.

»Alles in Ordnung?«, fragte ich.

»Was für eine Frage«, erwiderte sie mit einem kaum wahrnehmbaren Lachen.

Ich musste lächeln. »Ich weiß, dass es schwer ist, diese Gefühle einzuschätzen, Schnüfflerin.«

Sie zog die Augen zusammen. »Hunde schnüffeln. Das ist dir doch klar, oder?«

Sie sagte es, als wäre sie ein wenig beleidigt, als hätte ich sie noch nie so genannt. Aber in ihrem Gesicht konnte ich klar und deutlich sehen, was wirklich in ihr vorging. Sie wollte mich necken und selbst geneckt werden, sie wollte die düstere Stimmung, die uns befallen hatte, auflockern. Ich verstand das. Und die Wahrheit war, dass ich das auch wollte.

»Hunde sind niedlich.«

»Du vergleichst mich mit einem Hund.« Sie zog die Augenbrauen hoch, als wollte sie ihre Aussage unterstreichen. »Einem Hund.«

Gott, sie war so süß.

»Was hast du denn gegen Hunde?«

»Nicht das Geringste.« Sie legte ihren Kopf wieder an meine Brust. »Ich will nur nicht mit einem verglichen werden.«

Ich kämpfte gegen ein Grinsen an und drehte sie tanzend herum. »Hör auf, nach Komplimenten zu heischen, Em. Das hast du nicht nötig.«

»Nicht?«

»Ach, komm schon, ich habe dir schon gesagt, dass du die schönste Frau bist, die ich je gesehen habe.« Ich schaute auf ihr nach oben geneigtes Gesicht hinunter, und mir stockte der Atem. »Du bist umwerfend.«

»Macht dich das immer noch unglücklich, Brick?«

Ich legte das Kinn sanft auf ihren Kopf. »Ja.«

»Jahrelang habe ich befürchtet, dass mich Männer nur wegen meines Aussehens wollten. Und jetzt kommst du daher und bist sauer, dass ich hübsch bin.« Sie klang so betrübt, dass ich kichern wollte.

»Umwerfend«, korrigierte ich und lächelte, als sie knurrte. Ich bewegte die Lippen ganz leicht über die warme Haut an ihrer Schläfe. »Es fällt mir schon schwer genug, mich von dir fernzuhalten.«

Ein Zittern fuhr durch ihren schlanken Körper, doch sie behielt einen neutralen Ton bei. »Und du denkst, dass es einfacher wäre, wenn ich unattraktiv wäre?«

Ich hielt inne, um über die Frage nachzudenken. »Nicht mal dann.«

Ihr stockte der Atem, und ich wusste, dass sie noch mehr Fragen stellen würde. Fragen, die die ruhige Perfektion dieses Augenblicks verändern würden.

Ich legte meine Hand auf ihren Kopf und zog ihn sanft zurück zu der Stelle auf meiner Brust, die sich bereits so anfühlte, als würde er dort hingehören. »Hör auf, so viel zu denken. Ruh dich eine Weile lang hier aus und tanze einfach, kleine Honigbiene.«

»Dein Glück, dass du so einen bequemen Ort zum Anlehnen abgibst«, brummte sie ohne wirkliche Verärgerung. »Sonst würde ich nämlich gegen diese Behandlung protestieren.«

Ich legte meine Wange einmal mehr auf ihren Kopf. »Keine Sorge. Du kannst den Gefallen später erwidern und mich herumkommandieren.«

Seltsamerweise verließ ich mich darauf.

19. KAPITEL

Emma

Die Vermeidungstaktik ließ sich nur für einen gewissen Zeitraum anwenden. Irgendwann musste man nachgeben. Lucian und ich blieben auf der Hochzeitsfeier, bis sich die letzten Gäste daranmachten, in ihre Zimmer zu torkeln. Und dann gingen wir ebenfalls. In unser Zimmer.

Als ich ihn zuvor wegen unseres gemeinsamen Zimmers aufgezogen hatte, war das alles nur Spaß gewesen. Nun fühlte es sich nicht mehr so an. Nicht nachdem er mit mir unter den Sternen getanzt und mir mitgeteilt hatte, dass er an mich glaubte. Das hatte noch nie jemand zu mir gesagt. Nicht so, als käme es direkt aus dem tiefsten Inneren. Lucian glaubte an mich. Das veränderte alles. Ich wollte ihn. Ihn. Niemanden sonst.

Meine Fingerspitzen waren kalt, und meine Haut fühlte sich so eng an, dass mir meine Bewegungen unnatürlich vorkamen, als ich mich in dem komplett stillen Bad für die Nacht umzog. Da ich davon ausgegangen war, heute Nacht allein zu sein, bestand mein Schlafanzug aus einem viel zu dünnen Baumwoll-T-Shirt, das mir bis zu den Oberschenkeln reichte, und Boxershorts.

Ehrlich gesagt hatte ich sogar im Pool mehr Haut gezeigt. Dieser Mann und zahllose andere hatten mich im Fernsehen praktisch nackt gesehen. Oh, die Überheblichkeit, ihn mit diesem kleinen Informationsschnipsel zu necken. Nun fühlte sich das nicht mehr besonders lustig an.

Ich trödelte im Bad herum, cremte meine Beine und Füße gründlich mit Lotion ein und wartete darauf, dass meine verdammten Brustwarzen abschwollen. Aber mein Herz pochte unablässig gegen meinen zerbrechlichen Brustkorb.

Da mir klar war, dass sich Lucian womöglich fragen würde, was zum Teufel mit mir los war, wenn ich noch länger im Bad blieb, verließ ich diesen sicheren Ort und trat in unser Schlafzimmer hinaus. Er hatte mir den Rücken zugewandt und sah durch die Glastüren aufs Meer hinaus.

Seine butterweiche Stimme grollte über meine angespannte Haut. »Der Wind wird stärker …« Er drehte sich herum und verstummte. Dann ließ er den Blick aus seinen kristallgrünen Augen heiß, langsam und gründlich über meinen Körper wandern. Seine Kehle bewegte sich, als er schluckte, und ich vernahm das dazugehörige klickende Geräusch, das in meiner Brust widerhallte. Mir stockte der Atem.

Lucian schloss für einen langen Moment fest die Augen, so als müsste er sich sammeln. Als er sie öffnete, waren seine Augen klar und kühl. Eine Lüge.

»Ich werde mich waschen gehen.« Er marschierte direkt an mir vorbei wie ein Mann mit einer Mission.

Viel Glück dabei, Brick.

Was den Wind anging, hatte er allerdings nicht übertrieben. Eine Böe schlug so heftig gegen die Fenster und Türen, dass sie laut rappelten. Ich sprang ins Bett und verkroch mich unter der Sicherheit der Decke. Zumindest redete ich mir das ein. Dass ich mich vor dem Wetter versteckte. Doch als Lucian ein paar Minuten später die Badezimmertür öffnete, durchdrang mich das Geräusch wie ein Schuss.

Ich starrte ihn an, als er leise durchs Zimmer ging und alle

Lampen ausschaltete, die ich in meiner Eile, in die Sicherheit des Betts zu gelangen, vergessen hatte – was wirklich ironisch war, denn schließlich war das Bett der am wenigsten sichere Ort, an dem ich mich momentan aufhalten konnte.

Wie ich trug er ein abgenutztes T-Shirt, das sich an die Konturen seiner muskulösen Brust schmiegte. Doch seine Anzughose hatte er gegen Jeans ausgetauscht. Meine Lippen zuckten, als er langsam aufs Bett zukam und nur die Lampe auf meinem Nachttisch brennen ließ.

»Hast du vor, in dieser Jeans zu schlafen?«, fragte ich.

Lucian, der gerade dabei war, die Decke auf seiner Seite des Betts zurückzuziehen, erstarrte mitten in der Bewegung. Dann richtete er sich auf und massierte seinen Nacken. »Ich habe nichts anderes eingepackt. Ich dachte, dass ich allein schlafen würde.«

»Ich weiß.« Schuldgefühle vermischten sich mit einer seltsam fürsorglichen Zärtlichkeit für diesen Mann. Was lächerlich war, schließlich war er mehr als fähig, allein auf sich aufzupassen. »Ich auch nicht.«

Er stand da und starrte mich mit einem hilflosen Blick an. Sein Kiefer mahlte. Ich seufzte und lehnte mich nach hinten gegen die dicken Kissen. »Zieh sie einfach aus. Mit Sicherheit kann ich es mir nicht richtig bequem machen, wenn ich weiß, dass du in Jeans schläfst.«

Etwas von dem alten, schmeichlerischen Lucian blitzte in seinen Augen auf, und sein Lächeln wurde schief. »Das ist eine seltsame Logik, Schnüfflerin.«

»Nein, das ist es nicht.« Ich hielt einen Finger hoch, um meine Argumente aufzuzählen. »Die Vorstellung, dass jemand unter der Bettdecke Jeans trägt, ist unglaublich ungemütlich.«

»Ich könnte auf der Decke schlafen.«

»Lucian. Du schindest Zeit.«

»Ich schinde Zeit?«

»Ja.« Ich sollte es wissen. Ich hatte im Bad wie eine Meisterin Zeit geschunden. »Zieh die Hose einfach aus und steig in das verdammte Bett.«

Wieder setzte er dieses schiefe Lächeln auf, als könnte er nicht anders. »Da ist wieder diese herrische Art, die du bisher verborgen hast.«

»Verborgen?« Ich schnaubte und fühlte mich schon besser. Das hier konnte ich. »Ich verberge sie nie. Und ich denke, dass dir meine herrische Art durchaus gefällt, Brick.«

»So ist es.« Er hielt meinem Blick stand, knöpfte seine Jeans auf und ließ sie zu Boden gleiten.

Das war ein Fehler. Ein *gewaltiger* Fehler. Ich hätte ihm niemals befehlen dürfen, diese Jeans auszuziehen. Gott, seine Oberschenkel. Konnte man die muskulösen Oberschenkel eines Mannes als schön bezeichnen? Ich presste meine zusammen und versuchte, den Drang zu unterdrücken, mich rittlings auf einen dieser leicht behaarten, kräftigen Schenkel zu setzen und ihn zu reiten.

Doch es funktionierte nicht.

Er trug Retroboxershorts. In Taubengrau. Sie schmiegten sich sanft an all dieses harte …

Schau nicht hin. Schau nicht … Doch der Saum seines T-Shirts reichte nur bis zum oberen Ende seiner Hüften. Der Rest präsentierte sich mir gut sichtbar und in seiner ganzen Pracht.

Ich zwang meine Augen nach oben und bemerkte seinen amüsierten Blick. Ich brummte und drehte mich weg, um die Lampe auf meinem Nachttisch auszuschalten. Daraufhin ertönte Lucians leises Lachen in der Dunkelheit. Die Matratze wankte, als er sich ins Bett legte, und die Decke raschelte mit seinen Bewegungen. Ich war mir seiner Anwesenheit übermäßig bewusst und konnte mich nur unter der Decke verkriechen und versuchen, es mir bequem zu machen.

»Was für ein Spaß.« Seine Stimme, in der trockener Humor mitklang, wirkte in dem dunklen Zimmer übertrieben laut.

Ich drehte mich zu ihm herum und wartete darauf, dass sich meine Augen an die Dunkelheit gewöhnten. Wir hatten die Vorhänge nicht ganz zugezogen, sodass sich nun langsam ein düsterer tiefblauer Schimmer im Zimmer ausbreitete. Seine Augen glühten in den Schatten, und sein dunkles Haar lag wie ein Fleck auf den weißen Kissen.

»Dieser Wind ist wirklich verflucht unheimlich«, flüsterte ich. »Wir könnten uns Geistergeschichten erzählen.«

Er summte, als würde er über die Idee nachdenken. Gott, er war mir so nah. Ich war so sehr auf ihn konzentriert, dass ich die Seife auf seiner Haut und den schwachen Minzgeruch seiner Zahnpasta wahrnehmen konnte. Ich wollte mich dichter an ihn kuscheln, meinen Mund auf seinen pressen und ihn kosten. Ich klammerte mich an mein Kissen wie an eine Rettungsleine. Ich würde nicht den ersten Schritt machen. Eine Frau hatte ihren Stolz.

»Da wir gerade von Geistern sprechen«, sagte er schließlich mit leiser Stimme. »Wer ist Greg?«

Ich verzog das Gesicht, und mein ganzer Körper verspannte sich.

»Ich weiß, dass du vorhin nicht darüber reden wolltest. Und du kannst mir auch jetzt sagen, dass ich den Mund halten soll, wenn du das willst.« Sorge schlich sich auf sein strenges Gesicht, während er den Blick über meins wandern ließ. »Aber die Art, wie sich deine Freunde sofort schützend um dich geschart haben, beunruhigt mich. Hat dir dieser Kerl wehgetan?«

Vielleicht lag es daran, dass ich ihm erzählt hatte, dass mein Dad mich geschlagen hat. Oder vielleicht lag es auch einfach nur in Lucians Natur, sich um Leute zu kümmern. Aber seine Sorge, dass ich verletzt worden sein könnte, wärmte mich innerlich und beruhigte meine Nerven ein wenig.

»Nicht körperlich.« Ich seufzte. »Greg Summerland ist mein Ex.«

Das Bett wackelte heftig. »Der Quarterback?«

»Ja.« Ich hasste es wirklich, dass Greg für so viele Leute ein Held war. Ich hoffte inständig, dass Lucian kein Fan von ihm war. Doch er klang eher überrascht als beeindruckt. Wahrscheinlich war das logisch, da er ebenfalls Profisportler war.

»An dem Tag, an dem ich erfahren habe, dass man mich aus der Serie geschrieben hat, ging ich nach Hause, um mich an seiner Schulter auszuweinen. Und dann habe ich ihn dabei erwischt, wie er es mit einer Neunzehnjährigen auf meinem Wohnzimmerfußboden getrieben hat.«

»Autsch.«

»Die Stellung sah nicht besonders angenehm für die Knie aus.«

»Em.« Seine Stimme berührte mich wie eine Liebkosung. Ich wollte kein Mitleid. Nicht wegen dieses idiotischen Greg und seines umtriebigen Schwanzes.

»Was soll ich sagen? Es war ein harter Schlag. Aber ich denke, dass ich mehr als Wut hätte empfinden sollen. Es hätte mir das Herz brechen sollen. Aber das fühlt sich ziemlich intakt an.«

Lucian dachte darüber nach, bevor er sprach. »Guter Punkt.«

»Das denke ich auch«, sagte ich ein wenig frech.

Er schien lächeln zu wollen, doch dann verfinsterte sich seine Miene. »Greg ist Profisportler.«

»Das ist mir bewusst.«

»Mir war nicht klar, dass du mit diesem Leben vertraut bist.«

»Du meinst mit einem Leben voller verrückter, wild gewordener Fans, endlosen Reisen und Trainingsplänen?«

»Ja, das.« Er klang nicht gerade erfreut.

»Dieses Leben war gar nicht so anders als meines.«

Er schwieg einen Augenblick lang. »Nein, vermutlich nicht.«

Lucian klang so missmutig, dass ich gegen ein Lächeln ankämpfen musste. Aber meine gute Laune verflog schnell wieder. »Irgendwie dachte ich wohl, dass er über dem ganzen Schürzenjägeraspekt stehen würde, von dem ich so viel gehört hatte. Zumindest behauptete er, dass er nicht so wäre, als wir damals anfingen, miteinander auszugehen.«

»Er hat bei dir einen ziemlich schlechten Eindruck von uns hinterlassen, nicht wahr?«

»Von uns?«

»Profisportlern.«

Meine Nervosität meldete sich mit unerklärlicher Heftigkeit zurück. Ich konzentrierte mich auf das Gefühl und presste mich halb in die Matratze. »Versuchst du, mir etwas mitzuteilen, Honigkuchen?«

Er stieß ein leises, schnaubendes Lachen aus, lächelte aber nicht. »Nicht alle von uns sind so, Em.«

Die Nervosität wanderte von meinem Bauch in meine Brust. »Ich weiß.«

Seine Erwiderung bestand aus einem bezaubernden Brummen. Ich war versucht, nachzubohren und ihn zu fragen, warum es ihm so wichtig war, dass ich nicht allen Sportlern abschwor. Doch mir fehlte der Mut. Wenn er mich jetzt abwies, würde mich das komplett fertigmachen. Dieser Mann hatte mich fest umarmt und mich gehalten, als ich niedergeschlagen gewesen war und in Selbstmitleid gebadet hatte. Er hatte in der Dunkelheit mit mir getanzt, als würde es alles bedeuten. Ich wollte, dass es alles bedeutete, und das war meine Schwäche.

Er schwieg für einen Moment und sprach dann mit eindeutigem Widerwillen weiter. »Du hast mich nie nach Cassandra gefragt.«

»Ich dachte, dass du mir schon von ihr erzählen würdest, wenn du es wolltest.«

Um seine Augenwinkel herum bildeten sich kleine Fältchen. »Ist das deine Art zu sagen, dass ich mich in Bezug auf Greg, den Idioten, um meine eigenen Angelegenheiten hätte kümmern sollen?«

»Er ist also ein Idiot, was?«

»Wenn er dir fremdgegangen ist, ist er das definitiv.«

Ich lachte. »Ja, er ist ein Idiot. Und nein, es macht mir nichts aus, dass du mich nach ihm gefragt hast.«

Sein Nicken war flüchtig, so als hätte er mir nicht richtig zugehört, und er wandte den Blick ab. »Als Cassandra herausfand, dass ich mich in den Ruhestand begeben würde, hat sie mich verlassen. Sie legte den Ring auf den Tisch im Flur und verschwand einfach.«

Oh, Lucian.

Mein ganzer Körper zog sich vor lauter Mitgefühl für ihn schmerzhaft zusammen. »Diese Idiotin.«

Der Geist eines Lächelns huschte über seinen Mund, und er brummte zustimmend. Weniger angespannt drehte er den Kopf zurück zu mir. »Sie will Schauspielerin werden.«

Oh, diese Ironie.

»Du sagst das, als wäre das etwas Unanständiges.«

Sein Mundwinkel zuckte. »Ich denke nicht, dass es etwas Unanständiges ist. Es ist ein ganz normales Wort.«

»Bist du dir da sicher?«

»Ich weiß, was unanständige Wörter sind. Ich bin mir sicher.«

»Ich rede davon, dass du das Wort ›Schauspielerin‹ betont hast, als wäre es etwas Schmutziges. Aber es ist gut zu wissen, dass du dich mit unanständigen Wörtern auskennst.«

»Du machst mich wahnsinnig, weißt du das?«

»Ich werde das als Kompliment nehmen.«

»Ich habe keine Ahnung, warum du das tun solltest.« In seiner Stimme lag eine überraschende Leichtigkeit. Die Vorstellung, dass der mürrische Lucian Osmond wieder mit mir flirtete, ließ eine gewisse aufgeregte Vorfreude durch meinen Körper rauschen.

»Wenigstens habe ich irgendeine Wirkung auf dich. Das ist sehr viel besser als Gleichgültigkeit.«

Er brummte tief und missmutig. Stille legte sich wie ein Vorhang zwischen uns und wurde dichter und stärker. Ich biss mir auf die Lippe, wartete und weigerte mich, einzuknicken. Und dann:

»Du denkst, dass ich dir gegenüber gleichgültig bin?«

»Wir haben bereits festgestellt, dass das nicht der Fall ist.«

Er brummte erneut. »Em …«

»Lucian.«

Ich konnte praktisch spüren, wie er vor Verärgerung bebte. Er rang eindeutig mit der Frage, ob er weiter auf dieses Thema eingehen sollte. Schließlich stieß er einen genervten, schnaufenden Atemzug aus. »Wirklich komplett wahnsinnig.«

Ich drehte den Kopf zur Seite, um mein Lächeln zu verbergen. »Ich weiß.«

»Du liebst es. Gib es zu.«

»Das werde ich sicher nicht tun, denn dann verliere ich meinen Vorteil, nicht wahr?«

»Verdammt.«

Mit einem siegreichen Grinsen kuschelte ich mich im Bett ein und versuchte, mich genug zu entspannen, um zu schlafen. Lucian versuchte das offenbar ebenfalls. Das Bettlaken raschelte, während wir es uns so bequem wie möglich machten. Sobald das erledigt war, lagen wir steif nebeneinander und jeder von uns war sich der Anwesenheit des anderen zu sehr bewusst, um sich auch nur minimal zu bewegen.

Draußen heulte der Wind und ließ die Fensterscheiben rappeln, als würde er dagegen protestieren, dass wir ihn aussperrten. Lucian räusperte sich und verstummte dann wieder. Meine Lippen zuckten, als die innere unterdrückte Nervosität, die ich schon den ganzen Abend über verspürte, an die Oberfläche kam. Ein Kichern stieg in meiner Kehle auf. Ich rang darum, es unter Kontrolle zu bekommen, aber trotz meiner besten Bemühungen kam doch ein kleines Lachen über meine Lippen. Die Stille machte es noch schlimmer. Ich verlor den Kampf und kicherte erneut.

»Was ist so lustig?«, fragte er in die Dunkelheit hinein. Sein Tonfall verriet mir, dass er versuchte, nicht zu lächeln.

Ich lachte erneut. Jeder Versuch, es zu unterdrücken, war zwecklos.

»Ich weiß nicht«, brachte ich zwischen Schnaub- und Prustlauten hervor.

»Um Himmels willen!«, rief er aus und klang vollkommen entnervt, was mich nur noch heftiger zum Lachen brachte. Ich spürte, wie er sich zu mir herumdrehte. »Wirst du mir jetzt endlich verraten, was so lustig ist?« In dem dunklen Zimmer klang er seltsam.

»Alles. Diese Situation, dein Mangel an Schlafkleidung …« Wieder überkam mich ein Lachanfall.

»Du bist unmöglich«, sagte er und versuchte, streng zu klingen.

Ich biss mir auf die Lippe, um das Gelächter zu unterdrücken, aber trotzdem entkam mir ein Schnauben.. Dann entstand eine stille Pause.

Er kicherte ebenfalls in der Dunkelheit. Das Geräusch steckte mich an, und mein Lachen steckte wiederum Lucian an, bis wir beide unkontrolliert lachten, während das Bett unter uns bebte.

»Oh, hör auf. Ich habe Seitenstechen«, sagte ich und schnappte nach Luft. Es waren die Nerven. Ich wusste, dass ich losgelacht hatte, weil ich nervös war, aber nun konnte ich es nicht mehr unter Kontrolle bringen.

»Du hast damit angefangen!«

Ich senkte die Stimme, um ihn nachzuahmen. »Ich könnte auf der Decke schlafen.«

»Das musst du gerade sagen. Du hättest mal dein Gesicht sehen sollen.«

Der Mond wählte genau diesen Augenblick, um durch die Wolken zu lugen, und sein silbrig weißes Licht schien durchs Fenster herein und erhellte das Zimmer. Lucian schaute auf mich herab. Er schielte, hatte die Zunge herausgestreckt und zog eine furchtbar alberne Grimasse.

»Das ist …« Ich packte mein Kissen und schlug ihn damit.

Er lachte protestierend. »Du hast es nicht anders gewollt, Süße.«

Ein weiches Kissen traf mein Gesicht, als er zum Gegenangriff überging.

Ich kreischte empört, schlug mit den Kissen nach seiner Brust und verkroch mich unter der Decke, bevor er mich erwischen konnte.

Er riss die Decke zurück und stürzte sich mit einem herzhaften Lachen auf mich. Ich bedeckte meinen Kopf mit meinen Händen, um mich zu schützen, doch er zog sie herunter, hielt sie mit seiner großen Hand sicher fest und versetzte mir einen ordentlichen Schlag mit seinem Kissen.

Ich kreischte erneut und versuchte, meine Hände aus seinem schraubstockartigen Griff zu ziehen. Lucian lachte nur noch lauter, während ich mich abmühte. Es gelang mir, eine Hand zu befreien und meinen Daumen in seine Rippen zu bohren. Er wich hastig zurück, aber ich hatte seinen Schwachpunkt gefunden und stürzte mich auf ihn.

»Oh nein, das kannst du vergessen!« Ich rollte mich halb auf ihn und kitzelte ihn gnadenlos.

Gott, er war wirklich bezaubernd, wenn er so unbeschwert und jungenhaft lachte. Und raffiniert. Innerhalb einer Sekunde hatte er mich auf den Rücken gedreht.

Ich kreischte wieder und versuchte verzweifelt, ihn zu kitzeln, doch das war nicht leicht, denn meine Hände klemmten unter meinem Körper. Ich schaffte es, eine Hand hervorzuziehen, doch er packte sie und zog sie fest über meinen Kopf. Plötzlich waren sich unsere Gesichter unglaublich nah.

Wir erstarrten. Unsere Brustkörbe hoben und senkten sich. Lucian schaute mir in die Augen, und sein Atem wehte sanft über mein Gesicht.

Keiner von uns bewegte sich. Ich blinzelte ihn an, und mir war vollkommen bewusst, dass sich seine harte Erektion zwischen meine Beine drückte und nur unsere Unterwäsche verhinderte, dass er in mich eindrang.

»Vermutlich haben wir das ganze Haus aufgeweckt«, sagte ich in einem erstickten Flüsterton.

Seine Lider standen auf Halbmast, und er war so angespannt, dass er zitterte. Und für eine winzige Sekunde dachte ich, dass er mich gar nicht gehört hatte. Doch dann schluckte er laut, und seine Stimme kam heiser und gepresst über seine Lippen. »Das ist mein Stichwort, um einen Witz zu machen, aber mir fällt keiner ein, Em, denn ich kann nicht … ich kann nicht.« Er kniff die Augen zu und riss sie dann weit auf. »Ich kann nicht länger dagegen ankämpfen. Ich will dich. Ich will dich so sehr, verdammt.«

Ich atmete ruckartig aus. Sein Blick flackerte zu meinem

Mund und dann zurück zu meinen Augen. Ein weiteres Beben fuhr durch seinen Körper. »Willst du das hier?«

Das war eine schlechte Idee. Die schlechteste überhaupt.

»Ja.« Es platzte einfach so aus mir heraus. »*Ja.*«

20. KAPITEL

Lucian

Ja. Mehr musste ich nicht hören. Ich spürte dieses eine Wort auf meiner erhitzten Haut und schmeckte es auf meiner Zunge. Ein einfaches »Ja«, und ich bebte. In Mondlicht getaucht schaute sie zu mir auf. Sie hatte die indigoblauen Augen weit aufgerissen. In ihnen schimmerte Verlangen, und ihre Lippen waren geöffnet und warteten auf mich.

Ein Stöhnen entrang sich meinem tiefsten Inneren, und ich neigte den Kopf und eroberte diesen Mund, nach dem ich mich so sehr gesehnt hatte. *Ja, ja und ja.* Ihre Lippen bewegten sich an meinen – weich, üppig, perfekt. Gott, sie war perfekt. Ich küsste sie ausgehungert und verzweifelt. Sie schmeckte nach Erlösung – wie frisches, süßes Wasser, nach dem ich so lange gebrannt hatte.

Ich schob die Hände in ihr Haar, um sie festzuhalten, während ich meinen Mund auf ihrem bewegte. Und sie öffnete sich für mich und drückte den Rücken durch, um ihre Brüste an meine Brust zu pressen, während sie mich mit einer Leidenschaft küsste, die dafür sorgte, dass sich mein ganzer Körper zusammenzog. Lust rauschte so schnell und heftig durch mich hindurch, dass mir der Kopf schwirrte.

Ich schob die Zunge in ihren heißen Mund und verlor mich in ihr. Üppige Lippen bewegten sich mit meinen. Wir fanden einen süßen und tiefen Rhythmus. Ich drängte mich gegen das umwerfende Geschenk ihres Munds, und sie nahm mich in sich auf. Jeder Kuss sandte einen Schwall der Erleichterung durch meinen Körper, als bekäme ich nun endlich das, was ich brauchte. Jeder Kuss machte mich ganz wild auf mehr. Erlösung und Verlangen. Erlösung und Verlangen.

Die Bettdecke raschelte, als ich sie aus dem Weg zerrte und Emma näher an mich heranzog. Sie schmiegte sich so perfekt an meinen Körper, als wäre sie genau dafür gemacht. Zuvor hätte ich womöglich über diesen Vergleich gelacht, aber da hatte ich Emma Maron noch nicht in meinen Armen gehalten. Nun konnte ich nur noch denken: »Wo bist du die ganze Zeit über gewesen?«

Ich hatte sie vermisst, bevor ich sie überhaupt gekannt hatte.

»Lucian«, flüsterte sie an meinen Lippen und packte mit den Händen meine Schultern. »Lucian.«

Sie wiederholte meinen Namen wie ein Gebet. Gott, ich wollte ihr jeden Wunsch erfüllen.

»Em.« Ich schob meinen Oberschenkel zwischen ihre warmen Beine. Feuchte Hitze presste sich an meinen Muskel, als sie mich mit den Schenkeln umklammerte und mit einem kleinen hilflosen Stöhnen ihre Hüften kreisen ließ.

»Fühlt sich das gut an, Süße?« Sie lag fast vollständig im Schatten verborgen, und es juckte mir in den Fingern, eine Lampe anzuschalten, damit ich sie angemessen betrachten konnte. Aber das würde bedeuten, dass ich mit dem, was ich gerade tat, aufhören musste, und ich war nicht bereit, sie loszulassen. Ich verließ mich auf meinen Tastsinn und fuhr mit den Fingern an ihrem Arm entlang bis zu ihrem Hals hinauf, wo ein feiner Schweißfilm ihre Haut bedeckte. »Gefällt es dir, meinen Oberschenkel zu reiten?«

»Ja. Ja.« Da war wieder dieses Wort. Das beste Wort aller Zeiten.

Ihre Lippen kitzelte meine, während sie keuchte und sich weiter an mir rieb. Ich umfasste ihre Wange und labte mich an ihrem Mund, während sie sich nahm, was ihr gefiel. Ich hatte es ihr schon so lange geben wollen. So verdammt lange. Mit den Händen fand sie meine Brust und ließ sie daran entlang nach unten gleiten. Sie bahnte sich einen Weg über meinen Oberkörper. Verglichen mit allem anderen, was gerade passierte, war das eigentlich nichts Besonderes, aber diese einfache Erforschung, die Art, wie sie an meinem Mund wimmerte und keuchte, ließ meine Haut immer wieder in Flammen aufgehen.

Als ihre schlanke Hand meinen Schwanz erreichte und ihn durch den Stoff meiner Boxershorts drückte, stieß ich ein Stöhnen aus. Ich erschauerte und war so kurz davor, wegen dieser einen verstohlenen Berührung in der Dunkelheit zu kommen, dass es beinahe lustig gewesen wäre, wenn ich nicht so erregt gewesen wäre.

»Hol ihn raus«, keuchte ich und spannte meinen Oberschenkel an, weil ich wusste, dass sie es spüren würde. Ich brauchte ihre Hand auf meiner nackten Haut. »Bitte.«

Geschickt schob sie die Hand unter den Bund der Boxershorts, legte die Finger um meinen gierigen Schwanz und zog einmal fest daran. Nun war ich derjenige, der wimmerte und keuchte und sich mit aller Macht gegen ihre Hand presste, weil es sich so gut anfühlte. Süße Erlösung, heiße Lust. Lebendig. Sie sorgte dafür, dass ich mich lebendig fühlte.

Mit einer zitternden Hand fand ich die Wölbung ihrer Taille, wo ihr zerknautschtes Schlaf-T-Shirt zwischen uns lag. Ich ließ die Fingerspitzen darunter gleiten und fand seidenweiche Haut. »Em.« Ich küsste sie. »Darf ich dich sehen?«

Bitte. Bitte.

Emma saugte an meiner Unterlippe und war damit beschäftigt, mich mit der Hand zu bearbeiten, doch sie zog sich weit genug zurück, um mir in die Augen zu schauen. Ihr Blick war glasig, und ihre Lippen waren geschwollen und feucht. »Zieh es mir aus. Zieh es mir einfach aus.«

Sie klang, als könnte sie kaum noch atmen. Ich würde ihr helfen.

Ich versuchte, ihr das T-Shirt auszuziehen, lachte dann aber schnaubend. »Du wirst meinen Schwanz loslassen müssen, Süße.«

Sie küsste mich erneut, indem sie ihre Lippen gierig auf meine presste. »Das will ich aber nicht.«

Ich grinste, und meine Brust füllte sich mit flüssigem Licht. »Glaub mir …« Ich küsste ihren weichen Mund. »Ich bin genauso hin- und hergerissen.« Ich fand ihren Hals und leckte über ihre schweißnasse Haut. »Du kannst ihn schon sehr bald wiederhaben.«

»Oh, davon gehe ich aus.« Sie lächelte, und ihre Augen funkelten gefährlich, während sie näher an mich heranrückte, sich an meinem Oberschenkel hinaufbewegte und mich dann losließ. Ich spürte den Verlust sofort, verschwendete aber keine Zeit, sondern zog ihr einfach das T-Shirt über den Kopf. Mondschein tauchte ihre Brüste in blasssilbernes Licht und ließ die Brustwarzen wie düstere Schatten wirken. Ich hatte so sehr versucht, nicht an sie zu denken. Sie bebten und berührten beinahe meine Brust, als sie atmete. Sie hatte die Arme um meinen Hals gelegt und die Augen vor Vorfreude weit aufgerissen.

»Herrgott, du bist so schön. So verdammt schön, Em.« Sie wäre sogar in vollkommener Dunkelheit schön gewesen.

Die Wölbung ihrer nackten Brust füllte meine Handfläche aus, und wir beide gaben lustvolle Laute von uns. Ich zwickte in die harte Knospe ihrer Brustwarze und liebte es, wie ihre Lider flatterten, während sie den Mund öffnete. Sie drängte sich gegen die Berührung und neigte den Kopf zur Seite. Ich küsste mich an ihrem Hals entlang, zwickte erneut in diese süße Brustwarze und zog daran.

Oh, das gefiel ihr. Sie wimmerte und wand sich und reckte mir ihre süßen Brüste wie zur Ermutigung weiter entgegen. Ich beugte mich vor und fuhr mit der Zunge über eine geschwollene Brustwarze. Das Geräusch, das sie von sich gab, war so schmutzig, heiß und gierig, dass mein Schwanz pochte. Ich hielt ihre pralle Brust in meiner Hand und leckte und saugte und küsste sie so, wie ich es schon lange hatte tun wollen.

»Lucian …«

Sie brauchte mehr. Mit unkoordinierten Bewegungen drängte sie ihre Hüften an meinen Oberschenkel. Mit der freien Hand bewegte ich ihren Hintern – diesen spektakulären Hintern – und packte ihn.

Ich zerrte sie dicht an mich heran, und mein Mund fand ihren. »Reite mich, Süße.«

Ich platzierte sie auf meinem Oberschenkel und hielt ihren Hintern fest, während sie ihre heiße Feuchtigkeit an meinem Bein vor und zurück bewegte. Bei jeder Aufwärtsbewegung kitzelten Emmas Brüste meine Brust und ihre Lippen streiften meine ganz leicht. Unsere Atemzüge vermischten sich miteinander, und ich stahl mir einen wilden und verzweifelten Kuss. Mein Schwanz pochte, weil er sich nach Erlösung sehnte. Er brauchte sie, verdammt noch mal. Aber zu sehen, wie ihre Lider flatterten und sich ihr umwerfendes Gesicht vor Lust verzerrte, war diese Folter wert.

»Ich werde kommen, wenn du …« – sie keuchte und knabberte an meiner Unterlippe – »einfach damit weitermachst.«

»Gut«, murmelte ich, spannte meinen Oberschenkel an und ließ sie darauf auf- und abwippen. Oh, sie *liebte* das. »Komm auf mir, Süße. Lass mich sehen, wie du dich bewegst.«

Sie ließ den Kopf auf meine Schulter sinken und knabberte an meinem Hals. Sie wand sich auf meinem Oberschenkel und presste sich immer heftiger dagegen, sodass er ganz heiß und feucht wurde. Doch dann fasste sie mit einem geübten Griff nach unten und fand einmal mehr meinen Schwanz. Ich gab einen Laut von mir, der beinahe schmerzerfüllt klang. Aber er war der unverfälschten Lust geschuldet, die dafür sorgte, dass ich mich in ihrer Hand bewegte.

»Nicht ohne dich«, sagte sie und zerrte an mir. Unsere Münder trafen sich, und der Kuss verwandelte sich in etwas Wildes. Ich küsste sie, bis ich keine Luft mehr bekam, dann küsste ich sie erneut. Und sie bewegte sich auf mir, während sie mich mit der Hand streichelte.

Hitze rauschte über meine Haut und fuhr in meinen Schwanz. Meine Bauchmuskeln zogen sich zusammen, während ich stöhnte und sie mit einem Schauer aus reiner Lust umklammerte. »Ich bin kurz davor.«

»Ja?«

»Ja.«

Keuchend trieben wir uns gegenseitig in immer weitere Höhen. Immer fester, immer schneller. Die Luft dampfte, und sie zitterte. »Jetzt, Lucian. Jetzt.«

»Verdammt.«

»Oh!« Ihr tiefes Stöhnen und die Art, wie sie sich überall um mich herum verkrampfte, während ihr Orgasmus ihren zierlichen Körper erschütterte, gaben mir den Rest. Ich kam mit einem Schrei und pumpte so heftig, dass mir schwindelig wurde.

Sehr lange lagen wir in einem verschwitzten, verschlungenen Durcheinander einfach da und rangen darum, wieder zu Atem zu kommen. Ich schloss die Augen und strich träge über ihr feuchtes Haar, während mein Herz in meiner Brust hämmerte. Wir hatten noch nicht mal richtigen Sex gehabt und doch fühlte ich mich erfüllter als nach jedem Sex, an den ich mich erinnern konnte.

Emma kuschelte sich an mich, legte einen Arm um meine Taille und strich mit der Hand über meinen Rücken. »Wow.«

Ich lächelte schwach. »Das ist ein Wort, um es zu beschreiben.«

»Hast du sonst noch eins?« Ihre Stimme war heiser und tief. Reiner Sex. Mein Schwanz zuckte. Gieriger Mistkerl.

Ich neigte den Kopf, um in ihr gerötetes Gesicht zu schauen. »Mehr? Noch mal? Bitte?«

Ihr Lächeln wurde breiter, und ihre Hand strich mit mehr Nachdruck über meinen Rücken. »Diese Wörter gefallen mir auch.«

Ich gab ihr einen zärtlichen Kuss und lachte leise. Doch dann hielt ich inne, als mir ein schrecklicher Gedanke kam. »Verdammt.«

Sie küsste meinen Mundwinkel. »Was?«

Ich seufzte und schaute ihr in die Augen. »Sag mir, dass du Kondome dabeihast.«

Ihre Miene, die entsetzte Enttäuschung widerspiegelte, wäre lustig gewesen, wenn ich nicht so kurz vorm Weinen gestanden hätte. Zumindest mein Schwanz wollte weinen. Okay, ich wollte es auch.

»Verdammt«, sagte sie.

Da sie durch den Umstand eindeutig ebenso benachteiligt war wie ich, musste ich schließlich doch grinsen. Ich schob die Finger in ihr Haar und packte es, während mein Mund ihren fand. »Dann werden wir eben einfach andere Sachen machen müssen.«

Und das würde ich. Ich würde sie die ganze verdammte Nacht lang mit ihr machen.

»Ich kann nicht mehr.«

Seine Zunge huschte über meine Brustwarze und neckte sie. »Doch, du kannst noch.«

Alles war süßer Schmerz. Mein Bauch verkrampfte sich vor Lust. Er küsste sanft meine Brustwarze. So sanft. Hitze pochte in mir. Ich biss mir auf die Lippe und hatte Schwierigkeiten stillzuhalten. Ich liebte die gespannte Begierde, die an meinem Innersten zerrte. Er hielt mich dort, hatte meine Brust mit einer Hand umfasst und leckte an meiner Brustwarze. Immer wieder verwöhnte er mich mit saugenden Küssen und den sanftesten Berührungen, um mich langsam in den Wahnsinn zu treiben.

Und ich liebte es. *Ich liebte es.*

Wir waren auf das kleine Problem gestoßen, dass keiner von uns Kondome dabeihatte. Obwohl ich mir sicher war, dass sich hier irgendwo im Haus welche befinden mussten, war ich nicht bereit, mich auf die Suche danach zu machen. Okay, mein Fleisch war mehr als bereit, aber ich konnte mich einfach nicht dazu durchringen. Und ich konnte auch nicht Lucian losschicken, um welche zu besorgen. Mein Stolz konnte die Vorstellung, dass wir wie Studierende in einem Wohnheim um Kondome bettelten, nicht ertragen.

Außerdem wollte keiner von uns so lange vom anderen getrennt sein. Also hatten wir uns auf einen Kompromiss geeinigt und die Nacht damit verbracht, uns einfach nur zu küssen und zu berühren. Keine Zungen unterhalb der Taille, nur Hände. »Wenn ich dich endlich kosten darf«, hatte Lucian verkündet, »will ich in der Lage sein, danach in dir zu versinken. Ich brauche das, Em.«

Na dann.

Also nur Hände. Das war für mich in Ordnung. Zumindest dachte ich das. Aber jetzt? Jetzt nahm er mich langsam auseinander. Er küsste mich stundenlang – langsame, innige Küsse, bis meine Lippen geschwollen waren und mein ganzer Körper summte. Mit den Händen erkundete und neckte er meine Brüste und streichelte meine Haut. Ich machte mich mit seinem Körper vertraut und prägte mir die Vertiefungen und Wölbungen des festen Fleisches, der straffen Muskeln und der heißen Haut ein.

All meine Nerven waren aufs Höchste empfindlich, jeder Muskel schmerzte. Wir hatten die Bettdecke zur Seite geschoben und lagen in einem heißen, verschlungenen Durcheinander aus Gliedmaßen und verschwitzter Haut auf dem Bett. Nur der dünne Stoff unserer Unterwäsche trennte uns.

Eine notwendige Maßnahme.

Allerdings …

Schob er seine Hand nun unter den Bund meines Höschens und strich mit seinen rauen Fingerkuppen über meine feuchte Mitte. Ich stöhnte und wand mich, während er langsam meinen Kitzler umkreiste.

»Gott, du bist entzückend.« Mit ernsten grünen Augen beobachtete er, wie ich errötete und keuchte, während er mich streichelte und neckte. »Dieses Geräusch, das du machst. Dieses kleine Wimmern. Ich werde es in meinen Träumen hören, Em.«

Ich wimmerte erneut. Der Anblick seiner Hand, die mein Höschen dehnte, während er mich bearbeitete, sandte einen verbotenen Schauer über meine Haut, und ich packte seinen starken Unterarm, um ihn dort zu halten, wo ich ihn brauchte.

»Ich weiß, Süße.« Seine Lippen streiften meine. »Ich weiß. Ich werde schon bald in dir sein, Em.«

»Nicht bald genug.«

Das brachte mir ein Kichern ein.

Ich leckte über seine Unterlippe und knabberte dann daran. Ich liebte seinen Mund. Ich liebte die Art, wie er küsste – ein wenig schmutzig und so unglaublich gründlich. Er huldigte mir mit seinem Mund – er verschlang und erlöste mich. Ich küsste ihn heftiger, weil ich es brauchte. Ich brauchte ihn.

Lucian drang mit einem dicken, langen Finger in mich ein, und ich stöhnte – es war ein schmerzerfüllter Laut.

»Genau so«, keuchte er und verwöhnte mich mit quälend langsamen Stößen seines Fingers. »Verdammt, genau so.«

Ich schnappte nach Luft. Mir schwirrte der Kopf, und meine Schenkel zogen sich um seine Hand herum zusammen, als könnte ich das Gefühl so bewahren.

»Spreiz deine Beine ein bisschen weiter, Süße. Lass mich rein. Braves Mädchen.« Er umfasste mit seiner freien Hand meinen Hals und legte seine Stirn an meine. »Eines Tages, uns zwar schon sehr bald, werde ich mich in dieses süße, enge Honigkästchen zwängen und dich stundenlang verwöhnen.«

Meine Schenkel bebten, und Hitze erfüllte mich, während sich mein Unterleib zusammenzog. »Lucian.« Ich bewegte verzweifelt die Hüften.

Er fügte einen weiteren Finger hinzu und stieß sie in einem Winkel in mich hinein, der mich vor Lust aufschreien ließ. »Genau hier, Em. Genau hier will ich unbedingt sein. Ich sehne mich so sehr danach.«

Ich wollte ihn so dringend dort haben. Mein Körper bewegte sich mit ihm und drängte sich gegen seine Hand.

»Genau hier werde ich dich anbeten.« Er küsste mich sanft, ein einfaches Zusammentreffen unserer Münder, und fand mit dem Daumen meinen Kitzler. Er rieb ihn darüber und ging nun, da ich enorm erregt war und kurz vor dem Höhepunkt stand, ein wenig gröber vor. Genauso wie ich es mochte. Weißglühende Hitze blitzte auf und erstrahlte hell, und ich kam in einer rauschenden Welle, die dafür sorgte, dass ich mich gegen ihn presste.

»Sag meinen Namen.« Er rieb über mein feuchtes Zentrum und hatte die Finger immer noch tief in mir.

»Lucian.« Ich schluchzte. »Lucian.«

Sein Griff an meinem Nacken war warm und beruhigend, als er mich küsste. »Das ist mein Mädchen«, sagte er, als ich langsam erschlaffte. Mein ganzer Körper zitterte. »Mein Mädchen.«

Erst als er die Hand aus meinem Höschen zog, konnte ich wieder klar sehen. Er hob die Hand an seinen Mund und leckte seine feuchten Finger sauber, ohne dabei auch nur für eine Sekunde den Blick seiner kristallgrünen Augen von mir zu nehmen.

Ein unverschämtes Lächeln verzog seine sinnlichen Lippen, während seine Stimme über mich floss wie warmer Honig. »Köstlich.«

Ich stieß ein schwaches Lachen aus und ließ mich auf seine feuchte Brust fallen. »Lucian Osmond, du hast mich vollkommen fertiggemacht.«

Er legte einen Arm um meine Schultern und küsste meinen Scheitel. »Das ist nur fair. Du machst mich schon seit unserer ersten Begegnung fertig.«

21. KAPITEL

Emma

Ich wachte auf, als die Bettdecke raschelte und eine warme Hand sanft meine Wange umfasste. Ich öffnete die Augen und da war er – das dunkle Haar zerzaust, die grünen Augen strahlend. Er lächelte, und es war, als würde auf seinen ernsten Zügen langsam die Sonne aufgehen und sie weich und offen machen.

»Hey, Em.«

»Honigkuchen.«

Das Lächeln wurde breiter, drang bis in mein Herz vor und zog daran. Und dann lehnte er sich vor, bewegte den Mund über meinen und küsste mich so zärtlich, dass ich innerlich dahinschmolz. Es war sanft, fast ehrfürchtig. Ein Versprechen. Ich lächelte an seinen Lippen, und er lächelte ebenfalls und zog sich zurück, um mir einmal mehr in die Augen zu schauen, als müsste er sich davon überzeugen, dass ich wirklich da war.

Dann, als könnte er nicht anders, senkte er den Kopf wieder und küsste mich gewagter. Er saugte an meiner Unterlippe und knabberte an der oberen. Ich legte die Hand auf die kräftige Wölbung seines Halses, um mich festzuhalten und ihn näher zu mir heranzuziehen. Doch er beendete den Kuss zu schnell mit einem heiseren Lachen. »Ich werde jetzt mal aufstehen und in den Laden gehen.«

»In den Laden?« Das war das Letzte, was ich aus seinem Mund erwartet hatte.

Lucian zog eine Augenbraue hoch, und seine Miene war bedeutungsschwanger. »Ja, in den Laden. Und dann fahren wir nach Hause, damit wir meinen Einkauf sinnvoll nutzen können.«

So langsam begriff ich. »Ah. Ja. Dann schwing deinen hübschen Hintern mal in den Laden, Brick.«

Er lachte wieder schnaubend, gab mir einen flüchtigen Kuss auf die Lippen und verweilte nur am Ende ein wenig. Mit einem Ächzen rollte er sich aus dem Bett.

Ich wusste nicht, ob ich die gewaltige Erektion, die er zur Schau trug, ignorieren oder von ihr beeindruckt sein sollte. *Nein, ignoriere sie*, dachte ich, während er mir einen ironischen, aber komplett reuelosen Blick zuwarf und ins Bad schlenderte, wobei sich die festen Backen seines knackigen Hinterns auf wundervolle Weise bewegten.

Sofort war ich vollkommen überdreht. Ich war schon zuvor in Männer verliebt gewesen. Ich hatte Liebesaffären und längere feste Beziehungen gehabt. Das alles hier hätte mir vertraut sein sollen. Aber das war es nicht. Ob man die Zweitbesetzung in einem Theaterstück war oder die Hauptrolle ergatterte, war ein gewaltiger Unterschied. Alles war einfach größer.

Und das hätte mir Angst einjagen sollen. Doch das tat es nicht. Zumindest am Anfang nicht. Auch dann noch nicht, als wir zurück nach *Rosemont* fuhren, der Wind durch mein Haar wehte und Lucian neben mir saß. Alles, was ich empfinden konnte, war Vorfreude. Verlangen. Lust. Glück.

Das Glück war eine so zerbrechliche Sache in meinem Leben. Ich fand es und klammerte mich mit beiden Händen daran fest, nur um es dann wieder zu verlieren, wenn ich am wenigsten damit rechnete.

Erst als ich in *Rosemont* auf den Parkplatz fuhr, wurde mir klar, dass etwas nicht stimmte, dass Lucian nicht länger entspannt war oder lächelte. Er bewegte sich steif und wandte den Blick ständig von mir ab.

»Alles in Ordnung?«, fragte ich nervös. Bereute er, dass er seine Mauern hatte fallen lassen?

Er drehte den Kopf, und sein Körper spannte sich an. »Ich bin nur müde.«

Müde. Gott, das klang wie etwas, das ich zu Greg gesagt hatte, wenn ich nicht mit ihm hatte schlafen wollen. Mein Herz setzte einen Schlag aus und pochte dann umso heftiger.

Lucian nahm unser Gepäck und ging auf den Weg zu. Ich folgte ihm, wusste aber nicht, was ich sagen sollte.

Wir hatten fast die Gabelung erreicht, an der sich der Weg teilte. Ein Pfad führte zu meinem Bungalow, der andere zu Lucians Poolhaus. Ich verspannte mich, und vor lauter Unbehagen wurde mir ein wenig übel, während ich mich fragte, welchen Weg er einschlagen würde. Doch so weit kam er gar nicht, denn plötzlich tauchte Sal auf. Er kam völlig gelassen auf uns zugeschlendert.

Lucian blieb stehen. »Ist der böse Anton weg?«

Sal schnaubte und verzog die pinkfarbenen Lippen. »Nein. Aber obwohl ich meine Mami liebe, konnte ich keinen weiteren Tag mit diesen Telenovelas ertragen, die bei ihr zu Hause rund um die Uhr auf voller Lautstärke laufen.«

»Vielleicht solltest du wirklich mal darüber nachdenken, dir was Eigenes zu suchen«, sagte Anton direkt hinter mir, und ich schrak zusammen.

Sowohl Sal als auch Lucian drehten sich mit überraschend ähnlich finsteren Mienen in seine Richtung.

»Gibt es nicht irgendeinen anderen Ort, an dem du sein müsstest?«, fragte Sal. »Zum Beispiel in der Hölle?«

Anton schmunzelte. »Für die Hölle bin ich zu heiß. Also sieht es so aus, als hättet ihr mich am Hals. Zumindest bis das Trainingslager losgeht …« Er verstummte, verzog das Gesicht und funkelte Sal böse an, als wäre es seine Schuld, dass Anton das mit dem Trainingslager herausgerutscht war.

Lucian wurde steif wie ein Brett, aber seine Lippen verzogen sich mit düsterem Humor. »Hört auf, euch in meiner Gegenwart ständig so rücksichtsvoll zu verhalten. Das nervt.« Damit marschierte er davon und ließ uns alle stehen.

Ich hatte nichts dagegen, dass er seinen Cousin stehen ließ, aber dass er auch zu mir nichts mehr gesagt hatte, tat weh. Und vor allem machte es mich wütend. Ich schaute weder Sal noch Anton an, drängte mich an ihnen vorbei und lief hinter Lucian her.

Er war schnell, obwohl er sich gar nicht besonders beeilte. Ich holte ihn erst ein, als er die Tür des Poolhauses aufschloss.

»Du hast mich einfach stehen lassen.«

Er erstarrte und fluchte dann leise vor sich hin. Doch er drehte den Kopf nicht zu mir herum. »Tut mir leid, Em. Ich habe nicht nachgedacht.«

»Du hast nicht nachgedacht«, wiederholte ich. Und dann kam ich mir wie ein totaler Trottel vor. Wir hatten nur eine einzige Nacht miteinander verbracht. Eine Nacht, in der wir uns geküsst hatten wie notgeile, verzweifelte Teenager. Es waren keinerlei Versprechungen gemacht worden. Zumindest keine konkreten. Vielleicht hatte ich da zu viel hineininterpretiert.

Er öffnete die Tür ein wenig weiter und betrat das Poolhaus, sodass ich ihm einmal mehr nur folgen konnte.

Meine Verärgerung wuchs und kribbelte und rumorte in meinem Bauch. Okay, vielleicht *hatte* ich in die vergangene Nacht mehr hineininterpretiert als Lucian. Aber das mit uns *bedeutete* etwas, und ich wollte verdammt sein, wenn er das jetzt einfach so hinter sich ließ.

»Was zum Teufel ist los?«

Er stellte das Gepäck auf dem Boden ab. Nun zog er den Kopf ein und holte tief Luft. »Nichts. Es war eine lange Nacht, und vielleicht sollten wir uns ausruhen …«

»Lucian.«

Er hob den Kopf und schaute mir in die Augen. Seine waren trüb, und seine Miene war angespannt und hart.

Ich atmete tief ein und dann wieder aus. »Du hast jetzt die Wahl. Sperr mich aus oder lass mich rein. Ich hoffe, dass du Letzteres tun wirst.«

Er blinzelte, als hätte ich ihn geschlagen, und sofort sackten seine steifen Schultern nach unten. »Tut mir leid«, keuchte er. »Ich kann nicht … nicht jetzt …«

Ich versteifte mich innerlich, während die Enttäuschung auf mich einpeitschte.

Er hob in einer halb hilflosen und halb frustrierten Geste den Kopf. »Mein Kopf. Es ist mein Kopf, Em. Ich kann nicht …«

Oh. *Oh.*

Ich machte einen Schritt auf ihn zu, doch sein Knurren ließ mich innehalten.

Er umfasste fest seinen Nacken. »Ich denke, dass dir nicht so ganz klar ist, wie entsetzlich es für mich ist, der Frau, die ich mehr als alles andere will, mitzuteilen, dass ich nicht mit ihr schlafen kann, weil ich verdammt noch mal Kopfschmerzen habe. Das muss irgendein gewaltiger Scherz sein, aber ich kann mich gerade einfach nicht dazu durchringen zu lachen.«

Er sah so elend aus, so enttäuscht, dass es mir im Herzen wehtat.

»Ich lache auch nicht«, sagte ich sanft. Nun, da er es zugegeben hatte, konnte ich die Anzeichen sehen. Anzeichen, die ich bislang nicht bemerkt hatte, weil ich durch meine Lust und meine Unsicherheiten zu abgelenkt gewesen war. Er hatte wieder Schmerzen. Schlimme Schmerzen.

»Emma. Liebling. Ich will nicht, dass du mich in diesem geschwächten Zustand siehst.«

»Tja, das ist gut. Denn ich sehe nur Stärke.«

Lucian schluckte sichtbar. Und war nicht in der Lage, eine Antwort hervorzubringen. Seine angespannten Gesichtszüge spiegelten sein Leid wider, aber er gab nicht nach – er war stur bis ins Mark.

Mit behutsamen Bewegungen schloss ich die Tür und machte mich dann daran, die schweren Vorhänge in dem kleinen Haus zuzuziehen, um das helle Sonnenlicht auszusperren und uns in kühle, dämmrige Stille zu tauchen.

Lucian stand reglos wie eine Statue da und beobachtete mich. Ich ging zu ihm und bemerkte, wie sein großer Körper vor Erschöpfung zu wanken schien.

»Leg dich ins Bett, Baby.«

Ein Zittern huschte über seine Lippen. »Baby?«

»Oder auch Schätzchen, Liebling, liebster Lucian.«

»Deinetwegen werde ich noch rot werden.«

Er schindete Zeit. Als würde ich das nicht merken. Dummer Mann.

»Gut.« Er wehrte sich nicht, als ich seine Hand nahm und ihn zum Bett führte. Der Mann war ordentlich, das musste ich ihm lassen. Das Bett war gemacht, die Laken waren frisch. »Ins Bett mit dir.«

Er hielt nur für einen Augenblick inne und schaute zwischen mir und dem Bett hin und her. Endlich schien in seinen Dickschädel zu sickern, dass ich ebenfalls nicht nachgeben würde, und er warf mir ein schwaches Lächeln zu.

»Ja, Ma'am.«

Mit qualvoller Langsamkeit zog er sich bis auf die Boxershorts aus und kroch dann mit einem Seufzen, das von großen Schmerzen zeugte, ins Bett. Ich deckte ihn zu und streichelte über die steife Wölbung seiner Schulter, bevor ich ins Bad ging, um nachzusehen, ob er irgendwelche Medikamente dahatte. Ich fand viel zu viele, einschließlich eines verschreibungspflichtigen Medikaments gegen Migräne. Einmal mehr wurde mir klar, wie viel körperlichen Schmerz Profisportler ertragen mussten. Dass Lucian beinahe weinerlich wurde, wenn ihn die Kopfschmerzen attackierten, verriet mir, wie schlimm es für ihn war.

Ich sammelte einige Utensilien zusammen und kehrte ins Schlafzimmer zurück. Lucian lag bereits ausgestreckt auf dem Bett und umklammerte mit dem Arm ein Kissen. »Lucian«, flüsterte ich, und er regte sich und starrte mit einem jadegrünen Auge zu mir herauf. Ich hielt ihm eine Tablette hin. »Nimm die hier.«

Mit einem Brummen drehte er sich herum und stützte sich auf einen Ellbogen, um die Tablette und das Glas mit Eistee entgegenzunehmen, das ich ihm ebenfalls mitgebracht hatte.

»Trink es ganz aus«, sagte ich.

»Ja, Ma'am …« Er verstummte, als ich mein Sommerkleid auszog. Das Glas verharrte auf halbem Weg zu seinem Mund, während er meine Bewegungen mit einem nachdenklichen Blick verfolgte. »Du bist wunderschön.«

Lust überkam mich. Doch ich warf ihm einen strengen Blick zu. »Das ist nicht der richtige Zeitpunkt für Komplimente. Trink deinen Eistee.«

Ein winziges Lächeln umspielte seine Lippen, und er kam der Aufforderung nach und reichte mir das leere Glas zurück, sobald er fertig war. Mir war plötzlich viel zu bewusst, dass ich in meiner Unterwäsche dastand und er mich betrachtete, also schnappte ich mir schnell das Kühlpad. »Wo willst du das hier haben? Im Nacken oder auf der Stirn?«

Etwas flackerte in seinen Augen auf, eine Emotion, die ich nicht genauer benennen konnte, und seine Kehle bewegte sich, als er schluckte. Als er sprach, klang seine Stimme rau. »Im Nacken. Bitte.«

»In Ordnung, rutsch rüber.«

Vorsichtig, aber ruhig machte er mir Platz, und als ich mich nach hinten gegen die Kissen lehnte, schockierte mich Lucian, indem er sich an meinen Körper schmiegte und seinen Kopf auf meiner Brust ruhen ließ. Als ich das Kühlpad auf seinen stahlharten Nacken legte, seufzte er zufrieden und schlang seinen Arm noch fester um meine Taille.

Ich lächelte in mich hinein und fuhr mit den Fingern durch sein dichtes Haar. Ich hatte es schon letzte Nacht berührt, aber das waren hektische Bewegungen gewesen, die wildes Verlangen angetrieben hatte. Nun, da ich ihn beruhigte, konnte ich das einfache Gefühl dieser seidigen Strähnen genießen, die durch meine Finger glitten. Sein Haar war außergewöhnlich dicht und ein wenig gewellt. Ich beneidete ihn darum. Mein Haar hätte sich jetzt schon in ein zerzaustes Durcheinander verwandelt.

Lucian stöhnte, als hätte jemand diesen Laut aus ihm herausgepresst. Die oberen Bereiche seiner Schultern waren steinhart. Ein Blick nach unten zeigte mir, dass seine Miene angespannt und verkniffen war.

»Es ist schlimm, nicht wahr?«

»Ja.« Er atmete schwer durch die Nase, als würde er versuchen, den Schmerz unter Kontrolle zu bringen. Ich kannte diese Art von Migräne. Sie hatte Zähne, die sie tief in einen hineinbohrte, um einen dann zu schütteln wie eine Lumpenpuppe. Diese Art von Schmerz auszuhalten und letztendlich zu überstehen, war schwer und erschöpfend. Doch ich kannte einen Trick.

»Lucian? Hast du je Kopfschmerzen von Sex bekommen?«

Er erstarrte, und ein überraschtes Zucken fuhr durch seinen Körper und von dort in meinen. »Em … ich würde wirklich gerne, aber …«

»Nein, das meine ich gar nicht.«

»Okay.« Er klang verwirrt, und seine Worte waren schwer. »Nein, von Sex bekomme ich keine Kopfschmerzen. Wenn es mir wieder besser geht, bin ich zu allem bereit. Versprochen.«

Ich musste lächeln. »Da bin ich mir sicher.« So sanft wie möglich löste ich uns voneinander und rutschte ein Stück nach unten, um ihn anzuschauen. Er öffnete die Lider nur ein klein wenig, und ich streichelte seine Wange. »Ich würde gern etwas versuchen, um dir dabei zu helfen, dass du dich besser fühlst. Vertraust du mir?«

»Wenn ich das nicht täte, würde ich mich nicht so an dich klammern.« Wie zum Beweis zuckte seine Hand an meiner Taille. »Was hast du vor?«

»Ich will dir einen Orgasmus verschaffen.« Sofort riss er die Augen weit auf, und ich redete weiter. »Das kann helfen. Bei mir funktioniert das immer, wenn ich Schmerzen habe.«

Lucians Augen waren trüb, und seine Bewegungen waren langsam, aber das Lächeln, das mit seinem Mund flirtete, machte deutlich, dass er allerlei zu sagen hatte. Dann kniff er die Augen zusammen. »Willst du mir erzählen, dass du jemanden dazu bringst, dir einen Höhepunkt zu verschaffen, wenn du eine Migräne hast?«

Ich strich mit dem Daumen über seine zusammengezogenen Brauen. »Nein. Das erledige ich selbst. Aber jetzt würde ich dir gerne einen verschaffen, wenn das in Ordnung ist.«

Das Lächeln brach nach außen durch. »Manchmal frage ich mich, ob du ein Traum bist.«

Das Gefühl beruhte auf Gegenseitigkeit.

Ich machte es ihm auf dem Kissen bequem. »Ich bin kein Traum. Und jetzt entspann dich. Lass mich das für dich tun.«

Lucian

Sie hatte gesagt, dass sie kein Traum sei. Da war ich mir nicht so sicher. Sie fühlte sich wie einer an. Mit ihren kühlen Händen an meinen Schultern drehte sie mich auf den Rücken, um sich dann behutsam auf mich zu setzen. Ihr Haar, das ihren Kopf wie ein Heiligenschein umgab, schimmerte im düsteren Zimmer wie Mondlicht. Ihre indigoblauen Augen lächelten, während sie meinen Hals liebkoste. Und ich hätte am liebsten geweint.

Das lag an den Kopfschmerzen. Sie machten mich immer willensschwach und emotional. Es lag nicht an ihr. Das konnte nicht sein.

Ich war wirklich gut darin, mich selbst zu belügen.

Sie ließ ihre glatten Handflächen über meine Brust gleiten und prägte sich meinen Körper ein, als wollte sie seine Form allein durch Berührung erfahren. Trotz des Drucks, der in meinem Schädel herrschte und drohte, ihn aufzubrechen, kribbelte Lust über die Pfade, die sie mit ihren Händen beschrieb. Sie berührte mich, als wäre ich ein unerwarteter Schatz, den sie entdeckt hatte und den sie nun mit ruhiger Freude erforschte.

Ein Schauer durchfuhr mich, und ich legte meine Arme über meinen Kopf und streckte mich für sie. Auf diese Weise flehte ich stumm um mehr.

Berühr mich überall. Ich gehöre dir.

Sie summte leise, als wäre sie zufrieden, und beugte sich nach unten, um mich zu küssen. Ich war hin- und hergerissen. Mein Kopf machte mich fertig, aber mein Körper schwoll vor Lust immer mehr an. Ich zweifelte nicht an ihrer Behauptung, dass ein Orgasmus helfen würde. Emma war nicht der Typ, der eine solche Situation ausnutzen würde. Aber ich war vollkommen überrumpelt davon, wie gut es sich anfühlte, ihre sanften Lippen auf meiner Haut zu spüren. Meine Anspannung schmolz dahin, und ich schloss die Augen und ließ den Kopf zur Seite fallen und ins Kissen sinken. Ich fühlte einfach.

Zärtliche Hände, weiche Lippen und heiße, kleine Atemstöße auf meinem Bauch. Lust ergoss sich dickflüssig wie Sirup über meine Gliedmaßen. Mein Schwanz erwachte zum Leben und wurde vor Verlangen ganz schwer. Das mit uns war noch so neu, dass ich mittlerweile wie verrückt keuchen und versuchen sollte, die Kontrolle zu übernehmen. Aber ich war wie Wachs, das sie langsam erhitzte und nach ihrem Willen formte.

Emma berührte mich durch den Stoff meiner Boxershorts, und ich knurrte. Ich wollte sie ausziehen, damit uns nichts mehr trennte. Als hätte sie meine lautlose Forderung vernommen, küsste sie meine Brustwarze und zog dann langsam die Boxershorts nach unten. Ich hob meinen Hintern an, um ihr zu helfen. Mein Schwanz klatschte auf meinen Bauch, sobald er befreit war. Emma gab einen anerkennenden Laut von sich und legte dann ihre geschickten Finger um mich.

»Bitte«, flüsterte ich. Mein Körper war schwach, aber mein Verlangen wurde immer stärker und verdrängte alles andere. Sie kam meinem Flehen nach, streichelte mich, presste die Lippen auf meine unteren Bauchmuskeln und neckte den v-förmigen Bereich, der zu meinen Hüften führte.

»Em …« Mein Flehen verlor sich in einem Stöhnen, als sie ihren heißen Mund um mich legte. Ich sprach kein Wort mehr.

Ich ließ sie einfach machen, was sie wollte, und war dankbar dafür.

Und es fühlte sich so gut an, dass ich nur daliegen und es hinnehmen konnte, während ich versuchte, nicht in ihren Mund hineinzustoßen wie ein Tier. Doch dann zog sie sich mit einem anzüglichen schmatzenden Geräusch zurück und schaute zu mir hoch.

Ich keuchte leicht und erwiderte ihren Blick. Als sie meine pochende Eichel küsste, war ich bereit, ihr alles zu versprechen. »Nur zu«, sagte sie. »Nimm meinen Mund.«

Beinahe wäre ich auf der Stelle gekommen. Sie nahm mich erneut tief in sich auf, und ich gab einen Laut von mir, der halb schmerzerfüllt und halb »Oh Gott, bitte hör niemals damit auf« war. Die Frau nahm mich auf die bestmögliche Weise auseinander.

Hitzewellen rauschten über meine Haut, während ich sanft in ihren Mund stieß und mich nur ganz leicht bewegte, weil ich ihr nicht wehtun wollte und weil es die reinste Folter war, mir das, was ich wirklich wollte, zu verwehren. Offenbar stand ich auf so was.

Sie genoss mich, als wäre ich ein Nachtisch – und die ganze Zeit über beschrieb sie mit der Hand gleichmäßige Kreise auf der gespannten, empfindlichen Haut meines Unterleibs. Diese Berührung und das Wissen, dass sie das hier tat, weil sie sich um mich kümmern wollte, sorgten dafür, dass ich direkt am Abgrund landete.

Mit einer zitternden Hand berührte ich ihren Kopf. »Em. Baby, ich werde …« Ich keuchte, als sie etwas wirklich Aufregendes mit ihrer Zunge machte. »Ich werde …«

Mit einem letzten Saugen ließ sie von mir ab und kam nach oben, um mich zu küssen. Ihre Hand legte sie dabei um meinen vor Verlangen schmerzenden Schwanz und streichelte ihn. Ich keuchte in ihren Mund, und mein Kuss war verzweifelt und ungeschickt. Ich kam mit einem lustvollen Schaudern. Und all die Anspannung und all der Schmerz lösten sich auf wie ein Zuckerwürfel, den man in heißen Tee fallen ließ.

Mit einem Knurren fiel ich nach hinten. Ich war vollkommen schlaff und erledigt. Emma küsste leicht meinen Mund. Dann rutschte sie vom Bett und holte einen kühlen Waschlappen. Ich schloss die Augen und lag folgsam da, während sie mich sorgfältig säuberte. Die Zärtlichkeit ihrer Berührungen drohte, das, was noch von mir übrig war, zersplittern zu lassen, und ich schluckte krampfhaft und war nicht in der Lage, die Augen zu öffnen.

Sicher, Cassandra hatte sich auch immer um mich gekümmert, aber sie hatte nie mein wahres Ich in all seiner unvollkommenen, demütigen Pracht gesehen. Tief im Inneren wusste ich das. Es gefiel mir. Es fühlte sich sicher an. Leicht. Nichts an Emma fühlte sich sicher oder leicht an. Sie kannte mich auf eine Weise, auf die mich niemand sonst kannte. Und doch war sie hier und kümmerte sich um mich.

Die Decke bewegte sich, als sie zurück ins Bett kam und ihren Kopf dicht an meinen legte. »Besser?«

Ging es mir besser? Meine Migräne hatte sich zusammen mit dem Rest von mir aufgelöst. Aber ging es mir besser? Nein. Ich lief ernsthaft Gefahr, mein Herz und meine Seele komplett zu verlieren. Während ich langsam wegdriftete, hielt ich an einem Gedanken fest: Die Vorstellung, dieser Frau die Bruchstücke meines Ichs zu übergeben, war beängstigend.

22. KAPITEL

Lucian

Ich wachte schwach, aber schmerzfrei auf. Emma hatte sich effektiv darum gekümmert. Ein Teil von mir fragte sich, ob ich das alles geträumt hatte. Aber da ich nackt war und sich meine Hoden und mein Unterleib ganz empfindlich anfühlten und von beidem ein befriedigtes Ziehen ausging, wusste ich, dass es echt gewesen war. Sie hatte das für mich getan. Sie hatte mich mit einer Gier berührt, die dazu geführt hatte, dass ich viel zu schnell gekommen war. Sie hatte mich mit einer Sanftheit berührt, die sich um mein Herz gelegt und fest zugedrückt hatte.

So fest, dass es wehtat. Dieses Gefühl – diese Entblößung – war unangenehm, wie eine Kruste, die man zu früh abgekratzt hatte. Ich lag ausgestreckt auf meinem Bett, starrte an die Decke hinauf und versuchte, meinen Körper und mein Hirn mit bloßer Willenskraft dazu zu bringen, wieder in die Gänge zu kommen und sich in Bewegung zu setzen.

Emma war nicht neben mir. Ich konnte mich nicht daran erinnern, dass sie aufgestanden war, aber ich war auch vollkommen weggetreten gewesen und hatte so gut geschlafen wie seit Ewigkeiten nicht mehr. Hinter dem zugezogenen Vorhang, der mein Schlafzimmer vom Rest des Hauses trennte, erklangen Geräusche. Sofort war ich ein wenig beunruhigt. Sie war in der Küche. In der Küche war diese Frau eine wahre Bedrohung.

Knurrend richtete ich mich auf und wuchtete mich aus dem Bett. Es dauerte eine Sekunde, bis sich das Zimmer nicht mehr drehte. Dann stapfte ich wacklig wie ein alter Mann ins Bad. Ich mochte mich wegen des postkontusionellen Syndroms in den Ruhestand begeben haben, aber die Wahrheit war, dass mein Körper, genau wie die Körper vieler meiner Mannschaftskameraden, im Laufe der Jahre einiges abbekommen hatte. Körperliche Beschwerden und Schmerzen machten sich beim Aufwachen gerne bemerkbar.

Jetzt gerade fühlte ich das alte Zwicken in meinem linken Knie sowie das protestierende Ziehen in meinem Rücken und meiner rechten Schulter. Aber dieser Schmerz war gut. Er erinnerte mich daran, dass ich lebte. Stinkend und von Schmerzen erfüllt nahm ich eine heiße Dusche und schrubbte mir die Überreste der Migräne aus dem Körper. Die Sonne stand bereits tief am Himmel. Ich hatte einen ganzen Tag an Schmerz und Schlaf verloren. So hatte ich ihn eigentlich nicht verbringen wollen.

Auch wenn Emmas Mund ein verflucht glorreicher Segen gewesen war – ein Fiebertraum –, wollte ich ihr ebenfalls Lust verschaffen. Ich wollte sie kosten. Sie nehmen. Ich wollte nicht nur hilflos und bedürftig daliegen. Ich würde den Gefallen, den sie mir getan hatte, erwidern.

Nachdem ich mich abgetrocknet hatte, zog ich mir Shorts an und tapste in den Wohnbereich hinaus. Meine Schritte gerieten ins Wanken, als ich sie an meinem Herd stehen sah. Sie hatte mich noch nicht entdeckt und summte vor sich hin, während sie in einem Topf etwas umrührte, das nach den Resten meiner Tomatensuppe roch. Sie trug eins meiner T-Shirts, das ihr bis zur Mitte der Oberschenkel reichte und den Rest ihrer kurvigen Beine nackt ließ. Der Anblick raubte mir den Atem und ließ mein Herz wild und wie verrückt schlagen.

Ich rieb über meine Brust und war halb davon überzeugt, dass ich gerade einen Herzinfarkt erlitt. Aber es war nur sie. Nur sie. Die Suppe aufwärmte. Diese Frau hatte das Potenzial, mein Leben komplett auf den Kopf zu stellen. Verdammt, das tat sie bereits.

Als hätte sie meine innere Panik gehört, drehte sie sich in meine Richtung. Ein strahlendes, fröhliches Lächeln bohrte sich mitten in meine verkrampfte Brust. »Hey. Du bist wach! Ich wärme gerade etwas Suppe auf.« Sie kicherte, und der Laut kitzelte auf meiner Haut. »Und spreche das Offensichtliche aus.«

Meine ganze Anspannung schmolz dahin wie Buttercreme auf einem warmen Kuchen. Ich gab mir Mühe, nicht zu seufzen wie ein liebeskranker Trottel. Aber vermutlich versagte ich, denn ihr fröhliches Lächeln kehrte zurück und war jetzt breiter, als würde sie sich freuen, mich zu sehen. Mein Körper fühlte sich schlaksig an – sogar ungelenk –, als ich auf sie zuging, um sie zu begrüßen, indem ich meine Hand um ihren schlanken Hals legte und mich dann nach unten beugte, um ihren hübschen rosigen Mund zu küssen.

Sie schmeckte nach Limonade und nach Emma, was ein Geschmack war, den ich nicht in seine Einzelteile aufspalten konnte, der aber schnell zu meinem Lieblingsgeschmack wurde. Als ich mich mit einem letzten verweilenden Knabbern zurückzog, summte sie zufrieden.

»Ich bin am Verhungern«, sagte ich heiser. Ich hatte Appetit auf sie. Und sie wusste es. Ihr Gesicht war viel zu ausdrucksstark. Bei mir selbst hätte ich das als Belastung betrachtet, aber bei Emma sehnte ich mich danach, sie zu beobachten, um herauszufinden, was sie dachte, indem ich einfach nur zusah, wie sich ihre zarten Gesichtszüge bewegten.

Aber ich war auch geschwächt. Also nahm ich Platz und

ließ mich von ihr bedienen, weil ich wusste, dass ihr das ebenfalls Freude bereitete. Ich verstand das. Leute zu verköstigen – sie mit Essen zu beglücken – war aufs Tiefste befriedigend.

Delilahs Angebot ging mir durch den Kopf und sorgte dafür, dass mein Puls schneller schlug. Einst hatte ich mich gefragt, ob ich Konditor werden sollte wie Jean Philipe. Aber das war nie mein Traum gewesen. Er hatte mich nie wirklich spielen sehen. Was würde er jetzt von mir denken? Ich taumelte ziellos durch mein Leben. Er hätte das gehasst.

Mit einem mulmigen Gefühl im Magen warf ich Emma ein Lächeln zu, das vermutlich so falsch wirkte, wie es war, während sie eine Schale vor mich stellte. »Danke, Schnüfflerin.«

Sie nahm neben mir Platz und fing an zu essen. Dabei schaute sie immer wieder mit offensichtlichem Zögern zu mir. »Alles in Ordnung?«

Sie hatte behauptet, dass sie Stärke sah, wenn sie mich anschaute, aber ich hatte das Gefühl, dass ich ihr nur Schwäche gezeigt hatte.

»Alles okay.« Ein weiteres falsches Lächeln zupfte an meinen Lippen. »Vor allem nach deinem … Wie sollen wir das nennen? Heilmittel?«

»Ich hätte jetzt ›Blowjob‹ gesagt«, konterte Emma mit einem frechen Schmunzeln.

»Das ist mir auch recht.« Wir aßen in relativem Schweigen und ich ließ mich von ihr bemuttern, mir Brotscheiben und ein Glas Limonade bringen. Denn das machte sie glücklich. Und eine glückliche Emma glühte mit einem inneren Licht, von dem ich einfach nicht den Blick abwenden konnte.

Ich wartete, bis sie das Geschirr abgeräumt hatte, und beobachtete, wie sich ihr kecker Hintern unter dem dünnen Stoff meines T-Shirts anspannte und bewegte, während sie sich vorbeugte, um die Schalen in die Spülmaschine zu stellen. Als sie wieder in meine Reichweite kam, hakte ich einen Arm um ihre kurvige Taille und zog sie auf meinen Schoß.

Sie fügte sich bereitwillig und lachte ein wenig, als hätte ich sie erschreckt. Ihr Gewicht landete warm und beruhigend auf meinen Oberschenkeln. Ich legte die Hände auf ihre saftigen Pobacken und drückte sie anerkennend, während sie sie näher an mich heranschob. Dass ich sie jetzt berühren durfte, war ein Geschenk. Ein Traum.

Emma legte die Hände auf meine Brust. Ich spürte ihre Berührung tief in meinem Innersten.

»Hey«, flüsterte ich und lächelte, als ich sie sanft und leicht küsste. Ein kleines Hallo. Eine winzige Kostprobe.

Ich spürte ihr Lächeln an meinem. »Hey.«

Ich küsste sie erneut. Eine Anerkennung. »Danke, dass du dich um mich kümmerst, Emma.«

Das Eingeständnis war es wert, denn sofort leuchteten ihre Augen vor Glück auf.

Sie schob ihre Hände in mein Haar. »Gern geschehen, Lucian.«

Ich wollte mit dieser Frau schlafen. Mir Zeit nehmen, ihre Geheimnisse kennenlernen, herausfinden, was sie zum Seufzen brachte und was dafür sorgte, dass sie um Gnade schrie.

Ich fuhr mit dem Mund über die seidenweiche Haut ihrer Wange und hinunter bis zur Wölbung ihres Halses. Sie erschauerte und neigte den Kopf, um mir Zugang zu gewähren, während sie die Fingerspitzen tiefer in meine Brust bohrte. Sie roch gut, süß. Ihre Brüste streiften meine Brust, und mir stockte der Atem. Instinktiv umfasste ich ihren Hintern fester.

Bedürftig. Sie machte mich bedürftig. Sie nahm mich auf eine Weise auseinander, die ich nicht vorhersehen konnte.

Ich liebte es. Hasste es. Aber ich hörte nicht auf, sie zu küssen und immer wieder mit der Zunge über ihre Haut zu fahren, um sie zu kosten.

Emma erschauerte erneut, drängte sich gegen mich und vergrub die Finger tiefer in meinem Haar. »Lucian?«

»Hmm …« Ich senkte die Lider und knabberte an ihrer Kehle.

»Ich will dich etwas fragen, aber ich habe Angst, dass du dich darüber aufregen könntest.«

Ihre Worte kratzten über meine Haut und ließen mich erstarren. Dann atmete ich ein und tat so, als würde mein Puls nicht schneller schlagen. Doch vermutlich spürte sie es, weil sie mir so nah war.

Ich war mehr am Küssen als am Reden interessiert und ließ meine Lippen an ihrer Kieferpartie entlangwandern. »Das klingt, als wolltest du mich ködern, Süße.«

»So ist es.« Sie küsste meine Schläfe. Meine Wange. »Aber es ist mir auch ernst.«

Ich hatte zwei Optionen. Ich konnte mich zurückziehen oder nachgeben. Da mir Letzteres erlauben würde, sie weiterhin zu berühren, gab ich nach.

»Dann frag mich.« Ich knabberte mich an ihrer eleganten Kehle entlang. »Ich werde meinen Ärger einfach an deinem Hals auslassen.«

Ein amüsierter Laut summte unter ihrer Haut. »Meinetwegen. Deine Kopfschmerzen. Bist du deswegen bei einem Arzt in Behandlung?«

Ich war nicht überrascht. Nicht mal enttäuscht – ich war ihr einfach so wichtig, dass sie mich danach fragte. Trotzdem fühlte ich mich entblößt. Schwach. Ich gab mir Mühe, meinen Tonfall neutral zu halten, und beschäftigte meine Hände, indem ich ihre weichen Kurven betastete.

»Ja, Em. Ich werde überwacht. Erst letzte Woche war ich bei einer Kontrolluntersuchung. Mein Gehirn heilt. Tatsächlich sieht es sogar richtig gut aus.« Mein Arzt war sowohl beeindruckt als auch erfreut gewesen, als er gesehen hatte, wie gut alles bereits verheilt war. »Die Kopfschmerzen treten mittlerweile deutlich seltener auf. Es ist allerdings so, dass Migräneanfälle dazu neigen, einen in stressigen Situationen heimzusuchen.«

Emmas entsetzte Miene sorgte dafür, dass ich das Gesicht verzog.

»Gott, Luc…«

»Ich meinte nicht, dass du …«

»Du hattest einen Anfall, als du mich kennengelernt hast. Und dann noch einen, als wir …« Sie errötete und ließ den Blick gequält über mein Gesicht wandern. »Stresse ich dich?«

Ich hielt sie ganz fest und schaute ihr tief in die Augen. »Em, nein. Okay? Das Wort ›Stress‹ ist irreführend. Das, was gestern Nacht passiert ist, war etwas, das ich seit unserer ersten Begegnung tun wollte.«

Sie entspannte sich ein wenig, doch die Sorge blieb, und ich drückte sie leicht.

»Es war … Ich weiß nicht, wie ich es erklären soll.« Ich atmete geräuschvoll aus. »Es war emotional. Plötzliche emotionale Höhenflüge und Tiefschläge können mich aus dem Gleichgewicht bringen. Das ist alles.«

Emma sah aus, als würde sie widersprechen wollen, doch ich brachte sie mit einem sanften Kuss zum Schweigen.

»Es geht mir gut, Schnüfflerin. Wirklich.« Ich wollte mich jetzt auf andere Dinge konzentrieren, wie zum Beispiel darauf, sie ins Bett zu bekommen. Aber sie hielt meinen Kopf fest und schaute mir tief in die Augen.

»Ich schwöre es, Em. Ich werde nicht zusammenbrechen, wenn wir …«

»Ich weiß. Ich bin nur froh. Okay? Ich bin ... sehr froh, dass du sicher und wohlauf bist.« Der zärtliche Ausdruck in ihren Augen und die Art, wie ihre Stimme stockte, legten sich um mich, füllten meinen Kopf aus und sorgten dafür, dass mir schwindelig wurde. Hätte ich nicht gesessen, wäre ich vielleicht ins Wanken geraten. Wir kannten einander erst so kurz. Ich sollte nicht so schnell so viel empfinden. Und sie auch nicht. Empfand sie überhaupt so viel für mich? Ich war mir nicht sicher.

Unsicherheit und Schmerz führten dazu, dass ich sprach, ohne nachzudenken. »Irgendwann werde ich vollständig geheilt sein. Und dann ...« Mist. Das hatte ich gar nicht erwähnen wollen. Das waren zu viele Informationen. Ich gab viel zu viel von mir preis.

Emma runzelte die Stirn. »Und dann?«

Ich war versucht, der Frage mit einem Scherz auszuweichen. Aber ich wollte es ihr erzählen, vielleicht auch die Stimmung ausloten. Oder vielleicht wollte ich auch nur, dass die Worte endlich einmal offen ausgesprochen waren. Ich hielt ihrem Blick stand, lehnte mich auf dem Stuhl zurück und behielt meine Hände locker an ihren Hüften. Ich erzählte Emma etwas, das ich abgesehen von meinem Arzt, meinen Trainern und meinem ehemaligen leitenden Coach noch nie jemandem gegenüber erwähnt hatte. »Ich könnte es aussitzen, heilen und dann aufs Eis zurückkehren.«

»Was? Das ... Das würdest du tun?« Sie wirkte entsetzt.

»Manchmal denke ich darüber nach. Verdammt, ich träume davon. Doch dann denke ich an Jean Philipe und daran, was meine Familie durchgemacht hat und an die bloße Hülle eines Mannes, zu der er geworden war. Das würde ich meiner Familie nicht antun wollen.«

Das redete ich mir jeden Tag ein. Doch in den dunkelsten

Ecken meiner Seele, war ich versucht, es dennoch zu tun. So verdammt versucht.

Emmas Hand an meiner Wange holte mich in die Gegenwart zurück. »Danke«, flüsterte sie und strich mit den Fingern über meine Schläfe, als könnte sie irgendwie mein angeschlagenes Hirn beruhigen. »Dafür, dass du dich um dieses Gehirn kümmerst. Ich habe nämlich festgestellt, dass ich es ziemlich gerne mag.«

Und einfach so war ich vollkommen verloren. Ich war nicht vorbereitet. Mein Leben war ein Wrack, unsicher und unstet. Und sie war mit ihrem strahlenden Lächeln hineinmarschiert, zeigte keinerlei Reue und forderte mich ständig aufs Neue heraus. Sie sagte mir, dass ich immer noch etwas wert war. Dass ich von Bedeutung war. Für sie.

Es jagte mir eine Heidenangst ein. Weil sie irgendwann erkennen würde, dass ich ein Mann war, der nur ein halbes Leben führte.

Ich umfasste ihre weichen Oberschenkel, als könnte sie mich erden, doch ich hatte immer noch das Gefühl, als würde meine Welt unter mir zusammenbrechen. »Em …«

»Titou?« Der Klang der Stimme meiner Großmutter an der Tür, auf den sofort ein Klopfen folgte, ließ uns beide entsetzt erstarren. »Bist du da?«

»Himmel, das ist Amalie.« Emmas schrilles Flüstern schnitt durch die angespannte Stille, und sie kletterte hastig von meinem Schoß und hüpfte praktisch vor Panik herum. »Was machen wir jetzt?«

Ich unterdrückte gurgelnd ein Lachen. »Uns verstecken?«

»Lucian! Das hier ist ernst. Ich trage dein T-Shirt.« Sie deutete an sich hinab, wodurch sie meine Aufmerksamkeit auf ihre nackten Beine lenkte. Ich hatte sie viel zu kurz berührt. »Mist. Wo ist mein Kleid?«

Sie schickte sich an, ins Schlafzimmer zu laufen, warf mir dann aber einen bösen Blick über ihre Schulter zu, als ich lachte – ich konnte einfach nicht anders. Sie war so bezaubernd, wenn sie aufgebracht war. »Und zieh dir ein T-Shirt an.«

»Warum wirfst du mir nicht das zu, das du gerade trägst?«

Stattdessen zeigte sie mir den Stinkefinger.

»Titou? Ich weiß, dass du da bist.«

»Denkst du, dass sie uns atmen hören kann?«, flüsterte ich Emma zu, während sie ins Schlafzimmer eilte und sich das Sommerkleid überstreifte, bevor sie ein T-Shirt an meine nackte Brust presste.

Trotz des strengen Blicks, den sie mir zuwarf, fing sie an zu kichern. »Gott. Wie alt sind wir?«

Ich ignorierte das T-Shirt, packte ihre Taille und zerrte sie an mich, um ihr einen Kuss auf den Hals zu pressen. »Warum flippst du so aus?«

»Weil …« Sie hob hilflos eine Hand und wedelte damit in der Luft herum. »Weil es Amalie gegenüber unhöflich ist, wenn ich …«

»Ihrem Enkel einen blase?«

»Oh mein Gott.« Sie schlug entsetzt nach meinem Arm, doch in ihren Augen blitzte Belustigung. »Du bist unmöglich!«

»Titou!« Amalie klang jetzt streng und verärgert darüber, dass ich nicht reagierte.

Ich drehe mich herum, um genau das zu tun, als die Tür klapperte und sich dann langsam öffnete. Ich schaute zurück zu Emma. »Du hast nicht abgeschlossen!«

Mist. Mein Haar stand in alle Richtungen ab, ich trug kein T-Shirt und Emma war immer noch nur halb angezogen. Sie lächelte selbstgefällig, als sie die Panik in meinen Augen sah. »Stimmt etwas nicht, Honigkuchen?«

»Sie wird erbarmungslos sein.« Ich schob Emma so behutsam ich konnte zur Seite und hastete zur Tür, bevor sie sich vollständig öffnen konnte. Dabei sprang ich über einen meiner Schuhe und wich einem Stuhl aus. Doch es war zu spät. Meine Großmutter stolzierte in mein Haus und hatte einen vorgetäuschten Ausdruck der Überraschung auf dem Gesicht, während sie die Szene, die sich ihr darbot, betrachtete.

»Tja«, sagte sie gedehnt, »jetzt verstehe ich, warum du nicht früher reagiert hast.«

Ich stand da und lief vor meiner Großmutter knallrot an. Das war Karma, die Rache dafür, dass ich Emma aufgezogen hatte. Ich konnte Emma rechts hinter mir spüren. Ihr Schweigen sprach in meinem Kopf Bände. Wenn ich mich jetzt umdrehen würde, würde ich in ihren Augen einen »Na, wer lacht jetzt, du Trottel«-Blick sehen, das wusste ich.

Mein Kiefer zuckte. »Mamie. Brauchst du etwas?«

Mamie ließ den Blick von mir zu Emma und wieder zurück wandern. »Oh, eigentlich nicht. Zumindest nichts, was ernst genug wäre, um euch zwei ausgerechnet jetzt zu stören.« Sie klatschte in die Hände, sodass die schweren Ringe an ihren Fingern klimperten. »Oh, das ist wirklich wundervoll. Ich hatte gehofft, dass das …«

»Wir essen nur zusammen zu Mittag«, fiel ich ihr ins Wort.

Ich konnte beinahe spüren, wie sich Emma versteifte. Und ich zuckte innerlich zusammen. Obwohl sie so viel protestiert hatte, gefiel es ihr vermutlich nicht, dass ich nun ein schnödes Mittagessen als Ausrede vorschob.

Mamie verzog wissend die Lippen, wodurch sie mir haargenau verriet, was sie von meiner traurigen Ausrede hielt. »Nennt ihr jungen Leute das heutzutage so?«

Gott. Ich weigerte mich, mich vor Scham zu winden, und kniff stattdessen streng die Augen zusammen. Mamie strahlte einfach nur.

»Nun dann«, sagte sie. »Ich werde euch zwei in Ruhe lassen, damit ihr … essen könnt.« Sie schenkte uns ein huldvolles Nicken und ließ uns allein. Mit einem endgültigen Klicken schoss sie leise die Tür hinter sich.

Sehr lange sprach keiner von uns ein Wort. Dann driftete Emmas musikalische Stimme durch die angespannte Stille. Sie triefte vor Ironie. »Wir essen also nur zusammen zu Mittag, ja?«

Ich verzog das Gesicht und drehte mich zu ihr um. Sie stand neben dem Tisch. Ihr Haar war zerzaust, ihre Lippen waren von meinen Küssen immer noch leicht geschwollen, und in ihren Augen schimmerte entweder Humor oder Verärgerung. Es stand fifty-fifty.

Verdammt. Ich musste es ihr erklären. »Ich …«

Emma brach in Gelächter aus. »Gott. Das war furchtbar. Ich komme mir wie eine Fünfzehnjährige vor, die man im Zimmer eines Jungen erwischt hat.«

Ein Lächeln zupfte an meinem Mund. »Hast du dich oft in das Zimmer eines Jungen geschlichen?«

»Traurigerweise nicht. Ich war eine schlaksige Stubenhockerin, die erst auf dem College ihre erste Verabredung hatte. Aber ich träumte davon.«

Ich konnte mir keine Zeit vorstellen, in der ich Emma nicht wollen würde. »Wenn wir uns als Teenager begegnet wären, hätte ich dich in mein Zimmer eingeladen. Oder ich hätte mich in deins geschlichen.«

»Nein, das hättest du nicht«, sagte sie mit flapsiger Gewissheit. »Du hättest mich nicht mal gesehen.«

»Doch, das hätte ich. Wie kannst du das sagen?« Ich wusste nicht, warum ich mit ihr über rein hypothetische Szenarien diskutierte. Aber es war auf jeden Fall besser, als sich auf die wilde Panik zu konzentrieren, die ich empfunden hatte, als uns Amalie zusammen erwischt hatte.

»Du warst sicher einer der beliebten Jungs, nicht wahr?« Sie musterte mich, als würde sie mein jüngeres Ich sehen. »Und vermutlich warst du heißer, als du es hättest sein dürfen.«

»Tja, ich weiß nicht, ob ich mich damals unbedingt als ›heiß‹ bezeichnet hätte, aber okay, ich war beliebt.« Ich verlagerte mein Gewicht und rieb meinen Nacken. »Das lag am Eishockey. Und am Baseball.«

»Du hast beides gespielt?«

»Ich war Catcher. Aber Baseball stand für mich immer nur an zweiter Stelle. Ich brauchte etwas, um mich in den Monaten, in denen kein Eishockey gespielt wurde, in Form zu halten.«

»Ich bin überrascht, dass du überhaupt Zeit für Mädchen hattest.« Sie hatte sich nicht vom Fleck bewegt. Das Licht der Lampe, die sie aus Rücksicht auf meine Migräne angeschaltet hatte, warf einen goldenen Schimmer auf ihre Schulter.

Ohne es wirklich zu merken, bewegte ich mich auf sie zu. Das Verlangen, diese weiche Haut zu berühren und die sanften Kurven ihres Körpers zu fühlen, zog mich magisch zu ihr hin. »Ich hatte Zeit für sie. Vermutlich zu viel.«

Als ich sie erreichte, gab sie nach und sank mit einem Seufzen in meine Arme. Ihr Haar roch nach meinem Shampoo, aber ihre Haut verströmte ihren ganz eigenen Duft – warm und einzigartig und süchtig machend. Ich schmiegte mich dichter an sie und atmete tief ein. »Ich hätte dich bemerkt.«

Sie ließ die Finger zu meinen Schultern hinaufwandern. »Wie kannst du dir da so sicher sein?«

»Weil ich mir keine Situation vorstellen kann, in der das nicht der Fall gewesen wäre.« Die Worte purzelten einfach so aus mir heraus und kamen in ihrer Ehrlichkeit ein wenig überstürzt über meine Lippen. Normalerweise redete ich nicht über

Gefühle oder *Bedürfnisse*. Ich schloss die Augen und schluckte schwer. Einmal mehr überkam mich das unangenehme Gefühl, mich im freien Fall zu befinden. Und mich an Emma festzuhalten machte es nur schlimmer. Je näher sie mir kam, desto mehr von ihr brauchte ich.

Ich hatte bereits zu viel verloren, um noch mehr zu verlieren.

»Amalie wirkte sehr zufrieden«, sagte Emma trocken.

Ich schluckte erneut und fand nur mit Mühe meine Stimme. »Du weißt doch, dass sie von Anfang an darauf aus war, uns miteinander zu verkuppeln.« Und verdammt, am Ende hatte meine gerissene Großmutter recht behalten. Damit würde sie sich definitiv brüsten. *Ich wäre nicht überrascht, wenn sie jetzt mit dem Thema Enkelkinder anfangen würde.* »Sie war fest davon überzeugt, dass wir füreinander die Antwort auf all unsere Probleme wären.«

Emma schnaubte, aber es lag kein Groll darin – nur einfache Belustigung. »Sie ist eine Romantikerin. Manche Leute glauben, dass Liebe alles in Ordnung bringen kann.«

Liebe.

Eine Welle aus klammer Kälte rauschte über meinen Rücken, und Worte sprudelten unkontrolliert aus meinem Mund. »Keine Sorge. Ich werde ihr klarmachen, dass wir nur ein bisschen miteinander rummachen.«

Emma wich so ruckartig zurück, als hätte sie etwas gestochen und runzelte die Stirn, sodass zwischen ihren Augenbrauen eine Falte entstand. »Rummachen.«

»Nun ja, ich werde es nicht so ausdrücken. Sie ist schließlich meine Großmutter. Aber ich werde sie wissen lassen, dass es nichts Ernstes ist.«

Die winzige Falte zwischen ihren Brauen wurde tiefer. »Klar. Nichts Ernstes.«

Verdammt. Das würde schnell in die Hose gehen. Aber irgendwie schien ich es jetzt nicht mehr aufhalten zu können. Oder verdammt noch mal den Mund halten zu können.

Ich rieb mit den Händen über ihre Haut und versuchte, sie zu beruhigen, während ich selbst in Panik verfiel. »Du hast doch von Anfang an gewusst, dass ich nicht auf eine Beziehung aus war. Ich habe das nicht geplant. Ich habe nicht mit … dir gerechnet.«

»Ich habe auch nicht mit dir gerechnet. Ich dachte, dass ich Urlaub machen, ein paar Drehbücher lesen und ein wenig Schlaf nachholen würde.«

Ich bekam meine Hände einfach nicht unter Kontrolle. Sie strichen unablässig über ihre samtweiche Haut, als wäre jetzt meine letzte Chance, sie zu berühren. Und das könnte durchaus der Fall sein. Weil ich einfach nicht den Mund halten konnte. »Genau das ist der Punkt, Em. Du machst hier Urlaub. Wie lange wirst du überhaupt bleiben?«

Emma löste sich von mir. Ich spürte den Verlust sofort, mein Körper wurde kalt. Ich schob die Hände in die Hosentaschen, damit ich sie nicht nach ihr ausstrecken konnte. Jede egoistische Zelle in meinem angespannten Körper protestierte dagegen.

Sie hatte die Stirn immer noch gerunzelt und lehnte sich gegen die Küchentheke. »Keine Ahnung. Einen Monat vielleicht. Amalie hat mir keine Frist gesetzt.«

»Du brauchst keine. Herrgott, Em, ich versuche nicht, dich zu vertreiben. Ich versuche, darauf hinzuweisen, dass das hier für keinen von uns beiden etwas Ernstes ist.«

»Du sagst es schon wieder. Etwas *Ernstes*. Als wäre die bloße Vorstellung entsetzlich.«

»Tja …« *Mist. Halt die Klappe, Oz.*

Ihr Blick wurde durchdringend. »Liegt es daran, dass ich das gefürchtete L-Wort gesagt habe?«

»Was? Nein.« *Vielleicht. Verdammt.*

»Ich meinte es nur in Bezug auf Romantik und Idealismus«, fuhr sie abwehrend fort und errötete.

»Das weiß ich. Ich flippe nicht aus, nur weil du Lie… das L-Wort erwähnt hast.«

Sie schnaubte laut. »Du kannst es ja nicht mal aussprechen.«

»Du auch nicht«, argumentierte ich und zuckte dann sofort zusammen, weil ich wusste, dass ich wie ein launischer Idiot klang. Ihr herrischer Blick verriet mir, dass sie mir diesbezüglich zustimmte.

»Mist. Es ist nicht so, dass …« Ich fuhr mit einer Hand über meinen Mund und spürte die Stoppeln, die dort den Tag über gewachsen waren. »Wirklich, Süße, ich weiß nicht, was zum Teufel ich hier rede. Abgesehen davon, dass du irgendwann abreisen wirst und ich … Ich weiß nicht das Geringste über Beziehungen …«

»Du warst verlobt«, sagte sie mit einer gewissen Schärfe in der Stimme. »Ich denke, dass du zumindest ein bisschen etwas über den Vorgang weißt.«

»Das ist das Schlimmste daran. Als sie mich verlassen hat, wurde mir klar, dass ich in dieser Beziehung nicht das Geringste getan habe. Sie hat sich um alles gekümmert, als wäre sie …« Ich hob eine Hand und suchte nach den richtigen Worten. »… eine Gastgeberin, jemand, der da war, um dafür zu sorgen, dass ich es immer bequem hatte.«

»Herrgott.«

»Ich bin nicht stolz darauf. Ich schäme mich dafür, dass ich es erst bemerkt habe, als die Beziehung vorbei war.«

Cassandras Stimme kam mir in den Sinn: *Ich dachte, dass du mehr als Eishockey wärst, Oz. Jetzt wird mir klar, dass das nicht der Fall ist.*

Ich wollte nicht an Cassandra denken. Nicht während mich

Emma mit diesem schmerzerfüllten Blick ansah. Ihre Enttäuschung zu sehen war ein harter Schlag. Aber ich konnte Emma nicht anlügen. »Ich will das nicht wiederholen.«

»Gut, denn das würdest du von mir auch nicht bekommen.«

»Glaub mir, Schnüfflerin, das weiß ich. Es ist nur so, dass ich momentan kaum mehr als ein wandelndes Wrack bin. Ich mache ständig Fehler.«

Gott, es war, als hätte ich sie geschlagen. Emma lehnte sich von mir weg, als müsste sie so viel Abstand wie möglich zwischen uns bringen. »Du bereust das, was wir getan haben.«

»Nein! Verdammt, nein.« Ich streckte die Hände nach ihr aus, doch der harte Ausdruck auf ihrem Gesicht ließ mich zögern. »Ich will dich, Emma. Mehr als ich je irgendeine Frau gewollt habe. Und das ist das Problem. Wenn wir zusammenkommen, wird es intensiv sein. Und dann erwartest du vielleicht … etwas Dauerhaftes.«

Sie nickte langsam, aber es war, als wäre sie gar nicht richtig da. Ein Teil von ihr hatte sich auf eine Art zurückgezogen, wie ich es bei ihr noch nie zuvor erlebt hatte. Ich hasste das.

»Du hast recht«, sagte sie. »Nicht was das Dauerhafte betrifft. Ich sitze nicht hier und warte darauf, dass du mir deine unsterbliche Liebe gestehst oder so was. Aber ich hatte mehr als nur ›rummachen‹ erwartet.« Sie stieß ein flaches, schmerzerfülltes Lachen aus. »Ich dachte, dass wir … keine Ahnung, zumindest versuchen könnten, eine richtige Beziehung zueinander aufzubauen.«

»Em …«

»Aber das ist meine Schuld. Ich baue ständig Luftschlösser, nur um dann herauszufinden, dass es keine solide Basis gibt, auf die ich mich verlassen kann.«

Wenn sie es so unverblümt darstellte, konnte ich ihr nicht widersprechen. Verdammt, genau das hatte ich zu sagen versucht. Das hinderte die Enttäuschung jedoch nicht daran, an mir zu nagen. Ich war ein Idiot, weil ich überhaupt mit dem Thema angefangen hatte. Ich hätte sie mit ins Bett nehmen und mir später Gedanken über die Details machen sollen.

Und weil ich ein Kerl und ein gieriger Trottel war, der seinen Fehler gerade erkannt hatte, machte ich nun einen sogar noch größeren. »Wir könnten immer noch …«

»Rummachen?«, beendete sie den Satz und schürzte die Lippen. »Es miteinander treiben, obwohl wir wissen, dass es zu nichts führen wird?«

»Du sagst das, als wäre es etwas Schlechtes.« Mist. *Halt die Klappe, du Hohlbirne.* Doch das tat ich nicht. »Sex muss nicht unbedingt etwas bedeuten.«

Ihre Miene wurde säuerlich. »Aber das wird er, Lucian. Mit dir wird er das.« Sie hob das Kinn an, und ihr ganzer Körper straffte sich unnachgiebig, als sie sich von mir abwandte. »Es tut mir leid, wenn dir das unangenehm ist …«

»Das ist es nicht.« Herrgott, sie war ein Geschenk. Und ich hatte sie einfach weggeworfen. Ich machte einen Schritt auf sie zu und war ein wenig verzweifelt, weil ich wusste, dass ich sie gerade verlor.

Aber sie wich bereits zurück. »Und dir mag es vielleicht leichtfallen, deine Gefühle einfach aus der Sache herauszuhalten …«

»Genau darum geht es doch, Em. Ich kann das auch nicht. Nicht wenn es um dich geht.«

Ein trauriges Lächeln huschte über ihre üppigen Lippen. »Nein, genau *darum* geht es. Du weißt, dass das mit uns mehr sein könnte, aber du willst nicht, dass es dazu kommt.«

Ich will es. Ich verdiene es nur nicht. Ich werde dich brechen. So wie ich gebrochen bin.

»Ich will dir nicht wehtun.«

Ihr Lächeln verzog sich zu etwas Schmerzvollem. »Keine Sorge. Du hast es verhindert, bevor es überhaupt dazu kommen konnte.«

Mit einem hörbaren Einatmen fuhr sie mit einer Hand durch ihr Haar, als müsste sie sich sammeln. »Ich werde jetzt gehen.

»Nein.« Ich dehnte die Finger und versuchte herauszufinden, wie ich zwischen uns noch etwas retten konnte. Gleichzeitig versuchte ich, die Hand nicht nach ihr auszustrecken. Sie hatte mir nur für so kurze Zeit gehört. Das reichte nicht.

So ist es am besten. Tu es für sie.

»Wir können trotzdem noch Zeit miteinander verbringen«, versuchte ich es und verzog das Gesicht, noch während ich es sagte. »Als ...«

»Freunde?« Sie schüttelte den Kopf und schaute mich an, als wäre ich schwer von Begriff. »Ich fürchte, dass ich nicht mit jemandem befreundet sein kann, mit dem ich schlafen will.«

»Verdammt, Süße, du machst mich wirklich fertig.«

Doch sie lächelte nicht. Ihre Augen waren stumpf, und der hübsche Mund, den ich nicht mal ansatzweise genug gekostet hatte, war zu einer flachen Linie zusammengepresst. »Irgendwie denke ich, dass du das schon überleben wirst.«

23. KAPITEL

Emma

Dass Lucian mich abwies, machte mir ziemlich zu schaffen. Ich hatte mich jahrelang in der härtesten Branche der Welt durchgeschlagen, um mir eine Karriere aufzubauen, und man hätte meinen sollen, dass ich inzwischen gegenüber jeglicher Ablehnung unempfindlich geworden wäre. Ich hatte schon auf so viele unterschiedliche Arten ein Nein gehört – oft genug mit deutlich härteren Worten –, dass es mir hätte leichtfallen sollen, noch ein weiteres zu hören.

Aber als Schauspielerin erwartete man das. Man nahm seine Niederlagen hin und machte weiter. Man ließ sich nicht unterkriegen, wenn man gesagt bekam, dass man zu klein, zu dick, zu flachbrüstig, zu jung oder zu alt sei. Man redete sich ein, dass man sich mit diesem Mist abgab, weil am Ende des Regenbogens ein Topf voller Gold wartete. An manchen Tagen funktionierte das. An anderen nicht.

Von Lucian abgewiesen zu werden war allerdings etwas vollkommen anderes. Es war ein Tritt ins Gesicht, ein Schlag gegen die Brust. Es tat weh.

Das Schlimmste daran war, dass er plötzlich der Verantwortungsbewusste im Raum gewesen war, der Erwachsene. Ich hatte vollkommen vergessen, wo ich mich befand, wer ich war und wer er war. Nichts davon hatte eine Rolle gespielt. Ich hatte ihn einfach nur gewollt. Aber er hatte recht. Ich war im Urlaub, und er war nicht bereit, es auch nur mit einer Beziehung zu versuchen. Es war besser, wenn man das gleich zu Anfang klarstellte, bevor allerlei unkontrollierbare Gefühle ins Spiel kamen. Auf Gelegenheitssex mit ihm konnte ich mich nicht einlassen. Das wusste ich ebenso gut wie er. Also hatte ich gelogen und ihm mitgeteilt, dass ich nicht verletzt wäre. Dabei hatte die kalte Kugel aus Ablehnung und Bedauern in meiner Brust gewaltige Ausmaße.

Sie wurde sogar noch größer und schwerer, als ich aufwachte und erneut einen Frühstückskorb vor meiner Tür vorfand. Dieses Mal hatte sich Lucian selbst übertroffen. Er hatte mein Lieblingsobst hinzugefügt – perfekt gereift und geschnitten und so angerichtet, dass es wie blühende Blumen aussah. Dazu gab es cremigen, frischen Joghurt, der mit goldenem Honig beträufelt und mit gerösteten Walnüssen bestreut war. Außerdem erwarteten mich vier verschiedenen Sorten Konfitüre und natürlich das Brot – eine Ansammlung süßer und herzhafter kleiner Brotlaibe, aus denen ich auswählen konnte.

Ich ließ den Korb unangetastet zurückgehen. Er war hübsch, aber ich hatte keinen Appetit. Außerdem konnte ich mich irgendwie nicht dazu durchringen, sein Essen zu verspeisen. Ich konnte es einfach nicht. Es schmerzte zu sehr. Und es machte mich auch wütend. Ich wollte nicht, dass er sich auf diese Weise um mich kümmerte. Nicht wenn ich nicht auch den Rest von ihm haben konnte.

Da hatten wir es. Ich war kleinlich.

Nein, nicht kleinlich. Vorsichtig. Du musst dich selbst schützen.

Dieser Gedanke entlockte mir ein Schnauben. Ich kochte mir etwas Kaffee – er war nicht so gut wie *seiner* – und kippte ihn hinunter. Dann machte ich mich auf den Weg, um mit Amalie zu reden. Ich musste ihr mitteilen, dass ich abreisen würde. Ich konnte nicht länger in *Rosemont* bleiben.

Amalie schrieb mir eine Textnachricht, in der sie mir mitteilte, dass sie sich im roten Wohnzimmer aufhalte. Sie hatte dankenswerterweise einen Lageplan des Hauses angehängt, was mir ein Lächeln entlockte. Das Haupthaus von *Rosemont* war riesig, wies aber anmutige Proportionen auf, die es, nun ja, nicht gerade kuschelig, aber doch zumindest behaglich wirken ließen.

Ich ging über die hintere Terrasse. Flecken aus Sonnenlicht schimmerten zwischen den Rankgittern aus Teakholz hindurch, an denen lilafarbene Glyzinien emporwuchsen, die wie Trauben über mir hingen. Jedes Zimmer, das zur Rückseite des Hauses hinausging, war mit gewaltigen Glastüren versehen, die alle offen standen, um frische Luft hereinzulassen.

Schließlich fand ich Amalie in einem schönen Zimmer vor, das mit seinen freiliegenden Holzbalken, handbemalten blaugoldenen spanischen Kacheln und leicht abgenutzten verputzten Wänden ebenso gut aus der spanischen Kolonialzeit hätte stammen können. Amalie rekelte sich auf einem großen flauschigen Sofa, das mit cremefarbenem Damast bezogen war. Wie eine Königin winkte sie mich mit einer eleganten Bewegung ihres Handgelenks zu sich herein.

»Mein liebes Mädchen, ich habe Sie vernachlässigt, nicht wahr?«

»Ganz und gar nicht«, erwiderte ich und nahm neben ihr Platz. Auf dem quadratischen Wohnzimmertisch aus gealtertem Eichenholz stand ein Silbertablett mit einem Frühstück für zwei. Sofort drehte sich mir der Magen um, und mir wurde ein wenig übel. Obwohl mir das Wasser im Mund zusammenlief, verkrampfte sich mein Bauch protestierend. Zum Teufel mit diesem Mann. Er hatte meine Geschmacksknospen so gut trainiert, dass ich befürchtete, dass ich von nun an stets das Verlangen nach einem weiteren Bissen von seinem Essen verspüren würde.

»Kommen Sie.« Amalie lehnte sich vor und nahm eine zierliche rosafarbene Kaffeetasse mit Goldrand vom Tablett. »Wir können frühstücken und ein wenig plaudern.« Sie hielt inne, als wäre ihr gerade ein Gedanke gekommen. »Es sei denn, Sie haben bereits gegessen?«

»Das habe ich«, log ich. Ich war hungrig und wollte unbedingt etwas essen, aber ich erkannte Lucians Handwerk. Amalies Frühstück unterschied sich ganz leicht von meinem: Das Obst lag einfach nur in Schalen – hier gab es keine Blumenformen –, und sie hatte knusprige Brötchen statt einer Auswahl an süßem und herzhaftem Brot bekommen. Außerdem gab es in Scheiben geschnittene hart gekochte Eier und Schinken. Der Unterschied zwischen ihrem zweckmäßigen und meinem extravaganten Frühstück löste in mir seltsame Gefühle aus.

Zu meinem Entsetzen ertönte ein nicht ganz so subtiles Knurren aus der Gegend meines Magens. Mit hitzigen Wangen ignorierte ich den Laut und warf Amalie ein entschuldigendes Lächeln zu.

»Ich würde allerdings liebend gerne einen Kaffee trinken.« Gott, das war armselig. Zum Teufel mit meinem verräterischen Appetit.

Zum Glück kommentierte Amalie das alles nicht, sondern schenkte uns einfach jedem eine Tasse ein und lehnte sich dann mit einem Seufzen zurück. »Also, was haben Sie auf dem Herzen? Verzeihen Sie mir, dass ich so direkt bin, aber Sie wirken aufgebracht.« Sie musterte mich mit ihren hellgrünen Augen, die mich auf so unangenehme Weise an Lucians erinnerten. »Ist etwas passiert?«

»Ich …«

»Mamie«, erklang eine vertraute, tiefe Stimme aus dem Flur. »Ich fahre jetzt zum Laden …«

Lucian kam ins Zimmer marschiert, verstummte schlagartig und blieb wie angewurzelt stehen, als er mich sah. Sein ausdrucksloser Blick lähmte mich regelrecht. und ich konnte ihn nur erwidern, während mein Herz wild hämmerte. Es war wirklich ungerecht, wie schön dieser Mann für mich war. Nicht perfekt, nicht makellos, aber dennoch schön.

Nun wusste ich, wie er sich an meiner Haut und in meinem Mund anfühlte. Ich kannte den Ausdruck, den sein Gesicht annahm, wenn er kam, ich kannte die Geräusche – diese tiefen, qualvollen Stöhnlaute der Lust –, die er von sich gab. Und er wusste das alles auch von mir. Er hatte mich allein mit seinem Mund und seinen Händen in ein keuchendes, gieriges Durcheinander verwandelt.

Das Wissen hing zwischen uns wie Rauch – dick und erstickend. Wir würden das alles nie wieder tun. Es war vorbei, bevor es richtig angefangen hatte.

Als wäre ihm gerade exakt der gleiche Gedanke durch den Kopf gegangen, schlich sich etwas in Lucians Blick, das wie Bedauern wirkte – oder vielleicht wie eine Entschuldigung. Oder womöglich war das auch nur das, was ich sehen wollte. Ich konnte es nicht mehr beurteilen.

Er schluckte schwer, und seine Kehle verkrampfte sich. Dann blinzelte er, als müsste er sich von einem Gefühl der Benommenheit befreien. »Hallo.«

Mir war klar, dass er mit mir redete.

Meine Lippen fühlten sich taub und unbeholfen an, als ich seine Begrüßung erwiderte. »Hallo.«

Wundervoll. So weit war es mit uns nun also gekommen.

Er brummte, verlagerte sein Gewicht und wirkte wie ein Mann, der versuchte zu entscheiden, ob es besser war, zu bleiben oder die Flucht zu ergreifen. Dann riss er sich zusammen und stemmte die Hände in die Hüften. »Du hast dein Frühstück nicht gegessen.«

Ich zog die Brauen zusammen und spürte Ärger in mir aufsteigen. »Nein, das habe ich nicht.«

Ich würde mich auf gar keinen Fall dafür bei ihm entschuldigen. Aber mir war viel zu bewusst, dass Amalie neben mir saß. Also warf ich Lucian schnell einen finsteren Blick zu. Wie konnte er es wagen, mich vor Amalie bloßzustellen. Er erwiderte meinen Blick mit seinem eigenen, der nur so vor Sturheit strotzte, so als könnte er mich irgendwie mit reiner Willenskraft dazu bringen, sein Essen zu mir zu nehmen. Aber da hatte er Pech. Diese Zeiten waren vorbei.

Er blinzelte erneut, und ich hatte das seltsame Gefühl, dass er einen Schlag einsteckte. Doch dann verwandelte sich seine Miene in Stein, und er richtete seine Aufmerksamkeit auf seine Großmutter. »Ich habe deine Nachricht wegen der Weine erhalten. Brauchst du sie für heute?«

Amalie, die während dieses ganzen Austauschs bedächtig still geblieben war, wurde nun wieder lebhaft. »Ja, mein Lieber. Wenn du so gut wärst.« Ich hatte keine Ahnung, worüber sie redeten, aber es war mir auch egal. Ich würde mich nicht mehr in ihre Leben einmischen. »Tina hat darum gebeten, ein wenig die Gegend erkunden zu dürfen. Könntest du sie vielleicht mitnehmen?«

Lucian schaute zu mir, und dieser kurze Moment der Aufmerksamkeit brannte auf meiner Haut wie Feuer. Doch er verweilte nicht. Er konzentrierte sich auf Amalie, und nur sein fest zusammengepresster Kiefer gab einen sichtbaren Hinweis darauf, dass ich mich ebenfalls im Zimmer befand. Ich war für ihn ein ebensolches Ärgernis geworden wie er für mich.

»Ich nehme sie mit.« Wieder schaute er zu mir, als wollte er etwas sagen. Doch das tat er nicht. Nicht zu mir. »Ich bin dann in ein paar Stunden zurück.«

Er zögerte und lungerte auf der Türschwelle herum. Seine breiten Schultern waren ganz steif. Und plötzlich überkam mich eine tiefe Traurigkeit. Für einen kurzen Moment hatte ich diesen Mann angeschaut, und das Wissen, dass ich ihn necken konnte und er entsprechend darauf reagieren würde, das Wissen, dass ich die Dunkelheit in seinen Augen lindern konnte, hatte mir das Gefühl gegeben, am Leben zu sein.

Nun ließ er seinen Blick nur flüchtig über mich gleiten. Es war eine unpersönliche, zurückhaltende Geste. »Emma.«

»Lucian.« Sein Name kam so gestelzt über meine Lippen, dass ich mich innerlich wand. Doch ich hielt meine Miene neutral. Sogar höflich. Und das war ätzend.

Wir tauschten ein äußerst unbeholfenes Nicken aus, und er ging und nahm sämtliches Leben mit sich aus dem Zimmer. Genau deswegen musste ich von hier verschwinden. Und genau deswegen hatte er recht gehabt. Wenn das mit uns noch weiter gegangen wäre, wäre es nur schlimmer geworden. *Ich sollte ihm dafür danken.*

Aber ich konnte mich trotzdem nicht dazu durchringen. Noch nicht.

Amalie wartete eine Minute, vielleicht um sicherzugehen, dass Lucian wirklich außer Hörweite war, bevor sie sich wieder mir zuwandte. Ich bereitete mich innerlich auf ihre Fragen vor, doch sie nippte einfach nur an ihrem Kaffee. »Also, wie sehen Ihre Pläne für heute aus?«

Ich sackte in der Ecke des Sofas zusammen. »Ich habe mir ein Auto gemietet, um nach L.A. zu fahren.«

Sie zog ihre perfekt schwarz gemalten Augenbrauen hoch. »Den ganzen Weg bis nach L.A.?«

»Ja. Ich muss mich langsam auf die Suche nach einem Haus machen. Ich dachte, dass ich mir dort mal ein paar Anwesen anschaue. Vielleicht verbringe ich sogar das ganze Wochenende dort.« Ich würde lieber für ein paar Nächte in einem Hotel schlafen, als zu wissen, dass Lucian in der Nähe war.

»Hmm.« Sie nippte wieder an ihrem Kaffee.

Oh, sie war mir auf die Schliche gekommen. Ich versuchte, nicht herumzuzappeln.

»Je früher ich ein neues Zuhause finde, desto eher sind Sie mich los.«

Amalie stellte ihre Tasse mit einem leisen Klappern ab. »Meine Liebe, ich will Sie wirklich nicht loswerden, aber man sollte sich niemals vor den wirklich wichtigen Dingen im Leben verstecken. Sich ein Haus zu suchen ist eine wundervolle Idee.«

Die Tatsache, dass mich ihre schnelle Zustimmung auf seltsame Weise enttäuschte, war ein eindeutiges Anzeichen dafür, wie durcheinander ich war. Ja, ich war enttäuscht und fühlte mich außerdem ein wenig unwohl. Ihr war nicht entgangen, wie unbeholfen Lucian und ich miteinander umgegangen waren. Die Vorstellung, dass sie denken könnte, dass ich ihn verletzt hatte, und dass sie mich deswegen so weit wie möglich von ihrem Enkel entfernt wissen wollte, war schrecklich.

Ich stand auf, war aber deutlich unsicherer auf den Beinen, als mir lieb gewesen wäre. »Wir sehen uns dann in ein paar Tagen.«

Aus einem Impuls heraus lehnte ich mich nach unten und küsste ihre weiche Wange, die nach Chanel N° 5 duftete. »Danke für alles, Amalie.«

Sie tätschelte meinen Arm. »Ach, mein liebes Mädchen, danke, dass Sie hergekommen sind. Tun Sie, was Sie tun müssen. Und wir sehen Sie dann bald wieder.«

Ich schaffte es bis zur Tür, die zur Terrasse hinausführte, als mich ihre nächsten Worte innehalten ließen. »Vergessen Sie nur nicht, dass es keine Rolle spielt, wie weit man sich entfernt – man wird immer dort sein, wo man sein Herz hat.«

Die Worte durchbohrten mich wie Pfeile, und ich schloss kurz die Augen und hielt ihr weiterhin den Rücken zugewandt. Ich hatte mein Herz in meiner Brust. Genau dort, wo es hingehörte, verdammt. Und das würde ich so lange wiederholen, bis ich es glaubte.

24. KAPITEL

Lucian

»Du hast aufgehört zu blinzeln«, sagte Brommy und riss mich damit aus meinen Gedanken. »Und das ist gruselig.«

Wir saßen auf Liegestühlen und tranken Bier am Pool, während die Sonne unterging. Irgendwann hatte ich aufgehört, Brommys ausschweifendem Geplapper zu lauschen, und hatte offenbar das Blinzeln eingestellt.

Ich wandte den Blick vom Wasser ab und warf ihm einen finsteren Blick zu. »Tja, ich finde es eher gruselig, dass du mich lange genug angestarrt hast, um das zu bemerken.«

Er schnaubte und trank dann einen Schluck von seinem Bier. »Alter, ich rede seit zehn Minuten, ohne eine wirkliche Reaktion von dir zu bekommen. Irgendwann habe ich dich sogar gefragt, ob du Wachsen oder Rasieren bevorzugst.«

Ich hielt inne, als ich gerade etwas trinken wollte. »Habe ich geantwortet?«

»Du hast gebrummt.« Er lachte und stellte sein Bier auf die Pflastersteine. »Was ist los, Ozzy? Du bist noch schlechter gelaunt als sonst. Nein, vergiss es. Du bist in einer Leere. Einer seltsamen Leere, und das macht mir Angst.«

Die echte Sorge in seinem Tonfall, die er erfolglos zu verbergen versuchte, brachte mich dazu, tatsächlich zu antworten, statt nur wieder zu brummen. »Heute ist einfach nicht mein Tag.«

Nicht mein Tag. Das war eine nette Art, es zu beschreiben. Ich stand nur ein wenig neben mir. Und war nicht etwa am Boden zerstört.

Emma an diesem Morgen zu sehen hatte mich fertiggemacht. Ich hatte gedacht, dass ich damit umgehen könnte. Dass ich in der Lage sein würde, ihr mit der gleichen Distanziertheit zu begegnen, die ich mittlerweile einem Großteil meines Lebens entgegenbrachte. Was für ein Witz.

Ich hatte einen Blick auf sie geworfen, und sofort war sämtliche Luft aus meiner Lunge gewichen. Ich hatte die Kontrolle verloren und nicht mehr gewusst, was ich sagen oder tun sollte. Sie hatte auf diesem Sofa gesessen, und jeder Zentimeter von ihr war so unfassbar schön gewesen, dass es regelrecht geschmerzt hatte, sie anzuschauen. Und jeder Zentimeter von ihr war distanziert und verschlossen gewesen. Das freche Lächeln in diesen dunkelblauen Augen war nicht mehr da gewesen. Das Gleiche galt für jegliches Empfinden von Vertrautheit. Ich hatte das Gefühl gehabt, einen Arm oder ein Bein verloren zu haben.

Und ich wusste, dass ich mich verrechnet hatte. Auf übelste Weise.

Ich hatte mich nicht davor bewahrt, am Ende womöglich mit einem gebrochenen Herzen dazustehen. Ich war dieser Frau bereits komplett verfallen.

»Sie hat mein Frühstück nicht gegessen.«

»Was?« Brommy runzelte verwirrt die Stirn.

Mist. Ich hatte das laut gesagt. Ich rieb über die schmerzende Stelle in der Mitte meiner Brust. Ich wusste, dass dort mein Herz war. Ich konnte jeden qualvollen Schlag spüren. Aber trotzdem fühlte es sich kalt und leer an.

»Emma«, presste ich hervor. Verdammt, sogar ihren Namen auszusprechen tat weh. »Sie hat das Frühstück abgelehnt.«

Brommy setzte sich ein wenig aufrechter hin. »Du machst hier das Frühstück?«

Ein beleidigtes Knurren entrang sich meiner Kehle. »Was hast du denn gedacht, wer es macht?« Der Mann hatte mich backen sehen. Um Himmels willen, ich hatte ständig für die Jungs gebacken. Zwei Jahre lang hatten sie mich nur »Kuchen« genannt, und das war nicht witzig gewesen.

Brommy zuckte schwach mit den Schultern. »Eigentlich habe ich gar nicht darüber nachgedacht.«

Mir war plötzlich unbehaglich zumute, und ich fragte mich, ob es armselig war, dass ich für alle kochte und backte. Letztes Jahr hätte ich das noch nicht gemacht. Oh, ich hätte trotzdem gebacken, denn es entspannte mich. Aber ich hätte es mir nicht zur Aufgabe gemacht, jeden auf dem Anwesen Tag für Tag und rund um die Uhr zu verköstigen.

Doch jetzt war es etwas, das mir dabei half, mich zu konzentrieren, und mich von Dingen ablenkte, die ich am besten ignorierte. Leider funktionierte das nicht, wenn es um Emma ging. Als ich ihr Frühstück zubereitet hatte, hatte ich dabei jede Sekunde an sie gedacht. Ich hatte all meine Reue und all meine Hoffnungen, dass es ihr gut ging, in dieses Frühstück gelegt.

Und sie hatte es unangetastet zurückgehen lassen.

Ich rieb wieder über meine Brust. Das war meine eigene verdammte Schuld.

Brommys Liegestuhl quietschte, als er sich ein bisschen weiter in meine Richtung drehte. »Okay, nur damit ich das richtig verstehe: Du starrst ins tiefe Ende des Pools, weil du ein Frühstück für Emma zubereitet hast und sie es nicht gegessen hast?«

»Nein. Das ist *nicht* der Grund.«

»Du bist in letzter Zeit ein echt schlechter Lügner geworden, Oz.« Er lehnte sich zurück, streckte sich der Länge nach aus und machte es sich bequem. »Ihr zwei seid euch auf der Hochzeit näher gekommen, was?«

»Was?«, schnauzte ich. Mist. Daran würde ich jetzt *nicht* denken. Ich durfte nicht an Emmas weiche Haut und an die Form ihres Munds denken, der sich auf meinen presste. *Nein. Denk verdammt noch mal nicht daran.* »Wie zum Teufel kommst du darauf?«

Er zuckte träge mit den Schultern. »Das war nicht schwer. Du hechelst ihr schon die ganze Zeit hinterher, und sie hält dich eindeutig für« – er verzog das Gesicht – »attraktiv. Hochzeiten sind romantisch, schätze ich. Zumindest scheinen sie die Leute wuschig zu machen.«

»Herrgott.«

»Und ihr habt dort übernachtet. Komm schon, Oz.« Seine Augen füllten sich mit Humor. »Ich bin's. Ich kenne dich. Du hast es mit ihr getrieben und …«

»Wag es ja nicht, Brom. Ich habe es nicht mit ihr *getrieben*. Klar?« Verdammt, ich hatte es tun wollen. Ich hätte es tun sollen. *Ich bin der dümmste Mann auf der Welt.*

»Was auch immer du sagst.« Er zuckte erneut mit den Schultern. »Ja, vielleicht ist es besser, das zu sagen, wenn sie jetzt dein Essen ablehnt. Es muss … Tja verdammt, das passiert uns allen irgendwann mal.«

»Was passiert?«, fragte ich finster.

Sein Grinsen war breit und böse. »Du weißt schon.« Er hielt einen Zeigefinger hoch und ließ ihn dann langsam abknicken.

Ich starrte ihn an. Unerbittlich. »Hör zu, du Schwachkopf. Ich habe nicht schlappgemacht. Wir hatten keinen Sex, weil …« Hitze kroch an meinem Hals hinauf. Warum redete ich mit Brommy darüber? Weil ich sonst niemanden hatte. Und aus irgendeinem Grund musste ich das loswerden. Ich dehnte meine steifen Schultern. »Weil wir keine Kondome hatten.«

Er hielt für einen Augenblick inne. »Ah. Du warst unvorbereitet. Das ist ein klassischer Anfängerfehler, Ozzy, mein Junge.«

»Wäre ich vorbereitet gewesen, hätte das angedeutet, dass ich mit Sex rechnete.«

»War das etwa nicht so? Ernsthaft?« Er klang aufrichtig verblüfft.

Ich schnaubte lautstark. »Glaub es oder nicht, aber zu diesem Zeitpunkt habe ich wirklich versucht, Abstand zu ihr zu halten.«

»Warum um alles in der Welt solltest du Abstand zu Emma Maron halten wollen?« Er war jetzt regelrecht aufgebracht.

Ich fuhr mit einer Hand über mein Gesicht und ließ den Kopf zurück auf den Liegestuhl sinken. »Ich habe verdammt noch mal keine Ahnung, Brom. Weil sie nicht der Typ für einen One-Night-Stand ist?«

»Nein, das ist sie nicht«, stimmte er lebhaft zu. »Sie ist der Typ Frau, bei dem man denkt: ›Oh, dem Himmel sei Dank, dass sie mich mag. Ich werde mich an ihr festklammern und hoffen, dass sie niemals erkennt, was für ein dämlicher Vollidiot ich bin.‹«

»Danke. Und das ausgerechnet von dem Typen, der niemals Verpflichtungen eingeht.« Brommy hatte versucht, mich in Bezug auf meine Beziehung mit Cassandra zu unterstützen, aber er hatte auch ziemlich deutlich gemacht, dass er meinen Heiratsantrag an sie für eine ziemlich schlechte Idee hielt.

»Hey, ich habe niemals nie gesagt. Wenn ich eine Frau finde, die mich in meinen dunkelsten Stunden zum Lächeln bringt, werde ich alles in meiner Macht Stehende tun, um sie bei mir zu behalten.«

Ich brach innerlich zusammen.

Emma war die einzige Person, der ich je begegnet war, die das für mich tun konnte. Die Tatsache, dass Brommy das offensichtlich wusste, bewies nur, wie eigensinnig und stur ich gewesen war.

Ich hatte mein ganzes Leben damit verbracht, entweder alles zu tun, um diejenigen, die ich liebte, zu beschützen, oder mich selbst als den Besten in meiner Sportart zu beweisen. Ich war eine eigenständige Einheit. Ich hatte es nicht anders gewollt. Weil ich nicht gewusst hatte, was mir entging. Weil ich Emma nicht gekannt hatte.

Ich schluckte mit Mühe. »Ich habe ihr gesagt, dass es ein Fehler war, etwas miteinander anzufangen. Dass wir nur ein wenig rumgemacht hätten.«

»Du Arschloch.« Er sagte es voller Mitgefühl.

Ich brummte zustimmend. »Ich muss mit ihr reden.«

»Sie ist nicht hier.« Sals Stimme ließ uns beide zusammenzucken.

»Herrgott«, knurrte Brommy. »Wie zum Teufel kannst du dich so lautlos bewegen?«

»Ich habe jahrelange Erfahrung im Herumschleichen.« Sal nahm am Fußende des leeren Liegestuhls neben meinem Platz. »Auf diese Weise kann man andere besser belauschen.«

»Ich liebe es, wie er das völlig ohne Scham sagt«, meinte Brommy zu mir.

Ich wollte ihm gerade zustimmen, erstarrte dann aber. »Moment. Was meinst du damit, dass sie nicht hier ist?«

Sal spielte an einem seiner Fingernägel herum. »Sie ist weggefahren. Früher an diesem Nachmittag.«

»Sie ist weggefahren?« Ich setzte mich kerzengerade auf. Blut rauschte in meinen Ohren, und mein Herz raste. »Sie ist weggefahren?«

»Es zu wiederholen, wird es nicht weniger wahr machen«, bemerkte Sal hilfsbereit.

»Sal.«

»Was?« Er klimperte mit den Wimpern, und ich schwor bei Gott, dass ich nur zwei Sekunden davon entfernt war, ihn in den Pool zu werfen.

Er musste das bemerkt haben, denn er stieß ein übertriebenes Seufzen aus. »Sie ist übers Wochenende nach L.A. gefahren, um sich Häuser anzusehen. Sie sagte, je früher sie eins finde, desto früher werde Amalie sie los sein.«

»Hast du diese Information bei einem deiner früheren Schleichfeldzüge in Erfahrung gebracht?«, fragte Brommy.

»Nein. Amalie hat es mir erzählt. Wie erzählen uns alles.« Sal warf mir einen bedeutungsvollen Blick zu.

Ich starrte ihn im Gegenzug finster an. Aber ich war nicht so recht mit dem Herzen dabei. Nein, mein Herz versuchte sein Bestes, um sich mit seinen heftigen Schlägen aus meiner verdammten Brust zu befreien oder in meine Kehle hinaufzukriechen. Es schien sich nicht entscheiden zu können.

Sie wollte von hier weg. Meinetwegen.

Und warum sollte sie das auch nicht wollen, du Depp? Du hast ihr gesagt, dass du nicht an einer ernsthaften Beziehung interessiert bist.

»Aber sie ist bereits ernsthaft.«

Brommy und Sal schauten mich besorgt an.

»Was ist ernsthaft?«, fragte Sal.

Ich rieb mir übers Gesicht. »Nichts.« Ich hievte mich von meinem Stuhl hoch, stand auf und dehnte meinen Nacken. Mein Verstand raste voraus, sah bereits das große Ganze und ging alle möglichen Optionen durch. Ausnahmsweise mal.

»Sal«, sagte ich. »Du wirst deine Anschleichfähigkeiten jetzt mal für etwas Gutes einsetzen.«

Er lehnte sich zurück und warf mir einen kühlen Blick zu. »Ach, werde ich das?«

Er machte mir nichts vor. Ich kannte den Mann, und er war absolut dabei.

»Ja. Pack eine Tasche für L.A. Ich werde dein Zimmer bezahlen.«

25. KAPITEL

Emma

»Sämtliche fest eingebauten Einrichtungsgegenstände sind von ortsansässigen Handwerkern nach Maß angefertigt worden«, betonte Remington, mein Immobilienmakler, nun schon zum dritten Mal, während wir durch das Haus gingen.

Ich gab ein angemessenes Murmeln von mir, war jedoch nicht mit dem Herzen dabei, und ging weiter durch das kalte und luftige Wohnzimmer. Meine Absätze klapperten laut auf den gegossenen Betonböden.

»Dieses Haus passt nicht zu dir«, sagte Tate, meine aktuelle Einkaufsbegleitung für Immobilien. Sie machte sich nicht die Mühe, die Stimme zu senken. »Es ist zu kalt.«

»Kalt?« Remington zog protestierend die blonden Augenbrauen hoch. »Schauen Sie sich doch nur dieses Licht an! Und der Kanal befindet sich direkt vor der Haustür. Wissen Sie, wie selten man ein gutes Haus direkt am Kanal findet?«

Wir waren in Venice und suchten hier nach Häusern, weil mir Remington erzählt hatte, dass dieser Stadtteil zurzeit die angesagteste Wohngegend in L.A. sei. Vielleicht war das so. Aber ich konnte mich irgendwie nicht auf die Suche konzentrieren. Mein Kopf fühlte sich schwer an, und meine Schultern schmerzten. Ich wollte ein kaltes Getränk und einen weichen Liegestuhl, auf dem ich mich ausstrecken konnte.

Und dazu vielleicht ein hübsches, kleines Gebäckstück, das deinen

Mund mit seinen Geschmäckern erfüllt und dein Herz zum Flattern bringt?

Nein. Das nicht.

Verärgert fuhr ich mit einer Hand durch mein Haar und massierte mit den Fingern meine Kopfhaut in dem Versuch, ein wenig Blut zurück in meinen Kopf zu bekommen. »Tate hat recht. Es passt nicht zu mir. Aber ich bin erledigt. Lassen wir es für heute gut sein.«

Remington war nicht glücklich und warf Tate böse Blicke zu, wann immer er dachte, dass ich nicht hinschaute. Doch Tate ließ sich nicht so leicht einschüchtern. Sie schenkte ihm einen trägen Luftkuss, und ich verkniff mir ein Lachen.

Tate war meine älteste Freundin in Hollywood. Wir hatten uns als absolute Neulinge bei einem Vorsprechen für einen Werbespot für Frühstücksflocken kennengelernt. Mich hatte man abgelehnt, weil ich »zu sehr nach kalifornischer Blondine« aussah, obwohl ich in Fairfax, Virginia, geboren und aufgewachsen war. Außerdem hatte man mir mitgeteilt, dass ich zu klein sei, obwohl ich eine der größten Schauspielerinnen gewesen war, die dort an jenem Tag vorgesprochen hatten. Und offenbar sah mein Lächeln wie eine Einladung zum Sex aus. Tate hatte sich darüber kauputtgelacht. Bis man ihr mitgeteilt hatte, dass sie zu viel Oberweite habe. Allerdings hatte das die Leute beim Casting nicht davon abgehalten, sie zu fragen, ob sie es in Erwägung ziehen würde, ihr rabenschwarzes Haar blond zu färben.

Danach hatten wir zusammen zu Mittag gegessen, um uns über das Leben als Schauspielerin zu beklagen, und waren übereingekommen, dass die Leute, die über die Besetzung einer Rolle entschieden, die kleinlichsten, ahnungslosesten Vollidioten in der Branche waren. Das stimmte nicht wirklich. Irgendwann hatten wir feststellen müssen, dass es in dieser seltsamen, verkorksten Branche noch sehr viel schlimmere Gestalten gab. Aber unsere frisch geknüpfte Freundschaft hielt seit jenem Tag.

Nun hakte sich Tate bei mir unter, während wir zurück ins Hotel spazierten, wo uns sofort die üppig grüne, kitschige Bananenblatttapete umgab.

»Du wirst schon etwas finden«, sagte sie und drückte mich aufmunternd, während wir in den Garten hinausgingen.

»Ich weiß. Ich bin nur müde.« Ich schloss die Tür zu dem extravaganten Bungalow auf, den ich gemietet hatte. Ich hätte mir auch ein einfaches Zimmer nehmen können. Oder ich hätte bei Tate unterkommen können. Aber ich leckte meine Wunden, indem ich mich mit einem Luxus umgab, bei dem sich mein jüngeres, bettelarmes Ich vor Entsetzen gewunden hätte.

Tate ließ ihre Handtasche auf den Beistelltisch fallen und sank dann mit einem Seufzen auf die Couch. »Hallo, Marilyn«, sagte sie zu dem Schwarz-Weiß-Foto von Marilyn Monroe. »Wir sind zu Hause!«

Ich nickte Marilyn ebenfalls zu und machte es mir am anderen Ende der Couch gemütlich.

»Willst du beim Zimmerservice Cocktails bestellen?«, fragte Tate und beäugte mich. »Oder vielleicht zum Pool gehen?«

Keine Pools. Ich war mir nicht sicher, wann ich wieder bereit sein würde, mich auch nur in die Nähe eines Pools zu begeben, aber heute war ich es definitiv nicht.

»Ich hatte eher an ein Nickerchen gedacht.« Ich zog meine Absatzschuhe aus und wackelte mit den Zehen. Als sie nichts erwiderte, schaute ich auf und stellte fest, dass mich Tate mit einem düsteren Stirnrunzeln ansah.

»Bist du in Ordnung? Ist es wegen der Serie?«

Tate war die einzige Person, der ich von meinem Rauswurf erzählt hatte. Nun ja, abgesehen von Amalie, Tina und Lucian.

Ich verdrängte seinen Namen aus meinen Gedanken. Oder besser gesagt: Ich versuchte es.

»Es geht mir gut«, log ich. »Und es ist nicht wegen der Serie. Nun ja, nicht wirklich. Diese Sorgen habe ich hinter mir gelassen.« Weil mich ein brummiger und schöner Mann in der Dunkelheit festgehalten und mir gesagt hatte, dass es in Ordnung war zu trauern.

Meine Brust verkrampfte sich, und ich wandte mich ab und starrte blind auf Marilyns sinnlichen Gesichtsausdruck. Jemand sagte mir einst, dass man allein am Nachthimmel strahlen musste, wenn man ein Star sein wollte. Stets bewundert, aber immer allein. Ich hatte das mit einem Lachen abgetan. Warum konnte ich nicht einfach alles haben?

Meine Sicht verschwamm, und ich zwickte in meinen Nasenrücken. »Ich bin nur …«

Ein Summen an meinen Füßen unterbrach mich, als eine Textnachricht auf meinem Handy einging. Da ich nicht zusammenbrechen und mich an Tates Schulter ausweinen wollte, zog ich das Handy aus meiner Handtasche.

Sal: Ich kann nicht fassen, dass du ohne mich nach L.A. gefahren bist!!

Lächelnd schüttelte ich den Kopf und tippte meine Antwort.

Wer ist da, und wie sind Sie an diese Nummer gekommen?

Eine kurze Pause entstand.

Sal: Böse Emma! Und wenn man bedenkt, dass ich dir von dem 50er-Jahre-Vintage-Ballkleid von Dior aus eisblauer Seide erzählen wollte, das ich entdeckt habe. In deiner Größe!

Er schickte mir ein Foto des Kleids, und ich schnappte nach Luft. Es war umwerfend.

»Gütiger Himmel!«, rief Tate aus, die schon an ihren besten Tagen extrem neugierig war und sich herübergelehnt hatte, um über meine Schulter zu schauen. »Wer ist Sal? Und wenn du dieses Kleid nicht willst, dann sag ihm, dass ich es nehme.«

Ich schob sie mit einem Lachen von mir weg. »Er ist Amalies Assistent und Stylist. Er ist ein Schatz und ein Experte in Modedingen.« Ich hatte Tate alles von meinem Besuch bei Amalie erzählt. Ich hatte ihr jedoch nichts von Lucian erzählt. Das konnte ich nicht. Noch nicht.

Der bloße Gedanke an ihn ließ mein Lächeln verblassen. Ich vermisste ihn. Verdammt, ich sollte keinen Mann vermissen, den ich kaum kannte.

Aber ich kannte ihn. Nicht seit langer Zeit, aber sein Charakter war mir aufs Tiefste vertraut.

Ich schüttelte diese Gedanken ab und schrieb Sal zurück.

Vergib mir, Sal! Sonst werde ich mir selbst niemals vergeben!:)

Sal: Du willst doch nur das Kleid.

Ja. Aber ich gehe davon aus, dass ich das Kleid nur in Kombination mit dir bekomme, richtig?

Sal: Ist das eine versteckte Anspielung, liebe Emma?

Ich schnaubte.

Netter Versuch, Sally.

Sal: :P Ich habe das Kleid bereits gekauft. Es gehört dir.

Ich liebe dich, Sal!!!

Ich schaute kurz zu Tate. »Ich bekomme das Kleid.«

»Miststück!« Sie schmollte für eine Sekunde und stieß mich dann mir ihrem Zeh an. »Wann werde ich ihn kennenlernen?«

Sal schickte eine weitere Nachricht, bevor ich auf Tates Frage antworten konnte.

Sal: Also, wo bist du untergebracht? Bitte sag mir, dass es ein fantastischer Ort ist. Ich stelle mir so gern vor, dass du stellvertretend für mich ein Luxusleben führst.

Dann wird dir das hier gefallen. Ich bin in Bungalow 1 im Beverly Hills Hotel.

Sal: IM MARILYN-BUNGALOW!?! Ohne MICH???

Ich lachte und zeigte Tate die Textnachricht.

»Oh, ich mag diesen Kerl«, sagte sie.

»Ich auch.« Ich mochte jeden in *Rosemont*. Ein kurzes Stechen, das sich beunruhigend stark nach Heimweh anfühlte, schoss durch mich hindurch. Ich atmete tief ein und wieder aus. Ich durfte mein Herz nicht daran hängen.

Sal schrieb erneut.

Sal: Sag mir, dass du es so richtig krachen lässt und dich amüsierst!

Äh. Nein. Womöglich werde ich mich später aufraffen, um zum Abendessen in die Lounge zu gehen, aber das ist alles.

Sal: Laaangweilig!

So bin ich eben. Ich mache jetzt ein Nickerchen!

Ich fragte mich kurz, ob er mich deswegen aufziehen würde, doch das tat er nicht.

Sal: Schlaf gut, schöne Emma.

Und das tat weh. Weil ich diese Worte von jemand anders hören wollte. Ich wollte mit *ihm* reden. Ich wollte einfach nur … *ihn*.

»Er hat recht. Du bist langweilig.« Tate stieß mich erneut mit ihrem Fuß an, und ich schlug ihn von mir weg. Sie gab einen protestierenden Laut von sich. »Lass uns ausgehen.«

»Nein.« Ich legte mein Handy weg. »Ich kann nicht. Ich …« Meine Stimme stockte und verstummte.

Tates Blick wurde aufmerksam. »Mit dir stimmt etwas nicht. Erzähl es mir.«

Es lag mir auf der Zunge, es zu leugnen. Doch die Worte sprudelten ohne meine Erlaubnis aus mir heraus. »Oh, wo soll ich anfangen?«

»Am Anfang.«

»Ich denke, dass wir dafür Drinks brauchen werden.«

Sie war bereits auf dem Weg zur Minibar. »Schon dabei.«

Und so schüttete ich ihr mein Herz aus. Aber dadurch fühlte ich mich kein bisschen besser.

Irgendwann zerrte mich Tate in die Lounge des Hotels, und wir landeten in einer privaten Ecke auf der Veranda, wo wir halb von Birkenfeigen in Pflanzkübeln verdeckt wurden.

Tate bestellte uns ein Tablett Austern und zwei starke Gimlets.

»Was denn, keine fruchtigen Drinks?«, neckte ich sie.

»Dieser Abend verlangt nach Gin, denn nur damit kann man ihn ertragen«, erwiderte Tate mit ernster Miene.

Ich täuschte ein falsches Kichern vor. »Ich hasse deine Einstellung.«

»Du liebst sie.«

Unsere Cocktails kamen. Tate warf ihr langes Haar über ihre Schulter und atmete theatralisch ein. Umgeben von pinkfarbenem Stuck und weißen schmiedeeisernen Möbeln sah sie ein bisschen wie eine moderne Rita Hayworth aus. »Auf gute Drinks und einen männerfreien Abend.«

»Amen.«

»Emma?«

Wir erstarrten beide, als diese vertraute männliche Stimme erklang. Und in mir verkrampfte sich alles.

»Oh, um Himmels willen«, schimpfte Tate und starrte den Eindringling finster an.

Ich setzte keinen bösen Blick auf, sondern entschied mich stattdessen für mein bestes »Ich bin glücklich und es geht mir wunderbar«-Gesicht. Denn Greg, dieser fremdgehende, elende Mistkerl, stand vor mir.

»Bist du dir nicht sicher?«, fragte ich.

Greg verzog verwirrt das Gesicht. »In Bezug auf was?«

»Ob ich Emma bin.«

Er legte den Kopf schief. Greg war noch nie besonders gut mit Wortspielen gewesen. »Natürlich weiß ich, dass du Emma bist.«

»Du hast es wie eine Frage formuliert.« In diesem Moment wurde mir klar, dass ich Lucian bei unserer ersten Begegnung auf ähnliche Weise geneckt hatte, und er war sofort darauf eingegangen. *Verdammt noch mal, ich werde ihm nicht hinterherschmachten.*

Ich starrte den Idioten an, der vor einem Monat versucht hatte, mir das Herz zu brechen, während er seinen Nacken kratzte und eindeutig nervös wirkte. Irgendwann musste ich ihm über den Weg laufen. Er spielte für die Rams, was bedeutete, dass er sich irgendwo in der Stadt herumtreiben würde, wenn er nicht gerade unterwegs zu einem Auswärtsspiel war. Aber in dieser Stadt lebten vier Millionen Menschen. Verdammt, warum musste ich jetzt ausgerechnet ihm begegnen?

»Ich war überrascht.« Er straffte die Schultern. Er hatte schöne Schultern – das musste ich ihm lassen. »Es tut gut, dich zu sehen.«

»Das kann ich umgekehrt nicht behaupten.«

Tate schnaubte in ihren Gimlet. Ich warf ihr einen amüsierten Blick zu und richtete meine Aufmerksamkeit dann wieder auf Greg, dem ich eine höfliche Miene präsentierte. Ich konnte mich durchaus erwachsen verhalten. »Hast du schon ein neues Haus gefunden?«

Ich hatte jemanden engagiert, der sich darum kümmerte, dass all meine Sachen aus seinem Haus geholt wurden, doch Greg hatte mir daraufhin eine Flut an Textnachrichten geschickt, in denen er darauf beharrt hatte, dass er es nicht mehr ertragen könnte, dort zu leben, wenn ich nicht mit ihm dort wohnen würde. Ich empfand keinerlei Mitleid für ihn.

»Nein.« Sein Mund zuckte, und er schaute mich mit sehr viel mehr Zuneigung an, als mir lieb war. »Irgendwie scheine ich nichts finden zu können, das sich richtig anfühlt.«

»Klar. Tja.« Ich hob mein Glas. »Einen schönen Abend noch.«

Ja, ich verhielt mich wirklich erwachsen.

Und jetzt verzieh dich, Greg.

Er runzelte die Stirn. Und verzog sich nicht. »Bist du mit jemandem hier?«

»Ich sitze direkt neben ihr!«, rief Tate empört aus.

Er warf ihr einen kurzen Blick zu und konzentrierte sich dann wieder auf mich. Er packte seinen Charme aus. »Hör zu, Emma. Wir müssen reden.«

Früher war ich angesichts dieses süßen, unbekümmerten Lächelns immer dahingeschmolzen. Das musste an dem Grübchen gelegen haben. Greg hatte ein tolles Grübchen. Es tauchte nur in einer Wange auf. Wenn man dann noch das karamellbraune Haar und die kornblumenblauen Augen hinzufügte, wirkte er aufrichtig und freundlich. Obwohl er in Wahrheit ein verlogener, fremdgehender …

Ich biss mir von innen auf die Lippe und betrachtete ihn kühl. Zumindest hoffte ich, dass ich das tat. »Tja, ich bin nicht an einem Gespräch mit dir interessiert. Also …« Ich vollführte eine scheuchende Geste.

»Komm schon, Süße. Wir haben ein Jahr lang zusammengewohnt. Wir können das jetzt nicht einfach so beenden.«

Einfach so? Er hatte es beendet, indem er seinen Schwanz in eine andere Vagina als meine gesteckt hatte. Aber was auch immer.

Ich wollte mich wirklich nicht auf diese Diskussion einlassen. Nicht in der Öffentlichkeit, wo jeder Fotos oder Videos von uns aufnehmen konnte. Und ehrlich gesagt auch sonst nirgendwo und zu keinem Zeitpunkt. Nichts, was er sagen könnte, würde dafür sorgen, dass ich ihn zurückhaben wollte. Selbst das Anhören seiner Erklärung würde zu viel Mühe kosten.

Das Problem war allerdings, dass er eindeutig kein Nein als Antwort akzeptieren wollte, was bedeutete, dass ich ihn von hier wegschaffen und ihm im privaten Umfeld meines Bungalows eine Abreibung verpassen musste. Der daraufhin durch seine Anwesenheit verdorben sein würde. Zum Teufel mit allem.

»Heb mir ein paar Austern auf«, bat ich Tate seufzend.

Sie setzte eine verkniffene Miene auf. »Du wirst doch jetzt wohl nicht mit Penispickel reden, oder?«

»Penispickel?«, hakte Greg mit einem finsteren Blick nach.

»Du bist all das und noch mehr«, schnauzte Tate.

Ich legte meine Hand auf ihren Arm. »Ich will das nicht in der Öffentlichkeit klären.«

Sie ließ den Blick suchend über mein Gesicht wandern, um herauszufinden, ob das für mich wirklich in Ordnung war, und ich drückte beruhigend ihren Arm. »Ich bin gleich wieder da.«

»Okay. Aber wenn er dir irgendwie blöd kommt …« Sie verstummte und warf Greg einen bedeutungsschwangeren Blick zu, woraufhin er nur die Augen verdrehte.

Ich nahm meine Handtasche, stand auf und trat ganz bewusst aus Gregs Reichweite. »Komm schon, Pickel.« Ich wartete nicht auf ihn, sondern stolzierte einfach davon – auf eine elegante Weise, die besagte, dass ich die volle Kontrolle über die Situation hatte.

»Hör zu, Emma …«

»Kein Wort mehr«, unterbrach ich ihn, während wir über den abgeschiedenen Gartenweg in Richtung des Bungalows gingen. »Ich werde erst wieder mit dir reden, wenn wir absolute Privatsphäre haben.«

»Meinetwegen.«

Der kleine altrosafarbene Bungalow im spanischen Stil lag direkt am Weg und verfügte über eine breite, erhöhte Veranda, die mit Terrakottaplatten versehen war und zur Eingangstür führte. Diesen Anblick hatte ich erwartet. Was ich jedoch nicht erwartet hatte, war, dass Lucian Osmond dort stehen würde.

Das goldene Licht der Verandalampen fiel auf ihn, und er wirkte ebenfalls überrascht, so als hätte man ihn bei etwas erwischt. Doch dann wurde mir klar, dass er Greg anstarrte, der sich neben mir befand.

Die Tatsache, dass er vor meiner Tür stand, in seinen typischen Jeans mit einem olivfarbenen Pullover, der zweifellos die kühle Abendluft abhalten sollte, schockierte mich so sehr, dass ich ihn einfach nur mit offenem Mund anstarren konnte.

Dann traf sein Blick auf meinen, und sofort kribbelte meine Haut und mir wurde ganz heiß. Mein Herz schwoll an, hüpfte und flatterte.

»Em.«

Gott, seine Stimme. Wann immer ich sie hörte, wurden meine Knie ein bisschen weich.

Ich schnappte nach Luft. »Du bist hier.«

Er wandte den Blick nicht ab. »Ja.«

»Luc Osmond?« Greg. Ich hatte ihn komplett vergessen. »Oz?«

Lucian presste den Mund zu einer flachen Linie zusammen. »Ja.«

Greg stürmte an mir vorbei und marschierte auf Lucian zu. »Greg Summerland. Du bist ein Tier auf dem Eis, Mann.«

Ich hätte die beiden Männer nicht miteinander vergleichen sollen, aber ich konnte nicht anders. Sie waren beide ähnlich groß und hatten ähnlich breite Schultern. Gregs Oberkörper war ein wenig massiger. Ich wusste, dass ihm das lieb war, was durchaus Sinn ergab, da er jede Saison unzählige Zusammenstöße mit gegnerischen Spielern einstecken musste. Lucians Körper war schlanker, und seine Muskeln waren klarer definiert, was vermutlich daran lag, dass er auch abseits des Eises ständig körperlich arbeitete.

Aber der eigentliche Unterschied lag eher in der Art, wie sie sich bewegten. Gregs Gang war mehr ein gemächliches Stolzieren, so als wollte er sicherstellen, dass ihn auch jeder sah, wenn er sich fortbewegte. Lucian hingegen verfügte über eine geschmeidige Anmut – wie ein Panther, der auf der Lauer lag. Er konnte sich blitzschnell bewegen, wenn er es wollte, aber die meiste Zeit über schlenderte er eher. Auf diese selbstsichere, leicht arrogante Art.

Sie standen einander gegenüber. Greg hatte seine erwartungsvolle »Lass uns Komplimente austauschen«-Miene aufgesetzt, die er oft zur Schau trug, wenn er anderen berühmten Sportlern begegnete. Auf Lucians Gesicht spiegelte sich nur grimmige Zurückhaltung.

Greg streckte eine Hand aus, doch Lucian starrte auf sie hinunter, als wäre sie Dreck. Er bewegte seine wintergrünen Augen wieder nach oben, um Greg direkt ins Gesicht zu schauen, doch er machte keinerlei Anstalten, seine Hand zu schütteln. Stattdessen richtete er seine Aufmerksamkeit auf mich. »Ist das ein schlechter Zeitpunkt?«

Ich wusste, worauf er hinauswollte. Wollte ich Greg hier bei mir haben? War ich wieder mit ihm zusammen?

Ich verspürte einen Kloß im Hals. Ich vermisste ihn. Ich war erst seit einem Tag weg, und ich vermisste ihn. Ich war so dermaßen erledigt.

»Greg wollte gerade gehen.«

Greg, der im Angesicht des großen Lucian Osmond offenbar vergessen hatte, dass ich da war, wirbelte zu mir herum. »Wir wollten doch reden.«

»Weißt du, was? Ich habe gerade wirklich keine Lust zu reden.« Ich nickte in Richtung des Wegs.

»Bist du jetzt mit Oz zusammen?«, fragte er ungläubig. Dann schüttelte er den Kopf, bevor ich antworten konnte. »Ich schätze, du stehst auf einen bestimmten Typ Mann.«

Meine Zähne trafen mit einem Klicken aufeinander. »Abgesehen davon, dass ihr beide männlich seid, hat Lucian nicht das Geringste mit dir gemeinsam.«

Lucian brummte. Ich kannte ihn mittlerweile gut genug, um zu verstehen, dass er mit diesem speziellen Laut Überraschung ausdrückte. Ich konnte ihn jedoch nicht anschauen. Noch nicht. Zuerst musste ich mich um einen zunehmend unangenehmen Exfreund kümmern.

»Dieses Gespräch wird nicht stattfinden. Bitte geh jetzt, Greg.«

Da Lucian ihm einen warnenden Blick zuwarf, der selbst Greg nicht entgehen konnte, und ich nicht nachgab, seufzte er schließlich. »Meinetwegen. Ich werde dich später anrufen.«

»Mir wäre lieber, wenn du das nicht tun würdest.«

Er erwiderte nichts, doch er blieb neben mir stehen, beugte sich vor und gab mir einen Kuss auf die Wange, bevor ich ihm ausweichen konnte. »Wir sehen uns später, Emma.«

Ich behielt meinen Blick auf Lucian gerichtet, und mein Herz hämmerte unregelmäßig in meiner Brust. Er erwiderte mein Starren, und seine Miene war angespannt und entschlossen. Ich bewegte mich vorwärts, ohne es richtig zu merken.

Sobald ich es tat, lief Lucian die Stufen hinunter, um mir auf halbem Weg entgegenzukommen. Einen Schritt voneinander entfernt blieben wir stehen. Ich nahm den Duft seiner Haut wahr – karamellisierter Zucker und Zartbitterschokolade. Er hatte wieder gebacken. Ich konnte die Wärme seines Körpers spüren. Ich wollte mich an ihn pressen und diese Wärme in mich aufsaugen.

Doch ich blieb reglos stehen und betrachtete sein Gesicht. Er gab nichts preis und starrte mich mit ernster Miene an. Als er sprach, klang seine tiefe Stimme rau. »Ist es jetzt gerade okay für dich, dass ich hier bin? Ich kann auch später wiederkommen.« Er sagte es, als müsste er die Worte über seine Lippen zwingen. Aber er sagte es. Lucian würde mich niemals dazu drängen, etwas zu tun, das ich nicht tun wollte.

Mein Lächeln war wässrig, schwach und flüchtig. »Ich bin froh, dass du hier bist. Greg hat furchtbar genervt, weil er unbedingt mit mir reden wollte, und ich wollte ihn so schnell wie möglich loszuwerden.«

Lucian stieß einen schnellen, hörbaren Atemzug aus. Erst dann fiel mir die kleine weiße Schachtel auf, die er in der Hand hielt. Ich kannte diese Schachteln. Er hatte Gebäck mitgebracht.

Hoffnung rang mit Vorsicht. Ich bereitete mich innerlich auf das Schlimmste vor und hoffte auf das Beste. »Würdest du gerne mit reinkommen?«

Er hatte immer noch nicht den Blick von meinem Gesicht genommen. »Ja.«

Diese einfache Aussage sorgte dafür, dass mein Herz in meiner Brust Purzelbäume schlug. Ich nickte lediglich und ging zur Tür. Dabei tat ich so, als würde ich innerlich nicht vor Nervosität und Verlangen zittern. Ich zog mein Handy hervor und schickte Tate eine schnelle Textnachricht. Dann stellte ich es auf lautlos, bevor sie Gelegenheit hatte, mit einer Flut aus Fragen auf meine Nachricht zu reagieren.

»Meine Freundin wartet in der Lounge auf mich«, erklärte ich und öffnete die Tür für uns.

Er runzelte leicht die Stirn. »Willst du zu ihr zurückgehen? Ich habe mich ja nicht wirklich angekündigt.« Er war so vorsichtig. Bereute er, dass er hergekommen war?

»Nein. Sie wohnt ganz in der Nähe.« Ich betrat den Bungalow. Er war gereinigt worden, und die Mitarbeiterinnen des Hotels hatten die Lampen an strategischen Stellen angelassen, um den Wohnbereich in ein sanftes, romantisches Glühen zu tauchen.

Lucian blieb inmitten des kleinen Wohnzimmers stehen. Seine breiten Schultern wirkten angespannt, und er balancierte auf den Fußballen, als wollte er jeden Moment die Flucht ergreifen. Und da wurde mir plötzlich klar, wie nervös er war. Seltsamerweise machte mich das weniger nervös.

»Willst du was trinken?«

»Nein.« Er schaute auf seine Hand hinunter und runzelte die Stirn, als wäre er überrascht, dass er die Schachtel darin hielt. »Das hier ist für dich.«

Er hielt sie mir hin, was bedeutete, dass ich näher an ihn herantreten musste.

»Danke.« Meine Finger fühlten sich taub an, als ich nach seinem Geschenk griff. Die Schachtel fühlte sich seltsam leicht an, was meine Neugier weckte, aber ich öffnete sie nicht. Ich stellte sie ab und schaute stattdessen in Lucians besorgte Augen.

»Du hast Sal damit beauftragt, mich zu finden, nicht wahr?«, fragte ich, als mir der Gedanke in den Sinn kam.

Er verstand mich vollkommen, und ein kleines ironisches Lächeln zupfte an seinem ausdrucksstarken Mund. »Ja, das habe ich.«

»Verrate mir nur eins«, sagte ich mit der gebotenen Ernsthaftigkeit. »Werde ich trotzdem dieses Kleid bekommen? Oder werde ich euch beide umbringen müssen?«

Lucians echtes Lächeln brach durch. »Du wirst das Kleid trotzdem bekommen.«

Mein Grinsen breitete sich wie Sonnenlicht in meinen Adern aus.

Lucian schnappte scharf nach Luft. »Dieses Lächeln habe ich vermisst.«

Er würde mich *nicht* zum Weinen bringen. »Wir haben uns nur einen Tag lang nicht gesehen.«

»Ist das so?« Er trat näher.

»Bestenfalls einen halben«, plapperte ich, während mein Herz wie wild klopfte.

Er kam immer näher. Seine jadegrünen Augen waren warm, aber besorgt. »Es hat sich wie ein Jahr angefühlt.«

»Lucian …«

Er hielt inne, sobald er in meiner Reichweite war. Er war mir so nah, dass ich den Kopf nach hinten neigen musste, um ihm in die Augen zu schauen. Sein Blick war voller Reue. »Ich wollte dich beschützen. Ich wollte mich beschützen.« Er hob eine Hand und verharrte damit in der Luft, als wollte er meine Wange berühren, würde es aber noch nicht wagen. »Aber es war zu spät.«

»Zu spät?« Sämtliche Gedanken hatten sich aus meinem Kopf verflüchtigt, als er näher gekommen war.

»Ja«, presste er heiser hervor und strich mit der Fingerspitze über meine Schläfe. »Zumindest für mich. Mein Herz fing in der Sekunde an zu schmerzen, in der ich dich gehen ließ, und es hat seitdem nicht mehr aufgehört wehzutun.«

Ich schloss flatternd die Lider, während seine Worte über mich hinwegspülten. Doch seine Abweisung hatte mich so sehr verletzt, dass ich vorsichtig blieb. »Bist du deswegen hergekommen?«

»Ich bin hergekommen, um dich zu fragen, ob du es in Betracht ziehen würdest, mit mir zusammen zu sein. Für die Zeit, die wir haben, wie lange das auch sein mag. Sei einfach mit mir zusammen.«

Ich schwankte, weil ich mich so dringend gegen ihn lehnen

wollte. »Trotz der Tatsache, dass sich unsere jeweiligen Situationen nicht geändert haben?«

»Ja.« Er ließ die Hand sinken, wich aber nicht zurück. »Das hier ist mein wahres Ich. Ich meine es ernst. Ich mag dich. Sehr. Und will dich so sehr, dass es wehtut. Und das hat mir eine Heidenangst eingejagt.« Sein Tonfall wurde ernst und er betrachtete mein Gesicht. »Das alles ging so schnell und war so intensiv, dass ich in Panik geriet, Em.«

Eine sanfte Empfindung pochte durch meinen Körper. »Denkst du denn, dass ich keine Angst habe? Ich habe gerade erst diese miese Beziehung mit Greg, dem Penispickel, hinter mir.«

»Penispickel?«, wiederholte er und kämpfte gegen ein Lächeln an, obwohl die Luft zwischen uns vor Ungewissheit immer noch ganz angespannt war.

»Ja. Und du hast erst kürzlich deine Beziehung mit Cassandra, der Idiotin, beendet.«

»Ich gebe zu, dass mich Cassandra heftiger verkorkst hat, als ich dachte. Zu erkennen, dass jemand nur wegen des Ruhms mit mir zusammen war, ist beunruhigend. Und ich habe es nicht mal gemerkt, und es hätte mich auch nicht gekümmert.« Er verzog ganz leicht das Gesicht. »Allein deshalb habe ich alle meine Interaktionen mit Frauen ganz anders betrachtet.«

Ich machte ihm deswegen keinen Vorwurf. Gregs Verhalten hatte mich ebenfalls beeinträchtigt. Das Schlimmste daran, dass jemand das Vertrauen in einer Beziehung zerstörte, war, dass es danach schwerer wurde, jemand anderem zu vertrauen.

»Und doch willst du es mit mir versuchen?« Ich war mir nicht sicher, warum ich immer wieder dieselbe Leier vorbrachte. Ich hatte ihn so lange gewollt. Ein Teil von mir schrie mich an, dass ich einfach die Klappe halten sollte. Aber ich wollte, dass er sich sicher war.

»Ja, Emma, das will ich.«

Ein Schluckauf zuckte durch meine Brust. Diese Worte gefielen mir. So sehr. »Selbst wenn das mit uns spektakulär scheitern könnte?«

»Hast du den Teil verpasst, als ich gesagt habe, dass mein Herz schmerzt, weil es sich nach dir sehnt? Dass sich der heutige Tag wie ein Jahr angefühlt hat? Em … du bist die erste Person, die mir ein Lächeln entlocken konnte, seit ich nicht mehr auf dem Eis bin. Selbst wenn ich immer noch Eishockey spielen würde, würde ich dich wollen. Ich fühle mich auf eine Art lebendig, die ich zuvor nicht kannte. Meine Welt ist heller, echter, wenn du in ihr bist. Ich war ein Narr, weil ich …«

Ich trat dicht an ihn heran und legte die Arme um seine Taille. »Ich habe dich auch vermisst. Der heutige Tag ist allein schon dadurch besser, dass du jetzt hier bist.«

»Verdammt.« Er umarmte mich so fest, dass ich es in meinen Knochen spürte. Aber das war mir egal. Er presste den Mund auf meinen Kopf und atmete ein, bevor er die Luft zitternd wieder ausstieß. »Danke.«

»Wofür?«, fragte ich an der angenehmen Wärme seiner Brust.

Er schob seine langen Finger in mein Haar und neigte meinen Kopf ein wenig zurück, damit er mich anlächeln konnte. »Dafür, dass du du bist.«

Dann küsste er mich. Es war sanft, ehrfürchtig, eine Entschuldigung. Und es fühlte sich so gut an, dass ich mich auf die Zehenspitzen stellte, um ihm entgegenzukommen. Er reagierte mit einem kleinen Knurren und neigte den Kopf, um den Kuss zu vertiefen. Unsere Zungen berührten sich, eine erste Kostprobe. Unsere ganze vorsichtige Zurückhaltung schmolz dahin und wurde durch hektische, angestrengte Berührungen, durch Lecken und Knabbern ersetzt.

Mein Körper erinnerte sich daran, wie sehr er Lucians Küsse und seinen Geschmack liebte. Meine Wahrnehmung steigerte sich ins Unermessliche, und eine Hitzewelle überrollte mich und brachte mich dazu, in seinen Mund zu stöhnen. Lucian packte mit einer Hand die lockeren Falten an der Rückseite meines Oberteils und legte die andere Hand an meine Wange, um mich so zu positionieren, wie er mich haben wollte, während er sich lang und gierig an meinem Mund labte.

»Sag mir, dass du dieses Mal ein verdammtes Kondom dabeihast«, flehte ich an seinen Lippen.

Er zog sich zurück, um mir in die Augen zu schauen. Sein Haar war zerzaust, seine Lippen geschwollen und er wirkte beinahe benommen. »Ich …«

»Wenn du jetzt Nein sagst«, warnte ich und stahl mir einen schnellen, ungeschickten Kuss mit offenem Mund, »werde ich dich womöglich umbringen.«

Ein tiefes Lachen grollte in seiner Brust, und er hob mich plötzlich hoch, indem er einen Arm unter meinen Hintern schob und mit dem anderen meine Schultern festhielt. Sein Grinsen war süß und sinnlich. »Ich wollte nicht anmaßend wirken, aber da mein Leben auf dem Spiel steht: Ja, ich habe Kondome dabei.«

Ich schlang meine Beine um seine Taille. »Dann schaff mich ins Bett, Brick. Es war ein langer Tag.«

»Ein Jahr«, murmelte er, grinste und küsste meinen Mund, während er in Richtung Schlafzimmer eilte. »Vielleicht länger. Es fühlte sich wie eine Ewigkeit an, Em.«

Ja, irgendwie stimmte das.

26. KAPITEL

Emma

Ich dachte, dass es schnell und hektisch werden würde. Doch sobald wir uns in dem kühlen, stillen Schlafzimmer befanden, setzte mich Lucian ab. Er behielt seinen wilden Blick fest auf mich gerichtet, während er seine Schuhe auszog.

»Jetzt deine«, sagte er mit tiefer, brummiger Stimme.

Ich tat es ihm nach und zog meine hochhackigen Sandalen aus, ohne den Blick von ihm abzuwenden. Ein kleines Lächeln umspielte seine Mundwinkel, während er hinter seinen Kopf griff und den Kragen seines Pullovers packte, um ihn auszuziehen. Doch als ich Anstalten machte, aus meinem Oberteil zu schlüpfen, hob er eine Hand, um mich aufzuhalten.

»Nein. Das will ich machen.« Er trat vor und blieb so dicht vor mir stehen, dass ich die Wärme seiner glatten Haut spüren konnte. Feine, dunkle Haare bedeckten seine Brust und umgaben die steifen Knospen seiner kleinen Brustwarzen.

Ich betrachtete diese schöne Manifestation männlicher Stärke und stellte fest, dass ich mich unbewusst in seine Richtung neigte. Das Bedürfnis, ihn zu küssen, zu berühren, zu streicheln, brannte heiß und rein durch meinen Körper.

Sein Blick war wie ein lebendiges Wesen und glitt wie flüssige Seide über meine empfindliche Haut. Er atmete tief und gleichmäßig, doch der flatternde Puls am unteren Ende seiner Kehle verriet ihn. Mit unendlicher Behutsamkeit fuhr er mit den Fingerspitzen am gerafften Saum meines Oberteils entlang, immer vor und zurück, und spielte mit dem Stoff.

Er beobachtete die Bewegung mit einer stillen Faszination, so als müsste er mit eigenen Augen sehen, was genau er mit mir anstellte. Er ließ die Finger unter mein Oberteil gleiten, und mir stockte der Atem. Sein Blick fand meinen, und er lächelte beinahe, doch seine Gesichtszüge erstarrten, als er meine Brustwarze berührte und mit trägen, kreisenden Bewegungen über sie rieb.

Hitze rauschte so heftig durch meinen Körper, dass meine Knie weich wurden. Wimmernd klammerte ich mich an seinen Arm, um nicht umzukippen.

»Ich hab dich«, sagte er und legte einen Arm um meine Taille.

Doch er ließ nicht von meiner Brustwarze ab. Sanft knetete er meine Brust und senkte den Kopf. Mit weichen Lippen fuhr er über die empfindliche Haut an meinem Hals. Er hielt mich mit einer Hand im Nacken fest, während er einen langen Kuss auf die zarte Vertiefung meiner Kehle presste.

»Wie willst du es haben, Em? Langsam und sanft?« Er zwickte in meine Brustwarze. »Schnell und hart?«

Ich lehnte mich gegen ihn und presste meine Lippen auf die feste Wölbung seiner Schulter. »Ich will das alles. Alles.«

Lucian knurrte. »Gute Antwort.«

Unsere Münder trafen sich, und der Kuss war drängend und allumfassend. Ich spürte ihn in meinen Oberschenkeln, an meinem Kreuz und in dem Pochen zwischen meinen Beinen. Er küsste mich mit vollem Einsatz. Als wäre es alles, was er je gewollt hatte. Und ich erwiderte die Küsse und liebte, wie er sich anfühlte und schmeckte. Ich liebte die Tatsache, dass ich ihn küssen konnte.

»Ich brauche dich, Em.« Er packte meine Taille, klammerte sich an mir fest und ließ seinen Mund mit meinem verschmelzen. »Ich brauche dich.«

Mit einer geschickten Bewegung schob er mein Oberteil hoch und zog es mir aus – mein Rock folgte schnell. Dann eroberte er wieder meine Lippen, während wir in Richtung Bett stolperten. Lucian setzte sich mit einem Knurren auf die Kante und umfasste mit seinen großen Händen meine Hüften, um mich zwischen seine Schenkel zu ziehen.

Hitze flammte in Lucians Blick auf, als er ihn auf meine nackten Brüste richtete. Langsam ließ er seine Finger nach oben wandern und senkte die Stimme zu einem leisen und rauen Flüstern. »Vermutlich ist es falsch, dass ich von diesen Brüsten träume.«

Ich stieß ein schnaubendes Lachen aus, doch es verstummte, als er sich vorlehnte und ganz leicht meine Brustwarze küsste. Ich schob die Hände in sein Haar und hielt ihn dort fest, während er mich immer und immer wieder küsste und den Mund ein wenig öffnete, um ganz sanft zu saugen. Es war die schlimmste Art von Folter. Und die beste.

Warmer Atem waberte über meine Haut. »Ich träume jede Nacht von dir, Em. Fieberträume davon, dass ich dich will.« Mit einer großen Hand umfasste er meine Brust und hielt sie so, dass er nach Belieben an ihr lecken konnte.

Mir schwirrte der Kopf, während sich in meinem Bauch hitziges Verlangen ausbreitete. Er hielt mich fest, leckte und saugte und quälte meine schmerzenden Brustwarzen. Jede Berührung seines Munds zog an etwas tief in meinem Inneren und sorgte dafür, dass sich alles in mir auf süße Weise zusammenzog und zwischen meinen Beinen alles pochte.

Langsam ließ er die Hände hinunter zu meinen Hüften gleiten und fuhr am Saum meines Höschens entlang, bevor er es nach unten zog. Er schaute zu mir hoch und brach den Blickkontakt selbst dann nicht ab, als er die Hand zwischen meine Schenkel gleiten ließ. Seine eisgrünen Augen brannten hell. »Ich habe noch nie etwas so sehr gewollt, wie ich dich will.« Seine schwieligen Fingerkuppen glitten über meine geschwollene Feuchtigkeit. »Jetzt, da ich dich habe, weiß ich nicht, wo ich anfangen soll.«

Meine Lider flatterten, und ich klammerte mich an seinen Schultern fest, während er vor und zurück rieb. »Genau da fände ich gut.«

Sein Lächeln war eine Sünde und ein Versprechen. »Gefällt dir das, Süße?«

»Ja.«

Seine Fingerspitzen neckten mich, hielten inne und übten dann gerade genug Druck aus, um es mich spüren zu lassen – um es mich wollen zu lassen. »Wie wäre es hier?«

»Das ist …« Mir stockte der Atem. Er drang in mich ein und füllte mich mit seinen langen, starken Fingern aus.

»Das ist was?«, murmelte er dunkel und bewegte diese fähigen Finger langsam in mir, als hätte er alle Zeit der Welt. Mit der stumpfen Kuppe seines Daumens fand er meinen empfindlichen Kitzler und umkreiste ihn.

Ich wimmerte erneut, sackte gegen ihn und schlang die Arme um seinen Hals. »So verdammt gut.«

Er gab einen besitzergreifenden und gierigen Laut von sich und legte den Mund auf meine Brustwarze, während er mich weiterhin mit seinen langen Fingern bearbeitete. »Gott, du bist perfekt. So perfekt für mich.«

Er krümmte die Finger ganz leicht und traf eine ganz bestimmte Stelle, und das gab mir den Rest. Ich kam in wellenartigen Schüben und bebte am ganzen Körper, während mich Hitze überflutete. Dabei schaute er mir die ganze Zeit in die Augen, ging auf mich ein und zog meine Lust in die Länge.

Mit einem Stöhnen, das beinahe schmerzerfüllt klang, ließ sich Lucian schließlich auf den Boden gleiten und schob seine breiten Schultern zwischen meine Beine. Er umfasste meine Oberschenkel mit seinen großen Händen, um mir Halt zu geben. Und dann lehnte er sich mit einem ungeduldigen Knurren vor und küsste meine pochende Klitoris. Er küsste sie, wie er meinen Mund geküsst hatte, gierig und tief. Er leckte und saugte und knabberte mit festen Lippen.

Ich schrie auf, und meine Knie wurden so schwach, dass er mich aufrecht halten musste. Er genoss mich wie einen Nachtisch und leckte vorsichtig an mir, bevor er mit seiner Zunge in mich eindrang.

Ich konnte es nicht länger aushalten. Es war zu viel. Ich kam erneut und wand mich an seinem Mund.

»So ist es gut«, sagte er zwischen hektischen Küssen. »So ist es gut, Em. Dräng dich einfach gegen meinen Mund.«

Oh, verdammt.

Ich brach zusammen und schaffte es gerade noch, mich von ihm zu lösen, bevor ich auf seinen Schoß fiel. Ich umfasste seinen Nacken und küsste ihn. Ich labte mich an seinem Atem, während er stöhnte und mich verschlang.

Lucian stand auf und nahm mich mit sich. Wir fielen rückwärts aufs Bett, und ich wand mich an seine Seite und fummelte mit den Händen an seiner Jeans herum, um sie nach unten zu ziehen. Die heiße Länge seines Schwanzes landete in meiner Handfläche, und ich hielt ihn fest und streichelte ihn auf die Art, von der ich wusste, dass sie ihm gefiel.

»Verdammt.« Seine Hüften zuckten. »Lass mich …«

Er verschränkte seine Hände mit meinen und gemeinsam zogen wir ihm die Jeans aus. Sobald er davon befreit war, hätte ich sie fast vom Bett geschleudert, doch er fing sie in letzter Sekunde auf und zog eine Packung Kondome aus der Hosentasche.

Sein Lächeln war knapp, aber breit und fröhlich, und ich erwischte mich dabei, wie ich leise auflachte. Er hielt inne und ließ den Blick über mein Gesicht wandern. »Verdammt, du bist so hübsch, Em.«

Es waren einfache Worte, doch sie trafen tief in mein Herz. Sobald er sich das Kondom übergerollt hatte, zog ich ihn zu mir herunter, denn ich wollte seine Stärke und sein Gewicht auf mir spüren. Ich wollte voll und ganz von ihm umgeben sein.

Seine heiße Eichel stieß gegen mich, und wir beide hielten inne und starrten uns in die Augen.

»Em.«

Ich wusste, was er meinte. Das hier fühlte sich anders an. Das hier fühlte sich nach mehr als nur Sex an. Er wandte den Blick nicht ab, als er langsam in mich eindrang und es sich mit seinem ganzen heißen Umfang in mir bequem machte.

Ich stöhnte und spreizte die Beine weiter, um ihn zu unterstützen. Er war groß. Und da. Und es fühlte sich so gut an, dass ich kaum noch atmen konnte.

Lucian senkte den Kopf und zitterte vor Anstrengung, weil er langsam machen wollte. »Gott. Gott. Du fühlst dich …« Er brach mit einem gequälten Stöhnen und einem harten Stoß ab und füllte mich komplett aus.

Ich schloss die Augen und strich mit den Händen über seinen schweißnassen Rücken. »Das ist so gut, Lucian. So gut.«

Das war alles, was er benötigte. Mit flüssigen Bewegungen bewegte er sich in mir, küsste meinen Mund und flüsterte, wie sehr er das hier brauche, wie sehr er mich wolle. Seine Worte und seine Bewegungen ließen mich erstrahlen, und Hitze rollte in Wellen durch meinen Körper.

Lucians Fähigkeiten als Liebhaber waren wie alles andere an ihm. Auch in dieser Hinsicht verfügte er über perfekte Finesse und wilde Entschlossenheit. Und über diese attraktive, ein klein wenig arrogante Selbstsicherheit. Schon bald keuchten wir beide und bewegten uns schneller. Wir griffen nach dem Höhepunkt und wollten ihn doch noch ein wenig hinauszögern.

»Ich will nicht, dass es endet«, sagte er an meinem Mund. Doch dann kippte er die Hüften und traf diese Stelle, die mich in Flammen setzte und zum Schreien brachte.

Nun gab es keinerlei Finesse mehr, und nichts wurde mehr hinausgezögert. Es gab nur noch animalischen Sex. Wir trieben es miteinander, als könnten wir jeden Moment sterben und keine weitere Gelegenheit mehr dazu bekommen. Und als er kam, starrte ich zu ihm hinauf, und seine Muskeln spannten sich an, und in seinen wintergrünen Augen blitzten Lust und Überraschung auf, als könnte er nicht so recht glauben, wie gut das hier war.

Ich konnte es auch nicht glauben. Weil es sich noch nie so angefühlt hatte.

27. KAPITEL

Emma

»Gott, das habe ich gebraucht.«

Ich lag an Lucians verschwitzter Brust und spürte, wie sich sein Körper vor Überraschung zusammenzog, bevor er ein herzhaftes Lachen ausstieß, das das ganze Bett erzittern ließ. Ich lächelte an seiner Haut und schmiegte mich dichter an ihn. Dafür, dass er einen so harten Körper hatte, war er wunderbar angenehm zum Ankuscheln.

Mit einem breiten Lächeln drehte er sich so weit herum, dass er mir ins Gesicht schauen konnte. Seine Winteraugen waren jetzt warm, und sein Lächeln wurde noch breiter. »Oh, ist das so?«

Da ich mich nicht davon abhalten konnte, ihn zu berühren, strich ich mit den Fingern an der eleganten Wölbung seines Schlüsselbeins entlang. »Du klingst überrascht. Hast du an deiner Fähigkeit, mich zu befriedigen, gezweifelt, Brick?«

Blitzschnell packte er meine Hand und biss sanft in meine Fingerspitzen. Ich schrie auf, obwohl es nicht wehtat, und er grinste wieder. »Wenn ich versagt hätte, hätte ich es beim nächsten Mal umso eifriger versucht.«

Ich rückte näher an ihn heran, und meine Brüste streiften seine Brust, was einen wundervollen Schauer durch meinen Körper jagte. »Solch selbstlose Hingabe.«

Lucians Blick wurde schläfrig, als er seine Hand über meine

Schulter gleiten ließ, um meinen Nacken zu umfassen. »Gib alles oder geh nach Hause.«

»Gutes Motto.« Ich strich über seinen sich wölbenden Bizeps. Himmel, der Mann hatte wirklich schöne Arme – muskulös, ohne übertrieben zu wirken.

Er summte zustimmend. »Übung macht den Meister und so.«

Als ich kicherte, zog er mich komplett an sich. Haut an Haut. Seine Stimme wurde eine Oktave tiefer. »Ich habe das auch gebraucht.« Er bedeckte meine Schläfe und meine Wange mit leichten, aber trägen Küssen. Er war überall um mich herum, warm und fest, und der Duft von Karamellzucker und herbem Sex umgab uns. Ich leckte über seine Schulter, um eine kleine Kostprobe von seiner salzigen Haut zu erhaschen. Lucian erschauerte und summte tief in seiner Kehle.

»Gib mir fünf Minuten«, keuchte er und küsste mein Haar, »dann üben wir weiter.«

»Fünf Minuten?«, neckte ich ihn mit einer Stimme wie Honig.

»Weib«, beschwerte er sich an meiner Kehle, »du hattest mich jetzt dreimal hintereinander. Gönn einem Mann eine kleine Pause.«

Ich lachte, und mein ganzer Körper kribbelte vor Glück. Wir waren ein frisches Liebespaar, aber es fühlte sich an, als wären wir schon immer zusammen gewesen. Nicht in Bezug darauf, dass ich ihn wollte – *das* fühlte sich so neu und stark an, dass ich mich fragte, ob ich je genug von ihm bekommen konnte, um meinen Hunger zu stillen. Aber das Zusammensein mit ihm war so leicht. So lustig. Ich konnte mich nicht daran erinnern, dass sich Sex je so fröhlich und unbeschwert angefühlt hatte.

Vielleicht war das für andere Leute so. Aber ich war früher immer in meinem Kopf versunken und hatte mir Gedanken darüber gemacht, wie ich aussah und was ich sagte. Wirklich schrecklich war, dass ich im Bett tatsächlich *geschauspielert* hatte. Ich war nicht ich selbst gewesen.

Aber mit Lucian konnte ich nichts anderes als ich selbst sein. Selbst wenn ich ihm etwas hätte vormachen wollen, wäre es ihm aufgefallen. Er würde mich zweifellos hinter jeder Fassade hervorziehen, hinter der ich mich verstecken wollte.

Mit entspannter Miene drehte er mich auf den Rücken, legte sich neben mich und stützte seinen Kopf in eine Hand. Die andere legte er sanft zwischen meine Brüste, als würde er mein Herz beschützen wollen. Die Geste war so zärtlich, dass sich meine Brust verkrampfte. Er schien es nicht zu bemerken, denn er betrachtete mich mit einem zufriedenen Gesichtsausdruck. »Hast du Durst?«

Bis er die Frage stellte, hatte ich nicht darüber nachgedacht. »Ich könnte etwas Wasser vertragen.«

Die Lachfältchen an seinen Augen wurden tiefer. »Ich bin gleich wieder da.« Er küsste meinen Mund und rollte sich dann mit müheloser Anmut herum, um aus dem Bett zu steigen.

Ich lehnte mich zurück und beobachtete, wie er vollkommen nackt durchs Zimmer lief. Der lässige, selbstsichere Gang des nackten Lucian war ein wahrhaft wundervoller Anblick. Sein unglaublicher Hintern spannte sich bei jedem Schritt an. Selbst die Waden dieses Mannes waren umwerfend. Der Anblick verschwand viel zu schnell, als er ins Bad ging, um sich zu waschen.

Sobald er fertig war, schlenderte er in die Küche. Ich zog mir sein T-Shirt über, machte es mir im Bett bequem, bauschte zerknautschte und überall verteilte Kissen auf und zog die Laken glatt, die sich irgendwie zu einem langen Knäuel verdreht hatten. Das Klappern eines Tabletts kündigte Lucians Rückkehr an. Ich ließ mich ein wenig außer Atem nach hinten gegen die Kissen sinken und streckte ihm eine Hand entgegen.

»Mach langsam!«, flehte ich. Als er meiner Aufforderung nachkam und in belustigter Verwirrung die dunklen Augenbrauen hochzog, grinste ich. »Lass mich einen angemessenen Blick auf dich werfen.«

Röte breitete sich an seinem Hals aus und wanderte bis zu seinen Ohren hinauf. Doch er fügte sich und bewegte sich mit langsamen, lässigen Hüftschwüngen auf mich zu. »Ist das langsam genug?«

»Ich denke, ich sollte das für die Nachwelt filmen. Ich glaube nicht, dass ich die Beine eines Mannes je zuvor mehr bewundert habe.«

Das brachte mir ein Lächeln ein, auch wenn es eher so aussah, als wollte er sagen: »Die Frau ist albern, aber das gefällt mir.«

»Wenn du brav bist« – er stellte das Tablett auf den Beistelltisch – »lasse ich dich später meinen Oberschenkel reiten.«

Das hätte nicht dafür sorgen sollen, dass sich alles in mir zusammenzog und erwartungsvolle Hitze durch meinen Körper rauschte. Doch genau das passierte.

Lucian musterte mich. »Obwohl ich sagen muss, dass du dir keinen Gefallen getan hast, indem du dieses T-Shirt angezogen hast.«

»War das schlimm?«

»Sehr schlimm«, sagte er streng. »Du wirst es bald wieder ausziehen, sonst kannst du den Oberschenkelritt vergessen.«

»Ja, Lucian.«

Mit zuckenden Lippen reichte er mir ein Glas kaltes Wasser mit einer Zitronenspalte. Ich lächelte ihn an.

»Was?« Er setzte sich auf die Bettkante.

»Du hast einen Zitronenschnitz ins Wasser getan.« Ich trank einen Schluck.

»So schmeckt es besser«, brummte er. Seine Ohren waren immer noch ein wenig gerötet.

»Das stimmt.« Ich trank noch mehr und reichte ihm dann das Glas. »Du bist bezaubernd.«

Er verdrehte die Augen und trank einen Schluck.

»Du kümmerst dich gern um Leute.«

Lucian bot mir noch mehr Wasser an. »Ich kümmere mich gern um dich.«

Ich trank einen weiteren großen Schluck. »Ich schwebe in ernsthafter Gefahr, dich das die ganze Zeit über tun zu lassen. Aber es ist mehr als das. Du hast ein angeborenes Gespür dafür, etwas Gewöhnliches zu sehen und daraus etwas Außergewöhnliches zu machen.«

»Du versuchst, mich in Verlegenheit zu bringen, oder?« Er nahm das Glas entgegen und leerte es.

»Nein. Ich mache dir ein Kompliment.«

Lucian stellte das Glas ab, und ein belustigter Ausdruck huschte über sein Gesicht. »Ich habe keine Ahnung, wie man mit Komplimenten umgeht.«

Seine Ehrlichkeit überraschte mich. »So gut wie jeder, der dir begegnet, schmeichelt dir. Sogar dieser idiotische Greg wollte sich bei dir einschleimen.«

Lucian zog den Kopf ein und schüttelte ihn ganz leicht. »Aber dieser Mann bin ich nicht mehr. Und selbst als ich noch gespielt habe, fühlte sich diese Art von Lob irgendwie mechanisch an. Es ging eher um meine Leistung als um mich als Person.«

Ich nickte langsam. »Wenn mir die Leute mitteilen, wie sehr sie Prinzessin Anya lieben, denke ich auch immer: ›Das sollt ihr ja auch. Das ist meine Aufgabe.‹«

»Aber wenn sie sich beschweren oder herumnörgeln, kann man doch irgendwie nicht anders, als zu denken, dass sie Idioten sind, die Talent nicht zu schätzen wissen, wenn sie es sehen.« Er sagte es mit dem trockenen Humor eines Mannes, der genau das schon erlebt hatte.

Ich lachte. »Ja, das stimmt. Obwohl es schrecklich klingt, wenn du es laut aussprichst.«

»Das ist eben das Seltsame am Ruhm.« Wieder schüttelte er leicht den Kopf. Dann drehte er sich zu dem Tablett um und griff nach der weißen Gebäckschachtel. »Die hier hast du noch gar nicht geöffnet.«

»Ich war zu nervös.« Ich streckte meine Hand nach der Schachtel aus, und er gab sie mir, wirkte nun aber verwirrt.

»Ich habe *dich* nervös gemacht? Ich war bereit, vor dir auf die Knie zu fallen, Em.«

Mein Herz hüpfte in meiner Brust, und ich überspielte den Augenblick, indem ich mit dem Band herumfummelte, das die Schachtel verschlossen hielt. Es löste sich mit einem Ruck, und die Schachtel, die so konstruiert war, dass sie sich wie eine Blume öffnete, enthüllte ihr Geschenk.

Ich schnappte nach Luft. Auf einer weißen Wolke aus gesponnenen Zuckerfäden lag ein perfektes kleines kugelförmiges Törtchen, das mit Schokolade überzogen war, die so dunkel und glänzend war, dass sie wie der Mitternachtshimmel schimmerte. Aber das war nicht der Grund dafür, dass mein Mund vor Erstaunen aufklappte.

Ganz oben auf der Kugel saß ein rosafarbener und goldener Schmetterling aus Zuckerglas. Die zierlichen Flügel waren so fein und dünn, dass das Licht durch sie hindurchschien. Er sah so echt aus, dass ich beinahe erwartete, dass er davonfliegen würde.

»Lucian …«

»So sehe ich dich manchmal«, sagte er mit leiser Stimme und hatte die Augen dabei auf das Törtchen gerichtet. »Schön und selten, etwas, das man nicht einsperren, sondern wertschätzen sollte.«

Meine Augen füllten sich mit Tränen. Er machte mich fertig. Man hatte mich zuvor schon als »schön« bezeichnet, aber nicht auf diese Art. Und doch befürchtete ich, dass er mich als vergänglich wahrnahm. Ich wollte kein kurzer Augenblick in seinem Leben sein. Aber ich konnte mich nicht dazu durchringen, es zu sagen. Nicht mit seinem Geschenk in meiner Hand.

»Das ist wunderschön. Perfekt.« Ich schaute zu ihm auf und hatte Angst davor, dass sich alles, was ich in diesem Moment empfand, in meinen Augen spiegeln würde. »Ich kann das nicht essen!«

Er zog die Augenbrauen zusammen. »Warum nicht?«

»Es ist ein Kunstwerk. Ich kann nicht einfach wie Godzilla losstapfen und es in kleine Stücke zerkauen.«

Lucian stieß ein ersticktes Lachen aus. »Du hast wirklich die verrücktesten Fantasien. Dieses Törtchen ist dafür gedacht, dass man es isst, Schnüfflerin.«

»Komm mir nicht mit Schnüfflerin. Ich durchlebe gerade einen schwierigen Augenblick.«

Schnaubend streckte Lucian die Hände aus und hob das winzige Törtchen aus seinem Nest. Ich hätte das ganze Ding vor lauter Tollpatschigkeit zerdrückt oder fallen lassen. Aber seine Hände waren vollkommen ruhig. Mit geschickten Fingern nahm er den Schmetterling herunter und setzte ihn zurück in das Nest. Dann hielt er mir das Törtchen hin. »Nimm einen Bissen, Em.«

Ich wollte es so sehr, dass mir das Wasser im Mund zusammenlief, aber ich hielt mich für einen Augenblick zurück. »So wird das mit dir immer sein, nicht wahr? Dass du mich fütterst, meine ich.«

Er ließ den Blick zu meinem Mund wandern. »Ja. Ich versuche, nicht zu intensiv über meine Gründe dafür nachzudenken. Ich weiß nur, dass es mir Freude bereitet.«

Die Worte strichen über meine Haut und erweckten etwas tief in meinem Inneren zum Leben. Bevor ich Lucian kennengelernt hatte, hatte ich Essen nie mit meiner ganzen Seele gekostet. Ich war durchs Leben gegangen und hatte dieses lediglich beobachtet, es zu Unterhaltungszwecken nachgeahmt. Doch mit ihm war jeder Augenblick etwas, das man genießen und auskosten konnte.

Ich behielt den Blick fest auf seine Augen gerichtet und öffnete den Mund, damit er mich füttern konnte. Er blähte die Nasenflügel und schob die Süßigkeit behutsam zwischen meine Lippen.

Zartbitterschokolade, die so dunkel und reichhaltig war, dass sie beinahe zu herb schmeckte, bedeckte meine Zunge. Dann biss ich in den weichen Teig, aus dem sofort eine cremige Mousse quoll. Sie schmeckte nicht nach Schokolade – vielleicht nach Kaffee oder möglicherweise nach Karamell. Ich konnte den Geschmack nicht zuordnen. Doch die Kombination aus diesem zartbitteren Bissen mit der weichen Creme machte es zu etwas Neuem, üppig, aber nicht übermäßig süß.

Ich gab einen zufriedenen Laut von mir, der dafür sorgte, dass mich Lucian aufmerksam anstarrte. »Gut?«

»Vorzüglich.« Ich leckte mir über die Lippen. »Mehr.«

Er atmete scharf ein. »Verdammt, ich habe das nicht durchdacht.«

Ein Blick nach unten sorgte dafür, dass ich mir erneut über die Lippen leckte. Er war hart. Unfassbar hart. Dick und pochend. Ich zog eine Augenbraue hoch und fuhr mit einem Finger durch das mit Creme gefüllte Törtchen, um einen ordentlichen Klacks zusammenzubekommen. »Den letzten

Bissen solltest du besser essen«, riet ich ihm. »Denn ich werde beschäftigt sein.«

»Was …?«

Ich schmierte die Creme auf seine große Eichel und nahm ihn in den Mund.

»Oh, verdammt … oh …« Ein gequältes Stöhnen entrang sich seiner Kehle, während er eine Hand ins Laken krallte und den Kopf zurückwarf. »Em …«

Er war wunderschön. Und köstlich. Und ich genoss ihn so, wie er es verdiente – langsam und gründlich. Bis er meinen Namen wimmerte und vollkommen erledigt keuchte.

Erst später, nachdem er auf mir zusammengebrochen war und seinen Kopf auf meiner Brust ruhen ließ, während er einen Arm um meine Taille geschlungen hatte, als müsste er mich festhalten, um sich beruhigen zu können, erkannte ich die volle Bedeutung seines Nachtischs. All diese Dunkelheit, die das Licht verschlang. Eine glänzende Schönheit, die nicht dazu gedacht war zu überdauern.

»Ich bin der Schmetterling. Du bist das Törtchen.«

Erschöpft und schlaff drehte er seine Wange weiter in Richtung meiner Brust und gab mir einen federleichten Kuss. »Süße, für mich bist du beides.«

Aber ich war nicht überzeugt. Und ich war mir sicher, dass er das ebenfalls nicht war. Aber für den Moment genügte es.

28. KAPITEL

Emma

Ein praktischer Aspekt des Bungalows, den ich gemietet hatte, war die Tatsache, dass er über ein Esszimmer verfügte, das problemlos Platz für sechs Personen bot. Da Tate nicht aufgehört hatte, mich per Telefon mit Fragen nach Einzelheiten zu bombardieren, und Lucian zugegeben hatte, dass Brommy und Sal ihn begleitet hatten und ebenfalls im Hotel wohnten, luden wir sie zum Mittagessen zu uns ein. Die Privatsphäre des Bungalows kam uns jetzt gut zupass.

Auch wenn Tate und ich große Hüte und Sonnenbrillen aufsetzen konnten und oft damit davonkamen, nicht fotografiert zu werden, hegte ich keinen Zweifel daran, dass man Lucian und Brommy umgehend bemerken würde, wenn sie sich irgendwo zusammen blicken ließen. Diese Männer sahen einfach zu gut aus, um nicht für Aufregung zu sorgen. Und obwohl ich keine Ahnung hatte, wie sehr die Leute in L.A. auf Eishockey standen, hatte ich bereits oft genug erlebt, wie jemand Lucian erkannte, daher wusste ich, dass es hier ebenfalls passieren würde. Wenn dann auch noch Sal in seinem auffälligen Aufzug dazukam, hätten wir ebenso gut ein Leuchtreklameschild über uns aufhängen können.

»Kann ich einfach mal sagen: Gott sei Dank«, murmelte mir Tate zu, als ich ihr etwas Champagner von dem Getränkewagen einschenkte, der in der Ecke des Zimmers stand. »Ich hab schon befürchtet, dass du mir eine Nachricht schickst, in der steht, dass du wieder mit Greg zusammen bist.«

»Igitt.« Ich rümpfte die Nase. »Ich kann nicht fassen, dass du das denken konntest. Kennst du mich denn gar nicht?«

Sie setzte eine selbstkritische Miene auf. »Ich weiß, ich weiß. Aber Leute machen ständig dumme Sachen.« Sie schaute zu Lucian, der, obwohl er das Essen nicht zubereitet hatte, unsere Teller mit der für ihn typischen Detailgenauigkeit befüllte. »Das da drüben ist die beste Entscheidung, die du außerhalb deiner Karriere je getroffen hast.«

Hitze stieg in meine Wangen auf, aber ich hob mein eigenes Glas leicht an und stieß damit heimlich an ihres.

»Ist das hier ein privates Mädchengespräch oder darf dabei jeder mitmachen?«, fragte Sal, der plötzlich neben mir auftauchte. Er trug einen echten olivgrünen Zoot-Suit mit einer kirschroten gepunkteten Krawatte. Das Outfit hatte Tate so sehr beeindruckt, dass sie bei der ersten Begegnung mit Sal eine Hand auf ihre Brust gepresst und »Schweig still, mein Chicana-Herz« ausgerufen hatte.

Die beiden waren sofort die dicksten Freunde gewesen.

Ich reichte ihm ein Glas. »Ich weiß nicht. Erzähl mir zuerst mehr von diesem Kleid, das ich bekommen werde.«

Er hatte den Anstand, verlegen zu wirken. »Ich weiß, dass das hinterhältig von mir war! Und ich hätte es auch nicht für jeden getan, aber der arme Luc sah so jämmerlich aus.« Er schmunzelte Lucian an, der ruckartig den Kopf gehoben hatte, als er seinen Namen hörte, und nun in unsere Richtung schaute. »Außerdem drohte er damit, mich zu Hamburgerfüllung zu verarbeiten.«

Lucian verdrehte die Augen. »Eine derartige Drohung habe ich nie ausgesprochen.«

»Vielleicht nicht laut«, konterte Sal und nahm die Champagnerflasche mit an den Tisch. »Aber es gab böse Blicke. Wir alle wissen, wie viel Macht deine bösen Blicke haben können.«

»Da hat er recht«, sagte ich mit einem Grinsen und nahm auf dem Stuhl Platz, den Lucian für mich zurückgezogen hatte.

Lucian brummte und setzte sich neben mich.

»Tja, jetzt sieht er verdammt zufrieden aus.« Brommy ließ sich gekonnt auf den Platz zwischen Tate und mir gleiten. »Beinahe so, als würde er innerlich schnurren. Ich habe ein gutes Gefühl dabei, ihn in deinen fähigen Händen zu lassen, Emma.«

»Nur weil ich dir am Tisch gegenübersitze, bedeutet das nicht, dass ich dir nicht immer noch in den Hintern treten kann«, sagte Lucian gedehnt, aber ohne echte Wut. Es stimmte, er wirkte jetzt deutlich entspannter. Er strahlte Zufriedenheit aus, und sein großer Körper saß gelassen und völlig unverkrampft auf dem Stuhl. Diese Haltung stand ihm gut. Und es wurde sogar noch besser, als er mir in die Augen schaute und eine heiße Erinnerung an das, was wir gestern Nacht und heute Morgen getan hatten, zwischen uns in der Luft waberte.

Ich will das noch mal erleben, sagte sein Blick.

Hitze durchflutete mich.

Bald, erwiderte meiner.

Er zog ganz leicht eine Augenbraue hoch. *Besser früher als später, Süße. Verlass dich drauf.*

Ein amüsierter Laut beendete unsere nonverbale Kommunikation, und ich drehte mich herum und stellte fest, dass Brommy uns mit einem dämlichen Grinsen beobachtete. »Schaut ihn euch nur an.« Brommy gestikulierte wild mit seinen riesigen Händen. »Er flirtet und strahlt wie ein Teenager, der zum ersten Mal einer Frau an die …« Ein Brötchen traf seine Stirn genau in der Mitte.

Lucian senkte die Brauen und warf Brommy einen warnenden Blick zu. »Halt die Klappe, sonst landet das nächste Brötchen in deinem Mund.«

Brommy lachte. »Genau wie der Oz von früher.« Er wischte sich eine imaginäre Träne aus dem Auge, warf dann jedoch beschwichtigend die Hände in die Luft, als Lucian knurrte. »Okay, okay, ich bin ja schon still.«

Ich verbarg mein Lächeln, indem ich mit der Gabel in meinen Salat stach und einen Bissen davon nahm. Brommy war plump, aber er hatte nicht ganz unrecht. Lucian wirkte tatsächlich glücklich. Das war mein Verdienst – ich hatte dafür gesorgt, dass sein Lächeln echt wirkte und er entspannt lachte. Nach all den Rückschlägen und persönlichen Niederlagen fühlte sich die Tatsache, dass ich dieses kleine bisschen Glück mit jemandem erfahren konnte, der ebenfalls gelitten hatte, wie flüssiger Sonnenschein an, der durch meine Adern floss.

Tate hatte indessen mit Sal geplaudert und sich von ihm Fotos von Outfits zeigen lassen, die er während seines letzten Einkaufstrips entdeckt hatte, daher hatte sie nicht wirklich auf uns geachtet.

»Wenn du das nächste Mal einkaufen gehst, musst du mich mitnehmen«, verlangte Tate mit einem Schmollen, von dem ich wusste, dass sie es an verschiedenen ahnungslosen Männern geübt hatte.

»Chica, wir können noch heute losziehen, wenn du das willst. Obwohl ich vielleicht schon etwas für dich habe …« Sal ging seine Fotos durch. »Hier.«

Tate nahm ihm das Handy ab und quietschte, als sie das Bild sah. »Das will ich!«

Brommy, der seit seiner Ankunft im Bungalow eindeutig versucht hatte, ihre Aufmerksamkeit zu erlangen, lehnte sich zu ihr hinüber und warf einen Blick auf das Handy. »Darin würdest du wunderschön aussehen.«

Tate schaute ihn an, und ihr roter Mund zuckte. »Ich werde nicht mit dir schlafen, also spar dir die Mühe.«

Brommy lächelte nur. »Ich wäre äußerst enttäuscht, wenn Schlaf dabei eine Rolle spielen würde.«

Tate starrte ihn verdutzt an und lachte dann. Sein Kommentar hatte sie tatsächlich amüsiert. Und ich wusste, dass er sie am Haken hatte. Was mich erstaunte, weil ihre übliche Reaktion darin hätte bestehen sollen, ihn mit Worten auseinanderzunehmen.

»Du meine Güte«, murmelte ich in Lucians Richtung und bewegte meinen Kopf dicht an seinen, was ich hauptsächlich deswegen tat, weil er gut roch und ich ihm näher sein wollte. »Das könnte tatsächlich funktioniert haben.«

»Du hast ja keine Ahnung.« Seine Lippen berührten meine Ohrmuschel und verweilten dort. »Ich hab das jahrelang mitansehen müssen.«

Seine Berührung und seine Nähe sorgten dafür, dass mir ein wenig schwindelig wurde. Ich holte tief Luft und schaute auf, um seinem Blick zu begegnen. Wie immer hatten seine Augen die Fähigkeit, mich schwach werden zu lassen. Und sie lösten einmal mehr Verlangen in mir aus.

Er richtete seine Aufmerksamkeit auf meinen Mund, und seine breite Brust zuckte. »Warum hast du noch mal alle hierher eingeladen?«

»Weil sie unsere Handys mit Nachrichten bombardiert haben und wir gute Freunde sind.«

»Und weil wir euch irgendwann ohnehin aufgespürt hätten«, ergänzte Brommy lautstark.

»Er hat das Gehör einer Fledermaus«, flüsterte ich Lucian zu, der kicherte.

»Und die Reflexe einer Katze«, fügte Brommy hinzu.

Lucian hob ruckartig die Hand und fing mitten in der Luft ein Brötchen ab. Ich schrie auf und zuckte auf meinem Stuhl zusammen, weil er sich so schnell bewegt hatte. Lucian drehte sich um und warf Brommy einen herablassenden Blick zu. »Mittelstürmer schlägt Katze.«

Und für einen strahlenden Augenblick sah ich die ganze Kraft, die Oz, der große und mächtige Spieler, der diese Sportart einst beherrscht hatte, früher an den Tag gelegt haben musste. Er leuchtete regelrecht, und das Selbstvertrauen und die Großspurigkeit trieften ihm aus allen Poren, bis ihm klar wurde, dass er nicht länger als Mittelstürmer im Einsatz war. Der Moment, in dem diese Erkenntnis über ihn hereinbrach, war auf schmerzhafte Weise deutlich, denn seine Miene wurde plötzlich ausdruckslos, und sofort war die Anspannung in seiner Wirbelsäule wieder sichtbar.

Ich fühlte mit ihm. Weil die Qual, die sich in diesem kurzen Augenblick zeigte, von einem Mann zeugte, der nicht länger wusste, wer er war. Unbeachtet und ungewollt kam mir der eine Ratschlag in den Sinn, den mir meine Mutter in Bezug auf Männer gegeben hatte, als ich zum ersten Mal Interesse an ihnen gezeigt hatte.

Versuch nicht, die Einzelteile der gebrochenen Exemplare aufzusammeln. Du wirst niemals in der Lage sein, sie wieder so zusammenzusetzen, wie sie einst waren.

29. KAPITEL

Emma

»Du drückst zu fest.«

»Das tue ich nicht. Du mäkelst nur herum.«

»Wenn Perfektion das Ziel ist, gibt es kein Mäkeln. Du sollst ihn richtig festhalten, aber nicht das Leben aus ihm rauspressen, sonst kleckerst du alles voll. Und pass auf die Spitze auf.«

»Ich kann nicht fassen, dass du meine Technik kritisierst.«

Mit einem Schnauben legte ich den Spritzbeutel ab und wischte mir mit dem Unterarm über die Stirn. »Erklär mir noch mal, inwiefern das entspannend sein soll.«

Lucians weiße Zähne blitzten auf, als er lachte. Er lehnte sich mit der Hüfte gegen die Küchentheke und schob mir behutsam eine Haarsträhne, die mich die ganze Zeit gekitzelt hatte, hinters Ohr. »Ich denke, dass man dafür ein Mindestmaß an Geduld braucht, Honigbienchen.«

»Geduld«, murmelte ich. »Ich habe dich noch nicht erwürgt, oder? Wie kommst du nur dazu, mir zu sagen, dass ich zu fest drücke?«

Er grinste und beugte sich nach unten, um voller Zuneigung meine Lippen zu küssen. »In diesem Fall stimmt das leider. Aber wenn du diese spezielle Technik mal an mir ausprobieren willst …«

Ich pikte ihn an der Stelle, an der er kitzlig war, und er wich mit einem echten männlichen Kichern zurück, das mir gegen meinen Willen ein Lächeln entlockte. »Wag es ja nicht, sexuelle Anspielungen zu machen. Ich bin mürrisch.«

Er umfasste locker mein Handgelenk und hob meine Hand an seinen Mund. »Du bist wundervoll.« Er schaute mir tief in die Augen, während er meinen Finger in seinen warmen Mund saugte und mit der flachen Zunge darüberfuhr.

Hitze breitete sich zwischen meinen Beinen aus, aber was wirklich alles in mir zum Kribbeln brachte, war dieser Blick in seinen Augen, der so voller Zärtlichkeit und Zuneigung war. »Ich vergebe dir.«

Der Kuss, mit dem Lucian darauf reagierte, dauerte ein wenig länger und war sehr viel süßer. Ich schmiegte mich an ihn und schlang die Arme um seinen Hals. Den Kuchen hatte ich völlig vergessen. Ich gestattete es mir, ihn zu genießen, mich gehen zu lassen und einfach nur zu fühlen.

Seit wir nach *Rosemont* zurückgekehrt waren, hatten wir es nicht wirklich langsam angehen lassen, denn wir konnten einfach nicht länger als ein paar Minuten die Finger voneinander lassen. Aber wir waren jeder auf unsere eigene Art vorsichtig und hatten unsere Herzen beschützt, indem wir darauf achteten, nicht zu lange oder zu intensiv über Gefühle zu sprechen, die wir besser für uns behielten.

Ich redete mir ein, dass das klug war. Doch mit jedem Tag, den ich in Lucians Gesellschaft verbrachte, fühlte es sich weniger nach Sicherheit und mehr wie ein Fehler an, ihm nicht zu sagen, was ich empfand. Ich war Schauspielerin. Ich wusste, wie man eine Rolle spielte. Aber das wollte ich im Umgang mit Lucian nicht machen. Das Problem bestand darin, dass ich nicht wusste, wie wir die Mauern aus Vorsicht einreißen sollten, die wir zwischen uns errichtet hatten.

Ich ließ mich leicht ablenken, vor allem wenn Lucian Dinge tat, wie mich hochzuheben und auf die Theke zu setzen, um dann mit ruhiger Bestimmtheit meine Schenkel zu spreizen, näher zu treten und mich noch leidenschaftlicher zu küssen.

»Mann«, beschwerte sich eine tiefe Stimme. »Nicht in der Küche!«

Wir lösten uns voneinander und fanden Anton vor, der uns mit angewiderter Miene finster anstarrte.

»Um Himmels willen, du kochst hier drinnen Essen, Luc.«

Lucian behielt seine Hand an meinem Nacken und schnaubte. »Wenn du mich weiter unterbrichst, kannst du dir deine Mahlzeiten demnächst selbst zubereiten.«

»Hey, Anton«, sagte ich und war trotz des fiesen Seitenblicks, den uns sein Cousin zuwarf, damit zufrieden, in Lucians Armen zu bleiben.

Anton hob tadelnd einen Finger und wedelte damit in der Luft herum. »Und du, Amerikas Prinzessin.«

Lucian musste gespürt haben, wie ich mich verspannte, denn seine Umarmung wurde gerade eng genug, um mir Unterstützung zuzusichern. Doch der Schaden war bereits angerichtet. Meine gute Laune verflüchtigte sich und wurde durch ein schweres Gewicht tief in meinem Bauch ersetzt.

Ich hatte mir einen Abend Zeit genommen, um die Drehbücher zu lesen, die man mir zugeschickt hatte. Sie waren alle nichts, denn es handelte sich immer um schwache Kopien meiner Rolle als Prinzessin Anya oder um schale romantische Komödien. Gegen eine gute romantische Komödie voller Scharfsinn und Schwung hatte ich nichts einzuwenden, aber die Drehbücher, die ich gelesen hatte, waren wirklich nicht beeindruckend gewesen. Und ich wollte auch nicht auf einen bestimmten Typ festgelegt werden. Wenn ich ehrlich war, wollte ich etwas Saftiges, etwas mit Substanz, in das ich mich reinwerfen konnte. Etwas, das das komplette Gegenteil von Anya war.

»Mit diesem süßen, schönen Gesicht«, hatte mein Agent gesagt, »wird es schwer sein, die Regisseure zu überzeugen. Sie sehen dich als Prinzessin.«

»Ich habe in *Dark Castle* nicht weniger als fünf Männer aufgespießt«, hatte ich ungehalten erwidert. »Und buchstäblich zig weitere ausgelöscht. Daran war absolut nichts süß.«

»Und doch sehen sie dich so.«

Die ganze Angelegenheit hatte einen bitteren Nachgeschmack in meinem Mund hinterlassen, und ich drehte mich herum, um mir einen Klecks Schokoladenbuttercreme von der Theke zu stibitzen. Lucian sah mit stiller Sorge zu, wie ich meinen Finger ableckte. Normalerweise hätte dieser Anblick eine vollkommen andere Reaktion bei ihm hervorgerufen. Aber er kannte mich gut genug, um zu wissen, was mir durch den Kopf ging.

Unter meinem Haar streichelte er die Haut in meinem Nacken. Dann wandte er sich an Anton. »Wolltest du irgendwas, oder läufst du einfach nur herum und versuchst, Leute zu nerven?«

Das enttäuschte Flackern in Antons Augen entging mir nicht. Trotz der offensichtlichen Freude, die es ihm bereitete, Lucian zu sticheln, ärgerte es ihn, dass er so schnell abgewiesen wurde. Vielleicht verletzte es ihn sogar. Aber es stand mir nicht zu, für die beiden Schiedsrichterin zu spielen.

»Carlos hat mir erzählt, dass du die Teilnahme an der Raston-Wohltätigkeitsveranstaltung abgelehnt hast.«

Lucian zog warnend die Brauen zusammen. »Das habe ich.«

»Wer ist Carlos?«, fühlte ich mich genötigt zu fragen.

»Unser Agent.« Anton streckte eine Hand aus und nahm sich einen Apfel aus der Obstschale aus Keramik, die auf der gegenüberliegenden Theke stand.

Ehlich gesagt überraschte es mich zu erfahren, dass sie sich einen Agenten teilten, wenn man bedachte, wie schlecht sie sich verstanden. Aber es fühlte sich auch seltsam an, dass ich das nicht gewusst hatte. Es gab keinen Grund, warum ich es hätte wissen sollen, aber ich wurde einfach das Gefühl nicht los, dass ich in Bezug auf viele Aspekte von Lucians Leben immer noch im Dunkeln tappte.

Anton nahm einen großen Bissen von dem Apfel und sprach, während er kaute. »Die Raston-Wohltätigkeitsveranstaltung ist ein jährliches Ereignis für einen guten Zweck, an dem unser Ozzy bisher immer teilgenommen hat.«

»Ant.«

Anton kümmerte sich nicht um Lucians strenge Ermahnung.

»Dabei kommt stets eine immense Geldsumme für hungernde Kinder zusammen«, fuhr er fort, und der Vorwurf in seiner Stimme war nicht zu überhören. »Kinder, die dazu eingeladen werden, Seite an Seite mit ihren Helden wie dem guten, alten Luc übers Eis zu laufen.«

Lucian ließ die Hand von meinem Nacken gleiten, trat zurück und schnappte sich das Geschirrtuch vom Spülbecken. Seine Schultern bewegten sich unter dem Stoff seines T-Shirts, während er methodisch über die Theke wischte und dabei solchen Einsatz zeigte, als müsste die makellose Oberfläche gründlich poliert werden. »Ich habe Carlos bereits mitgeteilt«, knurrte er und wischte immer wieder über dieselbe Stelle, »dass meine Anwesenheit dort nun, da ich nicht länger spiele, überflüssig wäre.«

»Wenn sie überflüssig wäre«, konterte Anton, »hätte man dich nicht eingeladen.«

»Ehlich gesagt bin ich überrascht, dass ich eine Einladung erhalten habe«, sagte Lucian, ohne aufzuschauen.

»Dann bist du nicht nur stur, sondern vollkommen verblendet. Die Fans lieben dich. Sie wollen dich sehen.«

»Verschwinde, Ant.«

Anton seufzte und schaute zu mir. Seine dicht zusammengezogenen Brauen ähnelten Lucians so sehr. »Bring ihn zur Vernunft, ja? Der Himmel weiß, dass er nicht auf mich hören wird, und diese Kinder sind wichtiger als sein verletztes Ego.«

Damit marschierte er aus der Küche und ließ mich mit einem Mann zurück, der fest entschlossen schien, ein Loch in die marmorne Arbeitsplatte zu schrubben.

»Ich denke, dass sie jetzt sauber ist«, sagte ich mit einem Nicken in Richtung der Theke.

Lucian hielt inne, blinzelte langsam und warf dann das Tuch ins Spülbecken. Er wandte sich mir nicht zu. »Kommt jetzt der Teil, in dem du versuchst, meine Entscheidungen zu beeinflussen? Denn ich muss schon sagen, dass ich fasziniert davon bin, dass du denkst, dass das funktionieren könnte.«

Ich schaute still vor mich hin und ließ es gerade bissig genug klingen, um ihn wissen zu lassen, dass er mich verärgert hatte. »Du bist wirklich durch und durch ein Offensivspieler, nicht wahr?«

Er versteifte sich, und ich verzog das Gesicht, als mir klar wurde, dass ihn das vermutlich auf eine Weise verletzte, die ich nicht beabsichtigt hatte.

»Lucian«, sagte ich sanfter und reumütig. »Ich bin nicht hier, um Entscheidungen für dich zu treffen, Ich bin hier, um dich zu unterstützen. Wenn du mich lässt.«

Nun drehte er sich um. Seine Miene war störrisch, und er hatte die Arme vor der Brust verschränkt, während er mich betrachtete. »Funktioniert das auch umgekehrt?«

»Ja …« Ich runzelte die Stirn. »Warum schaust du mich an, als würde ich Schwachsinn reden?«

»So schaue ich dich doch gar nicht an.«

»Ach nein? Dann erklär mir mal dieses Schmunzeln, denn ich bin mit Glasur bewaffnet und habe kürzlich erfahren, dass ich ziemlich fest zudrücken kann.« Ich griff demonstrativ nach dem Spritzbeutel. Das brachte mir ein halbes Lächeln ein, was genau das war, worauf ich gehofft hatte. Doch es verblasste schnell.

»Sollen wir mal über die Drehbücher reden, die du gelesen hast, Em?« Sein Tonfall war ruhig, aber in ihm lag auch ein gewisser Vorwurf.

Ich legte den Spritzbeutel weg. »Nur weil ich nicht mit dir über die schlechten Angebote, die ich bekomme, gesprochen habe, denkst du jetzt, dass du nicht mit mir über das reden solltest, was gerade mit Anton vorgefallen ist?«

Lucian lehnte sich mit der Hüfte gegen die Theke. »Es funktioniert natürlich auch umgekehrt, oder? Du willst, dass ich mich öffne – warum kannst du es dann nicht?«

»Meinetwegen. Ich werde mich öffnen. Ich mache mir Sorgen. Ich will mit meiner Karriere mehr anfangen als das, was mir angeboten wird. Ich muss herausfinden, wie ich das anstellen soll, wenn die da oben sämtliche Karten in der Hand halten. Wenn ich nicht mit dir zusammen bin, denke ich zu viel darüber nach. Hin und wieder bekomme ich davon sogar Magenschmerzen. Und manchmal, im Dunkel der Nacht, muss ich mir große Mühe geben, um nicht auszuflippen, weil ich weiß, dass es mir so viel besser geht als den meisten anderen. Und ich sollte mich nicht darüber beschweren, dass ich eine berühmte Schauspielerin bin, die leider ihren Willen nicht durchsetzen kann. Aber ich habe trotzdem noch Angst und bin unsicher, und das hasse ich.«

Ich hielt inne und stieß zitternd den Atem aus. »Reicht dir das fürs Erste an Offenheit?«

Lucian stieß sich von der Theke ab und hatte den Mund zu

einer grimmigen Linie zusammengepresst. Er erreichte mich mit zwei Schritten, und bevor ich protestieren konnte, zog er mich dicht an sich und nahm mich in die Arme. Mit einem Schaudern sank ich an seine breite Brust.

»Es tut mir leid«, keuchte er heiser in mein Haar und umfasste meinen Hinterkopf fest mit seinen Fingern. »Ich hasse es, dass du dich so fühlst.«

Ich nickte und presste meine Hand flach auf seinen soliden Körper.

Er drückte mich fester an sich, so als würde er versuchen, jeglichen Abstand zwischen uns auszulöschen. »Nein, ich meine es ernst. Du solltest diese Bürde nicht allein tragen.«

»So wie du es tust?«

Mein leises Flüstern ließ ihn erstarren. Dann stieß er den Atem aus. »Ja, so wie ich es tue.«

Ich rieb seine Brust. »Genau darum geht es, Brick. Wenn wir versuchen wollen, zusammen zu sein, sollten wir in der Lage sein, uns diese Dinge gegenseitig zu erzählen.«

Er stieß ein düsteres Lachen aus. »Geht es bei Beziehungen etwa darum?«

»Das habe ich zumindest gehört.«

Lucian seufzte und strich mit den Fingern durch mein Haar. »Ich habe nicht übertrieben, als ich gesagt habe, dass ich nicht gut darin bin.«

»Nein, das hast du wirklich nicht«, neckte ich ihn.

Lucian brummte. »Göre.« Er pikte mich an einer Stelle, an der ich kitzlig war, und brachte mich damit zum Lachen. Dann wich ich ein wenig zurück, bis ich ihm in die Augen schauen konnte. Sein Blick war zärtlich, aber erschöpft. »Cassandra wollte, dass ich meine Sorgen mir ihr teile. Am Anfang habe ich es versucht, aber irgendwann fand ich es leichter, es nicht zu tun.«

»Warum?«

»Das wird jetzt albern klingen, aber sie stimmte mir immer in allem zu, selbst wenn ich tief im Inneren wusste, dass ich unrecht hatte.« Er zuckte mit den Schultern und verzog das Gesicht. »Ich hab irgendwann gemerkt, dass ich diese Art von Unterstützung nicht wollte.«

»Greg hat immer zu mir gesagt: ›Babe, hör auf, dich zu beklagen. Im Vergleich zu mir hast du es so leicht.‹«

Lucians Miene verfinsterte sich. »Vollidiot.«

»Ja, das ist er.« Mein Lächeln verblasste. »Ich denke, dass mir bis gerade eben nie ganz klar war, wie sehr mich das beeinflusst hat.«

Er nickte und biss sich nachdenklich auf die Unterlippe. Und für eine Minute sprach keiner von uns. Wir hatten so viele Mauern – verborgene und solche, die wir verstärkt hatten, als befänden wir uns im Belagerungszustand. Er hatte mich gewarnt, dass er ein emotionales Wrack war, aber vielleicht hätte ich ihn auch warnen sollen.

»Ich stelle mir vor, wie ich zu dieser Veranstaltung gehe, und alles, was ich sehen kann, ist, wie ich dastehe wie ein trauriges abschreckendes Beispiel«, sagte er mit plötzlicher Ehrlichkeit und trostlosem Blick. »Schaut euch den armen Oz an, er kann nicht spielen und wurde in seiner Glanzzeit vom Eis verbannt. Schüttelt seine Hand, Kinder. Gebt ihm eine große, mitfühlende Umarmung.«

»Oh, Lucian.«

Er hob beide Hände und wehrte mich ab, als sich seine Augen mit Tränen füllten. »Dort mit den Leuten zu stehen, mit denen ich früher gespielt habe oder die früher meine Gegner im Wettkampf waren … Kerle, die immer noch spielen können … Und dann bin da ich, der eine Kerl, der gehen muss, wenn es vorbei ist.«

»Dann geh nicht hin. Wenn es dir so sehr wehtut …«

»Es tut so oder so weh.« Er fuhr sich mit einer Hand übers Gesicht und brummte kehlig. »Ich bin erbärmlich, wenn ich hingehe, und ich bin erbärmlich, wenn ich zu Hause bleibe.«

»Du bist *nicht* erbärmlich.«

Sein Lächeln war bitter und verzerrt. »Das rede ich mir auch immer wieder ein, aber es gelingt mir einfach nicht, mich davon zu überzeugen.«

Ich hatte Mitleid mit ihm, aber das wusste er. Seine steife Haltung und die Art, wie er mich mit einer Mischung aus Vorsicht und Warnung anschaute, verrieten es mir. Ich presste meine Hand auf die kühle, glatte Oberfläche der Theke. »Ich wollte nicht zu Macons und Delilahs Hochzeit gehen. Der Gedanke daran, dass mich dort all meine Freunde und ehemaligen Kollegen mit mitleidigen Blicken betrachten würden, war …« Ich erschauderte. »Stolz ist eine bittere Sache, nicht wahr?«

Zur Bestätigung nickte er nur knapp. Er wandte den Blick von mir ab, und ich wusste, dass er versuchte, sich zusammenzureißen.

»Aber hinzugehen hat all die Was-wäre-wenns ausgelöscht. Ich hab es einfach gemacht. Es ist vorbei. Das Leben geht weiter, und sie haben mich nicht bemitleidetet, so wie ich es befürchtet hatte.«

Lucian warf mir unter gesenkten Lidern einen Blick zu. »Es gibt einen entscheidenden Unterschied, Süße.«

»Der da wäre?« Ich wusste, was er meinte, aber ich wollte, dass er es laut aussprach. Denn ich würde nicht die Frau sein, die ihm alles leicht machte.

»Du willst immer noch schauspielern.«

»Willst du denn nicht …?«

»Nicht in irgendeiner Show. Nicht …« Er holte tief Luft und atmete dann schnell wieder aus. »Verdammt, Em. Ich glaube, dass ich es nicht ertragen könnte, noch mal auf dem Eis zu sein, wenn ich weiß, dass ich nicht zum Sport zurückkehren kann.«

Das Eis. Er liebte es von ganzem Herzen. Das wusste ich. Man musste ihn nur spielen sehen, um es zu wissen. Das Eis war ein Teil von ihm, und es war ohne Vorwarnung von ihm abgetrennt worden. Ich schaute ihm in die Augen und ließ ihn sehen, dass ich ihn verstand.

»Falls ich dir sagen würde, dass ich nicht eislaufen kann, würdest du es mir dann beibringen?«

Er blinzelte, doch ein aufrichtiges, schockiertes Lächeln zupfte an seinem Mund. »Was?«

»Würdest du es mir beibringen?«, wiederholte ich. »Zum Spaß? Wärst du bereit, das zu tun, wenn ich zugeben würde, dass ich eine ziemlich miserable Eisläuferin bin?«

Sein Lächeln gewann die Oberhand und wurde breiter. »Verdammt, du bist gut.«

»Gut?«

»Komm mir nicht mit diesen unschuldigen, großen blauen Augen, Schnüfflerin.« Er berührte meinen Kiefer. »Du weißt genau, was du tust, indem du mich so in Versuchung führst.«

»Funktioniert es?« Ich nahm seine große, raue Hand in meine. »Wirst du mit mir eislaufen, Lucian?«

»Verdammt«, murmelte er, doch er wirkte nicht aufgebracht. In seinen grünen Augen funkelte irgendeine namenlose Emotion. »In Ordnung, Süße. Ich nehme dich mit zum Eislaufen. Zumindest das werde ich versuchen. Für dich.«

30. KAPITEL

Lucian

Eis hat einen Geruch, frisch, metallisch und rein. Meine Liebe für diesen Geruch war so tief in mir verwurzelt, dass mein Herz sofort schneller schlug und mein Blut mit größerem Eifer durch meine Adern rauschte, wann immer ich auch nur einen Hauch davon wahrnahm. Aber eine Eissporthalle? Diese Kombination aus Eis und feuchtem Gummi, unter die sich der schwache, aber anhaltende Geruch von Chlor mischte? Das war der Duft von Heimat. Von meiner Religion.

Zumindest war er es mal gewesen.

Ich atmete tief ein, während ich Emma in die Haupthalle des Eisstadions führte, und zum ersten Mal in meinem Leben drehte sich mir angesichts des Eisgeruchs der Magen um, und auf meiner Haut brach Schweiß aus. Mein Herz schlug schneller, ja, aber das war nicht der gleichmäßige Schlag der Aufregung. Es fühlte sich an, als drohte das schmerzende Organ direkt aus meiner Brust zu springen.

Meine Schritte verlangsamten sich, bis ich schließlich gequält stehen blieb. Der Raum um mich herum schien sich gleichzeitig zu verengen und sich auf Übelkeit erregende, schwankende Weise auszudehnen. Emmas Hand fand meine, und sie hielt mich fest. Mehr nicht. Sie stand einfach neben mir und hielt mich fest. Ich verzog das Gesicht, zitterte und atmete schwer, und meine Haut wurde abwechselnd eiskalt und fiebrig heiß.

Ich konnte nur dankbar sein, dass wir die Eissporthalle für einen Zeitraum nach den offiziellen Öffnungszeiten gebucht hatten, denn so waren wir nun wenigstens alleine hier. Die Vorstellung, dass mich irgendjemand sonst so sehen könnte, löste einen sauren Geschmack in meinem Mund aus, und ich schluckte krampfhaft.

»Setzen wir uns für eine Minute hin«, sagte Emma und führte mich sanft durch die Halle.

Ich klammerte mich mit meiner klammen Hand an ihr fest, als wäre sie ein Anker, obwohl ich mich furchtbar dafür schämte. Ich wollte auch nicht, dass sie mich so sah. Aber das ließ sich nicht ändern.

»Ich … Ich werde schon klarkommen.«

»Das weiß ich.« Sie setzte mich auf eine lange Holzbank und nahm dann neben mir Platz. Meine Hand ließ sie die ganze Zeit über nicht los.

Ich schloss die Augen und konzentrierte mich auf meine Atmung. Ein. Aus. Ein. Aus. Ich konnte das hier schaffen. Das war leicht. Ein Zuckerschlecken. Was zum Teufel bedeutete »Zuckerschlecken« überhaupt?

Der Gedanke klebte an den Rändern meines Verstands wie Buttercreme, und ich konzentrierte mich stattdessen darauf. Auf zuckrige Dinge, auf Kuchen und Cremes, Torten und Zitronentartes. Und langsam beruhigte sich mein rasendes Herz und erreichte ein akzeptables Tempo. Nach ein paar qualvollen Minuten konnte ich ohne Schwierigkeiten atmen.

»Das macht mich wütend«, presste ich hervor.

Emma streichelte mit dem Daumen über meine Knöchel. »Was denn?«

Ich schaute zu ihr. Sie hielt meinem Blick mit ihren gelassenen blauen Augen stand. Sie waren wie ein ruhiger See inmitten meines Sturms. Ich zwang mich, meine Umklammerung ihrer Hand ein wenig zu lockern. »Dass ich beim bloßen Anblick einer Eissporthalle in Panik verfalle. Orte wie dieser hier waren früher mein Zuhause. Die Verkörperung von allem, was auf der Welt richtig war.«

Von allem, was ich verloren hatte. Ich wusste es. Sie wusste es.

»Wann hast du eislaufen gelernt?«

Ihre sanft ausgesprochene Frage überraschte mich. Ich hatte erwartet, dass sie versuchen würde, mich mit Plattitüden zu trösten. Ich wandte mich in Richtung der Türen, die aufs Eis führten. »Mit sieben. Ich wollte fliegen.« Sehnsucht und Trauer tobten in mir. »Es war die beste Möglichkeit, diesem Gefühl nah zu kommen.«

Mist. Ich würde *nicht* weinen. Ich würde es nicht tun. Ich blinzelte hektisch und atmete. *Atme einfach, Oz.*

Emma presste ihre Wange an meine Schulter. »Lass uns fliegen, Lucian. Nur du und ich.«

Fliegen. Mit ihr.

Mein Herz verkrampfte sich, und ich senkte den Kopf und küsste ihr Haar. »In Ordnung, Honigbienchen. Ich werde dir zeigen, wie man fliegt.«

Normalerweise wäre ich in der Lage gewesen, meine Schlittschuhe mit verbundenen Augen zuzuschnüren. Heute zitterten meine Finger jedoch, und ich fummelte mit den Schnürsenkeln herum, während ich darüber nachdachte, dort raus aufs Eis zu gehen. Aber ich würde das hinbekommen. Emma wollte eislaufen.

Als ich fertig war, kniete ich mich vor sie. Sie war noch damit beschäftigt, ihre Schlittschuhe anzuziehen. Im Gegensatz zu mir hatte sie um ein Paar Eiskunstlaufschuhe gebeten.

»Lass mich mal sehen«, sagte ich und überprüfte ihre Schnürsenkel, um sicherzugehen, dass sie fest genug saßen.

Einen band ich noch mal neu, wobei ich ihr einen tadelnden Blick zuwarf, den ich aber mit einem kleinen Lächeln abmilderte. Weil sie mit ihren weißen Schlittschuhen und der roten Wollmütze auf dem Kopf verdammt niedlich aussah.

»Besser, Brick?«, fragte sie und lehnte sich vor, um mir zuzusehen.

Ich presste einen Kuss auf ihren süßen Mund und ließ meine Lippen dann noch ein wenig länger dort verweilen, weil sie himmlisch schmeckte und sich sogar noch besser anfühlte. »Perfekt, Schnüfflerin.«

Ich strich mit den Händen über ihre Oberschenkel. Hier in der kalten Eishalle trug sie Jeans. Ich vermisste ihre luftigen Kleider und teilte ihr das auch mit.

Um ihre Augen herum bildeten sich amüsierte Fältchen. »Du willst mir doch nur die Hände unters Kleid schieben.«

»Schuldig.« Ich lehnte mich vor, um meinen Kopf zwischen ihren Brüsten zu vergraben und die Hände unter ihren dünnen Pullover gleiten zu lassen, wo ich die seidige Haut ihres Bauchs vorfand. »Ich bin mir ziemlich sicher, dass ich süchtig danach bin.«

Sie summte lustvoll, als ich federleichte Küsse rund um ihre Brüste verteilte. Sie vergrub die Finger in meinem Haar und hielt mich dann sanft zurück. Als ich aufschaute, sah sie mich mit ernsten Augen an, die mir verrieten, dass ich ihr nichts vormachen konnte. Sie wusste, dass ich Zeit schinden wollte. »Bist du jetzt bereit?«

Nein. »Ja.«

Ich stand auf und spürte sofort die Veränderung in meinem Körper, die zusätzliche Höhe der Schlittschuhe, die Art, auf die sich mein Muskelgedächtnis anpasste, damit ich auf den schmalen Kufen nicht das Gleichgewicht verlor. Alles in mir erwachte zum Leben. Ich konzentrierte mich auf Emma.

Ich hielt ihr meine Hand hin, und sie ergriff sie und ließ sich von mir hochziehen.

Lächelnd musterte sie mich von oben bis unten. »In diesen Schlittschuhen bist du groß wie ein Baum.«

»Du hättest mich mal in voller Montur sehen sollen.«

Ihre Lippen zuckten. »Ein menschlicher Berg, was?«

»So ziemlich.« Ich hielt ihre Hand ganz fest und warf einen Blick auf ihre Füße. Anfänger ließen beim Eislaufen oft die Knöchel abknicken, wodurch sie ihr Gleichgewicht verloren und Gefahr liefen, sich zu verletzen. Doch sie hielt ihre Knöchel gerade und stark. Ein gutes Zeichen. »Lass uns loslegen.«

Der erste Schwall kalte Luft sorgte dafür, dass ich scharf einatmete, als wir uns aufs Eis begaben. Ich hatte vorgehabt, auf Emma zu warten und es langsam angehen zu lassen, aber ich betrat das Eis wie ein Mann, den man gerade aus dem Gefängnis entlassen hatte. Reines, makelloses Weiß erstreckte sich vor mir – eine perfekte Fläche zum Gleiten.

Und ich flog. Der Wind küsste mein Gesicht, und die Luft füllte meine Lunge. Ich raste los und drehte eine Runde um die Eisbahn. Dann vollführte ich eine Drehung, um eine alte Übung aus meiner Highschoolzeit zu wiederholen. Meine Hände zuckten, weil sie sich so sehr nach meinem Schläger sehnten. Ich verzehrte mich danach. Ich wollte unbedingt einen Puck aufs Eis fallen lassen und spielen.

Ein schriller Pfiff zerriss die Luft, und ich entdeckte Emma, die klatschte und mich anfeuerte. Sie sah so verdammt beeindruckt aus, obwohl ich einfach nur übers Eis lief. Ihre Begeisterung sorgte dafür, dass ich vor ihr ein wenig angeben wollte, also lief ich schneller und wich imaginären Verteidigern aus. Erneut wendete ich und lief zu ihr zurück, aber ich verzichtete auf eine spektakuläre Vollbremsung und hielt behutsam vor ihr an. Ich mochte ein Angeber sein, aber ich würde mich nicht wie ein Arschloch benehmen und eine Frau mit Eis bespritzen.

Ihre Wangen waren gerötet, ihre indigoblauen Augen funkelten, und sie grinste breit. »Du bist wunderschön.«

»Das ist mein Text.« Ich hielt ihr meine Hand hin. »Komm mit. Bringen wir dir das Eislaufen bei.«

Im Laufe der Jahre hatte ich an zahlreichen Wohltätigkeitsveranstaltungen teilgenommen, um Kindern Eishockey und die Grundlagen des Schlittschuhlaufens näherzubringen. Es hatte mir immer unglaublich großen Spaß gemacht. Zu sehen, wie die Augen der Kinder strahlten, wenn sie den Dreh endlich raushatten, und zu beobachten, wie sie ihre kleinen Körper über das Eis bewegten, hatte das Kind in mir angesprochen, das sich daran erinnerte, wie es gewesen war, etwas Wundervolles für sich zu entdecken, etwas, das man formen und kontrollieren konnte. Das hatte ich ganz vergessen.

Emma biss sich auf die Unterlippe und beäugte mich mit eindeutigem Zögern. Diesen Blick kannte ich auch. Sie war nervös. Wärme breitete sich in meiner Brust aus, und ich schenkte ihr ein ermutigendes Lächeln.

»Wir werden es langsam angehen …« Meine Worte verstummten abrupt, als Emma aufs Eis stürmte und einfach lossauste. Sie flog voller Anmut und schwebender Schönheit an mir vorbei.

Mit offenem Mund stand ich vollkommen verblüfft da, während sie über das Eis lief und Achterschleifen vollführte. Für einen sehr langen Moment konnte ich das, was ich sah, nicht verarbeiten. Hatte sie nicht gesagt, dass sie nicht eislaufen konnte? Und doch war sie jetzt hier und glitt über das Eis, als wäre sie dafür geboren. Als sie eine elegante Drehung vollführte, brach ich in Gelächter aus. Das listige, kleine Ding hatte mich reingelegt. Sie hatte mich nach allen Regeln der Kunst reingelegt.

Ich beobachtete, wie sie sich bewegte und ihr goldenes Haar hinter ihr flatterte wie ein Banner, und in diesem Augenblick wurde es mir plötzlich mit absoluter Vollkommenheit klar: Ich vergötterte diese Frau. Ich war total verrückt nach ihr.

Ich lief aufs Eis hinaus, um zu ihr zu gelangen, hielt aber genug Abstand, um keinen versehentlichen Zusammenstoß zu verursachen. Sie entdeckte mich und errötete. Dann kam sie auf mich zu. Wir blieben nicht stehen, sondern liefen mühelos nebeneinander her.

»Ich soll dir also das Eislaufen beibringen, ja?« Ich stieß ein kleines schnaubendes Lachen aus.

Sie setzte eine schuldbewusste Miene auf. »Genau genommen habe ich dich gefragt, ob du mir das Eislaufen beibringen würdest, *falls* ich dir sagen würde, dass ich es nicht kann.«

»Hmm …« Ich zog den Laut in die Länge und ließ sie ein klein wenig zappeln. Hauptsächlich deswegen, weil ich es liebte, sie zu necken. Sie reagierte immer so wundervoll darauf.

»Bist du sauer?«, fragte sie und war immer noch ein wenig außer Atem.

»Sehe ich sauer aus, Schnüfflerin?«

Sie rümpfte niedlich die Nase, während sie zu mir hochschaute. »Nein … du siehst … seltsam selbstzufrieden aus.«

Sah sie das, wenn sie mich anschaute?

Ich grinste breit und gab ihr die Gelegenheit, sich ein Stück zu entfernen. Dann jagte ich ihr hinterher und hob sie in meine Arme, während sie erschrocken quietschte. Sie schlang die Oberschenkel um meine Hüften und klammerte sich an mir fest. »Lucian!«

Ich küsste ihre Stirn. »Ich habe dich.«

»Du hast mich, aber wer hat dich?«, witzelte sie und entspannte sich ein wenig.

»Hast du gerade etwa einen Spruch aus einer total kitschigen Superman-Verfilmung aus den Siebzigern gebracht?«, fragte ich kichernd.

»Du hast damit angefangen.« Sie umklammerte mich ein wenig fester. »Immerhin hast du diesen Superheldenkörper und was nicht alles.«

»Was nicht alles?« Ich schmiegte mich an ihre Wange und bedeckte ihre weiche Haut mit Küssen, während ich eine träge Runde über die Eisfläche drehte.

»Du läufst über das Eis, während du mich in den Armen hältst, als wäre das nichts Besonderes«, murrte sie, während sie den Kopf weit genug beugte, um mich an ihrer Kieferpartie knabbern zu lassen.

»Du bist federleicht«, erwiderte ich. Sie schnaubte, und ich küsste sie erneut. »Aber erzähl mir trotzdem mehr über diese Sache mit dem Superheldenkörper.«

»Lass mich runter, dann werde ich dir all meine Lieblingsstellen zeigen.«

»Halt dich fest«, wies ich sie an, und dann wirbelte ich herum, während sie lachte und kreischte. Ich setzte sie an der Bande ab, behielt meinen Arm aber um sie gelegt. »Wo hast du gelernt, so eiszulaufen?«

Sie hielt ihr Wort und strich mit den Händen anerkennend über meine Brust. »Etwa zwei Blocks von meinem Elternhaus entfernt gab es eine Eissporthalle. Ich ging immer nach der Schule dorthin und nahm Unterricht.«

Mittlerweile hatte ich die Hände zur prallen Wölbung ihres Hinterns hinunterbewegt. »Du hast keine Ahnung, wie sehr mich die Tatsache, dass du eislaufen kannst, anmacht.«

»Eine kleine Ahnung habe ich schon.« Sie presste ihre Hüften an meine. »Hier befindet sich nämlich ein nicht zu übersehender Hinweis, Lucian.«

»Du kannst dich auf was gefasst machen, wenn wir wieder zu Hause sind, Em.«

Sie lachte, und ihre Augen funkelten fröhlich. »Ich hatte keine Ahnung, dass du so leicht zu haben bist.«

»Doch, die hattest du.« Ich senkte den Kopf, eroberte ihren Mund mit meinem und küsste sie langsam und leidenschaftlich. Ich genoss die Wärme ihres Mundes in der relativ kalten Luft. Plötzlich wurde mir klar, dass ich mich auf dem Eis befand und Spaß hatte. Glücklich war. Ich war glücklich.

»Danke«, sagte ich, als wir uns voneinander lösten.

Ihre Lippen waren leicht geschwollen und ein wenig geöffnet. »Wofür?«

»Dafür, dass du mich hergebracht und aufs Eis gelockt hast.« Ich berührte ihre Wange und strich eine verirrte Haarsträhne weg. »Ich hätte nicht gedacht, dass ich irgendeinen Aspekt des Eislaufens je wieder genießen könnte. Aber das hier ist gut. Notwendig.«

Und sie war es ebenfalls. Sie war zum schlimmstmöglichen Zeitpunkt in mein Leben getreten, und doch war der Gedanke, sie nun, da sie hier war, wieder gehen zu lassen, unvorstellbar. Dankbarkeit überkam mich, und ich legte meine Stirn an ihre. Als wüsste sie, dass ich völlig am Ende war, schlang sie ihre Arme um meine Taille und umarmte mich.

Bevor ich Emma kennengelernt hatte, hatte ich nicht viel davon gehalten, Geliebte zu umarmen. Ich hatte nicht verstanden, was eine Umarmung bringen sollte, es sei denn, es handelte sich bei der anderen Person um ein Familienmitglied. Ich schämte mich nicht zuzugeben, dass ich mich nach Emmas Umarmungen sehnte. Die Art, wie sich ihr kleinerer, kurviger Körper an meinen größeren schmiegte, sorgte dafür, dass ich sie behutsam halten wollte. Doch wenn sie mich so festhielt wie jetzt, fühlte *ich* mich beschützt. Und das war wirklich verrückt.

Ich legte meine Arme um sie und brummte. Ich wollte ihr mitteilen, wie viel sie mir bedeutete, war aber nicht in der Lage, richtige Wörter zu bilden.

»Ich werde an der Wohltätigkeitsveranstaltung teilnehmen«, brachte ich schließlich hervor.

Sie küsste mich mitten auf die Brust. »Du bist ein guter Mann, Lucian. Und ich bin stolz auf dich.«

Ich konnte nicht verstehen, warum sie stolz auf mich sein sollte. Schließlich hatte ich in meinem Leben nichts anderes erreicht, als Eishockey zu spielen, so gut ich es eben konnte. Aber ich nahm ihr Lob an und hielt es ganz fest. Ich wusste nicht, wie lange wir dort standen, aber es fühlte sich so gut an, dass ich nicht die geringste Neigung verspürte, mich zu bewegen. Doch irgendwann wich sie von mir zurück.

»Komm schon, lass mich mal sehen, wie schnell du sein kannst.«

»Du willst, dass ich vor dir angebe, Em?«

»Genau das will ich.«

»Also gut.« Ich stieß mich von der Bande ab und tat genau das.

31. KAPITEL

Emma

Das Raston-Event fand in Los Angeles statt. Tagsüber konnten die Kinder eislaufen und ihre Idole kennenlernen, und abends gab es ein Essen für die Geldgeber. Auf der Hinfahrt wurde Lucian ganz still und angespannt, aber immer mal wieder streckte er eine Hand aus, um sie auf mein Knie zu legen, als wollte er mir versichern, dass er immer noch bei mir war.

Ich ließ ihn in Ruhe, da ich wusste, dass man manche Dinge manchmal eben mit sich selbst ausmachen musste. Wenn er mich brauchte, würde ich hier sein. Als wir das Staples Center erreichten, wippte sein Knie in einem hibbeligen Rhythmus auf und ab, und er blickte finster in Richtung des vor uns aufragenden Stadions.

»Hey«, sagte ich, bevor wir vor dem Parkdienst hielten, dessen Mitarbeiter die Autos der anderen Spieler parkten.

Er richtete seine ernsten, wintergrünen Augen auf mich. Ich fragte mich, ob er mich in seinem unruhigen Zustand überhaupt richtig wahrnahm. Aus Achtung vor den Regeln seines geliebten Sports trug er einen hellgrauen Anzug und eine eisblaue Krawatte. Das Outfit ließ ihn gleichzeitig unglaublich attraktiv und verschlossen aussehen.

»Du schaffst das.« Ich berührte sein wippendes Knie. »Die Leute lieben dich.«

Blass und mit verkniffenem Mund starrte er mich an. Dann blinzelte er ein Mal. Als würde er eine Trance abschütteln, holte er tief Luft und schenkte mir ein angespanntes Lächeln. »Ich komme klar, Schnüfflerin.«

Ich glaubte nicht, dass er irgendeinem von uns etwas vormachte, aber er würde das hier schaffen. Zumindest das glaubte ich. Ich musste es glauben.

Sobald wir das Gebäude betreten hatten, gingen wir getrennte Wege. Lucian wurde sofort von seinen ehemaligen Mannschaftskameraden und Eishockeykollegen gerufen und umringt, während man mich in einen abgesperrten VIP-Bereich führte, der den Gästen der Spieler vorbehalten war.

»Mit wem sind Sie hier?«, fragte eine Frau in meinem Alter mit umwerfendem rabenschwarzem Haar, das ihr schimmernd und glatt über den schlanken Rücken fiel. Sie kam mir bekannt vor, aber ich konnte sie nicht einordnen.

»Lucian«, sagte ich, und sie runzelte die Stirn, da sie den Namen eindeutig nicht erkannte. »Luc Osmond.«

Ihre Miene hellte sich auf, und ihr Lächeln wurde breiter. »Oz ist hier? Wirklich?«

»Ja.«

»Oh mein Gott, ich bin so froh, das zu hören. Wir haben ihn wirklich vermisst, wissen Sie?«

Stolz rauschte durch meinen Körper, und ich erwiderte ihr Lächeln. Tatsächlich war es eher ein Strahlen. Denn sie war offensichtlich aufgeregt und Lucian war mein Mann.

Die Frau streckte mir eine Hand entgegen. »Ich bin May Chan. Drexel Harris ist mein Ehemann.«

Wir schüttelten uns die Hände, und ich begriff endlich, warum sie mir bekannt vorkam. »Doch nicht etwa die May Chan, der *Daisy Chain* gehört?«

»Genau die.«

Ich hatte ein paarmal in einem ihrer Läden für Vintagekleidung eingekauft, sie bislang aber nur aus der Ferne gesehen. »Ich liebe Ihre Läden. Sie haben die besten Klamotten.«

May beäugte mein Vintage-A-Linien-Kleid aus den Vierzigern aus dunkelblauem Leinenstoff, auf den im Bereich des Mieders kleine rotbraune Schmetterlinge aufgestickt waren, und grinste. »Dieses Kleid ist von *Daisy Chain*, nicht wahr?«

»So ist es.«

»Eine weitere zufriedene Kundin. So gefällt mir das.«

Unser Lachen wurde unterbrochen, als das Programm anfing. Das Licht wurde gedimmt, und die Spieler liefen aufs Eis. Jeder von ihnen wurde von einem Kind auf Schlittschuhen begleitet. Das Ganze sah so verdammt niedlich aus, dass ich mich dabei erwischte, wie ich klatschte und breit grinste. Die Spieler wurden in alphabetischer Reihenfolge angekündigt. Als Lucians Name fast an der Reihe war, verkrampfte sich in meinem Inneren alles vor freudiger Erwartung.

In der Sekunde, in der Lucian auf das Eis glitt und dabei die Hand eines kleinen Mädchens mit einem dunklen Pferdeschwanz hielt und strahlend lächelte, ertönten im gesamten Stadion laute Jubelrufe. Ich bekam am ganzen Körper Gänsehaut.

In voller Montur sah er wirklich wie ein menschlicher Berg aus. Er war gewaltig und unzerstörbar. Sein Lächeln war immer noch genauso angespannt wie in dem Moment, in dem wir uns getrennt hatten, doch während er weiter winkte und die Menge weiter jubelte und grölte, brach ein echtes Lächeln durch. Es war flüchtig und scheu, aber in meinen Augen brannten trotzdem unvergossene Tränen.

»Er sieht gut aus«, bemerkte May.

Natürlich sah er gut aus. Aber die Vorstellung, dass die Leute möglicherweise davon ausgegangen waren, dass Lucian aufgrund seines Rückzugs vom Sport verkümmert und kränklich wirken könnte, erschreckte mich ein wenig.

Hatte er sich deswegen davor gefürchtet herzukommen? Weil er gedacht hatte, dass sie ihn auf diese Weise sehen könnten? Auf jeden Fall hatte er mit seiner Vermutung recht gehabt, dass er eine Menge Aufmerksamkeit bekommen würde.

Doch er zeigte keinerlei Anspannung, als er seinen Platz bei den anderen einnahm, und schon bald ging ein scherzhaftes Spiel los, bei dem die Jungs mit den Kindern zusammenarbeiteten. Ich entdeckte Brommy und Anton auf dem Eis. Jeder von ihnen unterstützte das ihm zugewiesene Kind. Doch ich behielt hauptsächlich Lucian im Blick. Gott, er ging so gut mit dem kleinen Mädchen um, das man ihm zugeteilt hatte. Er ging mit allen gut um.

Er bewegte sich, als wäre er auf dem Eis geboren worden. Und das brach mir das Herz noch ein kleines bisschen mehr. Ich wollte diesen großen, starken Mann, der innerhalb von so kurzer Zeit so viel durchgemacht hatte, umarmen und fest an mich drücken.

»Ich kann nicht glauben, dass er aufgetaucht ist«, sagte eine Frau hinter mir. Ich drehte mich nicht herum, sondern beobachtete stattdessen Lucian, während ihre Freundin etwas erwiderte.

»Ich dachte, dass er gar nicht mehr eislaufen könnte.«

Ich hatte keine Ahnung, ob sie über Lucian redeten, aber die Chancen standen gut, daher versteifte ich mich und spitzte instinktiv die Ohren, um ihrer Unterhaltung zu lauschen.

»Tja, als ich ihn verlassen habe, war er ein totales Wrack. Er wollte nicht mal aus dem Bett aufstehen.«

»Oh, wie traurig. Du armes Ding.«

Ich zog eine Augenbraue hoch.

»Ich weiß. Aber so war es am besten. Er war nicht der Mann, für den ich ihn gehalten hatte, und ich musste weiterziehen.«

»Was für eine Schande. Ozzy hätte zu einer Legende werden können.«

»Jetzt nicht mehr. Jetzt ist er nur noch ein …« Ein langes geräuschvolles Seufzen ließ mein Haar flattern. »Ein Freak.«

Das sorgte dafür, dass ich mich schließlich doch herumdrehte. Ich konnte nicht anders. In mir sträubte sich alles, und in meinem Bauch stieg Wut auf. Neben mir versteifte sich nun auch May. Sie hatte die abfällige Unterhaltung eindeutig ebenfalls gehört.

Zwei Frauen – eine blass und blond, die andere gebräunt und brünett – standen da und hatten falsche tragische Mienen aufgesetzt. Die Blondine, bei der es sich um Cassandra handeln musste, war schön wie ein Katalogmodel: makellos, aber fast puppenhaft. Sie mit einer Barbie zu vergleichen wäre lieblos gewesen, aber ich fühlte mich gerade nicht besonders großmütig.

Sie richtete ihre großen braunen Augen auf mich und schenkte mir ein strahlendes Lächeln. »Oh mein Gott, sind Sie Emma Maron?«

»Die bin ich.« Mein Kiefer war so verkrampft, dass ich die Worte kaum aussprechen konnte. Ich wollte dieser Frau eine Ohrfeige verpassen. Was ein Schock war, denn ich hatte noch nie die Hand gegen jemanden erheben wollen. Nicht mal gegen Greg, als ich ihn in flagranti mit einer anderen Frau erwischt hatte. Aber nun zuckte meine Hand an meiner Seite.

Cassandra schien die Gefahr nicht zu bemerken und lehnte sich dichter an mich heran. »Ich bin ein Riesenfan Ihrer Serie. Cassandra Lavlin. Mein Verlobter ist Adam Cashon.« Sie schaute mich erwartungsvoll an.

»Wie nett.« Ich wollte mich abwenden. Ich wollte auf sie eindreschen. Ich stand wie angewurzelt da.

Sie blinzelte und erwartete offensichtlich mehr von mir. »Und mit wem sind Sie hier?«

»Lucian Osmond.«

Zu sehen, wie ihr die Farbe aus dem Gesicht wich, war ziemlich befriedigend.

»Oh. Ich ... äh ... ich kenne Luc ... ich meine, Lucian.«

»Ich weiß.«

»Ach ja?« Das schien sie zu freuen, und sie warf einen Blick in Richtung Eisfläche.

Man musste keine besonderen Fähigkeiten haben, um zu erkennen, dass sie Lucian anschaute.

Du verdienst es nicht mal, ihn anzusehen.

»Ja, sein Cousin Anton sagte, dass Lucian mal mit einer Frau namens Cassandra verlobt gewesen sei.«

Ihr Lächeln war nun etwas weniger selbstsicher, und sie musterte mich misstrauisch.

»Was für ein Glück für Sie, dass Sie so schnell einen neuen Verlobten gefunden haben.«

May gab einen erstickten Laut von sich, der eindeutig ein unterdrücktes Lachen war, und Cassandras Freundin funkelte uns böse an.

»Ähm ...« Cassandra rümpfte die Nase, und ich wusste, dass sie versuchte herauszufinden, ob ich sie gerade beleidigt hatte. »Danke.«

Mein Lächeln war eisig. »Ich sollte *Ihnen* danken.«

»Mir danken?« Vor lauter Verwirrung blinzelte sie hektisch mit ihren braunen Augen.

»Ja. Wenn Sie Lucian nicht verlassen hätten, hätte ich ihn vielleicht nie kennengelernt. Er ist der beste Mann, dem ich je begegnet bin. Also danke.«

Damit wandte ich ihr den Rücken zu. Ich hätte noch mehr und noch Schlimmeres sagen können, aber sie war es nicht wert. Ich wollte mich gerade hinsetzen, doch ihre Hand an meinem Arm hielt mich davon ab. Sie trat von ihrer Freundin weg und stellte sich zu mir auf der Treppe.

»Hören Sie, ich weiß, dass das, was ich eben über Luc gesagt habe, schlimm geklungen hat. Aber sie sollten wissen, dass Eishockey das ist, was ihn ausmacht. Ohne diesen Sport ist er nicht mehr als eine leere Hülle.«

»Da irren Sie sich. Er ist so viel mehr als das.«

Ihr Lächeln war angespannt und misstrauisch. »Ich hoffe für Sie, dass das stimmt. Denn der Mann, den ich kannte, war nicht in der Lage, irgendetwas mehr zu lieben als den Sport.«

Als könnte er meinen Blick spüren, hob Lucian den Kopf und sein Blick traf auf meinen. Etwas Leichtes und Süßes blitzte in seinen Augen auf, und er lächelte und winkte mir zu. Sein Lächeln verblasste jedoch ein wenig, als er Cassandra neben mir entdeckte. Ich setzte schnell ein breites Lächeln auf, doch er erwiderte es nicht.

Neben mir bekam Cassandra den ganzen Austausch mit. »Viel Glück mit Luc.«

Dann ging sie davon und machte sich auf den Weg zur Bande. Das Programm war vorbei, und die Spieler begrüßten weitere Fans und die Eltern der Kinder, mit denen sie übers Eis gelaufen waren. Meine Absätze klapperten auf den Betonstufen, als ich hinunterging, und passten zu den Schlägen meines hämmernden Herzens. Ich wollte ihn berühren, seine Stimme hören, ihm nah sein. Ich brauchte das jetzt.

Lucian kam in all seiner Pracht als menschlicher Berg über das Eis auf mich zugeglitten. Obwohl er in seiner Eishockeyausrüstung gewaltig wirkte, schaute er mit großer Zärtlichkeit und Zuneigung zu mir herunter. Doch sein Kiefer war angespannt und verkrampft. »Hat sie dich belästigt?«

Er klang, als würde er ein gewaltiges Fass aufmachen, falls ich Ja sagen sollte. Ich war Lucian wichtig. Er ließ sich die Fürsorge, mit der er Menschen, die ihm wichtig waren, behandelte, nur selten anmerken. Aber ich sah sie. Ich lehnte mich vor und stütze mich mit dem Bauch an der Bande ab. »Nein, sie hat mich nicht belästigt. Stört es dich, dass sie hier ist?«

»Nein.« Sein Lächeln war immer noch angespannt und besorgt. »Nicht mehr.«

Ich betrachtete sein Gesicht und wollte ihn in dieser Angelegenheit irgendwie unterstützen und beruhigen. »Diese Frau hat dich nicht verdient.«

In Lucians Augen leuchtete eine stille Glückseligkeit auf. »Wir haben nie zusammengepasst. Ich war immer für dich bestimmt.«

»Küss mich.«

Lucians Mund zuckte, doch seine Anspannung ließ nach. »Hier sind eine Menge Presseleute, Schnüfflerin. Ist es für dich in Ordnung, wenn man dich als die Frau an meiner Seite sieht?«

»Das kommt drauf an. Ist es für *dich* in Ordnung, wenn man dich als den Mann an *meiner* Seite sieht?«

Er schob seine behandschuhte Hand in meinen Nacken und hielt mich fest. »Ich werde ein Namensschild tragen, das genau das verkündet, wenn du das willst, Süße.« Er küsste mich sanft und leidenschaftlich und lang.

Ich spürte es in meinem Bauch und in der Art, wie sich meine Brust zusammenzog, während sie sich gleichzeitig mit Sehnsucht und Zufriedenheit füllte. Ich legte die Hände auf seine klobigen Schulterpolster, krallte die Finger in sein Trikot und erwiderte den Kuss. Erst als ich hinter mir einen Pfiff hörte und Brommys vertraute Stimme vernahm, die uns zujubelte, zog ich mich zurück.

Lucian lächelte mich an und warf mir einen vertrauten Blick zu, der versprach, dass später mehr folgen würde.

»Du warst unglaublich«, sagte ich ein wenig atemlos. Ich war nicht bereit, ihn freizugeben.

Er zog die Mundwinkel nach oben. »Es hat Spaß gemacht.« Er drückte meinen Nacken ganz leicht. »Komm mit, ich stell dich allen vor.«

Man hatte einen langen Teppich auf dem Eis ausgebreitet, damit die Leute darüberlaufen und Hallo sagen konnten. Lucian führte mich zu einer Gruppe Jungs, die mich in ihren Schlittschuhen alle um ein beträchtliches Stück überragten. Ich lernte Lucians Freunde kennen, die Leute, die ein so großer Teil seines Lebens gewesen waren.

Man konnte nicht übersehen, dass die Jungs ihn liebten und über alle Maßen respektierten. Sie schienen Lucian ebenso sehr zu vermissen, wie er sie vermisste, hatten sich aber damit abgefunden. Irgendwann würden sie sich alle dieser Situation stellen müssen.

Ein silberhaariger Mann mit markanten Gesichtszügen, der in den Fünfzigern zu sein schien, kam zu uns.

»Em, das ist Davis Rickman, mein ehemaliger Coach. Rickman, das ist …«

»Emma Maron. Ich schaue Ihre Serie äußerst gewissenhaft.« Rickman schüttelte meine Hand. »Es ist mir eine Freude, Sie kennenzulernen.«

Angesichts der Tatsache, dass jeder hier meine Serie zu schauen und das Bedürfnis zu verspüren schien, mir das mitzuteilen, wurde es ein wenig leichter, mit dem Lob umzugehen. Was auch immer ich mit dem Rest meines Lebens anfangen würde, ich hatte während meiner Zeit bei *Dark Castle* eine

Menge Leute unterhalten. Und das war an sich schon ein angemessener Lohn.

Rickman betrachtete Lucian. »Kommst du mit der nächsten Hälfte klar?«

Lucian hätte ebenso gut aus Marmor bestehen können. »Natürlich.«

Die nächste Hälfte war eine Vorführung, die aus Übungen, Trickschlägen und etwas, das ich als Eiskunstlauf bezeichnet hätte, bestand. Zu sehen, wie Lucian umhersauste und dabei den Puck übers Eis manövrierte, war verflucht sexy.

Gott, er war so schön, wenn er übers Eis lief. Er wirkte ausgelassen, aber konzentriert, und seine strenge Miene sorgte in Kombination mit seinen eisgrünen Augen dafür, dass viele Fans vor Begeisterung jubelten und pfiffen. Ich war eine von ihnen. Allerdings durfte ich später mit ihm nach Hause gehen.

Was war ich doch für ein Glückspilz.

»Er ist außergewöhnlich, nicht wahr?«

Ich drehte mich zu Rickman herum, der neben mir stand. »Ja.« Aber ich sprach nicht übers Eishockey.

Mir gefiel nicht, wie Rickman Lucian ansah, so als würde er jede Bewegung, die er machte, bewerten. Seine Blicke hatten etwas Gieriges an sich, das mich nervös machte. »Er kann von Glück reden, dass er einen Coach hatte, der wusste, dass es richtig war, ihn gehen zu lassen.«

Rickman drehte sich in meine Richtung. Seine Augen lagen halb unter seinen buschigen Augenbrauen verborgen. »Es war seine Entscheidung. Nicht meine.«

»Sie wollten, dass er blieb?«

Er zuckte mit den Schultern. »Uns waren die Hände gebunden. Aber er ist immer noch der beste Spieler, den ich je trainiert habe. Er hat ein Gespür fürs Eishockey, von dem man sonst nur träumen kann.«

Ich wusste nicht, was ich dazu sagen sollte, also klatschte ich einfach wieder, als Lucian an uns vorbeiglitt.

»Es ist wirklich eine Schande«, sinnierte Rickman.

»Er ist am Leben«, schnauzte ich. »Eine Schande wäre es gewesen, wenn er gestorben wäre.«

Er starrte mich mit ausdruckslosen blauen Augen an. Sein Gesicht war zu einer störrischen, aber irgendwie auch betrübten Miene verzogen. »Manche Spieler würden sagen, dass es besser wäre zu sterben, als die Karriere frühzeitig aufgeben zu müssen.«

Wut brodelte in meinen Adern, aber es gelang mir, einen kühlen Tonfall beizubehalten. »Jeder, der das denkt, ist ein Narr.«

Rickman zuckte lediglich mit den Schultern und wandte sich wieder der Eisfläche zu, um die Spieler zu beobachten. »Ich bin nicht derjenige, den Sie davon überzeugen müssen.«

Lucian

»Also.« Emma lächelte zu mir auf, während sie die Arme um meine Taille schlang und wir das Stadion verließen.

»Also«, wiederholte ich und verkniff mir ein Grinsen. Sie war einfach zu bezaubernd und fühlte sich so dicht an meine Seite geschmiegt genau richtig an. Emma stupste gegen meine Rippen und erwischte zielsicher die Stelle, an der ich kitzlig war. Diese schreckliche Frau.

Ich kicherte definitiv nicht. Ich packte ihre teuflische Hand und presste einen Kuss auf ihre Fingerspitzen. »Hattest du Spaß, Schnüfflerin?«

»Ja.« Sie legte ihren Kopf an meine Schulter und summte. »Du warst spektakulär. Ein wirklich phänomenaler Spieler.«

Das hatte ich im Laufe der Jahre auf so viele unterschiedliche Arten gehört, dass es seine Bedeutung verloren hatte. Aber die Worte aus Emmas hübschem Mund zu hören, während ihr Tonfall ehrfürchtig und voller Bewunderung war, ließ nichts anderes als reinen Stolz in meiner Brust anschwellen. Ich wollte krähen, umherstolzieren … sie hochheben und herumwirbeln, einfach weil es mir Freude bereitete, sie zum Lächeln und zum Lachen zu bringen.

Sie hatte eine kleine Kostprobe davon bekommen, wer ich zu meinen besten Zeiten gewesen war. Sie hatte miterlebt, wie die Fans für mich gejubelt hatten, und hatte mit ihnen gejubelt, während in ihren Augen Stolz schimmerte. Das sorgte dafür, dass ich ihr diesen Ausdruck an jedem einzelnen Tag meines Lebens aufs Gesicht zaubern wollte. Ich wollte ihre Bewunderung, ich wollte sie die ganze Zeit über stolz machen.

Plötzlich verspürte ich einen Schmerz in meiner Brust, der so heftig war, dass ich meine Hand darauf pressen musste. Doch sie bemerkte es nicht. Sie plapperte immer noch über mein »müheloses Können«, was niedlich war, aber dafür sorgte, dass ich mir wie ein Heuchler vorkam.

Zu sehen, wie sie mit Cassandra gesprochen hatte, war nicht hilfreich gewesen. Der Austausch hatte nicht freundlich gewirkt, und ich hätte raten können, was Cass gesagt hatte, aber ich wollte Emma nicht danach fragen. Hauptsächlich deswegen, weil ich nicht wollte, dass sie aufhörte mich anzuschauen, als wäre ich ihr Held.

Ich dachte, dass du mehr als Eishockey wärst, Oz. Nun wird mir klar, dass das nicht der Fall ist.

Die Tatsache, dass ich überhaupt an Cassandras letzte Worte an mich dachte, ärgerte mich, und ich verbannte sie in den hintersten Winkel meines Verstands und ergriff Emmas Hand.

An den Rändern des abgesperrten Bereichs, der zum Parkdienst führte, wartete eine Menge. Als wir näher kamen, wurden Rufe laut. Die Leute riefen meinen Namen. Emma wackelte mit ihren Augenbrauen. »Dein Publikum erwartet dich.«

»Macht dir das etwas aus?«

»Warum sollte es? Die Fans haben es verdient, dass du ihnen einen Teil deiner Zeit widmest.«

Wir gingen auf die Leute zu, und schon bald war ich mit Forderungen nach Autogrammen überflutet. Doch als ich hörte, wie jemand ihren Namen rief, schaute ich auf.

Sie hatten Emma bemerkt. Und all diese eingefleischten Eishockeyfans umringten sie nun. In der Nähe standen Sicherheitsmitarbeiter bereit, und Emma wirkte nicht überfordert oder nervös. Im Gegenteil, ihr Lächeln war freundlich und echt, während sie Autogramme gab und für Selfies posierte.

»Ist sie wirklich deine Freundin?«

Der Kerl, auf dessen Osmond-Trikot ich gerade unterschrieben hatte, warf einen Blick auf Emma und schaute dann wieder zurück zu mir, als könnte er es nicht so recht glauben. An manchen Tagen konnte ich das auch nicht – nicht, weil sie überall auf der Welt bekannt war, sondern aufgrund der einfachen Tatsache, dass es niemanden gab, den ich mehr mochte als sie.

»Ja. Das ist mein Mädchen.«

»Du verdammter Glückspilz.« Er war in den späten Teenagerjahren. Akne bedeckte die Randbereiche seines Kiefers, und sein Körper wirkte, als wäre er noch nicht so richtig ausgewachsen. Ich erinnerte mich an diese Jahre. Ich erinnerte mich nicht daran, je so unverblümt gewesen zu sein, aber seiner Meinung konnte ich nicht widersprechen.

»Ich habe mehr Glück, als du ahnst.« Ich gab ihm seinen Stift und sein Trikot zurück. Ich hatte vorgehabt, zu Emma hinüberzugehen. Doch ich stellte fest, dass ich mich nicht bewegen konnte. Gott, sie strahlte förmlich.

Nun erkannte ich, wie sehr ihr Selbstvertrauen gelitten hatte, als sie in *Rosemont* eingetroffen war. Sie war immer schön, klug und willensstark gewesen, aber damals hatte sie nicht dieses Maß an Selbstsicherheit und Glück ausgestrahlt.

Rosemont hatte sie geheilt.

Ich wollte mir ebenfalls einen kleinen Verdienst an ihrer Verwandlung anrechnen. Zweifellos hatte sie mich wieder zum Leben erweckt und mich dazu bewegt, dass ich ein besserer Mann sein wollte. Aber hatte ich nicht auch etwas Ähnliches für sie getan? Ich wusste, dass sie gerne mit mir zusammen war. Aber konnte ich sie stolz machen? Denn nach dem heutigen Tag würde ich als Mann ohne Ziel im Leben nach *Rosemont* zurückkehren.

Ihr Stern ging gerade erst auf, meiner war gefallen. Ein Kloß schwoll in meinem Hals an, als ich sie anstarrte. Vielleicht war es prophetisch oder vielleicht wurde mir ein Wunsch erfüllt, denn mein Handy summte und zeigte mir eine eingegangene Nachricht von meinem Agenten Carlos an.

Ich verspürte einen heftigen Stich inmitten meiner Brust. Rickman und Clark, der Manager meiner Mannschaft, wollten sich mit mir treffen.

Carlos: Ich verspreche nichts. Aber sie haben ein paar interessante Ideen, von denen ich denke, dass wir sie uns anhören sollten.

Ich warf einen Blick zu Emma, die immer noch die Menge unterhielt, und legte die Finger fester um mein Handy. Eine seltsame Mischung aus Angst und Hoffnung rauschte durch meinen Körper. Meine Finger waren ruhig, als ich antwortete:

Ich werde da sein.

32. KAPITEL

Emma

»Komm mit.« Ich nahm Lucians Hand und führte ihn auf die private Veranda unseres Bungalows. Wir waren den ganzen Tag über getrennt gewesen – Lucian und ich hatten an unterschiedlichen Besprechungen teilgenommen, und danach hatte ich Zeit mit Tate verbracht. Ich hatte ihm so viel zu erzählen. Aufregung und Vorfreude blubberten in meinen Adern wie frisch geöffneter Champagner. Doch das konnte warten. Hier und jetzt war unsere Zeit.

Der Marilyn-Bungalow war bereits vergeben gewesen, also hatte Lucian für uns Bungalow 5 reserviert, der über ein spezielles Extra verfügte, das ich nutzen wollte. Einen Pool.

Er blieb am Rand stehen, und ein kleines Lächeln umspielte seine Lippen. »Woher wusste ich nur, dass du mich irgendwann nach hier draußen führen würdest?«

Ich streifte meine Sandalen ab. »Das hast du davon, wenn du unschuldige Frauen mit spätabendlichen, heißen Wassersportvorführungen quälst.«

Er lachte. Es war ein satter und grollender Laut, der nach Freiheit klang. Lucian mochte noch nicht vollständig geheilt sein, aber er legte langsam die Anspannung ab, die ihn im Griff hatte, und wagte sich immer weiter aus seinem Schneckenhaus heraus. Ich liebte es.

»Du findest mich also heiß, ja?« Seine wintergrünen Augen funkelten im Dämmerlicht.

»Das weißt du doch, Brick. Du bist ein wandelnder Anreiz zum Sex. Eine lebendige Versuchung.«

Er blähte die Nasenflügel, aber sein Tonfall war weich wie Sahne. »Du sagst die nettesten Dinge, Schnüfflerin.«

»Mmm … Und jetzt runter mit den Klamotten, Honigkuchen.«

Lucian zog eine Augenbraue hoch, aber für einen langen Moment war er viel zu abgelenkt, um etwas zu erwidern, weil ich mir mein Kleid über den Kopf zog. Als er seine Stimme schließlich wiederfand, war sie ganz rau geworden. »Du ziehst dich aus.«

Ich grinste breit. »Du bist heute Abend ganz schön aufmerksam, was?«

Seine Lippen zuckten. »Du willst das wirklich durchziehen?«

Ich wusste, was er meinte. Hohe Mauern und Hecken umgaben den Pool auf allen Seiten, aber das hier war kein privates Anwesen. Es bestand durchaus die Möglichkeit, dass uns irgendwelche geschäftstüchtigen Paparazzi entdecken könnten, die an der Mauer hochgeklettert waren. Zugegebenermaßen war diese Möglichkeit verschwindend gering. Aber Lucian und mir war unsere Berühmtheit durchaus sehr bewusst. Es war nur so, dass mich das nicht mehr kümmerte. Wenn jemand einen solchen Aufwand betreiben wollte, um mich in Verlegenheit zu bringen, dann konnte ich nichts dagegen unternehmen. Ich wollte leben. Ich wollte das Leben genießen und einfach lebendig sein.

Ich griff hinter mich, um meinen BH zu öffnen.

Lucian stieß ein tiefes Stöhnen aus, als ich ihn beiseitewarf. »Verdammt, Em. Ich glaube nicht, dass ich dich jemals nicht wollen werde.«

Die Leidenschaft in seinem Blick fühlte sich wie ein Samthandschuh an, der über meine Haut glitt. »Gut, denn du wirst mich bekommen. Sehr oft.«

Er knurrte. Es klang zufrieden und ein wenig raubtierhaft. Ein neuer Schwall Hitze schoss zwischen meine Schenkel, und alles in mir zog sich zusammen.

Ich schob die Finger unter den Bund meines Höschens, hielt dann aber inne. »Du ziehst dich gar nicht aus.«

Lucian blinzelte, als tauche er aus einem Nebel auf. Dann warf er mir einen ironischen Blick zu und zog sein T-Shirt aus. Herrgott, er war wirklich schön gebaut, stark und doch anmutig, muskulös und straff. Der olivfarbene Ton seiner Haut nahm im dämmrigen Licht des Abends hellblaue und graue Schattierungen an. Er ließ mich nicht aus den Augen, während er mit den Fingern am Knopf seiner Jeans herumfummelte. Ich grinste und schlüpfte aus meinem Höschen.

»Verdammt …« Er stieß einen heftigen Atemzug aus, hielt inne und betrachtete mich.

Ich lachte und ging langsam ins Wasser. Die plötzliche Kälte sorgte dafür, dass mir der Atem ein wenig stockte.

Als sich Lucian das erste Mal für mich ausgezogen hatte, war es eine Show gewesen. Das war mir mittlerweile klar. Dieses Mal entkleidete er sich blitzschnell und schleuderte seine Klamotten hastig auf einen Liegestuhl. Er warf mir einen prüfenden Blick zu, kam zum Pool und ließ sich ins Wasser gleiten. Doch sobald er in meine Nähe geschwommen kam, schoss ich davon.

»So ist das also, ja?« Er schaute mich streng an, doch in seinen Augen schimmerte Humor. Dann nahm er die Verfolgung auf.

Ich quietschte, weil es so großen Spaß machte, und wich ihm erneut aus. Der Pool war nicht besonders groß oder tief und ich versuchte auch nicht wirklich zu entkommen. Nach weniger als einer Minute hatte er mich geschnappt und kicherte, als er mich fest an sich zog und an seinen harten, warmen Körper drückte. Lachend klammerte ich mich an seinen vom Wasser ganz rutschigen Schultern fest und strich ihm eine nasse Haarsträhne aus der Stirn.

»Du hast mich erwischt. Was wirst du jetzt mit mir machen?«

Summend ließ sich Lucian mit mir im Arm durch den Pool treiben. »Ich fertige im Geiste gerade eine Liste an.« Er ließ seine großen Hände an meinem Rücken entlang nach unten gleiten und umfasste meinen Hintern, um mich an seine beeindruckende Erektion zu pressen.

Er kicherte erneut, als ich mich an ihm wand und mir vor Lust und Ungeduld auf die Lippe biss. Sein Mund fand meinen, und er saugte sanft an meiner mitgenommenen Unterlippe. Doch sonst unternahm er nichts. Aber das musste er auch nicht. Wir genossen beide die bloße Tatsache, dass wir einander festhalten und langsam und gründlich küssen konnten.

»Das hätte ich schon beim ersten Mal machen sollen, als wir zusammen in einem Pool waren«, sagte er an meinen Lippen. Seine waren heiß und träge.

Ich knabberte an seinem Mund. »Tja, ich habe mir alle Mühe gegeben, dich in Versuchung zu führen.«

»Und das hat auch bestens funktioniert.« Lucian stieß ein schnaubendes Lachen aus, das sich in ein selbstironisches Stöhnen verwandelte. »Danach musste ich mich die ganze Nacht mit der Hand bearbeiten und wünschte mir, dass ich stattdessen in dir hätte sein können.«

Ich schlang meine Beine um seine schlanke Taille und bewegte mich gerade genug, um ihn meine Feuchtigkeit spüren zu lassen. Er stöhnte erneut, und sein Griff an meinem Hintern wurde fester. Ich biss in seine Unterlippe. »Das ging mir ähnlich.«

»Verdammt, Em …«

Sehr lange ließen wir uns einfach nur treiben, küssten uns und murmelten Worte des Verlangens und der Ermutigung. Lucians Schultern stießen gegen den Rand des Pools, und er hielt mich dicht an sich gedrückt. Das Wasser benetzte seine langen Wimpern, was dazu führte, dass seine hellgrünen Augen noch stärker als sonst hervortraten. Doch sie waren nicht von Kälte, sondern von Zuneigung erfüllt. »Ich hätte dir nicht widerstehen sollen. Dieses Unterfangen war von Anfang an zum Scheitern verurteilt.«

»Widerstand *ist* zwecklos.«

Lucian lachte langsam und tief, doch seine Miene blieb nachdenklich. »Wenn ich mir vorstelle, dass wir das alles schon die ganze Zeit über hätten machen können.«

Ich bedeckte seine Wange und seinen Kiefer mit Küssen und lächelte dann. »Tja, die Vorfreude ist aber auch nicht zu unterschätzen.«

Er berührte meine Stirn und wischte einen Wassertropfen weg, während er mein Gesicht betrachtete. »Gott, Em, du siehst …«

»Was?«, keuchte ich, während mein Herz gegen die zerbrechliche Wand meiner Brust hämmerte.

»Glücklich aus«, sagte er, und sein Lächeln wurde ebenfalls breiter. »Du siehst so glücklich aus.«

»Weil ich es bin.« Ich sah ihm direkt in die Augen. »Deinetwegen.«

Lucian schluckte schwer, und die Muskeln in seiner Kehle arbeiteten. »Ich mache dich glücklich?«

»Natürlich tust du das.« Ich umfasste seine feuchte Wange. »Wie kann es sein, dass du das nicht weißt?«

Er starrte mich einen Moment lang an, senkte dann den Kopf und küsste mich heftig. Dieser Kuss setzte meinen ganzen Körper in Flammen, rauschte durch meinen Bauch und flatterte in meinem Herzen.

»Em …« Er verfolgte und verehrte mich mit seinem Mund. »Du weißt es nicht … wie könntest du es auch wissen …?« Er verstummte, küsste meinen Hals, meine Wange und einmal mehr meinen Mund. »Alles war dunkel und leer, bis du kamst. Es gab keinen Geschmack. Keine Freude.«

Er erschauerte und legte seine Stirn an meine. »Ich bin einfach nur wirklich froh, dass ich dich glücklich mache.«

Ich hielt ihn ganz fest, und unsere Atemzüge vermischten sich miteinander. »Ich lebe in einer Welt voller Egos und Illusionen. Ich dachte, dass der Ruhm das wäre, was ich bräuchte, dass ich endlich in Sicherheit wäre, wenn ich ihn hätte.« Wasser schwappte zwischen uns, während ich sein Gesicht betrachtete. »Du bist nicht sicher, Lucian. Aber du bist echt. Wenn ich mit dir zusammen bin, fühle ich mich lebendig. Ich bin einfach nur ich. Und ich musste erst dich kennenlernen, um zu verstehen, dass das das Beste ist, was ein jeder von uns sein kann.«

Um uns herum brach die Nacht herein, und das Wasser plätscherte, während wir einander anstarrten. Lucians Brust hob und senkte sich, während er mich festhielt und meine Worte verarbeitete. Als er sprach, schien seine Stimme aus dem tiefsten Teil seiner Seele zu kommen. »Ich weiß nicht, was ich getan habe, um dich zu verdienen, Em. Aber ich schwöre, dass ich mein Bestes tun werde, um dafür zu sorgen, dass ich mir das Recht verdiene, dich zu behalten.«

Bevor ich ihm mitteilen konnte, dass er sich dieses Recht längst verdient hatte, küsste er mich erneut und hob uns dann abrupt aus dem Wasser, um in Richtung Bett zu marschieren.

»Gott, du fühlst dich so gut an.« Wir lagen einander zugewandt da, und unsere Körper waren so eng wie nur möglich miteinander verschlungen. Ich drang immer wieder in Emmas feuchte Hitze ein und stöhnte. Zitternd umfasste ich ihre gerötete Wange und küsste sie sanft auf den Mund. Ich liebte sie stundenlang, ruhig und langsam. Jeder Zentimeter meines Körpers sehnte sich nach Erlösung, doch ich zögerte sie so lange hinaus, wie ich es nur konnte. Wir hatten die ganze Nacht auf diese Weise verbracht, und nun machten wir in der heißen Morgensonne einfach weiter.

»Lucian.« Sie bewegte sich mit mir, und die Spitzen ihrer Brüste streiften meine Brust.

Knurrend griff ich zwischen uns, fand ihre süße, geschwollene Brustwarze und zwickte sie. Als Reaktion darauf zog sie sich um mich herum zusammen und ließ stöhnend die Hüften kreisen. Das war so verdammt gut.

So gut, dass es sich anfühlte, als würde ich fliegen.

Emma war in meinen Armen, und alles war in Ordnung. Ich konnte den genauen Augenblick, in dem das zu meiner Wahrheit geworden war, nicht benennen. Vielleicht war es bereits der Augenblick unserer ersten Begegnung gewesen. Sie hatte mich von Anfang an zum Lächeln gebracht und meine dunkle, verschlossene Welt mit Sonnenlicht und Luft geflutet.

Ich brauchte sie ebenso sehr, wie ich das Eis brauchte, wie ich Nahrung und Wasser brauchte. Ich küsste sie erneut und leckte über die üppige Wölbung ihrer Unterlippe. »Em. So ist es noch nie gewesen«, flüsterte ich. »Noch nie.«

Unsere Blicke trafen sich genau in dem Moment, in dem ich eine Stelle erwischte, die dafür sorgte, dass sie kam. Sie zog sich um mich herum so eng zusammen, dass ich Sterne sah. Ich folgte ihr mit einem langen, heiseren Stöhnen und ergoss mich mit festen, harten Stößen in sie.

Leer und gleichzeitig erfüllt zog ich sie mit einem Seufzen noch näher an mich heran, obwohl das schon fast nicht mehr möglich war. Für einen langen Moment lagen wir in perfekter Stille da und waren damit zufrieden, einander einfach nur festzuhalten. Dann neigte sie den Kopf, um zu mir hochzuschauen.

Ein schläfriges, aber befriedigtes Lächeln schimmerte in ihren Augen. »Du hast mich in eine schlaffe Pfütze verwandelt.«

Ich strich mit der Hand über ihre seidige Wange. »Lass es mich noch mal tun.«

Ich meinte das größtenteils ernst. Aber ich befürchtete, dass ich für eine ganze Weile nicht in der Lage sein würde, mich zu bewegen. Sie hatte mich ebenfalls vollkommen fertiggemacht.

Mit einem theatralischen Stöhnen ließ sie sich nach hinten sacken und kuschelte sich dann in meine Armbeuge. »Zuerst brauche ich ein langes, heißes Bad. Und Kaffee.« Sie blinzelte zu mir hoch. »Gott, für eins deiner Croissants würde ich jetzt töten.«

Ich verkniff mir ein Grinsen. Da wir uns immer noch im Hotel befanden, würde das warten müssen. »Es ist sehr erfreulich zu wissen, dass du mich wegen meiner Backwaren willst.«

»Und auch wegen deines Schwanzes.«

Ich erstickte fast an meinem Lachen und senkte dann den Kopf, um an ihrem Hals zu knabbern. »Du bist ganz schön frech, Schnüfflerin.«

»Mmm.« Sie fuhr mit den Fingern durch die Haare auf meiner Brust. »Ich hatte gestern eine gute Unterhaltung mit meinem Agenten.«

Nach der Wohltätigkeitsveranstaltung hatte Emma ein Treffen mit ihrem Agenten wahrgenommen, während ich mit Rickman und Clark geredet hatte. Keiner von uns hatte bis jetzt die Gelegenheit gehabt, mit dem anderen darüber zu sprechen, da wir buchstäblich wie notgeile Teenager übereinander hergefallen waren, sobald wir unseren Bungalow im Hotel betreten hatten. Tatsächlich hatte ich es nicht wirklich eilig, ihr von meiner Neuigkeit zu berichten. Ich wusste, dass sie sie nicht gut aufnehmen würde. Also konzentrierte ich mich stattdessen auf ihre.

»Was hat dein Agent gesagt?«

»Es gibt da eine Rolle. Sowohl der Regisseur als auch die Produzenten wollen mich dafür haben. Es ist ein Drama, nach einem berühmten Thriller. Einem Bestseller.«

Sie nannte mir den Titel, und ich stieß einen leisen Pfiff aus. »Wen sollst du spielen?«

»Beatrice.«

Ich kannte das Buch. Beatrice war die Hauptfigur, die entweder langsam dem Wahnsinn verfiel oder tatsächlich von einem Mörder verfolgt wurde. Das Publikum würde es erst am Ende erfahren. Wenn Emma diese Rolle bekam, würde sie ein riesiger Star werden.

»Du kannst das schaffen«, sagte ich voller Überzeugung.

Sie packte meinen Arm und hielt ihn fest. »Ich weiß. Ich spüre es. Das ist meine Rolle.«

Ich küsste sie flüchtig und sanft. »Wo werden die Dreharbeiten stattfinden?«

»Größtenteils hier in L.A. Wahrscheinlich außerdem ein paar Szenen in Nevada.« Ihr Lächeln wurde sanft. »Ich werde nicht weit weg sein.«

Das Versprechen ließ mich innehalten. Die Realität unserer Situation und wie ich sie bald verändern würde, kroch wieder in mir hoch und drückte gegen meine Innereien. Ich hatte ihr meine Neuigkeit noch nicht erzählt. Und das konnte ich auch jetzt nicht tun. Nicht wenn sie so glücklich war.

Ich verdrängte den Gedanken und konzentrierte mich darauf, ihre Lippen zu küssen. Es waren zarte Küsse, die zu nichts führen mussten, mir aber trotzdem kleine Lustschübe über den Rücken jagten, wann immer ich sie berührte.

Sie gab einen zufriedenen Laut von sich und strich mit den Fingern durch mein Haar. »Oh, und da ist noch etwas.«

»Etwas Besseres als eine großartige Rolle in einem potenziellen Blockbuster?«

»Tja, nicht ganz so gut, aber ich denke, dass es ziemlich toll ist.«

»Erzähl es mir, süße Em.«

Sie schmiegte sich an mich. »Ich will mit dir an einen bestimmten Ort fahren. Wirst du mitkommen?«

»Wirst du mir nicht verraten, wo es hingeht?«

»Es ist eine Überraschung.«

»Geheimnisvoll. Das gefällt mir. Ich werde mitkommen.« Ich zog die Decke weg, sodass sie nackt vor mir lag. »Aber zuerst wirst du noch mal kommen.«

Nach einem langen, gründlichen Austausch kamen wir beide.

33. KAPITEL

Lucian

Das Haus befand sich in Los Feliz, wo sich die Straße die Hügel hinauf und in Richtung Griffith-Observatorium wand. Es lag hinter einem privaten, blickdichten Tor verborgen und war ein Anwesen im spanischen kolonialen Revival-Stil aus den 1920ern. Mit seinem Dach aus Terrakottaschindeln, den weiß verputzten Wänden, dunklen Türbögen und von Holzbalken durchzogenen Decken war es in vielerlei Hinsicht eine kleinere Version von *Rosemont*. Rosen kletterten an den Außenwänden hinauf und schmückten den Innenhof.

Unsere Schritte waren leise, als sie mich durch ein prächtiges Wohnzimmer mit einem aus Stein gehauenen Kamin, an einer mit Eichenholz verkleideten Bibliothek vorbei und in eine lichtdurchflutete Küche mit riesigen Fenstern führte, die einen Ausblick auf eine Oase von Pool boten. Abgenutzte Arbeitsflächen aus Marmor erstreckten sich kühl und glatt unter meiner flachen Hand. Ich begutachtete die beiden übereinander angebrachten Öfen sowie den Herd mit acht Kochstellen. Dies war eine Küche für einen Koch. Und eindeutig das Herz eines vielgeliebten Zuhauses.

»Es bietet Privatsphäre«, sagte Emma und ging zu der bogenförmigen Doppeltür, die nach draußen führte. »Und es ist ruhig.«

»Das Licht ist gut.« Ich ließ meinen Blick durch die Küche

schweifen und betrachtete die gewaltige begehbare Vorratskammer und den Frühstücksbereich. Ich hatte Jean Philipes alten Holztisch eingelagert. Er würde hier perfekt reinpassen, wo die Sonne direkt draufscheinen konnte.

Schränke und Regale mit Glastüren bedeckten die Wand auf der anderen Seite des Raums. Sie boten mehr als genug Platz für Servierplatten, Teller, Kochgeschirr und Porzellan. Ich schaute zu Emma auf, weil ich ihren Blick auf mir spürte.

Sie lächelte mich schüchtern an. »Es gefällt dir.«

»Ja.« Ich erwähnte nicht, dass mein Herz drohte, aus meiner Brust zu springen.

»Ich werde es kaufen.«

Das war es also. Ich hatte es erwartet. Warum sollte sie mich sonst zur Besichtigung eines Anwesens mitnehmen, das zum Verkauf stand? Doch die Bestätigung traf mich trotzdem mit der ganzen Wucht eines gut platzierten Tritts. »Wie viele Schlafzimmer gibt es hier?«

»Fünf.« Sie rührte sich nicht vom Fleck, sondern blieb im hereinfallenden Sonnenlicht stehen.

»Das ist ganz schön groß für eine Person.«

»Ja. Aber dieses Haus fühlt sich für mich gut an. Wie ein Zuhause.« Sie ließ mich nicht aus den Augen.

Ein Zuhause. Ihres. Nicht meines. Aber hatte ich überhaupt ein Zuhause? *Rosemont* gehörte Amalie. Ja, ich war dort immer willkommen gewesen, und es hatte mir einen Zufluchtsort geboten. Aber war es ein Zuhause oder nur ein sicherer Ort, an dem ich mich vor der Welt verstecken konnte?

Erneut fuhr ich mit einer Hand über die Küchentheke. Im Gegensatz zu so vielen anderen Küchentheken in schicken kalifornischen Häusern war diese hier alt. Sie hatte eine Geschichte, die sie mithilfe verblasster Flecken und der seidigen Glätte des Marmors erzählte. Sie würde sich hervorragend für die Verarbeitung von Schokolade und fürs Ausrollen von Teig eignen.

Ein Zuhause. Die Versuchung, mir mit Emma eins aufzubauen, brannte in meinem Magen wie kochender Zucker – süß, aber schmerzhaft. Denn das konnte ich nicht tun. Zumindest nicht jetzt. »Wann ziehst du um?«

Die Bodendielen knarrten, als sie ein Stück näher kam. »Sobald ich kann. Vielleicht in zwei Wochen.«

Ich nahm diese Information auf. Mir war immer klar gewesen, dass sie irgendwann wieder abreisen würde. Und dieses Haus war nicht allzu weit von *Rosemont* entfernt. Also warum schmerzte mich das so? Warum wurde mir plötzlich ganz kalt, so als wäre sie bereits fort?

Verdammt. Das tat weh. Sie hatte gesagt, dass ich sie glücklich machte. Ich wollte sie glücklich *und* stolz machen.

»Lucian?«

»Ja?« Ich versuchte, meine Stimme unbeschwert klingen zu lassen, aber das Wort kam kurz angebunden über meine Lippen.

Ihre Miene war schmerzerfüllt und doch einladend, so als wollte sie mir etwas mitteilen, das mir entging. »Wo wohnst du eigentlich?«

»Was meinst du damit? Ich wohne in *Rosemont*.«

Sie runzelte ganz leicht die Stirn. »Hast du schon immer dort gewohnt?«

»Natürlich nicht.« Ich fuhr mir mit einer Hand über den Nacken. »Ich hatte eine Eigentumswohnung in D.C. In einem schönen Gebäude in Georgetown mit Blick auf den Potomac. Ich habe sie verkauft, weil ich sie nicht mehr gebraucht habe.«

Dachte sie, dass es mir finanziell so schlecht ging? Herrgott, ich war ein Star gewesen. Ich hatte in den Jahren, in denen ich gespielt hatte, über achtzig Millionen verdient, und durch die

Werbeverträge kam immer noch mehr rein. Ich war ein reicher Mann. Ehrlich gesagt verdiente ich vermutlich sogar mehr als sie. Auch wenn ich kein Eishockey mehr spielte. Sofort kam ich mir wie ein Idiot vor, weil ich das dachte.

Vielleicht vermittelte meine finstere Miene mehr von meinen Gedanken als mir klar war, denn sie schüttelte den Kopf, als wollte sie sich entschuldigen. »Es ist nur … wir reden nie darüber. Über dein Leben. Du lungerst in *Rosemont* herum, als würdest du dich verstecken …«

»Ich verstecke mich nicht. Ich bin dort, weil …« Meine Kehle verkrampfte sich, und ich räusperte mich gekränkt. »Weil Mamie Gesellschaft braucht.«

Mist. Das klang absolut lächerlich. Und das wussten wir beide.

»Das ist es also?«, fragte sie leise und behutsam. »Du wirst den Rest deines Lebens damit verbringen, Amalie Gesellschaft zu leisten?«

Mein Magen zog sich zusammen, und ich knurrte und wandte den Blick von ihr ab. Dann machte mich die Tatsache, dass ich das tat, sauer und ich starrte trotzig zu ihr zurück. »Sie ist meine Großmutter.«

»Ich weiß. Aber was ist mit deinem Leben?« Sie war mir jetzt näher und schaute mich von der anderen Seite der langen Kücheninsel aus direkt an. »Du bist so jung. Du hast so viele Möglichkeiten.«

»Das stimmt«, fiel ich ihr ins Wort und spürte, wie sich die alte Verbitterung, die alte mühsam beherrschte Frustration in mir aufbaute. »Die habe ich.«

Sie hielt inne und runzelte wieder die Stirn. »Die hast du«, wiederholte sie unsicher.

Ich atmete schnaufend aus. »Ich wollte jetzt eigentlich nicht darüber reden. Aber ich habe mit Rickman gesprochen.«

»Deinem alten Coach?«

Ich nickte. »Rickman, ja. Und mit Clark, dem Manager meiner Mannschaft. Und auch mit Jack Morison, dem Besitzer.« Ich breitete die Hände auf der Theke aus und drückte sie fest auf die glatte Oberfläche, um mich zu erden. »Wenn mir meine Ärzte das Okay geben und ich mich gut genug fühle, um zu spielen, werden sie mich wieder in die Mannschaft aufnehmen.«

Es war, als wäre schlagartig jegliche Luft aus dem Raum gesaugt worden. Emmas Mund klappte auf, und sie starrte mich entsetzt an.

»Sie werden dich wieder aufnehmen?« Sie wurde blass. »Aber du bist doch im Ruhestand.«

»Das ist uns allen klar, Em.«

»Du hast dich vom Eishockey zurückgezogen«, sagte sie nachdrücklicher, »weil die Gefahr bestand, dass dein Gehirn Schaden nehmen könnte. Dauerhaft.«

»Ich weiß«, schnauzte ich. Dann holte ich tief Luft. »Aber ich bin immer noch in Topform. Wieder auf dem Eis zu sein … hat sich gut angefühlt. Ich könnte das immer noch machen. Ich könnte einfach …«

»Einfach was? Verdammt noch mal sterben?« Ihre Stimme klang schrill. Dann biss sie sich auf die Unterlippe, als müsste sie darum ringen, sich zu beruhigen.

»Ich werde vorsichtig sein«, sagte ich und hatte ebenfalls Schwierigkeiten, ruhig zu bleiben, denn ich wollte am liebsten schreien. »Ich werde sehr vorsichtig sein.«

»Beim Eishockey. Einer Sportart mit vollem Körpereinsatz.« Sie schnaubte und verzog das Gesicht. »Der Sportart, die dich überhaupt erst in diese Lage gebracht hat.«

»Emma …«

»Komm mir nicht mit Emma.« Sie wedelte mit einer Hand

in der Luft herum, als könnte sie ihre Verärgerung so verscheuchen. »Versuch nicht ... mich zu beschwichtigen!«

»Meinetwegen. Ich werde es nicht versuchen.« Ich umfasste die Kanten der Arbeitsplatte. »Aber dann halte du mir keine Vorträge, als wäre ich ein unwissendes Kind.«

»Dann führ dich nicht auf wie ein unwissendes Kind«, konterte sie aufgebracht. »Benutz dein tolles und sehr wertvolles Gehirn. Das ist unvernünftig ...«

»Oh, um Himmels willen ...«

»Du hast dieses kluge Gehirn benutzt, als du dich entschieden hast, in den Ruhestand zu treten. Benutze es jetzt wieder, verdammt.«

Ich biss mit einem Klacken die Zähne zusammen und presste sie fest aufeinander, da ich nicht in der Lage war, etwas zu erwidern, ohne zu brüllen.

Energie knisterte um Emma herum. Sie ließ ihre Augen aufleuchten und die Konturen ihres Körpers schärfer hervortreten. Sie war wunderschön und furchterregend. »Was ist mit Delilahs Angebot? Du liebst es, zu backen und Nachtische zu kreieren. Du bist ein Künstler ...«

»Ich bin Eishockeyspieler!« Mein Ruf hallte im Raum wider und kehrte als Echo zu mir zurück. »Das ist alles, was ich je war und je sein wollte!« Die Laute, die sich meiner Kehle entrangen, waren wie die eines verwundeten Tieres. Sie beschämten mich und befeuerten gleichzeitig meine Wut. Ich schlug mit einer Faust auf die Theke. »Halte mir keine Vorträge darüber, was ich bin, wenn ich die Chance habe zu ... zu ... verdammt.«

Ich wandte mich ab, und meine Kehle schnürte sich zu. Keuchend stemmte ich die Hände in die Hüften und blinzelte hektisch, um das brennende Prickeln hinter meinen Augenlidern loszuwerden.

Stille breitete sich schwer und kalt zwischen uns aus. Ich schloss die Augen und holte tief Luft. »Ich bin noch nie im Leben besser in Form gewesen als jetzt, Em. Ich kann das schaffen. Dieses Mal werde ich vorsichtig sein. Ich weiß, was auf dem Spiel steht.«

Die Worte waren so zerbrechlich wie gesponnener Zucker. Doch sie zerschlug sie nicht, wie ich es erwartet hatte. Sie bekämpfte mich nicht. Ihr Seufzen war sanft, ein zarter Lufthauch. Ich hätte es nicht mal gehört, wenn ich nicht so sehr auf ihre Reaktion geachtet und auf den Streit gewartet hätte, den ich ausfechten wollte.

»Mit etwas anderem wirst du niemals glücklich sein, nicht wahr?«, fragte sie.

Etwas huschte durch meinen Körper, und ich konnte lediglich verneinend den Kopf schütteln. Da ich mich so sehr von allem um mich herum abgeschottet hatte, war das Letzte, was ich erwartete, dass sie ihre Arme von hinten um mich legen und sich an mich pressen würde, um mich festzuhalten.

Ich erwartete es nicht. Aber in der Sekunde, in der sie es tat, reagierte mein Körper mit einem heftigen Beben und mein Herz hämmerte gegen meinen Brustkorb. Ich umfasste ihre schlanken Unterarme und strich über ihre seidige Haut, weil ich diesen Kontakt brauchte.

»Ich will nicht streiten«, sagte sie.

Daraufhin drehte ich mich um und zog sie an mich. »Das will ich auch nicht.«

Wir standen stumm da und umarmten uns in dieser Küche, die schon bald ihr gehören würde. Ich schmiegte meine Wange an ihren Kopf, atmete den Duft ihres Haars ein und nahm die Wärme ihres Körpers in mich auf. Aber viel zu bald zog sich Emma zurück und neigte den Kopf nach hinten. Sie ließ ihren indigoblauen Blick über mein Gesicht wandern.

»Wenn du für deine alte Mannschaft spielst, bedeutet das, dass du zurück nach D.C. gehen wirst.«

Die Wahrheit schlug kleine Wellen wie ein Stein, den man in einen See geworfen hatte. Wieder hatte sie etwas ausgesprochen, das ich nicht hatte sagen wollen. Aber jetzt war es raus. Ich ließ sie los, obwohl ich sie eigentlich noch viel fester halten wollte. »Noch ist nichts entschieden. Das ist nur eine unverbindliche Probephase, aber ja, wenn ich spiele … würde ich in D.C. wohnen, aber ich wäre auch ständig unterwegs.«

»Ich weiß, wie das läuft.« Ihr Lächeln war schief und gezwungen. »Ich werde ebenfalls beschäftigt sein. Die Vorproduktion für den Film fängt bald an. Tatsächlich habe ich bereits nächste Woche mein erstes Treffen. Du weißt schon, um ein paar Ideen durchzugehen, die anderen Schauspieler kennenzulernen und all so was.«

Sie trat zurück und schlenderte in der Küche umher. »In diesem Raum fehlt ein großer Holztisch. So einen wie Amalie in ihrer Küche hat. Und vielleicht noch eine Aufhängung für Kupfertöpfe und -pfannen über der Kücheninsel.«

Wenn Emma anfing zu plappern, war das kein gutes Zeichen. In meiner Brust bildete sich ein Kloß, der immer größer wurde, während sie darüber redete, wie sie das Haus einrichten wollte.

»Das große Schlafzimmer hat einen teilweise überdachten Balkon mit Blick auf den Pool …« Sie verstummte und runzelte die Stirn. Und ich wusste, dass sie an den Balkon ihres kleinen Hauses in *Rosemont* und an die Nacht dachte, in der sie mich beobachtet hatte, während ich nackt geschwommen war.

Trauer überflutete mich. Das hier fühlte sich wie ein Tod an. Das Ende unserer Beziehung. Ich wollte es verhindern. Und das *konnte* ich. Ich musste lediglich die richtigen Worte sagen. Aber sie wären eine Lüge. Ich musste es versuchen, sonst würde ich mich ewig fragen, ob ich die richtige Entscheidung getroffen hatte. Diesen Verlust würde ich niemals verkraften. Und ich konnte in meinem Leben keine weiteren Verluste mehr hinnehmen. Nicht jetzt.

»Ich will dich nicht verlieren«, platzte es aus mir heraus.

Emma schaute zu mir herüber, und eine unbehagliche Miene ließ ihre Gesichtszüge angespannt wirken.

Ich starrte sie an und flehte sie stumm an, mich zu verstehen. »Ich habe dich gerade erst gefunden. Aber ich kann mir diese letzte Chance nicht entgehen lassen. Ich will mich wieder wie ich selbst fühlen, Em.«

Seufzend ließ sie die Schultern nach unten sacken. »Das weiß ich.« Sie schluckte sichtlich. »Ich werde nirgendwohin gehen, Lucian.«

Aber ich würde es. Und wir beide wussten, dass das dazu führen würde, dass ich mich immer weiter von ihr entfernte.

34. KAPITEL

Emma

Ich war nicht benommen. *Benommenheit* deutete einen Mangel an Gefühlen an, und ich hatte jede Menge Gefühle. Schreckliche, krampfhafte Gefühle. Ich hatte nicht gewusst, dass es möglich war, so große Angst um jemanden zu haben, der fest entschlossen war, die Gefahr, die ihm drohte, zu ignorieren.

Ich betrachtete Lucians hartes Profil, während er sich darauf konzentrierte, dem Mittagessen aus scharf angebratenem Lachs, das er zubereitete, den letzten Schliff zu verpassen. Zitronengelbes Sonnenlicht schien durchs Küchenfenster herein und schimmerte auf seinem dunklen Haar. Er wirkte ruhig, aber nicht zufrieden.

Es half alles nichts. Die Fahrt zurück nach *Rosemont* war angespannt gewesen, und jeder von uns hatte sich still in seine eigene Ecke zurückgezogen. Ich hatte jede Sekunde davon gehasst. Irgendwie war Lucian zum Mittelpunkt meiner Welt geworden, und es war einfach nicht schön, wenn wir eine Meinungsverschiedenheit hatten.

Nicht dass einer von uns bereit gewesen wäre zuzugeben, dass wir uns immer noch im Streit befanden und dieser sich lediglich in die Länge zog. Ich war zu gut darin, so zu tun, als wäre der Schmerz verschwunden, und für ihn galt das ebenfalls.

Das war eine furchtbare Lösung, wenn man bedachte, dass meine Nervosität und meine verletzten Gefühle immer dann zunahmen, wenn ich den Mund hielt. Nun, einen Tag später, bereiteten wir das Mittagessen für seine Familie zu. Oder besser gesagt: Lucian bereitete es zu, und ich leistete ihm auf meinem üblichen Platz auf der Küchenbank Gesellschaft.

Ein stummes Seufzen ging durch meinen Körper. Ich hatte gehofft, dass er die Küche in dem Haus, das ich kaufen wollte, lieben würde. Ich hatte gehofft, dass er die Möglichkeit sehen würde, dieses Haus in ein Zuhause für uns beide zu verwandeln. Was einfach nur dumm von mir gewesen war. Es war noch viel zu früh, um von ihm zu erwarten, dass er mit mir zusammenleben würde. Nicht dass ich schon den Mut aufgebracht hätte, ihn zu fragen, ob er das überhaupt wollte. Wir sprachen nie über Liebe oder für immer. Warum hätte ich irgendetwas erwarten sollen?

Aber das hatte ich. Ich hatte einmal mehr Luftschlösser gebaut und mir vorgestellt, wie wir zusammen in dieser kleinen Version von *Rosemont* leben würden. Ein Haus ganz für uns allein. Und er hatte diese Fantasie mit einem Schlag zertrümmert. Er würde fortgehen.

Vielleicht hätte ich das leichter akzeptieren können, wenn er es nicht für eine Karriere täte, die ihn das Leben kosten könnte.

Ich verzog das Gesicht und wandte mich ab.

»Das Essen ist fertig.« Seine tiefe Stimme durchschnitt die Stille.

»Ich hole das Brot.«

Gestelzt und kein bisschen authentisch. So redeten wir jetzt miteinander.

Ich schluckte krampfhaft und schnappte mir den großen Brotkorb, während er mich aus kühlen grünen Augen beobachtete. Ich wusste, dass er aufgebracht war, weil ich seinem Plan nicht sofort zugestimmt hatte. Genau wie ich wusste, dass er mir wirklich nicht wehtun wollte. Wir befanden uns einfach in einer ausweglosen Situation.

Lucian trug das Hauptgericht, und auf halbem Weg zum Tisch begegneten wir Tina, die in die Küche wollte, um den Eistee zu holen.

»Also dann«, sagte Amalie und klatschte in ihre beringten Hände. »Das sieht wundervoll aus.«

Sal schob eine Servierplatte mit leuchtend roten geschnittenen Tomaten beiseite, um Platz für den Fisch zu machen. »Ich bin am Verhungern.«

»Du bist immer am Verhungern«, erwiderte Lucian trocken, was ihm eine abfällige Geste einbrachte, die Sal mit seinen mit neongrünen Nägeln geschmückten Fingern vollführte.

»Wo steckt denn jetzt schon wieder Anton?«, murmelte Amalie und schaute sich auf der Terrasse um, als könnte er plötzlich aus dem Gebüsch auftauchen. Doch er kam durch die Küchentür und half Tina mit den Getränken, indem er zwei Faschen Wein trug.

Ich lehnte mich auf meinem Stuhl zurück und beobachtete, wie die Osmonds miteinander harmonierten, während sie alles perfekt vorbereiteten. Unterschiedliche Ausdrücke der Zufriedenheit und der Erwartung zierten ihre attraktiven Gesichter. Und in ihrer Mitte erteilte der strenge und aufmerksame Lucian ihnen allen Anweisungen.

Trauer rang mit reinster Zuneigung. Für sie alle. Das waren Menschen, die das Leben liebten, die gutes Essen und gute Unterhaltungen liebten. Und sie teilten das alles mit jedem, der diese Annehmlichkeiten benötigte.

Nachdem Sal ihr einen Chardonnay eingeschenkt hatte, hob Amalie ihr Glas mit einem Funkeln in den jadegrünen Augen, während sie uns alle anschaute. Lucian mochte der Anführer der Truppe sein, aber sie war die Königin.

»*On trinque?*«

Ihre Enkelkinder antworteten wie aus einem Munde. »*À votre santé.*«

Sal und ich wiederholten die Worte und befolgten das Ritual, mit jedem anzustoßen. Als sich Lucian herumdrehte, um mein Glas zu berühren, schaute er mir tief in die Augen und murmelte: »*À ta santé.*«

Ich senkte die Lider, während mich die Gefühle zu heftig und zu schnell überwältigten. Und er wusste es. Er streifte meine Schläfe mit seinen Lippen, als er meinen Namen hauchte. »Em.«

Ich liebte diesen Mann. Und das machte mich fertig.

Als wir uns beide zurückzogen, stellte ich fest, dass Amalie lächelte und äußerst zufrieden wirkte. Ich blinzelte meine Tränen weg und nahm die Servierplatte mit den Tomaten entgegen, die Tina mir reichte.

»Also dann«, sagte Amalie. »Nun, da ich all meine Babys hier habe, habe ich etwas zu verkünden.«

Unruhe machte sich am Tisch breit, und alle außer mir schienen sich innerlich vorzubereiten.

»Ich bin zu dem Schluss gekommen, dass ich Frankreich vermisse. Also …« – sie vollführte eine elegante Winkbewegung – »… werde ich nach Paris zurückkehren.«

»Du reist doch jedes Frühjahr nach Paris«, sagte Lucian. Seine Miene war so ausdruckslos wie immer.

»Sei still.« Sie schniefte, als wäre sie beleidigt, aber wir alle wussten, dass das nicht der Fall war. »Ich werde dauerhaft in Paris leben. Meine Zeit hier ist vorbei. Ich muss neue Erinnerungen sammeln.«

Die Frau war fünfundsiebzig Jahre alt, doch sie hatte ihr

Leben immer noch fest im Griff und führte es so, wie es ihr gefiel. Das wollte ich ebenfalls: Amalies Furchtlosigkeit, ihre Lebenslust.

»Wirst du *Rosemont* verkaufen?« Lucian konnte die Angst in seiner Stimme nicht so recht verbergen. Ich machte ihm keinen Vorwurf. Das hier war sein Zufluchtsort und seine Kindheit – alles in einem.

»Natürlich tut sie das nicht«, sagte Tina und warf ihm einen leicht verärgerten Blick zu. »Sie wird es dir überlassen.«

»Mir?«

Anton schnaubte. »Du tust so überrascht.«

Lucian zog die Augen zusammen und erstarrte. »Weil ich es bin. Ich habe keinen größeren Anspruch auf dieses Anwesen als jeder von euch.«

»Oh bitte. Du bist ihr Liebling.«

»Wenn du es nicht bist, Ant, dann liegt das daran, dass du ein Idiot bist …«

Amalie klatschte einmal in die Hände. »Still. Ihr alle.« Sie warf jedem von ihnen nacheinander einen strengen Blick zu. »Natürlich verkaufe ich das Anwesen nicht, Lucian. Wie lächerlich. Und ihr zwei. Wie könnt ihr es wagen anzudeuten, dass ich diese Art von Bevorzugung an den Tag legen würde?«

Tina verzog das Gesicht. »Entschuldige, Mamie. Es ist nur so, dass Lucian als Kind hier bei dir gelebt hat, und er hat das Anwesen in letzter Zeit renoviert.«

Anton knurrte einfach nur.

Amalie trank einen Schluck von ihrem Wein, bevor sie fortfuhr. »Ich werde *Rosemont* natürlich von Zeit zu Zeit besuchen, aber ich überlasse euch allen vier das Anwesen zu gleichen Teilen.«

»Vier?« Anton blinzelte verwirrt.

Amalie zog eine Augenbraue hoch. »Dir, Lucian, Tina und Salvador.«

Sal gab einen erstickten Laut von sich, und seine kupferfarbene Haut nahm einen dunklen Bronzeton an. »Amalie … du … ich …«

»Du bist wie ein Enkel für mich, mein Lieber«, sagte sie mit unerschütterlicher Stimme und freundlichen Augen. »Und ich werde kein Nein als Antwort akzeptieren.«

Die Drohung, dass sie sich jedes ihrer echten Enkelkinder, das dem widersprach, vornehmen würde, schwang ebenfalls unmissverständlich in ihren Worten mit.

Sal ließ sich mit einem erstickten Keuchen auf seinem Stuhl zurücksacken. Er war ganz bleich und schwitzte.

Lucian warf ihm ein breites, amüsiertes Lächeln zu. »Sieh's ein, Sallie – du bist jetzt offiziell einer von uns.«

»*Puta*…«

Tina streckte eine Hand aus, um seine zu tätscheln. »Mamie hat recht. Wir lieben dich, Sal.«

Anton zuckte lediglich mit den Schultern. »Du bist ebenso sehr ein Teil von *Rosemont*, wie Mamie es ist.« Er wandte sich an seine Großmutter. »Es ist so, Mamie, ich kann nicht hier vor Ort sein, um mich um alles zu kümmern. Du könntest ebenso gut …«

Sie brachte ihn mit einem Blick zum Schweigen. »Nun gut. Ich erwarte von keinem von euch, dass ihr hier das ganze Jahr über wohnt, obwohl ihr das natürlich tun könnt, falls ihr euch dafür entscheiden solltet. Wie dem auch sei, es gibt einen Fonds, um die Instandhaltungskosten und die Steuern zu bezahlen.«

Lucian und Anton tauschten einen Blick aus. Ich kannte Lucian gut genug, um zu wissen, dass keiner der Männer diesen Fonds anrühren würde, um die Kosten für *Rosemont* zu bezahlen. Sie waren beide reich genug, um sich selbst um das Anwesen zu kümmern. Was Tina betraf, so hatte ich keine Ahnung, was sie tun würde. Aber ihr Gesicht hellte sich sofort auf.

»Ich würde gerne hier wohnen.« Sie wandte sich an Lucian und Sal. »Falls das für euch beide in Ordnung ist.«

Um Lucians Augen herum bildeten sich kleine Fältchen. »Süße, du hast Mamie doch gehört. Das Anwesen gehört dir genauso sehr wie mir.«

»Ja, aber ihr wohnt hier schon seit einer Weile. Ich will euch nicht auf die Füße treten.«

»Fragst du etwa mich?« Sal lachte schwach. »Ich versuche immer noch, mich zu kneifen.«

»Hier, lass mich dir helfen.« Lucian tat so, als würde er Sal kneifen wollen, und wurde sofort verscheucht. Lucian kicherte, verstummte jedoch schnell wieder und rutschte auf seinem Stuhl herum. »Es ist so: Ich werde für eine Weile nicht in *Rosemont* sein.«

»Oh?« Amalie warf einen wissenden Blick in meine Richtung, als hätte sie damit gerechnet. Ich wollte unter den Tisch kriechen. Sie lag mit ihrer Vermutung so unfassbar falsch. »Raus mit der Sprache, Titou.«

Lucian räusperte sich, trank einen Schluck Eistee und räusperte sich dann erneut. »Die Caps haben mich um ein Treffen gebeten, damit wir besprechen können, ob ich wieder für sie spielen werde.«

Es war, als wäre eine Bombe hochgegangen. Um den Tisch herum explodierte alles.

»Hast du deinen verdammten Verstand verloren?«

»Luc, nein!«

»*Madre de dios.*«

»*Non! Non, non, non!*« Amalie unterstrich jedes Nein mit

einem Schlag auf den Tisch. Tränen füllten ihre Augen. »Das kannst du nicht machen, Titou. Das kannst du nicht.«

Lucian reckte auf diese für ihn typische sture und entschlossene Weise das Kinn vor. »Doch, Mamie, das kann ich.«

Ihre Augen blitzten auf. »Nur weil du es tun *kannst*, bedeutet das nicht, dass du es tun *solltest*.«

»Noch ist nichts in Stein gemeißelt. Sie wollen sehen, wie ich mich mache, und ich bekomme die Gelegenheit auszutesten, wie es sich anfühlt, wieder auf dem Eis zu sein.«

»Du hast es mir versprochen, Lucian.« Ihre Stimme brach, als sie seinen Namen aussprach, und sie wandte den Blick ab.

»Ich weiß.« Lucians Kiefer mahlte. »Aber ich muss das für mich tun. Nicht für dich oder für irgendjemand anders.«

Ich zuckte zusammen, als sie ihre empörten Blicke auf mich richteten.

»Schaut Emma nicht so an«, sagte Lucian streng. »Sie hat nichts damit zu tun.«

Das schmerzte heftiger als erwartet, und ich zog den Kopf ein und krallte die Finger in den Leinenstoff der Serviette auf meinem Schoß.

»Ich werde nicht an dieser Sache beteiligt sein«, sagte Amalie und stand auf. Ihre Stimme zitterte, als sie ihren sturen, stolzen Enkel finster anstarrte. »Ich liebe dich von ganzem Herzen, aber ich werde nicht dabei zusehen, wie du dich selbst zerstörst.«

Sie ging davon, und ich sah, wie etwas in Lucians Augen brach. Aber er versuchte nicht, sie aufzuhalten. In diesem Augenblick wurde mir klar, dass Lucian niemals um Zuneigung oder Verständnis betteln würde. Denn er wusste nicht, wie er das anstellen sollte.

35. KAPITEL

Lucian

Meine Neuigkeit kam ungefähr so gut an, wie ich es erwartet hatte, was bedeutete: spektakulär schlecht. Obwohl ich diese Reaktion erwartet hatte, tat es weh. Meine Brust fühlte sich an, als würde sie in sich zusammenfallen, und mein Magen verkrampfte sich und brannte.

Einer nach dem anderen ließen sie mich am Tisch sitzen. Ihre bittere Enttäuschung war unmissverständlich und schmerzhaft. Alle verschwanden – bis auf Emma. Sie saß selbst jetzt ruhig neben mir und ließ die schlanken Schultern hängen.

»Tja«, sagte ich. »Das war ziemlich übel.«

Sie sagte so lange nichts, dass ich dachte, dass sie mich womöglich ignorierte, doch dann schluckte sie hörbar und hob den Kopf. Ihre indigoblauen Augen waren von Trauer erfüllt. »Was hast du denn erwartet?«

Ich zuckte zusammen. Ihre Enttäuschung hasste ich am allermeisten. »So ziemlich genau das, was ich bekommen habe.«

Sie schnaubte vielsagend, sagte aber nichts mehr.

Ich rutschte auf meinem Stuhl herum, um sie anzusehen. »Sag es einfach.«

Ein wenig Farbe stahl sich in ihre Wangen. Gut. Ich wollte einen Streit.

»Was soll ich denn sagen, Lucian?«

»Irgendwas. Die Wahrheit.«

»Die Wahrheit willst du nicht hören.«

Ich drückte mich vom Tisch ab. »Ich weiß, dass ihr euch alle Sorgen macht …

»Nein«, fiel sie mir streng ins Wort. »Wir haben alle furchtbare Angst.«

Ich nahm den Schlag hin und holte tief Luft. Sie verstand das nicht. Keiner von ihnen verstand es. »Ich will, dass du stolz auf mich bist.«

»Das bin ich. Auf so viele Arten. Du bist klug, hast zahlreiche Fähigkeiten und einen trockenen Humor und bist so unglaublich stark. Du bist ein Kämpfer, Lucian. Und das bewundere ich so sehr an dir.«

»Wie kannst du dann nicht begreifen, dass ich jetzt gerade kämpfe? Ich klettere wieder zurück an die Spitze.«

Sie umfasste die Tischkante und lehnte sich vor. »Du klammerst dich an ein Ideal. Das ist kein Kampf. Das ist Verzweiflung.«

Sie bemitleidete mich. Das war schlimmer als jede Wut, die sie mir hätte entgegenschleudern können. Ihr Mitleid klebte an meiner Haut und erstickte mich.

»Verdammt noch mal«, presste ich hervor. »Und du behauptest, mich zu kennen? Was verstehst du schon von Verlust? Du bist hergekommen, um dich nach einem einzigen kleinen Rückschlag zu verstecken. Du hast immer noch deine Karriere.«

Emma erhob sich mit der Würde einer Königin und trat vom Tisch zurück. »Wie schön. Wie ich sehe, haben wir die Phase in unserer Auseinandersetzung erreicht, in der wir um uns schlagen.«

»Was erwartest du denn von mir?«, schoss ich zurück. Verzweiflung und Wut ließen meine Worte scharf und schnell klingen. »Wenn du mich als Feigling beschreibst?«

»Keine Ahnung.« Sie wedelte aufgebracht mit einer Hand in der Luft herum. »Vielleicht solltest du mal einen Schritt zurücktreten und dir ernsthaft anschauen, was du hier machst. Du warst so mutig, in den Ruhestand zu gehen. Mutig und stark …«

»Das hatte nichts mit Mut zu tun. Das habe ich aus Angst gemacht.«

»Mut ist, wenn man Angst hat und trotzdem das tut, was getan werden muss.«

»Plattitüden. Toll.«

Emma starrte mich böse an, und ihr Gesicht errötete. Doch ich ließ nicht locker.

»Wie kannst du das nicht verstehen? Ich tue das für uns. Ich versuche, jemand zu sein, der erhobenen Hauptes durchs Leben geht und es wert ist, dir zur Seite zu stehen.«

Es war, als hätte ich ihr eine Ohrfeige verpasst. Sie schwankte buchstäblich zurück, bevor sie sich wieder aufrichtete. Sie brauchte einen Moment, um etwas zu erwidern, und als sie es tat, war ihre Stimme langsam und ruhig.

»Du scheinst zu denken, dass es in einer Beziehung allein darum geht, wie viel Ruhm und Anerkennung man vorweisen kann. Aber das ist nicht das, was ich will. Das war das, was Cassandra wollte. Und es tut mir leid, wenn du wegen ihr denkst, dass das alles ist, was zählt.«

»Das ist nicht …« Ich verstummte, weil ich nicht wusste, ob das, was sie gesagt hatte, der Wahrheit entsprach. Und das frustrierte mich über alle Maßen. Ich brauchte sie. Nur sie. Nicht Cassandra und auch sonst niemanden. Ich dachte, dass mich Emma wirklich verstand, dass sie in meine Seele schauen konnte. Wie konnte sie nicht erkennen, wie sehr ich diese Chance brauchte?

»In guten wie in schlechten Tagen«, sagte sie und riss mich

damit aus meinen Gedanken. »In Gesundheit und Krankheit. Sollte es so nicht heißen?«

Ich konnte ihr nicht in die traurigen Augen schauen. Ich wollte schreien. Innerlich zerbrach ich. Ich zerbröckelte mit jedem Wort, das sie aussprach, ein wenig mehr.

»Du hast mir mal gesagt, dass ich strahle«, meinte sie. »Und dass nichts das je ändern könnte. Nicht der Verlust einer Rolle und auch sonst kein Rückschlag. Warum kannst du das Gleiche nicht in dir selbst erkennen? Denn so ist es, Lucian. Du strahlst so hell …«

»Das ist doch genau das, was ich versuche, verdammt! Du hast mir gesagt, dass ich mich in *Rosemont* verstecke. Du hattest recht. Ich versuche, das zu ändern.«

Panik kroch an den Rändern meiner Seele entlang.

»Lucian … Gott. Warum kannst du das nicht begreifen? Ich …« Sie hob die Hände und ließ sie dann wieder sinken, als würde sie aufgeben. »Ich weiß nicht mehr, was ich noch sagen soll.«

Die Endgültigkeit ihres Tonfalls erschütterte mich bis ins Mark.

»Das ist es also? Du verlässt mich?«

Sie hatten mich alle verlassen. Aber sie war geblieben. Ich hatte erwartet …

»Nein, Lucian. Ich werde dich nicht verlassen. Ich sage dir, was ich empfinde. Dass mir die Vorstellung, dass du dieses Ziel verfolgst, eine Heidenangst einjagt und das Herz bricht.« Sie presste eine Faust auf ihre Brust. »Es ist deine Entscheidung. Du entscheidest, wie es von jetzt an weitergeht.«

»Das klingt für mich ziemlich stark nach einem Ultimatum, Em.«

Logisch betrachtet hatte sie recht. Mit allem. Aber mein Herz? Mein Herz sagte, dass ich es versuchen musste. Dass ich meiner Leidenschaft folgen sollte. Jean Philipe hatte das gewusst. Er hatte mich gewarnt, dass ich niemals zufrieden sein würde, es sei denn, ich tat mein Bestes, um das, was ich liebte, dicht bei mir zu halten. Er hatte recht gehabt. Als ich das Eishockeyspielen aufgab, war ich ein gebrochener Mann gewesen. *Wenn ich das und Emma haben könnte, wäre mein Glück vollkommen.*

Emmas sanfte Stimme driftete über die Kluft zwischen uns. »Ich sage nicht: Tu dies, sonst … Ich sage: Triff eine Entscheidung. Wähle das Leben, das du haben willst. Aber sei nicht überrascht, wenn die Leute, denen du wichtig bist, nicht bleiben und dabei zuschauen können.«

Emma

Sobald ich mich in der Sicherheit des Gästehauses befand, lehnte ich mich von innen gegen die Tür und schluchzte. Es waren große heftige Schluchzer, die meinen Körper durchschüttelten und mich würgen ließen. Ich stolperte ins Schlafzimmer, fand eine Schachtel Taschentücher und kauerte mich auf dem Bett zusammen, um weiter zu weinen.

Die Schleusentore waren offen, und nichts konnte die Tränen aufhalten. Meine Seele schmerzte, mein Herz brach auf. Es zerfiel zu scharfkantigen Scherben und hinterließ tiefe Schnitte. Ich konnte spüren, wie ich innerlich blutete, während eisige Flüsse des Schmerzes und des Bedauerns durch meinen Körper rauschten.

Er würde zu dem Sport zurückkehren, der ihn töten könnte. Der seinen Verstand zerstören könnte.

Ich wollte mich an ihm festklammern und ihn anflehen, sich davon fernzuhalten und in Sicherheit zu bleiben. Und ich wollte ihn für seine sture Dummheit und seine eigensinnige Arroganz anschreien und treten. Doch ich hatte die Verzweiflung in seinen Augen gesehen, den Schmerz. Er zerbrach ebenfalls, und nichts, was ich sagte oder tat, würde ihn von seinem Vorhaben abbringen. Er würde sich nur noch mehr darauf versteifen und mir meine Einmischung noch übler nehmen.

Er hatte gesagt, dass er mich nicht verlieren wolle. Aber er hatte bereits einen beträchtlichen Teil dessen, was wir waren, zerstört. Er musste nicht mich anstelle seines Lebens wählen – das würde ich niemals von ihm verlangen. Aber er hatte sich dafür entschieden, russisches Roulette mit seinem Leben zu spielen. Wie sollte ich da danebenstehen und dabei zusehen?

Und das war die erste Lüge, die ich ihm gegenüber ausgesprochen hatte. Dass ich ihn nicht verlassen würde. Denn ich konnte nicht bleiben und mir das ansehen. Ich konnte es einfach nicht.

Ich liebte ihn. Jeden Zentimeter von ihm. Es war das reinste, beste Gefühl, das ich je empfunden hatte. Und es war das schlimmste. Ein entsetzlicher freier Fall ohne Fallschirm.

Nun raste der Boden auf mich, zu und das Unvermeidliche wurde mir mit betäubender Gewissheit klar. Jemand hatte mir einst erzählt, dass das Schicksal einen Weg finden würde, alles zu zerstören, sobald das Leben perfekt war. Das Schicksal hatte immer wieder angeklopft und nun hatte mir dieses Miststück den Boden unter den Füßen weggezogen.

Ein weiteres kehliges Schluchzen drang aus meinen Mund, und ich kauerte mich zusammen und schlang die Arme in dem Versuch, den Schmerz zurückzuhalten, um meinen Körper.

Eine warme Hand berührte meine Schulter, und ich erschrak und blinzelte zu Lucian hoch, der über mir aufragte.

»Em …« Seine Stimme brach, als er meinen Namen aussprach, und er musterte mich. »Baby.«

Ich wich vor ihm zurück und war entsetzt, dass er mich so vorgefunden hatte, denn ich wollte nicht, dass er mich in diesem Zustand sah. Aber es war zu spät. Er kroch zu mir ins Bett und zog mich dicht an sich. »Em … nicht …«

Ich bedeckte mein Gesicht mit den Händen.

Behutsam zog er meine Handgelenke nach unten. »Emma. Süße …«

»Nein.« Ich wusste nicht, was ich redete. Ich wusste nur, dass ich mich verstecken wollte.

»Doch. Schau mich an, Emma.«

Er senkte den Kopf und schaute mich mit traurigen Augen an.

Meine Lippe zitterte. »Ich will nur … Ich will nur …« Ich wandte mich ab, als die Tränen mich blendeten.

Doch er wusste, was ich sagen wollte. Natürlich wusste er es. Lucian kannte mich auf eine Weise, auf die mich noch nie zuvor jemand gekannt hatte.

Er hielt meine Hände in seinen und beugte sich vor, um mich zu küssen. Ich widersetzte mich kurz, gab dann aber nach und reckte mich nach oben, um ihm entgegenzukommen. Er bewegte seine Lippen großzügig und tröstend über meine. Er küsste mich erneut. Und noch einmal. Als würde er Buße tun. Als würde er dadurch Absolution erhalten.

Eine seiner Hände ließ er zu meinem Nacken wandern und hielt mich dort fest. Ganz behutsam übernahm er die Führung. Ich ließ ihn gewähren und wehrte mich nicht, als er mir langsam die Kleidung von meinem schmerzenden Körper zog und meine wunde Haut mit sanften Berührungen streichelte, als wollte er sich jede Kurve ins Gedächtnis einprägen.

Er küsste mich, als wäre es seine letzte und erste Kostprobe. Und als er schließlich in mich eindrang, seufzten wir beide, und ich schloss flatternd die Augen, damit ich einfach nur fühlen konnte.

Er liebte mich in dem kühlen, dämmrigen Zimmer, betete mich mit seinem Körper an, seinen Händen und seinem Mund, und gab mir alles. Und als ich es nicht länger ertragen konnte, als ich um Erlösung flehte, verschaffte er sie mir mit ruhigen Küssen und langsamen Stößen.

Und er brach mir erneut das Herz. Weil mich noch nie jemand so geliebt hatte. Weil mich noch nie jemand so berührt hatte, als wäre ich gleichzeitig absolut kostbar und vollkommen unentbehrlich.

Ich hielt ihn fest, während er schaudernd kam und sein ganzer Körper vor Lust bebte. Lucian umarmte mich fest, und sein Atem strich unregelmäßig und warm über meine Haut. Für einen langen Moment sprach keiner von uns ein Wort, doch als er es schließlich tat, erklang seine Stimme als heiseres Flüstern an meiner Wange.

»Es tut mir leid, Em. Es tut mir so leid.«

Es tat ihm leid. Aber er würde von seinem Weg nicht abweichen. Und nun konnte ich es auch nicht mehr.

36. KAPITEL

Lucian

Alle waren sauer auf mich.

Mamie war nicht bereit, mir in die Augen zu schauen. Ein paar Tage nachdem ich ihr mitgeteilt hatte, dass ich zum Eishockey zurückkehren würde, hatte sie sich Tina und Sal geschnappt und war mit ihnen nach Paris gereist, um sich ein wenig zu »erholen« und einzukaufen.

Ausgerechnet Anton hatte den Kopf geschüttelt und etwas von »Idioten« gemurmelt. Wir hatten seit Wochen nicht mehr miteinander gesprochen.

Und nun kam auch noch Brommy dazu. Er lief auf dem Eis neben mir her. Sein Kiefer zuckte und seine Augen waren hart und konzentriert. Normalerweise hätte er Witze gemacht und Kreise auf dem Eis gedreht, bis ihn Rickman angeschnauzt hätte, dass er sich verdammt noch mal zusammenreißen solle.

Als ich mich der Mannschaft für eine frühe Trainingseinheit im Trainingslager angeschlossen hatte, hätte man eine Stecknadel fallen hören können, so schockiert waren alle im Raum gewesen. Aber die meisten der Jungs hatten sich schnell wieder gefangen und mich mit offenen Armen willkommen geheißen. Ich wusste, dass ich mich nur vorläufig hier befand. Wir würden improvisieren, während mein Agent die Einzelheiten mit dem Management klärte.

Technisch gesehen stand ich noch für ein Jahr bei der Mannschaft unter Vertrag. Es gab eine Menge rechtliche Fragen zu klären, aber die Kurzfassung lautete, dass sie mich wieder bei sich aufnehmen oder fallen lassen konnten. Über Letzteres dachte ich nicht nach. Ich war wieder auf dem Eis, trug meine Ausrüstung und fühlte mich gut. Zumindest körperlich.

Ich warf einem Blick zu Brommy, der immer noch schmollte. »Spuck einfach aus, was du sagen willst, und bring es hinter dich.«

Brommy starrte mich finster an. »In Ordnung. Das hier ist dumm. Verdammt idiotisch. Verflucht, Oz, ich hatte dich für klüger gehalten.«

Prickelnde Hitze kroch in meiner Kehle hoch. »Ich weiß, was ich tue.«

»Von wegen.« Er raste los und machte ein paar Schlagschüsse mit Linz. Dann lief er zu Hap, der im Tor stand, um mit ihm irgendeinen Mist zu labern. Wir warteten darauf, dass Dilly, unser Offensivcoach, und seine Assistenten den Trainingsbeginn ausriefen.

Grimmig verlangte ich nach einem Puck, und ein Assistent warf mir einen zu. Ich ignorierte den Rest des Felds, machte mein eigenes Ding und ging diverse Angriffsmuster durch. Doch schon viel zu bald war Brommy wieder an meiner Seite.

»Was sagt Emma zu dieser ganzen Sache?«

Emma. Ihr Name allein hatte die Macht, mich aufzuschlitzen.

Sie hatte mich nicht verlassen. Ich hatte sie verlassen.

Zwei Wochen lang hatten wir so getan, als hätte sich nichts verändert. Wir hatten kaum die Hände voneinander gelassen. Unser Umgang miteinander war beinahe verzweifelt gewesen, denn wir hatten uns während der gemeinsamen Zeit, die uns noch blieb, so nah wie möglich kommen wollen. Sie ärgerte und neckte mich und brachte mich jeden Tag zum Lachen. Ich versorgte sie mit Gebäck und Törtchen und liebte es, wie sie stöhnte und sie so verschlang, wie sie auch mich oft verschlang – mit vollkommener Hemmungslosigkeit und lustvoller Freude.

Aber das alles war eine Illusion, und wir beide wussten es. Und diese Illusion zerbrach, als sie mich zum Flughafen brachte.

»Ich muss das tun«, sagte ich zu ihr. »Ich will nicht den Rest meines Lebens damit verbringen, mich zu fragen, was gewesen wäre, wenn ich dieses Ziel verfolgt hätte.«

»Ich weiß.« Aber ihre Augen waren tot, und ihre lebhafte Fröhlichkeit entglitt mir bereits.

»Das hier ist kein Abschied für immer, Em.«

Ihre Lippen zitterten, als ich das sagte. Aber sie weinte nicht. Sie hatte seit dem Abend, an dem ich sie zusammengekauert auf ihrem Bett gefunden hatte, nicht mehr geweint. Ihr Lächeln war brüchig und wirkte wie das einer Fremden. »Sagen wir einfach: Auf Wiedersehen.«

Es hatte sich wie ein Tod angefühlt.

Wir sprachen immer noch miteinander. Aber unsere Telefonate wurden seltener. Ich war in D.C., wo ich trainierte und jeden Tag gescannt, gepikst und untersucht wurde. Sie war in L.A., zog in ihr neues Haus ein – dieses perfekte Haus mit einer Küche, die ich liebend gern ausprobiert hätte – und war mit ihren eigenen Besprechungen und Vorbereitungen für ihre bevorstehende Rolle beschäftigt.

Brommys Frage ärgerte mich, und ich schaute ihn böse an. »Lass Emma da raus.«

»Warum? Sie ist doch deine Freundin, oder etwa nicht?«

Ich ballte eine Hand zur Faust. »Verzieh dich, Brommy.«

Er gab einen verärgerten Laut von sich, aber das war mir egal.

Ich vermisste sie. Ich vermisste sie so sehr, dass ich in der Hoffnung darauf, einen flüchtigen Blick auf ihr breites Lächeln zu erhaschen, nach ihr Ausschau hielt. Ich vermisste das Gefühl ihrer Wärme, den frischen, süßen Duft ihrer Haut und den Klang ihrer Stimme.

Ich sehnte mich nach Emma.

Das ist das Eishockeyleben. Du bist oft weit von den Menschen entfernt, die du liebst. Alle anderen in der Mannschaft kommen damit klar.

Ich will aber nicht damit klarkommen. Ich bin müde. Ich bin verdammt noch mal erschöpft.

Ohne Vorwarnung blitzte das Bild einer Küche vor meinem geistigen Auge auf. Sonnenlicht schimmerte auf den marmornen Arbeitsflächen, der Duft von frisch gebackenem Brot hing in der Luft, und zarte Rosen tanzten an den Rändern der Fenster, die weit geöffnet waren.

Das war nicht Mamies Küche, wie mir schlagartig klar wurde. Es war Emmas.

Die Küche, die auch mir hätte gehören können. Dieses Versprechen hatte in ihren Augen gestanden, genau wie die Frage, die sie nicht gestellt hatte. Weil ich einen Puck in die Glasscheibe geworfen und alles zertrümmert hatte.

Mit einem Brummen schüttelte ich den Kopf und konzentrierte mich aufs Hier und Jetzt. Auf meinen Traum. Auf meine Leidenschaft.

»Ich ziehe das durch«, sagte ich zu Brommy. »Du kannst entweder ein Teil davon sein oder nicht, aber ich bin zurück.«

Er bleckte die Zähne und knurrte mich förmlich an.

»Du hast dir das Gebiss sanieren lassen«, stellte ich fest.

Das ließ ihn innehalten, und er starrte mich an, als wäre ich völlig dämlich. »Ja, Ozzy. Ich habe mir das Gebiss sanieren lassen. Weißt du, warum? Weil mein Zahnarzt gesagt hat, dass die Lücke mit der Zeit dem Rest meiner Zähne schaden würde. Also hab ich die kluge Entscheidung getroffen und den Schaden reparieren lassen.«

»Sehr subtil, Brom.«

»Das finde ich auch.« Er schaute über die Eisfläche und seufzte dann. »Verdammt. Tu, was du willst, Luc. Egal wie dumm es ist.« Mit einem schiefen Lächeln, in dem nur wenig Humor lag, blickte er zurück zu mir. »Ich liebe dich wie einen Bruder. Also werde ich mich auch um dich sorgen wie einer. Verstehst du das?«

»Ja, das verstehe ich.« Ich umfasste meinen Schläger. »Ich liebe dich auch, du großer verdammter Bär.«

Trillerpfeifen schrillten, und wir machten uns an die Arbeit.

Und es war schrecklich.

»Oz, reiß dich zusammen, verdammt noch mal!«, rief Dilly. Sein Gesicht war rot angelaufen, und er zerrte sich wahrscheinlich gerade irgendwas Wichtiges.

Ich hatte drei Pässe verfehlt und einen Schlag vermasselt. Ich war nicht in Form. Absolut nicht. Ich erwischte mich dabei, wie ich über Geschmackskombinationen statt über Ausbruchsmuster nachdachte. Wann immer ich in die Nähe der Bande kam, brach mir der kalte Schweiß aus. Ich lief angespannt übers Eis und wartete auf einen Aufprall, der nie kam. Weil die Jungs Rücksicht auf mich nahmen.

Es würde besser werden, redete ich mir ein. Aber es fiel mir schwer, das zu glauben.

Der nächste Tag war noch schlimmer.

Die Presse hatte Wind von meinem »Interesse« an einer Rückkehr zum Eishockey bekommen. Die Reporter umschwärmten mich wie Fruchtfliegen. Hatte ich das vermisst? Während ich endlosen Fragen auswich, die in meine Richtung geschleudert wurden, und gegen das unaufhörliche Aufblitzen der Kameras anblinzelte, konnte ich nicht begreifen, warum ich in dieses Leben zurückkehren wollte. Nicht zum ersten Mal vermisste ich das warme Summen der Küche, das Gefühl eines Schneebesens in meinen Händen und die Gewissheit, dass ich die volle Kontrolle hatte.

In der Abgeschiedenheit einer Toilettenkabine entledigte ich mich meines Frühstücks, während meine Hände wie Espenlaub zitterten. Auf dem Eis hielt ich mich zurück, obwohl ich hätte angreifen sollen. Mein Verstand schweifte immer wieder ab und wanderte zu Emma. Besorgt fragte ich mich, ob sie genug aß, und wollte bei ihr sein.

Das fühlte sich nicht wie Liebe oder Freiheit an. Es fühlte sich wie Arbeit an. Schlimmer. Es fühlte sich wie eine Farce an. Das Ende des Tages war eine Erleichterung.

»Hey, Drexel!«, rief ich dem Mittelstürmer zu, der gerade aus der Dusche kam und zu seinem Spind auf der anderen Seite des Ganges lief. »Gehst du heute Abend aus?«

Brommy traf sich mit einer Frau, die die ganze Woche über in der Eishalle gewesen war, um ihm beim Training zuzuschauen. Ich hatte ähnliche Angebote bekommen, aber ich gehörte immer noch Emma. Ich würde ihr immer gehören. Doch das hieß nicht, dass ich die ganze Zeit über in meinem Hotelzimmer bleiben musste. Drexel und ich waren früher oft nach dem Training gemeinsam losgezogen. Wir waren dann immer in irgendeine Bar gegangen, um uns eine Sportübertragung anzuschauen und Quatsch zu reden.

Er schüttelte seinen feuchten Kopf und verteilte überall Wassertropfen. »Ich kann nicht. Ich muss nach Hause zu Sarah und meinem Kleinen.«

»Ach ja, richtig. Du bist Vater geworden.«

Mehr war nicht nötig, um Drexel dazu zu bewegen, mir zahlreiche Fotos von seinem fünf Monate alten Sohn zu zeigen, einem pummeligen Baby mit rötlicher Haut und riesigen braunen Augen. Ich täuschte Interesse vor, aber innerlich verspürte ich nur schmerzhafte Sehnsucht.

Drexel machte sich auf den Heimweg, und in der Umkleidekabine wurde es still. Alle anderen waren schon längst nach Hause gegangen. Mein *Zuhause* war in Kalifornien und schwamm gerade vermutlich in einem Pool, der sich vor einem Küchenfenster erstreckte, von dem aus ich sie im Auge behalten könnte, während ich Teig knetete oder Schokolade verarbeitete.

Nein. *Nein.* Mein Zuhause war hier. Ich hatte meine Entscheidung getroffen. Das hier war jetzt mein Leben. Ich brauchte nur Zeit, um mich wieder auf alle anderen einzustellen.

Erneut verspürte ich den Drang, mich zu übergeben. Ich konnte kaum noch etwas bei mir behalten. Es war, als wäre mein Inneres mit Schlamm gefüllt. Ich schloss die Augen und spürte die zahlreichen Qualen und Schmerzen, mit denen man es als Profisportler zu tun bekam. Meine Oberschenkel brannten protestierend und kreischten förmlich, wann immer ich sie dehnte. Mein Rücken brachte mich um, wenn ich versuchte, mich gerade aufzurichten. Aber diese Art von Schmerz war zu erwarten gewesen. Er gehörte zu meinem Leben.

Du musst keine Schmerzen erdulden.

Aber wer wäre ich dann?

Du wärst der Mann an ihrer Seite. Du wärst frei. Du wärst glücklich.

Ich schaute blinzelnd zu Boden und hörte beinahe nicht, dass mein Handy eine eingehende Textnachricht ankündigte. Geistesabwesend zog ich es aus meiner Tasche und las die Nachricht.

MeineEmma: Ich habe gerade an dich gedacht. Die Sonne scheint durch die Küchenfenster und lässt die Arbeitsflächen schimmern. Das erinnerte mich an dieses eine Mal in Rosemont, *als du gerade damit beschäftigt warst, diese Macarons mit Earl-Grey-Zitronencreme anzurichten, wobei das Licht so perfekt auf dein Gesicht fiel. Dein wildes, ernstes Gesicht, das in diesem Augenblick so sehr darauf konzentriert war, diese perfekten, kleinen Leckerbissen zu arrangieren, dass du kaum blinzeln konntest.*

Ich schluckte krampfhaft, als die nächste Textnachricht kam.

MeineEmma: Das war Kunst. Das war Liebe. Du hast es nie zugegeben, aber in diesem Augenblick wusste ich, dass du es liebst, Leute mit deinem Essen glücklich zu machen. Und ich habe dir nie erzählt, wie umsorgt ich mich immer fühlte, wenn ich deine Kreationen aß. Wie lebendig ich mich fühlte. Du hast mich zum Leben erweckt, Lucian. Du hast mich erkennen lassen, dass das Leben in jedem Augenblick stattfindet und kein ferner Traum ist.

Der Bildschirm schwankte vor mir, und ich blinzelte hektisch. Meine Brust schmerzte so sehr, dass ich kaum atmen konnte. Sie hatte recht, es war Liebe. Aber nicht nur für das Essen. Es war ein Liebesdienst. Für sie.

MeineEmma: Vielleicht sollte ich dir das nicht in einer Textnachricht mitteilen. Vielleicht bin ich einfach nur melancholisch. Die Tage hier sind lang und die Arbeit ist … Arbeit.

Ihre Nachrichten brachen ab, und mein Herz hämmerte, und es juckte mir in den Fingern, ihr zurückzuschreiben. Ich konnte mich nicht bewegen. Stattdessen zerbrach ich in zwei Hälften. Ich brauchte …

Eine weitere Textnachricht traf ein.

MeineEmma: Ich wollte nur sagen, was auch immer kommen mag, dich so kennenzulernen, wie du in Rosemont *warst, war das Beste, was mir je passiert ist. Du bist ein guter Mann, Lucian. Das warst du immer.*

Mein Körper wurde eiskalt und dann brennend heiß.

Wenn ich jetzt an Emma dachte, dann sah ich keine Bilder vor mir, sondern nahm Empfindungen wahr. Die samtige Weichheit ihrer Haut, wie ich es liebte, sie zu streicheln und zu berühren, nur um mich zu vergewissern, dass sie echt war. Ich dachte daran, wie sie immer diese Stelle in meiner Halsbeuge geküsst und mich eingeatmet hatte, als wollte sie sich meinen Duft einprägen. Ich hörte den heiseren Klang ihres Lachens in meinen Ohren und erinnerte mich daran, wie es mich immer zum Lächeln gebracht und gleichzeitig heiße Lustschauer über meine Haut gejagt hatte. Ich dachte daran, wie wir stundenlang miteinander reden konnten, ohne dass uns je die Gesprächsthemen ausgingen. Daran, wie sie sich anfühlte, wenn sie sich in den frühen Morgenstunden dicht an mich schmiegte und ihre Hand auf meinem Herz ruhen ließ, als würde sie es selbst in ihren Träumen beschützen. Und daran, wie ich sie immer mit beinahe qualvoller Zärtlichkeit an mich gezogen und gewusst hatte, dass ich ein Geschenk erhalten hatte.

Meine Emma. Aber das war sie nicht mehr.

Ich versuchte, mich zusammenzureißen, doch es gelang mir

nicht. Meine Beine gaben unter mir nach, und ich brach zusammen. Ich kauerte mich an die harte Kante der Spinde und weinte so heftig, wie ich es seit meiner Kindheit nicht mehr getan hatte. Jedes hässliche, beängstigende Gefühl floss in erstickten Schluchzern aus mir heraus und ließ mich leer und allein auf dem feuchten Boden zurück.

Brommy fand mich eine ganze Weile später. »Oh verdammt, Luc.«

»Bitte sag jetzt nicht ›Ich hab's dir ja gesagt‹.« Ich stützte meinen Kopf auf meine Hände, während er sich neben mich setzte.

»Das werde ich nicht sagen.« Er drückte seine Schulter an meine. »Bist du in Ordnung, Oz?«

»Zum Teufel mit dir.«

»Also … nein?«

Ich stieß ein schwaches Lachen aus und presste meine Handballen in meine Augenhöhlen. Mein Kopf pochte in einem leisen Rhythmus, von dem ich wusste, dass er sich schon bald in ein ausgewachsenes Inferno verwandeln würde. »Ich bin so verdammt dumm.«

»Das habe ich dir schon vor Wochen gesagt.«

Ich starrte ihn mit einem Auge unheilvoll an. »Ich dachte, dass du nicht ›Ich hab's dir ja gesagt‹ sagen wolltest.«

»Ich glaube nicht, dass ich diese Worte benutzt habe.« Er grinste, aber sein Blick war mitfühlend. »Rede mit mir, Oz.«

»Die ganze Zeit dachte ich, dass ich, wenn ich nur wieder Eishockey spielen könnte …« Ich schüttelte leicht den Kopf und verstummte.

Brommy nickte, sagte aber nichts. Das musste er nicht.

»Ich dachte, dass mich das ausmacht.«

»Ich hoffe bei Gott, dass meine komplette Existenz nicht allein vom Eishockey abhängig ist«, erwiderte Brommy düster, aber mit einem Hauch von Humor in der Stimme, der mir ein angespanntes Lächeln entlockte.

Eine Welle aus Einsamkeit und Sehnsucht rauschte durch mich hindurch. »Emma hat versucht, es mir klarzumachen. Sie hat behauptet, dass ich auch ohne Eishockey etwas wert sei. Aber ich habe mich so fest an diese verfluchte Illusion geklammert …« Ich zog den Kopf ein. »Verdammt, Brom. Ich habe sie verletzt. Ich habe all das Gute zwischen uns zerstört. Und sie …«

»Sie liebt dich.«

Die Worte trafen direkt in mein Herz und ließen mich zusammenzucken.

Wir hatten einander nie gesagt, dass wir uns liebten. Es hatte Zeiten gegeben, in denen ich dachte, dass sie mich so lieben könnte, wie ich sie liebte – allumfassend, mit meiner ganzen Seele. Aber sie hatte die Worte nie ausgesprochen. Andererseits hatte ich das auch nie getan. Es war zu schmerzhaft und der falsche Zeitpunkt gewesen, denn wir beide wussten, dass ich sie verlassen würde.

Ich hatte sie verlassen. Und sie hatte mich gehen lassen, mich entwischen lassen. Weil das die Entscheidung war, die ich getroffen hatte. Mir war nicht klar gewesen, dass das Leben ohne sie nur aus bedeutungslosen Tagen und einsamen Nächten bestand. Sie hätte mir wichtiger sein sollen als ein Traum, hinter dem nicht mehr als Stolz und Angst steckten. Ich musste auf ihre Textnachricht antworten. Aber das, was ich ihr zu sagen hatte, musste ich ihr persönlich mitteilen.

Ich stand auf und dehnte meine Schultern, um die schmerzhafte Anspannung darin zu lindern. Seltsamerweise fühlte sich mein Körper leichter und entspannter an als seit Wochen. Brommy beobachtete mich mit einem selbstgefälligen Grinsen.

»Wirst du mich vermissen, Brom?«

Er lachte. »Nein. Du bist ja nicht aus der Welt. Du gehst nur nach Hause.«

Nach Hause.

Genau dort würde ich hingehen.

37. KAPITEL

Emma

Das Leben war … in Ordnung. Es war in Ordnung.

Ich hatte eine richtig gute Rolle, die meiner Karriere einen ordentlichen Schub verpassen würde. Ein Team aus Schauspielkollegen und Setmitarbeitern, das gut zusammenarbeitete. Ich hatte ein schönes Zuhause, das ganz allein mir gehörte. Es war perfekt. Lichtdurchflutet und doch gemütlich und sicher.

Technisch gesehen hatte ich einen festen Freund, den ich liebte. Auch wenn dieser feste Freund in einer anderen Stadt war und einer Betätigung nachging, die ihn … Ich atmete scharf ein und kauerte mich auf meinem Bett zusammen.

Ich wollte nicht an Lucian denken. Das würde mich nur zum Weinen bringen. Und ich hatte bereits genug geweint.

Ich hatte vorgehabt, unsere Beziehung zu beenden. Aber ich konnte es nicht. Eishockey war so sehr mit seinem Identitätsgefühl verwoben, dass er ohne es verloren war. Hätte ich anders gehandelt, wenn ich die Chance erhalten hätte, einen wesentlichen Teil von mir selbst zurückzubekommen? Wie könnte ich ihm das zum Vorwurf machen?

Ich liebte ihn. Und wenn das bedeutete, dass ich ihn seinen Traum verfolgen lassen musste, selbst wenn er mich dafür zurückließ, dann würde ich das tun. Also hatte ich ihn gehen lassen und es mir verkniffen, ihn anzuflehen, um ihn zum Bleiben zu bewegen. Stattdessen hielt ich mich an den gemeinsamen Augenblicken fest, wann immer ich mit ihm zusammen war. Doch innerlich zerbrach ich.

Und was noch schlimmer war: Er schien nicht zu bemerken, dass wir uns immer weiter voneinander entfernten. Er hatte nicht auf meine Textnachrichten reagiert. Gott, das tat weh. Vermutlich hatte ich ihn damit total verstört. Oder ihn vielleicht sogar wütend gemacht.

Tja, was für ein Pech. War es zu viel verlangt, eine Reaktion zu erwarten? Selbst wenn es nur etwas so Einfaches wie ein Dankeschön war? Damit hätte ich mich zufriedengegeben. Mist. Ich wollte mich nicht zufriedengeben. Mit nichts. *Das sollte ich nicht müssen.* Die schmerzhafte Wahrheit starrte mir ins Gesicht. Ich musste die Beziehung mit ihm beenden. Ich konnte so nicht weitermachen.

Mit einem Seufzen nippte ich an meinem Wein und starrte mit leerem Blick an die Decke im maurischen Stil, die sich über mir erstreckte. Sie war wirklich sehr schön. Und ich konnte mich an nichts von alldem erfreuen – nicht an dem Haus, nicht an der Rolle, nicht an meinem Leben.

Die Nacht war hereingebrochen, das Wetter war frisch, aber nicht zu kalt, um mich davon abzuhalten, die große Doppeltür aufzulassen, die auf meinen Balkon hinausführte. In der Ferne schimmerte das Licht auf meinem Pool und warf wabernde blaue Schatten an die Wände.

Ich schloss die Augen und versuchte, nicht an ihn zu denken. Es half nicht, dass Édith Piaf anfing, darüber zu singen, dass sie nichts bereute. Denn wenn es um Lucian ging, hatte ich jede Menge zu bereuen. Die Musik schwoll an und zerrte bittersüß an meiner Kehle. Trompeten spielten beharrlich auf, und die Klänge der Saiteninstrumente erhoben sich voller Hoffnung.

Ich riss die Augen auf. Ich hörte die Musik tatsächlich und bildete sie mir nicht nur ein. Ich setzte mich ruckartig auf, stolperte aus dem Bett und rannte auf den Balkon hinaus.

Er stand am hinteren Ende des Pools, hatte die Hände auf diese für ihn typische arrogante Weise tief in die Hüften gestemmt und blickte herausfordernd zu mir herauf. Diese verdammte selbstsichere Arroganz.

Ich hätte sauer sein sollen. Ich hätte ihn anschreien sollen, weil er nicht hier gewesen war, weil er so stur war, weil er geschwiegen hatte.

Stattdessen zupfte ein Lächeln an meinen Lippen, breitete sich aus und ließ mich innerlich strahlen. Was auch immer geschehen mochte, dieser Mann würde mich stets zum Strahlen bringen und dafür sorgen, dass ich mich lebendig fühlte. »Willst du die ganze Nacht so dastehen, Brick, oder wirst du dich für mich ausziehen?«

Sein Lächeln, das als Reaktion darauf aufblitzte, war rein und frei. »Irgendwie hatte ich gehofft, dass du dich mir anschließen würdest, Schnüfflerin.«

Ich drückte mich vom Balkongeländer ab und eilte die Treppe hinunter, um zu ihm zu laufen. Doch sobald ich bis auf ein paar Meter an ihn herangelangt war, hielt ich so abrupt inne, dass der Rock meines Kleids um meine Beine herumschwang.

Wir starrten einander in der Stille an. Dann stimmte Édith ein fröhliches »Milord« an.

Lucians Miene wurde angespannt und zeigte eine Mischung aus Bedauern und qualvoller Zärtlichkeit. Der Anblick versetzte mir einen Stich in mein angeschlagenes Herz.

»Du bist hier«, krächzte ich. Warum jetzt und für wie lange?

Als hätte er meine unausgesprochenen Fragen gehört, schenkte er mir ein kleines, zaghaftes Lächeln. »Ich habe deine Nachricht bekommen.«

»Komisch, ich habe keine Antwort erhalten.«

»Manche Antworten muss man persönlich überbringen.«

Meine Lippen zitterten gefährlich. Da ich befürchtete, dass ich jeden Moment losheulen würde, nickte ich einfach nur knapp.

Lucians Blick wurde weich. »Mir ist etwas klar geworden, Em.«

»Ja?«

»Ja.« Er trat einen Schritt näher. »Mir ist klar geworden, dass ich dir nie gesagt habe …«

»Was?«, flüsterte ich atemlos.

»Dass ich dich liebe.«

Die Worte spülten süß und warm über mich hinweg. Mein Herz setzte einen Schlag aus und pochte dann heftig. Nun war es an mir, etwas zu erwidern. Ich wusste, dass ich es tun sollte. Aber mein Mund wollte sich nicht bewegen.

Mein erstarrter Zustand schien ihn jedoch nicht zu entmutigen, denn er sprach leise, aber beharrlich weiter. »Für eine sehr lange Zeit war Eishockey meine Liebe. Irgendwo auf dem Weg verdrehte sich meine Liebe, und es ging eigentlich nur noch um mein Ego. Um Statistiken und Ruhm. Du hattest recht. Ich dachte, dass das das wäre, was jeder an mir schätzte. Selbst wenn die Leute mir sagten, dass das nicht der Fall sei.«

Er rieb sich den Nacken, als täte er weh. »Ich liebte dich, Em. Beinahe von Anfang an. Aber mich liebte ich nicht.«

»Lucian …«

»Ich bereue meine Rückkehr zum Eishockey nicht.« Um seine wintergrünen Augen herum bildeten sich kleine Fältchen, als er das Gesicht zu einem schmerzerfüllten Ausdruck verzog. »Dort habe ich Klarheit gefunden. Aber ich bedauere es, dich verlassen zu haben.«

Der Boden unter meinen Füßen fühlte sich unsicher an. Ich wusste nicht, ob er dauerhaft hierbleiben würde oder mir nur versichern wollte, dass er mich liebte. Selbst wenn das hier das Ende war, musste er ebenfalls ein paar Dinge begreifen.

»Ich liebe dich auch, Lucian. So sehr.«

Er schwankte, als würde er die Worte mit seinem ganzen Körper in sich aufnehmen, und sein Lächeln wurde breiter. »Das hatte ich gehofft.«

»Wie konntest du daran zweifeln?« Auch wenn ich ebenso an seiner Liebe zu mir gezweifelt hatte.

Er trat einen weiteren Schritt auf mich zu. »Weil ich die ganze Zeit über ein ziemlicher Idiot gewesen bin.«

»Oh, das würde ich nicht sagen ...«

»Ich schon.« Lucian blieb direkt vor mir stehen. »Em, ich war wie tot. Ich dachte, dass mir alles genommen worden wäre, das mich zu dem Menschen machte, der ich war.«

»Ich weiß.« Ich wollte ihn halten, ihn beschützen – meinen großen, starken Mann.

Aber jetzt gerade wirkte er nicht verletzt oder verloren. Er schaute mich mit einem neuen Licht in den Augen an.

»Ich lag falsch. Ja, ich hatte das Eishockey verloren. Ja, das tat verdammt weh. Aber dieser Mann bin ich nicht mehr.«

»Wer bist du dann?«

Lucian umfasste mit seiner warmen Hand meine Wange und neigte mein Gesicht so, dass er mir direkt in die Augen schauen konnte. »Ich bin Lucian, Brick, Honigkuchen, der Mann der Emma, Schnüfflerin, Honigbienchen von ganzem Herzen liebt. Ich werde nicht zurückgehen. Ich werde hier bei dir bleiben.«

Ein Schluchzen stieg aus meiner Kehle. Er zog mich dicht an sich, umarmte mich fest und presste seine Lippen auf mein Haar. »Ich habe Eishockey immer geliebt, aber es ist nicht mehr das, was ich will.«

Tränen verschleierten meinen Blick, und ein Kloß in meinem Hals sorgte dafür, dass meine Worte undeutlich über meine Lippen kamen. »Was willst du dann?«

»Dich.« Er senkte den Kopf und schaute mir erneut in die Augen. »Ich will abends mit dir ins Bett gehen und morgens neben dir aufwachen. Ich will jeden Tag über alles und nichts mit dir reden. Ich will in dieser Küche backen und verführerische Leckereien herstellen und zusehen, wie dein hübsches Gesicht aufleuchtet, wenn du sie probierst.«

Er zitterte jetzt und strich mit den Händen durch mein Haar. »Ich will der Konditor in Delilahs Restaurant sein oder ein eigenes Restaurant eröffnen. Ich will mit dir um die ganze Welt reisen. Ich will dir an jedem verdammten Tag meines Lebens sagen, wie sehr ich dich liebe. Ich will … Ich will nach Hause kommen, Em.«

Lachend und weinend stellte ich mich auf die Zehenspitzen und küsste ihn. Und er erwiderte den Kuss und verschlang meinen Mund mit langsamen Bewegungen. Ich verschmolz mit ihm und saugte seine Wärme und den Duft seiner Haut in mich auf.

»Ich habe dich verlassen, ohne dir zu sagen, dass du mir alles bedeutest, Emma. Und das wird mir bis ans Ende meines Lebens leidtun …«

»Das muss es nicht. Du bist zurückgekommen.«

»Das musste ich. Du bist mein Herz und meine Seele.« Er berührte meine Wange mit seinen Lippen. »Ich bin nicht mehr wie tot, Em. Du hast mich gefunden, und ich lasse dich nie wieder los.«

Glückseligkeit waberte zwischen uns, und mein Herz fügte sich wieder zusammen und schwoll vor Zufriedenheit an. Das Leben war gut. Nein, das Leben fing nun endlich an. Ich schob meine Finger in sein seidiges Haar, lehnte mich zurück und schaute in seine lächelnden Augen.

»Willkommen zu Hause, Lucian.«

EPILOG

Lucian

»Halt still.«

Emma wand sich erneut und verzog die üppigen Lippen zu einem Lächeln, während sie kokett zu mir hochschaute. »Aber es kitzelt.«

Mein Schwanz pochte und reine Lust sorgte dafür, dass sich in meinem Inneren alles verkrampfte. Aber ich hielt meine Hände ruhig. »Wir haben es fast geschafft.«

Ich drückte eine weitere Reihe Cremerosetten auf die Wölbung ihrer Brust und arbeitete mich dabei zu der hübschen kleinen hervorstehenden Brustwarze vor, die nun tiefrosa und steif war. Ihr stockte der Atem, und ich lächelte anzüglich. »Sei brav, sonst werde ich die Creme nicht ablecken.«

»Lügner. Du kannst es kaum erwarten.« Sie lag auf meinem Bett und trug lediglich die kleinen Blumen und Wirbel aus Zitronenbuttercreme, mit denen ich ihren bezaubernden Körper dekoriert hatte.

»Schuldig im Sinne der Anklage.« Tatsächlich lief mir bereits das Wasser im Mund zusammen, weil ich sie unbedingt kosten und ihren Geschmack mit meiner Buttercreme vermischen wollte. Und dann wollte ich tief in ihren engen, seidigen Körper eindringen, wo es sich gleichzeitig wie zu Hause und wie die lustvollste Erfahrung anfühlte, die ich je im Leben gemacht hatte.

Meine Hand zitterte ein wenig, als ich ihre kecke Brustwarze umkreiste und mich dafür entschied, sie nur zu betonen, statt sie vollständig mit Creme zu bedecken. Emma biss sich auf die Unterlippe und senkte die Lider, während sie sich behutsam, aber nachdrücklich gegen die Tülle des Spritzbeutels drängte. Hitze überkam mich, und ich warf die Buttercreme beiseite.

»Also gut, wo sollen wir anfangen?« Ich wollte alles auf einmal. Jeden köstlichen Zentimeter von ihr. Immer. Die ganze Zeit über.

Ungeduldig und voller Begierde strich ich über meinen Schaft, berührte ihn aber nur leicht, damit ich nicht auf der Stelle kam. Denn nichts sah köstlicher aus als Emma Maron, die vor mir ausgebreitet lag und auf eine Weise lächelte, die besagte, dass sie allein mir gehörte.

Pure Freude rang mit Lust, was für eine berauschende Mischung in meinen Adern sorgte. Ich hatte Emma genau da, wo ich sie haben wollte – bei mir. Alles andere trat in den Hintergrund, wenn sie so vor mir lag und mir gierig und voller Vorfreude dabei zusah, wie ich meinen Schwanz umfasste. Der Anblick befeuerte meine eigene Lust.

»Lucian …«

»Ja, Honigbienchen.«

Sie zog die Brauen zusammen. »Ich werde mich jetzt bewegen.«

»Das würdest du nicht wagen.«

»Dann kommst du besser her und isst mich auf.«

Ich knurrte tief in meiner Kehle und beugte mich über sie. Meine Zungenspitze landete auf ihrem Knie. Ihre cremige Haut prickelte, während ich langsam über ihren Oberschenkel leckte.

Sie wimmerte so süß.

Ich fand ihren Bauchnabel und saugte daran.

»Mist«, zischte sie lustvoll und ihre Haut lief rosig an. Ich grinste an ihrem Körper hinauf und küsste dann ihren Bauch, bevor ich mit der Zunge die mit Buttercreme gemalte heraldische Lilie auf ihrer Hüfte nachzog. »Lucian …«

»Ja?« Ich knabberte an ihrer Taille.

Sie wand sich. »Du *weißt*, was ich meine.«

Ihr düsterer Tonfall entlockte mir ein Kichern. Sie lag geschwollen und feucht vor mir und wartete auf mich. Die kunstvolle Rose aus Buttercreme, die ich direkt über ihrer Mitte gemalt hatte, lockte mich. Ich wusste, dass sie mich dort haben wollte. Sie würde jedoch warten müssen.

»Das werde ich dir heimzahlen«, versprach sie mit heiserer Stimme.

»Darauf verlasse ich mich. Und jetzt sei still und lass mich das hier machen, Weib.«

Das Knurren, das sie daraufhin ausstieß, entlockte mir ein weiteres Lächeln. Ich kroch über ihren Körper und stützte mich mit Händen und Knien ab, sodass ich über ihr schwebte. Sie keuchte leise und starrte zu mir hinauf. Aber in ihren hübschen Augen lag nur ungeduldige Hitze.

»Hallo«, sagte ich und unterdrückte ein weiteres Lachen.

»Arschloch.«

»Das ist ein Bereich, mit dem ich mich noch gar nicht beschäftigt habe. Vielleicht sollte ich das tun.«

»Vielleicht solltest du das … oh!« Sie schnappte nach Luft und bäumte sich auf, als ich mich nach unten lehnte, mit der Zunge über ihre Brust fuhr und mit der Brustwarze spielte. Gott, sie schmeckte gut, nach süßer Frau und cremiger Zitrone. Ich nahm sie tief in den Mund und liebte es, wie sie unter mir stöhnte und sich wand.

Ohne von ihr abzulassen, zog ich mich zurück und zerrte an ihrer Brust, bis ihre Brustwarze mit einem köstlichen Ploppen aus meinem Mund rutschte. Dann ging ich zur anderen Brust über. Ich ließ mir Zeit und knabberte und leckte, bis meine Lippen mit Creme bedeckt waren und sie wimmernd um mehr flehte.

Ein Klumpen der zitronigen Creme rutschte an der üppigen Wölbung ihrer hübschen Brust herunter, und ich verfolge ihn mit meiner Zunge, schlürfte ihn auf und leckte noch einmal über ihre Brustwarze, einfach weil ich es konnte. Und dann tat ich es erneut.

Sie schlang einen Arm um meinen Hals und drängte mich weiter nach unten. »Jetzt mach schon, Lucian, bitte.«

Sie war wunderschön und vor Verlangen ganz gerötet und fiebrig.

»Ja, Ma'am.« Ich positionierte mich über ihr, fand mit meinem Schwanz die perfekte Position und drang in sie ein. Wir stöhnten beide, und die glitschige Buttercreme sorgte dafür, dass unsere Körper übereinanderrutschten. Mein Mund fand ihren, und sie verschlang mich und umklammerte meine Hüften mit ihren Oberschenkeln, während sie ihren Körper im Einklang mit meinem bewegte.

Ich stieß tief und gleichmäßig in sie hinein und genoss es, sie zu spüren. Es fühlte sich so gut an, dass mein Körper abwechselnd heiß und kalt wurde. »Ich liebe es, dich zu lieben, verdammt noch mal.«

Aber das war nicht die einzige Wahrheit. Ich liebte *sie*.

Ich liebte sie so sehr, dass es wehtat.

Sie öffnete die rosigen Lippen. Ihre Miene war beinahe schmerzverzerrt, aber doch zärtlich, als sie meine Wange umfasste und wir uns zusammen bewegten. »Lucian.«

Nur mein Name. Nur sie. Alles, was ich je brauchte.

Ich liebte Emma die ganze Nacht lang, rollte mich mit ihr im Bett herum, leckte und saugte an ihr und lachte mit ihr. Wir sauten uns so dermaßen ein, dass wir zweimal duschen mussten, nur um wieder sauber zu werden. Und dann wiederholten wir das Ganze.

Als die Sonne aufging, lagen wir in eine Bettdecke gewickelt auf dem Boden. Emmas Haar stand in alle Richtungen ab und war auf so bezaubernde Weise zerzaust, dass mein Herz bei dem Anblick einen Hüpfer machte. An manchen Tagen konnte ich nicht glauben, dass sie mir gehörte. Aber ich würde sie niemals als selbstverständlich ansehen.

Emma öffnete die Augen und schaute mich an. Ein Lächeln breitete sich auf ihrem Gesicht aus und verwandelte es von schön in atemberaubend. Denn dieser liebende Blick gehörte auch allein mir. »Hey, du.«

»Ich liebe dich«, erwiderte ich. »Habe ich dir das in letzter Zeit mal gesagt?«

»Jeden Tag.« Sie berührte meine Schläfe. »Und mit jeder Leckerei, die du vor mich stellst.«

Ich hatte in letzter Zeit pausenlos gebacken und neue Nachttische kreiert – sobald wir in unser neues Haus gezogen waren, dass wir *La Vie en Rose* getauft hatten. Was wirklich nicht zu einem Haus passte, aber Emma hatte verkündet, dass sie immer an mich denken würde, wenn sie dieses Lied hörte. Und da ich auch an sie dachte, wenn ich dieses Lied hörte – und mich exakt an den Augenblick erinnerte, in dem ich mich für sie ausgezogen hatte, während es im Hintergrund gelaufen war, als hätte ein Teil von mir bereits damals gewusst, dass sie einmal mein Ein und Alles werden würde –, war die Entscheidung gefallen.

Ich hatte Gerichte für das *Black Delilah* ausprobiert, wo ich schon bald für eine aufgeregte Delilah als Konditor arbeiten würde. Wie sich herausgestellt hatte, arbeiteten wir gut zusammen. Da wir beide recht eigensinnig und von uns selbst überzeugt waren, hätte das Ganze in einer Katastrophe enden können. Aber ich liebte ihre kreative Vision, und sie hatte ihr Wort gehalten und mir die Freiheit gegeben, mich ganz nach meinem Belieben zu entfalten.

Emma war jetzt oft am Set und spielte die Rolle der Beatrice, die sie zweifellos zum Superstar machen würde. Jeden Abend kam sie vollkommen erschöpft nach Hause. Dann versorgte ich meine Kleine mit etwas zu essen, brachte sie ins Bett und liebte sie so lange, wie sie es zuließ.

Nun liefen wir allerdings Gefahr, zu spät zu kommen. Mit einem Knurren stand ich auf und verzog das Gesicht. »Beim nächsten Mal bleiben wir im Bett.«

»Hey, du warst derjenige, der heruntergerollt ist.« Sie stand ebenfalls auf und zog eine Grimasse. »Okay, du hast recht. Das war eine unfassbar schlechte Idee.«

»Lass uns heiß duschen, aber dann müssen wir uns beeilen.«

Heute war Mamies sechsundsiebzigster Geburtstag. Nachdem sie einige Monate in Paris verbracht hatte, war sie gestern nach *Rosemont* zurückgekehrt. Wir hatten eine Familienfeier auf der Terrasse für sie geplant, und Emma und ich mussten noch den *Gâteau Saint-Honoré* einpacken, den ich für sie gemacht hatte.

Als wir in *Rosemont* eintrafen, waren Tina und Sal auf der Terrasse und gaben dem Tisch den letzten Schliff. Wie sich herausstellte, hatten sie entschieden, *Rosemont* in ein Gästehaus zu verwandeln, aber explizit für Leute, die Zuflucht und Heilung benötigten. Es würde von September bis kurz vor Weihnachten in Betrieb sein.

»Lass mich mal sehen«, sagte Tina und streckte die Hände nach der Gebäckschachtel aus. Vorsichtig trug sie sie in die Küche und öffnete sie. »Ah, da ist sie ja. Hallo, du hübsches

Ding. Ich werde dich schon in Kürze meinem Bauch vorstellen.«

Es war eine einfache Torte auf Blätterteigbasis, die mit Vanillecreme gefüllt und von mit Karamell überzogenen Windbeuteln umgeben war, in denen sich wiederum *Crème chiboust* mit Haselnussgeschmack befand. Emma nannte sie meinen cremigsten aller cremigen Nachtische.

Sal schlug Tinas Hand von der Schachtel weg. »Hör auf, so schmutzige Sachen zu der Torte zu sagen. Dazu hast du später noch genug Gelegenheit.«

»Später will das auch niemand hören.« Anton kam hereingeschlendert und warf seiner Schwester einen tadelnden Blick zu. »Wenn du den *Saint-Honoré* verdirbst, werde ich später eine Kröte in deinem Bett hinterlassen.«

Tina rümpfte die Nase. »Sind wir zwölf Jahre alt?«

»Ihr könntet es ebenso gut sein.« Ich nahm die Torte und stellte sie in den begehbaren Kühlschrank, um sie kalt zu halten.

»Als wüssten wir nichts von diesem seltsamen Cremefetisch, den du und Emma habt«, meinte Tina.

Ich schaute zu Emma, und sie hob die Hände. »Hey, ich habe nie ein Wort gesagt. Du weißt schon, über deinen Fetisch.«

Kichernd schüttelte ich den Kopf.

»Du musstest gar nichts sagen, Liebes«, mischte sich Sal ein. Als ich ihm einen vernichtenden Blick zuwarf, zog er eine Augenbraue hoch. »Was? Ihr zwei wart in der Anfangszeit ziemlich laut.«

»Das sind wir immer noch.« Damit ging ich zurück nach draußen, wo ich Amalie vorfand, die auf uns wartete.

»Ah, *mon ange*.« Sie küsste mich auf beide Wangen. »Ich habe dich vermisst.«

»Ich habe dich auch vermisst, Mamie. Du siehst gut aus.«

Sie wischte mein Kompliment mit einer ebenso beiläufigen wie anmutigen Geste beiseite und packte dann meinen Arm. »Hast du sie gefragt?«

»Noch nicht.« Amalie hatte mir den Verlobungsring geschickt, den Jean Philipe einst seiner Braut gegeben hatte. Der Art-Deco-Ring mit dem Diamanten im Kissenschliff entsprach genau Emmas Stil und bedeutete mir etwas. Ich wollte, dass sie einen Teil der Geschichte meiner Familie bei sich trug.

»Aber das wirst du bald tun, nicht wahr?«, drängelte Amalie. Ihr Grinsen war selbstsicher. »Ich wusste, dass ihr zwei zusammengehört. Ich wusste es einfach.«

Ich verdrehte die Augen, schüttelte dann aber lächelnd den Kopf. »Ja, ja, du bist sehr klug.«

Genau in diesem Moment kam Emma nach draußen. Unsere Blicke trafen sich, und sie lächelte breit. Die Rosenranken, die die Wand bedeckten, rahmten sie für einen Augenblick in einem Meer aus Rot ein. Ein Gefühl des Friedens überkam mich. Nicht zum ersten und ganz sicher nicht zum letzten Mal. Endlich hatte ich zu mir selbst gefunden. Mit ihr.

Und das Leben war gut.

EIN PAAR GEBÄCKBEGRIFFE

- Chef de pâtissier: Konditor
- Gâteau: reichhaltiger, aufwendiger Biskuitkuchen, den man in unterschiedliche Formen bringen kann, enthält üblicherweise Schichten aus Creme, Obst oder Nüssen
- Pâtisserie(s): französisches Feingebäck
- Brioche(s): ein weiches, reichhaltiges Brot mit einem hohen Anteil an Ei und Butter.
- Pain aux raisins: ein Blätterteiggebäck, das mit Rosinen und Puddingcreme gefüllt ist
- Chaussons aux pommes: französische Apfeltaschen
- Pâte à choux: ein leichter, buttriger Blätterteig
- Éclair: ein länglicher Nachtisch aus Brandteig, der mit Creme gefüllt und mit einer Glasur (oft Schokolade) überzogen ist
- Tarte au citron: Zitronentarte
- Macaron: ein Baisergebäck in Form eines Doppelkekses, das mit Ganache, Cremes oder Marmeladen in unterschiedlichen Geschmacksrichtungen gefüllt ist
- Croquembouche: ein kegelförmiger Turm aus Konfekt, der aus in Karamell getauchten, mit Creme oder Sahne gefüllten Windbeuteln zusammengesetzt und mit Fäden aus gesponnenem Zucker umwickelt ist; wird oft auf französischen Hochzeiten oder zu besonderen Anlässen serviert
- Saint-Honoré: ein Nachtisch, der nach dem Schutzpatron der Bäcker und Konditoren benannt wurde

- Pâte feuilletée: ein leichter Blätterteig
- Vanilla crème pâtissière: Vanillecreme
- Crème chiboust mit Haselnussgeschmack: eine Dessertcreme, die mit italienischem Baiser aufgelockert wird
- Paris-Brest: ein ringförmiger Nachtisch aus Brandteig, der mit Krokantcreme gefüllt ist; 1910 von dem Koch Louis Durand erfunden, um an das Radrennen Paris–Brest–Paris zu erinnern

DANKSAGUNG

Vielen Dank an das talentierte Team von Montlake, dessen harte Arbeit dafür sorgt, dass alles immer wie geschmiert läuft. An meine Lektorin, Lauren Plude, für ihr aufmerksames Feedback und ihre Unterstützung. Meine Bücher werden durch deine fähigen Hände so viel besser. Und an meine Agentin, Kimberly Brower, die mir immer Rückendeckung gibt.

Außerdem geht mein Dank an Amanda Bouchet und Adriana Anders, die großzügigerweise einen prüfenden Blick auf meine französischen Begriffe und Ausdrücke geworfen haben. Jegliche Fehler in diesem Bereich liegen in meiner Verantwortung.

Und ein ganz besonderes riesiges Dankeschön geht an all meine Twitter-Freunde und -Follower, die mit einem begeisterten »Ja!« antworteten, als ich sie fragte, ob ich eine Geschichte über einen mürrischen ehemaligen Eishockeyspieler schreiben solle, der seine Heldin für sich zu gewinnen versucht, indem er ihr süße Leckereien backt. Ohne euch würde dieses Buch nicht existieren.